DONGSUH MYSTERY BOOKS 53

THE RETURN OF SHERLOCK HOLMES
셜록 홈즈의 귀환
아더 코난 도일/조용만·조민영 옮김

동서문화사

옮긴이 조용만(趙容萬)

경성제대 영문과를 졸업하고 고려대에서 문학박사 학위를 받다. 코리아타임스 논설위원·서울대사대·동국대에서 영문학 강의. 고려대 영문과 교수를 지내다. 지은책 《문학개론》《평전 : 육당 최남선》, 소설집 《고향에 돌아와도》《영결식》《구인회 만들 무렵》, 수필집 《방의 숙명》《청빈의 서》, 옮긴책 오웰 《동물농장》 모음 《인간의 굴레》 등이 있다.

옮긴이 조민영(趙敏英)

경기여고를 졸업하고 이화여대 영문과를 졸업하다.
옮긴책 코난 도일 셜록 홈즈 시리즈가 있다.

DONGSUH MYSTERY BOOKS 53
셜록 홈즈의 귀환
아더 코난 도일 지음/조용만·조민영 옮김
초판 발행/1977년 12월 1일
중판 발행/2003년 3월 1일
발행인 고정일/발행처 동서문화사
창업 1956. 12. 12. 등록 16-345(윤)
서울강남구신사동540-22 ☎ 546-0331~6 (FAX) 545-0331
www.epascal.co.kr

*

이 책의 출판권은 동서문화사(동판)가 소유합니다.
의장권 제호권 편집권은 저작권 법에 의해 보호를 받는 출판물이므로
무단전재와 무단복제를 금합니다.

편찬·필름·제작 일체 「동판」 자본으로 이루어짐에 따라
출판권 소유권자 「동판」에서 제조출판판매 세무일체를 전담합니다.
사업자등록번호 211-90-02201
ISBN 89-497-0138-3 04840
ISBN 89-497-0081-6 (세트)

셜록 홈즈의 귀환
차례

빈 집의 모험······ 11
노우드의 건축업자······ 41
자전거 타는 고독한 사람······ 75
춤추는 사람그림······ 104
프라이어리 학교······ 138
검은 피터······ 182
범인은 둘이다······ 212
여섯 개의 나폴레옹······ 237
세 학생······ 265
금테 코안경······ 291
사라진 스리쿼터백······ 321
애비 그레인지 장원······ 353
두 번째 얼룩······ 386

홈즈는 죽었는가 살았는가······ 422

빈 집의 모험

로널드 아데어 경이 도저히 이해가 안 되는 정황 아래 살해되어 온 런던을 들끓게 하고 사교계를 충격에 떨도록 몰아넣은 것은 1894년 봄의 일이었다. 경찰 수사중에 드러난 사건의 내용은 이미 일반에게 알려져 있지만, 이 사건에서 범죄 사실은 너무나 결정적인 증거가 뚜렷해서 그 모두를 거론할 필요가 없어 꽤 많은 부분의 공표가 금지되었던 것이다.

그로부터 10년의 세월이 흐른 지금에 이르러 비로소 그 사건을 참으로 이상한 것으로 만들었다고도 할 만한 미공표 부분의 발표가 나에게 허락되었다. 그것은 그것만으로도 확실히 흥미로운 사건이었음에 틀림없었다. 하지만 그 흥미도 나에게 있어서는 그 뒤에 생긴 전혀 뜻하지 않은 속편에 비하면 아무것도 아닌 것이었다. 그만큼 이 속편은 나의 모험적인 생애 중의 어느 사건보다도 더 뜻밖이었고, 경악스러운 일이었던 것이다. 그로부터 오랜 세월이 지났지만, 지금도 생각해 보면 전율이 느껴지고 그 무렵 나의 마음을 적신 갑작스러운 환희와 경이로움과 의혹 등의 감정이 생생하게 솟아오름을 금치 못하는 것이다.

여기에서 나는 이제까지 자주 발표한 아주 색다른 인물의 사상과 행동에 관한 소편(小編)에 얼마쯤 흥미를 가져 준 세상 사람들에게 말씀드리고 싶은데, 이 사건에 대한 지식의 전부를 지금까지 피력하지 않은 것에 대해 부디 책망하지 말아 주시기 바란다. 당사자가 직접 금한 것이 아니라면 공표를 먼저 하는 것이 나의 의무이겠지만 그 금지가 풀린 것이 겨우 지난달 3일이었으므로 별도리가 없었다.

셜록 홈즈와의 사귐이 나로 하여금 범죄에 대해 깊은 흥미를 갖도록 만들었고, 그가 행방불명이 되고 나서도 세상에 발표되는 여러 가지 사건을 결코 빠뜨리지 않도록 주의했다는 것은 잘 알고 있을 것이다. 자기만의 만족을 위해서이긴 했지만, 그리고 별로 성공은 하지 못했지만, 실제로 그 문제 해결에 그의 수법을 응용해 본 일도 한두 번이 아니다. 그러나 이 로널드 아데어 경의 비극적인 사건만큼 마음이 끌리는 것도 없었다. 그것은 결국 한 사람 내지 몇 사람에 의한 고의적인 살인이라는 배심원들의 평결로 끝났으나, 조서를 읽어 보고 셜록 홈즈의 죽음이 얼마나 사회적으로 손실이었는지 새삼스레 절실히 느꼈던 것이다.

이 사건에는 홈즈라면 반드시 흥미를 가지리라고 생각되는 점이 몇 가지 있으므로 만일 그가 살아 있었다면 경찰은 큰 도움을 받았을 게 분명하다. 아니, 유럽에서 처음으로 나타난 이 사립 탐정의 훈련된 관찰과 재빠른 두뇌라면 경찰 이상의 일을 할 수 있었다고 생각된다. 나는 환자의 집을 회진하면서 하루 종일 사건에 대하여 생각해 보았다. 그러나 끝내 만족할 만한 설명에는 이르지 못했다. 좀 진부한 느낌이 있지만, 법정의 심리 결과 세상 사람들에게 알려진 그 즈음 사실의 요점만을 돌이켜보기로 하자.

로널드 아데어 경은 오스트레일리아 식민지 지사의 한 사람이었던 메이노드 백작의 둘째아들로, 때마침 백내장 수술을 받기 위해서 귀국해 있었던 어머니와 누이동생 힐더와 함께 그 무렵 파크 레인 거리의 427번지에 살고 있었다. 로널드 청년은 교제하던 사람들도 엘리트들이었고, 알려진 범위 안에서는 적도 없었으며 품행 또한 좋았다. 전에는 카스테야즈의 에디스 우들리 양과 약혼한 사이였지만, 사건이 일어나기 여러 달 전에 이미 파혼했다.

그러나 그 때문에 깊은 감정의 응어리가 남았다고 생각될 만한 징후는 아무것도 없었다. 그 후로 경의 일상 생활은 잔잔했다. 또한 감정에 시달리는 일이 없는 성격이었으므로 제한된 범위에서 평범한 사람들과 가볍게 만났을 뿐이었다. 그런데 이렇게 안이한 생활을 하던 청년 귀족에게 뜻하지 않은 이상야릇한 죽음이 찾아왔던 것이다. 1894년 3월 30일 밤 10시부터 11시 30분 사이의 일이었다.

로널드 아데어 경은 여느 때 트럼프 놀이를 즐겼지만, 결코 자기를 위태롭게 할 만큼 큰 도박은 하지 않았다. 경은 호우드윈과 카벤디시와 바가텔의 세 카드 클럽 회원으로, 살해된 날은 저녁 식사 뒤 바가텔 클럽에서 휘스트(트럼프 놀이의 하나. 두 사람씩 2조로 나뉘어 승부를 다툼)의 승부를 세 판째 겨루고 있었다고 한다. 그날 오후에도 거기서 카드놀이를 하고 있었다. 함께 판을 벌인 사람들——말레이 씨와 존 하디 경과 모란 대령——의 진술에 의하면, 휘스트 판은 그다지 격렬하지 않았다. 로널드 경은 5파운드쯤 잃었을지도 모르지만, 결코 그 이상은 아니었다고 한다. 경은 상당한 재산가였으니만큼 5파운드쯤 잃었다고 해서 결코 어떻게 되지는 않으리라. 거의 하루도 거르지 않고 어딘가의 클럽에서 카드를 손에 잡지 않는 날이 없었지만, 언제나 따고 있었다. 조서에 의하면 사건이 일어나기 2, 3주일 전에도 모란 대령과 편을 짜서 고드플리 밀너와 발모 오럴 경을 상대로 하룻밤에 4백 20파운드나 땄다. 이상이 법정에서 밝혀진 경이 살해되기 직전의 신변 정황이다.

 살해된 날, 경은 밤 정각 10시에 돌아왔는데, 어머니인 노부인과 누이동생은 친척집에 가고 집에 없었다. 하녀의 증언에 의하면 경이 평소 거실로 삼고 있었던 3층의 정면 방에 들어가는 기척을 분명히 들었다고 한다. 그 방은 초저녁에 하녀가 난로에 불을 피웠는데, 연기가 났으므로 창문을 열어 두었다고 한다. 그것이 3월 30일 밤 정각 10시의 일이었다. 그리고 11시 20분에 노부인과 누이동생이 돌아올 때까지 3층에서는 아무 소리도 없었다고 한다.

 돌아온 노부인은 아들에게 밤인사를 하기 위해 아들 방으로 갔는데, 안에서 열쇠가 채워져 있었고 두들겨도 대답이 없었다. 그래서 모두가 힘껏 문을 두들기며 큰소리로 불러 보았지만 아무 대답이 없으므로, 사람을 불러 억지로 문짝을 부수어 들어가 보았더니 애처롭게도 경은 테이블 가까이에 쓰러져 있었다는 것이다. 권총 탄환을 맞아 머리 부분이 보기에도 무참하게 박살나 있었다. 그러나 방 안에는 흉기라고 이름 붙일 만한 것은 아무것도 없었다. 테이블 위에는 10파운드 지폐 두 장과 금은화를 합해서 17파운드 10실링의 돈이 저마다 액수가 다른 몇 개의 무더기로 쌓여 있고, 그밖에 한 장의 종이 쪽지에 몇몇 클럽 친구들의 이름과 그 이름에 숫자를 기입한 것이 얹혀 있었다. 이것으로 보아, 경은 아마도 죽기 직전까지 카드놀이에서 따고 잃은 돈을 계산하고 있었던 것이라고 추정된다.

 그러나 조사하면 조사할수록 이 사건은 얽히기만 할 뿐이었다. 첫째로 경은 무엇 때문에 방의 자물쇠를 안으로 채웠는지 그 이유가 명백하지 않다. 가해자가 자물쇠를 채우고 창문으로 달아났을 수도 있지만, 창문은 밖에서 높이가 적어도 6미터는 되고 더구나 그 아래는 활짝 핀 사프란 꽃밭이었다. 꽃밭은 꽃도 땅도 전혀 어질러진 데가 없고, 또한 집과 길의 경계인 길다란 잔디밭에도 아무런 이상이 발견되지 않았다. 이렇게 볼 때 안에서 쇠를 채운 것은 로널드 경 자신이라는 결론이 나오는데, 그렇다면 경은 누구에게 살해되었는가?

창문으로 기어올라가 방에 들어가려면 반드시 흔적이 남는다. 그럼, 창 넘어로 쏘았다고 한다면? 권총 한 방으로 그만한 상처를 입힐 수 있다니 굉장한 솜씨라 하지 않을 수 없다. 게다가 파크 레인은 사람 왕래가 많은 거리이고, 집에서부터 100미터도 떨어져 있지 않은 곳에 영업 마차의 대기 장소도 있었건만 누구 한 사람 총소리를 듣지 못했다니 어찌 된 일일까? 그렇지만 엄연히 죽은 사람이 있고 총탄도 발견되었다. 끝이 연한 재질의 탄환이었던지 탄두가 버섯처럼 찌그러져 있었다. 그 자리에서 즉사한 게 틀림없으리라.

로널드 아데어 경이 살해된 파크 레인 사건의 실상은 대충 이와 같은데, 경에게는 적이 없으며 게다가 또 방 안의 현금 및 그밖의 귀중품에 손을 댄 흔적도 없는데다 살해의 동기가 전혀 발견되지 않았으므로 일은 더욱 더 까다로워진 것이다.

나는 이 같은 사실들을 연신 떠올리며 온갖 사실에 들어맞을 듯한 합리적인 설명을 발견하고야 말겠다고 하루 종일 노력했다. 또 사건을 탐구할 때는 가장 취약한 점부터 출발해야 한다고 언제나 홈즈가 말했던 것을 생각해 내고, 그 취약점은 어디일까 하고 생각도 해보았지만 유감스럽게도 아무런 진전이 없었다.

저녁때 어슬렁어슬렁 집을 나와 공원을 가로질러 6시에는 파크 레인 옥스퍼드 거리 가장자리에 서 있었다. 길에는 한 무리의 한가로운 사람들이 모여서서 모두들 어떤 집의 창문을 올려다보고 있었다. 내가 보러 온 집이었다. 색안경을 쓴 멀쑥한 사나이는 사복 형사임에 틀림없어 보였다. 그는 둘레에 모인 사람들을 향해 사건에 대한 자기의 생각을 자랑스럽게 지껄여 대고 있었다. 나는 옆으로 바짝 다가가서 귀를 기울였다. 관찰이 엉터리이고 너무나 우스꽝스러워서 곧 나는 뒤로 물러나려고 하는 순간 뒤에 섰던 늙어 빠진 노인에게 부딪쳐 노인이 안고 있던 대여섯 권의 책을 떨어뜨리고 말았다.

황급히 책을 주워줄 때 언뜻 눈에 띄었던 것인데, 《나무 숭배의 기원》이라는 책이 한 권 있었다는 게 지금도 기억난다. 노인은 가련한 애서가로서, 장삿속인지 도락인지는 모르겠으나 세상에 파묻힌 이름도 없는 서적을 수집하고 있는 것이 틀림없다고 생각했다. 나는 실수를 정중히 사과했지만, 노인에게 내가 부딪쳐 떨어뜨린 책은 어지간히 귀중한 것이었던지 노인은 입에 담을 수 없는 저주의 말을 내뱉고는 홱 몸을 돌려 가 버렸다. 너무나 어이없는 일이라 나는 노인의 굽은 허리와 흰 턱수염이 사람들 속으로 사라질 때까지 멍하니 뒷모습을 바라보았다.

로널드 경이 살해되었다는 파크 레인 427번지의 집을 조사해 보아도 아무것도 얻은 바가 없었다. 낮은 담과 난간으로 길에서부터 칸막이가 되어 있지만, 담과 난간을 합치더라도 높이가 1.5미터 이하이므로 들어가려고만 한다면 아주 쉽게 뜰로 들어갈 수 있었다. 그러나 창문은 절대로 손을 댈 수가 없었다. 손을 대고 올라갈 만한 수도 철관이나 물받이 홈통 따위도 없어서, 아무리 날쌘 녀석이라도 그것을 기어올라가기란 불가능해 보였다. 점점 더 알 수 없게 되었으므로 나는 켄징턴의 집 쪽으로 되돌아가기로 했다.

서재에 들어가 5분도 되지 않았는데, 하녀가 와서 면회를 청하는 손님이 있다고 알렸다. 그 사람은 놀랍게도 아까의 서적 수집 노인이었다. 12권은 됨직한 그 소중한 책을 오른쪽 옆구리에 끼고 흰 털 사이로 교활해 보이는 쭈글쭈글한 얼굴을 드러내 보이고 있었다.

"깜짝 놀라셨지요?" 노인은 이상하게도 쉰 목소리였다.

나는 그렇다고 끄덕였다.

"마음이 꺼림칙해서요. 터벅터벅 걸어가는데 이 집으로 들어가시길래 잠깐 친절하신 신사를 찾아 뵙고 조금 전에는 너무 쌀쌀맞게 보였을지도 모르겠으나 그럴 생각은 없었다고 사과도 할 겸 책을 주워주셔서 감사하다는 인사도 드리고 싶어서 들렀습지요."

"오히려 제가 더 미안했습니다. 그런데 어떻게 저를 알고 계시지요?"

"아, 바로 이웃에 살고 있는걸요. 저 처치 거리 모퉁이의 조그마한 책가게가 제 것인데, 앞으로 잘 좀 부탁합니다. 언뜻 보기에 선생께서도 책을 모으고 계시는 것 같군요. 《영국의 조류》《카타러스(로마의 서정 시인. BC84?~54?)시집》《신성전쟁》 등이 있는 것 같습니다만, 모두 진귀한 것들이로군요. 저 책꽂이 2단의 빈 곳은 앞으로 다섯 권만 있으면 채워지겠습니다. 저것만으로는 좀 보기 흉하지 않습니까?"

나는 그 지적을 받고서 뒤의 책꽂이를 돌아다보았다. 그리고 이내 얼굴을 다시 돌렸는데 놀랍게도 거기에 셜록 홈즈가 테이블을 사이에 두고 미소를 머금으며 서 있지 않겠는가. 나도 모르게 엉거주춤하며 몇 초 동안 멍하니 그 얼굴을 응시하고 있었던 것까지는 기억을 하는데, 그대로 까무러치고 말았던 모양이다. 어머니 뱃속에서 나온 뒤로 처음이었다. 아마 두 번 다시 이런 일은 없으리라. 눈앞이 희미해졌다 싶었는데, 정신이 들었을 때는 옷깃이 풀어져 있고 입술에는 브랜디의 찌르는 듯한 뒷맛이 남아 있었다. 홈즈가 플라스크를 한 손에 들고 의자 위에서 나를 들여다보고 있다.

"왓슨, 정신이 들었군. 이거, 정말 미안하네. 이렇게까지 감동하리라고는 생각 못했네……." 귀에 익은 홈즈의 목소리였다.

나는 그만 그의 팔을 단단히 움켜쥐었다.

"홈즈! 정말로 홈즈인가? 설마 자네가 살아 있을 줄은! 대체 어떻게 그 무서운 심연에서 기어올라올 수가 있었나?"

"기다리게나. 지금 그 같은 딱딱한 이야기를 들어도 괜찮겠나? 극적으로 모습을 나타내는 쓸데없는 짓을 해서 자네를 완전히 놀라게 해주고 말았으니."

"이젠 괜찮아. 그것보다도 나는 내 눈을 의심하고 싶다네. 다른 사람도 아닌 자네가 이 서재에 나타나다니!"

나는 다시 한 번 그의 팔을 만져 보았다. 가늘지만 힘줄이 돋은 늠름한 그의 팔이 옷 아래로 느껴졌다.

"역시 유령은 아니로군. 자네가 돌아오다니, 나는 미칠 듯이 기쁘다네. 아무튼 앉게나. 그렇듯 무서운 벼랑에서 떨어지고도 어떻게 해서 돌아올 수 있었는지 그 이야기 좀 들려 주게."

그는 내 앞에 앉자 아주 자연스럽게 담배에 불을 붙였다. 헌 책방 주인 같은 초라한 프록코트는 여전히 입고 있었지만 분장에 사용된 흰 수염과 헌 책은 탁자 위에 올려져 있었다. 홈즈는 예전보다 더 말라서 날렵하게 보였지만 독수리 같은 그 얼굴은 죽은 사람처럼 창백해서 요즘 생활이 그리 건전치 못했음을 느끼게 했다.

"팔다리를 뻗을 수 있게 되어 한숨 돌렸네, 왓슨. 키가 큰 내가 몇 시간이나 계속 한 자나 몸을 오그리고 있으려니, 웬만한 참을성으로는 힘이 들더군. 왜 그런 짓을 하고 있었느냐 하면, 정말은 오늘 밤 어렵고도 위험이 따르는 일이 있어서일세. 자네만 승낙한다면 또 함께 밤의 모험에 나서도 좋지만, 모든 설명은 그 일이 끝나고 나서 해도 괜찮겠지?"

"나는 호기심으로 가득 차 있네. 설명은 지금 해주는 편이 좋겠는데 말야."

"그럼, 오늘 밤 함께 일해 주겠나?"

"하고말고! 때와 장소를 막론하고 자네가 말하는 대로 하겠어."

"옛날과 똑같군. 출발하기까지는 식사를 할 시간쯤은 있으니까…

… 좋아, 설명하지. 벼랑 밑에서 기어올라오는 일은 조금도 어렵지 않았다네. 이유는 간단하지. 애당초 나는 그곳에 떨어지지도 않았으니까."
"뭐, 떨어지지도 않았다고?"
"그렇네, 떨어지지도 않았어. 내가 남긴 편지, 그것은 가짜야. 아무것도 아닐세. 하지만 확실히 내가 쓴 거야. 쓴 심정에도 거짓은 없네.

라이헨바흐의 저 폭포에서 안전한 쪽으로 갈 수 있는 좁다란 작은 길에서 죽은 몰리아티 교수가 으스스 기분 나쁜 모습으로 서 있는 것을 보았을 때, 나는 나의 생애도 이것으로 끝장이라고 똑똑히 깨달았네. 그의 잿빛 눈을 바라보며 고집스러울 만큼 움직이지 않는 목적이 무엇인지 알아차렸지. 그러므로 나는 두서너 마디 그와 말을 나누고, 나중에 자네가 본 그 유서를 써 예의를 차릴 수 있는 허락을 받았던 것일세. 나는 그것을 등산 지팡이와 담배 케이스와 함께 그곳에 두고 비좁은 길을 걸어갔네. 몰리아티 교수는 바로 내 뒤를 따라왔지. 길이 막다른 데까지 걸어가서 나는 멈추었네. 몰리아티는 무기라고는 아무것도 꺼내지 않았어. 무기를 꺼내는 대신 긴 두 팔을 쳐들며 나에게 덤벼들었네.

그는 자기의 악운이 다 되었음을 잘 알고 어떻게든지 나에게 복수하고 싶어했던 것일세. 우리는 맞붙은 채로 폭포수의 벼랑 위에서 뒤얽혀 싸우며 비틀거렸다네. 나는 유도를 조금 할 줄 알았기 때문에 그때 꽤나 도움이 되었다네. 그래 교묘하게 그의 팔을 빠져나왔지. 순간 몰리아티는 자세가 무너져서 다리가 떨렸으므로 무서운 비명을 지르며 발을 껑충 뛰어 허공을 움키고서 다시 고쳐 밟으려고 했지만, 균형을 잃고서 밑으로 떨어졌네.

나는 곧 벼랑 가장자리를 내려다보았지. 아득한 아래로 떨어져서

빈 집의 모험

바위에 부딪쳐 퉁겨지고 물보라를 일으키며 물 속에 빠지는 것이 보이더군."

홈즈가 담배 연기 속에서 말하기 시작한 이 설명이 흥미로워서 나는 눈을 크게 뜨고 귀를 기울였다.

"그러나 두 사람의 발자국이 내려갔을 뿐, 돌아온 발자국이 없었던 것을 나는 이 눈으로 똑똑히 보았네!"

이윽고 내가 큰소리로 말했다.

"그것은 이러한 까닭일세. 몰리아티가 떨어진 순간 나는 문득 생각이 났다네. 이것은 굉장한 행운의 찬스를 운명의 신이 마련해 주신 것이라고! 나의 생명을 노리고 있는 것은 결코 몰리아티 한 사람만이 아니다, 괴수(魁首)의 죽음을 알고 나에 대한 복수의 염원을 더욱 더 강하게 갖게 된 놈이 적어도 세 사람은 있을 것이다, 세 명 모두 비할 데 없이 위험한 인물이므로 그 가운데 누군가가 목적을 달성할 게 틀림없다, 그와 반대로 여기서 내가 죽은 것으로 세상 사람들이 믿도록 해 두면 그들은 자연히 해방된 줄로만 알고서 날뛰기 시작할 것이 분명하다, 나쁜 짓을 시작하면 나는 머지않아 그놈의 덜미를 잡고 그제야 비로소 아직도 살아 있다고 털어놓으면서 나서기로 하자! 인간의 두뇌 활동이란 참으로 재빠른 것일세. 나는 몰리아티가 라이헨바흐의 폭포 바닥으로 떨어지는 사이에 이러한 일들을 생각해 냈던 것이라네.

나는 일어나서 뒤쪽의 암벽을 조사해 보았네. 그때의 일을 쓴 자네의 아름다운 문장은 그로부터 몇 달 뒤에 재미있게 읽어 보았네만, 깎아지르는 벼랑이라고 쓴 것은 올바른 표현이 아닐세. 거기에는 발을 디딜 만한 작은 곳도 조금은 있었고 선반처럼 된 장소도 있었어. 그러나 높이는 꽤 높아서 기어올라가는 것은 도저히 불가능했고, 그렇다고 하여 눅눅한 작은 길 쪽은 발자국을 남기지 않고 되돌아가기가 불가능했지. 이러한 경우 흔히 하듯이 구두를 반대로 하여 신는 방법도 있기는 하지만, 그렇게 하면 발자국은 세 사람 것이 되므로 금방 속임수임이 드러나고 만다네.

결국 위험을 무릅쓰고 그 절벽을 오르는 것이 가장 좋다고 생각했네. 뒤에서는 폭포 소리가 무지무지하게 울려왔네. 결코 쉬운 일이 아니었어. 나는 결코 공상가는 아니지만, 몰리아티의 목소리가 심연 속에서부터 불러대고 있는 듯한 느낌이 들었다네. 한 발만 잘못 디디면 끝장이었지. 붙잡고 있는 풀의 뿌리가 뽑히거나 젖은 바위 모서리에 걸치고 있는 발이 미끄러진 일도 한두 번이 아니었는데, 그때마다 아뿔사 하고 간담이 서늘해졌다네.

그런데도 나는 버둥거리면서, 마침내 너비 1.5미터 남짓의 바위가 선반처럼 된 곳까지 다다랐네. 바위 전체가 부드러운 이끼로 덮여 있었지. 전혀 사람들 눈에 띄지 않는 곳이어서 편안하게 팔다리를 뻗고 있을 수 있었다네. 자네들이 나타나서 내가 죽은 전후의 사정을 동정할 뿐 도무지 효과가 없는 방법으로 조사하고 있는 동안, 나는 꼼짝 않고 거기 누워 있었네.

결국 자네들이, 필연적이긴 하지만 전혀 틀린 결론에 이르러 호텔 쪽으로 철수해 갔으므로, 나는 혼자 거기에 남겨졌네. 이것으로 모든 일이 잘되었다 싶었는데, 상상도 못한 일이 생기고 말았어. 나는 아직도 놀라움이 사그라지질 않는군. 그때 엄청나게 큰 바위가 위에서부터 굴러내려와서 나의 옆을 스치고 작은 길에 부딪쳐 퉁겨지면서 벼랑으로부터 폭포수 아래로 떨어졌네.

처음에 나는 바위가 자연히 무너져 떨어진 것이라고 생각했네. 그러나 힐끗 올려다보았더니 저물어 가는 어스름한 하늘을 배경으로 사람의 머리가 보이고 또다시 큰 바위가 떨어져 내가 있는 선반 가장자리로부터 한 자도 떨어져 있지 않은 곳에 맞는 게 아닌가.

나는 곧 그 의미를 깨달았다네. 몰리아티는 혼자가 아니었던 것일세. 패거리가——그 패거리가 얼마나 가공할 만한 놈인가는 힐끗 보기만 해도 충분히 알 수 있었어——그 패거리가 몰리아티가 나에게 덤벼드는 걸 지켜보고 있었던 것일세. 멀리서부터 나에게 들키지 않도록, 몰리아티가 죽고 나만 살았다는 걸 목격하고 있었던 거야. 그리하여 기회를 엿보며, 우회하여 내가 있는 절벽 위에 나타나 몰리아티의 실패를 자기의 손으로 만회하고자 했던 것일세.

이만한 것을 생각하는 데 그리 오랜 시간이 걸리지는 않았네. 위를 보니까 또 저 무서운 얼굴이 내려다보고 있지 않겠는가. 또 바위가 떨어질 것 같았으므로 나는 급히 아래의 작은 길로 기어내려가기로 했네. 침착하게 유유히 내려갔다고 거짓말은 않겠네. 내려가는 것은 올라가는 것보다 백 갑절은 힘이 들었네. 위험하다는 것은 생각할 겨를도 없었지. 선반에 간신히 매달렸을 때 세 번째 바위가 떨어져 왔던 걸세. 도중에 손발이 미끄러지고 말았지만 천운이라고 할까, 골짜기 아래로 떨어지지 않고——살갗이 여기저기 벗겨져 피는 났지만, 작은 길에 내릴 수가 있었네. 그리하여 캄캄한 산속을 16킬로미터나 도망쳐, 1주일 뒤에는 이탈리아의 플로렌스에 다다랐네. 물론 온 세계의 누구 한 사람 그런 일을 알고 있는 자가 있을 까닭이 없지.

나는 한 사람에게만 사정을 털어놓았네. 마이크로푸트 형님일세. 자네에게는 정말 미안하지만, 나는 세상으로부터 죽었다고 여겨지는 일이 절대로 중요했네. 게다가 자네에게 알린다면, 나의 조난당한 이야기를 그토록 생생하고 박력 있게 쓸 수 없었을 테니 말야, 자네라는 사람은 말야.

그로부터 3년, 나는 자네에게 편지를 쓰려고 마음먹고 몇 번이나 펜을 잡았는지 모르네만, 그때마다 그만두었던 것은 나에 대한 친애의 정이 자네로 하여금 이 비밀을 폭로하는 경솔을 저지르게 하지 않을까 염려했기 때문일세. 같은 이유로 오늘 자네가 나의 책을 떨어뜨리게 했을 때에도 급히 자네에게서 멀리 떨어졌던 것인데 나는 위험한 입장에 있었기 때문에 만일 자네가 떠들든가 하면 나라는 게 발각되어서 돌이킬 수 없는 유감스러운 일이 될 뻔했던 것일세.

마이크로푸트 형님에게는 돈이 필요해서 부득이 무엇이고 털어놓았네. 한편 런던의 사건 경과는 그다지 바람직한 것이 못되었지. 재판 결과, 몰리아티의 일당 중에서 가장 위험한 그 두 사람, 그들이 가장 집념이 강한 나의 적인데 무죄로 풀려났네. 그러므로 나는 2년 동안 티베트에 갔다 왔다네. 그 동안 라싸(티베트의 수도)에도 가서 라마 교의 우두머리와 재미있게 며칠을 보낸 일이 있어. 지겔손이라는 노르웨이 인의 비범한 탐험기를 자네도 읽었는지 모르겠네만, 그것이 자네 친구의 리포트라고는 설마 눈치채지 못했을 테지.

그리고 나는 페르시아를 지나 메카를 잠깐 기웃거리고 이집트의 하르툼에서 회교왕도 방문했었는데, 그 같은 것들은 외무성에 보고서를 제출했네.

프랑스에 돌아오고 나서부터는 남 프랑스 몽펠리에(프랑스 남부 세반느 산지에 있는 옛도시)의 한 연구소에서 콜타르 유도체의 연구를 했는데 몇 개월로 만족할 만한 성과를 얻었고, 런던에는 적이 한 사람밖에 남지 않았음을 알았으므로 귀국하리라 마음먹고 있는 참인데 이번에 파크 레인 사건이 터졌네. 이것은 사건 그 자체에 마음이 끌린 것도 사실이지만, 동시에 어떤 특정 인물에 대한 한 종류의 기회를 얻은 것만 같은 느낌이 들었으므로 급히 돌아왔지.

런던에 도착하자 우선 베이커 거리의 옛 집을 직접 찾아가서 하숙집 아주머니 허드슨 부인을 까무러칠 만큼 놀라게 해주었네. 옛 보금자리는 마이크로푸트 형님의 수고로 서류 따위도 고스란히 그 전과 같이 보존되어 있더군. 그리하여 오늘 오후 2시에는 옛 추억이 그리운 그 방의 늘 앉았던 팔걸이의자에 앉아 보았는데, 친구 왓슨이 옛날처럼 낯익은 의자에 앉아 있지 않는 것이 무척 아쉬웠네."

이상이 지금으로부터 거의 10년 전, 홈즈가 실종된 지 3년째인 4월 어느 초저녁에 그에게서 들은 이야기인데, 두 번 다시 만나게 되리라고는 생각지도 못했다. 키가 크고 여윈 몸과 여전히 머리가 좋고 날렵하며 진지한 얼굴로 이야기하는 본인을 내 눈으로 똑똑히 보지 않았다면 도저히 믿을 수 없는 일이었다. 나의 고독한 비애에 대해서는 얼마쯤 들어서 알고 있었던 모양이다. 그의 동정은 말보다는 오히려 태도에 잘 나타나 있었다.

"슬픔에는 일이 가장 좋은 약일세. 오늘 밤 둘이서 할 수 있는 작은 일이 있네. 이것이 성공하면, 한 사나이가 이 세상에 살아남아 있었던 의의가 발견되는 셈이지."

좀더 자세한 것을 들려 달라고 부탁해 보았지만, 홈즈는 응해 주지 않았다.

"아침이 되면 모든 걸 알게 될 걸세. 그보다도 3년 동안 쌓인 이야기가 있네. 9시 반이 되면 놀라운 빈 집으로 모험의 길을 떠날 테니, 그때까지는 쌓인 이야기로 충분하지 않은가."

이윽고 시간이 되자 나는 옛날과 마찬가지로 주머니에는 권총, 가슴에는 울렁거리는 기대를 품고서 홈즈와 나란히 2륜마차에 올랐다. 홈즈는 냉랭한 표정을 짓고 있어서 가까이하기가 어려웠다. 그는 묵묵히 입을 다물고 있었다. 가로등 불빛으로 그 얼굴을 살펴보았더니 눈썹을 모으고 입술을 굳게 다물고서 생각에 잠겨 있는 것이었다. 범죄 도시 런던의 암흑 정글에서 어떠한 맹수를 사냥하려는 것인지 나로서는 아직 아무것도 모르지만, 뛰어난 사냥꾼의 태도로 보아 오늘 밤의 모험이 결코 쉽지 않은 중대한 것임을 충분히 알아차릴 수 있었다. 그리하여 고행자적인 그 어두운 얼굴에 때때로 떠올리는 씁쓰레한 미소가 오늘밤의 수사에 있어 좋은 조짐이라고는 생각되지 않았다.

처음에 나는 베이커 거리의 그의 집으로 가는 줄로만 알고 있었는데, 홈즈는 카벤디시 광장에서 마차를 세웠다. 그는 마차에서 내릴 때 주위에 세심한 주의를 기울였고, 걷기 시작하고 나서도 모퉁이에 이를 적마다 뒤를 따라오는 자가 없는가 굉장히 조심을 하고 있었다. 걷는 길 또한 예사롭지가 않았다.

홈즈가 런던 시내의 골목길에 훤하다는 건 참으로 놀라울 정도였다. 이날 밤도 그는 아무 망설임 없이 나 같은 것은 있는지조차 몰랐던 마구간 사이를 빠져나가 재빨리 걸었으며, 낡고 음침한 집들이 늘어선 작은 거리로 나섰다 싶었는데 이내 맨체스터 거리로, 브랜드포드 거리로 나섰다. 그는 또 재빨리 좁은 통로로 뛰어들어가 나무문을 열고 인기척이 없는 뒤뜰로 들어가더니 열쇠를 꺼내어 어떤 집의 뒷문을 열었으며, 우리가 안으로 들어가자 급히 닫았다.

안은 캄캄했지만 빈 집이라는 것만은 곧 알 수가 있었다. 바닥은 두꺼운 널빤지뿐이었는데 깔개도 없어 구두가 쿵쿵 울렸다. 손을 뻗쳐 보았더니 벽에 닿았다. 종이가 리본처럼 몇 개 매달려 있는 모양이다. 홈즈의 마르고 차가운 손이 나의 손목을 잡고 긴 복도 안쪽으로 마구 끌고 갔다.

문 위쪽의 난간 창문에 아주 희미한 빛이 드리워져 있었다. 그러자 곧 홈즈는 거기서 별안간 오른쪽으로 꼬부라져 네모지고 커다란 빈 방으로 나를 데리고 들어갔다. 네 귀퉁이는 캄캄하지만, 한가운데만은 길에서부터 드리워지는 불빛으로 어렴풋하나마 물체가 보였다. 그렇다고는 하나 근처에 가로등이 없고 창문은 먼지투성이로 흐려져 있기 때문에 가까스로 서로의 모습을 알아볼 정도에 지나지 않았다. 홈즈는 나의 어깨에 손을 얹고 귀에 입을 대고서 속삭였다.

"여기가 어딘지 아나?"

"오오, 베이커 거리가 아닌가!"

나는 먼지투성이인 창문으로 밖을 기웃거렸다.

"맞았네. 여기는 캄덴 하우스라네. 왜, 우리들의 집 바로 맞은쪽에 있었잖나?"

"음, 그런데 어째서 이런 곳에 왔지?"

"그 아름다운 건물이 여기서라면 매우 잘 보이기 때문일세. 미안하지만 왓슨, 좀더 창문 옆으로 다가서게. 모습을 보이지 않도록 조심하면서 말일세. 우리들 추억의 방을 올려다보게. 언제나 우리들의 모험의 출발점이 된 그 방을 말일세. 3년쯤 비워 둔 동안에, 나는 자네를 놀라게 하는 힘을 도무지 잃고 만 것일까."

나는 살며시 창문에 다가서서 그리운 방을 올려다보았다. 그 찰나, '앗' 하고 외치고서 숨을 삼켰다. 커튼은 내려져 있지만 방 안은 한낮처럼 밝았는데, 그 커튼에 남자의 그림자가 비치고 있었던 것이다. 의자에 앉아 완전한 옆얼굴은 아니지만, 비스듬히 뚜렷하게 부각되어 있는 그 머리의 갸웃하는 모양이며 그 날카로운 얼굴생김 등은 완전한 홈즈의 재생이었다. 너무나도 놀라워 나는 그만 손을 뻗쳐서 거기에 진짜 홈즈가 서 있는 것을 확인해 보았을 정도였다. 홈즈는 소리를 내지 않고 배를 움켜잡고 웃어 댔다.

"어떤가?"

"이거, 놀랍군! 참으로 이상해."

"세월도 습관도 어쩐지 나의 재능을 무디게 하는 힘은 없었던 모양일세."

이렇게 말하는 그의 목소리에는 예술가가 자기의 작품에 대해서 갖는 환희와 자랑과도 비슷한 울림이 깃들어 있음을 나는 느꼈다.

"어떤가, 나 이상으로 홈즈를 꼭 닮았지?"

"나는 영락없이 자네인 줄만 알았네."

"제작의 명예는 글루노블의 오스키 뮈니에의 것일세. 그는 원형만으로 며칠을 소비하고 있네. 밀랍으로 만든 반신상이야. 나머지 공작은 오늘 저 집에 갔을 때 해 두고 왔네."

"그러나 자네는 무엇 때문에 이런 짓을 하는 건가?"

"그것은 말일세, 어떤 인물에 대해서 내가 있는 것처럼 여기게 하고 싶은 강한 이유가 있기 때문이라네."

"그러면 자네는 저 방이 감시받고 있다는 말인가?"

"확실히 그렇다네."

"누구일까?"

"해묵은 일이지. 그자들의 괴수는 라이헨바흐의 폭포 아래 가라앉아 있어. 그들만은 내가 살아 있음을 알고 있는 걸세. 머잖아 내가 저 방으로 돌아오리라고 알고 있는 거야. 그러므로 그들로부터 쉴새없이 계속 감시를 받아 왔던 것인데, 오늘 아침 나는 돌아온 것을 들키고 말았네."

"어떻게 그걸 알지?"

"창문에서 흘긋 망보는 모습을 보았다네. 뭐, 그놈은 파커라고 하는데 대단한 놈은 못돼. 목을 죄고 노상 강도를 하는 게 일이라서. 입에 넣고 부는 피리의 명수인데, 이런 사나이는 문제도 되지 않아. 하지만 배후에 한 명, 얕볼 수 없는 강적이 있어. 몰리아티의 친구로 라이헨바흐에서 절벽 위로부터 바위를 떨어뜨려 보낸 녀석인데, 온 런던에서도 가장 간지(奸智)에 뛰어난 가공할 만한 인물

가운데 하나야. 이놈이 오늘 밤 나의 뒤를 밟아 왔는데, 지금은 반대로 이쪽이 노리고 있다고는 꿈에도 모를 테지."

홈즈의 계획은 차츰 이해되었다. 이 안성맞춤인 은신 장소는 주객을 바꾸어 놓고 말았던 것이다. 감시자가 감시되고 추적자가 반대로 추적되기에 이르렀다. 저 위쪽 창문의 앙상한 그림자는 미끼로서, 우리들은 사냥꾼인 것이다.

우리들은 말없이 캄캄한 어둠 속에 서서 창문 밖을 급한 걸음으로 오고가는 사람들을 지그시 지켜보고 있었다. 홈즈는 거의 꼼짝도 하지 않았으나 단단히 긴장하여 눈앞을 지나치는 사람들에게 주의를 기울이고 있음을 잘 알 수 있었다.

으슬으슬 춥고 날씨가 궂은 밤이었다. 거리에 바람이 불어대고 오고가는 사람들은 대부분 옷깃을 세우고 머플러로 목을 감싸고서 바쁜 걸음으로 지나갔다. 그 중에서 나는 한두 번 같은 사람을 본 듯싶었다. 그러다가 조금 떨어진 집의 현관 출입구에 바람을 피하듯이 서 있는 두 명의 사나이를 보았으므로 홈즈에게 그것을 알려 주려고 했지만, 그는 조바심이 나는 듯한 목소리를 냈을 뿐 여전히 거리에서 눈을 떼지 않았다. 몇 번이고 발을 움직이며 손끝으로 빠르게 벽을 두들기는 것이 조금 염려가 되기 시작했던 모양이다. 계획이 마음먹은 대로 진행되지 않으므로 초조해진 것이다.

그러는 사이 12시 가까이 되자, 얼마쯤 사람의 왕래가 적어졌다. 그는 억제할 수 없는 마음의 동요 때문에 방 안을 서성거렸다. 나는 말을 걸려고 하다가 문득 건너편의 밝은 창문을 올려다보는 찰나, 다시금 심하게 놀랐다. 나는 홈즈의 팔에 손을 걸치고 위쪽 창문을 가리켰다.

"이봐, 저 그림자가 움직였어!"

창문에 비친 홈즈의 그림자는 이미 옆얼굴이 아니라 이쪽으로 등을 향하고 있는 것이었다.

"물론 움직였을 테지." 그의 무뚝뚝함이라고 할까, 자기보다도 지능이 낮은 자를 대할 때의 성급한 기질은 3년이 지나도 조금도 누그러지지 않았다. "언뜻 보아도 인형이라고 알 수 있는 그런 것을 세워놓고, 그것으로써 유럽에서도 손꼽히는 간사한 지혜를 가진 자들을 속일 수 있다고 내가 생각하고 있기라도 하다는 건가. 벌써 여기에 온 지 3시간이 지났지만, 허드슨 부인이 여덟 번이나 저 반신상을 움직여 주고 있네. 15분마다 한 번씩 말이야. 부인은 등불의 맞은쪽에서 그것을 하고 있기 때문에 결코 창문에 그림자가 비치는 일은 없어. 앗!"

홈즈는 무언가에 놀라서 별안간 숨을 삼켰다. 예사스럽지 않은 긴장으로 온몸을 굳히고 목을 앞으로 내미는 것을 나는 어스름 속에서 보았다. 아까 그 두 명은 현관 출입구에 웅크리기라도 했는지 모습이 보이지 않았다. 길도 어둡기만 할 뿐 아무일이 없고 다만 맞은쪽 창문만이 노란 빛깔 속에 검게 홈즈의 실루엣을 떠올리고 있을 따름이었다. 그러자 더없는 정적 속에서 나는 희미한 소리를 들었다. 그것은 홈즈가 심한 흥분을 숨기려고 낸 것이었다. 갑자기 그는 구석진 어둠 속으로 나를 끌어들이고서 소리를 내지 말라며 손가락을 나의 입술에 갖다댔다. 그 손가락은 떨고 있었다. 홈즈가 이처럼 흥분했던 적은 일찍이 없었던 일이다.

하지만 어두운 거리는 아무 일도 없다는 듯이 다만 바람이 불고 있을 뿐이었다. 그때 나도 홈즈의 날카로운 감각이 재빨리 감지하고 있었던 것을 겨우 귓결에 들었다. 나직하고 은밀한 소리가 나고 있다. 다만 그것은 앞쪽인 베이커 거리가 아니라 우리가 숨어 있는 집의 뒷문 쪽에서 들려오는 것이었다. 문이 열리고 또 닫혀졌다. 그러자 사람의 발소리가 복도로 다가왔다. 살며시 걷는 걸음이지만 괴괴한 빈 집 속이므로 크게 울렸다.

 홈즈가 벽에 기대어 몸을 웅크렸으므로 나도 권총을 단단히 움켜잡고 그대로 따라 했다. 어둠 속을 지그시 지켜보고 있으려니까 이윽고 열어젖혀진 입구에 사람의 모습이 검게 나타났다. 잠시 거기에 서 있었지만 몸을 꾸부리듯이 하고 살금살금 안으로 들어왔다. 우리들로부터 2미터 반쯤 되는 곳까지 다가왔기 때문에 덤벼든다면 상대를 해줄 작정으로 자세를 취했지만, 상대편이 우리들의 존재를 모른다는 것을 알았다.

 그는 우리들의 바로 옆을 지나서 창문에 다가가더니 소리가 나지 않도록 그것을 12, 3센티미터쯤 열었다. 자세를 낮추고 창문이 열린 곳까지 머리를 내렸으므로, 거리로부터 들어오는 광선이 더럽혀진 유리 넘어로 그의 얼굴을 직접 비춰 주었다. 이 사나이도 흥분으로 제정신이 아닌 모양이다. 두 눈은 별처럼 반짝반짝 빛나고 얼굴은 꿈틀꿈틀 경련하고 있었다. 꽤 나이가 들었으며 코가 가늘고 오뚝하며 이마가 벗어졌는데, 코밑에 반백인 굵은 수염이 나 있었다. 오페라 모자(스프링 장치로 납작하게 접을 수 있는 실크햇)를 뒤로 젖혀 쓰고 앞을 벌린 외투 속으로부터는 파티 용 셔츠가 희게 보였다. 거무충충하고 마른 그 얼굴에는 잔인해 보이는 주름살이 깊이 새겨져 있었다.

 이 사나이는 지팡이 같은 것을 손에 들고 있었는데 그것을 아래에 내려놓을 때 쇳소리가 났다. 그는 외투 주머니에서 부피가 큰 것을 꺼내더니 줄곧 무언가를 하고 있었는데, 스프링이나 볼트라도 들어맞는 듯한 날카로운 소리가 크게 들리더니, 이윽고 그 작업이 끝난 모양이다. 그러나 그는 아직도 무릎을 꿇고 온 몸의 무게를 지렛대 같은 것에 걸고 힘을 주어 비벼대는 듯한 소리를 연속적으로 내고 있었다. 이 작업도 짤깍 하는 큰소리와 더불어 끝난 모양이었다.

 이어서 이 사나이는 몸을 일으켰다. 보니까 손에 들고 있는 것은 기묘한 모양의 개머리를 가진 일종의 장총이었다. 총열을 열어 무언가 채우자 그걸 닫고 나서 다시 몸을 웅크리더니 열린 창문틀에 총열을 걸쳤다. 그리고 굵은 수염을 총대에 붙이며 조준을 해보고서 만족한 듯이 고개를 끄덕였다. 그는 총대를 어깨에 대고 조준을 했는데, 놀랍게도 그가 노리고 있는 것은 예의 밝은 창문에 보이는 홈즈의 검은 그림자였던 것이다.

그는 잠시 동안 꼼짝도 하지 않았지만 이윽고 방아쇠를 당긴 것이리라. 쉭 하는 높은 소리에 이어서 유리가 깨지는 요란한 소리가 주위에 울려퍼졌다. 그 순간 홈즈는 맹호와 같은 기세로 그 사나이의 뒤에서 덮쳐 엎어진 자세로 바닥에 메다붙였으나, 상대는 곧 뛰어 일어나서 무서운 기세로 홈즈의 목을 움켜잡으려고 했다. 그러나 그때 내가 재빨리 권총의 개머리로 그 사나이의 머리를 한 대 퍽 하고 후려쳤으므로 다시 쓰러지고 말았다.

내가 재빨리 괴한을 덮어누르자 홈즈는 날카롭게 호루라기를 불었다. 그러자 거리를 달려오는 구두 소리가 나고 두 명의 제복 경찰관과 한 사람의 사복 경찰관이 현관으로부터 뛰어들어왔다.

"레스트레이드 씨이지요?"

"홈즈 씨입니까? 제가 직접 나왔지요. 런던으로 잘 돌아오셨습니다, 홈즈 씨."

"비공식적인 조력도 조금은 필요할까 싶어서요. 미궁에 빠진 살인 사건이 1년에 세 건이나 되면 곤란하겠지요, 레스트레이드 씨? 그렇지만 모울지 사건 (사리주 킹스톤 아폰 템즈 근교에 동·서 모울지라는 지명에서 따왔다고 추측됨)은 여느 때와는 달리 뭐랄까…… 그렇지! 꽤 멋지더군요."

우리들은 모두 일어섰다. 괴한은 건장한 경관에게 양쪽으로 붙잡혀서 숨을 헐떡이고 있었다. 밖에는 벌써 구경꾼들이 모여든 모양이다. 홈즈는 창문을 닫고 블라인드를 내렸다. 레스트레이드가 초를 두 자루 내놓았고 경찰관이 각등의 덮개를 벗겼으므로 우리들은 비로소 괴한의 얼굴을 잘 볼 수가 있었다.

이쪽으로 향한 그 얼굴은 매우 남자다워 보였는데, 놀랄 만큼 흉악한 상이었다. 학자와 같은 넓은 이마와 호색가다운 커다란 턱을 가진 이 사나이는 선에도 악에도 큰 능력을 발휘할 게 틀림없어 보였다. 하지만 냉소적으로 늘어뜨린 눈꺼풀 속의 잔인한 푸른 눈과 무섭게 공격적인 코며 위협적인 깊은 주름이 새겨진 그 이마를 본다면, 어느 누구라도 거기에 조화의 신의 솔직한 위험 신호를 느끼지 않을 수 없으리라. 그는 우리들을 거들떠보지도 않고 증오와 경탄이 비슷하게 섞인 표정으로 홈즈만을 응시하고 있었다.

"악마! 이 건방진 악마 같으니!" 그는 넋두리를 늘어놓았다.

"오, 대령님." 홈즈는 구겨진 칼라를 고쳐 주면서 말을 이었다. "나그네 길의 끝은 애인과의 만남이라고 옛날 연극의 대사에 있지만, 얼마 동안 통 뵙지를 못했었군요. 라이헨바흐 폭포수 위의 절벽 중간에서 만나고, 여러 가지 배려를 받은 뒤가 아닙니까."

뭐라고 말하든말든 대령이라고 불린 사나이는 마치 정신 기능이 멈춘 사람처럼 멍하니 홈즈의 얼굴을 쏘아본 채 "이 교활한 악마놈 같으니!"라고 중얼거릴 뿐이었다.

"아직 여러분에게는 소개해 드리지 않았지만, 이 신사는 세바스찬 모란 대령으로서 한때는 우리 대영 제국 인도군의 명예로운 장교였으며, 또한 맹수 사냥에 있어 우리 동방 제국이 낳은 최대의 명수였지요. 그렇지요, 대령? 호랑이 사냥으로서는 아직도 당신의 기록을 깬 자가 없겠지요?"

그런데도 아직 이 광포한 노인은 아무 말도 않고 다만 지그시 홈즈의 얼굴을 노려보고 있을 뿐이었다. 나로서는 그 매서운 눈빛과 뻣뻣한 수염을 보고 있노라니 이 노인 자신이 호랑이가 된 것처럼 느껴졌다.

"이렇듯 노련한 사냥꾼이 간단한 속임수에 걸리다니 오히려 이상하기만 하군요. 당신도 해본 적이 있겠지만 나무 아래에 새끼양을 붙들어맨 뒤 총을 가지고 나무 위에 숨어서, 먹이에 이끌려 호랑이가 오는 것을 기다린 기억이 있겠지요? 이 빈 집이 나무이고 당신이 호랑이라고나 할까. 물론 호랑이가 한 마리만 있는 게 아니겠지만. 어쨌든 이런 가정은 어떨까 싶군요. 잘못 쏘았을 경우에 대비하여 아마 당신도 예비총을 준비하셨을 테지요? 이것이" 하고 홈즈는 빙그르르 우리들 쪽으로 손을 흔들며 말했다. "나의 예비총이오. 그 호랑이잡이와 서로 들어맞고 있지요."

모란 대령은 이때 노기 띤 목소리와 함께 무시무시한 기세로 홈즈에게 덤벼들려고 하였지만, 곧 양쪽의 경찰관에게 가로막히고 말았다. 성난 모습은 보기에도 무섭기만 했다.

"솔직히 말해서 나도 한 가지 좀 뜻밖이라서 놀랐소. 이 빈 집의 이 안성맞춤인 창문을 당신 자신이 이용하리라고는 생각도 못했었지요. 당신은 길에서 감행하리라고만 생각하고 있었소. 그러므로 밖에는 레스트레이드 씨와 유능한 부하가 기다리고 있었지요. 그밖의 점은 모두 예상대로였소."

모란 대령은 레스트레이드 쪽으로 향하여 거칠게 항의했다.

"당신은 나를 체포할 정당한 이유를 갖고 계실지 모르지만, 내가 이 사나이의 한없는 비웃음을 참아야 할 이유는 없을 것 같소. 정당한 법의 손으로 체포한 것이라면 모두 법이 정한 대로 좇아 주기 바라오."

"하기야 그것은 지당한 이야기죠. 그럼, 홈즈 씨. 데리고 가겠습니다만 더 이상 하실 말씀은 없습니까?"

홈즈는 떨어져 있는 모란 대령의 강력한 공기총을 주워올려 구조를 살피고 있다가 말했다.

"경탄할 만한 무기요. 총소리가 안 날 뿐 아니라 아주 강력하여 견줄 만한 게 없는 듯하오. 죽은 몰리아티 교수의 주문으로 이것을 만든 독일의 장님 기계 기사 폰 헤르덴은 나도 알고 있지만, 지금까지 이 총의 실재를 알고 있으면서도 실물을 손에 잡아 보기는 오늘이 처음이오. 레스트레이드 씨, 그럼 이 총을 확실히 맡기겠습니다. 총알도 말입니다."

"부디 저희들을 믿어 주십시오. 그런데 아직도 무언가 하실 말씀이 있습니까?"

레스트레이드는 모두와 함께 문 쪽으로 가려다가 물었다.

"대령을 무슨 용의자로서 데리고 갈 작정인지 그것을 들어 두고 싶군요."

"그거야 물론 셜록 홈즈 살해 미수죄이지요."

"그것은 좋지 않소. 나는 이 사건에 일체 이름을 드러내고 싶지 않습니다. 이 범인 체포의 영예는 당신에게, 당신에게만 돌아가야 할 것입니다. 사실 당신의 활약 때문이었으니까요. 언제나 교묘하고도 대담한 활동으로 정통으로 과녁을 맞힌 겁니다."

"과녁을? 그것은 무슨 뜻입니까?"

"경찰이 온힘을 기울였으면서도 아직 체포하지 못하고 있는 범인 지난달 30일에 파크 레인 427번지 앞쪽 3층의 열어젖혀진 창문 넘어로 공기총의 덤덤탄(1886년 인도의 캘커타 부근에 있는 dumdum 조병창에서 제조되어 이 이름이 붙여졌는데, 몸에 맞으면 상처가 커지므로 현재는 사용이 금지됨)으로 로널드 아데어 경을 사살한 범인——세바스찬 모란 대령을 말이지요. 이것이 이 사나이의 진짜 죄명입니다. 그럼 왓슨, 유리창이 깨져서 찬바람은 들어올 테지만, 참고 내 방에서 30분쯤 담배라도 피우고 가지 않겠나?

무엇인가 도움될 재미있는 이야기가 있을지도 모르니까."

우리의 옛날 방은 마이크로푸트 홈즈의 관리와 허드슨 부인의 보살핌으로 전과 조금도 달라진 데가 없었다. 방 안은 지나칠 만큼 깨끗했고, 일상 용품이며 가구 등이 모두 저마다의 장소에 가지런히 놓여 있었다. 한쪽 구석에 화학 실험 장소도 있고 산(酸)으로 더럽혀진 송판 실험대도 있으며, 선반 위에는 가공할 만한 스크랩 장이며 참고서 나부랭이가 널려 있었다. 이것은 런던 시민 중에서도 불태워 버리고 싶어하는 이들이 적지 않을 것이다. 그리고 도표류, 바이올린 케이스, 파이프 걸이, 페르시아의 슬리퍼——그 속에 담배가 들어 있었는데——까지 첫눈에 알아볼 수 있었다.

방 안에는 두 명의 인물이 있었다. 한 사람은 허드슨 부인으로 우리들을 보더니 웃는 얼굴로 맞이해 주었다. 또 하나는 오늘 밤의 모험에 중요한 역할을 맡은 기묘한 등신대의 인형이었다. 정말 홈즈와 똑같았다. 조금도 다른 데가 없는 솜씨의 밀랍상이다. 그것에 홈즈의 가운을 입히고 조그마한 각대(脚臺) 위에 앉혀 놓았기 때문에, 밖에서 그 그림자를 보고 속은 것도 무리가 아니리라.

"주의 사항은 빠짐없이 지켜 주셨을 테죠, 허드슨 부인?"

"말씀하신 것처럼 무릎걸음으로 했지요."

"잘하셨습니다. 아주 훌륭한 솜씨였어요. 그런데 어디에 총알이 맞았습니까?"

"훌륭한 상을 망쳐 놓고 말았어요…… 머리를 꿰뚫고 벽에 맞아 양탄자 위에 떨어졌지요. 여기에 주워 두었습니다만, 이렇게 끝이 납작해져 버렸어요."

홈즈는 그것을 받아 나에게 보이면서 말했다.

"보게나, 장총의 덤덤탄이라네. 천재적이지 않은가. 이것을 설마 공기총으로 쏘았다고는 아무도 생각하지 못할 테니까 말야. 허드슨 부인, 매우 수고가 많으셨습니다. 그런데 왓슨, 옛날처럼 그 의자에 앉아 보지 않겠는가. 두서너 가지 자네하고 토론하고 싶은 점이 있으니까."

홈즈는 초라한 프록코트를 벗어 버리고 반신상에서 벗긴 쥐색 가운을 입었다. 완전히 옛날의 그로 돌아간 것처럼 보였다.

"노 사수(射手) 선생께서는 역시 신경도 시력도 쇠약해 있지 않았네." 홈즈는 반신상의 부서진 앞이마를 조사해 보고 웃으면서 말했다. "뒤통수의 한복판에 맞아 골을 박살냈군. 아무튼 인도에서는 제일가는 명사수였으니까…… 런던에서도 이 사나이와 겨룰 만한 자는 아마 없을 게야. 자네도 모란이라는 이름을 들은 적이 있을 테지?"

"아니, 전혀 못 들었네."

"음, 평판이 자자한데, 하기야 자네는 세기의 가장 위대한 지략가 제임스 몰리아티 교수의 이름도 몰랐었으니까. 잠깐 그 책꽂이에서 내가 편집한 전기 편람을 꺼내 주게나."

그는 의자 등받이에 기대고 앉아 담배 연기를 줄곧 뿜어대며 느릿느릿 페이지를 넘기기 시작했다.

"대부분의 항목은 거물들뿐이로군. 몰리아티는 전권(全卷)을 통해서 거물이지만 그밖에 독살업자인 모르건이 있는데다가, 생각만 해도 기분이 나빠지는 메리듀가 있고 머슈즈도 있네. 이 자는 채링크로스 역의 대합실에서 나의 왼쪽 송곳니를 부러뜨린 놈이야. 그리고 아, 여기에 오늘 밤의 선생이 있군."

이렇게 말하며 홈즈가 책을 건네 주었으므로 나는 그 항목을 읽어 보았다.

"모란 세바스찬. 예비역 대령, 전 벵골 제1공병대 소속. 1840년 런던 출생. 아버지는 전 페르시아 주재 영국 공사이며 제3급 바드 훈장을 받은 준남작 오거스터스 모란. 이튼 학교 및 옥스퍼드 대학에서 배움. 조워키 전쟁, 아프간 전쟁에 종군. 차라시아브 파견. 샤풀, 카불 등지에서 근무. 저서로 1881년판《서부 히말라야의 맹수 사냥》, 1884년판《정글의 3개월》등이 있음. 주소 콘지트 거리. 소속 클럽은 영인(英印) 클럽, 턴커빌 클럽, 바가텔 카드 클럽."

여백에 홈즈의 꼼꼼한 글씨로 '런던 제2의 위험 인물임'이라고 씌어 있었다.

"놀랐는걸." 나는 책을 홈즈에게 돌려주면서 말했다. "군인으로서 훌륭한 이력을 갖고 있지 않은가."

"그렇네. 어떤 시기까지는 올바르게 살아왔던 걸세. 본디 무쇠 같은 성격의 소유자로서 말이야. 상처입은 사람을 잡아먹은 호랑이를 추적하여 하수도를 기어다녔다는 이야기는 지금도 인도에서 유명한 화젯거리지. 나무도 어떤 높이까지는 곧게 자라던 것이 별안간 보기 흉한 모양으로 비틀어지는 게 있지 않은가? 사람 중에서도 자주 그런 것을 볼 수 있네. 개인은 그 성장 과정 속에서 조상이 밟아 온 온갖 과정을 재현하게 되는데 선과 악 중 어느 방향으로든 급격히 변화한다는 것은, 그 사람의 혈통 속에 흐르고 있는 강한 영향력을 표시한다는 지론을 나는 가지고 있네. 이를테면 개인은 가족사의 축도에 지나지 않는 거야."

"어쩐지 좀 기발한 것 같은데."

"아무튼 그런 일은 아무래도 좋아. 고집하는 것은 아닐세. 무엇이 원인인지 모르지만, 모란 대령은 악인 쪽으로 빗나가기 시작했네. 그리하여 스캔들로 번지는 데까지는 이르지 않았지만 인도에는 있을 수가 없게 되었으므로 퇴역하여 런던으로 돌아왔지. 돌아오기는 했지만 다시금 악평이 나돌기 시작했네.

그때 나타난 것이 몰리아티 교수로서, 대령은 몰리아티에게 발탁되어 한때는 그 참모장격인 관계로도 있었네. 몰리아티 쪽에서도 대령에게 많은 돈을 주고 보통 범죄자로서는 쓸모가 없을 듯한 아주 단수높은 일에만 한두 번 그를 썼었지. 1887년 라우더의 스튜어트 부인이 죽은 사건을 자네는 기억하고 있을 테지만 뭐, 모른다고? 모르더라도 좋지만, 그 사건 뒤에는 확실히 모란이 있었건만 뭐니뭐니해도 증거가 없었네. 아무튼 몰리아티 일당이 괴멸했을 때도 그만은 꼬리를 잡히지 않았을 만큼 대령은 몸을 숨기는 데 교묘한 사나이였지. 언젠가 자네 집에 갔을 때(《셜록 홈즈의 회상》에 나오는 〈마지막 사건〉 참조) 내가 공기총을 겁내며 창의 덧문을 닫게 한 것을 자네는 기억하고 있나? 그때 자네는 나를 몽상가라고 생각했을 테지만, 나로서는 그 가공할 만한 공기총의 실재를 믿고 그것을 가지고 있는 자가 세계적인 명사수임을 알고 있었기 때문에 당연한 의심을 했을 뿐이라네. 그러고 나서 우리들이 스위스에 가자 대령은 몰리아티와 둘이서 미행을 해 왔다. 그 결과로 나는 라이헨바흐의 폭포 절벽에서 식은땀 흘리는 5분간을 경험했는데, 그가 이 사나이임에 틀림없네.

내가 프랑스에 머무르고 있는 동안 신문을 주의깊게 보았으리라는 것은 자네도 알겠지. 어떻게든지 대령을 체포할 기회가 없나 하고 유심히 보았던 거야. 이 사나이가 런던에서 버티고 있는 한, 나의 생활은 참으로 사는 보람이 없게 되지. 낮이나 밤이나 나를 노리고 결국은 기회를 잡을 게 뻔하니까. 그럼, 어떻게 해야 좋을까? 발견하는 대로 때려 죽일 것인가? 그렇다면 이쪽이 피고석에 서지 않으면 안 되네. 그럼, 당국에 고발할 것인가? 당국으로서는 근거도 없는 의심쯤으로밖에 생각지 않을 것이므로 그런 이야기를 상대해 줄 리가 없지.

할 수 없이 나는 머잖아 꼬리가 잡힐 때가 오리라 믿고서 날마다 신문의 범죄 뉴스에 관심을 집중하고 있었네. 그러던 참에 이번의 로널드 아데어 경 살인 사건이 일어난 거야. 기회는 마침내 왔네. 내가 알고 있는 만큼의 예비 지식이 있다면, 이 범인이 모란 대령이라는 건 누구라도 알 수 있을 걸세. 대령은 로널드와 카드놀이를 했네. 그런 뒤 클럽에서부터 집까지 뒤를 밟아 열린 창문으로 쏘았던 거지. 이미 한 점도 의심할 나위가 없어. 총알만으로 대령을 교수대에 보내는 데 충분한 증거가 되네.

나는 곧 런던으로 돌아왔지. 그리하여 망보는 자에게 들키고 말았지만, 감시자로부터 보고를 받은 대령은 내가 갑작스럽게 돌아온 것을 자기의 범행과 결부시켜서 생각하고 크게 당황하여 자기의 몸을 지키고자 할 것이 분명했지. 그러자면 때를 놓치지 않고 나를 없애려는 결심을 실행에 옮기어 저 가공할 만한 무기를 들고 나서리라 생각했네. 그래서 나는 대령을 위해 이 창문에 안성맞춤인 과녁을 마련해 두고, 필요성을 예상했기 때문에 경찰에 연락을 취했어. 그러고 보니 여담이지만, 자네는 눈치빠르게도 잠복중인 자들을 현관 출입구에서 발견했던 모양이더군. 그리하여 나는 감시 장소를 교묘히 택한 셈이었는데, 같은 곳을 대령이 습격의 거점으로 이용하리라고는 꿈에도 생각지 못했네. 대강 이와 같은 이야기인데 왓슨, 아직도 어딘가 설명이 모자라는 곳이 있나?"
"있지. 모란 대령은 왜 로널드 아데어 경을 죽였는가, 그 동기에 대해서는 아무런 설명이 없었네."
"아, 그것 말인가. 그 점에 있어서는 억측의 영역이니만큼, 아무리 논리적인 두뇌를 가졌더라도 절대로 틀리지 않는다고는 말할 수 없을 걸세. 제시된 것뿐인 증거 위에 각자의 가설이 세워질 수 있겠네. 자네의 말도 정확하다고 할 수 있지."
"자네는 벌써 무언가 짐작하고 있다는 거로군?"
"대체적인 설명을 하는 건 어렵지 않다고 생각하네. 조서에 의하면 로널드는 대령과 편을 짜고서 상당한 금액을 따고 있었어. 대령은 카드놀이에서 속임수를 쓰는 거야. 나는 오래 전부터 그것을 눈치채고 있었네. 생각건대 로널드는 살해된 날 아마 그것을 알아차렸을 거야. 그래서 그가 대령과 단둘이 있을 때, 자발적으로 클럽을 그만두고 앞으로 카드를 손에 잡지 않는다고 맹세하지 않으면 부정을 밝히겠다고 협박했다는 건 충분히 있을 법한 일이야. 로널드와 같은 젊은 사람이, 그러한 경우 훨씬 연장자이고 신분도 있는 상대에 대해서 느닷없이 세상에 공표하여 명예스럽지 못한 창피를 주리라고는 거의 생각할 수 없으니까 아마도 살머시 경고했을 거야.

대령 쪽은 카드놀이의 부정 수입으로 생활하고 있으니만큼, 클럽에서 추방된다면 파멸일세. 그래서 로널드를 죽여 버린 건데, 로널드는 살해될 때 파트너의 부정으로 딴 돈을 갖기 싫었기 때문에 얼마를 되돌려 주면 좋은지 그것을 계산하고 있었던 거야. 여자들이 들어오게 되면, 남의 이름을 쓰고 돈을 계산하는 이상한 일을 하고 있으니만큼 귀찮게 추궁당할 것을 겁내어 평소의 습관과는 달리 방에 쇠를 채워 두었던 것이네. 이것으로 어떻겠나?"
"음, 확실히 그것이 맞는 것 같군."
"진위는 어차피 법정에서 입증될 걸세. 어찌 되었든간에 폰 헤르덴의 유명한 공기총은 런던 경시청의 박물관을 장식하게 되고, 우리는 이제 모란 대령에게 괴로움을 당할 걱정이 없어졌어. 그래서 셜록 홈즈는 그의 생애를 다시, 런던의 복잡한 생활이 차례차례로 풍부하게 빚어내는 흥미로운 문제의 탐구에 바칠 수 있다, 이 말일세."

노우드의 건축업자

"범죄 전문가로서 볼 때, 안타깝게도 몰리아티 교수가 죽은 뒤에 런던은 아주 지루한 도시가 되어가고 있네."
셜록 홈즈가 말했다.
"분별 있는 시민들 중에서 자네 말에 따를 사람은 별로 없을 것 같은데."
나는 이렇게 대꾸했다.
"그래 맞아, 그건 좀 이기적인 생각이지."
홈즈는 아침 식사를 마치고 의자를 뒤로 물리며 씩 웃었다.
"사회적으로는 분명히 잘된 일이고 일거리가 없어진 불쌍한 전문가만 빼면 아무도 손해 볼 사람은 없으니까 말일세. 그자가 런던을 주름잡고 있을 때 조간 신문에는 그야말로 예측할 수 없는 기사가 실리곤 했지. 사실 나는 아주 사소한 흔적, 가장 희미한 자취만 보고도 그 뒤에 지독하게 사악한 두뇌가 숨어 있다는 것을 알아차린 적이 많았네. 거미줄 가장자리가 보일 듯 말 듯하게 떨리는 것만 봐도 가운데 엎드려 있는 흉측한 거미의 존재를 알 수 있는 것처럼 말일세. 좀도둑질, 이유 없는 폭력, 이로울 것 없는 불법 행위……, 단서를 쥐고 있는 사람은 이 모든 것을 전체와 관련시켜 파악할 수 있지. 지능적인 범죄의 세계를 탐구하는 과학도에게 유럽의 수도 중에서 런던만큼 장점을 갖춘 도시는 없었네. 그런데 지금은 ……."

홈즈는 자신이 범죄 조직을 모조리 잡아들이는 데 결정적인 역할을 해놓고도 정작 그 결과는 마음에 안 든다는 듯 우스꽝스러운 표정으로 어깨를 들썩였다.

그것은 홈즈가 돌아온 지 몇 달 뒤의 일이었는데, 나는 그의 요청에 따라 병원을 팔고 베이커 거리 옛 하숙집으로 돌아와 있었다. 켄징턴에 있는 내 작은 병원을 인수한 사람은 버너라는 젊은 의사였는데, 놀랍게도 그는 내가 처음에 한껏 높여 부른 금액에서 한푼도 깎으려 들지 않았다. 몇 년 뒤에야 나는 버너가 홈즈의 먼 친척이고, 병원을 인수할 자금을 댄 사람은 다름 아닌 내 친구라는 사실을 알고 비로소 그때의 일을 납득할 수 있었다.

사실, 우리가 함께 지낸 몇 달이 그가 말했던 것처럼 그렇게 아무 일도 없이 평온했던 것만은 아니었다. 노트를 들여다보니 이 시기에 무릴로 전 회장의 서류 사건, 그리고 우리 둘 다 죽을 뻔했던, 네덜란드 기선 프리즐란드호의 충격적인 사건도 있었다. 홈즈는 냉정하고 자만심이 강했음에도 대중의 갈채라는 것을 극단적으로 싫어해서, 바로 그런 이유로 내게 자신에 대해서나 자신의 방법 또는 성공 사례에 대해 더 이상 말하지 말라고 엄중하게 요구했다. 이 함구령이 철회된 것은 앞서 말한 대로 최근 들어서의 일이다.

셜록 홈즈는 이렇게 별난 불평을 늘어놓은 다음 의자에 몸을 파묻고 한가롭게 조간 신문을 펼쳐들었다. 바로 그때 초인종이 마구 울려대더니, 뒤이어 누군가 주먹으로 현관문을 쾅쾅 두드리는 듯 둔탁한 소리가 들려왔다. 문이 열리자 손님은 요란스럽게 안으로 밀고 들어와 후닥닥 계단을 뛰어올랐다. 곧이어 미친 사람 같은 눈에 창백한 얼굴, 매무새가 흐트러진 젊은이가 숨을 몰아쉬며 다급하게 방 안으로 뛰어들어 왔다. 그는 우리 두 사람을 번갈아 쳐다보다가 의아한 시선을 느끼고, 이렇듯 무례하게 침입한 데 대해 뭔가 사과가 필요하다는 것을 의식한 듯 말을 꺼냈다.

"죄송합니다, 홈즈 선생님."

그는 부르짖었다.

"저를 나무라지 마십시오. 저는 미치기 직전입니다. 홈즈 선생님, 제가 바로 그 불운한 사나이 존 헥터 맥팔란입니다."

청년은 자신의 이름을 대는 것만으로, 여기를 찾아온 이유나 그 이상한 태도가 설명되는 것처럼 목청껏 소리를 질러댔다. 하지만 나는 내 친구의 표정없는 얼굴을 보고, 그도 나와 마찬가지로 그 이름에 대해 아는 게 별로 없다는 걸 알 수 있었다.

"맥팔란 씨, 담배 한 대 태우시지요." 홈즈는 담뱃갑을 내밀며 말했다.

"그런 증상이라면 여기 있는 왓슨 박사가 진정제를 처방해 줄 겁니다. 어쨌거나 한 며칠 날씨가 너무 따뜻했으니까요. 하여간 좀 진정이 되시면 그 의자에 앉아 당신이 누구고 무슨 용건으로 오셨는지 차근차근 말씀해 주십시오. 제가 마치 당신에 대해서 잘 알고 있는 것처럼 얘기했던 모양인데, 당신이 법률사무소 직원이고 프리메이슨(freemason. 밖에 자유 평등을 실현하려는 세계적 규모의 단체. 중세 이후 숙련공 조합을 모체로 18세기초 영국에서 성립되었다. 많은 명사들도 회원으로 있다고 하나 전모는 밝혀지지 않음)인 데다 천식환자라는 사실 밖에 아는 게 없답니다."

나는 내 친구의 방법에 익숙했으므로 흐트러진 매무새, 법률 서류 다발, 시곗줄 장식, 그리고 가쁜 호흡을 보고 그의 추리를 따라갈 수 있었다. 하지만 손님은 깜짝 놀라 홈즈를 응시했다.

"예, 전부 옳으신 말씀입니다, 홈즈 선생님. 그 밖에 덧붙이자면 제가 지금 런던에서 제일 불쌍한 사람이라는 거죠. 제발, 제발 저를 버리지 마십시오, 홈즈 선생님! 제가 이야기를 끝내기 전에 저를 체포하러 오면, 그 사람들한테 제가 사실을 다 말할 수 있도록 시간을 좀 주라고 하세요. 만일 선생님이 밖에서 저를 위해 뛰고 계신다는 걸 알면 저는 기쁜 마음으로 감옥에 갈 수 있을 것 같습니다."

"당신을 체포한다고! 허, 그것 참 마음에 드……, 아니, 참 흥미로운 사건이군요. 그래, 무슨 혐의로 당신을 체포한답디까?"

"로워 노우드의 조너스 올더커 씨 살해 혐의로."

표정이 풍부한 내 친구의 얼굴에 동정하는 빛이 떠올랐는데 그 속에 언뜻 만족감이 보였다.

"저런, 나는 방금 전에 아침을 먹으면서 내 친구 왓슨 박사한테 요즘 신문에선 대형 사건이 아예 자취를 감췄다고 했는데요."

손님은 떨리는 손을 뻗어 아직도 홈즈의 무릎 위에 놓여 있는 〈데일리 텔레그래프〉를 집어들었다.

"만약 이 신문을 보셨다면 제가 오늘 아침에 찾아온 이유가 뭔지 당장 아셨을 겁니다. 저는 모든 사람들이 다, 저와 제가 당한 불운을 알고 있는 것만 같습니다."

청년은 신문을 넘기더니 가운데 쪽을 펼쳤다.

"여기 있습니다. 괜찮으시다면 제가 읽어보지요. 들어보십시오. 제목은 '로워 노우드의 괴사건. 저명한 건축업자 실종. 살인 및 방화로 추정. 범인에 대한 단서 포착.' 홈즈 선생님, 경찰에선 벌써 단서를 쫓고 있다는데 저는 그 단서가 필연적으로 저를 가리키게 된다는 걸 잘 알고 있습니다. 런던교 역에서부터 누가 뒤를 따라오던데 경찰은 저에 대한 체포 영장이 떨어지기만을 기다리는 게 분명합니다. 저희 어머니가 아시면 억장이 무너지실 겁니다. 억장이 무너지실 거예요!"

청년은 불안해서 견딜 수 없다는 듯 두 손을 움켜잡으며 의자에 앉은 채로 몸을 앞뒤로 흔들었다.

나는 중죄를 저지른 혐의를 받고 있는 청년을 관심있게 지켜보았다. 금발의 청년은 준수한 용모였지만 낯빛이 몹시 파리했으며 푸른 눈은 잔뜩 겁에 질려 있었다. 얼굴은 깨끗이 면도했고 입매는 나약하고 예민해 보였다. 나이는 27살 정도로 짐작되고 옷차림과 태도는 신사다웠다. 가벼운 여름용 외투 주머니에서 삐죽이 나온 배서한 서류 다발로 직업을 짐작할 수 있었다.

"우리는 시간을 아껴야 하네. 왓슨, 미안하지만 문제의 기사를 읽어주겠나?"

나는 의뢰인이 읽은 자극적인 제목 밑의 의미심장한 기사를 낭독했다.

"지난밤 늦게나 오늘 새벽, 로워 노우드에서 중대한 범죄 행위로 추정되는 사건이 발생했다. 조너스 올더커 씨는 노우드 지역의 유지로서 오랫동안 건축업에 몸담아 왔다. 52세의 독신 남성인 올더커 씨는 딥딘로의 시든햄 쪽 끝에 있는 딥딘 저택에서 살고 있다. 그는 평소 남과 어울리지 않는 폐쇄적인 생활 방식과 이상한 버릇으로 유명했다. 일선에서 은퇴한 지는 벌써 여러 해 되었지만 그동안 상당한 재산을 모은 것으로 알려져 있다. 그의 집 뒤에는 아직도 작은 목재 야적장이 있는데, 지난밤 12시쯤에 그곳의 목재 더미에서 불길이 치솟았다. 소방대가 즉각 현장에 출동했으나 바싹 마른 나무는 맹렬한 기세로 타올랐고, 결국 목재 더미가 전부 타버리게 될 때까지 화재를 진압하는 것은 불가능했다. 이때까지만 해도 이 사건은 흔한 사고로 보였지만 중대한 범죄를 암시하는 새로운 증거가 속속 드러났다. 화재 현장에 집주인이 나타나지 않은 걸 보고 사람들이 웅성거리자 조사가 이어졌는데, 올더커 씨가 집 안에 없다는 것이 확인되었다. 그의 방을 살펴보니, 침대에는 사람이 들어가 잔 흔적이 없었고 방 안 금고문은 활짝 열려 있었으며 중요한 서류들이 여기저기 흩어져 있었다. 또한 격투가 벌어진 흔적이 있었는데, 방 안에는 약간의 핏자국과 손잡이에 혈흔이 남아 있는 참나무 스틱이 발견되었다. 조너스 올더커 씨는 지난밤 늦게 침실에서 손님을 맞았다고 하는데, 문제의 스틱은 존 헥터 맥팔란이라는 런던의 젊은 법무사의 것이라는 게 확인되었다. 맥팔란은 이스트 센트럴 구, 그레샴 빌딩 426호의 '그레샴 앤 맥팔란' 법률 사무소의 부소장이다. 경찰에서는 범행 동기를 확실히 드러내는 증거를 확보했다고 하니, 사건은 조만간 새로운 국면으로 발전될 것이 확실하다.

　속보——기사 마감 직전에 존 헥터 맥팔란 씨가 조너스 올더커 씨 살해 혐의로 체포되었다는 소식이 전해졌다. 적어도 체포 영장이 발부된 것은 확실하다. 노우드 사건의 조사 과정에서 심상찮은 조사 결과가 쏟아져 나온 것이다. 불운한 건축업자의 방에서는 격투의 흔적 외에도 1층 침실 창문이 열려 있었고, 무거운 물체를 목재더미 쪽으로 끌고 간 흔적 등이 발견되었다. 그리고 마지막으로 야적장의 잿더미에서 타다 남은 새까만 유골이 나왔다고 한다. 경찰에선 참혹한 범죄가 저질러진 것으로 추정하고 있다. 즉 범인은 올더커 씨의 침실에서 주인을 스틱으로 때려 살해한 뒤, 서류를 훔치고 사체를 목재 더미로 끌고 가서 유기한 다음, 범행 흔적을 완전히 없애기 위해 불을 질렀다는 것이다. 범죄 수사의 책임자는 경험이 풍부한 런던 경시청의 레스트레이드 경감이다. 경감은 현재 평소의 열정과 기민함을 발휘하여 단서를 쫓고 있다."

셜록 홈즈는 두 눈을 지그시 감고 양손 끝을 모은 채 이 놀라운 이야기에 귀 기울였다.
"이 사건에는 정말 흥미로운 요소들이 있군."
그는 나른한 태도로 말했다.
"맥팔란 씨, 먼저 한 가지 묻겠습니다. 당신을 체포할 이유는 충분한 것 같은데 어째서 아직까지 영장이 집행되지 않은 거지요?"
"홈즈 선생님, 저는 부모님과 함께 블랙히스의 토링턴 저택에 살고 있습니다만, 간밤에는 조너스 올더커 씨와 늦게까지 일처리를 해야 했습니다. 그래서 노우드의 한 호텔에서 자고 출근했지요. 저는 이 사건에 대해 아무것도 모르고 있다가 기차 안에서 방금 박사님께서 낭독한 기사를 읽게 되었습니다. 저는 당장 끔찍한 처지가 될 게 분명했기 때문에 선생님에게 사건을 의뢰하기 위해 이리로 곧장 달려왔지요. 사무실이나 집에 있었다면 저는 분명히 체포됐을 겁니다. 런던교 역에서부터 한 사내가 줄곧 뒤를 따라왔는데 그는 틀림없이……, 어이쿠! 저게 무슨 소리지?"
초인종 소리가 나더니 뒤이어 계단을 올라오는 무거운 발자국 소리가 들렸다. 잠시 뒤 오랜 친구 레스트레이드가 문 앞에 나타났다. 그의 어깨 너머로 정복을 입은 경찰관 두엇이 보였다.
"존 헥터 맥팔란 씨?"
레스트레이드가 말했다.
불운한 의뢰인은 새파랗게 질린 얼굴로 벌떡 일어섰다.
"로워 노우드의 조너스 올더커 씨를 계획적으로 살해한 혐의로 당신을 체포하겠소."

맥팔란은 우리를 쳐다보며 절망적인 몸짓을 하더니 온 몸에서 힘이 쭉 빠져나간 사람처럼 도로 털썩 주저앉았다.

"레스트레이드 경감, 잠깐만."

홈즈는 말했다.

"30분 정도 늦는다고 해서 크게 문제될 건 없겠지요? 이 신사는 마침 대단히 흥미로운 이번 사건에 대해 설명하고 있던 참이었습니다. 사건을 해결하는 데 도움이 될 수 있게 말이오."

"내 생각으로는 사건 해결에는 전혀 어려움이 없을 것 같소."

레스트레이드는 험악한 얼굴로 말했다.

"그래도 허락해 준다면 나는 이 신사 분의 설명을 들어보고 싶군요."

"좋소, 홈즈 씨. 당신이 무슨 부탁을 하면 내 입장에서는 뿌리치기 어렵군요. 당신은 과거에도 한두 차례 경찰에 도움을 준 적이 있으니, 우리 런던 경시청에서 당신한테 빚을 갚는 건 당연하오. 하지만 나는 피의자 곁을 떠날 수는 없소. 그리고 맥팔란 씨, 미리 경고하는데 이제부터 당신이 하는 말은 당신에게 불리한 증거가 될 수 있다는 것을 명심하시오."

"감사합니다."

의뢰인은 말했다.

"여러분 앞에서 진실을 말할 수 있다면 저는 그것만으로도 족합니다."

레스트레이드는 시계를 들여다보며 말했다.

"앞으로 30분 주겠소."

"가장 먼저 말씀드리고 싶은 것은, 저는 조너스 올더커 씨를 전혀 몰랐다는 사실입니다. 그분의 이름은 알고 있었지만요. 오래 전에 부모님께서 그분과 아는 사이였거든요. 하지만 부모님께서도 그분과 만나지 않으신 지는 오래됐습니다. 그래서 저는 어제 오후 3시쯤 그분이 사무실로 들어오시는 걸 보고 깜짝 놀랐습니다. 그리고 그분이 용건을 말씀하셨을 때는 더욱 놀랐지요. 그분은 뭔가를 빽빽이 휘갈겨 쓴 종이 몇 장을 들고 와서 제 책상 위에 올려놓았습니다. 바로 이겁니다.

'이건 내 유서라네.' 올더커 씨는 말씀하셨지요. '맥팔란 군, 이걸 적법한 문서로 작성해 주게. 그동안 나는 여기 앉아서 기다리겠네.'

저는 그걸 베껴쓰기 시작했습니다. 그런데 그 유서는 어떤 단서 조항을 달아서 제게 전 재산을 남겨주겠다는 내용이 아니겠습니까. 짐작하시겠지만 저는 기절할 것처럼 놀랐습니다. 그분은 허옇게 센 눈썹에 얼굴이 꼭 족제비처럼 생긴 이상한 분이었는데, 고개를 들어보니 날카로운 회색 눈에 재미있다는 표정으로 저를 바라보고 계시더군요. 저는 그 유서를 읽으면서도 반신반의했는데, 그분은 당신이 독신이고 살아 있는 친척이 거의 없다고 말씀하시더군요. 그러면서 제가 어렸을 때 우리 부모님과 알고 지냈는데, 제가 참 괜찮은 아이라는 얘기를 귀에 못이 박히도록 들었다며 저한테는 분명히 당신의 돈을 받을 만한 자격이 있다고 말씀하셨습니다. 물론, 저는 더듬거리며 감사의 말을 했지요. 저는 유언장을 절차대로 작성했고 서명을 받았습니다. 증인이 되어준 사람은 우리 사무실의 직원이었지요. 이쪽의 푸른 서류가 바로 그 유언장이고, 이 종이는 제가 아까 설명드린 유언장 초안입니다. 조너스 올더커 씨는 그 밖에도 건물 임대차 서류와 부동산 권리 증서, 저당권, 가증권(假證券) 같은 서류가 많아서 제가 댁에 와서 직접 봐주면 좋겠다고 말씀하셨습니다. 그분은 일이 완전히 마무리될 때까지는 마음이 편치 않을 것 같다며, 당장 오늘 밤에 유언장을 가지고 노우드에 있는 당신 집으로 와서 일을 처리해 달라고 부탁했습니다. '여보게, 모든 일이 다 정리될 때까지는 이 일에 대해서 부모님께 한마디도 하지 말게. 우리 둘이서 나중에 그분들을 놀래드리자고.' 그분은 이 점을 여러 번 강조하셨고 저한테 반드시 약속을 지키겠다는 다짐을 받아내셨습니다.

홈즈 선생님, 당연히 저는 그분이 어떤 요구를 하든 거절할 수 있는 입장이 아니었습니다. 그분은 제게 은인이었고, 저는 그분이 바라시는 것을 다 들어드리고 싶은 마음뿐이었지요. 그래서 저는 중요한 일이 남아서 들어가기 힘들 거라고 집에 전보를 쳤습니다. 올더커 씨는 9시에 당신 집에서 저녁 식사를 같이 하자며 그 전에는 집에 없을 거라고 하셨습니다. 하지만 그분 댁을 찾는데 시간이 걸리는 바람에 저는 거의 9시 반이 돼서야 거기 도착했지요. 가보니 댁에 계시······."

"잠깐만!"

홈즈가 말했다.

"누가 문을 열어주었습니까?"

"중년 여자였는데, 가정부 같더군요."

"그런데 그 여자가 먼저 당신 이름을 말했지요?"

"그랬습니다."

맥팔란은 말했다. "어서 계속하시오."

맥팔란은 땀에 젖은 이마를 훔치고 이야기를 이어나갔다.

"그 여자는 저를 거실로 안내했는데 식탁에는 간단한 저녁 식사가 준비되어 있더군요. 식사가 끝난 뒤 조너스 올더커 씨는 저를 침실로 데리고 갔습니다. 안에는 묵직한 금고가 있었지요. 그분은 금고를 열어 서류 뭉치를 꺼냈고 우리는 같이 서류를 검토했습니다. 일이 끝난 것은 11시에서 12시 사이였습니다. 그분은 가정부를 깨워서는 안 된다며 계속 열어 두었던 창문으로 저를 데리고 나갔지요."
"커튼은 내려져 있었습니까?"
홈즈가 물었다.
"정확하게 기억은 안 나지만 반쯤 내려져 있었던 것 같기도 합니다. 아, 맞아요, 올더커 씨가 창문을 열기 위해 커튼을 들어올리던 모습이 생각납니다. 제가 스틱이 어디 있는지 안 보인다고 하자 그분은 이렇게 말했습니다. '젊은이, 걱정 말게. 앞으로 만날 일이 많을 테니 내가 잘 보관해 놓겠네. 다음에 와서 가져가게'라고요. 그 방을 나올 때, 금고 문은 열려 있었고 서류는 책상 위에 무더기로 쌓여 있었습니다. 시간이 너무 늦어 블랙히스의 집으로 돌아갈 수 없었기 때문에 저는 애너리 암스 호텔에서 묵었습니다. 아침에 이 끔찍한 사건에 대한 기사를 읽을 때까지는 아무것도 모르고 있었지요."
"홈즈 씨, 더 묻고 싶은 것이라도 있소?"
레스트레이드가 말했다. 그는 이 놀라운 설명을 듣는 동안 한두 번 눈썹을 치켜올렸다.
"먼저 블랙히스에 가봐야 할 것 같군요."
"노우드겠지요."
레스트레이드가 말했다.
"아, 그렇습니다. 바로 그게 내가 말하려고 했던 겁니다."
홈즈는 이상야릇한 미소를 띠며 말했다. 레스트레이드는 그다지 인정하고 싶지 않았지만, 홈즈의 면도날 같은 두뇌는 항상 자신에게 역부족이었던 문제를 꿰뚫어 보았다는 것을 숱한 경험을 통해 알고 있었다. 경감은 호기심 가득한 눈으로 내 친구를 쳐다보았다.
"셜록 홈즈 씨, 나는 지금 당신하고 이야기를 좀 나누고 싶소. 자,

맥팔란. 경관 둘이 문 밖에서 기다리고 있고 사륜마차가 대기하고 있다."

가련한 청년은 일어서서 간청하는 듯한 눈길로 우릴 쳐다보고 문으로 향했다. 두 경관은 청년을 데리고 마차로 갔지만 레스트레이드는 남아 있었다.

홈즈는 유서의 초안을 집어들고 매우 흥미가 끌리는 듯한 얼굴로 들여다보았다.

"레스트레이드, 여기 유난히 눈에 띄는 점이 몇 가지 있군요. 안 그렇습니까?"

홈즈는 그것을 밀어놓으며 말했다.

형사는 당황한 얼굴로 유서 초안을 들여다보았다.

"앞의 몇 줄하고 둘째 쪽의 중간 부분, 그리고 맨 끝의 한두 줄은 읽을 수 있소. 여기는 인쇄를 한 것처럼 또박또박 썼으니까 말이오. 하지만 그 사이의 글씨는 형편없습니다. 세 군데는 무슨 말인지 전혀 읽을 수도 없군요."

"그것에 대해 어떻게 생각하십니까?"

"음, 홈즈 씨는 어떻게 생각하시오?"

"이 유서는 기차 안에서 쓴 겁니다. 또박또박 쓴 글씨는 역에서 기차가 멈췄을 때, 삐뚤삐뚤한 글씨는 기차가 달릴 때, 그리고 도저히 읽을 수 없는 글씨는 기차가 전철기(기차가 다른 방향으로 갈 수 있도록 철도가 갈라지는 곳에 장치해서 가야 할 방향으로 철도를 이어주는 고동) 위를 지날 때 쓴 거지요. 과학적으로 생각하는 전문가라면 이 유서가 교외선을 탔을 때 썼다는 것을 알 수 있을 겁니다. 대도시 근교가 아니라면 전철기가 연속해서 그렇게 자주 나오는 곳은 없을 테니까 말입니다. 기차 안에서 내내 유서를 썼다고 가정하면, 그 기차는 노우드와 런던교 사이에서 한 번만 정차하는 급행 열차였던 것이 틀림없습니다."
레스트레이드는 웃음을 터뜨렸다.
"홈즈 씨, 선생이 이론을 늘어놓기 시작하면 나는 도무지 이해하기가 힘들단 말이오. 그게 이 사건과 무슨 상관이 있다는 거지요?"
"아, 그건 청년의 말이 옳다는 걸 증명해 주는 겁니다. 그러니까 조너스 올더커가 유서를 작성한 것은 어제 기차 안에서라는 것이지요. 그런데 중요한 문서를 그렇게 아무렇게나 작성했다는 게 이상하지 않습니까? 안 그래요? 그것은 올더커가 유서를 전혀 중요하게 생각하지 않았다는 걸 나타내는 거지요. 실제로 써먹지 않을 거라는 생각을 하면서 유서를 쓴다면, 그렇게 할 수도 있지 않을까요?"
"흥, 올더커는 결국 자기를 죽이라는 살인 지령을 쓴 셈이오."
레스트레이드는 말했다.
"흠, 그렇게 생각하십니까?"
"그렇지 않소?"
"글쎄, 그럴 수도 있겠지요. 하지만 내가 보기엔 아직 불분명한 부분이 있는데요."
"분명하지 않다고? 아니, 이 사건이 불분명하다면 대관절 분명한 것이 뭐란 말이오? 어떤 청년이, 한 중년 사내가 죽으면 자신이 재산을 물려받게 될 거라는 사실을 갑자기 알게 되었소. 그는 어떻게 하겠소? 청년은 아무한테도 말하지 않고 그날 밤 그 사내를 만날 핑계를 만들어서 그의 집으로 찾아가겠지요. 그리고 하나뿐인 가정부가 잠자리에 들기를 기다렸다가 단둘이 남았을 때 그를 살해하고 시신을 목재 더미에 끌어다가 불을 지른 뒤에 여유 있게 근처의 호텔로 떠나는 겁니다. 방 안과 스틱에는 피가 아주 조금 묻어 있었소. 그는 아마 자신의 범죄가 피 한 방울 흘리지 않고 이루어졌다고 생각하고, 시신이 전부 타버리면, 그게 뭔지는 몰라도 자신이 범인이라는 것을 입증할 증거가 연기 속에서 사라질 거라고 생각했을 거요. 어때요, 아주 뻔하지 않소?"
"레스트레이드 경감, 그건 좀 지나치게 뻔한 것 같다는 생각이 드는군요. 당신은 다른 능력은 뛰어나지만 상상력이 부족해요. 잠시라도 그 청년의 입장이 돼서 생각해 보시오. 당신이라면 유서를 작성한 바로 그날 밤을 골라서 범행을 저지르겠습니까? 유서와 살인 사건 사이에 그렇게 밀접한 관련을 만드는 것이 위험해 보이지 않았을까요? 또 가정부가 문을 열어주었다는 사실, 자신이 찾아왔다는 걸 제삼자가 알고 있는데도 무작정 범행을 저지를까요? 그리고 마지막으로 증거를 없애기 위해 갖은 애를 써서 시신을 목재 더미 속에 감추고도 자신이 범인이라는 걸 증명해 줄 스틱을 남겨놓고 갈까요? 레스트레이드, 어서 인정하시구려. 이 모든 게 말이 안 된다고 말입니다."
"스틱에 관해서라면, 홈즈 선생 또한 범죄자가 당황한 나머지 제정신이라면 하지 않을 행동을 하는 경우가 많다는 걸 나만큼이나 잘 알고 있소. 사실과 들어맞는 가설이 있으면 하나만 더 얘기해 보시오."
"그런 것은 당장 대여섯 가지라도 말해 줄 수 있어요. 아주 가능성이 높은 가설을 하나 예를 들어보지요. 이건 당신에게 주는 선물입니다. 올더커 씨는 대단히 중요한 서류를 꺼내놓고 있었지요. 그런데 지나가던 부랑자가 창문을 통해 그 광경을 목격합니다. 그때 커튼은 반쯤만 쳐놓았으니까 말입니다. 법무사가 떠나자 부랑자가 들어오지요! 그는 근처에 놓여 있던 단장을 집어들어 올더커를 죽이고 시신에 불을 지른 다음에 유유히 떠납니다."
"부랑자가 무엇 때문에 시신에 불을 지른단 말이오?"

"그렇다면 맥팔란도 마찬가지요."
"맥팔란은 증거를 감추기 위해서지요."
"부랑자는 살인이 저질러졌다는 사실 자체를 은폐하고 싶었나 보지요."
"그런데 그자는 왜 아무것도 가져가지 않았소?"
"그 서류는 돈으로 바꿀 수 있는 어음이 아니었으니까요."
레스트레이드는 고개를 세게 흔들었지만, 내가 보기에는 아까만큼 자신에 넘치는 것 같지는 않았다.
"좋소, 셜록 홈즈 씨, 당신은 부랑자를 찾아보시오. 그동안에 우린 맥팔란을 계속 볶아댈 테니까. 어느 쪽이 옳은지는 곧 판가름이 날 거요. 홈즈 씨, 이 점을 명심하시오. 우리가 아는 한 서류 가운데 없어진 것은 없소. 그런데 그걸 없앨 이유가 없는 사람은 오직 맥팔란뿐이오. 자기가 법정 상속인이니 나중에 다 필요하게 될테니까."
내 친구는 그 말을 듣고 한 발 물러서는 태도를 보였다.
"그 사실이 당신의 가설을 강하게 뒷받침해 준다는 걸 부정하고 싶지는 않습니다. 내가 지적하고 싶은 건 가능한 가설들이 그것 말고도 더 있다는 거지요. 당신 말처럼 곧 판가름이 날 겁니다. 안녕히 가십시오! 오늘 안에 노우드에 들러서 수사가 어떻게 진행되고 있는지 한번 보겠습니다."
형사가 나가자 내 친구는 벌떡 일어서서 자신의 기질에 꼭 맞는 일을 하는 사람 특유의 재빠른 동작으로 일을 시작할 준비를 했다.
홈즈는 프록코트 소매에 팔을 넣으며 말했다.
"왓슨, 내가 맨 먼저 갈 곳은 아까 말했던 것처럼 블랙히스라네."
"노우드가 아니고?"
"이번에는 특이한 사건들이 연속해서 일어났거든. 그런데 경찰에서는 그 중 두 번째 사건에만 주목하는 실수를 범하고 있지. 그게 진짜 범죄인 것처럼 보이니까. 하지만 내가 보기에는 논리적으로 이 사건에 다가가려면, 첫 번째 사건, 즉 그렇게 느닷없이 뜻밖의 인물을 상속자로 정한 이상한 유서에 대한 조사부터 시작해야 하네. 그렇게 하면 그 다음 일은 좀더 간단해질걸세. 아닐세, 자네 도움이 필요할 것 같지는 않아. 위험한 일은 전혀 없어 보이니까. 그렇지 않다면 나 혼자 나갈 생각은 하지 않았을 거야. 저녁때 집에 돌아와 자네를 볼 때쯤엔 나한테 보호를 부탁해 온 그 불운한 애송이를 위해 뭔가를 했다는 보고를 할 수 있을걸세."

친구는 늦게서야 돌아왔는데, 창백하고 불안한 얼굴인 걸 보니 아침에 얘기하던 큰 기대가 이루어지지 않았다는 걸 알 수 있었다. 그는 한 시간쯤, 엉망이 된 기분을 달래려고 바이올린을 켰다. 그러다 문득 악기를 던져버리고 불운으로 점철된 하루에 대해 자세히 설명하기 시작했다.

"왓슨, 무엇 하나 잘 풀린 일이 없었네. 한마디로 최악이었어. 나는 레스트레이드 앞에서 자신 있는 얼굴을 했지만 이번에는 분명히 그 친구의 가설이 옳고 내가 틀린 것 같아. 나의 직관이 한사코 사실과는 전혀 다른 쪽으로 가고 있거든. 게다가 영국의 배심원들은 레스크레이드의 증거보다 내 추리를 존중하는 만큼 지성이 높지도 않으니까 말일세."

"자네 블랙히스에 갔었나?"

"응. 거기 갔다가 피살된 올더커가 무뢰한이었다는 사실을 곧 알아냈지. 청년의 아버지는 아들을 면회하러 나가고 없었네. 집에는 어머니만 있더군. 푸른 눈에 자그마한 체구의 부드러운 여성이었는데 두려움과 분노 때문에 온몸을 부들부들 떨고 있었네. 물론, 어머니는 아들이 그런 짓을 할 수 있다는 가능성 자체를 받아들이지 않았지. 하지만 죽은 올더커에 대해서 놀라움이나 애도의 감정 따윈 전혀 없더군, 오히려 그에게 아주 지독한 말을 퍼부어서 무의식적으로 경찰의 주장을 뒷받침해 주었네. 물론 어머니가 평소에 올더커에 대해 그런 식으로 말하는 걸 아들이 들었다면, 그에게 증오와 적개심을 품지 않을 수 없었을 거야. 부인은 이렇게 말했네. '그는 인간이라기보다는 사악하고 교활한 원숭이에 가까웠습니다. 젊은 시절부터 항상 그랬지요.'

'예전부터 그분을 알고 계셨습니까?' 나는 물었네.

'예, 잘 알고 있었어요. 사실은 예전에 나한테 청혼했었습니다. 다행히도 나는 그와 헤어지고, 그 사람보다는 좀 가난했지만 훨씬 나은 남자와 결혼할 정도의 분별은 있었지요. 홈즈 선생님, 그가 새장에 고양이를 집어넣었다는 소름 끼치는 소문을 들었을 때 나는 그와 약혼한 상태였습니다. 하지만 그 야만적이고 잔인한 행동에 질려서 그와는 더 이상 아무 관계도 갖고 싶지 않았지요.' 부인은 서랍을 뒤지더니 칼로 끔찍하게 난도질해 놓은 여자의 사진을 꺼냈네. '이게 바로 내 사진이랍니다. 결혼식 날 아침에 그가 저주의 말과 함께 사진을 이렇게 만들어서 보냈더군요.'

'흠, 고인은 이제야 부인을 용서한 모양이군요. 전 재산을 아드님에게 남겼으니 말입니다.'

'우리 모자는 조너스 올더커의 것이라면 아무것도 원하지 않아요! 죽든 살든 말입니다!' 부인은 펄펄 뛰며 소리쳤네. '홈즈 선생님, 하늘나라에는 하느님이 계십니다. 그 악한 인간을 벌주신 하느님은, 때가 되면 내 아들이 그 인간의 죽음에 아무 책임이 없다는 걸 증명해주실 거예요.'

나는 한두 가지 단서를 더 알아보려고 했지만 우리가 세운 가설을 뒷받침할 만한 내용은 전혀 없었고, 오히려 그것에 반대되는 애기만 몇 가지 나왔지. 나는 결국 포기하고 노우드로 떠났네.
 딥딘 저택은 요란한 색깔의 벽돌로 지은 크고 현대적인 교외 주택이고 집 앞의 뜰은 만병초 관목이 자라는 잔디밭일세. 집 오른쪽으로 도로에서 좀 떨어진 이곳이, 이번에 불이 난 목재 야적장이지. 내가 수첩에 대략 도면을 그려왔네. 왼쪽의 창문이 올더커의 침실로 통하는 창문일세. 보다시피 길에서 이곳을 통해 방 안을 들여다볼 수 있네. 오늘 내가 유일하게 위로받은 건 바로 이 부분이었지. 레스트레이드는 마침 거기 없고, 경관 하나가 대신 수사를 지휘하고 있었네. 가보니 대단한 보물을 발굴해 냈더구먼. 경찰은 마침내 잿더미로 변한 목재 야적장을 샅샅이 뒤졌는데, 숯덩이가 된 유골 말고도 변색된 동그란 금속 조각 몇 개를 더 찾아냈어. 나는 그것들을 조심스럽게 살펴보았는데 바지 단추가 확실했네. 그중에는 올더커의 단골 양복점 '하이암스'라는 이름이 흐릿하게 남아 있는 단추도 있더군. 나는 작은 흔적이라도 찾아내려고 잔디밭을 아주 철저하게 조사했네. 하지만 요즘 들어 가뭄이 심했던 탓에 땅바닥이 무쇠처럼 단단하게 굳어 있었지. 시신이나 어떤 큼직한 물체를 끌고 목재 더미 앞의 나지막한 쥐똥나무 울타리를 지나간 흔적을 빼면 남아 있는 게 아무것도 없었네. 물론, 모든 게 다 경찰의 가설과 일치하네. 나는 이글거리는 8월의 태양이 등짝을 뜨끈뜨끈하게 달구는 것을 꾹 참고 잔디밭을 기어다녔네. 하지만 한 시간이 지난 뒤에도 아무 소득 없이 빈손으로 일어서고 말았지.
 이런 대실패를 겪은 뒤에 나는 침실을 조사하러 갔네. 핏자국은 단순한 얼룩이나 변색으로 생각될 만큼 아주 약간 남아 있었지만 생긴 지 얼마 안 된 것이 틀림없었어. 스틱은 경찰이 가져갔지만 거기에도 핏자국은 조금뿐이라고 했지. 그리고 그 스틱이 우리 의뢰인의 것이라는 데에는 의심의 여지가 없네. 그 친구도 자기 입으로 그걸 인정했으니까. 침실 카펫에는 두 남자의 발자국이 남아 있었지만 제삼자의 것은 없었는데, 이것 역시 경찰의 가설을 뒷받침하는 증거라네. 경찰은 계속 점수를 올리고 있는데 우리의 조사는 계속 제자리에 머물고만 있네.

 단 한 번 희망의 빛이 스쳐갔지만, 아직 이렇다 할 결과는 없다네. 나는 금고 속의 내용물을 조사했는데, 대부분 밖에 나와서 탁자 위에 놓여 있었네. 서류는 원래 여러 개의 봉투로 나뉘어 봉인이 되어 있었는데 그 가운데 한두 개는 경찰에서 이미 열어봤더군. 내 판단으로는 큰 가치가 있는 서류는 없는 것 같았고, 또 은행 통장을 살펴보니 올더커 씨가 그렇게 부유한 편도 아닌 것 같았어. 하지만 내가 보기엔 없어진 서류가 있는 것 같았네. 대단히 가치 있는 것으로 추정되는 어떤 증서에 대해 언급한 부분이 있었는데, 거기서는 그걸 찾아내지 못했거든. 물론 그것은 우리가 명백한 증거를 확보할 수만 있다면, 레스트레이드의 주장을 무효로 만들어버릴 수 있는 중요한 사실이지. 자신이 곧 상속받을 물건을 훔쳐낼 사람이 어디 있겠는가?

 나는 모든 걸 샅샅이 조사해 보았지만 아무 단서도 얻지 못했네. 그래서 마지막으로 가정부를 상대로 운을 시험해 보기로 했지. 가정부 렉싱턴 부인은 키가 작고 가무잡잡하고 말이 없는 데다가 매사가 의심스러운 듯 곁눈질을 하는 습관이 있는 여자라네. 그 여자는 마음만 먹으면 뭔가를 말해 줄 수도 있을 것 같았어. 그건 분명해. 하지만 마치 밀랍으로 봉해 놓은 것처럼 입을 굳게 다물고 있더군. 그래, 가정부는 9시 반에 맥팔란 씨에게 문을 열어주었다고 했어. 자기 말로는 그때 문을 열어준 일이 그저 후회되기만 하다더군. 가정부가 잠자리에 든 건 10시 반이었네. 가정부의 침실은 집의 반대쪽 끝에 있기 때문에 아무 소리도 못 들었을 거야. 맥팔란 씨는 모자하고, 또 확실하진 않지만 단장도 홀에 놔둔 것 같다고 했네. 그 여자는 '불이야' 하는 소리를 듣고 잠이 깼지. 가엾은 주인 양반은 살해당한 것이 분명하다고 하더군. 주인에게 원한을 품은 사람은? 글쎄, 세상에 적이 없는 사람은 없겠지만, 올더커 씨는 남들과 어울리는 일이 거의 없었고 사업상 아는 사람들만 만났다네. 경찰이 찾아낸 단추를 보았는데, 그날 주인이 입고 있던 바지 단추임에 틀림없다고 하더군. 근 한 달 간이나 비가 내리지 않았기 때문에 목재 더미는 바싹 말라 있었네. 나무는 맹렬한 기세로 타올랐고 가정부가 불이 난 곳으로 달려갔을 때, 야적장은 완전히 불길에 휩싸여 있었지. 거기 있던 사람들 모두가 불 속에서 고기 타는 냄새를 맡았다고 하더군. 가정부는 서류나 올더커 씨의 사생활에 대해서는 아는 게 없다고 했네.

여보게, 이상이 나의 실패에 관한 보고일세. 하지만, 하지만……"

홈즈는 확신에 가득 찬 얼굴로 여윈 손을 부르쥐었다.

"나는 모든 게 다 사실과 다르다는 걸 알고 있네. 그걸 마음속 깊이 느끼고 있어. 뭔가 감추어진 사실이 있고 가정부는 그걸 알고 있네. 그 여자의 눈에는 음침한 반항심 같은 게 어려 있는데, 그건 떳떳치 못한 사실을 알고 있는 사람의 표정이거든. 하지만 그건 아무리 얘기해 봤자 소용없는 일이네. 뭔가 어지간한 행운이 따라 주지 않으면 이 노우드 실종 사건은 조만간 인내심 강한 독자들을 찾아가게 될 우리의 성공 사례집에 기록되지 못할걸세."

"그렇겠지. 하지만 법정에서 맥팔란의 모습을 보면 배심원들도 알아 주지 않을까? 어딜 봐서 그 청년을 범죄자라고 하겠나?"

"왓슨, 그런 생각은 너무 위험하네. 1887년에 우릴 찾아와서 자신의 혐의를 벗겨달라고 부탁했던 끔찍한 살인범, 버트 스티븐스를 기억하지? 그보다 더 온순한 태도에, 주일학교 학생처럼 모범적으로 보이는 청년을 또 본 적이 있던가?"

"그건 자네 말이 맞아."

"우리가 다른 가설을 증명하지 못하면 그 친구는 끝장일세. 지금 그를 범인으로 모는 이론에는 빈틈이 없고, 조사를 하면 할수록 그의 혐의는 더욱 짙어지고 있어. 그런데 나는 그곳에 있는 서류에서 뭔가 흥미로운 점을 발견했는데, 그게 우리한테 하나의 단서가 되어줄지도 모르겠어. 통장을 조사하다 보니 현재 잔고가 적은 이유가 작년에 코넬리우스 씨 앞으로 거액의 수표를 발행했기 때문이라는 것을 알겠더군. 솔직히 말해서, 나는 은퇴한 건축업자와 그렇게 큰 거래를 한 코넬리우스라는 사람의 정체가 몹시 궁금하네. 그는 이 사건과 무슨 관련이 있는 걸까? 물론 코넬리우스는 중개상일 수도 있지만, 이런 거액의 지출에 해당하는 영수증 같은 게 없었네. 이제 다른 조사가 벽에 부딪친 상황에서 나는 은행을 통해 그 수표를 현금으로 바꿔간 신사가 누군지 알아내는 쪽으로 수사 방향을 틀어야겠네. 하지만 여보게, 난 레스트레이드가 이번 사건을 우리 의뢰인을 교수대로 보내는 것으로 끝나게 할 것 같아 걱정이라네. 한마디로 런던 경시청이 승리하는 거지."

셜록 홈즈가 그날 밤에 얼마나 잤는지는 모르지만, 아침 식사를 하러 거실에 나가보니 그의 얼굴은 해쓱했고 그늘 속에서 두 눈만 유난스레 빛났다. 그가 앉아 있는 의자 주위에는 담배 꽁초가 수북이 쌓여 있었고 조간 신문 초판이 나뒹굴고 있었다. 탁자 위에는 봉투를 뜯은 전보가 한 장 놓여 있었다.

"왓슨, 자네 생각은 어떤가?"

그는 전보를 던져주며 물었다.

전보는 노우드에서 왔는데, 다음과 같이 씌어 있었다.

중요한 증거 확보, 맥팔란의 유죄가 확증되었음. 이번 사건은 단념하는 게 좋을 것.

레스트레이드

"심상치 않은 얘기 같은데."
"레스트레이드가 승리의 팡파르를 울렸네."
홈즈는 쓴 웃음을 지으며 대꾸했다.
"하지만 사건 조사를 포기하기엔 아직 이른지도 몰라. 결국 중요한 증거라는 것은 양날의 칼 같아서, 레스트레이드가 상상하는 것과 전혀 다른 쪽을 벨 수도 있으니까. 왓슨, 어서 아침을 들게. 같이 나가서 우리가 할 수 있는 일이 뭔지 알아보자고. 오늘은 자네가 동행하면서 나한테 힘을 북돋워줄 필요가 있을 것 같군그래."
내 친구는 식사를 하지 않았는데, 긴장된 상황에서 그는 음식을 섭취하지 않는 기벽이 있었다. 나는 그가 영양 실조로 쓰러지는 순간까지 무쇠 같은 체력으로 버틴다는 사실을 알고 있었다.
'지금은 음식을 소화시키는 데 기력을 분산시킬 때가 아닐세.'
내가 의사로서 충고하면 그는 이렇게 대꾸하곤 했다. 그래서 오늘 아침에 그가 음식에 손도 대지 않고 노우드로 나서는 걸 보고도 전혀 놀라지 않았다. 딥딘 저택은 내가 상상했던 것과 별반 다르지 않은 교외 주택이었는데, 집 주위에는 아직도 우중충한 구경꾼들이 몰려 있었다. 레스트레이드는 대문 안에서 우릴 맞이했는데 얼굴은 승리감으로 달아올라 있었고 태도는 눈에 띄게 기세 등등했다.
"흠, 홈즈 씨, 우리가 틀렸다는 걸 증명하셨나요? 부랑자는 찾아내셨소?"
그는 소리쳤다.
"나는 아직 어떤 결론도 내리지 않았습니다."

내 친구가 대답했다.

"하지만 우리는 어제 결론을 내렸는데, 오늘 그게 옳다는 게 증명됐소. 홈즈 씨, 이번에는 우리가 당신을 앞질렀다는 걸 인정해야 할거요."

"분위기를 보니 뭔가 예사롭지 않은 일이 있었나 보군요."

레스트레이드는 요란하게 웃어댔다.

"홈즈 씨도 누구만큼이나 지는 건 싫어하시는구려. 하지만 모든 일이 항상 뜻대로 될 수만은 없는 거요. 안 그렇소, 왓슨 박사? 신사 여러분, 이쪽으로들 오시오. 범인이 존 맥팔란이라는 사실을 마지막으로 확실하게 보여주리다."

레스트레이드는 우릴 끌고 복도를 지나 그 너머의 어두컴컴한 홀로 들어섰다.

"맥팔란 청년은 범행을 저지른 뒤에 모자를 가지러 분명히 여기로 나왔을 거요. 자, 이걸 보시오."

레스트레이드는 마치 연극을 하듯 성냥을 탁 그었고, 불빛에 흰 벽의 핏자국이 떠올랐다. 성냥불을 가까이 가져다대자 그것은 단순한 핏자국이 아니라는 게 확실해졌다. 그것은 뚜렷이 찍힌 엄지손가락 지문이었다.

"홈즈 씨, 확대경으로 들여다보시오."

"아, 그러고 있습니다."

"손가락의 지문은 사람마다 다르다는 걸 알고 계시겠지요?"

"그런 비슷한 얘길 들은 적이 있지요."

"좋소, 그러면 그 지문을 오늘 아침에 내가 밀랍에 떠 온 맥팔란 청년의 오른손 엄지손가락 지문하고 비교해 보시겠소?"

레스트레이드가 밀랍에 떠온 지문을 핏자국 옆에 나란히 놓자 확대경을 쓰지 않아도 그 두 개의 지문이 같은 사람의 것이라는 것은 분명해 보였다. 내가 보기에 불행한 의뢰인의 운명은 정해진 거나 마찬가지였다.

"이건 결정적인 거요."

레스트레이드가 말했다.

"그렇습니다, 결정적인 겁니다."

나도 모르게 이렇게 중얼거렸다.

"결정적인 거로군요."

홈즈는 말했다. 그러나 그의 말투에 뭔가 다른 점이 있는 걸 알아차리고 나는 그를 돌아보았다. 그의 얼굴은 완전히 달라져 있었다. 마음속의 기쁨으로 얼굴이 푸들푸들 떨리는 듯했다. 두 눈은 별처럼 초롱초롱 빛났다. 내 눈에는 웃음보가 터지는 걸 참느라고 몸부림치고 있는 듯이 보였다.

"이럴 수가! 이럴 수가!"

홈즈는 마침내 입을 열었다.

"참, 누가 이럴 줄 알았겠습니까? 그러고 보면 겉모습이라는 것은 정말 믿을 수 없는 겁니다. 그렇게 잘생긴 청년이! 그건 자신의 판단을 섣불리 믿지 말라는 교훈입니다. 안 그렇습니까, 레스트레이드 경감?"

"그렇소, 홈즈 씨. 그 중에는 지나치게 독선적인 사람도 있지요."

레스트레이드는 말했다. 이 사내의 오만한 태도는 눈뜨고 못 봐줄 지경이었지만 그렇다고 화를 낼 수는 없었다.

"그 청년이 벽에 걸린 모자를 떼어가면서 오른손 엄지손가락을 벽에 눌렀다니 정말 신의 뜻이라 하지 않을 수 없군요! 그런데 생각해 보면 그건 정말 자연스러운 행동이지요."

홈즈는 겉으로는 침착했으나 말하는 동안 흥분을 억누르느라 온 몸을 뒤틀고 있었다.

"그런데 레스트레이드 경감, 이렇게 놀라운 발견을 한 사람이 누구였지요?"

"가정부 렉싱턴 부인이었소. 지난밤에 우리 경관한테 와서 귀띔해 주었다더군."

"간밤에 경관은 어디 있었습니까?"

"그 친구는 범죄 현장을 지키기 위해 침실에 있었소."

"그런데 경찰은 왜 어제 이걸 보지 못했을까요?"

"글쎄, 우리가 홀을 자세히 조사해야 할 이유는 없었으니까요. 게다가 보다시피 여기는 눈에 그리 잘 띄는 곳이 아니오."

"그렇지요, 물론 그렇습니다. 그런데 이건 어제도 여기 있었던 것이 틀림없겠지요?"

레스트레이드는 홈즈가 제정신인지 의심스럽다는 얼굴로 그를 쳐다보았다. 솔직히 말해서 나는 홈즈의 유쾌해하는 태도와 얼토당토않은 말에 놀라고 있었다.

"당신은 맥팔란이 물증을 더 남겨놓기 위해 한밤중에 감옥에서 빠져 나왔다고 생각하는 거요? 이게 그 청년의 지문인지의 여부에 대한 판단은 다른 전문가한테 맡기겠소."

레스트레이드는 말했다.

"이건 맥팔란의 지문임에 틀림없습니다."

"그럼 된 거요. 홈즈 씨, 나는 실제적인 인간이라서 증거를 확보하면 곧장 결론을 내린다오. 나한테 할 말이 더 있거든 거실로 찾아오시오. 이제부터 거기서 보고서를 쓸 참이니까."

홈즈는 다시 침착해졌지만 표정에는 아직도 즐거운 빛이 가시지 않은 듯했다.

"이건 정말 슬픈 일일세. 안 그런가, 왓슨? 하지만 우리 의뢰인에게 희망을 주는 기이한 요소가 있네."

"그 말을 들으니 정말 기쁘군. 나는 이제는 끝장인가 보다 하고 생각했지."

나는 진심으로 말했다.

"여보게, 아직은 그렇게까지 확실한 것은 아니야. 하지만 우리들의 친구가 대단한 중요성을 부여한 이 증거에는 한 가지 심각한 결함이 있거든."

"정말인가, 홈즈? 그게 뭐지?"

"그건 말일세, 어제 내가 홀을 조사할 때는 지문이 저곳에 없었다는 거라네. 자, 왓슨, 이제 햇빛 속으로 나가 천천히 산보나 하자고."

나는 뭐가 뭔지 몰랐지만 희망이 되돌아와 따뜻해진 가슴을 안고 내 친구를 따라서 정원을 한 바퀴 돌았다. 홈즈는 그 다음에 집 주위를 돌면서 주변을 자세히 살폈다. 그리고 집 안으로 들어가 지하실에서 다락방까지 집 안 전체를 샅샅이 조사했다. 대부분의 방에는 가구가 없었지만 그래도 그는 방마다 빠짐없이 돌아다니며 꼼꼼하게 살펴보았다. 마지막으로 사용하지 않는 침실 세 개와 이어진 위층 복도로 올라갔을 때 그는 다시 벙실거리기 시작했다.

"왓슨, 이 사건에는 정말 대단히 특이한 요소들이 있네. 이제 레스트레이드에게 사실을 털어놓을 때가 된 것 같군. 그는 아까 우릴 조롱하면서 재미있어 했지만, 내가 이 문제를 제대로 꿰뚫고 있다면 이번에는 그가 당할 차례일세. 옳거니, 이 문제를 풀 수 있는 방법이 생각났네."

홈즈가 거실에 들어갔을 때 런던 경시청의 경감은 아직 보고서를 작성하는 중이었다.

"이 사건에 대한 보고서를 쓰신다고요?"

홈즈가 말했다.

"그렇소."
"좀 이르다고 생각하지 않으십니까? 내가 보기엔 증거가 불충분한 것 같은데 말입니다."

레스트레이드는 내 친구를 너무나 잘 알고 있기 때문에 그의 말을 무시할 수가 없었다. 경감은 펜을 놓고 호기심 어린 눈으로 홈즈를 쳐다보았다.

"홈즈 씨, 그게 무슨 말입니까?"
"당신이 보지 못한 중요한 증인이 있다는 얘깁니다."
"그 사람을 데려올 수 있소?"
"그럴 수 있을 겁니다."
"그럼 데려오시오."
"최선을 다해 보지요. 여기에는 경관이 몇이나 와 있습니까?"
"이 근처에 셋이 있소."
"아주 잘됐군요! 그런데 모두 체격이 좋고 목소리가 큰 친구들인지 물어봐도 되겠습니까?"
"그건 틀림없을 거요. 그런데 그 친구들 목소리가 무슨 상관인지 모르겠군요."
"이유는 곧 알려드리지요. 미안하지만 그 친구들을 좀 불러주십시오. 그럼 증인을 불러내겠습니다."

5분 뒤 3명의 경관이 홀에 모였다.

"창고에 가면 짚단이 많이 쌓여 있을걸세."

홈즈는 말했다.

"가서 두 단만 가져오도록 하게. 필요한 증인을 부르는 데 큰 도움이 될 것 같으니까. 대단히 고맙네. 왓슨, 자네 주머니에 성냥 있지? 자, 레스트레이드 경감, 다 같이 위층 층계참으로 올라갑시다."

앞서 말한 것처럼 위층엔 3개의 빈 침실과 이어진 넓은 복도가 있었다. 셜록 홈즈는 우리 모두를 복도 끝에 세워놓았다. 경관들은 실실 웃음을 흘렸고 레스트레이드는 놀라움과 기대, 그리고 비웃음이 오가는 얼굴로 홈즈를 쳐다보았다. 홈즈는 무대에 선 마술사 같은 태도로 앞에 서 있었다.

"미안하지만 누가 가서 양동이 두 개에 물 좀 떠오지 않겠나? 짚단은 이쪽 바닥에 놓게. 벽에 닿지 않도록 조심하고. 자, 이제 준비가 다 끝난 것 같군요."

레스트레이드는 화가 나는지 얼굴이 벌겋게 달아오르기 시작했다.

"셜록 홈즈 선생, 지금 우리하고 장난하자는 거요, 뭐요. 뭔가를 알고 있다면 이런 광대 짓은 집어치우고 속 시원히 말해 보시오."

"레스트레이드, 분명히 말해 두지만 내가 이렇게 할 수밖에 없는 이유가 있습니다. 당신도 몇 시간 전에 당신 쪽이 유리한 것 같았을 때 나를 조롱한 일을 기억하고 있을 겁니다. 그러니 내가 지금 일부러 일을 좀 꾸민다고 해서 나를 원망해서는 안 되지요. 왓슨, 저 창문을 열고 짚단에 불을 좀 붙여주겠나?"

홈즈가 시킨 대로 하자 마른 짚단이 탁탁 소리를 내며 타올랐고 창밖에서 바람이 불어와 회색 연기가 복도에 자욱해졌다.

"자, 이제 그 증인을 불러낼 수 있는지 봅시다. 모두들 '불이야!' 하고 외쳐볼까요? 그럼 자, 하나, 둘, 셋……."

"불이야!"

모두들 소리쳤다.

"고맙습니다. 수고스럽더라도 한 번 더 합시다."

"불이야!"

"자, 다들 한 번만 더, 그리고 다함께."

"불이야!"

이 소리는 노우드 전역을 뒤흔들었을 것이다.

고함소리가 잦아들기도 전에 기절초풍할 일이 생겼다. 복도 맨끝의 완전히 벽처럼 보이는 곳이 갑자기 벌컥 열리더니, 키 작은 주름투성이 사내가 굴 속에서 뛰쳐나오는 토끼처럼 밖으로 뛰어나왔다.

"좋아!"

홈즈는 침착하게 말했다.

"왓슨, 짚단에 물을 붓게. 됐네! 레스트레이드, 사라졌던 중요한 증인 조너스 올더커 씨가 바로 이 사람입니다."

형사는 새로 나타난 인물을 아연히 응시했다. 사내는 복도의 밝은 불빛 속에서 눈을 깜빡거리며 우릴 쳐다보다가 연기가 모락모락 피어오르는 짚단으로 시선을 옮겼다. 그 얼굴은 불쾌하기 짝이 없는 얼굴이었다. 교활한 회색 눈에 허연 눈썹, 얼굴은 간사스럽고 심술궂고 악의가 가득했다.

"그런데 이게 뭐야?"

레스트레이드가 마침내 입을 열었다.

"도대체 당신 그동안 뭘 하고 있었나?"

화가 잔뜩 나서 얼굴이 시뻘겋게 달아오른 형사 앞에서 올더커는 몸을 움츠리며 겸연쩍게 웃었다.

"누구한테 피해를 준 일은 없습니다."

"피해를 준 일이 없어? 당신은 무고한 청년을 교수대로 보내려고 발버둥쳤어. 여기 계신 이 신사 분이 아니었으면 당신 계략이 성공했을지도 모른다고."

가련한 인간이 우는 소리를 했다.

"형사님, 저는 그저 재미로 그랬습니다요."

"허! 재미로 그랬다고? 내 분명히 말해 두지만 당신이 한 짓을 보고 웃는 사람은 아무도 없을걸. 이 자를 데려가게. 내가 갈 때까지 거실에서 대기시키도록."

경관들이 내려가자 레스트레이드는 말을 이었다.

"홈즈 씨, 경관들 앞에서는 좀 곤란했지만 왓슨 박사 앞에서는 개의치 않고 말할 수 있소. 당신은 그 어느 때보다 놀라운 일을 해내셨소. 어떻게 그렇게 할 수 있었는지는 잘 모르겠지만 말이오. 하지만 당신은 무고한 청년의 목숨을 구하셨을 뿐 아니라 경찰에서 내 체면을 완전히 구겨놓을 중대한 스캔들이 터지는 걸 막아주셨소."

홈즈는 빙그레 웃으며 레스트레이드의 등을 두들겨주었다.

"체면을 구기는 대신에 엄청나게 명성이 높아질 겁니다. 지금 쓰고 있는 보고서를 약간만 고치시오. 레스트레이드 경감의 눈을 속이는 게 얼마나 어려운 일인지 사람들에게 알리라는 겁니다."

"그럼 당신 이름은 넣지 않아도 된다는 거요?"

"그렇습니다. 내게 유일한 보상은 일입니다. 언젠가 세월이 한참 흐른 뒤에 나 또한 영예를 얻게 될 테지요. 나의 열정적인 역사가의 손에 다시 한번 펜이 쥐어지는 그날 말입니다. 안 그런가, 왓슨? 자, 그럼 쥐새끼가 숨어 있던 곳을 보기로 할까?"

복도 끝에서 18센티미터쯤 되는 곳이 회칠한 칸막이벽으로 막혀 있었고, 문은 벽 속에 교묘하게 감춰져 있었다. 처마 밑의 작은 틈으로 햇빛이 흘러들어 왔다. 안에는 가구 몇 점과 음식, 물, 그리고 여러 권의 책과 서류가 있었다.

"건축업자라서 한결 유리했을 겁니다."

밖으로 나오면서 홈즈가 말했다.

"남의 도움을 받지 않고 제 힘으로 은신처를 만들 수 있었으니까요. 물론, 저 대단한 가정부도 있었지요. 레스트레이드, 때를 놓치지 말고 그 여자를 체포해야 할 겁니다."

"당신의 조언을 따르겠소. 그런데 홈즈 씨, 대체 이곳은 어떻게 알아내셨소?"
"난 올더커가 틀림없이 집 안에 숨어 있을 거라고 생각했습니다. 복도 길이를 보폭으로 재보니, 위층 복도가 아래층에 비해 18센티미터 더 짧더군요. 그 자는 위층에 있는 것이 분명했습니다. 나는 올더커가 불이 났다는 소릴 듣고도 조용히 엎드려 있을 만큼 대담한 위인은 못된다고 생각했지요. 물론, 우리가 직접 그자를 끌어낼 수도 있었지만 제 발로 걸어나오게 만드는 쪽이 더 재미있었지요. 게다가 레스트레이드 당신이 아침에 나를 조롱했기 때문에 나는 약간의 비밀을 갖는 방법으로 되갚아주고 싶었던 겁니다."
"허, 그럼 이제 우리는 피장파장이 된 셈이구려. 하지만 당신은 그 자가 집 안에 숨어 있다는 걸 대체 어찌 아셨소?"
"레스트레이드 경감, 그건 엄지손가락 지문 때문이었습니다. 당신은 그게 결정적인 증거라고 했지요. 그런데 그건 전혀 다른 의미에서 사실이었습니다. 그 피묻은 지문은 어제는 그곳에 없었으니까요. 아시는지 모르겠지만, 나는 원래 사소한 것에 유난히 신경 쓰는 사람이고, 그래서 어제 홀을 조사하면서 벽이 깨끗하다는 사실을 확인했습니다. 그렇다면 피 묻은 지문은 밤 사이에 누군가가 찍은 것임에 틀림없었지요."
"하지만 어떻게?"
"그건 아주 간단합니다. 서류를 봉할 때, 맥팔란은 봉투에 부드러운 밀랍을 붙이고 엄지손가락으로 눌렀습니다. 그런데 그 과정이 대단히 재빠르고 자연스러웠기 때문에 청년은 그랬던 걸 기억도 못 할 겁니다. 올더커 역시 처음부터 그걸 써먹으려는 생각은 아니었지요. 그런데 저 소굴에서 이번 사건에 대해 곰곰이 생각하다가 그 엄지손가락 지문을 이용하면 맥팔란을 옭아넣을 수 있는 결정적인 증거를 만들수 있다는 점을 떠올린 거지요. 봉투에서 지문이 찍힌 밀랍을 떼내고 핀으로 손가락을 찔러 피를 최대한 짜내 거기 묻힌 다음 밤을 틈타 벽에 그걸 찍는 것만큼 쉬운 일은 없었지요(이럴 경우 봉랍에 찍힌 자국과는 180° 방향이 뒤바뀐 지문을 얻게 된다). 그 일은, 그 자가 직접 했을 수도 있고 가정부의 손을 빌렸을 수도 있습니다. 올더커가 은신처로 가지고 들어간 서류를 조사해 보면 틀림없이 청년의 지문이 찍혀 있는 봉랍(封蠟)을 찾을 수 있을 겁니다."

"훌륭하오!"

레스트레이드는 말했다.

"훌륭하오! 정말 알기 쉽게 설명해 주시는구려. 그런데 홈즈 씨, 대체 그 자가 이런 간교한 음모를 꾸민 이유가 무엇이오?"

안하무인격으로 굴던 형사가 갑자기 태도가 전혀 달라져서 선생님에게 질문하는 아이처럼 구는 걸 보니 우습기 짝이 없었다.

"흠, 그걸 설명하는 건 그다지 어려운 일이 아닙니다. 지금 아래층에서 우릴 기다리고 있는 신사는 대단히 음흉하고 악랄하고 복수심이 깊은 인간이지요. 그가 과거에 맥팔란의 어머니에게 버림받은 적이 있다는 걸 알고 계신가요? 모르신다고요! 내가 분명히 블랙히스에 먼저 갔다가 그 다음에 노우드로 가라고 했을 텐데요? 올더커는 사악하고 음흉한 머릿속에 자신이 상처라고 생각하는 것을 고이 담아두고 평생 동안 복수의 칼날을 갈아왔지만 기회를 잡지 못했습니다. 그런데 지난 1, 2년 사이에 일이 잘 안 풀리는 바람에 갑자기 어려운 처지가 되었지요. 내 생각엔 나몰래 투기에 손을 댄 것 같아요. 그는 채권자들을 속이기로 결심하고 코넬리우스 씨에게 거액의 수표를 지불했습니다. 코넬리우스는 십중팔구 그의 다른 이름일 겁니다. 나는 아직 문제의 수표를 추적하지 않았지만 올더커가 이중생활을 하면서 이따금씩 들르는 어느 지방 도시에 다른 이름으로 예치해 놓았을 게 분명해요. 그는 이름을 완전히 바꾸고 돈을 인출한 다음 어딘가 다른 곳으로 가서 새 인생을 시작하려고 했을 겁니다."
"음, 정말 그럴듯하오."
"그런데 종적을 감출 때 옛 약혼녀의 외아들에게 살해당한 것으로 꾸미면 누가 뒤를 추적할 염려도 없어질 뿐 아니라 여자에게 속시원한 분풀이가 될 거라는 생각이 떠오른 거지요. 그것은 짐승만도 못한 짓이었는데 그 자는 대가다운 솜씨로 일을 처리했습니다. 유서를 써서 범죄의 동기를 꾸며낸 것, 청년이 부모에게 알리지 않고 집에 찾아오게 만든 것, 스틱을 남겨두고 가게 한 것, 핏자국, 목재 더미 속의 동물의 사체와 단추 등, 모든 게 놀랍기 짝이 없습니다. 몇 시간 전까지만 해도 이 모든 것은 도저히 빠져나갈 수 없는 그물처럼 보였지요. 하지만 그자는 예술가의 천품이 없었던 까닭에 언제 멈춰야 하는지를 몰랐습니다. 올더커는 더 이상 손볼 데가 없을 만큼 완벽한 작품을 더 멋지게 다듬으려고 했지요. 불운한 희생자의 목에 걸려 있는 밧줄을 더 바짝 죄려고 했던 겁니다. 그러다 신세를 완전히 망쳤지요. 자, 내려갑시다. 그 자에게 한두 가지 물어볼 게 있으니까요."
악랄한 그 인간은 양쪽에 경관을 끼고 자기 집 응접실에 앉아 있었다.
"형사님, 그건 그냥 장난이었습니다. 장난으로 그런 겁니다요."
사내는 쉴새 없이 우는 소리를 했다.
"정말입니다. 그동안 숨어 있었던 건 제가 없어지면 어떻게 되는지 보려고 그랬던 겁니다. 물론 형사님께서는, 제가 가엾은 맥팔란 군한테 무슨 해를 끼치려고 했다고 생각하실 수도 있겠지만 말입니

다."
"그건 배심원단이 판단할 문제다. 어쨌든, 우린 당신을 살인 미수 아니면 불법 공모 혐의로 기소할 것이다."
레스트레이드는 말했다.
"그리고 채권자들은 코넬리우스 씨의 은행 계좌를 압수할 거고."
홈즈가 말했다.
작은 사내는 흠칫 놀라더니 악의로 가득한 눈으로 내 친구를 흘겨 보았다.
"당신한테는 고마워해야 할 게 한두 가지가 아니로군. 언젠가는 이 빚을 다 갚아주지."
홈즈는 너그럽게 웃었다.
"내가 보기에 당신은 앞으로 몇 년 간 전혀 시간을 못 낼 것 같은데. 그런데 당신이 입던 헌 바지 말고 목재 더미에 집어넣은 게 뭐였나? 죽은 개? 토끼 두어 마리? 그게 아니면 뭐지? 말하기 싫다고? 이런, 참 몹쓸 양반이로군! 좋아좋아, 핏자국하고 숯이 된 유골을 보면 토끼라도 두어 마리 잡았나 보군. 왓슨, 자네가 앞으로 이 사건에 대해 쓴다면 그냥 토끼로 해 주게나."

자전거 타는 고독한 사람

 1894년부터 1901년까지 셜록 홈즈는 몹시 바쁘게 일했다. 이 8년 동안 공적으로 처리된 사건으로서 조금이라도 어려운 점이 있었던 것 가운데 하나라도 그의 의견이 참고되지 않았던 건 없었다고 말할 수 있을 것이다. 또 사적인 사건도 몇 백 가지나 있는데, 그 중에는 아주 뒤얽히어 보통과 다른 성질의 것도 있었지만 어느 사건에서나 그는 남달리 뛰어나게 빛나는 역할을 해냈었다. 놀랄 만한 많은 성공과 부득이한 몇 가지 실패, 이것이 이 기간의 끊임없는 노력의 결과였다.
 나는 이 모든 사건을 상세히 기록하고 있지만, 그 대부분에 직접 관여했던만큼 막상 그 속에서 어느 것을 골라 발표할 것인가를 생각할 때 그 선택이 쉽지 않다는 점을 이해하여 주시리라 믿는다. 하지만 나는 예의 방식을 좇아, 사건이 잔인한 까닭으로 재미있는 것보다는 해결 방식이 교묘하고 또한 극적인 것을 고르기로 하겠다.
 그런 뜻에서 내가 지금부터 독자 여러분들에게 소개하려고 하는 이야기는 찰링턴에서 외롭게 자전거를 타던 바이올렛 스미스 양과 관계된 사건과 일련의 수사과정인데, 이 사건은 예상조차 할 수 없었던 뜻밖의 비극으로 끝났다.

나의 벗을 유명하게 만든 많은 눈부신 사건은 어느 것이나 모두 멋대로 쓰는 것이 허락되지 않지만, 이 사건은 내가 이러한 짧은 이야기를 쓸 때 언제나 취재하기로 하고 있는 방대한 기록 중에서도 특히 두드러진 점을 몇 개인가 갖추고 있는 것이다.

1895년의 기록을 들춰 보면 우리들이 처음으로 바이올렛 스미스 양의 일을 안 것은 4월 23일 토요일로 되어 있는데, 그녀의 방문은 홈즈에게 몹시 귀찮은 일이었다는 것을 기억하고 있다. 왜냐하면 그는 그 무렵 유명한 담배왕 존 빈세트 하든이 주축이 된 괴상야릇한 협박 사건의 아주 어려운 문제에 몰두하고 있었기 때문이었다. 무엇보다도 사색의 정확과 통일을 사랑한 그는, 자기가 지금 손대고 있는 문제로부터 주의를 흩뜨리게 하는 것에 대해 몹시 화를 냈다. 그러나 천성이 착한 그의 성품 때문에 밤늦게 베이커 거리를 찾아온 이 젊고 아름다우며 키가 큰 품위 있는 숙녀로부터 도움과 조언을 간청받게 되자, 그녀의 이야기를 듣는 것을 거절하지 못했던 것이다.

이 젊은 숙녀로 말하면 자기의 이야기를 홈즈에게 들려주리라는 굳은 결심으로 찾아왔으므로 시간이 전혀 없다는 얘기 정도로는 아무런 효과도 없었다. 어떠한 힘으로도 그녀의 말을 듣기 전에는 방에서 쫓아낼 수 없다는 것은 명백했다. 그러자 단념한 듯 난처한 미소를 띤, 홈즈는 이 아름다운 침입자에게 의자를 권하며 그녀의 고뇌에 대해 이야기해보라고 말했다.

"적어도 건강 문제는 아니로군요. 당신처럼 자전거에 열성인 사람이라면 원기 왕성할 테니까요."

홈즈의 날카로운 시선이 그녀를 빠짐없이 훑어보았다.

그녀는 흠칫하며 발 아래로 눈길을 떨구었다. 구두창 옆이 자전거 페달 끝에 스쳐서 조금 거칠거칠해져 있는 것을 나로서도 알 수 있었다.

"네, 자전거는 자주 탑니다. 오늘 찾아뵌 것도 그 일과 얼마쯤 관계가 있지요."

홈즈는 그녀의 맨손을 잡고 과학자가 어떤 표본에 접했을 때처럼 조금도 감정을 섞지 않고 세심한 주의를 기울이며 살폈다.

"이거, 실례했습니다. 이것은 저의 직업이라서요"라고 그는 말했다. "하마터면 타이피스트로 잘못 알 뻔했지요. 음악가의 손이군요. 왓슨, 손가락 끝이 주걱 모양으로 되어 있지 않나? 이것은 이 직업을 가진 사람에게 나타나는 공통적인 현상이라네. 그러나 이 숙녀분은 얼굴에 어딘가 정신적인 것이 엿보이는데" 하며 그는 숙녀의 얼굴을 조용히 불빛 쪽으로 향하게 하면서 말했다. "이것은 타이피스트에게는 없는 현상일세. 이 숙녀는 음악가야."

"네, 전 음악을 가르치고 있습니다."

"시골에서겠지요, 그 얼굴빛으로 보아서는."

"네, 사리 주의 끝 파넘 근처에 살아요."

"아름다운 곳입니다. 재미있는 추억이 가득 있지요. 왓슨, 위조 금화를 만든 아치 스탠포드를 잡은 곳이 그 부근이었다는 걸 기억하고 있을 테지? 그런데 스미스 양, 그 사리 주의 끝인 파넘 부근에서 대체 어떤 일이 있었습니까?"

그리하여 젊은 숙녀는 아주 침착하게, 그리고 또박또박 다음과 같은 괴상한 이야기를 했던 것이다.

"홈즈 씨, 저의 아버지 제임스 스미스는 이미 돌아가셨습니다만 생전에는 저 그리운 제국극장에서 교향악단의 지휘자로 계셨습니다. 뒤에 남겨진 것은 저와 어머니 두 사람뿐, 친척이란 없습니다. 단 한 분인 삼촌 랄프 스미스는 25년 전에 아프리카로 간 뒤 소식이 끊어졌답니다. 아버지가 돌아가시고 나서부터 저희들은 몹시 가난하게 살고 있었습니다만, 어느 날 〈타임스〉지에 저희들의 행방을 찾는 광고가 났음을 듣게 되었습니다. 그것이 저희들을 얼마나 자극했는지 헤아려 주시기 바랍니다. 저희들은 누군가가 유산을 남겨 준 것이라고만 생각했기 때문이었지요.

곧 광고에 나 있던 변호사를 찾아가 거기서 저희들은 두 명의 신사——남 아프리카로부터 돌아와 머물러 계시던 카라더스 씨와 우들리 씨를 소개받았습니다. 이 두 사람으로부터 그들이 삼촌 친구라는 것, 삼촌은 괴로운 숨결을 몰아쉬며 영국에 돌아가거든 친척을 찾아내어 만일 어려운 처지라면 뒤를 돌봐 주라는 부탁을 받았다는 등의 이야기를 들었습니다. 랄프 삼촌이 살아 있는 동안에는 거들떠보지도 않다가 죽은 뒤 저희들의 일을 염려해 주는 것이 조금 이상하다고 생각했습니다만, 카라더스 씨의 설명으로는, 삼촌은 저의 아버지가 돌아가신 것을 아주 최근에야 알고 저희들에 대한 책임을 느꼈다는 것이었어요."

"잠깐 기다려 주십시오, 그것은 언제의 일입니까?"

홈즈가 물었다.

"지난해 12월이니까, 넉 달 전이 됩니다."

"네, 다음을 계속해 주십시오."

"우들리 씨는 몹시 징그러운 분처럼 보였습니다. 쉴 새 없이 저에게 이상한 눈짓을 하고 천박해 보이며, 살이 쪄서 퉁퉁한 얼굴에 붉은 수염이 있는데다가 기름을 듬뿍 바른 머리를 이마 양옆으로 갈라붙였는데, 이런 사람과 알게 된다면 첫째 시릴이 싫어할 거라고 생각했습니다."

"시릴 씨란 당신의 애인이겠지요?" 홈즈가 싱긋했다.

젊은 숙녀는 볼을 붉게 물들이며 웃었다.

"네, 시릴 모턴이라고 하며 전기 기사인데, 이번 여름이 끝날 무렵 결혼할 예정이에요. 어머나, 어째서 이런 이야기까지 하게 되었을까요. 제가 말씀드리고 싶은 것은, 우들리 씨는 매우 징그러운 사람이었습니다만, 카라더스 씨는 나이도 훨씬 위거니와 그렇게 보이지 않았습니다. 털이 거무스레하고 검붉은 얼굴을 깨끗이 면도했으며 태도도 정중할 뿐 아니라 웃는 얼굴이 보기 좋은 분이었습니다. 아버지가 돌아가신 뒤의 일을 물으셨으므로, 저희들이 매우 가난하게 살고 있다는 걸 말씀드렸더니, 그렇다면 자기 집에 와서 열 살 되는 외동딸에게 음악을 가르치는 게 어떻겠냐고 말씀해 주셨습니다.

어머니를 혼자 집에 남기는 것이 싫었습니다만, 주말에는 집에 돌아가도 좋다며 1년에 백 파운드를 주겠다고 말씀하셨습니다. 이것은 물론 굉장히 좋은 대우였기 때문에 나중에는 저도 뜻을 굽히고 그것을 받아들여, 파넘에서부터 6마일쯤 떨어진 틸턴 농장이라는 그 저택에 가기로 되었습니다.

카라더스 씨는 홀아비로서 딕슨 부인이라는 나이 지긋한 아주 좋은 가정부가 집안일 모두를 맡고 있었고, 딸도 귀여워서 모든 일이 잘 되어 갈 것 같았습니다. 카라더스 씨는 매우 친절하고 음악을 아주 좋아하는 편이었기 때문에 밤에는 굉장히 즐겁기만 했습니다. 저는 그렇게 보내다가 주말에는 어머니를 만나러 런던으로 돌아오곤 했습니다.

이러한 저의 행복에 최초로 금이 간 것은 붉은 얼굴의 우들리 씨가 오셨던 일 때문이었습니다. 1주일 동안 머물러 있었습니다만, 제겐 석 달은 된 것 같았습니다. 누구에게나 거만을 떠는 사람이라 저로서는 견딜 수 없을 정도로 싫은 사람이었습니다. 저에게 사랑을 품고 재산 자랑을 늘어놓은 끝에 결혼하면 온 런던에서 가장 아름다운 다이아몬드를 사 주겠다고까지 말하는 거에요. 나중에는 제가 아무리 하여도 상대를 하지 않자, 어느 날 저녁 식사 뒤 두 팔로 저를 끌어안더니 키스하기 전에는 놓아주지 않겠다고 하는 겁니다. 어쩌나 무서운 힘인지 몰라요. 마침 그때 카라더스 씨가 들어와서 놓아 주도록 해주셨습니다만, 카라더스 씨에게 덤벼들어 쓰러뜨리더니 얼굴에 상처까지 입히고 말았습니다. 말할 나위도 없이 그 일 때문에 우들리 씨는 가 버렸습니다.

다음날 카라더스 씨는 저에게 사과를 하고 두 번 다시 이런 위험한 일은 없도록 하겠다고 말씀해 주셨습니다. 우들리 씨는 그 뒤 한 번도 본 적이 없습니다.

그런데 홈즈 씨, 이제부터 오늘 의논드리고자 찾아온 저의 기묘한 사정입니다. 저는 매주 토요일 12시 22분 기차로 런던에 돌아가기 위해 자전거로 파넘 역까지 가곤 한답니다. 틸턴 농장에서부터 역까지는 쓸쓸한 곳이기도 합니다만, 그 중에서도 한 군데, 한쪽이 찰링턴 벌판이고 한쪽이 찰링턴 저택을 둘러싼 숲으로 되어 있는 1마일 가량이 특히 쓸쓸합니다. 그렇듯 쓸쓸한 곳은 어디에도 없을 거에요. 클루크스벨리 언덕에 가까운 큰길에 나오기까지는 짐수레 하나, 농부 한 사람 만나는 일이 없습니다.

2주일 전인 토요일에 저는 이곳을 지나고 있었는데, 문득 뒤를 돌아다보았더니 180미터쯤 뒤에서 한 사나이가 자전거를 타고 오는 게 보였습니다. 거무스름한 짧은 턱수염이 있는 중년 사나이였습니다만, 파넘 근처에서 뒤돌아보았을 때에는 이미 모습이 보이지 않았기 때문에 그 일은 마음에 두지 않고 있었습니다. 하지만 월요일에 돌아갈 때, 같은 장소에서 같은 사람을 또 보았을 때에는 기묘한 일도 있구나 하고 좀 이상하게 생각했습니다. 그런데 그 다음주 토요일과 월요일에도 똑같은 일이 있었으므로, 더욱 이상하다고 생각하게 되었습니다. 아무짓도 하지 않고 말을 걸지도 않았으며,

다만 일정한 간격을 유지하고 뒤를 쫓아올 뿐이었습니다만, 그래도 확실히 기분 나쁜 이야기가 아니겠어요?

카라더스 씨에게 그 이야기를 했더니 깊은 관심을 보이며, 말과 간단한 마차를 주문해 둘 테니까 이제부터 그런 쓸쓸한 장소를 혼자서 다녀서는 안 된다고 말씀해 주셨습니다.

마차는 이번 주일에 오기로 되어 있었는데 무언가 까닭이 있어 만들어 보내오지 않았으므로, 저는 또 자전거로 떠나지 않으면 안 되었습니다. 오늘 아침나절 일이었습니다. 찰링턴의 벌판까지 이르자, 뒤를 돌아보지 않을 수 없었습니다. 그러자 어땠겠어요, 역시 지난 주일과 똑같지 않겠어요! 떨어져 있었기 때문에 얼굴은 똑똑히 보이지 않았지만, 확실히 그 사나이였습니다. 거무스름한 옷에 사냥모자를 쓰고 검은 턱수염이 똑똑히 보였습니다.

하지만 오늘은 그다지 무섭게 여겨지지 않았습니다. 무서움보다도 호기심이 더 강했습니다. 어떤 사람이며 무슨 생각으로 뒤를 쫓아오는 것인지 확인해 보고 싶은 생각이 들었습니다. 그래서 자전거를 늦추었더니, 그 사나이도 따라서 늦추더군요. 세우고서 기다리고 있으려니까 그도 역시 멈춰 섰습니다.

그 일만으로는 해결이 나지 않았으므로, 한 가지 꾀를 생각해 냈습니다. 조금 앞쪽에 길이 별안간 꼬부라져 있는 곳이 있었기 때문에 거기까지 급히 가서, 모퉁이를 돌자마자 별안간 멈춰 기다리고 있었습니다. 저쪽은 이것을 모르므로 서둘러 모퉁이를 돌아와서 아차 하고 생각한 때에는 이미 늦는 거지요. 하지만 아무리 기다려도 좀처럼 모습을 나타내지 않았으므로, 살며시 되돌아가 모퉁이를 돌아보니까 길은 1마일이나 앞까지 훤히 내다보이건만 그 사나이의 모습은 보이지 않았습니다. 더더욱 이상한 건 그 언저리에는 도망쳐 피할 옆길이 하나도 없다는 것입니다."

홈즈는 기쁜 듯 웃어대며 손을 비비며 듣고 있다가 말했다.
"확실히 색다른 데가 있군요, 이 사건. 당신이 모퉁이를 꼬부라져 숨고 나서 길에 아무도 없다는 것을 확인하기까지, 얼마쯤 시간이 지났습니까?"
"2분이나 3분입니다."
"그럼, 1마일이나 앞까지 되돌아갈 시간은 없었겠군요? 게다가 옆길은 없었나요?"
"없었습니다."
"그럼, 반드시 어느 쪽인가 좁은 들길로 들어간 게 분명합니다."
"그렇지만 찰링턴의 들판 쪽이었다면 보였을 거예요."
"그렇다면 소거법(消去法)의 원칙을 좇아 찰링턴 저택 쪽으로 들어갔다는 결론에 도달합니다. 찰링턴 저택은 도로를 끼고 넓은 터 안에 있을 테지요? 달리 뭔가 하실 말씀은?"
"이제 아무것도 없습니다. 다만 어떻게 하면 좋을지 몰라, 당신을 찾아뵙고 도움말을 듣기까지는 안심이 되지 않을 것 같아서……."
홈즈는 잠시 곰곰이 생각하고 있더니 말했다.
"당신과 약혼하신 분은 어디에 계십니까?"
"카벤트리의 미들랜드 전기 회사에 있습니다."
"당신을 놀래 주기 위해 느닷없이 찾아간다든가 하는 일은 하지 않으실 테지요?"
"어머나, 그런 일을 할 사람인지 아닌지 제가 모르겠어요!"
"그밖에 누군가 당신을 좋아한 사람이 있습니까?"
"시릴을 알기 전에는 몇 사람 있었어요."
"그 뒤로는?"
"저 무서운 우들리 씨뿐이에요."
"그밖에는 없단 말이지요?"

아름다운 손님은 조금 난처해 보였다.

"누구입니까?" 홈즈가 다그쳤다.

"이것은 저의 지레짐작인지는 모릅니다만, 카라더스 씨가 저에게 지나치게 관심을 가지신다고 생각되는 일이 때때로 있어요. 우리들은 좀 접촉이 많은 편입니다. 밤에는 제가 언제나 반주를 하는데 나무랄 데 없는 신사분이기 때문에 아무 말씀도 하시지 않지만, 여자인 제 예감으로는······."

"허, 무슨 일을 하며 살고 있는 사람입니까?"

"부자이기 때문에 별로······."

"그런데 마차도 말도 갖고 있지 않단 말이지요?"

"하지만 상당히 부유해요. 매주 두세 번 런던에 나가시곤 합니다. 남 아프리카의 금광주식에 굉장히 관심을 갖고 계십니다."

"그렇다면 무언가 새로운 진전이 있으면 알려 주십시오. 저는 지금 몹시 바쁩니다만, 어떻게든지 틈을 내어 조사해 드리지요. 그러나 그때까지는 저에게 알리지 않은 채 뭔가 손을 쓰는 일은 없도록 해 주십시오. 그럼, 잘 가요, 부디 몸조심하시고, 사고가 없기를 빌겠습니다."

바이올렛 스미스 양이 돌아가자 홈즈는 명상에 잠길 때 곧잘 입에 무는 파이프를 끌어당기며 말했다.

"저렇듯 아름다운 아가씨에게 따라다니는 자가 있는 건 자연의 이치지. 하지만 한적한 시골길을 자전거로 꽁무니를 맴돌다니! 아마 남몰래 속을 태우는 모양인데, 그렇다 해도 이 사건에는 어떤 기묘한 점이 있는 것 같군, 안 그래 왓슨? 확실히 기묘하고 암시적인 점이 있네."

"이상한 사나이가 일정한 장소에만 나타난다는 점 말인가?"

"그 점이지. 우선 찰링턴 저택에 어떤 자가 살고 있는지, 그것을 알지 않으면 안돼. 다음으로 카라더스와 우들리는 전혀 성격이 다른 사나이인 듯싶은데, 이 두 사람이 어떠한 관계에 있는가 하는 걸세. 이 두 사람이 다 랄프 스미스의 유족에 대해서 왜 그렇듯 열성일까? 그리고 또 한 가지, 가정교사에게 보통의 두 갑절이나 되는 급료를 주면서도 역으로부터 6마일이나 떨어진 곳에 살고 있으면서 말 한 필 가지고 있지 않다니, 이 사나이의 가정 살림은 대체 어떻게 되어 있는 걸까. 왓슨, 이상하지 않은가? 아무래도 이상해."
"그럼, 직접 가 보지 그러나?"
"난 갈 수 없어. 자네가 가 보지 않겠나? 기껏해야 사소한 음모일 거야. 나는 지금 그것 때문에 다른 중요한 조사를 중단할 수가 없네. 월요일에 일찌감치 파넘에 가서 찰링턴의 들판에 숨어 있는 걸세. 어떠한 일이 벌어지는지 관찰하고 그 다음에는 자네가 알아서 해보게나. 그리고 찰링턴 저택의 거주자에 대해서도 조사하고 돌아와 나에게 알려 주게. 알겠나? 그럼, 무언가 유력한 단서가 발견되어 이 사건이 해결될 것 같은 가망이 있기 전까지는 아무 말도 않기로 하세."

스미스 양은 월요일 아침 9시 50분에 워털루 역을 출발하는 기차를 탄다고 했으므로, 나는 일찍 나가 9시 13분 기차에 탈 수가 있었다.
파넘 역에서부터 찰링턴 들판으로 가는 길은 곧 알 수 있었다. 스미스 양이 말하는 장소도 히드(석남과에 속하는 관목. 잎이 작고 밀생하므로 황무지에 자람)가 우거진 황무지와 오래된 주목의 생울타리 속에 커다란 나무가 보이는 정원 사이로 길이 지나고 있으므로 바로 알아봤다. 저택에는 큰 입구가 있고 이끼가 긴 돌문 양쪽 기둥에는 문장이 새겨져 있었지만, 이 문 말고도 생울타리에는 끊긴 곳이 몇 군데나 있고 좁다란 길로 안에 들어갈 수가 있었다. 저택의 건물은 길에서 보이지 않았으며 정원은 어딘가 어둡고 쓸쓸하며 황폐해 보였다.

반대쪽의 히드 벌판에는 군데군데 황금빛 금작화가 피어 있어 봄의 화창한 햇빛을 받아 환하게 빛나고 있었다. 이 금작화 덤불 뒤, 저택의 문과 길 양쪽이 모두 보이는 적당한 장소를 골라 나는 몸을 숨겼다. 그때는 길 위에 사람 그림자가 보이지 않았지만, 이윽고 내가 온 것과는 반대 방향으로부터 자전거를 타고 오는 이가 있었다. 거무스름한 옷을 입고 있었다. 검은 턱수염도 보이기 시작했다. 이 사나이는 찰링턴 저택의 끝에 이르자 훌쩍 자전거에서 내려 생울타리가 끊긴 곳에서 안으로 들어가 버려 내가 있는 곳에서는 보이지 않게 되었다.

15분쯤 있으려니까 제2의 자전거가 나타났다. 그 젊은 숙녀로, 이번에는 역 쪽에서였다. 그녀는 찰링턴 저택의 생울타리에 이르자 연신 주위를 둘러보았다. 그러자 아까의 그 사나이가 생울타리의 은신처에서 나타나 자전거에 올라타더니 뒤를 쫓기 시작했다. 널찍한 들판에 움직이는 것이라고는 이 두 사람뿐, 얌전하고도 품위가 있는 그녀는 자전거 위에서 몸을 꼿꼿이 세우고 앞서 달리고, 뒤쫓는 사나이는 핸들 위에 몸을 엎드리고 이상하게도 남의 눈을 꺼리는 태도였다.

그녀는 뒤돌아보고 속력을 늦추었다. 그러자 사나이도 속력을 늦추었다. 그녀가 멈춰 서자 사나이도 180미터의 간격을 두고 정지했다. 다음 순간 그녀가 취한 행동은 뜻밖이기도 하고 용감하기도 했다. 별안간 자전거를 홱 돌리더니 사나이를 향해 단숨에 돌진했던 것이다. 그러나 사나이도 지지 않고 재빨리 방향을 바꾸더니, 쏜살같이 달아났다. 둘 다 보이지 않다가, 이윽고 그녀가 먼저 길 위에 모습을 나타내더니 꼿꼿하게 머리를 세우고 이제 그 따위 무언의 추적자는 안중에 없다는 듯 힘차게 자전거 페달을 밟았다. 뒤이어 사나이가 되돌아와서 여전히 180미터의 거리를 유지한 채 뒤를 쫓았다. 이윽고 둘 다 모퉁이를 돌아 모습을 감추고 말았다.

나는 잠시 그 자리에 그대로 있었는데, 그것은 매우 잘한 일이었다. 사나이가 자전거로 천천히 돌아왔기 때문이다. 그는 찰링턴 저택의 문 안으로 들어가 자전거에서 내리더니 2, 3분 거기에 서 있는 것이 나무 사이로 보였다. 두 손을 올려 무언가를 하고 있었는데, 흐트러진 넥타이를 고쳐 맨 모양이다. 이윽고 그는 또다시 자전거에 올라타더니 저택 안으로 들어갔다. 나는 뛰어가서 나무 사이에 숨어 엿보았다. 그러나 튜더(영국 왕조의 이름)식 굴뚝이 솟은 오래된 잿빛 건물이 아득하니 보일 뿐, 마차길이 우거진 관목 속으로 꼬부라져 있었기 때문에 자전거를 탄 사나이의 모습은 보이지 않았다.

그러나 나는 이것으로 상당한 수확을 얻었다고 생각했으므로, 의기양양하게 파넘으로 돌아왔다. 그리고 이 고장 가옥 중매인한테 가서 찰링턴 저택에 대해 물어 보았지만 아무것도 알지 못한다면서 런던에 있는 유명한 페르멜 상사(商社)에 물어 보라는 것이었다.

돌아오는 길에 페르멜로 가서 그 회사에 들러 보았더니, 대표자가 정중히 맞이하며 찰링턴 저택을 이번 여름에 빌리려는 희망은 이루어 드릴 수가 없다고 말했다. 한 달 전에 임대 계약이 되었으므로 한 걸음 늦었다는 것이었다. 빌린 사람은 윌리엄슨이라는 나이가 지긋한 훌륭한 신사라는 것뿐, 그밖에는 아무것도 말해 주지 않았다. 손님의 일을 너무 파고들어 지껄이는 것은 금물이기 때문이다.

그날 밤 홈즈는 긴 보고를 열심히 들어 주었지만, 은근히 기대하고 있던 무뚝뚝한 칭찬의 말은 하지 않고, 반대로 여느 때보다 딱딱한 얼굴이 되어 내가 한 일과 하지 않은 일에 대해 다음과 같은 비평을 했다.
 "자네는 애당초 은신 장소부터 잘못 골랐네. 반대쪽인 생울타리 속에 숨어 있어야 했던 거야. 그렇게 하면 이 흥미로운 인물을 좀더 잘 볼 수 있었을 걸세. 자네처럼 몇 백 미터나 떨어져 있다면 스미스 양만큼의 보고도 할 수 없네. 그녀는 모르는 사나이라고 생각하고 있지만, 나는 그렇지 않다고 믿네. 그게 아니라면 그녀가 곁에 다가가서 얼굴을 보는 것을 그토록이나 겁낼 리가 없어. 핸들 위에 몸을 엎드리고 있었다고 했는데, 역시 자신을 감추려는 게 아닌가. 자네는 정말 서투른 짓을 하고 왔군. 게다가 런던의 가옥 회사에 찾아가기까지 했으니!"
 "그럼, 어떻게 하면 좋겠나?" 나는 조금 시무룩해졌다.
 "근처의 술집이나 여관에 가는 걸세. 시골에서는 그러한 장소가 가십의 중심이지. 지주님인 나리로부터 부엌데기 하녀에 이르기까지 누구의 일이라도 기꺼이 이야기해 주거든. 윌리엄슨이라구! 그런 이름 따윈 아무런 참고도 되지 않네. 나이 지긋한 사나이라고 했다면, 저 젊고 체격이 좋은 스미스 양에게 쫓겨도 잡히지 않고 달아난 자전거 탄 사나이와는 다른 인물일 테지.
 요컨대 자네의 원정으로 얻은 것이 뭔가? 그 여자의 이야기가 사실이라고 확인한 것뿐이 아닌가. 그 이야기는 나도 처음부터 의심하지 않았네. 그 이야기와 저택과 자전거를 탄 사나이 사이에 무언가의 관련이 있다는 점, 이 두 가지는 처음부터 의심할 나위가 없었지. 지금 저택에는 윌리엄슨이라는 사나이가 살고 있다고 했는데, 그것이 무슨 의미가 있단 말인가? 아무튼 좋아, 그렇게 기죽은 얼굴을 할 건 없네. 토요일까지는 거의 할 일이 없을 테니 그때까지 나는 나대로 좀 조사해 볼 일이 있네."
 이튿날 아침 스미스 양으로부터 짧은 편지가 왔다. 전날 내가 보고 온 일을 간결하고 정확하게 기술하고 있었지만, 그것보다도 급소는 다음과 같은 덧붙임에 있었다.

...... 비밀을 지켜 주실 것으로 믿고서 말씀드립니다. 저는 이번에 주인으로부터 구혼을 받고 몹시 괴로운 입장에 서게 되었습니다. '한때의 들뜬 심정이 아니신 줄은 잘 알고 있습니다만, 그래도 저는 약혼한 사람이 있는 몸입니다. 분명하게 거절했더니 몹시 충격을 받으신 것처럼 보였습니다. 하지만 저에 대한 태도는 잔잔하기만 합니다. 하지만 그것은 겉으로만의 일이고, 사정이 좀 긴박해졌음을 추측에 맡길 따름입니다.

"꽤 입장이 괴롭게 되었는걸." 홈즈는 읽고 나자 조심스럽게 말했다. "이것은 맨 처음 생각했던 것보다 의외로 재미있고, 아직도 더 확대될 가능성이 있네. 조용하고 평화스러운 전원의 하루도 나쁘지는 않으니까, 떠오르는 생각도 한두 가지 있고 하니 오후에 출발하여 그 생각으로 설명이 될지 어떨지 해보기로 하세."

홈즈에게 있어 조용하고 평화스러운 전원에서의 반나절은 기묘한 것이 되었다. 밤이 되어 그는 입술에 상처를 내고 이마에 시퍼런 혹을 붙이고 게다가 경시청의 지명 수배자에게나 어울릴 듯한 망나니 같은 몰골로 베이커 거리에 돌아왔던 것이다. 그날의 모험이 우스워 견딜 수 없는 모양으로, 그는 배를 잡고 웃으면서 자기의 경험을 들려주었다.

"나는 평소 별로 운동 같은 건 하지 않기 때문에 어쩌다가 하면 아주 재미있다네. 자네도 알고 있다시피 나는 영국의 오래된 스포츠인 권투에 얼마쯤 숙달해 있다고 자부하는데, 그것이 도움이 되는 일이 있지. 이를테면 오늘 같은 때 권투를 몰랐다면 톡톡히 망신을 당할 뻔했네."
나는 대체 파넘에서 무슨 일이 있었는지 이야기해 달라고 졸랐다.
"파넘에서는 자네에게도 일러 주었던 것처럼 술집을 찾아 조심스럽게 조사에 착수했네. 먼저 카운터에 갔더니 수다스러운 주인이 있어서 내가 알고 싶은 일은 뭐든지 가르쳐 주었네. 윌리엄슨은 흰 턱수염이 있는 사나이로서 몇몇 고용인을 두고 찰링턴 저택에 혼자 살고 있네. 목사였었다든가 하는 소문도 있다고 하는데, 그 저택에 온 지 얼마 되지 않았지. 이야기를 듣고 보니, 아무래도 목사답지 않은 점이 두서너 가지 있다는 거야. 그래서 그는 성직자협회에 가서 조사해 보았는데, 목사 유자격자 중에 분명히 그런 이름의 사나이로서 기묘하게 경력이 확실치 않은 자가 있었다는 걸세.

술집 주인은 이야기를 계속하여, 저택에는 주말마다 손님이 오는데 수선스럽게 떠드는 자들이라더군. 그 중에서도 단골의 하나인 붉은 수염의 우들리 씨가 특히 심하다는 거야. 여기까지 이야기를 끝낸 참인데, 정작 소문의 주인공이 어슬렁거리며 나타나지를 않겠나. 그는 술청에서 맥주를 마시면서 이야기를 죄다 듣고 있었던 모양이야. '네놈은 누구야. 뭣 하러 왔지. 어째서 꼬치꼬치 여러 가지를 묻는 거야' 하는 식으로, 꽤 귀에 거슬리는 형용사를 써 가며 닦아세우더니 형편없는 욕설를 내뱉으며 손등치기의 일격을 가해 왔는데, 나는 그것을 완전히 피하지를 못했던 거야. 그리고 나서 2, 3분 동안은 재미있었지만, 결국 덤벼드는 놈에게 나의 레프트 스트레이트가 멋지게 폭발되어 결판이 났네. 그리하여 나는 이런 꼴로 돌아왔고 우들리는 농군 마차에 실려서 돌아갔네. 어쨌든 나의 전원 여행은 재미있기는 했지만 유감스럽게도 자네 이상의 효과는 올리지 못했네."
목요일에 다시 스미스 양에게서 편지가 왔다.

홈즈 씨, 제가 이번에 카라더스 씨 댁의 일을 그만두기로 했다고 말씀드리더라도 놀라시지 않으리라고 생각합니다. 현재 제 입장의 괴로움은 아무리 많은 급료를 받는다 해도 덜어지지 않습니다. 토요일에 런던으로 돌아가면 그 길로 이 댁에는 오지 않을 작정입니다. 마차는 완성되어 왔기 때문에 저 쓸쓸한 길의 위험은…… 만일 위험이 있다 하더라도 지금은 걱정 없습니다.

제가 그만두는 이유는, 카라더스 씨와의 관계가 긴박해진 것뿐만 아니라 저 몸서리쳐지는 우들리 씨가 또 나타났기 때문입니다. 그 사람은 무언가 사고라도 있었는지, 그 무서운 얼굴이 한층 보기 흉해져 있습니다. 창문으로 흘긋 보았을 뿐, 얼굴을 마주치지 않았던 걸 무엇보다도 기뻐하고 있습니다. 카라더스 씨와 무슨 일인지 오래 이야기를 했습니다만, 카라더스 씨는 그 뒤로 몹시 흥분하고 계신 것처럼 보였습니다.

우들리 씨는 어젯밤 이 집에서 머물지는 않았지만, 오늘 아침 일찍부터 정원의 관목 사이를 어슬렁어슬렁 걷고 있는 것으로 보아 아마 가까이에 살고 있으리라고 생각됩니다. 그 사람이 무섭고 싫은 느낌은 글로서는 뭐라고 표현할 수가 없어요. 카라더스 씨가 그런 사람을 받아들이는 심정을 모르겠어요. 그럼, 저의 고뇌도 이번 토요일까지 뿐입니다.

"그렇게 되어야지. 꼭 그렇게 되어야만 할 텐데." 홈즈는 침울한 어조로 말했다. "그 가련한 숙녀의 주위에는 무언가 심상치 않은 음모가 꾸며져 있으니만큼, 이번 주 토요일에는 그녀의 마지막 작은 여행에 사고가 없도록 보호해 줄 의무가 있네. 왓슨, 그날은 아침부터 함께 가서 이 갈피를 잡을 수 없는 기묘한 사건이 까다로운 것이 되지 않도록 해결해 줄 필요가 있겠네."

사실 이때까지 우리는 아직 이 사건을 그리 중대하다고 생각지 않았다. 위험이 따른다고 하기보다는 오히려 괴상야릇한 사건이라고 여기고 있었던 것이다. 그토록 아름다운 숙녀라면 사나이가 도중에서 기다리다가 뒤를 쫓는 것쯤 그리 신기한 이야기도 아니다. 더구나 그것도 말을 걸기는커녕 여자 쪽에서 접근하려고 했더니 급히 달아난 정도의 심장이라면, 그다지 두려운 상대도 못되리라.

악한 우들리는 그자와는 전혀 다른 사나이다. 하기야 그도 스미스 양을 괴롭히긴 했지만 첫 대면 때 한 번뿐으로, 그 뒤로는 아무 일도 없고 최근에는 카라더스의 집을 방문하면서도 그녀 앞에는 나타나려고도 하지 않는다.

자전거의 사나이는, 술집 주인의 말을 흉내 내는 것은 아니지만, 찰링턴 저택의 술집 손님 가운데 하나인 것만은 틀림없으리라. 다만 그가 어떤 자이고 무엇을 노리고 있는지를 모를 뿐이다. 따라서 나는 출발할 때의 홈즈의 긴장된 태도와 주머니에 권총을 넣는 것을 보고서야, 나로서는 기묘한 일만 있다고 생각했었는데 이 사건에도 비극이 예상되는 것일까 하고 비로소 깨달은 것이다.

지난밤의 비가 자취도 없이 개고 금작화가 여기저기에 무더기로 피어 있는 히드 벌판의 전원 풍경은 런던의 짙고 엷은 갈색과 잿빛의 단조로움에 익은 눈에는 한결 아름다운 것이었다. 나는 홈즈와 더불어 아침의 신선한 공기를 마음껏 들이마시면서 새들의 음악에 흥겨워했고, 봄의 향긋한 산들바람을 즐기며 모래가 섞인 넓은 시골길을 걸어갔다.

길은 오르막길이었고 클루스크벨리 언덕의 등성이까지 이르자 해묵은 떡갈나무 가지 사이로 으스스 기분 나쁜 저택의 지붕이 보였다. 떡갈나무도 상당한 노목이지만, 그래도 이 저택의 연대에 비하면 아직 젊었다. 그만큼 이 건물은 오래 된 것이었다(앞서 말한 튜더 왕조는 1485년부터 1603년까지 이어졌음). 히드 벌판의 갈색과 푸르른 숲 사이를 불그스름한 노란 띠가 되어 길게 굽이치고 있는 길을 홈즈는 손가락질했다. 아득하니 작은 점이 되어, 한 대의 마차가 이리로 다가오는 것이 보였다. 그는 안타깝다는 듯이 외쳤다.

"30분쯤 여유를 두었는데, 저것이 그녀의 마차라고 하면 여느 때보다 빠른 기차에 탈 작정이로군. 이 상태라면 우리들이 다다르기 전에 찰링턴 저택을 지나가 버릴지도 모르겠는걸."

언덕을 다 오르고 나자 이미 마차는 보이지 않았다. 우리는 빠르게 길을 서둘렀다. 너무나 서둘렀으므로 직업상 걸음이 서투른 나는 차츰 맥이 빠져 마침내 뒤에 처지고 말았다. 그러나 홈즈는 늘 연습을 하고 있었다. 그는 끝이 없을 만큼 정력을 비축해 두고 있었다. 그의 경쾌한 걸음걸이는 조금도 늦추어지지 않았지만, 100미터쯤이나 나를 떼어놓았을 때 별안간 멈추어 섰다. 그리고 곧 실망과 비탄을 보여주려는듯 손을 높이 올렸다. 거의 동시에 한 대의 간편한 2륜 마차가 탄 사람도 없이 고삐를 질질 끌면서 모퉁이를 돌아 나타나 급속히 이쪽으로 달려오는 게 보였던 것이다.

"늦었네, 왓슨, 늦었어." 숨을 헐떡거리면서 내가 따라잡자, 홈즈는 분하게 여기고 있었다. "좀더 빠른 기차를 택할걸. 그걸 생각지 못했다니, 이 얼마나 멍청이일까! 유괴된 거야. 살해되었을지도 모르네. 여보게, 길을 막고 말을 세워 주게. 좋아, 이제 됐어. 염려 없네. 자, 타게나. 이 큰 실수가 가져다 준 결과가 어떻게 잘 될 수 있을지 한번 해보세."

마차에 올라타자, 홈즈는 말을 돌려 날카롭게 채찍질을 하며 시골길을 화살처럼 달려갔다. 나는 홈즈의 팔을 붙들며 외쳤다.

"홈즈, 저 사나이야!"

자전거를 탄 사람이 하나 머리를 숙이고 등허리를 굽히고서 온 몸의 힘을 페달에 가하며 오는 것이었다. 마치 자전거 경주를 할 때와 같은 속도였다. 문득 그는 턱수염이 있는 얼굴을 들어 우리들을 살펴보더니, 자전거를 멈추고 뛰어내렸다. 새까만 턱수염이 창백한 얼굴빛과 괴상한 대조를 이루고, 두 눈은 열을 뿜듯 불타고 있었다. 잠시 우리들과 마차를 응시하고 있었으나, 이내 놀라움의 빛을 보이며 자전거로 길을 가로막듯이 하고 고함을 질러 댔다.

"이봐, 멈춰라! 어디서 그 마차를 훔쳐 왔지? 세워라!" 그는 주머니에서 권총을 꺼냈다. "세우지 않겠느냐! 이봐! 세우지 않으면 말을 쏜다!"

홈즈는 고삐를 나의 무릎에 던지고 나서 마차에서 뛰어내렸다.

"자네를 만나고 싶다고 생각하던 참이었지. 바이올렛 스미스 양은 어디에 있나?" 홈즈는 또렷또렷하고 빠른 말투로 질문했다.

"그건 내가 묻고 싶은 말이다. 당신들은 지금 그녀의 마차를 타고 있다. 모른다고 하지는 못하겠지?"

"마차는 도중에서 붙잡은 거다. 아무도 타고 있지 않았다. 그녀를 구하려고 급히 되돌아온 참이다."

"아니, 그럼, 큰일이군! 아뿔싸!" 그는 절망적으로 외쳤다. "그 놈들의 짓입니다. 우리들의 인간 백정과 목사 녀석입니다. 자, 따라와 주십시오. 정말 그녀의 편이라면 따라와 주십시오. 도와주십시오. 비록 찰링턴의 숲 속에서 시체가 될망정 꼭 살려 내고야 말겠습니다."

그는 정신이 나간 것처럼 권총을 쥔 채 생울타리의 끊겨진 곳 안쪽으로 뛰어 들어갔다. 홈즈에 이어서 나도 길가의 풀을 뜯는 말을 버려두고 그 뒤를 쫓았다.

"여기로 도망쳐 들어가고 있군요"라고 그는 흙 위에 남아 있는 몇 개의 발자국을 가리켰다. "아니, 잠깐 기다려 주시오. 저 덤불 속에 누가 있습니다."

 골덴 바지에 각반을 친 마부 차림의 열일곱 살쯤 되어 보이는 소년이 무릎을 가지런히 하고 반듯하게 관목 덤불 속에 쓰러져 있는 것이 보였다. 머리에 심한 상처를 입고 정신을 잃었지만, 죽지는 않았다. 첫눈에 보아도 뼈까지 이르는 상처가 아님은 알 수 있었다.

 "오, 피터다! 마부 피터입니다. 그녀를 태우고 간 피터인데, 끌어내어 몽둥이로 때려 쓰러뜨렸구나. 아무튼 눕혀 둡시다. 지금은 어쩔 수도 없으니까. 그러니 그녀는 얼마나 무서운 지경에 있을까! 무사히 구해 낼 수 있으면 좋겠는데!"

 나무들 사이를 누비는 오솔길을 우리는 미친 듯이 뛰어갔다. 그러자 건물을 둘러싼 관목 덤불 속으로 나섰는데, 거기서 홈즈는 멈춰 섰다.

 "집 안이 아니군. 그 왼쪽에 발자국이 있다. 이쪽 월계수 덤불 곁에…… 앗, 역시 그렇군!"

 여자의 비명이, 공포로 애절히 떨리는 비명이 앞쪽의 짙푸른 덤불 속에서 들려왔던 것이다. 더구나 그 목소리는 가장 높이 올라갔다가 갑자기 질식하는 듯 입 속으로 잠겨 뚝 그치고 말았다.

 "이쪽이다! 이쪽입니다! 당구장 쪽에 있는 거예요." 자전거의 사나이는 외치면서 나무 사이로 돌진해 갔다. "개새끼 같으니! 자, 빨리 와 주십시오! 늦어요! 늦습니다! 자, 빨리!"

 갑자기 눈앞이 탁 트이며 노목에 둘러싸인 아름다운 잔디밭이 나왔다. 그리고 잔디밭 건너쪽의 거대한 떡갈나무 아래에 기괴한 세 인물이 서 있는 것이 보였다. 한 사람은 스미스 양으로서, 입 둘레가 손수건으로 감기고 숨이 넘어갈 것만 같은 모습이었다. 그녀와 마주보며 서 있는 사람은 천박하고 둔해 보이는 얼굴에 붉은 수염이 있는 젊은 사나이인데, 각반을 친 두 다리를 떡 벌리고 서서 한 손은 허리에 대고 팔꿈치를 폈으며, 한 손에는 승마용 채찍을 갖고 오만하게 버티어 서 있는 꼴이 의기양양 허세를 부리고 있는 모양이었다. 이 사람 사이에 서 있는 것은 잿빛 턱수염이 있는 나이 지긋한 사나이로서, 스코치 천으로 지은 가벼운 옷 위에 짧은 흰 법의를 걸치고 있는 것으로 보아 아무래도 두 사람의 결혼식을 막 끝낸 참인 모양이다. 마침 그가 기도서를 주머니에 넣으며 사나운 신랑의 어깨를 토닥거리며 기분 좋게 축하의 뜻을 나타냈을 때 우리들이 나타났던 것이다.

"아니, 저 두 사람은 결혼했잖아." 나는 눈이 휘둥그레졌다.

"개새끼! 자, 덤벼라!"

자전거의 사나이는 잔디밭을 곧장 가로질러 뛰기 시작했다. 홈즈도 나도 뒤지지 않고 그 뒤를 따랐다. 우리들이 가까이 오는 것을 보고서 스미스 양은 비틀거리며 나무줄기에 매달려 겨우 몸을 지탱했다. 전직 목사인 윌리엄슨은 놀려대는 듯한 정중한 태도로 우리들 쪽을 향해 머리를 숙였다. 비열한 사나이 우들리는 상스러운 목소리로 소리를 질러대며 의기양양한 커다란 웃음소리와 더불어 앞으로 나섰다.

"그런 수염 따윈 떼어 버려, 보브. 다 알고 있어. 그런데 마침 잘 와 주었네. 자네 패거리에게도 함께 소개해 주겠네만, 이쪽이 우들리 부인이네, 으핫핫핫."

그것에 대한 이 사나이의 대꾸야말로 색다른 것이었다. 그는 먼저 검은 턱수염을 잡아 뜯더니 잔디밭에 팽개치고 깨끗이 면도한 혈색 나쁜 기다란 얼굴을 드러냈던 것이다. 그리고 조용히 권총을 들어올려 위협의 채찍을 휘두르며 다가오는 악한에게 총구를 들이대고 말했다.

"그래, 나는 보브 카라더스다. 내 눈에 흙이 들어가기 전에는 이 여자에게 손가락 하나 대지 못하게 할 테다. 이 여자에게 손을 대면 내가 어떻게 하리라는 건 이미 말했지. 나는 보기가 좋아서 큰

소리만 치고 있는 게 아니야."
"늦었어. 미안하지만 이 여자는 내 마누라야."
"바보 소리 말아, 네놈의 과부다!"
어마어마하게 큰소리로 권총 소리가 울리고, 우들리의 조끼 가슴에 대뜸 피가 번지는 게 보였다. 그는 비명과 더불어 뺑뺑 맴을 돌더니 벌렁 쓰러졌다. 흉악한 붉은 얼굴은 금방 얼룩덜룩해지더니 죽음의 창백함으로 바뀌어 갔다.

이때까지 법의를 입은 채 묵묵히 우뚝 서 있던 윌리엄슨은 세상에서도 가장 무서운 저주의 말을 입에 올리면서 권총을 꺼냈지만, 그것을 겨눌 틈은 없었다. 어느 틈엔가 홈즈가 권총을 눈 앞에 들이댄 것이다.

"이제 충분해. 그 권총을 버리지!" 홈즈가 냉정히 말했다. "왓슨, 권총을 주워 이 사나이의 머리에 겨냥하고 있게. 참, 카라더스 씨도 그 권총을 이리 내놓으시오. 이제 폭력은 끝났소. 어서, 빨리 내놓으시오."

"그렇게 말하는 당신은 누구입니까?"
"셜록 홈즈라는 사람이오."
"당신이!"
"이름은 알고 있었던 것 같군. 경찰이 오기까지 내가 대행하겠소. 이봐!"

홈즈는 어느 틈엔가 정신이 깨어나 잔디밭 끝에 나타나서 겁먹은 태도로 이 소동을 구경하고 있던 소년 마부에게 소리를 질러 오라고 했다.

"이리 와. 이것을 가지고 급히 판넘까지 마차를 달려 다오"라고 수첩을 찢어 무언가 두서너 줄 쓰더니 마부에게 건넸다. "경찰에 가서 서장님에게 전하는 거야. 경찰에서 사람이 올 때까지 당신들은 내가 감시하겠소."

 홈즈의 당당하고 힘찬 성격이 이 비극의 현장을 지배하여 나머지 사람들은 꼭두각시처럼 그의 뜻대로 움직였다. 윌리엄슨은 카라더스와 협력하여 중상을 입은 우들리를 집 안으로 들어 옮겼다. 나는 겁에 질려 있는 스미스 양을 도와 집 안으로 데리고 갔다. 홈즈의 요구에 따라 나는 2층 그의 침대에 눕혀져 있는 우들리를 진찰했다.

 그리하여 낡고 두꺼운 직물의 벽걸이가 장식된 식당에서 두 명을 감시하고 있던 홈즈에게 그 결과를 보고했다.

 "목숨은 잃지 않을 것 같네."

 "네!" 카라더스는 놀라며 일어서려고 했다. "2층에 가서 당장에 놈을 요절내고 오겠습니다. 천사 같은 저 아가씨가 평생 잭 우들리 같은 녀석에게 속박되어 있을 수는 없습니다."

 "그 일이라면 당신이 걱정하지 않아도 좋소." 홈즈가 꾸짖었다. "어떠한 짓을 하더라도 그녀가 우들리의 아내가 되지 않는다는 훌륭한 이유가 두 가지 있소. 첫째, 결혼식을 인도한 윌리엄슨 씨의 자격 문제입니다."

 "나는 목사 임명을 받았소."

 "그러나 지금은 해임되었소."

 "한 번 목사가 되면 평생 목사요."

 "나는 그렇게 생각하지 않아요. 그리고 결혼 허가증은?"

 "엄연히 이 주머니에 들어 있소."

 "속임수를 써서 손에 넣은 것이겠지. 어쨌든 강제 결혼은 결혼으로서 인정되지 않을뿐더러 중범죄요. 그 점은 머잖아 당신의 처벌이 결정되기 전에 알려질 테지만, 내가 보는 바로는 당신은 아마 10년 동안은 그 문제를 곰곰이 생각할 시간이 주어질 거요. 그리고 카라더스 씨, 당신은 권총 같은 건 꺼내지 않은 편이 좋았다고 생각되오."

"나도 지금에서야 그런 생각이 듭니다. 홈즈 씨. 나는 저 아가씨의 몸을 지키기 위해 온갖 예방법을 강구했던 겁니다. 그것은 제가 저 아가씨를 사랑하기 때문입니다. 사랑이란 어떠한 것인지, 이 나이가 되어 비로소 알았습니다. 그렇지만 그녀가 남아프리카에서도 이름난 그 잔인한 악한의 손아귀에 들어간다고 생각하니 그만 정신이 돌고 말았습니다. 저 우들리라는 사나이는 남아연방의 킴벌리(광산 도시로서 세계 제일의 다이아몬드 광산임)에서부터 요하네스버그에 걸쳐 이름만 들어도 무서워하는 나쁜 놈입니다.

이런 것을 말씀드려도 홈즈 씨는 곧이들으려 하시지 않을지 모르지만, 저는 저 아가씨를 고용하고 나서부터는 한 번도 이 집 근처를 혼자 다니게 한 적이 없습니다. 이 집에서 이 악당들이 언제나 엿보고 있다는 걸 알고 있었기 때문에 잘못이 생기지 않도록 반드시 자전거로 뒤를 쫓곤 했었지요. 물론 얼마쯤 거리를 두고 턱수염을 붙여 알아차리지 못하도록 조심은 했습니다. 대단히 현명하고 용감한 아가씨이기 때문에 이 시골길에서 제가 그런 짓을 한다는 걸 알면, 저의 집에 오래 있어 주지 않을 것이 뻔하기 때문이었지요."

"위험한 것을 왜 본인에게 알려 주지 않았지요?"

"알려 주면, 저의 집에도 있어 주지 않았을 겁니다. 그것이 저로선 견딜 수 없었던 거에요. 비록 상대방이 사랑해 주지 않더라도 그 우아한 모습과 아름다운 목소리가 집안에 있는 것만으로도 저로서는 얼마나 즐거웠는지 모릅니다."

"당신은 사랑이라고 부르고 있지만, 그것은 자기 멋대로인 애정입니다." 내가 한 마디 핀잔을 주었다.

"그렇겠지요. 어쨌든 저로서는 저 아가씨를 놓아 주고 싶지 않았던 겁니다. 게다가 이자들의 문제도 있고 해서 그녀의 신변을 누군가 지켜 주는 일이 필요했던 거지요. 그러던 차에 해저(海底) 전신이 왔으므로, 더욱 더 이자들이 무슨 일을 당장 시작하겠구나 하고 생각했습니다."
"해저 전신?"
"이것입니다."
카라더스는 주머니에서 아주 간결한 전보를 꺼내 보였다.

　노인 죽다.

"으음." 홈즈는 조용히 말했다. "이것으로써 꽤나 상태가 분명해지는군. 과연 이 전보를 보게 되면 설칠 법도 하지. 그러나 어차피 기다리고 있어야 하니까 당신의 입으로 설명을 듣고 싶군요."
　그러자 이때 흰 법의 차림의 늙은 악한이 별안간 길길이 날뛰며 욕설을 퍼붓기 시작했다.
"이봐, 보브 카라더스, 우들리의 일을 지껄여 보기만 해봐! 잭 우들리와 같은 꼴로 만들어 줄 테다! 네가 저 계집애의 일로 직성이 풀릴 만큼 넋두리를 늘어놓는 것은 자유야. 내가 알 바 아니니까. 하지만 한패의 비밀을 이 형사들에게 고자질하기만 해봐라. 그냥 내버려 두지는 않을 테다."
"자, 그렇게 흥분하실 것까진 없소." 홈즈는 천천히 담배에 불을 붙이며 말했다. "이 사건에서 당신들이 나쁜 것은 의심할 여지가 없으니까. 나는 다만 호기심에서 자세한 점을 두서너 가지 알고 싶을 뿐이오. 그러나 당신들 쪽에서 이야기하기 거북하다면, 내 입으로 이야기해 보지요. 그렇게 하면 숨기려고 하더라도 어디까지 숨길 수 있는지, 당신들 스스로가 납득이 가겠지요. 먼저 첫째로 당신들 세 사람——윌리엄슨, 카라더스, 우들리 세 사람이 이 일을 위하여 남아프리카에서 돌아왔소."

"거짓말 제1호다." 노인이 외쳤다. "두 달 전까지 나는 이자들을 알지도 못했소. 게다가 아프리카 따위에는 간 적도 없소. 그런 헛소리는 파이프에 담아 연기로 뿜어 버리시지."

"네, 이 사람의 말은 사실입니다." 카라더스가 옆에서 보증했다.

"그렇다면 두 사람이 돌아왔습니다. 윌리엄슨 씨는 이쪽에서 만났지요. 그런데 당신들은 아프리카에서 랄프 스미스를 알고 있었소. 더구나 스미스는 이미 오래 살지 못하게 되었지요. 죽으면 큰 유산이 조카딸의 것이 된다는 걸 알았소. 어떻습니까, 여기까지는?"

카라더스는 고개를 끄덕이고 윌리엄슨은 신음 소리를 냈다.

"그녀가 가장 가까운 근친자이며, 더구나 스미스 노인이 유언장을 써 놓지 않은 것도 알고 있었습니다."

"무식해서 말이지요." 카라더스가 설명했다.

"그래서 돌아와 둘이서 그녀를 찾아나섰소. 계획은 두 사람 가운데 한 사람이 그녀와 결혼하고 한 사람은 자기 몫만을 받는 것이었소. 무언가의 이유로 그 결혼은 우들리 쪽이 맡기로 되었습니다. 그 이유는 무엇이었지요?"

"배 안에서 그녀를 걸고 카드 놀이를 했는데, 우들리가 이겼던 거에요."

"그래서 그녀를 찾아냈으므로 당신이 고용하고 우들리가 구혼하기로 되었는데, 똑똑한 그녀는 우들리가 형편없는 술주정뱅이라는 걸 꿰뚫어보고 도무지 상대를 하려고 하지 않았지요. 한편 당신은 그녀를 사랑하게 되어 버렸으므로 약속한 것이 깨어지고 말았소. 그 악당에게 그녀를 물려 줄 마음이 없어진 거지요."

"물론입니다. 누가 그런 놈에게!"

"그래서 두 사람 사이에 싸움이 벌어지고 우들리는 분노한 나머지 뛰어나가 당신과는 별개로 자기의 계획을 세우게 되었소."

"놀랐는걸, 윌리엄슨. 이분은 뭐든지 알고 계시는군." 카라더스는 쓴웃음을 지으며 말했다. "그렇습니다. 싸움을 하고, 저놈은 나를 때려눕혔습니다. 말하자면, 그 일은 이로써 피장파장이 된 셈입니다만. 그리고서 저놈은 모습을 보이지 않았는데, 그때 윌리엄슨과 알게 되었던 모양이지요. 두 사람이 그녀가 역으로 가는 길목인 이 집에 세든 것을 알고서, 무언가 좋지 않은 일을 꾸미고 있다고 생각했기 때문에, 그 뒤부터 한시도 그녀에게서 눈을 떼지 않기로 했던 것입니다. 두 사람이 무엇을 꾸미고 있는지 어떻게 해서든 알고 싶었기 때문에 나는 이들을 때때로 만나고 있었습니다.

이틀 전에 우들리가 이 전보를 가지고 나타나서 랄프 스미스가 마침내 죽었으니 손을 쓰지 않겠느냐고 말했습니다만, 거절했습니다. 그러자 그럼 네가 결혼해도 좋으니 자기 몫만 달라고 말했습니다. 할 수 있다면 그렇게 하고 싶지만, 정작 본인이 승낙하지 않으므로 이야기가 되지 않는다고 했습니다.

그러자 그 사나이는 '어쨌든 결혼해 버리라구. 1주일이나 2주일쯤 지나면 여자이므로 조금은 마음이 달라질 거야' 라고 했습니다만, 저는 폭력 같은 건 즐기지 않습니다. 그 사나이는 화가 나서 입에 담지 못할 욕을 하고, 그렇다면 자기가 어떻게 해보겠다고 큰소리치고서 돌아갔습니다.

그녀는 이번 주 그만두기로 되어 있었습니다. 나는 마차는 준비하고 역까지 보내 주었습니다만, 걱정이 되어서 자전거로 살며시 뒤를 쫓아갔습니다. 그러나 내가 보았을 때에는 벌써 모습이 보이지 않았지요. 꽤 서둘렀지만 내가 따라잡기 전에 이 나쁜 놈에게 붙잡혔던 거예요. 당신네들이 그녀의 마차로 오는 것을 보고서 비로소 그것을 알았던 것입니다."

홈즈는 엉덩이를 들고 담배꽁초를 휙 난로 속에 던졌다.

"나도 꽤나 머리가 둔했어, 왓슨. 자네가 보고할 때 자전거를 탄 사나이가 저택의 문 안에서 넥타이를 고쳐 맸다는 그 한 가지로 모든 것을 알아챘어야 했던 걸세. 그러나 기묘한, 어떤 의미에선 특이한 사건을 경험했으니까 만족하기로 하세. 오, 경찰 친구들 세 사람이 지금 문으로 들어온 모양이군. 저 소년 마부도 세 사람에 뒤지지 않고 걸어오는 걸 보니 상처는 대단한 것이 아닌 듯싶네. 저 우스꽝스러운 신랑님도 생명에는 별지장이 없다 하니, 잘된 일일세.

그리고 왓슨, 미안하지만 의사로서 스미스 양의 상태를 보아 주지 않겠나. 본인이 좋다면 우리가 런던의 어머니 집까지 배웅해 주겠다고 전해 주게나. 만일 아직도 충분히 회복된 것 같지 않으면, 미들랜드 회사의 청년 전기 기사에게 전보를 칠 참이라고 귀띔해 보게, 금방 정신을 차리고 일어날 테니. 그리고 카라더스 씨는 고약한 음모에 참여는 했지만, 대체로 마음을 바로잡은 거라고 생각합니다. 여기 제 명함을 드리겠으니, 재판할 때 저의 증언이 도움이 될 것 같으면 언제든지 이용해 주십시오."

우리들은 연달아 눈부시게 활동을 계속하고 있으므로, 독자 여러분도 아마 이해해 주실 거라고 생각하지만, 이야기를 마지막까지 마무리하거나 또 마지막 자세한 일까지 써서 호기심 있는 사람의 기대에 보답하기에는 꽤 곤란한 경우가 많다. 하나의 사건은 다음 사건의 전주곡이니만큼, 일단 중대한 고비를 넘기면 거기서 활약한 배우들은 바쁜 우리들의 일상 생활에서부터 잊혀지고 마는 것이다.

그러나 이 경우는 다행히도 사건 기록의 끝머리에 간단한 메모가 있다. 그것에 의하면 바이올렛 스미스 양은 거액의 유산을 상속했으며, 지금은 전기 기술 분야에서 유명한 웨스트민스터의 모턴 앤드 케네디 사무소의 소장인 시릴 모턴 씨의 부인이 되어 있다. 윌리엄슨과 우들리는 함께 유괴 폭행죄로 기소되어 전자는 7년, 후자는 10년의 형이 선고되었다. 카라더스의 운명에 대해서는 기록이 없지만, 내가 믿는 바로는 우들리가 흉악범이라는 소리가 아주 높았기 때문에 법정에서도 그다지 중대시되지 않고 법대로 처리하기 위해 2, 3개월의 형으로 끝나지 않았을까 생각된다.

춤추는 사람그림

 홈즈는 몇 시간 동안이나 아무 말없이 시험관에 그의 길고 마른 등을 구부린 채 앉아 있었다. 시험관에서 그는 이상한 악취가 나는 것을 발효시키고 있었다. 머리를 가슴에 틀어박고 있어서 내가 보기에는 잿빛 날개와 검은 깃을 가진 괴상한 마른 새 같았다.
 "그래, 왓슨. 자네는 남 아프리카 주식에 투자할 생각이 없나?"
 불쑥 그는 말을 건넸다.
 나는 깜짝 놀랐다. 홈즈의 신통한 능력에는 익숙해 있었지만, 내가 가장 골똘하게 생각하고 있는 것에 대해 이렇게 갑자기 참견해 오는 것은 참말 어떻게 설명해야 좋을지 몰랐다. 나는 물었다.
 "자네, 대체 그것을 어떻게 알았나?"
 그는 김 나는 시험관을 들고, 움푹 파인 눈에 흥미 있어 하는 빛을 띠고는 걸상을 돌리면서 말했다.
 "자, 왓슨. 아주 깜짝 놀랐다고 고백하게나."
 "정말이야."
 "그럼, 그렇다고 종이에 서명을 받아야겠네."

"어째서?"

"5분만 지나면, 그거 참 아주 우습고 간단한 것이라고 자네가 말할 테니까 말야."

"그런 말을 할 리가 있나."

"그럼 여보게, 왓슨……."

홈즈는 시험관을 꽂이에다가 꽂아 놓고, 선생이 학생들을 가르치는 것 같은 태도로 강의를 시작하였다.

"한 개 한 개로 보아서는 간단하지만 모두 앞의 것과 관련되어 있는 추리의 연속을 구성해 가는 것 또한 별로 어려운 일이 아닐세. 만일 그렇게 구성해 둔 뒤에 그 중간에 있는 추리를 쭉 빼놓고 상대방 앞에다 출발점과 결론만을 내놓는다면, 겉으로 보기에는 그럴 듯하지만 놀라운 결과를 나타내는 것이 되거든. 자네의 왼쪽 엄지손가락과 둘째손가락 사이를 보면서, 자네가 자네의 작은 자금을 금광에 투자하려 하지 않음이 확실하다고 느끼는 것은 그다지 어려운 일이 아닐세. 무슨 말인지 알겠나?"

"나는 아무런 관련도 모르겠는데."

"그럴 테지, 그러나 당장에 자네한테 증명해 보이겠네. 여기 아주 간단한 사슬에서 빠진 고리가 두 개 있네. 첫째로 자네는 어제 저녁 클럽에서 돌아올 적에 왼쪽 엄지손가락과 둘째손가락 사이에 분필을 끼고 있었네. 둘째로, 자네는 당구를 할 때에 막대기를 안정시키기 위해서 거기에다 분필을 끼었네. 셋째로, 자네는 더스튼하고만 당구를 쳤네. 넷째로, 자네가 4주일 전에 나한테 말하기를 더스튼이 남 아프리카에 있는 사업에 거래 관계를 가지고 있는데, 그것이 한 달 뒤면 만기가 되므로 그 사람이 자네와 동업하기를 희망하고 있다고 그랬네. 다섯째로, 자네의 수표책은 내 서랍에 들어 있는데, 자네는 그것을 꺼낼 열쇠를 달라고 하지 않았네. 여섯째,

이렇게 해서 자네는 돈을 투자하려고 하지 않는 것이 되는 걸세."
"아주 우습게 간단하군!"
나는 소리쳤다.
"그렇고말고!"
홈즈는 약간 불쾌해 하면서 말했다.
"모든 문제가 일단 설명해 놓으면 쉽게 보이거든. 그런데 여기 설명되지 않은 문제가 하나 있네, 왓슨. 자네, 거기서 무엇을 생각해 낼 수 있는지 해보게."
그는 책상 위에다 종이 한 장을 내던지더니, 다시금 화학 분석을 하려고 몸을 돌렸다.
나는 놀라움으로 종이 위에 그려진 우스꽝스러운 상형문자를 보았다.
"여보게, 홈즈, 이건 아이들 그림이 아닌가?"
나는 소리쳤다.
"그건 자네 생각이지!"
"그럼, 달리 무엇이란 말인가?"
"그것이 노퍽에 있는 리들링 도읍 농장의 힐턴 큐빗 씨가 몹시 알고 싶어하는 것일세. 이 작은 수수께끼가 오늘 첫 번째 편지로 배달되었고, 다음 기차로 그가 올 거네. 초인종이 울리지 않나, 왓슨? 놀랄 것 없네. 그 사람이 온 것일세."
층계 위로 무거운 발자국 소리가 들리더니 조금 뒤에 키가 크고 얼굴이 불그스름하며 면도를 말끔하게 한 신사가 들어왔다. 그의 맑은 눈과 혈색좋은 뺨은 베이커 거리의 안개로부터 멀리 떨어져 생활하고 있는 것을 보여 주었다. 그가 들어오자, 강렬하고 청신하고 생기나게 하는 한 점의 동해안 바람이 따라 들어온 것만 같았다. 우리들과 악수를 하고 앉으려 할 때에, 그의 눈길이 내가 지금 보고 나서 책상 위에 놓아 둔 이상스러운 그림이 있는 종이 조각에 가 닿았다. 그는 소리쳤다.

"그런데 홈즈 선생, 이것을 보시고 어떻게 생각하십니까. 선생님은 괴상하고 신비로운 것을 좋아한다고 들었습니다. 그리고 이보다 더 괴상스러운 것은 아마 못 보셨을 겁니다. 내가 오기 전에 먼저 그것을 연구하실 시간을 가지시라고 미리 종이를 보낸 것입니다."

"정말 참 괴상스러운 것이더군요."

홈즈가 말했다.

"언뜻 보기에는 어린애 장난 같습니다. 종이 위에 수많은 우습고 조그만 사람들이 춤추고 있는 것이 그려져 있습니다. 어째서 당신은 이런 기괴한 것에 중대한 의미를 붙이시는 거지요?"

"홈즈 선생, 나는 절대로 그러지 않았습니다. 아내가 그럽니다. 이 그림이 아내를 더없이 놀라게 합니다. 아내는 말은 하지 않지만, 그 눈 속에 있는 공포심을 보면 알 수 있습니다. 그래서 내가 이 일을 끝까지 조사해 보려고 하는 겁니다."

홈즈는 종이를 들어서 햇빛이 잘 비치게 하였다.

그것은 공책에서 찢어 낸 한 장의 종이였다. 그리고 그림은 연필로 다음과 같이 그려져 있었다.

홈즈는 잠시 보고 나더니 그것을 잘 접어서 수첩 속에 넣었다. 그리고 말하였다.

"이것은 아주 재미있고 이상스러운 사건이 될 것으로 보입니다, 힐턴 큐빗 씨. 편지에서 몇 가지 설명을 하셨지만, 우리 친구 닥터 왓슨을 위해 한 번 더 말씀해 주셨으면 고맙겠습니다."

방문객은 그의 크고 억센 손을 신경질적으로 쥐었다폈다하면서 이야기하였다.

"나는 이야기를 잘하는 사람은 아닙니다. 분명치 못한 점은 무엇이든 물어 주십시오. 지난해 우리들이 결혼했을 때부터 시작하겠습니다. 그러나 먼저 말씀드릴 것은 나는 부자는 아니지만 우리 집안은 리들링에서 5백 년이나 살아 왔으므로, 노퍽 군에서 우리만큼 유명한 집은 없습니다. 작년에 빅토리아 여왕의 즉위 60년 축제 때문에 런던에 갔었는데, 나는 우리 교구의 파커 목사가 묵고 있는 럿셀 스퀘어의 하숙집에 머무르게 되었습니다. 그 집에는 패트릭이라고 부르는, 엘시 패트릭이라는 미국에서 온 젊은 여인이 있었습니다. 어떻게 해서 우리들은 서로 사귀게 되었으며, 내가 머무르는 기간이 끝날 때까지 나는 여느 남자가 흔히 그렇듯이 사랑에 빠지게 됐습니다. 우리들은 함께 등기소에 가서 조용히 결혼 신고를 하고, 부부가 돼서 노퍽으로 돌아왔습니다. 홈즈 선생, 훌륭한 집안에 태어난 남자가 과거도 모르고 집안도 모르는 여자와 이렇게 결혼한 것을 미친 짓으로 생각하실 테지요. 그러나 선생이 나의 아내를 만나고, 사귀어 보시면 그 사정을 이해하시는 데에 도움이 될 것입니다.

아내 엘시는 그 일에 대해서 퍽 솔직하였습니다. 내가 하려고만 했더라면, 얼마든지 결혼을 피할 수 있는 기회를 내게 주었지요. 아내는 말했습니다. '나는 과거에 몹시 좋지 못한 친구들을 가졌었어요. 나는 그것을 잊고 싶어요. 생각하면 고통스럽기만 하므로 나는 과거를 들추어 내고 싶지 않아요. 힐턴 씨, 당신이 나를 데려가신다면 개인적으로는 조금도 부끄러울 것이 없는 여자를 택하시는 셈이에요. 그러니 나의 이 말에 만족하시고, 당신과 결혼하기 전에 있었던 모든 일에 대해서는 침묵하도록 용서해 주서야 해요. 이런 조건이 싫으시면 노퍽으로 돌아가시고, 나를 지금대로 고독하게 지내도록 내버려 두세요.' 이런 말을 한 것은 결혼하기 바로 전날이었습니다. 나는 아내가 말한 조건 아래에서 그녀를 택하는 데 만족한다고 말했습니다.

그래서 우리는 결혼한 지 1년이 되었고, 퍽 행복하게 지내 왔습니다. 그런데 한 달 전 6월 그믐께, 나는 처음으로 성가신 사건의 조짐을 보았습니다. 어느 날 아내는 미국에서 온 한 통의 편지를 받았습니다. 나는 미국 우표를 보았습니다. 아내는 새파랗게 질리더니 편지를 불 속에 집어넣었습니다. 그리고는 거기에 대해서 아무런 말이 없었습니다. 나도 약속이 약속인지라 아무 말도 안 했습니다. 그러나 그때부터 아내는 한 시도 편안치 않았습니다. 얼굴에는 늘 불안스러운 빛이 있었고, 마치 무슨 일이 닥칠 것을 기다리고 있는 것 같았습니다. 아내는 나를 믿어야 좋았을 것입니다. 그랬더라면 내가 가장 좋은 친구라는 것을 발견했을 텐데요.

그러나 아내가 말할 때까지 나는 아무 말도 할 수 없었습니다. 홈즈 선생, 아내는 진실한 여자이므로 과거에 무슨 잘못이 있었더라도 그것은 아내의 잘못이 아니었다는 것에 유념해 주십시오. 나는 단순히 노퍽의 한갓 지주입니다만, 영국에서 나만큼 집안의 명예를 높게 생각하는 사람은 없을 것입니다. 아내는 이것을 잘 알고 있습니다. 아내는 집안의 명예에 결코 어떤 오점도 가져오지 않을 것입니다. 나는 그 점을 믿습니다.

그런데 이제 이야기의 괴상한 부분에 이르렀습니다. 1주일 전, 그러니까 지난 주 목요일입니다. 창틀에서 지금 이 종이에 있는 것 같은 우습고 자그만 춤추는 사람의 그림이 있는 것을 발견했습니다. 그것은 분필로 그려져 있었지요. 처음에는 그것을 그린 것이 마구간에 있는 소년인가 생각했습니다. 그러나 그 소년은 조금도 모른다고 맹세했습니다. 어쨌든 밤중에 그린 것입니다. 나는 그것을 지워 버리고 나중에 아내에게 그 이야기를 했습니다. 놀랍게도 아내는 그것을 몹시 중요시하며 만일 또 발견하거든 자기에게 보여 달라고 말했습니다. 그 뒤로 1주일 동안 아무것도 안 보이더니, 어제 아침에 뜰에 있는 해시계 위에 이 종이가 놓인 것을 보았습니다. 나는 그것을 엘시한테 보였더니 깜짝 놀라며 쓰러졌습니다. 그 뒤부터 아내는 반쯤 깨어 있는 꿈속의 여자같이 보였고, 늘 눈 속에 무서움을 품고 있었습니다. 그래서 나는 선생한테 편지를 쓰고 종이를 보내 드린 거지요. 이런 일은 경찰에 가지고 갈 일도 못되니까요. 그들은 보고 웃을 것입니다. 그러나 선생만은 내게 어떻게 하라고 일러 주실 테지요. 나는 부자는 아닙니다. 그러나 나의 아내를 위협하는 위험이 있다면 나는 아내를 보호하기 위해서 마지막 한푼까지도 아낌없이 쓸 것입니다."

옛날 영국 땅의 단순하고 정직하며 얌전하고 성실해 보이는 크고 푸른 눈과, 넓고 아름다운 얼굴을 한 이 남자는 훌륭한 사람이었다. 아내에 대한 사랑과 믿음이 그 얼굴에 나타나 있었다. 홈즈는 매우 주의 깊게 이야기를 듣고 나서, 잠시 고요히 생각에 잠긴 채 앉아 있었다. 그러더니 이윽고 입을 열었다.

"큐빗 씨, 당신이 부인한테 직접 호소해서 부인의 비밀을 같이 알자고 부탁하는 것이 가장 좋겠다고 생각되지 않으십니까?"

힐턴 큐빗 씨는 큰 머리를 흔들었다.

"홈즈 선생, 약속은 약속입니다. 엘시가 이야기하려고 들면, 그렇게 할 수 있을 것입니다. 그러나 하지 않으려 들면, 나로서는 억지로 나를 믿어 달라고 할 수가 없습니다. 그러나 나 스스로 행동을 취할 권리는 있습니다. 그리고 나는 그렇게 할 것입니다."

"그러면 내가 온 힘을 다해서 도와 드리겠습니다. 먼저 당신은 당신 동네에 어떤 낯선 사람이 나타났다는 말을 들으신 일이 있습니까?"
"없습니다."
"내 짐작으로는 거기는 조용한 곳입니다. 그러니 누구든지 새로운 사람이 나타나면 분명 화제에 오를 것입니다."
"가까운 동네에서는 그렇습니다. 그러나 머지않은 곳에 해수욕장이 몇 개 있습니다. 그리고 농가에서 하숙을 받습니다."
"그 상형문자는 분명히 의미가 있습니다. 만일 단순히 아무렇게나 쓴 것이라면 우리들도 풀 수 없을 것입니다. 반대로 조직적으로 씌어진 것이라면 틀림없이 그 내용을 규명할 수 있을 테지요. 그러나 이 특별 견본은 너무나 짧아서 어떻게 할 수가 없습니다. 그리고 지금 말씀한 사실들도 너무 막연해서 조사할 근거가 없습니다. 노퍽으로 돌아가셔서 주의깊게 감시하시다가 혹시 또 새로운 것이 나타나거든 잘 베껴 두십시오. 창문틀에 분필로 쓴 것을 베껴 두지 못한 것은 참으로 유감입니다.

동네에 어떤 낯선 사람이 왔는지 조용히 알아보십시오. 그리고 새로운 자료가 모이거든 나한테 가지고 오십시오. 힐턴 큐빗 씨, 이것이 내가 드릴 수 있는 가장 좋은 충고입니다. 만일 긴급한 새로운 진전이 있으면 나는 언제든지 노퍽으로 달려가서 당신을 만날 수 있도록 준비하고 있겠습니다."

이 면회는 셜록 홈즈를 깊은 생각에 빠지게 했다. 그 뒤 며칠 동안 나는 몇 번이나 그가 수첩에서 종이 조각을 꺼내어 거기에 그려져 있는 이상스러운 그림을 오랫동안, 또 열심히 들여다보고 있는 것을 보았다. 그러나 그렇게 2주일이 지난 어느 날 오후까지 이 일에 대해서 아무런 말이 없었다. 내가 나가려고 하는데 그가 나를 불렀다.

"왓슨, 거기 좀 있게."

"왜?"

"오늘 아침에 힐턴 큐빗 씨, 자네 저 춤추는 사람 힐턴 큐빗 씨를 기억하고 있을 테지. 그한테서 전보가 왔어. 1시 반 차로 리버풀 역에 도착했을 걸세. 이제 곧 이리 올 거야. 전보문을 보면 새로운 중대한 사건이 일어난 것 같아."

우리들이 얼마 안 기다려서 노쇠의 지주는 역에서 마차를 타고 서둘러 달려왔다. 그는 걱정스러운 듯 힘이 없어 보였으며, 눈은 피로해 보였고 이마에는 잔뜩 주름이 잡혀 있었다.

그는 지친 사람같이 안락의자에 털썩 주저앉으면서 말했다.

"홈즈 선생, 이 일이 나를 몹시 신경질적으로 만듭니다. 선생께서도 어떤 종류의 흉계를 가진 얼굴도 모르고 알지도 못하는 놈한테 포위되었다고 느낄 때에는 퍽 기분이 나쁠 것입니다. 뿐만 아니라 그것이 아내를 조금씩 조금씩 죽여 가고 있다는 걸 알게 되면 그때는 사람으로서 도저히 견딜 수 없을 것입니다. 아내는 그 때문에 나날이 시들어 가고 있습니다. 바로 내 눈앞에서 시들어 갑니다."

"부인께서는 아직도 아무 말씀도 하지 않으셨습니까?"

"하지 않았습니다, 홈즈 선생. 그렇지만 불쌍한 아내는 말하고 싶을 때가 이따금 있는 듯합니다. 그러나 말해 버릴 용기가 나지 않는 것 같더군요. 나는 아내를 도우려고 했습니다만, 그러나 그만 어설프게 행동하여 도리어 겁을 먹고 도망치게 만들었습니다. 아내는 나의 오랜 집안과, 시골에서의 존대와, 한 번도 더럽히지 않은 명예에 대한 우리의 자랑을 늘 말하곤 했습니다. 그래서 이야기가 차츰 그 요점으로 가는 것같이 느껴졌지만, 그러나 어찌어찌해서 요점에 이르기 전에 그만 다른 데로 빗나가 버리곤 했습니다."

"당신은 혼자서 무엇을 발견하셨습니까?"

"많이 발견했습니다, 홈즈 선생. 선생께서 검사하셔야 할 새로운 그림을 몇 개 가지고 왔습니다. 그리고 더욱 중요한 일은 그놈을 보았습니다."

"뭐라고요, 그것을 그린 놈 말입니까?"

"그렇습니다. 그놈이 그리는 것을 보았습니다. 모든 일을 차례로 말씀드리겠습니다. 내가 선생님 집을 다녀간 그 이튿날 아침에 맨 처음으로 본 것이 바로 이 새로운 춤추는 사람입니다. 그 그림은 앞창문에서 환히 내다보이는 풀밭 옆에 있는 곳간의 검은 나무 문짝에 분필로 그려져 있었습니다. 나는 그것을 정확하게 베꼈지요. 이것이 그 그림입니다."

그는 종이를 펴서 책상 위에 놓으면서 말했다.

"이것이 바로 그 상형문자를 베낀 것입니다."

𝍏𝍏𝍏𝍏𝍏𝍏𝍏𝍏

"좋아요, 좋아! 계속해서 말씀하십시오."

홈즈는 말했다.

"나는 다 베낀 뒤에 그 그림을 지웠습니다. 그랬더니 이틀 뒤 아침에 또 새 그림이 보였습니다. 여기 그 베낀 것이 있습니다."

𝍏𝍏𝍏𝍏 𝍏𝍏𝍏𝍏𝍏

홈즈는 손을 비비며 좋아서 껄껄 웃었다. 그리고 말했다.

"자료가 빨리 모여드는군요."

"사흘 뒤에는 종이에 흘려쓴 메시지가 떨어졌는데, 해시계 위의 조약돌 아래에 놓여 있었습니다. 여기 그것이 있습니다. 글자가 보시는 바와 같이 그 앞의 것과 똑같습니다. 그 뒤로 나는 숨어서 지켜

보기로 결심했습니다. 그래서 권총을 꺼내들고 풀밭과 뜰이 보이는 나의 서재에 늦게까지 앉아 있었지요. 새벽 2시쯤 창문 앞에 앉아 있었는데, 바깥은 달빛만 비칠 뿐 아주 캄캄했습니다. 나는 뒤에서 나는 발소리를 들었습니다. 그것은 잠옷을 입은 아내였지요. 아내는 가서 자자고 내게 빌었습니다. 나는 아내에게 솔직히, 우리들에게 이런 쓸데없는 흉계를 쓰는 놈이 누구인지 보고 싶다고 말했습니다. 아내는 그것은 아무 의미도 없는 장난거리 농담이라고 말하고, 그렇게 중대하게 생각하지 말라고 하더군요.

'만일 그것이 정말로 당신을 괴롭힌다면, 힐턴, 나와 함께 어디로 여행을 떠나 성가신 일을 피해 버려요, 네.'

'왜 쓸데없는 장난꾼 때문에 내 집에서 쫓겨나? 온 동네의 웃음거리가 되게!' 나는 말했습니다.

'자, 자리로 가요. 그리고 이야기는 아침에 해요' 하고 아내는 말했습니다. 아내는 이렇게 말하더니 별안간 그 흰 얼굴이 달빛에 더욱 더 파래지고, 두 손이 내 어깨를 꽉 쥐었습니다. 그때 무엇인지 곳간 그늘에서 움직이고 있었습니다. 검은 땅에 기는 그림자가 모퉁이를 기어 돌아가서 문 앞에 웅크리고 앉더군요. 나는 권총을 쥐고 달려나갔습니다. 그때 아내는 내 몸을 팔로 껴안고, 떨면서 나를 힘껏 붙들었습니다. 나는 아내를 떼어 내려고 했지만 아내는 더욱 세게 매달렸습니다. 끝까지 나는 떼어 내려고 했지만 아내는 더욱더 내게 매달렸습니다. 마침내 나는 뿌리치고 나왔지만, 문을 열고 곳간까지 갔을 땐 그놈은 이미 도망가고 없었습니다. 그놈은 왔던 흔적을 남기고 갔습니다. 문에, 그동안 두 번이나 보았던, 여기 종이에 베껴 둔 것과 똑같이 춤추는 사람을 그려 놓았던 것입니다. 온 뜰을 돌아다녀 보았지만 그밖에 어디에도 그놈의 흔적은 없었습니다. 그러나 놀라운 일은 그놈이 거기에 쭉 있었다는 사실입니다.

왜냐하면 내가 아침에 또다시 그 문을 조사했을 때, 밤에 내가 본 그 줄 아래 또 다른 그림이 그려져 있었기 때문입니다."
"그 새 그림을 가지고 계십니까?"
"네, 그것은 퍽 짧아요. 그것도 베꼈습니다. 여기 있습니다."
그는 다시 종이를 꺼냈다. 새로운 그림은 이런 모양이었다.

"힐턴 큐빗 씨, 이것은 처음 것에다 단순히 추가시킨 겁니까, 그렇지 않으면 전혀 다른 것입니까?"
홈즈가 물었는데, 그의 눈으로 보아서 몹시 흥분한 것이 분명하였다.
"이것은 문의 다른 쪽 널빤지에 그려져 있었습니다."
"좋습니다. 이것은 우리의 목적을 위해서 무엇보다도 훨씬 중요합니다. 이것이 내게 희망을 줍니다. 자, 힐턴 큐빗 씨. 당신의 몹시 흥미 있는 이야기를 계속하십시오."
"홈즈 선생, 그날 밤에 내가 몰래 숨어들어온 그 악한을 잡을 수 있었을 텐데, 그것을 못하게 나를 가로막은 것에 대해서 아내에게 성을 낸 것 말고는 더 이상 할 말이 없습니다. 아내의 말은 내가 다칠까봐 겁이 났었다는 것입니다. 그러나 잠시 뒤에 내 마음 속에 떠오른 것은 정말 아내가 겁낸 것은 그놈이 다칠까봐였다는 것입니다. 왜냐하면 아내는 그놈이 누구라는 것과, 그 괴상스러운 부호가 무엇을 의미하는 것인지 알고 있을 것이 틀림없기 때문입니다. 그러나 홈즈 선생, 아내의 목소리나 눈 속에는 의심을 못하게 하는 것이 있었습니다. 그리고 아내가 정말로 생각하고 있는 것은 나의 안전이었다고 확신합니다. 이것이 지금까지 있었던 사건 전부이고,

이제 나는 내가 어떻게 해야 좋을지 그것에 대한 선생의 충고를 바랍니다. 내 생각은, 하인 대여섯 명을 수풀 속에 숨겨 두었다가 그 놈이 나타나면 되게 혼을 내서, 앞으로 다시는 나타나지 않도록 하여 우리들은 평화롭게 살자는 것입니다."

"그런 단순한 치료법을 쓰기에는 사건이 너무 많이 진척되었습니다. 런던에는 얼마 동안 계시렵니까?"

홈즈는 말했다.

"오늘로 돌아가야겠습니다. 무슨 일이 있어도 밤에 아내를 혼자 둘 수 없으니까요. 아내는 몹시 불안해 하면서 나보고 꼭 돌아오라고 했습니다."

"좋습니다. 좀더 기다리실 수 있다면, 하루 이틀 안에 내가 만나러 갈 수 있을 것입니다. 그동안 이 종이는 나에게 주십시오. 곧 가서 뵙고, 당신의 사건에 얼마쯤 광명을 던질 수 있으리라고 생각합니다."

손님이 갈 때까지 홈즈는 침착하게 직업적인 태도를 지니고 있었다. 그러나 그를 잘 아는 나는 그가 몹시 흥분해 있음을 쉽게 알 수 있었다. 힐턴 큐빗의 넓은 어깨가 문으로 사라지자마자 나의 친구는 책상으로 뛰어가서, 춤추는 사람이 그려져 있는 종이 조각을 죄다 앞에 벌여 놓고, 어수선하고 힘이 드는 계산에 몰두하였다.

2시간 동안 나는 그가 종이를 한 장씩 한 장씩 그림과 글자로 채워 가는 것을 보고 있었다. 그는 일에 너무 열중해 있어서 내가 있는 것조차 잊고 있었다. 어떤 때는 일이 진척되었는지 휘파람을 불고 노래도 하였지만, 또 어떤 때에는 뒤죽박죽이 된 듯 오랫동안 주름잡힌 이마와 공허한 눈길로 앉아 있었다. 마침내 그는 만족한 듯 소리를 지르면서 의자에서 뛰어 일어나더니, 손을 비비면서 방 안을 왔다갔다하였다. 그리고는 전보 용지에다 긴 전보문을 썼다. 홈즈는 말했다.

"이 전보에 대한 회답이 내가 바라는 대로라면, 왓슨. 자네의 수첩에 한 개 더 아름다운 사건을 덧붙이게 될 것일세. 우리는 내일 노퍽으로 가서 우리 친구에게 그가 괴로움을 받는 그 비밀에 대해서 명확하게 알려 줄 수 있을 거야."

고백하거니와 나는 무척 호기심에 차 있었다. 그러나 나는 홈즈가 가장 좋은 때에 자기가 좋아하는 방법으로 비밀을 해명하고 싶어하는 것을 알고 있었다. 그래서 그가 그의 비밀을 알리는 것이 적당하다고 생각할 때까지 기다리기로 했다.

그러나 답전이 늦어져 조바심으로 이틀을 보냈다. 그동안 홈즈는 초인종이 울릴 때마다 귀를 기울였다. 이튿날 저녁, 힐턴 큐빗 씨에게서 편지가 왔다. 모든 것은 조용하고, 다만 긴 그림이 그날 아침 해시계의 조약돌 위에 나타났다는 것뿐이었다. 그것을 베낀 것을 함께 넣어 보냈는데, 여기에 다시 그리면 다음과 같다.

홈즈는 얼마 동안 이 괴상스러운 새김 그림을, 허리를 구부리고 보고 있더니, 별안간 놀라서 당황해하는 소리를 지르며 벌떡 몸을 일으켰다. 그의 얼굴은 불안과 초조로 가득했다.

"우리들은 이 사건을 너무 깊이 전개되게 하였네. 오늘 저녁에 노드 월삼으로 가는 기차가 있나?"

나는 기차 시간표를 폈다. 막차가 바로 전에 떠나고 없었다.

"그러면 내일 일찍 식사를 하고 아침 첫차를 타세. 우리는 기어코 가 봐야 하네. 아, 우리가 기다리던 전보가 왔군. 허드슨 부인, 잠깐 기다려요. 회답을 해야 할는지 모르니까요. 이거, 우리가 예상했던 그대로이군. 이 전보를 보니 힐턴 큐빗 씨에게 사건이 어떻게 진척되었는지 한시도 지체하지 말고 알려야겠군. 우리의 단순한 노퍽의 지주가 걸려든 것은 기괴하고도 위험한 거미줄이기 때문일세."

그리고 정말로 그렇게 되었다. 내게는 유치하고 기괴하게 생각되었던 이야기가 암담한 종말에 도달함에 따라서 나는 또다시 가슴 벅차오르는 공포와 곤혹을 경험했다. 나는 독자에게 어떤 명랑한 종말을 전해 주었으면 하고 바랬다. 그러나 이것은 사실의 기록이다. 따라서 리들링 도읍 농장을 온 영국 가정의 화젯거리로 만든 이 사건의 기괴한 단서를 통해서 그 암담한 위기에까지 이르지 않으면 안 되는 것이다.

우리들이 노드 월삼에서 내려 우리의 갈 곳에 대해 이야기할 때에 역장이 우리에게 달려왔다. 그는 말했다.

"런던에서 오신 형사분들이시지요?"

홈즈의 얼굴에 당황한 빛이 떠올랐다.

"어째서 그렇게 생각하십니까?"

"노리치에서 오신 마틴 경감이 지금 막 통과하였습니다. 당신은 형사가 아니면 외과 의사이실 것입니다. 부인은 아직 말입니다. 내가 들은 마지막 소식에 의하면 말입니다. 아직 생명을 구할 수 있는 때에 오셨습니다. 결국은 교수대로 가겠지만……."

홈즈의 얼굴은 불안으로 암담해졌다. 그는 말했다.

"우리들은 리들링 도읍 농장으로 갑니다. 그러나 거기서 무슨 일이 생겼는지 아무것도 못 들었습니다."

역장은 말하였다.

"무서운 사건입니다. 힐턴 큐빗 씨와 부인이 모두 살해되었습니다. 부인이 먼저 남편을 쏘고, 그리고 자신도 쏘았습니다. 하인들이 그렇게 말하더군요. 남편은 죽고, 부인의 생명은 가망이 없답니다. 하느님 맙소사. 노퍽 군에서 가장 오래된 집이고, 가장 명예 있는 집안인데요."

한 마디 대답도 없이 홈즈는 급히 마차에 올라탔다. 11킬로미터를 달리는 동안 한 번도 입을 열지 않았다. 나는 그가 이렇게 몹시 절망에 빠진 것을 본 적이 없다. 그는 노퍽으로 가는 동안 내내 불안해 보였다. 불안스러운 표정으로 아침 신문들을 뒤적거리는 것을 보았다. 그러나 그가 가장 두려워하던 것이 이처럼 갑작스럽게 나타난 것은 그를 깊은 우울에 빠지게 하였다. 그는 자리에 기대어 우울한 생각에 빠졌다. 그러나 주위에는 흥미로운 것들이 많았다. 우리들은 영국의 어느 곳보다도 특이한 농촌을 지나고 있었다. 몇 개쯤 늘어선 초가집들이 현재의 인구를 알려 주고 있고, 곳곳에 큰 사각탑을 가진 예배당이 평평하고 푸른 지면에서 우뚝우뚝 솟아 있어서 옛날 동쪽 앙글리아 지방의 번영을 말해 주었다. 마침내 독일해의 자주빛 수평선이 푸른 노퍽 해안 끝에 드러났다. 마부는 회초리로 나무 수풀 위로 불쑥 나온 두 채의 오랜 벽돌과 나무 지붕을 가리켰다.

"저것이 리들링 도읍 농장입니다."

우리들이 주랑이 있는 현관 앞까지 달려갔을 때 나는 그 앞에 테니스 코트 옆으로 이상한 느낌을 주는 검은 곳간과 받침이 있는 해시계를 보았다. 재빠르고 민첩해 보이는, 납으로 붙인 수염을 기르고 말쑥하게 차려입은 키 작은 사람이 그때 막 이륜마차에서 내렸다. 그는 노퍽 경찰국의 마틴 경감이라고 우리에게 자기 소개를 하였다. 그리고 내 친구의 이름을 듣자 몹시 놀랐다.

"아니, 홈즈 선생. 범행은 오늘 새벽 3시에 일어났습니다. 런던에서 어떻게 들으시고 나와 똑같이 이곳에 도착하셨습니까?"

"나는 이 사건을 예측하였습니다. 그래서 그것을 막으려고 온 것입니다."

"그러면 우리들이 모르는 중요한 증거를 가지고 계시겠군요. 그 부부는 퍽 사이가 좋았다고 하던데요."

"나는 춤추는 사람의 증거물밖에 가진 것이 없습니다."

홈즈는 말을 이었다.

"그것은 차차 설명하겠습니다. 그런데 늦어서 비극을 막지 못한 이상, 나는 내가 가진 지식을 올바른 판단이 행해지는 것을 확실히 하기 위해서 쓰고 싶습니다. 현장 조사를 나와 공동으로 하시겠습니까, 아니면 내가 혼자서 하기를 바라십니까?"

"나는 홈즈 선생과 같이 하는 것을 명예로 생각합니다."

경감은 진지하게 말했다.

"그렇다면 쓸데없이 지체하지 말고 증언을 듣고, 그리고 집안도 조사하도록 합시다."

마틴 경감은 나의 친구가 자기의 방법대로 일하도록 내버려두고 결과만 주의해서 보는 데 만족할 만큼 영리하였다. 늙고 머리가 센 시골 외과 의사는 힐턴 큐빗 씨 부인의 방에서 내려와서 부인의 부상은 대단하지만 반드시 치명적은 아니라고 보고하였다. 총알이 머리 앞부분을 꿰뚫고 지나가 의식을 되찾기까지는 꽤 시간이 걸릴 것 같았다. 부인이 다른 사람한테 총을 맞았는지 혹은 스스로 쏘았는지의 질문에 대해서는 결정적인 의견을 말하려고 하지 않았다. 분명히 탄환은 아주 가까운 데에서 쏘아진 듯했다. 방 안에는 권총이 하나밖에 없었고, 두 개의 탄환이 비어 있었다. 힐턴 큐빗 씨는 심장이 관통되었다. 남편이 아내를 쏘고, 다음으로 자기를 쏘았다고 볼 수도 있고, 그렇지 않으면 아내가 범인이라고도 생각할 수도 있었다. 그것은 권총이 두 사람의 바로 중간에 놓여 있었기 때문이다.

"주인 양반의 시체를 움직였습니까?"

홈즈가 물었다.

"부인 말고는 아무것도 움직이지 않았습니다. 부인은 부상을 입었으므로 그대로 내버려 둘 수가 없었지요."

"의사 선생님, 여기 얼마 동안이나 계셨습니까?"

"4시부터 있었습니다."

"다른 사람은 없었습니까?"

"네, 여기 순경이 있었습니다."

"아무것도 건드리지 않았겠지요?" 홈즈는 순경에게 물었다.

"네, 아무것도 건드리지 않았습니다." 순경이 대답했다.

"잘했습니다. 누가 당신을 부르러 왔었습니까?"

"심부름하는 여자 사운더스입니다."

"급보를 전한 것은 그 여자입니까?"

"그 여자와 하녀 킹 부인입니다."

"그들은 지금 어디 있습니까?"

"아마 부엌에 있을 것입니다."

"그러면 빨리 그들의 이야기를 듣는 것이 좋을 듯싶군요."

참나무가 바닥에 깔린 창 높은 넓은 방이 순식간에 심문장으로 바뀌었다. 야윈 얼굴에 가차없이 냉정한 눈빛으로 홈즈는 오래된 큰 의자에 앉아 있었다. 홈즈의 눈에는, 자신이 미처 구해내지 못했던 의뢰자를 위해서도 이 심문에 목숨을 걸겠다는 결연한 의지가 드러나 있었다. 단정한 차림새의 마틴 경감, 흰머리가 가득한 나이든 이 지방의 의사, 나, 그리고 우둔한 시골 순경이라는 기묘한 집단이 이 심문에 입회했다.

두 여자는 명료하게 그들의 이야기를 하였다. 그들은 총소리 때문에 잠을 깨었는데, 1분 뒤에 두 번째 총소리가 들려왔다. 그들은 서로 잇닿아 있는 방에서 잤는데 킹 부인이 사운더스의 방으로 뛰어들어가, 둘이서 함께 아래층으로 내려갔다. 서재의 문은 열려 있고, 책상 위에서 초가 타고 있었다. 주인 어른은 방 한가운데 자빠져서 쓰러져 있었다. 그는 완전히 죽어 있었다. 창 옆엔 부인이 엎어져 있는데, 머리를 벽에 기대고 있었다. 부인은 심하게 상처를 입었고, 한쪽 뺨이 피로 물들어 있었다. 무섭게 숨을 몰아쉬고 있을 뿐 아무 말도 하지 못했다. 문턱과 방 안은 연기와 화약 냄새로 가득 차 있었다. 창은 확실히 닫혔고, 안으로 걸려 있었다.

두 여자 모두 이 점을 보증하였다. 여자들은 곧 의사와 순경을 부르러 사람을 보냈다. 그리고 심부름꾼과 마구간 소년의 힘을 빌려서 부상한 주인 부부를 침실로 옮겼다. 두 부부는 침대에 누워 있었다. 부인은 옷을 입었고 남편은 잠옷 위에다가 실내복을 입었다. 서재에서는 아무것도 움직이지 않았다. 두 여자가 아는 바로는 부부 사이에 한 번도 싸움이 없었다. 그들은 퍽 사이좋은 부부라고 늘 칭찬했었다.

이것이 하녀들 증언의 요점이었다. 마틴 경감의 질문에 대한 대답에서 그들은 모든 문이 안으로 잠겨 있었으므로 아무도 집에서 도망갈 수 없다고 분명히 말하였다. 홈즈의 질문에 대한 대답에서는 그들은 위층에 있는 방에서 뛰어나온 순간부터 화약 냄새를 맡았던 것을 둘 다 기억하였다.

"이 사실을 깊이 주의하시도록 부탁합니다. 그리고 우리는 이제 방을 세밀하게 검사해 보아야 한다고 생각합니다." 홈즈는 그의 직업상의 동료에게 말하였다.

서재는 작은 방이었다. 세 벽면에 책이 꽂혀 있고, 정원을 내다볼 수 있도록 보통 창 앞에 책상이 놓여 있었다. 맨 먼저 큰 몸집으로 길다랗게 누워 있는 불행한 지주의 시체로 눈이 갔다. 그의 흐트러진 옷차림은 잠자리에서 급히 일어났음을 보여주고 있었다. 탄환은 정면에서 그를 향하여 발사되었다. 그리고 심장을 꿰뚫은 뒤에 몸속에 남아 있었다. 죽음은 순간적이었으며, 고통이 없었음이 분명하였다. 실내복이나 손에 화약 흔적이 없었다. 시골 외과 의사는 부인의 얼굴에는 화약 흔적이 있지만 손에는 없었다고 말하였다.

"손에 없는 것은 아무 의미도 없습니다. 손에 있었더라면 모든 것을 의미하겠지만 말이오. 잘못 넣은 탄환에서 화약이 뒤로 터져나오지 않는 한, 흔적을 안 남기고도 몇 발이든지 쏠 수 있으니까요. 큐빗 씨의 시체는 이제 움직여도 좋습니다. 그런데 닥터, 부인을 부상시킨 총알을 못 찾으셨지요?"

홈즈는 물었다.

"그것을 찾으려면 큰 수술이 필요할 것입니다. 그러나 권총에는 아직도 네 개의 탄환이 남았습니다. 탄환 두 발이 발사되어서 두 사람이 부상하였으니 탄환의 수를 셀 수 있습니다."

의사는 이렇게 대답했다.

"그렇게 보입니다만, 창문 끝을 분명히 스치고 나간 총알도 셈 속에 넣어야 할 것 같습니다" 라고 홈즈는 말하였다. 그리고 별안간 돌아서면서 그의 길고 마른 손이 낮은 창틀 밑으로 한 치 가량 뚫고 나간 구멍을 가리켰다.

"아니, 이게 웬일이람! 어떻게 그것을 보셨습니까?"

경감은 물었다.

"죽 찾고 있었기 때문입니다."

"놀랍습니다, 선생! 참으로 옳습니다. 첫 번째 총이 발사되었다면, 그러면 제삼자가 있어야 합니다. 그러나 그게 누구일까요, 그리고 어떻게 도망쳤을까요?"

시골 의사도 끼어들었다.

"그것이 지금 우리가 풀려고 하는 문제입니다. 마틴 경감, 하녀들

춤추는 사람그림 123

이 방을 나올 때 별안간 화약 냄새를 맡았다고 했는데, 그 점이 아주 중요하다고 내가 주의시킨 것을 기억하십니까?"
홈즈는 말하였다.
"네, 기억합니다. 그러나 고백하지만 나는 선생님 말씀을 전혀 이해할 수 없습니다."
"그것은 총을 쏠 때에 방문과 창문이 함께 열렸던 것을 암시합니다. 그렇지 않으면 화약 냄새가 그렇게 빨리 온 집 안에 퍼질 리가 없잖습니까? 그렇게 되려면 방 안에 강풍이 필요합니다. 문과 창이 잠깐 동안 열렸던 것입니다."
"무엇으로 그것을 증명하십니까?"
"촛불의 촛농이 떨어지지 않았기 때문입니다."
"훌륭합니다. 정말 훌륭하십니다!"
경감은 소리쳤다.
"비극이 일어났을 때 창이 열려 있었다고 나는 확신합니다. 분명 열린 창문 밖으로 총을 쏘았을 겁니다. 그래서 사건의 제삼자가 있었을 거라고 나는 생각합니다. 그 사람을 향해서 쏜 총이 창틀을 맞혔는지도 모르지요."
"그럼, 어떻게 해서 창이 닫히고 걸렸을까요?"
"부인의 첫 번째 본능이 창을 닫고 걸었던 것입니다. 그런데 아차! 이것이 무엇일까?"
그것은 서재의 책상 위에 놓여 있는 부인의 핸드백이었다. 악어 가죽과 은으로 만든 고상하고 작은 핸드백이었다. 홈즈는 그것을 열고 안에 든 것을 꺼냈다. 잉글랜드 은행의 50파운드 지폐 스무 장을 고무 밴드로 묶은 것이 있었고, 그밖에는 아무것도 없었다.
홈즈는 경감에게 핸드백과 그 속에 든 것을 주면서 말하였다.
"정식 심문 때에 중요한 구실을 하게 될 테니까 이것을 보관해 두십시오. 이제 우리는 세 번째 총알에 대해서 광명을 던지도록 해보는 것이 필요합니다. 그것은 창틀을 뚫은 것으로 보아 분명히 방 안에서 쏜 것입니다. 하녀 킹 부인을 한 번 더 만나 봐야겠습니다 ······."

"킹 부인, 굉장히 큰 총소리 때문에 잠을 깼다고 그랬지요? 그렇게 말한 뜻은 둘째 번 총성보다 더 크게 들렸다는 말입니까?"

"글쎄요, 그 소리 때문에 잠을 깼습니다. 그래서 뭐라 판단하기 힘듭니다. 그러나 퍽 컸습니다."

"두 총이 동시에 발사된 것인지도 모른다고는 생각되지 않습니까?"

"뭐라고 말할 수가 없습니다."

"틀림없이 그랬을 것이라고 생각합니다. 마틴 경감, 이 방이 가리켜 주는 것은 이제 다 보았다고 생각합니다. 같이 가서 정원이 무슨 새로운 증거를 줄는지 살펴봅시다."

꽃이 서재 창까지 피어 올라와 있었다. 꽃밭 가까이 간 우리들은 환성을 터뜨렸다. 꽃들은 짓밟혀 있었고 물론 땅에는 많은 발자국이 어지럽게 나 있었다. 발자국은 큰 남자의 것으로 특히 발끝이 길고 뾰죽하였다.

홈즈는 사냥개가 상처 입은 새를 쫓아다니듯이 풀밭과 나무 잎사귀 사이를 뛰어다녔다. 그러더니 만족한 소리를 지르며 허리를 굽혀 작은 놋쇠 총알 껍질을 집어 들고 말했다.

"그럴 줄 알았습니다. 권총이 쏘아졌고, 여기 세 번째의 총알 껍질이 있습니다. 마틴 경감, 이 사건은 거의 완전히 끝난 것으로 생각합니다."

시골 경감의 얼굴은 홈즈의 조사가 빠르고 능숙하게 진행되는 것을 보고 깊은 놀라움을 표시하였다. 처음에는 자기의 지위를 주장하려는 기색을 보였으나, 지금은 경탄으로 압도되어서 두말없이 홈즈가 이끄는 대로 따라오고 있었다.

그는 물었다. "누구를 의심하십니까?"

"그것은 나중에 이야기하겠습니다. 이 사건에 대해서 아직도 설명할 수 없는 몇 가지 점이 있습니다. 이제 이만큼 되었으니 내 방식대로 진행시키는 게 좋겠습니다. 그리고 나서 한꺼번에 모든 사실을 밝히겠습니다."

"좋을 대로 하십시오, 홈즈 선생. 범인만 잡으면 그만입니다."

"비밀에 붙이려는 생각은 없습니다. 그러나 지금처럼 활동할 때는 길고 복잡한 설명을 할 수는 없습니다. 나는 내 수중에 사건의 모든 단서를 가지고 있습니다. 이 부인이 의식을 회복하지 못한다 하더라도 우리들은 어젯밤에 일어난 일을 다시 정리하여 바른 판단을 내릴 수 있습니다. 우선 나는 이 동네에 에리지라는 이름을 가진 여관이 있는지 알고 싶습니다."

하인들에게 자세히 물었으나, 아무도 그런 곳을 들은 일이 없었다. 마구간 소년이 이스트 라스튼 쪽으로 3킬로미터 남짓 떨어진 곳에 그런 이름의 농부가 살고 있다는 것을 생각해 내서 이 일에 빛을 던졌다.

"외떨어진 농가이냐?"

"네, 퍽 외떨어졌습니다."

"그럼, 여기서 어젯밤에 생긴 일을 아직 못 들었겠지?"

"그럴 것입니다."

홈즈는 잠시 생각에 잠기더니, 야릇한 웃음이 얼굴에 떠올랐다. 홈즈는 말했다. "자, 말에 안장을 놓아라. 에리지의 집에 편지를 갖다 주어야 하겠다."

그는 주머니에서 춤추는 사람의 가지각색 종이조각을 꺼냈다. 그것을 앞에 놓고서 홈즈는 책상 위에서 얼마 동안 일을 하였다. 이 편지는 받는 사람의 손에 꼭 넣어 주어야 하며, 어떤 종류의 질문을 하든지 절대로 대답하지 말라는 주의를 주고서 마구간 소년에게 편지를 주었다. 홈즈가 늘 쓰는 똑똑한 글씨와는 딴판으로 불규칙하게 흘려 쓴 것으로, 편지 겉봉에는 노퍽 이스트 라스튼 에리지 농가 에이브 슬레이니 씨라고 씌어 있었다.

홈즈는 말하였다.

"경감, 내 예측이 바로 들어맞는다면 당신은 시골 감옥으로 보낼 특별히 위험한 범인을 다루게 될 것이므로, 호송 순경을 보내 달라고 전보를 치는 게 좋을 것 같습니다. 이 편지를 가지고 가는 소년이 틀림없이 당신의 전보를 칠 수 있을 것입니다. 왓슨, 런던으로 가는 오후 차가 있으면, 우리는 그것을 타는 것이 좋다고 생각하네. 끝내야 할 흥미있는 화학 분석 작업이 있지 않나. 이 사건은 급속히 종말에 가까워졌네."

소년이 편지를 가지고 출발한 뒤에 홈즈는 하인들에게 주의를 주었다. 만일 어떤 손님이 힐턴 큐빗 부인을 찾아오거든 부인의 용태에 대해서 아무 말도 하지 말고, 즉시 응접실로 안내하라고 하였다. 그는 하인들에게 이 점을 가장 강조해 알아듣도록 말했다. 사건은 이제 우리 손을 떠났으니, 우리들로부터 숨어 있던 것이 나타날 때까지 될 수 있는 대로 시간을 잘 보내야겠다고 말하면서, 마침내 그는 응접실로 향하였다. 의사는 환자를 보러 가고 경감과 나만이 남았다.

홈즈는 의자를 책상 앞으로 끌어 놓고, 춤추는 사람의 괴상한 그림이 그려져 있는 가지각색 종이 조각을 앞에 벌여 놓은 뒤에 말하였다.

"나는 당신들이 앞으로 1시간 동안 재미있고 유익하게 보내도록 도와 드릴 수가 있습니다. 왓슨, 자네에게도 자네의 자연스러운 호기심을 이렇게 오랫동안 만족시키지 않고 내버려 둔 데 대해서 속죄를 해야겠네. 경감, 이 사건 전체가 당신에게는 훌륭한 연구 재료가 될 겁니다. 우선 힐턴 큐빗 씨와 베이커 거리에서 나누었던 이야기와 관련된 재미있는 이야기를 해야겠습니다."

그는 이미 기록한 사실들을 간단하게 요약해서 설명하였다.

"이 같은 무서운 비극의 앞잡이라는 것이 증명되지 않았더라면, 사람들이 웃을지도 모르는 그런 괴상한 물건이 여기 내 앞에 있습니다. 나는 비밀 문자의 모든 형상에 대해서 상당히 잘 알고 있습니다. 그리고 내 자신이 160가지의 각각 다른 문자를 분석하여, 그 문제에 대한 대단치 않은 논문을 쓴 적이 있습니다. 그러나 솔직히 말씀드립니다마는, 이번 사건은 내게 있어 전혀 새롭습니다. 이것을 고안한 사람의 목적은 틀림없이 이 글자가 의미를 전달한다는 것을 숨기고, 아이들이 아무렇게나 그린 단순한 그림이라는 인상을 주도록 하는 데 있었습니다.

그러나 이것들이 글자를 대신한다는 것을 일단 인식한 뒤에는, 그리고 비밀 문서의 모든 형식을 가리켜 주는 규칙을 이용한다면 해결은 퍽 쉽습니다. 내게 제출된 첫 번째 메시지는 너무 짧아 🯅이 E자를 가리키는 부호라는 것 외에는 어느 정도 자신을 가지고 말할 수 있는 것이 전혀 없었습니다. 여러분도 아시다시피 E자는 영어 알파벳 중에 제일 많이 쓰이는 글자입니다. 그 글자는 눈에 띌 정도로 많이 사용되기 때문에 짧은 문장에서도 퍽 자주 발견됩니다. 첫 번째 메시지의 열다섯 개 부호 속에서 네 개가 똑같으므로, 이것을 E자로 보는 것은 당연합니다. 어떤 경우에는 사람이 깃발을 가지고 있고, 또 어떤 때에는 가지고 있지 않는 것도 있습니다. 그러나 깃발은, 글을 글자로 나누기 위하여 사용되도록 배열된 것이라고 생각하게 될 것입니다. 나는 이것을 한 가설로 생각하고 E자가 𝍌으로 대표된 것으로 적었습니다.

그러나 이제 연구하는 데 정말 곤란이 닥쳐왔습니다. E자 다음의 영어 글자 순서는 도저히 알 수가 없었습니다. 보통 인쇄된 책자에서 자주 나오는 것이 단 한 개의 짧은 글에서는 반대로 되기 쉽습니다. 대체로 말해서 T.A.O.I.N.S.H.R.D 그리고 L자가 많이 나오는 순서입니다. 그런데 T.A.O.I는 나오는 빈도가 거의 비슷해서, 의미가 나올 때까지 모든 결합을 시험해 보는 것은 끝이 없는 일일 것입니다. 그래서 나는 새로운 자료를 기다렸습니다. 힐턴 큐빗 씨를 두 번째 만났을 때 나는 짧은 두 문장과, 깃발이 없으므로 한 글자라고 추측되는 암호를 하나 손에 넣었습니다.

그런데 한 낱말 속에서 E자가 두 번째와 네 번째에 나오는 단어를 이미 알아냈습니다. 그것은 SEVER이거나, LEVER이거나, 또는 NEVER일 것입니다. 맨 끝의 것이 애원에 대한 회답으로 훨씬 그럴 듯한 것임에는 틀림없습니다. 그리고 모든 경우가 부인이 쓴 회답임을 가리켜 줍니다. 이 생각이 옳다면, 우리는 이 사람그림이 𝍌𝍎𝍏라는 부호는 각각 N.V.R를 가리키는 것임을 알 수 있습니다.

여기까지 와서도 나는 퍽 곤혹스러웠습니다. 그러나 운좋게도 다른 몇 글자를 알아맞히게 하였습니다. 만일 이 같은 애원이 내가 생각했던 대로 부인의 어릴 적 친했던 사람에게서 왔다면 두 E자 사이에 세 글자가 있는 단어는 엘시(ELSIE)라는 부인의 이름을 나타냈을 거라는 생각이 내 마음 속에 떠올랐습니다. 조사해 보니, 이런 결합자가 세 번이나 반복되어 메시지의 끝 부분을 이루었음을 발견하였습니다. 그것은 엘시에 대한 무슨 애원임에 틀림없습니다. 이렇게 해서 나는 L.S 그리고 I자를 알아냈습니다. 그러나 그것이 무슨 애원이겠습니까? ELSIE 앞에 있는 낱말은 넉 자밖에 없습니다. 그리고 끝자는 E입니다. 틀림없이 그것은 COME일 것입니다. 나는 E자로 끝나는 다른 모든 낱말들을 시험해 보았습니다. 그러나 하나도 이 경우에 들어맞지 않았습니다. 이렇게 해서 나는 C.O.M자를 얻어, 한번 더 맨 처음 메시지를 연구해 볼 수 있게 되었습니다. 낱말들로 나누고 아직 알 수 없는 부호에는 점을 찍어 보았습니다. 그렇게 했더니 이런 모양이 되었습니다.

.M .ERE ..E SL.NE.

그런데 맨 첫 글자는 A이어야만 합니다. 이것은 대단히 유용한 발견이었는데, 짧은 문장 속에서 이 글자가 세 번이나 나왔기 때문입니다. 그리고 두 번째 자는 H인 것이 확실합니다. 이제 이렇게 됩니다.

AM HERE A.E SLANE.

즉 이름에서 분명히 비어 있는 곳을 채웁니다.

AM HERE ARE SLANEY

나는 이제 많은 글자를 알아냈으므로 더욱 자신을 가지고 다음의 메시지로 넘어갈 수가 있었습니다. 그것은 이렇습니다.

A. ELRI.ES

여기서 나는 빠진 글자에 T와 G를 채우면 의미를 만들 수 있음을 알았습니다. 이것은 그 이름은 쓴 사람이 묵고 있는 집이나 여관 이름으로 생각되었습니다."

마틴 경감과 나는 깊은 흥미를 가지고, 어떻게 나의 친구가 우리의 곤란한 문제를 완전히 해명해 줄 것인지 충분하고도 명료한 설명을 듣고 있었다. 경감은 물었다.

"그 다음에는 어떻게 하셨습니까?"

"이 에이브 슬레이니라는 인물이 미국인이라는 추측에는 충분한 근거가 있습니다. 에이브라는 것은 미국인이 사용하는 약칭일뿐더러,

미국에서 보내온 편지가 모든 화근의 원인이었으니까요. 따라서 이 사건에는 어떤 범죄 비밀이 있다고 생각할 충분한 근거가 있습니다. 부인의 자기 과거에 대한 암시라든지, 남편에게 비밀을 고백하기를 꺼린 것이 그렇다는 걸 알려주고 있습니다. 그래서 나는 뉴욕 경찰국에 있는 내 친구 윌슨 하그리브에게 전보를 쳤습니다. 그는 런던의 범죄 사건에서 몇 번이나 내 지식을 이용한 사람입니다. 나는 그에게 에이브 슬레이니라는 이름을 알고 있는지 물었습니다. 여기 그 회답이 있습니다. '시카고에 있는 가장 위험한 악한', 이 회답을 받던 날 저녁 힐턴 큐빗 씨가 슬레이니에게서 온 최후의 메시지를 보내왔습니다. 그것을 글자로 채워 보니까 이런 것이 되었습니다.

ELSIE .RE.ARE TO MEET THY GO.

P와 D를 채우면 메시지가 완전히 됩니다. ELSIE PREPARE TO MEET THY GOD——이 악한이 설복을 하려다 박해로 변한 것을 보여 주는 것입니다. 나는 시카고의 악한들은 그들이 한 말은 급속히 실행으로 옮긴다는 것을 알고 있었습니다. 즉시 나는 나의 친구이며 동료인 왓슨 박사와 같이 노퍽으로 왔으나, 불행히도 최악의 사태가 일어난 것을 발견하는 데 그쳤을 뿐입니다."

경감은 친절하게 말하였다.

"이 사건을 취급하는 데 있어서 선생과 같이 일하게 된 것은 특전입니다. 그러나 이렇게 솔직하게 말하는 것을 용서하십시오. 선생님은 자신에 대해서밖에 책임이 없지만, 나는 상관에게 답변을 해야 합니다. 에리지 집에 있는 에이브 슬레이니가 정말 살인범인데 내가 여기 앉아 있는 동안에 도망친다고 하면, 나는 정말 곤란한 지경에 빠지게 될 것입니다."

"불안하게 생각하실 것 없습니다. 그자는 도망치지 않을 것입니

다."

"어떻게 그것을 아십니까?"

"도망친다는 것은 죄를 지었다는 고백이 되기 때문입니다."

"그러면 체포하러 가십시다."

"나는 그자가 이제 곧 이리 올 것으로 생각합니다."

"아니, 어떻게 올 수가 있습니까?"

"내가 편지를 써서 오라고 했으니까요."

"믿을 수가 없습니다. 홈즈 선생, 선생이 오라고 했다고 오겠습니까? 이렇게 오라고 한 것이 도리어 그자에게 의심을 품게 하여 도망치게 만들지 않겠습니까?"

"나도 편지를 쓰는 방법쯤 알고 있습니다. 저것 보세요! 내가 잘못 본 게 아니라면 그 신사분이 이리로 오고 있군요."

홈즈는 이렇게 말하였다.

어떤 사람이 문쪽으로 성큼성큼 걸어왔다. 키가 크고 잘생긴 거무스름한 남자인데, 흰색 플란넬 옷에다 파나마 모자를 쓰고 거친 검은 수염과 커다란 매부리코를 가지고 있었으며, 걸을 때에 단장을 휘둘렀다. 그 집이 자기 집인 것처럼 거만스럽게 길을 걸어왔다. 우리는 커다랗게 함부로 누르는 초인종 소리를 들었다.

홈즈가 조용히 말했다.

"여러분, 우리들은 문 뒤에 서 있는 것이 좋을 것 같습니다. 이런 놈을 다룰 때에는 각별한 주의가 필요합니다. 경감, 수갑을 꺼내십시오. 말하는 것은 내게만 맡겨 주십시오."

우리들은 잠시 동안 잠자코 기다렸다. 잊을 수 없는 순간이었다. 이윽고 문이 열리고 남자가 들어왔다. 그 순간 홈즈는 그 남자의 머리에 권총을 들이대고, 마틴 경감이 팔목에다 수갑을 채웠다. 어찌나 빠르고 능숙하게 행해졌는지, 그자는 자기가 공격당한 것을 알고도 어떻게 할 수가 없었다. 그는 번쩍거리는 검은 눈으로 우리들을 번갈아 보았다. 그리고서 쓴웃음을 터뜨렸다.

"여러분, 이번에는 내가 당신들한테 걸려들었습니다. 걸려도 크게 걸린 것 같습니다. 그러나 나는 힐턴 큐빗 씨 부인에게서 온 편지를 받고 온 것입니다. 부인이 여기 있다고는 말씀하시지 마십시오. 부인이 나를 잡을 올가미에 조력했다고는 말하지 마십시오."

"힐턴 큐빗 씨 부인은 중상을 입어 위독합니다."

사나이는 온 방 안이 울리도록 슬픔에 못이겨 거친 소리를 질렀다. 그리고 무섭게 외쳤다.

"당신들은 미쳤소! 부상한 것은 남편이지 부인이 아니오! 누가 귀여운 엘시를 다치게 했겠소? 나는 엘시를 협박은 했소. 하느님, 용서하십시오! 그러나 그 아름다운 머리 한 가닥도 다치게 하려고는 하지 않았소. 그 말을 취소하시오. 얼른 엘시가 부상하지 않았다고 말하시오!"

"부인은 죽은 남편 옆에서 크게 상처를 입은 채 발견되었소."

그는 괴로워하면서 의자에 주저앉아 수갑을 찬 손으로 얼굴을 가리고 5분 동안이나 가만히 있었다. 그러더니 다시 얼굴을 들고 절망에 찬 냉정한 태도로 말했다.

"여러분, 나는 아무것도 숨길 것이 없습니다. 내가 그 남자를 쏜 것은, 그 남자가 먼저 나를 쏘았기 때문입니다. 그러니 이것은 결코 살인이 아닙니다. 그러나 내가 그녀를 다치게 했다고 생각한다면 그것은 나와 그 여자를 모르기 때문입니다. 이 세상에서 내가 그 여자만큼 사랑하는 여자는 없을 것입니다. 나는 그녀에 대해 권리가 있습니다. 그 여자는 몇 해 전에 내 아내가 될 약속을 했습니다. 그런데 우리들 사이에 들어온 영국 사람이 누구입니까? 아실 테지만 나는 그 여자에게 최초의 권리가 있습니다. 그리고 나는 내

권리를 주장했을 뿐입니다."

홈즈는 엄숙하게 말하였다.

"그녀는 당신의 사람 됨됨이를 알았을 때에 당신의 세력으로부터 도망쳐 버렸습니다. 당신을 피하기 위해서 미국에서 도망쳐 나왔습니다. 그래서 영국의 명예로운 신사와 결혼했습니다. 당신은 그 여자를 쫓아다니며 그 여자가 무서워하고 미워하는 당신과 도망치기 위해서 존경하고 사랑하는 남편을 버리라고 권하여 그 여자의 생활을 곤경에 빠뜨렸습니다. 당신은 훌륭한 남자를 죽였고, 그 아내를 자살하도록 만듦으로써 종말을 지었습니다. 에이브 슬레이니 씨, 이것이 당신이 이 사건에서 남긴 기록입니다. 그리고 당신은 법률에 의해서 그 죄의 대가를 치르게 될 것입니다."

"만일 엘시가 죽었다면 나는 어떻게 되든지 상관없습니다."

미국 사람은 이렇게 말하고, 쥐었던 손을 펴서 손바닥에서 구겨진 편지를 보았다. 그리고 눈에 의심스러운 빛을 띠면서 소리쳤다.

"그런데 이것 보시오, 이 일에 대해서 나를 위협하려고 드시는 건 아니겠지요? 만일 부인이 지금 하신 말씀대로 크게 부상하였다면 누가 이 편지를 썼습니까?"

그는 편지를 테이블 위로 던졌다.

"당신을 이리로 오게 하려고 내가 쓴 것이오."

"당신이 쓰셨다구요? 이 세상에 우리 동지 말고는 춤추는 사람그림의 비밀을 아는 사람이 없는데요. 어떻게 쓰셨습니까?"

"사람이 발명한 것은 사람이 풀 수 있습니다. 슬레이니 씨, 저기 노리치로 당신을 데리고 갈 마차가 옵니다. 그런데 당신이 저지른 범행에 대해서 작지만 보상할 시간이 있습니다. 힐턴 큐빗 씨 부인이 남편을 죽였다는 중대한 혐의를 받고 있는데 부인이 그 의혹으로부터 면하게 만든 것은, 내가 우연히 가지게 된 지식과 내가 여기 와 있었다는 사실인 것을 당신은 알고 있습니까? 당신이 부인에게 반드시 해야 할 일은 온 세상을 향해 부인이 직접적이든 간접적이든 남편의 비극적인 최후에 책임이 없다는 사실을 밝히는 것입니다."

"내가 취할 가장 좋은 방법은 절대로 사실을 숨기지 않는 것이라고 생각합니다" 하고 미국 사람은 말했다.

"그것은 당신한테 불리한 자료가 될 것이라는 점을 충고하는 것이 나의 의무입니다."

경감은 영국 형법의 훌륭하고 공정한 태도로 이렇게 말하였다.

슬레이니는 어깨를 움찔했다. 그리고 말했다.

"나는 그것은 상관치 않고 말하겠습니다. 우선 당신들은 내가 부인을 어릴 때부터 안다는 것을 이해해 주시기 바랍니다. 시카고에는 우리 갱 일곱 사람이 있었는데, 엘시 아버지가 우리 패의 두목입니다. 늙은 패트릭은——그분입니다만——영리한 분이었습니다. 부호를 발명한 것도 그분입니다. 그 글자의 열쇠를 알지 못하면 어린애들 장난으로 생각해 버립니다. 그런데 엘시는 우리가 하는 일을 다소 배웠지만, 그 일을 견뎌내지 못했습니다. 그래서 자신이 정직하게 모은 돈이 약간 있어 우리를 속이고는 런던으로 도망쳐 버렸습니다. 그는 나와 약혼하고 있어서 내가 다른 직업을 얻었더라면 결혼했을 것입니다. 그러므로 그 여자는 법률에 위반되는 일과는 아무런 관련이 없습니다. 영국 사람하고 결혼한 뒤에야 비로소 나는 그 여자가 있는 곳을 알게 되었습니다. 나는 편지를 했지만 답장이 없었습니다. 그 뒤 내가 이리로 와서, 편지가 소용없음을 알고는 그 여자가 볼 수 있는 곳에다가 메시지를 써 놓았습니다.

저는 이곳에 벌써 한 달 동안이나 머물러 있습니다. 그 농가에 살고 있는데, 내 방은 아래층에 있어서 밤마다 아무도 모르게 드나들 수 있었습니다. 나는 엘시를 꾀어내려고 갖은 애를 다 썼습니다. 어느 땐가 한 번 그녀가 메시지 아래에 회답을 쓴 것으로 보아 메시지를 읽었음을 알았습니다. 그러자 나는 성질이 불끈 일어났고 그녀를 협박하기 시작했습니다. 그 뒤 그녀는 내게 편지를 보내 떠나라고 간청했습니다. 그리고 만일 어떤 추문이 남편 귀에 들어간다면 자기 마음이 몹시 슬플 것이라고 말했습니다. 그녀는 새벽 3시 남편이 자는 틈을 타서 내려올 테니, 만일 내가 여기를 떠나서 자기를 편안히 살게 해 줄 수 있다면 맨 끝의 창을 통해서 이야기하자고 말해 왔습니다. 그녀는 내려와서 돈으로 나를 매수해서 보내려고 했습니다.

이 일이 나를 미치게 하였습니다. 그래서 나는 그녀의 팔을 잡아 창으로 끌어내리려고 했습니다. 그때 남편이 권총을 들고 달려왔습니다. 엘시는 바닥에 쓰러지고 우리는 직접 얼굴을 대하게 되었습니다. 나는 쫓겨 달아나다가 총을 들어 그를 위협하여 도망하려고 했습니다. 그는 나를 쏘았는데 빗나갔습니다. 나도 거의 동시에 총을 쏘았으므로 그는 쓰러졌습니다. 나는 뜰을 건너 나왔습니다. 나올 때에 내 뒤에서 창이 닫혀지는 소리를 들었습니다. 여러분, 이것이 사실 그대로이며, 한 마디도 거짓말이 없습니다. 그 뒤에는 아무 소리도 못 들었는데, 마침내 소년이 편지를 가지고 달려와서 바보같이 나를 이곳에 걸어 들어오게 만들어 당신들의 손에 잡히게 되었습니다."

미국 사람이 이야기하는 동안 마차가 달려왔다. 정복 경찰관 두 사람이 안에 앉아 있었다. 마틴 경감은 일어서서 죄인의 어깨를 쳤다.

"우리들은 갈 때가 되었네."

"우선 그 여자를 만날 수 없습니까?"

"안돼, 아직 의식이 없어. 홈즈 선생, 또다시 중요한 사건이 생긴다면 선생님을 옆에 모실 행운을 가지게 되길 바랍니다……."
 우리들은 창가에 서서 마차가 떠나는 것을 보았다. 돌아서자 나는 죄인이 테이블 위에 던진 구겨진 종이조각에 눈이 멈췄다. 그것은 홈즈가 그를 꾀어 낸 편지였다.
 "왓슨, 저것을 읽을 수 있겠는지 보게."
 홈즈는 웃으면서 말하였다.

 그것은 글자는 한 자도 없고, 춤추는 사람그림의 작은 줄 그림뿐이었다.
 "내가 설명해 준 부호를 쓰면, 이것이 COME HERE AT ONCE (얼른 오시오)라고 쓴 것임을 알 걸세. 그자는 이것이 부인 이외의 다른 사람한테서 왔을 줄은 생각도 못했을 것이므로, 이 초청을 거절하지 못하리라고 믿었네. 그래서 왓슨, 너무나 자주 못된 일에 쓰이던 춤추는 사람그림을 좋게 이용해서 끝을 냈네. 그리고 자네한테 잡기장에 무슨 이상한 사건을 쓰도록 해주겠다는 내 약속을 실행한 셈일세. 3시 40분에 기차가 있네. 저녁때까지는 베이커 거리에 돌아갈 수 있으리라고 생각하네."

 끝맺음으로 한 마디.
 미국인 에이브 슬레이니는 노리치에서 벌어진 동절기 순회 재판에서 사형을 선고받았다. 그러나 힐턴 큐빗이 먼저 발포한 것이 분명했으므로 정상 참작이 이루어져 징역형으로 감형되었다.
 힐턴 큐빗 씨 부인으로 말하면 부상이 완치되었고, 지금까지 미망인으로서 평생을 가난한 사람을 돌보아 주며 남편의 토지 관리에 온 힘을 바치고 있다는 말을 들어서 알 뿐이다.

프라이어리 학교

베이커 거리 우리들의 작은 무대에는 직업상 여러 가지 인물이 꽤 나 극적인 등장과 퇴장을 했는데, 지금 말하려는 문학사, 철학박사 등의 간판을 가진 소니클로프트 헉스테블이 처음으로 나타났을 때만큼 갑작스럽고 또 소스라치게 놀란 적은 없었다.

학문적인 딱딱한 칭호며 간판을 빽빽하게 늘어놓은 명함이 우선 들여보내지고 이어서 곧 본인이 들어왔는데, 당당한 풍채에 위엄이 넘치고 교만하며 점잔을 빼는 품이 침착과 중후함의 화신인 듯 싶은 인물이었다. 더구나 들어와서 손을 뒤로 돌려 문을 닫자마자 테이블에 부딪쳐서 비틀거리다 발이 미끄러져 난로 앞 곰 가죽 깔개 위에 그 커다란 몸이 나동그라져 정신을 잃고 말았던 것이다.

우리들은 놀라서 동시에 일어섰지만, 잠시 동안은 그저 망연하여 인생의 아득한 앞바다에서 갑자기 일어난 운명의 대폭풍을 연상케 하는 이 꼴불견 난파물을 굽어보고 어안이 벙벙할 뿐이었다. 그러다가 퍼뜩 정신이 들어 홈즈는 급히 쿠션을 머리 아래에 받쳐 주고 나는 브랜디를 가져와 그의 입에 흘려 넣어 주었다.

창백한 커다란 얼굴에는 번민의 주름살이 몇 가닥이나 깊이 새겨져 있고, 감겨진 눈 아래 느슨해진 피부는 거무죽죽한데, 반쯤 벌어진 입 가장자리는 애처롭게 양쪽으로 축 처지고 둥근 턱에는 수염이 나 있었다. 셔츠와 칼라는 긴 여행으로 때가 묻었고 모양이 좋은 머리는 빗질을 하지 않아 머리털이 수세미처럼 얽혀 곤두서, 애처롭게도 짓밟힌 사람의 모습을 하고 있었다.

"어떻게 된 것일까, 왓슨?"

"극도의 피로야. 아마 단순히 배고픔과 피로 때문일 거야."

나는 맥을 짚으면서 대답했다. 생명의 흐름은 미약했다.

"북 잉글랜드 지방인 매클루톤에서의 왕복 차표 한쪽을 가지고 있네." 홈즈는 그 사나이의 시계 주머니에서 끄집어 낸 차표를 보며 말했다. "아직 12시 전이니까 어지간히 일찍 떠나왔군."

주름살이 있는 눈까풀이 꿈틀꿈틀 움직이기 시작하는듯 싶자, 그는 공허한 잿빛 눈을 힘없이 뜨고 우리들을 올려다보았다. 그러자 급히 움찔움찔 일어서더니 부끄러움으로 얼굴이 새빨개졌다.

"아니, 이거 당치 않은 실례를 했습니다. 좀 무리를 했나봅니다. 홈즈 씨, 매우 말씀드리기 어렵습니다만 밀크와 비스킷을 좀 주시지 않겠습니까? 그것만 있으면 틀림없이 기운이 날 겁니다. 실은 홈즈 씨, 당신에게 함께 가 주십사 부탁드리려고, 전보로는 긴박한 상태를 알려드릴 수 없을 것 같아 직접 찾아온 것입니다."

"좀더 원기를 회복하시고 나서……."

"아뇨, 이제 괜찮습니다. 대체 어째서 이렇게 약해졌는지…… 그것보다도 홈즈 씨, 다음 열차로 매클루톤까지 가 주셨으면 하는데요……."

홈즈는 머리를 저었다.

"여기에 있는 왓슨 박사에게 물어 보시면 아시겠지만, 저는 지금 매우 바쁜 몸입니다. 파라스의 증서 사건도 미해결이고 아베게우니의 살인 사건 공판도 머잖아 시작됩니다. 웬만큼 중대한 문제가 아닌 한 지금으로서는 런던을 떠날 수가 없습니다."

"중대한 문제라고 하셨지요?" 손님은 손바닥을 위로 하여 두 손을 크게 벌리며 말했다. "당신은 저 홀더네스 공작의 단 하나뿐인 아드님이 유괴된 사건을 아직도 못 들으셨습니까?"

"네, 저 전 내각 각료인?"

"그렇습니다. 신문에는 나지 않도록 손을 썼습니다만, 어젯밤의 글러브 신문에 그 소문이 살짝 비치고 있으므로 이미 알고 계신 줄 알았습니다."

홈즈는 바짝 마른 긴 팔을 뻗치더니 인명 백과사전 H권을 뽑아들었다.

"홀더네스, 6대째 공작. 가더 1등 훈장(기사에게 수여되는 영국의 최고 훈장), 추밀 고문관——반은 직함뿐임——겸하여 비빠리 남작, 카스톤의 백작——아니, 또 있군——1900년 이래로 하람셔 주의 부지사, 1888년 찰스 아플문 준남작의 딸 에디스와 결혼. 대를 이을 자는 유일한 아들 설타이어 경. 영지 약 25만 에이커. 랭커셔(잉글랜드 북서부의 주. 탄광이 많고 수륙 교통이 발달되어 세계 유수의 대 공업 지대. 주도는 랭카스터) 및 웨일스(영국의 대 브리튼 섬 서부의 넓은 반도)에 광산을 소유함. 주소는 칼톤 하우스 테레네스 하람셔의 홀더네스 저택 웨일스의 밴고아 항구의 카스톤 성. 1872년 해군대신, 국무대신으로서…… 이렇다면 현 폐하의 중신 가운데 한 사람이군."

"어쩌면 가장 부유한 중신일 겁니다. 홈즈 씨, 당신이 직업상 극히 고자세를 취하고 있다는 점, 일을 위해서는 그야말로 전념을 하신다는 것은 알고 있습니다만, 실제적인 용건을 말씀드린다면 공작

각하는 아드님의 소재를 알려 준 자에게는 5천 파운드, 덧붙여 유괴자의 이름을 알려 주면 다시 천 파운드를 사례금으로 내놓겠다고 말씀하셨습니다."

"과연 대귀족이로군요. 왓슨, 헉스테블 박사를 쫓아 북 잉글랜드까지 가 볼까. 그럼 헉스테블 박사, 그 밀크를 잡수셨으면 사건이 언제 어떻게 일어났는지 개요를 말씀해 주실까요. 매클루톤에 가까운 프라이어리 학교의 소니클로프트 헉스테블 박사는 이 사건과 어떠한 관계가 있는지, 또 어째서 사건 발생 후 3일이나 지나고 나서——이것은 당신의 턱수염 상태로 알 수 있습니다만——저 같은 자에게 의뢰하시는가 하는 것도 아울러 설명해 주십시오."

손님은 밀크와 비스킷을 먹고 나자 눈에 생기를 되찾고 얼굴빛도 좋아져서 원기 있게 술술 설명을 시작했다.

"우선 알아주십사 하는 것은, 프라이어리 학교는 예비학교로서, 제가 바로 창립자 겸 교장입니다. 《헉스테블의 호레이스 측면관》이라는 책 이름을 말씀드리면 혹 제가 생각나실지도 모릅니다.

프라이어리 학교는 두말할 것도 없이 영국 제1급의 뛰어난 예비학교입니다. 리버스토크 경, 브랙어터의 백작, 카스카트 소무스 경——이 같은 명사들로부터 신뢰를 받아 그들의 자제를 위탁받고 있지요. 지금으로부터 3주일 전에 홀더네스 공작이 비서인 제임스 와일더 씨를 보내어 외아들이며 상속자인 올해 10살 난 설타이어 경의 교육을 저에게 맡기실 의향을 전해 왔을 때, 저는 우리 학교 최대의 영예라고 느꼈습니다. 이것이 저의 생애를 파멸시키는 불행의 전주곡이 될 줄은 꿈에도 생각지 못했습니다.

소년은 5월 1일 학교에 도착했습니다. 때마침 여름 학기가 시작되는 날이었습니다. 사랑스러운 아이였는데, 교풍에도 금방 익숙해졌습니다. 여기서 말씀해 두겠습니다만, 아니 이러한 경우 어중간히 숨긴다는 건 의미가 없기 때문에 말씀드려도 경솔하다는 타박은 받지 않으리라고 생각합니다. 즉 이 소년은 가정에서 행복하지만은 않았던 겁니다. 공작의 결혼생활이 결코 평탄스러운 것이 못되어서 결국 합의된 별거생활이 시작되어 부인이 남 프랑스에 거처를 마련한 일은 공공연한 비밀입니다.

이 파국은 극히 최근 일로서, 소년의 애정은 어머니 쪽으로 강하게 기울고 있다고들 합니다. 과연 부인이 홀더네스 저택을 떠나고 나서부터 우울하니 원기가 없었기 때문에, 공작은 마침내 저의 학교에 보내기로 결심했던 겁니다. 2주일쯤 지나 소년은 우리들을 잘 따르면서, 아주 행복해 보였습니다.

소년이 없어진 것은 5월 13일, 월요일 밤입니다. 방은 3층인데, 다른 소년이 두 명 있는 큰 방을 지나서 들어가게끔 되어 있습니다. 이 두 소년은 아무것도 보지 못했으며 아무 소리도 듣지 못했다고 하므로, 그 방으로 나간 것이 아닌 건 확실합니다. 그러나 창문이 열려 있고 벽에는 굵은 담쟁이덩굴이 바닥에서부터 기어올라와 있습니다. 바닥에 발자국은 없었지만, 여기밖에 나갈 만한 곳이 없다고 생각합니다.

실종된 것을 발견한 것은 이튿날인 화요일 아침 7시인데, 침대에는 잠을 잔 흔적이 있었습니다. 나가기 전에 학교의 제복인 짧은 이튼 재킷(깃이 넓고 길이가 짧은 소년용 윗옷)에 진한 잿빛 바지를 입어, 단정하게 옷차림을 갖추고 있었습니다.

방 안에는 아무도 들어간 흔적이 없는데, 그것은 안쪽 방에서 자고 있는 소년 중 나이가 위인 카운터라는 애가 극히 눈치 빠른 소년인데, 외침 소리라든가 격투하는 소리는 듣지 못했다고 하므로 확실하다고 하겠습니다.

설타이어 소년의 모습이 보이지 않는다는 걸 알자, 나는 곧 총인원 조사를 해보았습니다. 어린이도 선생도 급사들도 모두 말입니다. 그러자 달아난 것은 설타이어 소년만이 아니란 걸 알았습니다. 하이데거라는 독일인 선생의 모습이 보이지 않는 거에요. 하이데거 선생의 방은 역시 3층으로, 설타이어 소년과 같은 줄의 맨 끝에 있습니다. 그 방도 역시 침대는 흐트러져 잔 흔적이 있었습니다만 와이셔츠와 양말이 남아 있었으므로 그는 복장을 잘 갖추지 않고 나간 것이라고 생각됩니다. 분명히 담쟁이덩굴을 이용하여 창문에서 내려간 것으로, 창문 아래 잔디밭에 발자국이 남아 있었습니다. 또한 하이데거 선생은 이 잔디밭 옆의 작은 헛간에 자전거를 두고 있었는데, 이것도 보이지 않았습니다.

하이데거 선생은 학교에 부임한 지 2년이 됩니다. 훌륭한 추천 서류도 있습니다만 뚱하니 말수가 적었으므로 동료에게도 아이들에게도 별로 인기가 없었지요. 화요일 아침에 일어난 이 일은 그로부터 힘껏 수색에 애썼습니다만 두 사람의 탈주자에 대해서는 아무런 단서도 없고, 오늘이 벌써 목요일이건만 행방이 묘연하기만 합니다.

홀더네스 공작 댁에는 물론 곧 알아보았습니다. 학교에서부터 몇 마일 거리에 지나지 않기 때문에 별안간 집이 그리워서 아버지한테 돌아간 게 아닐까 하고 생각했습니다만, 그런 흔적은 전혀 없었습니다. 공작도 몹시 걱정을 하시고 저로서도 불안과 책임감에 억눌리어 신경쇠약이 되고 말았음은 찾아뵙자마자 보여 드린 추태로도 아셨을 것입니다. 홈즈 씨, 당신이 일에 온 힘을 기울이시는 분이라면 지금이야말로 그렇게 해주십사고 간청하겠습니다. 아무튼 이만큼 가치 있는 큰 사건은 생애를 통해서 두 번 다시 없을 테니까요."

셜록 홈즈는 최대로 집중을 하며 이 불운한 교장의 이야기에 귀를 기울이고 있었다. 미간에 새겨진 깊은 주름은 일부러 부탁하지 않아도 그가 이 사건에 전신경을 집중하고 있음을 나타냈다. 보수가 많다는 것은 접어두더라도, 예사롭지 않은 복잡한 사건을 좋아하는 홈즈의 흥미를 직접 자극하는 이야기였기 때문이다. 그는 수첩을 꺼내어 무언지 한두 가지 잊지 않기 위해 적어 넣고 준엄하게 말했다.

"좀더 빨리 저한테 오지 않았던 것이 커다란 태만이셨군요. 덕분에 저의 조사에는 중대한 핸디캡이 생겼습니다. 이를테면 담쟁이덩굴이나 잔디밭 따위는, 노련한 자의 눈으로 보면 무언가 자료를 제공해 주었을 텐데 말입니다."

"그것은 저의 책임이 아닙니다, 홈즈 씨. 각하는 세상에 소문이 나는 것을 최대한 피하고 싶어하셨습니다. 가정 불화 소문이 세상에 퍼지는 것을 겁내셨던 것입니다. 무슨 일이든 이런 종류의 문제를 아주 싫어하십니다."

"하지만 경찰의 조사는 있었겠지요?"

"있었습니다. 결과는 실망뿐이었습니다. 단서 같은 것이 있기는 했습니다. 그날 아침 젊은 사나이와 한 소년이 부근의 역에서 이른 아침 기차를 타는 것을 본 자가 있었는데, 그 두 사람을 리버풀까지 추적하여 조사한 결과 어젯밤에 이르러서야 전혀 딴 사람이었음이 밝혀졌습니다. 절망과 초조로 저는 거의 잠을 이루지 못하고 하룻밤을 밝힌 뒤 새벽 기차로 당신을 방문한 것입니다."

"그 엉뚱한 인물을 뒤쫓는 동안 그 고장 경찰은 안심하고 수사를 늦추고 있었겠지요?"

"전혀 포기하고 있었습니다."

"그런 일로 3일 동안이나 허비했던 겁니다. 그 미지근한 방법은 참으로 유감이군요."

"저도 그렇게 생각합니다. 확실히 그렇습니다."

"그렇다고는 하나 궁극에 가서는 반드시 해결되지 않으면 안 됩니다. 알겠습니다. 기꺼이 조사해 드리지요. 그 소년과 독일인 교사 사이에 무언가 관련은 발견되지 않았습니까?"
"전혀 아무것도 없습니다."
"소년은 그 교사가 담당한 반입니까?"
"아니오, 제가 아는 한 말을 나눈 일조차 없습니다."
"그것은 좀 기묘하군요. 소년은 자전거를 갖고 있었습니까?"
"아니오."
"그밖에 자전거의 분실은 없습니까?"
"아니오, 전혀 없습니다."
"확실하겠지요?"
"틀림없습니다."
"흠, 그러면 당신은 그 독일인 교사가 밤중에 소년을 옆구리에 끼고 자전거로 도망이라도 했다는 겁니까?"
"전혀 그렇게 생각지 않습니다."
"그럼, 당신의 의견은?"
"자전거는 일종의 속임수일지도 모릅니다. 어딘가에 숨겨 두고 두 사람은 걸어서 달아났을 겁니다."
"과연…… 그러나 속임수치고는 좀 유치하다고 생각되지 않습니까? 헛간에는 그 자전거 외에 더 있었습니까?"
"대여섯 대는 있었을 겁니다."
"자전거로 달아난 것처럼 보이고 싶었다면, 차라리 두 대를 끌어내어 숨겼으리라고 생각되지 않습니까?"
"하긴 그렇겠군요."
"그렇습니다. 그러므로 속임수를 썼다는 추리는 성립되지 않습니다. 단 수사의 출발점으로는 훌륭한 것이지만요. 어찌 되었든 자전거 같은 건 숨기기도 부숴 버리기도 쉬운 일이 아니니까 말입니다. 또 한 가지 묻겠습니다만, 실종 전날에 누군가 소년을 만나러 온 자는 없었습니까?"
"없었습니다."
"편지도 오지 않았습니까?"
"한 통 왔습니다."
"누구로부터?"
"아버지 공작으로부터입니다."
"학생에게 온 편지는 뜯어봅니까?"
"아니오."
"뜯어보지 않고 어떻게 아버지로부터 온 거라고 아셨습니까?"
"봉투에 문장이 박혀 있었고, 필적도 특징이 있는 공작의 네모 반듯한 글씨체였습니다. 그리고 또한 각하도 편지했다고 하셨습니다."
"그전에는 언제 왔지요?"
"대엿새 오지 않았던 것 같습니다."
"프랑스에서도 옵니까?"
"아니오, 한 번도 오지 않았습니다."
"이러한 질문의 취지는 물론 아시리라고 생각합니다만, 소년은 폭력적으로 끌려갔는가 또는 자기의 의사로 탈주했는가를 알기 위해서입니다. 후자라고 한다면 나이가 어린 소년이니만큼 외부에 건드린 자가 있다고 보는 게 당연하겠지요. 아무도 면회를 오지 않았다면 편지로 꾀었다고 보지 않으면 안 됩니다. 그래서 편지에 대해 이렇게 묻는 것입니다."
"유감스럽지만 그 점에 있어서는 별로 도움이 될 것 같지 않습니다. 설타이어 경의 편지 왕래는 제가 아는 한 아버님뿐이었습니

다."

"그 아버님으로부터 실종 전날 편지가 왔다는 말씀이지요? 부자 사이는 대체로 원만했습니까?"

"공작 각하는 누구하고도 특별히 친밀하게 지내는 일이 없습니다. 그보다는 큰 사회적인 문제에 몰두하고 계시어, 흔한 감정과는 인연이 좀 먼 분입니다. 그러나 설타이어 경에 대해서는 언제나 각하 나름대로 다정하게 대했습니다."

"그러나 소년의 마음은 어머니 쪽에 보다 많이 기울어져 있었다면서요?"

"그렇습니다."

"소년으로부터 들었습니까?"

"아니오."

"공작에게서 들었습니까?"

"설마 그럴 리가!"

"그럼, 어떻게 아셨지요?"

"각하의 비서인 제임스 와일더 씨와 터놓고 이야기한 일이 있는데, 그때 설타이어 경의 심정에 관해 정보를 얻었지요."

"알았습니다. 그런데 공작의 그 편지라는 것을 찾아보았습니까? 방에 남아 있었습니까?"

"아니오, 가지고 간 모양입니다. 그럼, 홈즈 씨. 이제 슬슬 유스톤 역으로 가지 않으면……."

"마차를 불러 드리지요. 15분만 기다려 주십시오. 준비를 하겠습니다. 만일 전보를 치실 생각이라면 당신 주위의 사람들에게는 수사가 아직 리버풀이나 어디 적당한 곳으로 향해지고 있는 것처럼 믿게끔 하는 편이 좋습니다. 그렇게 해 두고, 저는 은밀히 수사를 하기로 하겠습니다. 좀 시기가 늦은 감이 있지만, 이 왓슨과 둘이서

프라이어리 학교 147

덤벼들면 무언가 단서를 찾을 수 있겠지요."

그날 밤 우리는 헉스테블 박사의 유명한 학교가 있는, 산악지대의 으슬으슬 춥기조차 한 상쾌한 공기 속에 있었다. 도착한 것은 이미 어두워지고 나서였지만, 홀의 테이블 위에 명함이 하나 놓여 있고 맞이한 집사가 무슨 일인가 박사의 귀에 속삭이자, 박사는 원기 없는 얼굴에 불안을 떠올리며 우리들을 돌아보았다.
"공작께서 와 계신 모양입니다. 비서인 와일더 씨와 서재에 계신다니, 그럼 소개해 드리지요."
나는 물론 이 유명한 정치가를 사진으로 잘 알고 있었으나, 직접 보니 사진과는 퍽 느낌이 달랐다. 키가 큰 당당한 체격으로 단정하게 옷차림을 갖추고, 찌푸린 마른 얼굴에 코가 별스럽게 길고 꼬부라져 있었다. 송장처럼 창백한 얼굴과 시계의 사슬이 반짝이는 흰 조끼 가슴에까지 늘어뜨린 선명하리만큼 붉고 빈약한 턱수염은 놀랄 만큼 대조적이었다. 헉스테블 박사의 서재 난로 앞인 양탄자 한가운데 버티고 서서 돌멩이처럼 우리들을 응시한 사람은 바로, 이처럼 당당한 인물이었다. 부축하듯이 매우 젊은 사나이가 서 있었는데, 개인 비서인 와일더가 분명했다. 그는 작은 몸집으로 날쌘 얼굴생김에 푸르스름한 눈이 총명해 뵈는 신경질적이고 약삭빨라 보이는 사나이였다. 이내 날카롭고 적극적인 말투로, 이 사나이가 먼저 말을 걸어 왔다.
"헉스테블 선생, 런던에 가시는 걸 만류코자 오늘 아침 나절 방문했습니다만, 이미 떠나신 뒤였습니다. 셜록 홈즈 씨를 초청하여 이번 사건을 의뢰하는 게 목적이라고 들었습니다만, 각하는 당신이 의논도 없이 그와 같은 조치를 취한 데 매우 놀라고 계십니다."
"경찰측에서 실패했으므로……"
"각하는 경찰이 실패했다고는 아직 생각 않고 계시지요."

"하지만 저, 와일더……."

"헉스테블 선생, 각하께서 대외적 체면이 손상될 나쁜 뜬소문이 나는 것을 몹시 꺼려 하신다는 건 당신도 잘 아시고 있을 겁니다. 비밀을 밝히는 인물은 되도록 소수로 국한시키겠다는 게 각하의 생각이십니다."

"아직 돌이킬 방법은 있습니다. 셜록 홈즈 씨에게는 내일 아침 기차로 돌아가시게 하지요."

그들의 말에 위압되어 박사 교장은 완전히 주눅이 들고 말았다.

"아니, 잠깐 기다려 주십시오, 헉스테블 박사." 홈즈가 아주 조용한 목소리로 말했다. "이 북방의 공기는 대단히 상쾌해 기운이 납니다. 2, 3일 머물러 있게 해 달라고 부탁드리고 싶군요. 그러고나서 생각해 보고 싶습니다. 숙소는 댁에서 신세를 져도 좋고 마을의 술집이라도 좋으니, 당신의 결정을 따르겠습니다."

딱한 처지에 놓인 박사는 어떻게 해야 좋을지 결단을 못 내리고 우물쭈물하고 있었으나, 이때 붉은 수염의 공작이 낸 식사 신호인 징소리를 연상시키는 깊고 커다란 목소리로 겨우 구출되었다.

"헉스테블 박사, 나도 와일더의 말에 동의합니다. 일단은 나에게 의논을 했더라면 좋았을 거요. 하지만 홈즈 씨에게 이렇듯 털어놓고 말한 이상 도움을 청하지 않는 것도 어리석은 짓이지요. 홈즈 씨, 여관 같은 곳에 갈 필요는 없습니다. 지장이 없다면 나의 저택에 묵어도 좋습니다."

"대단히 고맙습니다만, 조사의 목적으로 보아 현장에 머무는 것이 현명한 일이라고 생각합니다."

"그럼, 좋으실 대로. 뭔가 알고 싶은 게 있으면 나나 와일더에게 사양 말고 물어 주십시오."

"어차피 저택을 방문하게 되겠지만, 지금 우선 여쭈어 보고 싶은 것은 아드님의 이상야릇한 실종에 대해 무언지 각하께서 짐작되는 것이라도 있으십니까?"
"아니, 전혀 없습니다."
"간섭하는 것 같아 불쾌하실 줄 압니다만, 어쩔 수 없으므로 여쭈어 봅니다. 이번의 문제는 공작부인과 어떤 관계가 있습니까?"
이 질문에는 대정치가도 동요의 빛을 보였으나, 잠시 후에 대답했다.
"관계없으리라고 생각합니다."
"그것이 아니라면 흔히 생각할 수 있는 일은 몸값이 목적인 유괴범입니다만, 각하에게 그와 같은 요구를 한 자는 아직 없겠지요?"
"없습니다."
"그럼, 또 한 가지 여쭈어 봅니다. 문제가 생긴 그날, 각하는 아드님에게 편지를 보내셨다면서요?"
"아니, 그것은 그 전날이었습니다."
"그렇습니다. 그러나 아드님은 바로 그날 받으셨겠지요?"
"그렇습니다."
"그 편지 속에 무언가 아드님을 불안케 한다든가, 이번과 같은 행동을 취하게 할 만한 일이 씌어 있었습니까?"
"그런 것은 쓰지 않았소."
"직접 부치셨습니까?"
귀족의 대답은 비서에 의해 가로막혔다. 비서의 말투는 조금 흥분되어 있었다.
"각하는 직접 편지 부치는 일 따위는 하시지 않습니다. 그 편지라면 다른 것과 함께 서재의 테이블 위에 있었으므로 제가 우편 주머니 속에 넣었습니다."
"확실히 그 속에 있었습니까?"

"이 눈으로 보았으니 틀림없습니다."

"그날 각하는 몇 통쯤 편지를 쓰셨습니까?"

"2, 30통은 썼을 거요. 나는 편지 쓰는 일이 많지요. 하지만 그와 같은 것은 문제에서 좀 벗어난 질문이 아닐까요?"

"반드시 그렇다고만 할 수는 없습니다."

홈즈가 말하자 공작이 말을 받았다.

"나로서는 남 프랑스 쪽으로 관심을 돌리도록 경찰에 조언해 두었습니다. 공작부인이 이와 같은 괘씸한 행동을 꾀어서 시켰으리라고 생각하지 않는 것은 앞서도 말한 대로이지만, 그 애는 매우 모진 마음을 가지고 있어서 독일인 교사인지 누군가에게 꾐을 받으면 어머니에게로 달아나는 짓을 할 가능성이 있습니다. 헉스테블 박사, 그럼, 이만 우리들은 저택으로 돌아가겠소."

홈즈가 아직도 묻고 싶은 일이 있다는 것은 나로서도 잘 알 수가 있었지만, 공작에게 이렇듯 느닷없이 당하자 만남은 그것으로 끝났다. 본디 지극히 귀족적인 공작으로서는 육친의 문제를 남과 의논하는 게 견딜 수 없었을 것이고, 질문은 갈수록 날카로워져 조심스럽게 얼버무리고 있는 공작 집안의 과거에 짓궂은 조명이 비춰질까 두려워한 것이 틀림없었다.

"과연 그렇군."

공작이 비서를 거느리고 나가 버리자, 홈즈는 곧 독특한 그의 열성을 갖고서 조사에 착수했다.

설타이어 소년의 방을 면밀히 조사했지만 얻은 바가 없었다. 창문으로 해서 나갔다는 것이 절대로 확실하다는 걸 알았을 뿐이다. 독일인 교사의 방과 소지품에도 단서는 없었다. 그 방 벽의 담쟁이덩굴은 사람이 지나간 흔적으로 흩어져 있고, 각등으로 살펴보았더니 그 아래 잔디밭에 내려갔을 때의 발뒤꿈치 자국이 남아 있었다. 푸른 잔디

위에 찍혀 있는 이 짧고 움푹한 자국만이, 괴상하기만 한 밤의 탈주 뒤에 남은 오직 하나뿐인 증거였다.

그런 뒤 홈즈는 혼자서 어디론가 나갔다. 11시쯤 돌아왔을 때는 이 부근의 커다란 군용 지도를 한 장 손에 들고 있었다. 이 지도를 내 방으로 가지고 와서 침대 위에 펼치더니 램프를 그 중앙에 놓고서 담배를 피워 가며 지도를 바라보고 연기가 나오는 호박 파이프로 이따금 흥미 있는 지형물을 가리키며 지껄였다.

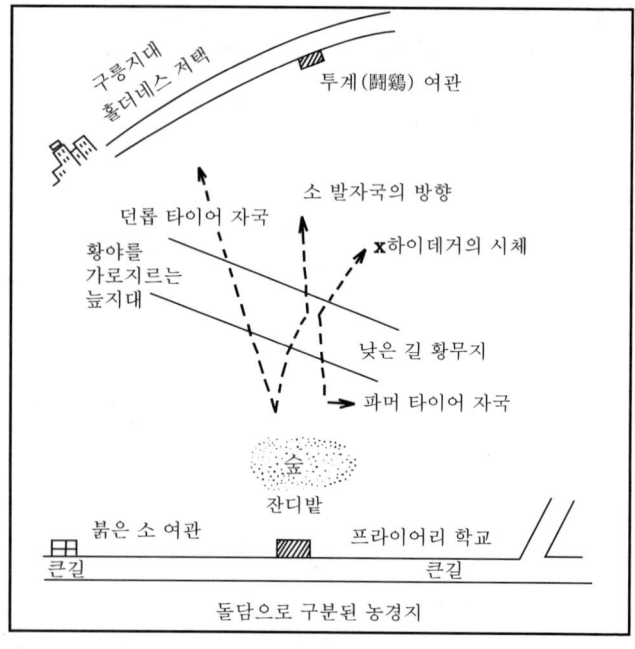

"왓슨, 나는 이 사건이 점점 마음에 들기 시작하네. 확실히 재미있는 데가 있어. 자네는 이 시간을 이용해 지리를 잘 머릿속에 기억해 두게. 조사하는 데 있어 크게 도움이 되리라고 생각되니까 말야. 지도를 보게나. 이 네모진 검은 것이 프라이어리 학교일세. 핀

을 세워 두지. 이 선이 마을의 큰길로서, 이처럼 학교 앞을 동으로부터 서로 달리고 있네. 그러고 나서 학교로부터 1마일쯤은 샛길이 없어. 달아난 두 사람이 도로를 지났다고 하면 이 길밖에 없는 셈일세."
"그런데 이상한 행운으로, 그날 밤 이 길을 지난 자를 어느 정도 알아낼 수가 있었네. 왜냐하면 지금 나의 파이프가 누르고 있는 이 지점에 그날 밤 12시부터 6시까지 경찰관이 한 사람 입초를 서고 있었거든. 학교에서 동쪽으로 가서 제1의 샛길이 있는 지점인데, 이 경찰관이 근무 중 한시라도 이 지점을 떠나지 않았었으며, 어린이고 어른이고 한 사람도 지나지 않았다는 거야. 직접 그 경찰관을 만나고 왔지만, 충분히 신뢰할 수 있는 인물이었네. 그러므로 이쪽은 이로써 문제가 없어.

다음은 여기인데, 이쪽 이곳에 '붉은 소 여관'이라는 술집이 있지. 여기서는 안주인이 병이 나서 그날 밤에 매클루톤 마을로 의사를 부르러 보냈는데, 공교롭게도 의사는 다른 환자한테 왕진 나가 없었으므로 아침까지 오지 않았다네. 술집에서는 의사가 오는가 하고 밤새도록 신경을 쓰고 있었고, 누군가 한두 사람은 쉴 새 없이 큰길 쪽으로 눈길을 보내고 있었지만, 아무도 지나가지 않았다고 말하고 있어. 이 증언이 틀림없다면 서쪽 길도 문제가 없는 것이 되네. 즉 두 사람은 길로 걸어 달아나지 않았다고 할 수 있지."
"하지만 자전거가 있네." 나는 이의를 제기했다.
"그 점이야. 이제 자전거에 대해서 말하겠지만, 하던 얘기를 계속하면 이 두 사람이 도로를 지나지 않고 달아났다고 하면 남쪽이든지 북쪽이든지 벌판으로 달아난 것이 되네. 이것은 확실해. 그럼, 남쪽인가 북쪽인가 비교 연구해 보세.

남쪽은 이렇듯 널찍하게 펼쳐져 있는 농경지이지만, 현장에 가

보았더니 돌멩이 담으로 조그맣게 칸막이가 되어 있더군. 그렇다면 자전거는 지날 수 없네. 그러므로 문제될 것은 없지. 다음은 북쪽인데, 그곳엔 여기 지도에 '숲'이라고 나와 있는 작은 수풀이 있지. 그 앞쪽엔 '낮은 길 황무지'라고 나와 있는 큰 황무지가 10마일이나 펼쳐져 있고, 약간의 높고 낮은 곳이 굽이치면서 차츰 높아지고 있네. 이 황무지의 북쪽 끝이 홀더네스 저택으로서 도로를 돌아가면 10마일이나 되지만, 황무지를 지나면 6마일밖에 되지 않아.

 이 황무지는 이상하게 인적이 드문 곳으로서, 몇 안 되는 황무지 농부가 땅을 조금 빌려서 양이나 소를 치고 있을 뿐이야. 그것을 지나면 체스터필드 도로까지 나가는 동안 물떼새와 도요새가 살고 있는 정도지. 거기까지만 나가면 교회도 하나 있고 두서너 채의 작은 집이며 여관도 하나 있네. 그리고 나서부터는 야산이 험준해지고 있어. 그러므로 북쪽이야말로 우리들이 조사해 보지 않으면 안 되는 곳일세."

"하지만 자전거라니까." 나는 내 말을 고집했다.

"알고 있네!" 홈즈는 답답한 듯이 말했다. "능숙한 자라면 큰 도로가 아니라도 상관없지. 황무지에는 가로세로 작은 길이 나 있고 마침 보름달이 떴으니까. 아니, 누구일까?"

초조하게 문을 노크하는 소리가 나고 뒤이어 들어온 것은 헉스테블 박사였다. 챙에 흰 기러기 모양의 마크가 있는 감색 크리켓 모자를 손에 들고 있었다.

"마침내 단서가 나타났습니다. 드디어 실마리가 되는 것이 발견되었지요. 이것이 그 소년의 모자입니다."

"어디에 있었습니까?"

"집시의 짐수레 속에 있었습니다. 황무지에 집시가 야영하고 있었습니다만, 화요일에 어딘가로 가 버리고 말았습니다. 경찰이 오늘 그 행방을 알아내어 가재 운반용 짐수레를 조사했더니, 이것이 나왔던 거예요."
"집시는 뭐라고 말하고 있지요?"
"거짓말만 할뿐…… 화요일 아침, 황무지에서 주웠다는 겁니다. 소년이 있는 장소를 알 수 있을 거예요. 이제 염려 없습니다. 쇠를 채울 수 있는 곳에 넣어져 있었기 때문에 법률의 힘으로나 공작의 재력으로나, 어느 쪽으로든 입을 열도록 할 게 틀림없습니다."
"그것은 그렇다치고" 홈즈는 기뻐 어쩔 줄 모르는 박사가 나가고 나자 침착하게 말을 시작했다. "적어도 우리들의 성과가 기대될 수 있는 건 북쪽이라는 설이 증명된 셈일세. 경찰은 이 집시를 붙잡았을 뿐, 다른 일은 무엇 하나 하지를 못하고 있네. 자, 보게, 황무지에는 수로가 있네. 지도에 나와 있는 이것이 그것인데, 수로가 넓어지고 일대가 늪지대로 되어 있는 장소도 있지. 홀더네스 저택과 학교 사이가 특히 그 경향이 두드러지는 이 가문 날씨로서는 다른 장소를 찾아봐도 헛일이지만, 이 늪지대만은 무슨 흔적이 발견될 희망을 가질 수 있을 걸세. 내일 아침 일찍 깨울 테니까, 이 수수께끼가 풀릴지 어떨지 한 번 해보세."

잠이 깨어 머리맡에서 홈즈의 크고 앙상한 모습을 본 것은 먼동이 틀 무렵이었다. 벌써 옷을 다 갖춰 입고 있었는데 한 번 나갔다 온 모양이었다.
"잔디밭과 자전거 헛간을 보고 왔네. 그리고 숲도 한 바퀴 돌아보았지. 옆방에 코코아가 준비되어 있네. 오늘은 꽤나 바쁠 테니까 서둘러 주기 바라네."
홈즈의 두 눈은 반짝거렸고 볼은 일거리를 눈앞에 둔 대기예가처럼 환희로 불그레하니 물들어 있었다. 베이커 거리에 있을 때의 내성적인 창백한 꿈을 꾸는 홈즈와는 전혀 반대로 민첩하고 적극적인 모습이었다. 기력이 넘친 낫낫한 몸을 올려다보며, 오늘이야말로 마음껏 활약하자고 나도 마음 속으로 다짐했다.

그러나 뚜껑을 열어 보았을 때 기다리고 있는 것은 캄캄한 실망뿐이었다. 우리들은 희망에 불타서 양이 다니는 작은 길이 가로세로 나 있는 적갈색 토탄질의 황무지로 나아가 홀더네스 저택과 학교 사이에 가로놓여 있어 뚜렷하게 그것이라고 알 수 있는 초록빛의 넓은 늪지대까지 갔다 왔지만, 만일 소년이 저택에 돌아갔다고 한다면 반드시 이곳을 지날 터이고 지나면 반드시 자국을 남겼을 텐데, 소년도 독일인 교사도 지난 흔적이 없었던 것이다. 늪지대의 가장자리를 성큼성큼 걸어다니며 이끼가 난 땅바닥을 열심히 조사하는 홈즈의 얼굴은 차츰 어두워져 갔다. 그 언저리에는 양의 발자국이 굉장히 많이 있었고, 소 발자국도 수마일 아래쪽이긴 하지만 한 군데 있었다.

그밖에는 아무것도 얻은 게 없었다.

"다 틀렸어." 홈즈는 기복을 이룬 황무지를 우울한 얼굴로 멀리 굽어보았다. "여기서부터 꼬부라져 저 끝이 또 늪지대로 되어 있군. 아니, 여보게, 이것이 뭐지?"

가늘고 거무스름한 작은 길에 나가 보았더니, 그 중앙의 축축한 흙 위에 자전거 바퀴 자국이 뚜렷이 남아 있었다.

"만세! 찾아냈다!"

나는 나도 모르게 외쳤지만, 홈즈는 고개를 옆으로 저었다. 그 얼굴에는 곤혹스런 표정이 떠오르고 들뜨기는커녕 어떤 기대도 서려 있지 않았다.

"자전거임에는 틀림없지만, 그 자전거는 아니야. 타이어 자국이라면 42종류나 익히 알고 있지만, 이것은 보다시피 던롭 제일세. 하이데거의 타이어는 새로운 긴 줄무늬가 있는 파머 제였네. 아벨링이라는 수학 교사가 똑똑히 기억하고 있었지. 그러므로 이것은 하이데거의 자전거가 아니야."

"그럼, 소년의 것일 테지."

"그 소년이 자전거를 가지고 있다고 한다면 그 추정은 성립하지만, 지금 현재로선 소년이 자전거로 달아난 증거가 전혀 없네. 하지만 이 바퀴 자국은 학교 쪽에서부터 오고 있는데."

"학교 쪽으로 간 것일지도 모르잖나."

"아닐세. 이 깊은 쪽의 자국이 몸무게가 실리는 뒷바퀴인데, 이렇듯 앞바퀴의 얕은 자국에 겹쳐서 그것이 지워져 버린 곳이 몇 군데나 있지 않은가. 그러므로 이것은 학교 쪽에서부터 오고 있었다는 게 틀림없는 걸세. 이 자전거의 자국이 이번 사건과 관계가 있을지 없을지 아직 모르지만, 어쨌든 온 쪽으로 거슬러 가 보세."

거기서부터 2, 3킬로미터나 더듬어 가자 습지대가 끝이 나고 그로부터 앞쪽은 자전거 자국이 남아 있지 않았다. 그러나 그 작은 길을 더 따라갔더니, 작은 샘물이 졸졸 흘러 작은 길을 가로지르고 있는 장소가 있고, 거기에 소 발자국에 밟혀 거의 지워져 있기는 했지만 자전거의 자국이 있었다. 오솔길은 학교 뒷편에 있는 숲으로 이어져 있었고, 자전거는 이 숲에서 출발한 게 틀림없어 보였다. 이 숲 속에서부터 자전거로 출발했을 게 틀림없었다.

홈즈는 거기에 있는 둥근 돌에 걸터앉아 두 손에 턱을 받치고 생각에 잠겨서, 내가 담배를 두 대나 피우고 날 때까지 움직이려고도 하지 않았다.

"그렇지, 간사한 꾀가 있는 사나이라면 자전거의 타이어를 바꾸어서 속이는 것쯤 하고도 남지. 그러한 생각을 할 만한 범인이라면 상대하기에 부족하지 않아. 하지만 이 문제는 미결정인 채로 두고 다시 한 번 늪지대로 돌아가 보세. 아직도 살피지 않은 곳이 많이 있으니까."

그리고서 우리는 황무지의 물기가 있는 부분을 꼼꼼하게 살피고 다녔다. 그리하여 그 대가는 금방 크게 나타났다.

늪지대의 낮은 부분에 진흙길이 있는데, 그리로 가까이 간 홈즈가 환호성을 질러서 가 보니 작은 길의 중앙에 전화선을 포갠 듯한 자국이 남아 있었다. 파머 제 타이어 자국이었다.

"하이데거 씨일세. 나의 추리도 이만하면 굉장한 것일 테지, 왓슨."

홈즈는 아주 만족한 눈치였다.

"공을 세웠네."

"아니야, 아직도 '길은 멀리 있도다'일세. 작은 길을 비켜서 걷도록 하게. 이 자국을 따라가 보세. 이 자국은 그리 멀리까지 이어져 있지 않으리라고 생각되지만."

부근에는 물기가 많은 곳이 군데군데 있어, 때로는 바퀴 자국을 잃어버리기도 했지만 바로 그 앞쪽에서 다시 계속 발견되곤 했다.

"왓슨, 이 근처에서는 속도를 내고 달렸나 봐. 알 수 있겠나? 틀림없는 사실이야. 그 자국을 보게나. 두 바퀴 모두 뚜렷하게 나타나 있지? 거의 같은 깊이의 홈이 파여 있네. 이것은 말야, 속력을 내기 위하여 상반신을 엎드리고 핸들에 무게를 실었을 경우에만 생기는 현상일세. 아니, 넘어졌군!"

그 언저리 몇 미터인가는 폭넓게, 불규칙하니 진흙이 어지럽혀져 있고 이어서 발자국이 두서너 개 있으며, 그 앞에 다시 타이어 자국이 나 있었다.

"늪으로 미끄러진 모양이야." 나는 말했다.

홈즈는 꽃이 달린 금작화의 작은 나뭇가지가 찌부러진 것을 주워 올렸다. 놀랍게도 노란 꽃이 붉게 물들어 있지 않는가! 또한 작은 길에도, 잘 보았더니 히드의 덤불 속에도 검붉게 피가 말라붙어 있었다.

"이거 안 되겠는걸! 왓슨, 조심해야겠네. 쓸데없는 발자국을 남기지 않도록 말일세. 그런데 이것을 어떻게 판단해야만 할까? 여기서 굴렀다가 일어나서 부상을 입은 채 자전거를 타고 계속 나아가고 있어. 다른 발자국은 없네. 이 늪길에 소라도 있어 뿔로 받혔던 것일까? 그런 일은 있을 수 없지. 아무튼 다른 발자국이 전혀 없으니 앞으로 가 보지 않으면 안 되겠지. 피와 바퀴의 자국을 따라가면, 이번에야말로 놓치지는 않겠지."

수사는 오래 끌지 않았다. 타이어의 자국이 축축해서 번쩍이는 작은 길 위를 기묘하게 꾸불꾸불 꼬부라져 가더니, 문득 앞쪽의 깊은 금작화 덤불 속에 무언가 금속이 반짝이는 게 눈에 띄었다. 끌어내어 보았더니 파머 제의 타이어를 낀 자전거로서, 한쪽의 페달이 휘고 앞부분이 피로 흥건하게 더럽혀져 있었다.

덤불 반대쪽에는 구두가 한 짝 놓여 있었다. 뛰어가 보았더니 자전거의 주인이 쓰러져 있었다. 키가 큰 사나이로 턱수염이 짙은 얼굴에 안경을 쓰고 있는데, 그 안경은 알이 한쪽밖에 없었다. 사인은 두부의 타박상으로, 상처를 입어 뼈까지 드러나 보였다. 이만큼의 상처를 입고도 계속 자전거를 타고 얼마쯤 달릴 수 있었던 것은, 어지간히 원기가 있고 지구력이 있는 사나이가 아니면 안 된다. 구두를 신고는 있지만 양말은 신지 않았고, 풀어 헤쳐진 윗옷 사이로 잠옷이 내다보였다. 그 독일인 교사가 분명했다.

홈즈는 시체를 정중히 뒤집어 주의 깊게 살피고 나서 골똘히 생각하기 시작했다. 이마에 주름살을 모으고 있는 것은, 이 기분 나쁜 뜻밖의 발견이 그에게 수사상 아무런 광명도 가져다주지 않았음을 말해 주고 있었다.

"이제부터 행동을 정하는 게 조금 어렵게 되었네. 나는 이대로 수사를 계속하고 싶네. 꽤 시간을 낭비했으므로 이 이상 우물쭈물하고 있을 수는 없어. 한편 또 우리들은 이 발견을 경찰에 알리고 가엾은 시체를 처리할 의무가 있지."
"뭣하면 내가 알려 주러 돌아갈까?"
"아니, 나는 자네와 함께 있어 도움을 받고 싶네. 기다리게나. 저기에 토탄을 캐내고 있는 사나이가 있군. 저 사나이를 데려오게. 경찰관에게 보내세."
나는 농부를 데리고 왔다. 홈즈는 짧은 편지를 써서 겁내고 있는 사나이에게 건네 준 다음 헉스테블 박사한테로 보냈다.
"그럼 왓슨, 오늘 아침에는 단서를 두 개 발견했네. 하나는 파머제 타이어 자국으로 이것은 마지막까지 확인했지. 또 하나는 던롭제의 울퉁불퉁한 데가 있는 타이어 자국일세. 이것을 실제로 조사하기 전에, 지금 알고 있는 일이 무엇무엇인지 일단 복습을 해보세. 그것에 의해 자료를 충분히 이용할 수도 있게 되고, 본질적인 것과 부수적인 것의 구별도 명백해질테니까.

 우선 첫째로 소년은 자유의사로 탈주했다는 점을 나는 강조하고 싶네. 스스로 창문으로 타고 내려가서——혼자였는지 동반자가 있었는지는 별도로 하고——빠져나갔던 것일세. 이 점은 확실해."
나도 동감임을 표시했다.
"다음은 이 가엾은 독일인 교사인데…… 소년은 빠져나갔을 때 제대로 옷을 갖추어 입고 있네. 이것은 미리 그런 속셈으로 있었다는 걸 말해주고 있지. 이와는 반대로 하이데거는 양말조차 신고 있지 않아. 이것은 아주 급하게 나섰다는 것을 보여주는 걸세."
"물론 그렇지."
"그럼, 왜 그는 나섰던 것일까? 침실의 창문으로 소년이 빠져나가는 걸 보았기 때문일세. 따라잡아 데리고 돌아올 작정이었던 거야. 자전거를 끌어내 타고서 소년을 뒤쫓았지. 뒤쫓는 도중에서 죽고 만 것일세."

"그런 것 같군."

"그럼 다음으로, 드디어 나의 논증의 요점이 되겠는데, 어른이 어린 소년을 뒤쫓을 경우 보통이라면 그저 뛰어갈 테지. 쉽사리 쫓아갈 수 있다고 생각하기 때문이네. 그런데 이 독일인은 뛰어가지 않고서 자전거를 끌어내 탔네. 자전거를 아주 잘 타는 사나이라는 말은 들었지만, 소년이 달아나는 데 있어 몹시 빠른 수단을 취한 것을 보지 않은 한, 설마 자전거로 쫓아가지는 않았으리라고 생각되네."

"또 한 대의 자전거란 말이지?"

"글쎄, 좀더 이 이야기를 계속하지. 하이데거는 학교로부터 5마일이나 떨어져서 죽어 있네. 사인은 탄환이 아니야. 탄환이라면 소년이라도 쏘아 못 맞힐 것은 없지만, 이것은 힘이 담긴 완력에 의한 강한 일격으로 당한 걸세. 그리고 보면 소년에게는 동행이 있었다는 말이 되네. 더구나 자전거에 익숙한 사나이가 따라잡는 데 5마일이나 걸렸다고 한다면, 달아나는 쪽도 꽤나 빨랐던 것을 알 수 있지.

이 살해의 현장 부근을 수사하여 우리들이 무엇을 발견할 수 있었나? 소의 발자국이 조금 있을 뿐으로 그밖에는 무엇 하나 없지 않은가. 나는 사실 이 부근을 자세히 조사했지만, 450미터 이내에는 다른 샛길이 없네. 즉 또 한 대의 자전거는 하이데거 살인과는 관계가 없다는 말이 되네. 또 그렇다고, 부근에서는 사람의 발자국도 전혀 발견되지 않았네."

"아니, 그런 일은 불가능한 것이 아닌가."

"그렇지! 잘 알아맞혔네. 내가 말한 일은 불가능하네. 있을 수 없는 일이지. 그러므로 나의 이야기에는 어딘가 잘못이 있는 걸세. 그것을 자네는 지적했네. 어디가 잘못되어 있을까?"
"자전거에서 떨어졌을 때 머리가 깨진 게 아닐까."
"무슨 소리를 하고 있는 건가. 여기는 돌멩이도 아무것도 없는 황무지야."
"이렇게 되면 나로서는 도무지 모르겠는걸."
"쳇! 더 어려운 문제도 해결해 온 우리들인데! 하지만 아무튼 자료는 많이 있네. 문제는 그것을 이용하기에 달렸지. 그럼, 파머 제의 타이어 쪽은 다 써먹었으니까 울퉁불퉁한 데가 있는 던롭 제 타이어 쪽이 무엇을 제공하여 주는가 살펴보지 않겠는가."

던롭 제 타이어 자국을 학교와는 반대쪽으로 더듬어 가자, 황무지는 완만한 언덕길이 되고 수로를 벗어나 히드가 무성한 높은 곳이 나섰으므로, 타이어 자국도 지워져 있기가 쉬워 이미 많은 기대를 가질 수 없게 되었다.

타이어 자국이 사라진 언저리에서부터 비스듬히 왼쪽으로 나아가면 홀더네스 저택이 나타나 2, 3마일 앞 멀리 저택의 당당한 탑이 보였으며, 비스듬히 오른쪽으로 가면 잿빛의 낮은 마을이 있고 체스터필드 도로의 위치를 나타내고 있었다.

우리는 마을 쪽으로 갔다. 문 위에 닭싸움의 간판이 걸린 지저분하고 기분 나쁜 술집 근처에 갔을 때, 홈즈는 갑자기 앗 하고 외치며 비틀거리더니 나의 어깨를 붙잡고 몸을 지탱했다. 그는 발을 헛디뎌 발목을 삐어 한 걸음도 움직일 수 없게 되었다. 절뚝거리며 술집 문간까지 들어갔다. 문간에는 땅딸막하고 거무스름한 중늙은이가 검은 도기 파이프로 담배를 피우고 있었다.

"아, 루벤 헤이즈 씨. 안녕하십니까?"

"누구시더라? 용케 저의 이름을 아셨군요?"

그 사나이는 교활해 보이는 눈으로 우리들을 수상쩍다는 듯 흘금흘금 보았다.

"당신의 머리 위에 똑똑히 씌어 있으니까요. 역시 한 집의 주인쯤 되면, 어딘가 다른 데가 있어서 말이죠. 그건 그렇고, 댁에는 마차 같은 것은 없겠지요?"

"없다오."

"이쪽 발이 땅에 대기만 해도 아프기 때문에……."

"그럼, 대지 마시구려."

"그렇다면 걷지를 못하지요."

"할 수 없지, 앙감질할 수밖에."

투계 여관의 주인 루벤 헤이즈의 태도는 매우 멋대가리없는 것이었으나, 홈즈는 감탄하리만큼 기분 좋게 상대를 해주었다.

"아니, 농담이 아닙니다. 정말로 이렇게 난처한 일은 없습니다. 비용은 아끼지 않을 텐데 말이오."

"나야 뭐 걱정될 것 없지." 어디까지나 심술궂은 영감쟁이다.

"아니, 진지하게 이야기합시다. 어떻소, 자전거를 한 대 빌려 준다면 1소브린(파운드 금화를 말함) 내겠는데."

영감은 1소브린이라는 말을 듣자 마음이 움직였다.

"어디까지 가시오?"

"홀더네스 저택까지."

"나리님의 친구 분이시군?" 영감은 우리들의 흙투성이 옷을 흘금흘금 짓궂게 훑어보았지만 홈즈는 점잖게 웃으며 말했다.

"가면 기뻐하실 거요."

"어째서이죠?"

"없어진 아드님의 일로 이야기하러 가니까 말이오."

영감쟁이는 몹시 놀란 듯한 태도를 보였다.
"아니, 도련님이 있는 장소를 아셨습니까?"
"리버풀에 간 일은 알고 있소. 이제 곧 붙잡았다고 알려올 것이오."

살이 찐 털북숭이 얼굴에 홱 표정의 변화가 생겼다. 이번에는 사람이 달라진 것처럼 고분고분해지며 말했다.
"저는 조금 까닭이 있어서요, 그 공작의 일 따위는 그다지 걱정도 하지 않지요. 왜냐하면 제가 그곳의 마부 우두머리 노릇을 한 적이 있는데 말입니다. 정말이지 너무했으니까요. 글쎄, 거짓말쟁이 곡식 장수의 말 따위를 믿고 증명서도 써 주지 않고서 내쫓지 않았겠어요. 하지만 도련님이 리버풀에 간 걸 알았다면 기쁜 일이니까, 알리러 가신다면 도와 드리지요."
"고맙소. 하지만 우선 무언가 먹을 것을 주시오. 자전거는 그 뒤에 주어도 좋으니까."
"집에는 자전거가 없어요."

홈즈는 소브린 금화를 하나 꺼내어 보여 주었다.
"글쎄, 없다니까요. 그것보다 그 저택까지라면 말을 두 필 빌려 드리지요."
"아무튼 그 이야기는 뭔가 먹고 나서 하기로 합시다."

돌을 깐 부엌에 안내되어 단둘이 되자, 삐었다던 홈즈의 발목이 거짓말처럼 나아 매우 놀랐다. 해가 슬슬 저물어 가고 있었으나, 우리는 이른 아침부터 아무것도 먹지 않았으므로 식사를 위해 약간의 시간을 소비했다.

홈즈는 곰곰이 생각하다가 한두 번 일어나서 창문 밖을 열심히 내다보았다. 창문 밖은 지저분한 가운데뜰인데, 맞은쪽 끝에 대장간이 있고 구지레한 소년이 무슨 일인가를 하고 있었다. 반대쪽은 마구간이었다. 홈즈는 몇 번인가 창문 밖을 보고 와서는 의자에 앉아 생각에 잠겨 있었는데, 별안간 일어나더니 큰소리로 말했다.
"알았네, 왓슨! 어렴풋이 알게 되었네. 그렇지. 그럴 것이 틀림없어! 왓슨, 오늘 자네는 소의 발자국을 본 기억이 나겠지?"
"몇 개나 있었네."
"어디에?"
"곳곳에. 늪지대에도 있었고 작은 길에도 있었고 하이데거의 시체 옆에도 있었지."
"맞았네. 그런데 오늘 자네는 황무지에서 소를 몇 마리나 보았나?"
"한 마리도 보지 않은 것 같군."
"이상하지 않은가. 어디에 가건 발자국은 있었는데, 둘러보아도 소가 한 마리도 눈에 띄지 않는 것은 그야말로 이상하지 않은가."
"그러고 보니 확실히 이상한데."
"알겠나, 왓슨. 잘 생각해 보게. 생각을 돌이켜보라는 걸세. 작은 길에 있었던 발자국을 머리에 떠올릴 수 있겠나?"
"떠올릴 수 있네."
"거기에선 : : : : : 이런 식으로 되어 있었는데, 생각나나? 그리고 또 :⋮:⋮:⋮ 모양의 것도 있었고, ⋰⋱ 이런 식으로 되어 있는 곳도 있었지."
홈즈는 빵 부스러기를 집어 여러 가지 모양으로 테이블 위에 늘어놓았다.
"어때, 생각이 났나?"
"아니, 생각나지 않아."
"나는 똑똑히 기억하고 있네. 틀림없어. 나중에 틈이 나거든 가서 확인해 보아도 좋네. 그것을 보고 있었으면서도 결론을 내리지 못했다니, 얼마나 멍텅구리였을까, 나는!"

"어떠한 결론인데?"

"걷든가 뛰든가 달리든가 하다니, 보기 드문 소라는 것일세. 그러나 이런 속임수는 시골의 술집 영감쟁이 정도의 두뇌로는 생각해 내지 못하네. 지금 마침 저 대장간에는 꼬마뿐 아무도 없는 모양이니, 무엇이 있는가 상태를 보러 가세."

황폐한 마구간에 털도 거칠고 손질이 엉망인 말이 두 필 있었다. 홈즈는 그 한 마리의 뒷다리를 들어 보고 소리를 내어 웃었다.

"헌 말굽쇠를 새로 간 것이군. 못이 새 것인 걸 보면 알지. 이것으로 이 사건도 결작 속에 낄 자격이 충분히 있겠네. 그럼, 저기 저 대장간에 가 보세."

대장간에서는 소년이 우리들에게는 관심없다는 듯 일을 하고 있었다. 주위에 흩어진 철재와 목재 위를 홈즈의 눈이 재빨리 움직였다. 하지만 이때 갑자기 뒤에서 발소리가 나고 주인이 모습을 나타냈다. 굵은 눈썹을 찌푸리며 눈을 부릅뜨고 새빨개진 얼굴을 노여움으로 경련시키고 있다.

끄트머리에 쇠붙이를 붙인 짧은 단장을 손에 들고 무시무시한 기세로 다가왔을 때에는 주머니에 권총을 간직하고 있는 것을 새삼스레 마음 든든하게 생각했을 정도였다.

"지옥의 개 같으니! 거기서 무엇을 하고 있지?"

"이거 참, 이상하군요, 루벤 헤이즈 씨. 그런 말을 하면, 무언가 불리한 비밀이라도 숨기고 있는 것처럼 들리잖소."

헤이즈는 한껏 노력을 하여 가까스로 자신을 억누르고, 마음에도 없는 억지웃음을 떠올리며 기분 나쁜 입아귀를 늦추었지만, 그 웃는 얼굴이 찌푸린 것보다 오히려 훨씬 무서웠다.

"자, 대장간을 보고 싶다면 얼마든지 잘 보아 주십시오. 하지만 나리들, 허락도 받지 않고 집 안을 기웃거리는 사람은 아무래도 내 마음에 들지 않소. 자, 얼른 계산을 하고 나가 주시는 편이 나로서는 기쁘단 말씀입니다."

"좋고말고, 뭐 나쁜 생각이 있었던 것은 아니었소. 잠깐 말을 구경했을 뿐이니까. 하지만 결국 걸어가기로 했소. 그리 멀지도 않고 하니."

"문까지 2마일 남짓이니까, 그 길을 왼쪽으로 가시오."

우리들이 출발하기까지 헤이즈는 불쾌한 얼굴로 눈을 떼지 않았다. 그러나 우리들은 얼마 걷지 않았다. 길이 자연스럽게 꼬부라져 여관의 주인으로부터 보이지 않게 되자, 홈즈가 걸음을 멈추었던 것이다.

"그 술집에 있는 동안은 아이들 말로 말해서 따뜻했지만, 나왔더니 거기서 멀어질수록 추위가 몸에 스며 오는군. 그렇지, 이것은 절대로 떨어질 수가 없는걸!"

"그 루벤 헤이즈란 자는 모든 걸 알고 있는 게 분명하다고 생각되네. 보기에도 악당 같았어."

"자네도 그런 인상을 받았나? 말이 있고 대장간이 있고…… 음, 확실히 흥미가 있는 곳이야. 눈치 채이지 않도록 다시 한 번 가 볼까 생각하네."

뒤는 언덕인데 완만한 경사가 이어지고 잿빛의 석회암이 여기저기 뒹굴고 있었다. 도로를 피하여 이 산 중턱을 끼고서 투게 여관 쪽으로 돌아가는 사이, 문득 홀더네스 저택 쪽을 돌아보던 나는 도로 위에 한 대의 자전거가 달려오는 것을 보았다.

"왓슨, 웅크리게!"

홈즈도 알아차렸는지 나의 어깨를 힘껏 눌렀다. 급히 몸을 옴츠리자, 그 순간 자전거는 화살처럼 빠르게 눈 아래의 도로를 지나갔다.

뭉게뭉게 피어오르는 모래 먼지 속에 창백하고 흥분된 얼굴이 언뜻 보였다. 입을 벌리고 뚫어져라 앞을 노려보고 있었는데, 공포에 질린 얼굴 표정이었다. 어쩐지 어젯밤 만난 멋쟁이 제임스 와일더의 기묘한 캐리커처라도 보는 것만 같았다.

"공작의 비서가 아닌가! 자, 왔슨. 무엇을 하는지 보러 가세."

바위에서 바위로 기어서 술집 입구가 보이는 곳까지 가자, 와일더의 자전거가 문 입구 옆 벽에 기대어져 있는 게 보였다. 그러나 주위에는 인기척도 없고 어느 창에도 사람이 있는 기색은 보이지 않았다. 태양은 홀더네스 저택의 높은 탑 저편으로 넘어가 차츰 땅거미가 지고 있다. 그 어스름 속에서 돌연 마구간 쪽의 마차의 옆등이 두 개 켜졌다. 이어서 말발굽 소리가 들리고 한 대의 마차가 바깥 도로에 끌려나와 체스터필드 쪽을 향해 미친 듯 빠른 속력으로 달려갔다.

"저것을 보고 어떻게 생각하나?"

홈즈가 나직한 목소리로 물었다.

"마치 달아나는 것 같군."

"남자 하나밖에 타고 있지 않은 모양인데, 제임스 와일더가 아닌 것은 확실하네. 그 사나이는 저기 문간에 서 있군."

네모지게 흘러나오는 노란 불빛을 등에 받으며 거무스름하니 서 있는 것은 비서인 와일더였다. 목을 늘어뜨리고서 밖의 어둠을 바라보는 것이, 누군가 오기를 기다리고 있는 모양이다. 과연 얼마 뒤 도로 쪽에 발소리가 나며 제2의 사람 그림자가 나타났다. 언뜻 불빛을 받았지만 곧 문이 닫혔으므로 주위는 캄캄해지고 말았다.

그리고 5분쯤 지나자 2층의 한 방에 불이 켜졌다.

"이 술집은 이상한 층에 손님을 받는 모양인데." 홈즈가 고개를 갸웃했다.

"술집이라면 반대쪽이네."

"그렇지. 저들은 이른바 특별 손님이라는 것일 테지. 그런데 도대체 와일더는 이런 시각에 이런 술집에서 무엇을 하고 있는 걸까? 나중에 와일더를 만나러 온 것은 대체 누구일까? 이것은 좀 위험을 무릅쓰고라도 좀더 자세히 조사해 둘 필요가 있겠네."

도로로 기어 내려가 살그머니 문간으로 다가가 보았더니 자전거는 아직도 벽에 기대어져 있었다. 홈즈는 성냥을 켜서 뒷바퀴를 비추어 보더니, 울퉁불퉁한 데가 있는 던롭 제였으므로 히죽 기쁜 듯한 웃음을 띠었다. 머리 위로 불이 켜진 방의 창문이 있었다.

"저 창문 안을 들여다봐야겠는데, 자네 미안하지만 허리를 구부리고 벽을 붙잡고 있어 주지 않겠나. 나머지는 내가 잘할 테니까."

홈즈는 나의 어깨 위에 올라가자마자 곧 내려왔다.

"오늘은 아침부터 꽤 많은 일을 했고 모을 수 있는 것은 모두 모았네. 학교까지는 상당히 머니까 되도록 빨리 가는 편이 좋을 거야."

황무지를 터벅터벅 돌아가는 도중 홈즈는 거의 말을 하지 않았다. 돌아와서도 학교에는 들어가지 않고 전보를 친다며, 그 길로 혼자 매클루톤 쪽으로 갔다.

그날 밤 늦게 뜻하지 않은 교사의 죽음으로 충격을 받은 헉스테블 박사를 줄곧 위로하는 홈즈의 말소리를 들었다. 그러나 그 뒤 나의 방에 들어온 홈즈는 아침에 황무지를 조사하러 나갈 때와 다름없이 생기발랄하기만 했다.

"만사가 순조롭게 진행되고 있네. 이 사건도 내일 저녁때까지는 훌륭히 해결해 보이겠네."

이튿날 아침 11시에 우리는 홀더네스 저택의 유명한 주목나무 가로수길을 따라 현관을 향해 걷고 있었다. 엘리자베스 왕조식의 으리으리한 현관에 서서 안내를 청하자, 공작의 서재로 안내되었다. 비서

제임스 와일더는 정중하고도 엄숙하게 맞이했지만, 그의 침착을 잃은 눈초리며 이따금 경련하는 얼굴 표정에는 지난밤의 격렬한 공포의 자취가 엿보였다.

"각하를 뵙고 싶단 말씀이지요? 죄송하지만 각하는 몸이 몹시 불편하신데, 아마 그 슬픈 소식 때문에 정신적으로 큰 충격을 받으셨나 봅니다. 어제 오후 헉스테블 박사로부터 당신들이 발견하신 비보를 알리는 전보가 있었습니다."

"와일더 씨, 저는 꼭 뵙지 않으면 안됩니다."

"하지만 사실(私室)에 들어가셨기 때문에."

"그럼, 그리로 가겠습니다."

"아직 주무시고 계시리라고 생각합니다."

"상관없습니다."

단호한 홈즈의 태도를 보자, 비서도 말려 보아야 헛일임을 알았던 모양이다.

"좋습니다. 당신이 찾아왔다는 것을 말씀드려 보지요."

30분이나 기다리게 하고서 공작이 나왔다. 하루 사이에 여위고 더욱 창백해진데다가 허리도 구부정해져 어제 아침과는 전혀 다른 사람처럼 늙어 보였다. 위엄 있는 정중한 태도로 우리들을 맞이하고 책상 앞 의자에 앉았지만, 그 붉은 턱수염은 길게 늘어뜨려져 책상까지 닿고 있었다.

"홈즈 씨, 용건은?"

공작에게서 독촉을 받고서도 홈즈는 주인의 의자 옆에 서 있는 비서로부터 눈길을 떼지 않고 말했다.

"각하, 와일더 씨께서 자리를 피해 주는 편이 말씀드리기가 편합니다만."

와일더는 금방 파랗게 질려서 악의 있는 눈으로 흘긋 보며 말했다.

"각하가 바라신다면······."

"좋아, 좋아. 자네는 자리를 피하는 게 좋겠네. 그럼 홈즈 씨, 무슨 이야기시지요?"

홈즈는 비서가 나간 문이 꼭 닫히기를 기다리고 있다가 말했다.

"각하, 사실을 말씀드리면 저희들——여기에 있는 왓슨 박사와 저는 이 사건에는 현상금이 걸려 있다고 헉스테블 박사에게 들었습니다만, 그 점을 각하께 직접 확인해 두고 싶습니다."

"확실히 틀림없습니다."

"아드님의 소재를 알려 주는 자에게는 5천 파운드 주신다고 하셨지요?"

"그렇습니다."

"아드님을 유괴 감금한 자의 이름을 알려 드리면 천 파운드를 더 얹어 주신다고 들었습니다만."

"그것도 틀림없습니다."

"후자인 경우는, 물론 아드님을 유괴한 자뿐 아니라 현재 감금하고 있는 공범자도 포함된다고 해석해도 좋겠지요?"

"좋소, 틀림이 없소!" 공작은 짜증스럽다는 듯이 외쳤다. "일만 훌륭히 성공시켜 준다면, 결코 인색한 짓은 않습니다."

여느 때 금전에 대해 담백한 성질인 홈즈가 이 말을 듣고 자못 기쁜 듯이 가느다란 손가락을 마주 끼어 잡았으므로, 나는 뜻밖이라는 느낌이었다.

"그 책상 위에 있는 것은 각하의 수표책인 듯싶군요. 죄송합니다만, 그렇다면 6천 파운드의 수표를 떼어 주실까요. 횡선 수표라도 좋습니다. 저의 거래 은행은 캐피털 앤드 카운티 은행의 옥스퍼드 지점입니다."

공작은 몸을 일으켜 엄숙한 표정으로 홈즈의 얼굴을 응시했다.

"농담하십니까, 홈즈 씨? 경우가 좀 다르다는 걸 아셔야 합니다."
"천만에요, 각하. 저는 어디까지나 진지하게 말씀드리고 있습니다."
"그럼, 어떤 의미이지요?"
"현상금을 주십사 말씀드리고 있는 겁니다. 저는 아드님의 소재를 알고 있고, 또 아드님을 유괴하여 감금하고 있는 인물은, 전부라고는 말씀드릴 수 없지만 알고 있습니다."
공작의 얼굴빛은 더욱 더 파랗게, 그것과 대조되어 붉은 턱수염은 더욱 더 칙칙하게 돋보였다.
"어디에 있지요?"
공작은 숨결이 고르지 못했다.
"지금은, 아니 적어도 어젯밤에는 여기서부터 2마일쯤 동쪽에 있는 투계 여관이라는 술집에 계셨습니다."
공작은 무너지듯이 의자 등받이에 축 늘어졌다.
"범인은?"
홈즈의 대답이야말로 참으로 뜻밖이었다. 그는 성큼성큼 나아가서 공작의 어깨에 가벼이 손을 얹고서 말했다.
"당신입니다. 그럼 각하, 죄송하지만 아무쪼록 수표를……."
의자에서 벌떡 일어나 심연으로 빠져가는 사람처럼 허공을 쥐어뜯던 이때의 공작의 표정을 나는 잊을 수가 없다. 일단은 당황했지만, 그러나 공작은 귀족다운 자제심으로 간신히 침착을 되찾아 의자에 엉덩이를 떨구고 두 손에 얼굴을 파묻고 말았다. 잠시 그대로 있다가, 얼굴을 가린 채로 말했다.
"당신은 어느 정도 알고 있습니까?"
"어젯밤 저는 각하가 아드님과 함께 계신 것을 보았습니다."
"당신들 두 사람 말고 누가 그걸 알고 있습니까?"

"아무에게도 말하지 않았습니다."
공작은 떨리는 손으로 펜을 집어 들고 수표책을 펼쳤다.
"약속은 지켜야겠지요. 당신이 가져다 준 보고가 아무리 고맙지 않은 것이라 할지라도 수표는 떼겠습니다. 맨 처음 상금 이야기를 꺼냈을 때에는 이런 결과가 되리라고는 꿈에도 생각지 못했습니다. 하지만 당신이든 왓슨 박사든 사려 깊은 판단을 하시겠지요?"
"말씀의 의미를 잘 모르겠는데요."
"분명히 말하지요. 당신들 두 사람이 이 일을 알았다고 해서, 그것이 곧 세상에 새어나갈 이유는 없겠지요. 여기서 당신들에게 1만 2천 파운드를 지불하면 그걸로서 끝나겠지요?"
홈즈는 미소 짓고 머리를 저었다.
"각하, 일은 그리 간단하지 않으리라고 생각합니다. 저 학교 교사의 죽음도 고려해야 하니까요."
"하지만 그것은 제임스가 알 바 아닙니다. 그 일에 대해서 책임을 물어서는 안 됩니다. 불행히도 그것은 고용된 잔인한 악한이 한 짓입니다."
"제 의견을 말씀드린다면, 사람이 어떤 범죄에 관계한 이상, 그것에 의해 파생되는 다른 온갖 범죄에도 도의적인 책임이 따른다고 생각합니다."
"도의상으로는 당신의 말이 옳습니다. 하지만 법률의 눈으로 보면 다릅니다. 누구든 현장에 있지 않은 범죄 때문에 단죄되는 일은 없습니다. 하물며 그 죄를 미워하고 범행의 뜻이 전혀 없었던 경우에 있어서는 말입니다. 하이데거가 살해되었음을 알자 제임스는 곧 모든 것을 저에게 고백했습니다. 그만큼 그는 놀라기도 하고 후회도 했던 겁니다. 실제로, 1시간도 지체 않고서 살인자인 악한과 관계를 끊었습니다. 홈즈 씨, 부디 그 사나이를 구해 주십시오. 부탁입니다. 부디 구해 주십시오."

공작은 약간이나마 유지하고 있던 자제심마저도 버리고서, 얼굴에 경련을 일으키고 두 주먹을 공중에 휘둘러 가며 방 안을 걸어다녔지만, 잠시 있다가 겨우 격정을 누르고 또다시 책상 앞에 앉았다.

"당신이 아무에게도 이 일을 말하지 않고 먼저 저에게 와 준 데 대해서 감사드립니다. 적어도 그것에 의해 이 저주스러운 체면 문제의 폭로를 어느 정도는 막아낼 수 있었고 협의의 여지가 생겼다고 하겠습니다."

"말씀하신 대로입니다. 그러나 그것은 그야말로 격의 없는 서로의 솔직한 대화로서만 성립될 수 있다고 생각합니다. 저는 힘자라는 데까지 협력해 드리려고 생각하고 있습니다만, 그러자면 사건의 전모를 상세히 알 필요가 있습니다. 제임스 와일더 씨에 대한 각하의 말씀을 잘 알았고, 또 그 사람을 살해 범인이라고는 생각지 않고 있습니다."

"진짜 하수인은 도망쳤습니다."

홈즈는 잔잔한 미소를 떠올리며 말했다.

"실례이지만 각하는 저의 소문을 조금도 들어 보시지 못하셨군요. 그렇지 않다면, 그렇듯 쉽사리 도망칠 수 있으리라고는 생각지 않으실 겁니다. 루벤 헤이즈는 어젯밤 11시에 제가 보낸 통고에 의해 체스터필드에서 체포되었습니다. 오늘 아침 댁에 찾아오기 전에 이 고장의 경찰서장에게서 통지 전보가 왔습니다."

공작은 또다시 감탄하고 신음 소리를 내면서 홈즈를 바라보았다.

"당신의 힘은 인간의 것이라고는 믿어지지 않습니다. 정말 루벤 헤이즈가 체포되었습니까? 그 말을 들으니 매우 기쁘군요. 다만 그 때문에 제임스의 신상에 다른 일이 생기지 않는다면……."

"비서인 제임스 와일더 씨 말입니까?"

"그는 제 아들이랍니다."
이번에는 홈즈가 놀랄 차례였다.
"그것은 생각도 못한 일이었습니다. 아무쪼록 좀더 자세한 설명을 듣고 싶습니다."
"당신에게는 무슨 일이든 숨기지 않겠소. 이 같은 괴로운 지경에 이른 것도 어리석은 제임스의 시샘 때문입니다만, 이렇게 된 바에는 아무리 괴롭더라도 당신이 말한 대로 솔직히 모든 것을 털어놓고 이야기하는 게 가장 좋은 방법이라고 생각합니다.

홈즈 씨, 저는 젊었을 때 사람의 일생에 단 한 번 있다는 격렬한 연애를 했습니다. 저는 물론 그 여자에게 결혼을 청했습니다만, 상대는 신분이 다른 결혼은 저의 생애를 불행하게 만든다고 승낙해 주지 않았습니다. 이 여자가 살아 있기만 했다면 저는 누구하고도 결혼할 마음은 없었을 겁니다.

그녀는 죽었습니다. 그녀는 어린애를 하나 남기고 죽었습니다. 저는 그녀에 대한 추억을 위해 이 아이를 사랑하며 키웠습니다. 부자간임을 밝히는 일은 세상 체면이 허락하지 않았으나 되도록 훌륭히 교육도 시키고, 성년에 이르러서는 집에 데려오기로 했습니다.

그런데 그는 이 비밀을 알고 말았던 거에요. 그러고 나서부터는 저의 약점을 쥐고 제가 가장 겁내는 비밀 폭로를 무기로 하여 무리한 일만 요구합니다. 저의 결혼 생활이 불행했던 원인 중의 한 가지로 그의 존재가 관련되어 있습니다. 특히 그는 저의 어린 법정 상속인에 대하여 처음부터 끈질기게 증오를 품고 있었습니다.

그러한 사정에 있으면서도 왜 여전히 신변에 있게 하느냐고, 아마도 당신은 이상히 여기시겠지요? 그것은 그의 얼굴 속에서 죽은 여자의 모습을 볼 수 있기 때문입니다. 그녀와의 추억을 위해 저는 온갖 괴로움을 참아 왔던 겁니다. 그녀의 아름다운 점을 그는 전부

갖추고 있습니다. 그것이 하나하나 그녀를 생각나게 만들어 주는 겁니다. 저는 절대 그를 멀리하고 싶지 않습니다. 그러나 저는 겁을 냈지요. 어린 설타이어에게 무언가 위해를 가하는 일은 없을까 하고요. 그래서 결심하고 그 아이를 헉스테블 박사의 학교에 맡기기로 했던 겁니다.

그 집은 본디 저의 것으로, 제임스에게 관리를 맡기고 있었던 거지요. 루벤 헤이즈라는 사나이는 우리집 소작인이었는데 헤이즈는 본디부터 악인입니다만, 어떻게 된 일인지 제임스는 관리인 노릇을 하면서 그자와 친해지고 말았습니다. 제임스는 묘하게도 하층 사회 사람들하고 뜻이 맞습니다. 그래서 설타이어의 유괴를 생각했을 때 그 앞잡이로 그 사나이를 이용했던 것입니다.

그 전날 제가 설타이어에게 편지를 보낸 것을 기억하고 계실 테지요? 제임스는 그 편지를 뜯어서, 학교 뒤쪽의 숲에서 기다리고 있을 테니 나오라는 자기의 편지를 그 속에 넣어 부쳤던 거지요. 물론 그 속에는 아내 이름을 이용했으므로 어린애는 그것에 이끌려 나왔던 겁니다. 제임스는 자전거로 갔으며 숲에서 설타이어와 만나서——나중에 제임스가 고백한 대로 저는 이야기하고 있는 겁니다——어머니가 몹시 만나고 싶어한다는 것, 황무지 쪽에서 기다리고 있다는 것, 밤중에 다시 한 번 이곳에 오면 말을 준비한 사나이가 기다리고 있다가 어머니한테 안내해 줄 거라는 등의 이야기를 했습니다.

설타이어는 약속대로 밤중에 몰래 나와 보았더니 헤이즈가 망아지를 준비해 가지고 와 있었으므로 그것을 타고 헤이즈의 뒤를 따라갔습니다. 그리고——그리고서부터는 제임스 역시 어제서야 안 것입니다만, 두 사람은 추적을 당했습니다. 헤이즈는 이 추적자를 몽둥이로 때렸으므로, 그는 죽고 말았습니다.

헤이즈는 어린이를 투계 여관인가 하는 자기 술집에 데리고 가서 2층에 가두고 여편네를 시켜 감시하도록 했습니다. 이 사람은 착한 여자이지만 나쁜 영감 때문에 그야말로 꼭두각시처럼 움직였던 겁니다.

이상이 이틀 전에 당신과 만났을 때의 상황이었습니다. 단 나 자신도 이 진상을 전혀 몰랐던 것은 당신들과 거의 같습니다.

그럼, 제임스의 그와 같은 행동의 동기는 어디에 있냐고 당신은 반문하시겠지요. 그 대답으로 설타이어에 대한 제임스의 증오에는 아주 조리에 어긋나는, 광적인 것이 있다는 점을 말씀드리겠습니다. 제임스는 자기가 저의 전 재산의 상속인이어야 한다고 멋대로 믿어 버리고, 그것이 뜻대로 되지 않는 사회의 규칙에 굉장한 노여움을 품고 있었던 겁니다.

게다가 또 명확하고 직접적인 동기가 있었습니다. 그는 제가 세습재산을 폐지하기를 간절히 바랐습니다. 저에게 폐지시킬 능력이 있다 믿고서, 그는 저하고 홍정할 속셈이었던 거지요. 제가 세습재산을 폐지하면, 유언에 의해 자기가 상속할 수 있게 되므로 설타이어를 돌려준다는 겁니다. 어떠한 짓을 하든지 그 때문에 제가 경찰에 고발할 염려는 없다고, 자기 나름대로 계산을 하고 있었던 것입니다.

하지만 제임스가 저에 대해서 그러한 홍정을 벌일 속셈이었다는 것이지, 실제로 그 이야기를 했다는 건 아닙니다. 상황이 너무나 빠르게 진전되었기 때문에 계획을 실행할 여유가 없었던 겁니다.

제임스의 이 나쁜 계획을 산산조각으로 박살낸 것은 당신이 하이데거의 시체를 발견한 일 때문입니다. 그는 그것을 알고 공포에 사로잡혔습니다. 마침 이 방에 둘이서 있었는데, 헉스테블 박사가 친전보가 배달되었습니다. 제임스의 비탄과 심한 충격으로 동요되는 태도가 너무나 컸으므로 전부터 품고 있었던 저의 의혹이 확신으로 바뀌었습니다. 그래서 다그쳐 물었더니, 스스로 모든 걸 고백했던 거지요.

고백한 뒤 그는 3일간만 비밀을 지켜 달라고 애원했습니다. 그동안 공범자에게 목숨을 살릴 수 있는 기회를 주겠다는 겁니다. 저는 양보했습니다. 그로부터 애원을 받으면 언제나 양보하기 마련입니다. 그는 곧장 투계 여관으로 달려가서 헤이즈에게 위험을 전하고 도주 수단을 알려 주었습니다.

역시 낮에는 남의 눈이 두려워 해가 저물기를 기다렸다가 나는 아이를 만나러 갔습니다. 아이는 무사히 있었습니다만, 눈앞에서 벌어진 무서운 사실 때문에 극도로 겁을 먹고 있었습니다. 불만이긴 했지만 약속이니만큼 3일간만 헤이즈의 여편네에게 맡겨 두는 일에도 동의했습니다. 아이가 여기에 있었던 일만을 경찰에 알리고 하이데거 살해의 하수인을 모른다고 할 수는 없는 것이고, 또 그 하수인만을 처벌하고 제임스에게 재난이 미치지 않도록 하는 방법도 발견되지 않는 이상, 도리가 없지 않겠습니까.

자, 홈즈 씨. 당신이 격의 없이 솔직히 말하라고 한 그 말을 좇아 완곡한 표현은 피하고 일체를 있는 그대로 이야기했습니다. 이번에는 당신에게서 솔직하고, 격의 없는 이야기를 듣고 싶습니다.”
"알았습니다. 말씀드리지요. 우선 첫째로 각하는 법적으로 보아 매우 난처한 입장에 자신을 놓이게 하셨다고 하지 않을 수 없습니다. 각하는 중죄범을 보고 못 본 척하셨습니다. 살인범인의 도주를 도와 주셨습니다. 그것은 제임스 와일더 씨가 공범자의 도주를 돕기 위해 준 돈이 각하의 손에서 나온 것이라고 믿기 때문입니다.”
공작은 머리를 숙이고 긍정의 뜻을 보였다.
"이것은 실로 예사롭지 않은 문제입니다만, 다음에 이것 이상으로 온당치 못하다고 생각되는 것은 각하의 설타이어 경에 대한 조치입니다. 각하는 3일씩이나 경을 그 누추한 곳에 남겨 두고 오셨습니다."

"굳은 약속이……."

"그런 종류의 사람들과 한 약속이 뭐란 말입니까! 아드님이 또다시 유괴되지 않는다는 보장은 없을 겁니다. 죄를 지은 나이 먹은 아드님의 뜻을 맞추기 위해 각하는 어리고 죄 없는 아드님을 불필요한 위험에 놓이게 했습니다. 이것은 단연코 용서할 수 없는 행위입니다."

홀더네스의 명예 있는 공작이 으리으리한 자기 저택 안에서 이렇듯 엄중한 질책을 받은 일은 처음이었을 것이다. 순간 공작의 넓은 이마에 피가 올랐으나, 양심이 침묵을 지키게 만들었다.

"도와드리지만 조건이 있습니다. 그 조건은 각하께서 초인종을 눌러 사람을 부르시어, 저에게 마음먹은 대로 명령을 내릴 수 있게 해주는 것입니다."

공작이 묵묵히 초인종을 누르자 하인이 입구에 나타났다.

"매우 반가운 일인데, 설타이어 경이 발견되었소. 곧 마차를 보내 저 투계 여관에서 모셔 오기를 각하는 바라십니다."

하인이 기뻐하며 사라지자 홈즈는 다시 말을 이었다.

"자, 이로써 집안의 앞날이 탄탄해질 것이므로 과거는 그리 엄격하게 나무랄 것도 없겠지요. 저는 관헌이 아닙니다. 정의의 결말만 가져온다면, 알고 있는 일을 폭로할 것까지도 없습니다.

루벤 헤이즈에 관해서는 아무 말도 올리지 않겠습니다. 그 사나이 앞에는 교수대가 기다리고 있겠지요. 그러나 그 구조에 손을 뻗칠 생각은 없습니다. 법정에서 무엇을 털어놓을지 모릅니다만, 무슨 일이든 잠자코 있는 편이 유리하다고 설득시키는 일도 각하께서 마음만 먹으면 못할 게 없으리라 믿습니다. 경찰에서는, 그가 몸값을 목적으로 단독으로 유괴했다는 해석을 내리겠지요. 만일 경찰이 그 해석을 얻지 못한다 하더라도 제가 그 견해에 관해 지도해서 안 될 이유는 없습니다. 다만 한 가지 주의삼아 곁들여서 말씀드릴 것은, 제임스 와일더 씨를 계속 가까이 있게 하는 일은 장래에 화근을 남길 뿐이라고 생각합니다."

"그 점이라면 나도 알고 있소. 그도 영원히 이 집을 떠나, 자기의 운명을 개척하고자 오스트레일리아에 가기로 이야기가 되어 있습니다."

"그렇다면 각하, 결혼 생활의 불행이 와일더 씨로 인해 생겼다고 말씀하셨으니, 부인에 대해서 뭔가 보상하실 것을, 불행하게도 중단되어 있는 그 전의 관계를 다시 찾으실 것을 권해 드리고 싶습니다."

"벌써 채비를 갖추도록 했습니다. 오늘 아침에 편지를 부쳤지요."

"그렇다면," 하고 홈즈는 일어나면서 말했다. "저희들의 이 짧은 북부지방 여행이 여러 가지로 행복을 가져오게 했음을 참으로 기쁘게 생각합니다. 그전에 단 한 가지, 아주 작은 사항이지만 저로서는 분명히 해두고 싶은 일이 있습니다. 헤이즈라는 사나이는 자기 말에다 소의 발자국이 나는 말굽쇠를 박았습니다만, 이 놀랄 만한 교묘한 연구는 와일더 씨가 가르쳐 준 것입니까?"

공작은 몹시 놀란 얼굴로 선 채 잠시 생각하더니, 문을 열고 우리를 옆방으로 안내했다. 거기는 수집품 진열실이었다. 공작은 유리 진열장 한구석으로 우리를 인도하더니, 거기에 씌어 있는 다음과 같은 설명문을 묵묵히 가리켰다.

'이 말굽쇠는 저택의 바깥 해자에서 발굴된 것으로서 말에 사용된 것이기는 하지만, 바닥 쪽은 말굽이 갈라진 모양으로 되어 있어 적의

눈을 속인다. 중세 시대에 약탈을 업으로 삼았던 홀더네스의 기사들이 사용한 것이라고 추정됨.'

홈즈는 진열장을 열고 손가락 끝을 축여 말굽쇠 위를 살며시 쓰다듬어 보았다. 손가락 끝에 아주 최근의 것인 진흙이 묻어났다.

"고맙습니다." 홈즈는 조용히 진열장의 뚜껑을 닫으며 말했다.

"이것은 제가 여기에 오고 나서부터 가장 흥미로운 것 중 두 번째였습니다."

"호오, 그 첫 번째란?"

홈즈는 아까의 수표를 접어 주의 깊게 지갑 속에 간직하며 "저는 가난하기 때문에"라고 말하며 소중한 듯 지갑을 가볍게 토닥거리더니 안주머니에 깊숙이 넣었다.

검은 피터

 1895년도만큼 정신적으로나 육체적으로나 셜록 홈즈가 호조였던 해는 없었다. 점점 명성이 높아지면서 엄청나게 많은 일거리가 들이닥쳤다. 이름을 여기에 밝힌다면 경솔하다는 꾸지람을 받을 것이므로 암시적으로도 말할 수 없지만, 개중에는 꽤나 이름이 알려진 사람들도 몇 사람 베이커 거리의 누추한 집을 찾아왔었다. 그러나 홈즈는 모든 예술가들이 그러하듯 자기의 예술을 위해 살고 있는 것이기 때문에, 홀더네스 공작의 경우를 제외하고는 더할 데 없는 큰일을 했으면서도 많은 보수를 요구한 적은 거의 없다.
 사건 그 자체가 마음에 들지 않으면 상대방이 유력자이든 부자이든 조사를 거절하는 일도 드물지 않았고, 그런가 싶으면 사건의 성질이 예사롭지 않은데다 상상력을 자극하고 창의력을 들쑤실 때 그리고 상대편이 교활하든가 하면, 보수 같은 건 처음부터 기대할 수 없는 가난한 의뢰자라 하더라도 몇 주일씩 내내 거기에 몰두하며 전력을 기울였다.
 이 잊기 어려운 1895년에는 추기경 토스카의 갑작스러운 죽음에 대한 그의 유명한 연주——이것은 로마 교황의 특별요구에 의해 손을 댄 것이었다——에 이어 이름 높은 카나리아 교련사 윌슨의 체포——이것은 런던 빈민가의 암을 제거하는 일이었다——와 실로 기묘한 사건이 연속적으로 홈즈를 바쁘게 만들었는데, 이 두 개의 유명한 사건에 뒤이어 찾아온 것이 우드맨 리의 참극이다. 저 피터 켈리 선장의 죽음을 둘러싼 극히 불명료한 정황이 그것이다. 이 이상하기 이를 데 없는 사건의 기록 없이는 홈즈의 행동이 결코 완전하다고 할 수 없을 것이다.

이 해 7월의 첫 주일에 홈즈는 곧잘 혼자서 오랜 시간 외출하였기 때문에 또 무언가 사건에 손대고 있구나 하고 눈치챘다. 그가 없는 동안에 인상이 좋지 않은 자들이 몇 사람이나 찾아와서 베이질 선장이 계시느냐고 물었으므로, 홈즈가 또 몇 가지나 되는 다른 이름과 변장의 하나로 몸을 감추고 있구나 하고 짐작했다. 그는 런던 시내 곳곳에 적어도 다섯 군데의 조그마한 은신처를 가지고 있어, 자유롭게 모습을 바꿀 수가 있었다.

그런데도 그는 사건에 관해서는 아무것도 말하지 않았다. 또 나로서도 굳이 묻지 않는 게 습관이 되어 있었다. 이런 홈즈가 현재 손대고 있는 사건의 방향을 나에게 비로소 밝힌 것은, 실로 기묘한 일이 일어나던 날이었다. 그날 그는 아침 식사 전에 혼자서 나갔었는데, 내가 혼자 식사를 하고 있으려니까 어슬렁어슬렁 돌아왔다. 보니까 모자를 쓴 채로, 미늘이 달린 커다란 창을 우산처럼 옆구리에 끼고 있었다.

"어찌 된 일인가, 홈즈! 설마 자네, 그런 것을 가지고서 런던 시내를 돌아다닌 건 아닐 테지?"

"푸줏간까지 마차로 갔다 왔어."

"푸줏간에?"

"덕분에 배가 고파 죽을 지경일세. 역시 아침 식사 전의 운동은 굉장히 효과적이군, 왓슨. 나는 내기를 해도 좋지만, 어떠한 형식의 운동이었는지 자넨 도저히 모를 거야."
"내기를 한다고 해도 도무지 뭔지 알아야지 하지."
홈즈는 웃으면서 커피를 따르고 말했다.
"지금 만일 자네가 알라다이스의 가게 안을 들여다볼 수 있다면 윗도리를 벗은 신사가 이 창을 잡고 천장의 갈고랑이에 매단 죽은 돼지를 정신없이 찔러 대고 있는 것을 볼 수가 있었을 텐데. 그 원기 왕성한 신사란 다름 아닌 나였지. 덕분에 아무리 설쳐 봐야 단번에는 돼지를 꿰뚫을 수 없다는 걸 알고, 나는 만족했네. 어떤가, 자네도 시도해 보는 것이?"
"사양하겠네. 하지만 자네는 무슨 까닭으로 그런 짓을 했나?"
"우드맨 리 사건에 간접적인 관계가 있다고 생각되기 때문이지. 어이, 어서 오게 홉킨즈. 어젯밤에 전보를 보고 자넬 기다리고 있던 참일세. 자, 이리 와서 함께 들지 않겠나?"
찾아온 홉킨즈라고 불린 손님은 30살쯤 된 매우 민첩해 보이는 사나이로 수수한 스카치로 된 옷을 입고 있었는데, 늘 제복을 입은 사람에게서 느껴지는 단정한 태도가 보였다. 나는 곧 젊은 경감인 스탠리 홉킨즈임을 알았다. 홉킨즈는 홈즈가 크게 앞날을 촉망하고 있는 청년이었고, 그의 쪽에서도 이 유명한 아마추어 탐정의 과학적인 수사 방법에 대하여 마치 스승처럼 존경하고 감탄하고 있었다.
홉킨즈는 밝지 못한 얼굴로 힘없이 앉았다.
"고맙습니다. 하지만 식사는 오기 전에 끝냈습니다. 실은 어젯밤에 런던에 도착했습니다. 보고를 하기 위해."
"어떤 보고인가?"
"실패했습니다. 완전히 실패였습니다."

"그로부터 아무런 진전이 없었나?"
"제자리걸음입니다."
"이상한걸. 한 번 조사해 보고 싶군."
"홈즈 선생, 부탁이니 그렇게 해주십시오. 이것은 저에게 주어진 처음의 큰 기회였는데, 어찌해야 좋을지 갈피를 잡을 수가 없습니다. 부탁이니 함께 가서 도와주십시오."
"마침 다행히도 나는 손에 넣을 수 있는 관계 서류를 모두 보았고 검시관의 보고도 받았네. 그런데 자네는 그 범죄 현장에서 발견된 담배쌈지를 어떻게 생각하나? 단서가 되지 않을까?"
홉킨즈는 뜻밖이라는 얼굴로 대답했다.
"그것은 피해자의 것이었습니다. 안쪽에 머리글자가 씌어 있습니다. 더구나 바다표범 가죽인데, 그 사나이는 본디 바다표범잡이 배의 선원이었지요."
"그러나 파이프는 갖고 있지 않았네."
"아무리 찾아도 나오지 않은 겁니다. 담배를 별로 피우지 않았던 거겠지요. 아니면 손님을 위해 담배만 준비해 두었던 것인지도 모릅니다."
"하긴 그럴 듯하군. 뭐, 나는 다만 만일 내가 이 사건에 손대게 되면 그 점을 수사의 출발점으로 해야만 된다고 생각하고서 조금 말했을 뿐일세. 하지만 왓슨은 이 사건을 조금도 모를뿐더러 나로서도 처음부터 다시 한 번 듣는 것은 결코 나쁘지 않을 테니, 요점만 간단히 설명해 주지 않겠나?"
스탠리 홉킨즈는 주머니에서 종이 쪽지를 꺼내어 설명을 시작했다.
"여기에 날짜를 기록해 두었는데, 이것으로 죽은 피터 켈리 선장의 경력을 알 수 있습니다. 그는 1854년 태생이니, 50살이지요. 가장 용감하고 성공한 바다표범 및 고래 어획자였습니다. 1883년에는 스코틀랜드의 바다 항구 단디의 시 유니콘호라는 바다표범 증기선의 선장 노릇을 했습니다. 그리하여 잇달아 몇 항해에 대성공을 거두었으므로 이듬해인 1884년에 은퇴했습니다. 은퇴한 뒤로는 여러 해 동안 여행만 하고 다녔는데, 마지막으로 서섹스 주의 포레스트로 가까운 곳에 우드맨 리라고 불리는 작은 토지가 딸린 집을 사들여 정착했습니다. 여기에 6년 동안 살다가 지난 주일에 죽었던 겁니다.

이 피터 켈리라는 사나이는 참으로 기묘한 성격의 인물이었습니다. 일상 생활은 엄격한 청교도로서 말수가 적은 음침한 사나이입니다. 가정은 아내와 스무 살이 된 딸과 하녀가 두 사람 있는데, 이 하녀는 자주 바뀌었습니다. 그 까닭은 이 가정이 결코 유쾌한 곳이 못되고 때로는 도저히 참을 수 없는 일이 일어났기 때문입니다.

피터 켈리는 간헐적으로 폭음을 하고 몹시 취합니다. 취하기만 하면 마치 악마 같습니다. 한밤중에 아내며 딸을 밖으로 내쫓고 온 뜰을 쫓아다니면서 채찍으로 때리므로, 저택 밖의 온 마을 사람들이 비명에 잠을 깨곤 했다고 합니다.

한 번은 마을의 노목사에게 난폭한 폭행을 한 죄로 소환된 일이 있습니다. 목사는 그의 행동에 충고를 하러 찾아갔던 것이었지요. 요컨대 그 예를 찾아볼 수 없는 위험한 인물로서, 들은 바에 의하면 이 성질은 선장 노릇을 하던 시절과 똑같았다고 합니다. 그리하여 동업자 사이에는 '검은 피터'라는 별명으로 알려져 있었는데, 이것은 얼굴 색깔이며 커다란 턱수염이 검기 때문이 아니라 주위의 사람들을 무섭게 만드는 그의 성질에서 나온 별명이었던 겁니다. 그러므로 말할 나위도 없이 이웃 사람들로부터 한결같이 미움 받고 인심을 잃고 있었으며, 이번에 그 같은 죽음을 당했는데도 누구 한 사람 애도의 말 한 마디 하는 자가 없습니다.

그 사나이의 '선실'에 대해서는 검시관의 보고서로 홈즈 선생도 읽으셨으리라고 생각합니다만, 왓슨 선생은 아직 모르시겠지요. 피터 켈리는 뜰 안에 한 채의 외딴집을 목조로 지어놓고, 그것을 선실이라고 부르고 있었습니다. 본 건물로부터 수백 미터나 떨어진 장소에 있으며 그는 매일 밤 거기서 잤답니다. 3미터×3미터인 방이 하나뿐인 오두막집입니다. 열쇠는 언제나 자기의 주머니에 넣어두고 침대를 매만지는 일도 청소도 직접 했으며, 누구 하나 이 외딴채의 문지방을 넘는 것을 허락지 않았습니다.

방의 양쪽에는 작은 창문이 하나씩 있고 커튼이 쳐져 있으며, 한 번도 연 일이 없습니다. 이 창문의 하나가 큰길 쪽으로 나 있어 밤중에 불이 켜지면 마을 사람들은 서로 소매를 잡아당기며 검은 피터가 대체 저 속에서 무엇을 하고 있는 것일까 하고 이상히 여기곤 했었답니다. 홈즈 선생, 바로 이 창문입니다. 조사에서 작은 확증의 하나를 제공해 준 것은.

홈즈 선생께선 기억하고 계실 테지만, 사건이 일어나기 이틀 전 새벽 1시쯤에 석공인 슬레이터라는 사나이가 포레스트 로에서 돌아오는 길에 이곳을 지나게 되었는데, 나무들 사이로 이 창문에서 네모지게 불빛이 새어나왔으므로 걸음을 멈추었습니다. 창문에는 사나이의 옆얼굴 그림자가 뚜렷하게 비치고 있었는데, 그것은 검은 피터가 아니었답니다. 피터라면 알아봤을 거라고 그는 단언하고 있습니다.

그림자의 사나이에게도 턱수염은 있었지만, 짧았으며 피터의 것과는 달리 앞쪽으로 곤두선 느낌이었다고 합니다. 다만 이 석공은 2시간이나 술집에서 마신 뒤 돌아가는 길이었고 거리도 조금 떨어져 있으므로, 그 점은 고려할 필요가 있습니다. 게다가 이것은 월요일 밤의 일이며, 범죄가 일어난 것은 수요일입니다.

화요일에 피터 켈리는 다시금 난폭해져 있었습니다. 술을 잔뜩 마시고는 마치 야수처럼 길길이 날뛰고 있었습니다. 집 주위를 배회하고 다녔으므로 여자들은 그 목소리를 듣고서 도망쳤습니다.
　밤늦게서야 그는 자기의 오두막집으로 돌아갔습니다만, 새벽 2시쯤에 창문을 열고 잠들어 있던 딸이 오두막 쪽에서 무서운 고함 소리가 나는 것을 들었습니다. 그러나 술을 마셨을 때 아버지가 큰 목소리로 소리 지르거나 외치거나 하는 것은 드물지 않은 일이었으므로 신경도 쓰지 않았습니다.
　아침 7시에 일어난 하녀 하나가 오두막집의 문이 열려 있는 것을 보았지만, 무서웠기 때문에 점심 무렵까지는 누구 하나 가 보려고 하는 이가 없었던 것입니다. 하지만 누구 하나 얼씬거리지 않으므로 어떻게 하고 있는지 궁금해 모두들 주저주저 들여다보고는 새파랗게 질려 마을로 알리려고 뛰어갔습니다. 그리고 1시간 이내에 제가 현장에 급히 달려갔으며 사건의 수사를 담당하게 되었던 거지요. 그런데 홈즈 선생, 저는 상당히 꿋꿋한 편입니다만 이번엔 이 조그만 오두막 안을 흘긋 보고는 몸서리를 치고 말았습니다. 쉬파리가 윙윙거리고 있을 뿐 아니라 바닥도 벽도 흡사 도살장 그대로였습니다. 피터는 이것을 선실이라고 부르고 있었다고 했는데, 과연 영락없는 선실이었습니다. 거기에 들어가면 마치 배를 타고 있는 듯한 느낌이 들었습니다.
　한쪽에는 붙박이 항해일지가 가지런히 꽂혀 있어 모든 게 선장실을 연상케 하는 소도구들입니다. 그 중앙에, 피터 자신이 영원히 지옥에 떨어져 고문을 받는 사람처럼 얼굴을 심하게 일그러뜨리고서 커다란 얼룩무늬의 턱수염을 고통으로 꿋꿋이 세운 채 죽어 있었습니다. 폭넓은 가슴의 한복판을 강철 작살이 꿰뚫었는데, 어찌나 힘차게 찔렀는지 등 뒤 벽 널빤지에 깊이 꽂혀 있었습니다. 마치 핀으로 카드에 꽂아 놓은 딱정벌레 같았지요. 물론 죽어 있는 것은 말할 나위도 없습니다만, 단말마의 비명을 올린 그때부터 거기에 꿰어져 있었던 게 틀림없습니다.

홈즈 선생의 방법은 늘 익히 알고 있으므로, 당장 그것을 응용해 보았습니다. 우선 모든 것에 손대는 것을 금지한 뒤 밖에서부터 시작하여 오두막집 안을 조사했습니다만, 발자국은 발견되지 않았습니다."

"정말로 하나도 없었나?"

"하나도 없었습니다."

"홉킨즈, 나는 범죄를 꽤나 많이 보아 왔지만, 하늘을 나는 범인이란 아직 본 적이 없네. 범인이 두 다리로 서 있는 이상, 과학 수사를 하면 반드시 조금쯤 움푹한 곳이라든가 또는 물건의 위치가 바뀌어 있다든가 하는 일이 없을 리 없다고 생각하네. 그 피투성이가 된 방에 수사의 열쇠가 될 흔적이 하나도 남아 있지 않다는 것은 얼른 믿어지지 않아. 그렇기는 하지만 심문 서류를 보아도 자네가 빠뜨린 것이라고는 별로 없지만 말이야."

홉킨즈는 홈즈의 비꼬임 섞인 비평에 약간 움찔하면서 말했다.

"곧 당신에게 부탁드리지 않았던 것은 제 잘못이었습니다. 그러나 지난 일은 어쩔 도리가 없습니다. 그렇습니다. 방 내부에는 특히 관심을 끄는 게 몇 가지 있었습니다. 그 하나는 흉행에 사용한 작살입니다. 그것은 벽의 작살걸이에서 떼어 낸 것으로 세 자루 중의 한 자루입니다. 두 자루 남아 있고 한 자루치만 작살걸이가 비어 있었습니다. 자루에 '단디 항구 시 유니콘호'라고 새겨져 있었습니다. 생각컨대 발작적인 격노의 흉행입니다. 마침 알맞은 흉기로써 작살을 움켜잡았다고 추측됩니다.

흉행이 오전 2시에 벌어졌는데도 불구하고 피해자 **피터 켈리**가

제대로 옷을 입고 있었던 점으로 보아, 가해자는 돌연 침입한 것이 아니고 피해자와 방문 약속이 되어 있었던 거라고 생각합니다. 그 점은 테이블 위에 럼주 병 하나와 더럽혀진 컵이 두 개 남아 있는 것으로 보아서 확실합니다."
"그 추정은 두 가지 모두 맞는다고 생각하네. 럼 말고 무언가 다른 술은 없었나?"
"있었습니다. 뱃사람용 궤짝 위에 선반이 있는데, 브랜디와 위스키가 있었습니다. 그러나 어느 쪽이나 가득 들어 있으며 손을 댄 흔적이 없었으므로 중요시할 것은 없습니다."
"현장에 있는 것은 하나도 중요치 않은 것이 없네." 홈즈는 따끔하니 한 마디 하였다. "그러나 어쨌든 그밖에 어떠한 것이 사건과 관계 있는 물건으로서 자네의 관심을 끌었는지 그것을 들어 보세."
"그리고 담배쌈지가 테이블 위에 있었습니다."
"테이블의 어느 쪽에?"
"한가운데 있었습니다. 거칠고 곧은 털인 바다표범 가죽으로 만든 것인데 가죽끈으로 아가리를 죄게끔 되어 있습니다. 늘어뜨려진 덮개 안에 PC라는 머리글자가 있으며, 안에는 뱃사람용 독한 쌈지담배가 반 온스 가량 들어 있었습니다."
"재미있군! 그리고?"
홉킨즈는 주머니에서 엷은 갈색 표지의 수첩을 꺼냈다. 바깥쪽은 어지간히 손때가 묻어 닳아 있고 안에도 종이 빛이 변해 있었다. 첫 페이지를 열자 'J H N'이라는 머리글자와 1883년이라고 씌어 있었다. 홈즈는 그것을 테이블 위에 놓고서 그 특유의 꼼꼼한 태도로 살펴 나갔다. 홉킨즈와 나는 어깨 너머로 들여다보았다. 제2페이지에는 'C P R'이라고 씌어 있고 그 이하 여러 페이지에 걸쳐 숫자만이 기입되어 있다. 또 헨티나니 코스타리카니 상파울로니 하는 표제 아래 저마다 몇 페이지인가 쪼개어 기호며 숫자 등이 기입되어 있었다.

"뭐라고 생각하나?" 홈즈가 말했다.

"증권거래소의 증권 관계 일람표인 듯싶습니다. J H N이라는 것은 중개인의 머리글자이고 C P R쪽은 손님의 이름이 아닐까 합니다."

"캐나다 태평양 철도 '커네디언 퍼시픽 레일웨이'는 어떤가?"

홉킨즈는 으음 하고 신음하면서 주먹으로 무릎을 쳤다.

"나는 얼마나 바보일까! 그렇습니다. 그게 틀림없어요. 그렇다면 나머지는 J H N만 알면 됩니다. 묵은 증권 거래소 명부를 조사해 보았지만, 1883년 판에는 거래원에도 장외 중개원에게도 이 머리글자에 해당하는 사람이 없습니다. 그러나 지금으로선 이 단서가 가장 유력하다고 생각됩니다. 이 머리글자가 현장에 있었던 제2의 인물, 다시 말해서 가해자의 것일 수 있다는 건 홈즈 선생도 이의가 없으시겠지요. 동시에 저는 다량의 유가 증권이 사건의 표면에 드러나 있다는 것은 범죄의 동기에 관해 어떤 종류의 시사를 하고 있다고 주장하고 싶습니다."

홈즈도 이 새로운 전개에는 기습을 당한 듯한 얼굴 표정이었다.

"그 점은 두 가지 모두 인정하지 않으면 안 되겠군. 사실을 말하면 홉킨즈, 검시 조서에는 거론되지 않았던 이 수첩이 나타났으므로 어느 정도 정리되어 가고 있었던 나의 이견도 바꾸게 되었네. 지금까지 생각하고 있었던 범죄의 설명만으로는 이 수첩이 끼어들 장소가 없으니까 말일세. 자네는 여기에 있는 증권의 어느 것에 대해서 조사해 보았나?"

"지금 본청에서 하고 있습니다만, 이 남미 관계인 회사의 완전한 주주 명부는 남미가 아니면 손에 들어오지 않을 것이고, 결국 이것을 조사해 내려면 상당한 날짜가 소요되리라고 생각합니다."

홈즈는 수첩의 표지를 확대경으로 조사하고 있다가 말했다.

"여기가 조금 변색되어 있군."

"그것은 혈흔입니다. 아무튼 바닥에서 주웠으니까요."

"어느 쪽이 위로 되어 있던가?"

"피가 묻은 쪽이 아래입니다."

"그렇다면 흉행을 저지른 뒤 거기에 떨어진 것이 되네."

"말씀하신 대로입니다. 범인이 허둥지둥 달아날 때 떨어뜨렸을 거라고 추측됩니다. 입구 가까이에 떨어져 있었지요."

"여기 씌어 있는 증권은 피해자의 유품 속에는 없었을 테지?"

"없습니다."

"강도를 연상케 하는 재료는 없던가?"

"없습니다. 무엇 하나 손댄 흔적이 없습니다."

"흠, 이것은 확실히 재미있는 사건이야. 그리고 나이프가 있었을 텐데……."

"칼집이 달린 나이프로 접혀서 칼집에 든 채 피해자의 발치에 뒹굴고 있었습니다. 피해자의 아내는 남편의 것임에 틀림없다고 증언했습니다."

홈즈는 잠시 묵묵히 생각하고 있더니 말했다.

"음, 가보기로 하세. 가서 현장을 살펴봐야지."

홉킨즈는 뛸 듯이 기뻐했다.

"고맙습니다. 이제 마음의 짐을 덜어놓은 것만 같습니다."

홈즈는 집게손가락으로 홉킨즈 경감을 때리듯이 손을 흔들며 말했다.

"이것이 1주일 전이라면 일이 쉬웠을 텐데. 뭐, 지금부터라도 전혀 도움이 되지 않는다고 할 수는 없지. 왓슨, 만일 시간이 된다면 함께 가 주었으면 하네. 잠깐 4륜마차를 불러다 주지 않겠나, 홉킨즈. 포레스트 로 행의 준비는 15분 이내에 해 두겠네."

시골의 조그마한 정거장에서 기차를 내린 우리는 넓은 숲의 유적을 빠져나가 몇 마일이나 마차를 달렸다. 이 근방은 그 옛날 색슨 족의 침입을 막아 낸 유명한 숲——브리튼의 성채로 60년의 오랜 세월에 걸쳐 난공불락을 자랑한 유명한 대삼림이 있던 장소이다. 그 뒤 이 지방이 영국 최초의 제철업 중심지가 되었기 때문에 광석 용해용으로 많은 나무가 벌채되어 대삼림은 사라졌다. 더구나 요즘은 그 뒤에 발전된 북부 지방의 풍부한 광산이 사업의 중심을 빼앗아 갔으므로 옛날을 추억할 수 있는 것은 무엇 하나 보이지 않았다.

이 벌채 지역의 하나인 어떤 푸른 언덕 중턱에 나지막한 돌이 있고 꾸불꾸불한 마찻길이 밭 사이로 나 있었다. 가까이 다가감에 따라 세 곳이 숲으로 둘러싸인 한 채의 외딴집이 창문과 입구를 길 쪽으로 보이면서 서 있었다. 이곳이 바로 살인 현장이었다.

스탠리 홉킨즈 경감은 먼저 우리들을 본채로 안내하여 비쩍 마른 흰 머리의 노파에게 소개했다. 피해자의 아내였다. 겁을 집어먹은 가장자리가 붉은 눈, 주름살이 깊이 새겨진 쭈글쭈글한 얼굴을 보니 오랜 세월의 학대와 고생을 참아 온 광경이 눈에 보이는 듯싶었다. 옆에 있는 금발에 얼굴빛이 노리끼리한 딸은 우리들을 향해서 반항적인 눈을 빛내며 아버지가 죽은 것은 오히려 기쁘다, 아버지를 쓰러뜨려 준 사람을 오히려 축복한다고 말했다.

이 얼마나 무서운 가정인가. 우리들은 태양이 빛나는 밖으로 나와 한숨 돌리는 심정으로 피해자가 밟아 굳어진 작은 길을 따라 외딴채 쪽으로 걸어갔다.

외딴채래야 한 겹 지붕에 널빤지 벽의 아주 간단한 집으로서 문짝과 나란히 창문이 하나, 반대쪽에도 창문이 하나 있을 뿐이었다. 홉킨즈는 주머니에서 열쇠를 꺼내어 열쇠 구멍 쪽으로 몸을 구부렸는데, 별안간 무언가에 놀라 그 손을 멈추었다.

"누군가 여기를 만진 자가 있습니다."

확실히 틀림없었다. 나무 부분에 도려낸 자국이 있고 페인트에도 허옇게 긁힌 자국이 남아 있었다. 홈즈는 창문을 조사하다가 말했다.

"창문도 비집어 열려고 했었군. 어쨌든 실패하여 들어가지 못한 걸 보면, 어지간히 서투른 도둑이라고 하겠네."

"아니, 이것은 정말 터무니없는 일입니다. 어젯밤까지는 틀림없이 이런 흔적이 없었습니다."

"호기심 많은 마을 사람이 한 짓이겠지." 내가 말했다.

"그럴 리가 없습니다. '선실'에 들어가기는커녕 마을 사람들은 뜰에 들어오는 일조차 겁내고 있었어요. 홈즈 선생은 이것을 어떻게 생각하십니까?"

"우리들에게 매우 다행한 일이라고 생각하네."

"이 인물이 다시 나타난다고 생각하시는 겁니까?"

"올 것 같구먼. 문이 열려 있는 줄 알고서 와 보았더니 잠겨 있으므로 아주 작은 주머니칼로 시도해 보았지만 헛수고였다. 그렇다면 이 사나이는 어떻게 하겠나?"

"다음날 밤을 기다려서 연장을 준비해 오겠지요."

"나도 그 말에 찬성이네. 그것을 기다리지 말라는 법은 없지. 하지만 어쨌든 안을 보여 주지 않겠나."

참극의 현장은 뒤처리를 했지만, 가구류는 고스란히 그때 그대로 남겨져 있었다.

2시간 동안이나 홈즈는 세심한 주의를 기울이며 방 안의 것을 하나씩 차례로 살펴 나갔는데, 얼굴빛으로 봐서는 이 수사가 결코 성공적은 아닌 것 같았다. 그는 겨우 수사의 손길을 멈추고 홉킨즈에게 말을 걸었다.

"이 선반에서 뭔가 가져갔나, 홉킨즈?"

"아뇨, 아무것도 건드리지 않았습니다."
"무엇인가 없어졌네. 이 선반의 구석진 곳이 다른 데 비해서 먼지가 얇은 것은 책이 얹혀져 있었던 것일까, 아니면 무슨 상자였을까. 어찌 되었든 여기는 이것뿐이겠지. 왓슨, 저 아름다운 숲을 두서너 시간 산책하며 새나 꽃의 상대라도 하지 않겠나. 홉킨즈, 나중에 여기서 만나도록 하세. 그래서 밤의 방문을 한 신사와 사귀게 될지 어떨지 한 번 맞닥뜨려 보세나."

그날 밤 우리가 저마다의 위치에 잠복한 것은 11시를 지나서였다. 홉킨즈는 오두막집 문을 열어 놓자고 말했으나, 그러면 상대방에게 의혹을 품게 만든다고 홈즈가 반대했다. 자물쇠는 아주 간단한 것으로서 조금 힘을 주어 비틀면 열릴 정도였다.

그리고 또 홈즈의 의견대로, 우리는 오두막집 안에 숨어 있지 않고 입구 반대쪽인 창문 밖의 덤불 속에 몸을 숨기게 되었다. 여기에 있으면, 괴한이 와서 방 안에서 불을 켜면 그 행동이 잘 보이고 무슨 목적으로 왔는지도 잘 알 수 있기 때문이다.

이 불침번은 울화가 치밀 만큼 지루하였다. 그러나 한편으로는 연못가에 잠복하여 목마름을 축이러 오는 야수를 기다리는 사냥꾼의 그것과도 비슷한 스릴이 있었다. 이 암흑 속으로 몰래 찾아오는 괴한은 대체 어떤 자일까? 번갯불처럼 번뜩이는 발톱과 송곳니와 싸우지 않으면 굴복시킬 수 없는 맹수와 같은 모습일까? 아니면 약하고 무방비한 자만 습격한다고 하는 저 은밀한 표범 따위인 것일까? 이렇게 우리들은 덤불 속에 잠자코 웅크리고 앉아 무엇이 올지는 모르지만 계속 기다리고 있었다.

처음 한동안은 늦게 들어가는 마을 사람들의 발소리며 마을 쪽에서 들려오는 먼 이야기 소리 등으로 조금은 지루함이 덜어졌지만, 차츰 그런 소리들도 멀어지고 이윽고 주위는 완전한 정적에 잠기고 말았다. 때때로 먼 교회의 종이 시간을 알려 주는 것과 가랑비가 머리 위에 우거진 나뭇잎을 때리는 희미한 소리가 들릴 뿐이었다.

2시 반을 알리는 종이 울렸다. 먼동이 트기 전 한결 어둠이 짙어질 때이다. 문 쪽에서 찰칵 하는 나직하긴 하나 날카로운 소리가 들렸으므로 우리들은 그만 엉거주춤했다.

주위는 다시 조용해졌다. 잘못 들은 게 아닐까 하고 긴장을 풀려고 했을 때, 문득 오두막 입구 쪽에서 가만가만 걷는 발소리가 들려왔다. 이어서 찰칵거리는 금속성의 희미한 소리가 났다. 자물쇠를 부수려 하고 있다!

이번에는 솜씨가 좋았는지 연장이 좋았는지 딱 하는 소리가 나고 돌쩌귀가 삐걱 들리는 소리가 들렸다. 그러자 성냥을 켜고 양초에 불을 옮겨 붙였으므로 오두막 안이 별안간 환해졌다. 창문에 친 커튼을 통하여 우리들의 눈은 오두막 안에 못 박힌 듯이 고정되었다.

심야의 손님은 아직 젊고 허약해 보이는 마른 사나이였다. 검은 콧수염이 창백한 얼굴빛을 더한층 푸르스름하게 했다. 스물을 얼마 넘기지 않았으리라. 가엾게도, 이토록 공포에 떠는 사람을 나는 본 적이 없다. 잇몸이 드러나 보이게 이를 덜덜 마주치고 팔다리까지 모두 떨고 있었다. 그러나 차림은 신사답게 밴드가 달린 상의에 골프 바지를 입고 사냥모자를 쓰고 있었다.

그는 겁먹은 눈초리로 주위를 둘러보았다. 짧은 촛불을 테이블 위에 세워 놓고 한쪽 구석으로 가 우리들의 시야로부터 사라졌다가 곧이어 책을 한 권 가지고 나타났다. 선반에 늘어놓여 있는 항해일지 중의 한 권이었다.

그는 테이블에 엎드리듯이 하고서 이 일지의 페이지를 넘기고 있었다. 찾는 것이 발견되었는지 주먹을 움켜쥐고 성난 듯한 몸짓으로 일지를 덮어 본디의 장소에 도로 갖다 놓았다. 촛불을 껐다. 그리고는 오두막집에서 나오려다가, 홉킨즈에 의해 뒷덜미를 잡혔다.

붙잡혔다는 걸 알고 그는 어둠 속에서 공포의 신음 소리를 냈다. 다시 촛불을 켜 보았더니 이 사나이는 경감에게 단단히 붙잡혀 몸이 옴츠러들어 떨고 있었다. 그는 뱃사람용 궤에 주저앉아 우리를 절망적인 눈빛으로 올려다봤다.

"이봐, 젊은 친구. 자네는 누군가? 무엇이 탐나서 왔나?"

홉킨즈가 말했다.

"경찰에 계신 분이시겠지요? 피터 켈리의 죽음과 저를 결부시켜 생각하실 테지만, 저는 전혀 관계가 없습니다."

"그것은 어차피 알게 될 거야. 그것보다도 먼저 자네의 이름을 들어보세."

"존 호플리 네리건입니다."

홈즈와 홉킨즈는 눈짓을 주고받았다.

"여기서 무엇을 하고 있었지?"

"다른 조용한 곳에서 말씀드리면 안 될까요?"

"그런 일은 할 수 없어."

"꼭 여기서 해야만 합니까?"

"대답하지 않으면 심문할 때 불리하게 될지도 모르지."

젊은 사나이는 기가 꺾였다.

"그럼, 말씀드리지요. 그래도 안 될 건 없어요. 저는 다만 말입니다, 묵은 치욕을 다시 들먹거리는 게 싫은 것뿐입니다. 당신은 도슨 앤드 네리건 상회의 이름을 들은 일이 있으십니까?"

얼굴 표정으로 홉킨즈가 모른다는 것을 알았다. 그러나 홈즈는 강한 흥미를 느끼는 모양이었다.

"서부의 은행업자를 말하는 것이 아닌가? 백만 파운드의 결손을 내고 콘월(영국 남서쪽 끄트머리로 뻗은 반도) 주 가정의 반을 몰락시킨 끝에 네리건은 실종했지."

"그렇습니다. 그 네리건은 저의 아버지였습니다."

마침내 우리들은 유망한 단서를 잡은 듯했다. 그러나 실종된 은행가와 자기 작살로 벽에 꿰여 있던 피터 켈리 선장 사이에는 아직 상당한 거리가 있었다. 우리들은 열심히 이 사나이의 이야기에 귀를 기울였다.

"실제로 관계가 있었던 건 아버지뿐이었습니다. 도슨은 은퇴했던 거에요. 당시 저는 겨우 10살이었지만, 그때의 치욕과 공포는 충분히 느끼고 알 수 있었습니다. 세상에서는 아버지가 모든 유가증권을 가로채어 모습을 감추었다고 되어 있습니다만, 아닙니다.

사회가 잠시 시간을 빌려 주고 어떤 계획을 실행시켜 준다면, 모든 채무를 완전히 갚을 수 있다는 게 아버지의 신념이었습니다. 아버지는 조그만 요트를 마련해 체포 영장이 떨어지기 조금 전에 노르웨이를 향해 출발했습니다. 마지막 날 밤 어머니에게 작별을 고했을 때의 일은 조금도 잊혀지지 않습니다. 아버지는 가져가는 증권 일람표를 남겨 주었습니다. 그리하여 반드시 명예를 회복하여 돌아온다는 것, 자기를 믿어 주는 사람에게는 결코 폐를 끼치지 않는다고 거듭거듭 굳게 맹세하고서 출발했습니다.

그러나 아버지로부터는 그 뒤로 아무런 소식도 없었습니다. 요트도 아버지도 어디론가 사라져 버리고 말았던 거예요. 저희들은, 저하고 어머니는 가지고 있던 증권과 더불어 아버지는 바다 속의 고기밥이 되었다고 믿을 수밖에 없었습니다.

그런데 얼마 전 믿을 수 있는 한 실업가 친구가 아버지가 가져가신 증권의 일부가 재차 런던 주식시장에 나와 있다고 말해주더군요. 저희들이 얼마나 놀랐을지 짐작이 가십니까!

저는 그로부터 몇 달에 걸쳐 그 증권의 출처 탐사를 시작했습니다. 그리하여 많은 곡절과 곤란을 겪은 끝에 이 오두막의 주인 피터 켈리 선장의 손에서 나왔음을 알아냈습니다.

당연한 순서로 저는 이 사나이에 대해 조사했습니다. 이 사나이는 고래잡이 배의 선장으로, 아버지가 노르웨이를 향해 출발한 그 무렵 북극해에서 귀항하는 도중에 있었다는 것을 알았습니다. 그해 가을은 태풍이 잦고 남쪽에서 강풍이 불어대고 있었습니다. 아버지의 요트가 북쪽으로 떠내려가서, 켈리 선장의 배를 만났다는 것은 충분히 있을 수 있는 일이라고 생각됩니다. 만일 그것이 사실이라고 한다면 아버지의 운명은 어떻게 된 것일까요?

어찌 되었든 피터 켈리를 만나 그가 이 증권을 시장에 팔게 된 경위를 알게 된다면 아버지가 팔았던 게 아니라는 증명도 할 수 있고, 또 아버지가 그것을 가져간 것이 사사로운 이익을 채우기 위해서가 아니었다는 점도 명백해지는 겁니다.

그와 같은 까닭으로 저는 켈리 선장을 만나러 이 서섹스 주까지 찾아왔습니다만, 와 보니까 저 무서운 참극이 일어나 선장은 살해되고 말았습니다. 그러나 검시관의 보고서를 읽고 이 오두막집에 대한 일과 또 그 안에 선장이 묵은 항해 일지를 보존하고 있다는 걸 알았습니다. 그렇다면 그것을 찾는다면 1883년 8월에 시 유니콘호에서 무슨 일이 있었는지를 알게 되고 아버지의 운명에 관한 수수께끼도 풀리지 않을까 하고 생각했습니다.

그래서 어젯밤도 이 항해 일지를 보러 왔었는데 문이 열리지 않았기 때문에 오늘 밤 다시 온 겁니다. 그러나 그해 8월의 항해 일지는 페이지가 잘려져 있었습니다. 막 그 사실을 알았을 때 저는 당신 손에 붙잡히고 만 겁니다."

"그것뿐인가?" 홉킨즈가 말했다.

"그렇습니다"라고 말하며 젊은 사나이는 눈길을 돌렸다.

"이제 아무것도 더 할 말이 없나?"

그는 잠깐 망설이더니 말했다.

"없습니다."

"어젯밤 온 것이 처음이란 말이지?"

"처음입니다."

"그럼, 이것은 어찌 된 건가?"

홉킨즈는 소형 수첩을 꺼내 보였다. 첫 페이지에 이 사나이의 이름인 머리글자가 씌어 있고 표지에 피가 묻은 그 수첩이었다.

존 호플리 네리건은 풍선이 찌부러지듯 단번에 기가 죽고 말았다. 두 손에 얼굴을 묻고 덜덜 떨기 시작했다.

"어디에 있었지요? 전혀 몰랐어요. 술집에서 잃어버린 줄로만 알고 있었는데."

"어때, 할 말이 없겠지!" 홉킨즈는 거칠게 소리를 질렀다. "할 말이 더 있다면 법정에서 하도록 해. 지금은 경찰서까지 나하고 함께 가는 거야. 그럼 홈즈 선생, 왓슨 선생도 먼 곳에서 일부러 와 주셔서 고마웠습니다. 와 주십사 부탁하지 않았어도 좋았을 텐데…… 이런 일이라면 저 혼자서라도 충분히 할 수 있었겠지요. 그러나 두 분에게는 몹시 감사하고 있습니다. 브란불티 호텔에 방을 예약해 놓았으니, 마을까지 함께 걸어가십시다."

"여보게, 왓슨. 자네는 이 일을 어떻게 생각하나?"

이튿날 아침 호텔을 나와 돌아오는 도중 홈즈가 말했다.

"자네가 만족하지 않고 있다고 생각하네."

"그런 일은 없어. 나는 완전히 만족하고 있네. 만족하고는 있지만, 스탠리 홉킨즈의 방식에는 좋은 인상을 받지 못했어. 그 사나이에게 실망을 느꼈어. 좀더 좋은 데가 있는 사나이라고 생각했었는데 말일세. 사람은 늘 생길 수 있는 변화에 대한 마음가짐을 갖고서 대책을 생각하고 있지 않으면 안 되네. 이것이 범죄 수사학의 제1원칙이야."

"변화라니 어떤 변화 말인가?"

"내가 뒤쫓고 있었던 수사의 선일세. 이것은 실패로 끝날지도 모르네. 지금은 뭐라고 할 수가 없어. 그러나 그래도 나는 끝까지 해볼 작정일세."

베이커 거리로 돌아와 보니까 홈즈 앞으로 편지가 몇 통이나 와 있었다. 그는 그 중의 한 통을 잡아채듯이 집어 봉함을 뜯더니 곧 의기양양해진 것처럼 온 얼굴에 웃음이 퍼졌다.

"됐어! 이자택일(二者擇一)이 드디어 닥쳐왔네, 왓슨. 전보용지는 있겠지? 잠깐, 두 통쯤 써 주지 않겠나. 한 통은 래트클리프 하이웨이 샘너 배 회사 앞으로, 내용은 '내일 아침 10시까지 세 사람 보내시오'라고 쓰면 되네. 발신자는 베이질――그 방면에서 내 통칭일세. 또 한 쪽은 블릭스톤의 로드 거리 46번지 스탠리 홉킨즈 경감 앞으로, 내용은 '내일 아침 9시 반에 식사하러 오시오. 중대한 일이므로 지장이 있다면 답전 바람'이라고 하게. 발신자는 셜록 홈즈. 이 저주스러운 사건은 10일 동안이나 나를 괴롭혔지만 이로써 눈앞에서 겨우 쫓아 버릴 듯싶네. 내일은 모든 이야기를 들을 수 있으리라고 생각되는데, 그걸로 완결일세."

스탠리 홉킨즈 경감은 지정한 시각에 어김없이 모습을 나타냈다. 우리는 허드슨 부인이 차려준 근사한 아침 식사를 함께 들었다. 젊은 경감 홉킨즈는 이번의 성공으로 자못 의기가 높아져 있었다.

"자네는 정말로 이 해결에 틀림이 없다고 믿고 있는 건가?"

홈즈가 말했다.

"이것 이상 완전한 설명이란 있을 수 없지 않습니까?"

"나는 결정적이라고는 생각하지 않았네."

"놀랍군요. 이 이상의 설명을 구하는 것은 무리라고 할 수 있습니다."

"자네 의견으로 모든 점을 설명할 수 있다고 생각하나?"

"물론이지요. 조사해 보니까 네리건 청년은 흉행이 일어난 날 브란블티 호텔에 묵고 있었습니다. 골프를 치러 왔다고 되어 있습니다만, 방이 1층이므로 언제라도 몰래 나갈 수 있습니다. 그날 밤 그는 우드맨 리에 가서, 오두막에서 피터 켈리와 만나 이야기를 하다가 싸움을 하게 되어 작살로 찔러 죽였던 겁니다.

그러나 어지간한 그도 자기 자신 무서워졌으므로 달아났는데, 그때 피터 켈리를 힐문하기 위해 준비해 왔던 수첩을 떨어뜨린 거지요. 당신도 보셨다고 생각합니다만, 그 수첩 속 증권의 어떤 것에는 V라는 표시가 되어 있고 대부분은 되어 있지 않는데, 표시가 되어 있는 것은 런던 시장에 나타난 것을 알아낸 것입니다. 대부분 표시가 없는 것은 아직 켈리의 손에 있는 것이라 믿고서――어떻게 해서든지 아버지의 채권자에게 갚고 싶다고 네리건 자신이 진술에서 말하고 있습니다――그것을 되찾고 싶다고 마음먹고 있었던 거에요.

일단 달아나고 나자 무서워서 얼마 동안은 오두막에 얼씬도 하지 않았지만, 마침내 용기를 내어 필요한 정보를 얻으러 나타났던 것입니다. 참으로 간단 명료하지 않습니까!"

홈즈는 미소를 떠올리며 조용히 머리를 저었다.

"그 설명에는 한 가지 결함이 있네. 그것은 그러한 일은 본질적으로 있을 수 없다는 점일세. 홉킨즈, 자네는 작살을 던져 본 일이 있나? 없다고? 그러면 안되겠는데…… 이 같은 자세한 점에 충분히 주의하지 않으면 안되네. 왓슨도 잘 알고 있지만 나는 이 실험에 하루 아침을 소비했다네. 그것은 꽤나 어렵더군. 상당한 숙련과 완력이 필요했네.

이 선장 살해는 작살의 머릿부분이 벽에 깊이 꽂힐 만큼 맹렬한 기세로 던졌는데, 저 빈혈 환자 같아 보이는 비틀비틀거리는 청년이 그런 거친 일을 할 수 있다고 생각하나? 그 같은 한밤중에 검은 피터와 의좋게 럼주를 나눠 마신 게 그 청년이라고 생각하나? 흉행이 일어나기 이틀 전 밤, 창문에 옆얼굴의 그림자가 비쳤다는 것도 이 사나이라는 건가? 아닐세, 홉킨즈. 우리는 좀더 다른 무서운 인간에게 눈독을 들이지 않으면 안되네."

홉킨즈의 얼굴은 홈즈의 이야기가 진행됨에 따라 점점 해쓱해져 갔다. 앞날에 대한 희망도 포부도 지금은 분쇄되고 말았던 것이다. 그러나 그는 최후의 분전도 없이 선선히 물러설 그런 사나이가 아니었다.

"네리건이 그때 현장에 있었다는 것은 홈즈 선생도 부인하시지 못할 겁니다. 수첩이라는 증거가 있습니다. 당신이 여러 가지로 흠을 잡더라도 저로서는 배심원을 승복시킬 만한 증거를 가지고 있다고 생각합니다. 게다가 뭐니뭐니 해도 저의 쪽에서는 용의자를 이미 확보하고 있다는 겁니다. 당신이 말씀하시는 무서운 인간은 대체 어디에 있지요?"

"아마도 계단 근처에 있으리라고 생각하네." 홈즈는 시치미를 떼고 대답했다. "왓슨, 자네는 권총을 손이 닿는 장소에 놓아두는 편이 좋을 걸세"라고 말하고서 일어서며 뭔가를 쓴 종이를 사이드 테이블 위에 놓고 "이걸로 준비는 끝났어"라고 말했다.

문 밖에서 거친 목소리로 무언가 이야기를 주고받고 있다 싶더니, 하숙집 아주머니 허드슨 부인이 문을 열고 베이질 선장을 만나겠다고 하며 세 명의 사나이가 찾아왔다고 알렸다.

"한 사람씩 들여보내시오." 홈즈가 말했다.

맨 처음 들어온 자는 혈색이 좋은 볼에 흰 턱수염이 있는 립스튼의 겨울 능금과도 같은 느낌의 사나이였다. 홈즈는 주머니에서 편지를 꺼내 보고 물었다.

"이름은?"

"제임스 랭커스터입니다."

"랭커스터인가, 미안하지만 벌써 만원일세. 모처럼 왔으니까 교통비로 반 소브린을 주지. 이쪽으로 들어와 잠깐 기다리고 있어 주게."

다음으로 들어온 자는 키가 크고 무뚝뚝한 사나이로 혈색이 나쁜 얼굴에 머리털이 가늘고 부드러웠다. 이름은 휴 패틴즈라고 했다. 홈즈는 이 사나이에게도 채용할 수 없다고 하며 교통비로 반 소브린을 주고서는 기다리게 했다.

세 번째 사나이는 두드러진 풍모를 갖추고 있었다. 머리털도 턱수염도 더부룩하니 손질이 되지 않았으며 불독과 같은 사나운 얼굴이었고 술마냥 드리워진 굵은 눈썹 아래 대담한 눈이 번뜩이고 있었다. 그는 인사를 끝내자 선원들이 곧잘 하는 버릇대로 모자를 두 손으로 빙글빙글 돌리며 서 있었다.

"이름은?" 홈즈의 질문이 시작되었다.

"패트릭 케언즈."

"작살잡이로군?"

"그렇소. 26번이나 항해를 나갔었죠."

"단디 항구 소속이로군?"

"네."

"탐험배인데 곧 떠날 수 있겠나?"

"네."

"급료는?"
"한 달에 8파운드는 받아야 합죠."
"곧 출발할 수 있나?"
"연장만 갖추어지면 언제라도 떠날 수 있습죠."
"증명서는 가지고 있을 테지?"
"네" 하고 말하며 이 사나이는 주머니에서 손때에 절은 서류를 꺼냈다. 홈즈는 잠깐 쓱 훑어보고 나서 곧 돌려주었다.
"자네야말로 내가 찾고 있던 사람일세. 저쪽 테이블에 계약서가 있으니까 몇 자 서명을 해주면 그것으로 모든 게 결정되는 셈이야."
무서운 얼굴의 선원은 어슬렁어슬렁 걸음을 옮겨 펜을 집어 들었다.
"여기에 서명하는 겁니까?"
테이블에 허리를 구부리며 그는 물었다.
홈즈는 선원의 뒤에서 덮쳐 두 손을 목둘레로 집어넣었다.
"이것으로 되겠네."
나는 찰카닥 하는 금속성의 소리와 더불어 황소의 노한 듯한 으르렁거리는 소리를 들었다. 다음 순간 홈즈와 선원은 뒤얽혀서 바닥에 나뒹굴었다.
선원은 무지무지한 괴력을 가지고 있었다. 홈즈가 교묘히 수갑을 채웠는데도 불구하고 홉킨즈와 내가 급히 달려들지 않았다면 오히려 홈즈가 깔아뭉개질 뻔했다. 내가 권총의 차가운 총구를 관자놀이에 밀어붙였으므로, 비로소 저항이 소용 없음을 깨닫고 얌전해졌던 것이다. 끈으로 이 사나이의 발목을 묶고 가까스로 일어섰을 때에는 세 사람 모두 숨을 헐떡이고 있었다.
"홉킨즈에게는 정말이지 미안하게 됐네. 모처럼의 달걀 프라이가 식어 버렸는지도 모르니까. 그러나 이것으로 오히려 나중에 한결

맛있게 먹을 수 있을지도 모르지. 그렇지 않나? 이리하여 자네는 이 사건을 대승리로 완성한 것이 되니까 말일세."

스탠리 홉킨즈는 놀란 나머지 입도 벌어지지 않는 모양이었다.

"홈즈 선생, 저는 뭐라고 말씀드려야 좋을지……"라고 그는 얼굴이 새빨개지며 말했다. "처음부터 바보스러운 짓만 하고 있었던 것 같습니다. 지금이야말로 알았습니다만, 저는 탐정 1학년생이며 당신은 대선생입니다. 이것은 평생 잊어선 안 될 일이겠지요. 그러나 이렇듯 당신이 하는 일을 눈앞에 보고 있으면서도 어떻게 성공을 했는지, 또 어떠한 의미인지 도무지 저로서는 짐작도 가지 않습니다."

홈즈는 기분이 좋아서 말했다.

"그것을 알았으면 됐네. 무슨 일이든 경험으로 터득하는 걸세. 이 사건에서 자네가 배워야 할 점은 늘 변화를 망각해서는 안된다는 것이야. 자네는 네리건 청년에게 정신이 팔려 피터 켈리 살해의 진범인인 케언즈에 대해서는 전혀 생각이 미치지 못한 거지."

"잠깐, 나리들" 하고 이때 선원의 굵고 쉰 목소리가 이야기 속에 끼어들었다. "나는 이 같은 취급을 받아도 별로 불평 않겠지만 엉뚱한 말만은 말아 주오. 나리는 피터 켈리를 죽였다고 하셨는데, 나는 잠재웠다고 말합죠. 굉장한 차이요, 이건. 하기야 나리들로선 나의 이야기를 모를 거요. 엉터리라고밖에 생각하지 않을 테죠."

"아니, 천만에. 자네의 이야기라는 것을 한 번 들려주게나."

홈즈가 말했다.

"그럼, 이야기를 합지요. 미리 말해 두지만, 이것에는 거짓말이 눈곱만치도 없어요. 검은 피터란 놈, 그 녀석이 나이프를 꺼내기에 작살을 힘껏 먹여 주었습죠. 그렇지 않으면 이쪽이 먼저 갈 판이었거든요. 그래서 그 놈은 잠을 푹 자게 되었는데, 나리들은 죽였다고 하는군요. 나로서는 어차피 그때 검은 피터의 나이프로 심장을 찔릴 뻔했던 것을 다만 목둘레에 밧줄이 감겨 죽을 뿐이지만 말입니다."

"어째서 그렇게 되었나?" 홈즈가 물었다.

"처음부터 이야기하지요. 좀 일으켜 주세요. 이래 가지고서는 지껄이기 힘들어서. 일의 시작은 1883년 8월이었죠. 검은 피터는 시유니콘의 선장이었고 난 작살잡이로서 부선장이었습죠. 북극해의 얼음산 사이에서 돌아오던 길인데, 1주일이나 남쪽의 맞바람을 정면으로 받고 있었어요. 그때 문득 남쪽에서부터 떠밀려온 작은 배를 한 척 발견했는데 타고 있는 것은 오직 한 사람, 그것도 뱃사람이 아니었습죠. 뭐, 타고 있던 녀석들은 본선에 물이 새어 들어와 가라앉는 줄 알고서 작은 배로 노르웨이의 해안을 향해 도망쳤다고 했는데, 아무래도 모두 빠져 죽었을 거예요.

어쨌든 배에 끌어 올렸습죠. 그 사나이를 말이에요. 선실에 들어가 선장과 단둘이 오랫동안 쑤군거리고 있었는데, 짐이라고는 양철 궤가 하나 있을 뿐 아무것도 없었죠. 그 사나이의 이름도 난 끝끝내 한 번도 들어 보지를 못했어요.

그런데 이틀째 되는 날 밤, 이 사나이가 연기처럼 사라졌어요. 제 발로 바다에 뛰어들었든지 아니면 이 사나운 파도 속에서 발이라도 미끄러져 떨어졌을 거라는 공론들이었지만, 웬걸입죠, 단 한 사람, 사실을 알고 있는 사람이 있었어요. 다름 아닌 나였습죠. 선장이 캄캄한 밤중 당직일 때 사나이의 발을 잡고 뱃전에서 바다로 집어던지는 것을 이 눈으로 똑똑히 보았으니까요. 셰틀랜드(스코틀랜드 북쪽 끝에 있는 군도의 이름) 등대 불이 보이기 이틀 전의 일이었습죠. 하지만 그런 일은 가슴에 접어 두고 어떻게 돌아가는지 난 가만히 보고만 있었어요. 스틀랜드의 항구에 돌아와 도착할 쯤에는 잘 입막음을 했던 모양으로, 아무도 그런 걸 묻는 사람은 없었습죠. 생판 모르는 남이 재난으로 뒈졌을 뿐이다, 꼬치꼬치 캐물어 봤자 소용이 없는 일이다, 이 말씀이었죠.

그러는 사이 피터 켈리는 뱃일을 집어치우고 뭍에 올라갔는데, 오랫동안 어디에 있는지 사는 곳도 모르게 되고 말았어요. 나는 그 양철 궤짝 때문에 그런 짓을 했다고 짐작을 했습죠. 그렇다면 내 입을 막는 돈이나 톡톡히 내놓아야 하지 않겠느냐고 생각했죠. 그런데 얼마 뒤 런던에서 그 사나이를 만났다는 선원에게서 들어 있는 곳을 알아냈기 때문에, 난 곧장 뜯어내려고 갔습죠. 만나 보았더니 첫날밤은 이쪽의 이야기도 척척 들어 주며 뱃일을 그만둘 만한 것을 내놓겠다는 것이었어요.

하루 건너뛰어서 다음날 밤 흥정을 끝내기로 되었는데, 가 보았더니 벌써 어지간히 취해서 말입니다, 아주 간 덩어리가 부어 있었습죠. 어쨌든 마시라고 하므로 술자리가 되어 주거니 받거니 하며 옛날 얘기 따위를 했지만, 저는 부아가 끓어올라 놈이 마시면 마실수록 낯짝이 보기도 싫어졌어요.

보니까 내 밥 밑천인 작살이 걸려 있더군요. 이거 이야기가 끝나기 전에 작살이 필요하게 되는 게 아닐까 하고 문득 그런 생각이 났는데, 아니나 다를까 놈이 내게 욕지거리를 퍼붓기 시작하잖아요? 고함을 질러대며 독살스러운 눈초리로 커다란 칼집의 나이프를 손에 잡고 덤벼들었기 때문에, 나는 놈에게 칼집을 뽑을 틈도 주지 않고 작살을 안겨 주었던 거예요. 아, 그때의 놈이 지른 비명이라니! 그리고 놈의 낯짝이 지금도 아침이고 밤이고 어른거립니다.

나는 놈의 피를 뒤집어쓰고서 잠시 동안은 멍하니 말뚝처럼 서 있었는데, 주위는 호젓하니 조용하기만 했죠. 그래서 기운을 내어 다시 방 안을 둘러보았더니 선반 위에 있는 양철 궤가 눈에 띄었어요, 이 궤에는 나도 검은 피터와 똑같은 만큼의 권리가 있기 때문에 그것을 갖고서 오두막집을 빠져나왔는데, 그만 멍청이 같은 짓을 했지 뭡니까. 테이블 위에 담배쌈지를 잊고 왔으니 말입니다.

하지만 이야기는 이걸로 끝이 아니에요. 이상한 일도 다 있지 뭡니까. 오두막을 나오려니까 캄캄한 어둠 속에서 누군가 이쪽으로 오는 자가 있잖아요. 이거 안 되겠다 싶어 재빨리 나무 뒤에 숨어 보려니까 어떤 사나이가 살금살금 와서 오두막 안으로 들어갔는데 마치 귀신이라도 본 것처럼 으악 하고 소리 질렀을 뿐, 숨을 헐떡이며 꽁지가 빠져라고 어디론가 달아나 버리더군요. 어디의 어떤 사나이가 뭣하러 왔는지 모르지만, 그것을 보면 놀라 자빠질 뻔했겠죠. 나는 그대로 10마일이나 냅다 달려서 턴브리지 웨일스에서 기차에 올라 무사히 런던으로 도망쳐 돌아왔는데, 운좋게도 아무의 눈에도 띄지 않았어요.

그런데 말입니다, 모처럼 빼앗아 온 양철 궤를 열어 보았더니 돈은 한 닢도 들어 있지 않더군요. 무언가 증권 같은 것만 들어 있었는데, 그런 건 팔 수도 없잖아요. 피터 켈리라는 닻줄은 끊어지고 말았겠다, 난 한푼 없는 빈털터리로 런던에서 좌초되고 만 셈이었죠. 이렇게 되면 배운 도둑질인 본디의 직업으로 돌아갈 수밖에요. 때마침 다행히도 좋은 급료로 작살잡이를 고용한다는 광고를 보았으므로, 곧 배 회사에 가서 여기의 주소를 알게 되었지요.

이걸로 이야기는 모두 끝났어요. 내가 검은 피터란 놈을 잠들게 해주었지만, 나라에서 사례금을 받고 싶을 정도요. 왜냐고요, 나리, 그리고 다시 한번 말씀드리지만 제가 검은 피터를 죽였으니 상부로부터 그만한 보상은 받고 싶군요. 어쨌든 놈은 매달 밧줄 하나는 절약한 셈이니까 말씀입죠."

"음, 잘 알았네." 홈즈는 일어나 파이프에 불을 붙이면서 말했다.

"홉킨즈, 자네는 이 친구를 빨리 안전한 장소로 모셨으면 좋겠네. 이 방은 감방으로서는 좀 부적당하고, 게다가 패트릭 케언즈가 이렇듯 넓게 양탄자를 점령하고 있으면 난처하니까."

"홈즈 선생, 뭐라고 고맙다는 인사를 해야 좋을지 감사의 말도 못하겠습니다. 그러나 어떻게 당신이 이 성과를 얻으셨는지 저는 아직껏 모르겠습니다."

"뭐, 재수 좋게 처음부터 올바른 단서를 잡은데 지나지 않네. 내가 이 수첩이 있었다는 사실을 좀더 빨리 알았다면, 나의 사고방식도 자네와 같은 방향으로 꽤 나아갔겠지. 그러나 그 수첩 이외의 이야기는 모두 하나의 방향을 가리키고 있었다네. 놀랄 만큼 센 힘, 작살을 늘 사용한 숙련된 힘, 럼주와 물, 독한 쌈지담배가 든 바다표범 가죽의 담배쌈지, 이것들은 모두 선원, 그것도 고래잡이 선원을 나타내고 있었으니까 말일세.

담배쌈지에 있었던 P C라는 머리글자는 피터 켈리와도 들어맞지만, 본인은 거의 담배를 피우지 않는데다가 첫째 파이프도 없으니만큼, 이것은 우연의 일치라고 믿었네. 기억하고 있나, 럼주 말고 다른 술이 없었느냐고 물었더니 자네는 위스키와 브랜디가 있다고 말했었지. 그러한 술이 옆에 있건만 럼주만 마신다는 건 뭍사람에겐 드문 일이라네. 이 점에서도 범인은 선원이라는 것이 의문의 여지가 없었지."

"그렇다면 어떻게 이 사나이를 찾아내셨습니까?"

"그것은 홉킨즈, 여기까지 알면 문제는 간단하다네. 선원이라고 한다면 검은 피터와 함께 시 유니콘호에 타고 있었던 사나이가 틀림없지. 내가 들은 바로는, 검은 피터는 그 배 아닌 배에 탄 일이 없으니까. 단디 항구와의 전보 왕래에 사흘이나 걸렸지만, 결국 그해의 시 유니콘호 선원 명부를 알게 되었네. 그 가운데 작살잡이 패트릭 케언즈라는 이름을 보았을 때, 나의 수사는 끝난 것이나 다름없었지. 담배쌈지의 머리글자에 해당하는 이름이니까 말일세. 이 사나이가 대개는 런던에 있으며 어딘가 멀리 가려 하고 있으리라 짐작했으므로 2, 3일이나 이스트 엔드의 빈민가를 다니며 조사한 끝에, 탐험 배 이야기를 꾸며 내어서 배이질 선장의 이름으로 걸려들 만한 조건 아래 작살잡이를 모집한 셈일세. 그 뒤의 일은 자네가 본 바와 같네."

"놀랍습니다! 참으로 교묘하군요!"

"그것보다는 네리건을 하루라도 빨리 석방해 주게나. 그 사나이에게는 자네로서도 좀 면목 없는 일이 된 셈이지만, 그 대신 양철 궤를 찾아 돌려주면 될 걸세. 피터 켈리가 팔아먹은 것은 이제 와서 되찾을 수도 없는 일이지만. 그럼, 바깥에 마차가 있을 테니 이 사나이를 데리고 가 주게. 만일 재판에 나의 증언이 필요하다면, 언제라도 불러주게나. 아마 왓슨과 함께 노르웨이 쪽으로 가 있으리라 생각되지만, 자세한 것은 나중에 편지로 알리겠네."

범인은 둘이다

 이제부터 이야기하려는 사건은 여러 해 전에 일어났던 것인데도 막상 이야기하려니 망설여진다. 아무리 너그럽게 보아 준다 하더라도 사실의 진상을 공표한다는 것은 오랜 동안 엄두도 못 낼 일이었는데 지금은 사건의 주인공이 인간의 법도로는 어쩔 수 없는 범위 밖의 사람이 되었기 때문에, 펜에 알맞은 제약만 더한다면 어떤 사람이고 피해주는 일 없이 사건의 전모를 이야기할 수 있을 것이다. 그것은 셜록 홈즈의 생애에 있어서도 또 나에게 있어서도 참으로 특이한 경험이었다. 앞으로 이야기를 진행함에 있어 실체의 사실을 규명할 재료가 될 만한 날짜며 그 밖의 자질구레한 점을 숨겨 두었음을 용서하기 바란다.
 그날 홈즈와 나는 언제나 나가던 산책을 하고 저녁 6시쯤에 돌아왔는데, 서리가 내릴 것 같은 쌀쌀한 저녁때였다. 홈즈가 램프의 심지를 돋우었으므로 테이블 위에 명함이 한 장 놓여져 있는 게 눈에 띄었다. 그는 그 명함을 집어 들어 흘긋 보더니 질색을 하며 바닥에 내던져 버렸다. 내가 그것을 주워 읽어 보았더니 아래와 같은 것이었다.

> 대리업
> 찰스 어거스터스 밀버톤
> 햄스테드
> 　　애플도어 타워즈

"누구인가?"
"런던 제일의 악당이지."
홈즈는 의자에 앉아 두 다리를 불 쪽으로 뻗치며 말했다.
"명함 뒤에 무언가 씌어 있나?"
나는 그것을 뒤집어 보았다.
"6시 반에 찾아뵙겠습니다. C A M이라고 씌어 있네."
"흠, 그럼 벌써 올 시간이군. 왓슨. 자네는 동물원에 가서 뱀── 저 꾸불꾸불하니 독을 품은 동물 앞에 서서 악의가 있는 납작한 얼굴에 무서운 눈을 번뜩이고 있는 것을 본다면 몸이 오싹하지 않겠나? 나는 그 사나이로부터 그러한 인상을 받았네. 이제까지 나의 상대로 하지 않으면 안 되었던 살인자는 실로 50여 명에 이르지만 그 가운데 가장 나쁜 녀석도 밀버톤만큼 혐오를 느끼지는 않았지. 더구나 나로서는 지금껏 이 사나이와 손을 끊을 수는 없었다── 라는 걸 뭐 숨길 게 있겠나, 내 쪽에서 불렀으니까 말일세."
"그건 그렇고, 어떤 사나인가?"
"이러고저러고 할 것 없이 공갈의 왕자야. 밀버톤에게 꼬리를 잡힌 사나이는, 여자라면 말할 것도 없지만 머리를 들래야 들 수 없게 되네. 싱글벙글 웃는 얼굴에 살살 어르는 목소리인데다가 무쇠 같은 심장으로 상대편을 짜고 또 쥐어짜서 빈털터리가 될 때까지 물고 늘어지는 거야. 이 방면에 있어서는 거의 천재인데 아마 견실한 장사를 했어도 꽤 성공했을 걸세. 그 수법이란 이러네. 먼저 돈이나 지위가 있는 사람을 난처하게 만들 만한 편지가 있다면 언제라도 비싸게 사겠다는 소문을 퍼뜨리네. 그러한 편지는 은혜를 모르는 집사나 하녀로부터 사는 일도 있고 좋은 집안의 부인들이 마음 놓고 사귄 불량 신사로부터 입수하는 경우도 있지. 사는 솜씨도 대담한 데가 있네. 내가 알고 있는 바를 말하면, 어떤 사람의 단 두 줄뿐인 편지를 그 사람의 하인에게서 7백 파운드나 주고 샀는데 그 결과는 그 귀족 일가의 몰락을 가져왔네.

그러므로 사람들은 어떤 팔 것이 생기면 한 번은 반드시 밀버톤한테 가져온다네. 그 이름을 듣기만 해도 새파랗게 질리는 사람이 런던에는 몇 백 명이나 있지.

언제 어떠한 곳에서 이 사나이의 마수가 뻗쳐 올 것인지 아무도 모르네. 왜냐하면 생활에 곤란을 받지 않을 만큼 넉넉한 재산도 있고 아주 영리해서, 재료를 서둘러 금방 사용하는 일은 하지 않기 때문이지. 몇 년이고 약점을 쥐고 있다가 수확이 가장 많은 시기를 노려 내놓는 걸세. 나는 아까 그가 런던 제일의 악당이라고 말했는데, 이미 어지간히 불룩해져 있는 지갑을 더욱 불룩하게 만들려고 제멋대로 설치며 마음내키는 대로 그것도 정연하게 다른 사람의 정신을 괴롭히고 신경을 아프게 만드는 사나이와, 발끈하여 동료를 때려눕히는 사나이는 도무지 비교가 되지 않지 않겠나!"

홈즈가 이렇듯 강하게 자신의 감정을 곁들여 가며 말하는 것은 드문 일이었다.

"하지만 그 정도의 사나이라면 법률이 제재를 가할 수 있을 법한데……."

"물론 이치로는 그렇지만, 실제 문제에선 그렇게 할 수가 없다네. 알기 쉽게 말해서 피해자인 부인만 하더라도 밀버톤을 몇 달쯤 감옥에 집어넣는 일은 어렵지 않지만, 풀려나오기가 무섭게 이번에는 자기 몸의 파멸이 반드시 닥쳐온다고 하면, 이런 손해되는 일을 누가 하겠는가.

그러므로 모두 울며 겨자 먹기가 되는 거라네. 다만 만일 그가 아무런 약점도 없는 사람을 공갈한다면 그때에야말로 혼구멍을 내줄 수 있는데, 마치 악마처럼 교활해서 좀처럼 꼬리가 밟히지 않아. 그러므로 이 투쟁에서는 뭔가 다른 방법을 찾을 수밖에 없는 걸세."

"그런데 여기에는 뭣하러 오나?"

"어떤 고명한 처녀가 밀버튼에게 시달리다 못해 나에게 조치를 맡겨 왔기 때문이네. 다름 아닌 지난해 시즌(런던의 사교계 계절로서 초여름)에 비로소 사교계에 나온 에바 브랙웰인데, 2주일만 있으면 도버코트 백작과 결혼하기로 되어 있어. 그런데 이 악마란 놈이 그녀의 경솔한 편지를 몇 통 손에 넣었다네. 알겠나, 경솔 이상의 아무것도 아니네——말하자면 시골의 젊은 가난뱅이 지주에게 써 보낸 것에 지나지 않지만, 그래도 이번의 약혼을 깨뜨릴 만한 힘은 있지. 밀버튼은 엄청난 돈을 요구하고 이에 응하지 않으면 그 편지를 백작에게 보낸다고 위협하고 있는 걸세. 그래서 내가 대신 그와 만나 되도록 유리하게 합의를 보아 달라는 부탁을 받은 걸세."

그때 창 밖의 큰길에서 말발굽 소리와 바퀴 소리가 들려왔으므로 굽어보았더니 당당한 쌍두마차가 와 닿는 참이었다. 늠름한 밤색 말의 둥글고 윤이 나는 엉덩이 언저리를 밝은 마차 옆등이 비추고 있었다. 제복의 하인이 뛰어내려 마차 문을 열어 주자, 작은 몸집이지만 실팍한 체구를 꼬불꼬불 털이 말린 아스트라한(러시아에서 나는 새끼 양의 털가죽) 외투로 감싼 사나이가 내렸다. 1분 뒤에는 우리들의 방으로 그 사나이가 들어와 있었다.

50 남짓 되어보이는 찰스 어거스터스 밀버톤은 커다란 지적인 머리를 가졌고, 팽팽하니 살이 찌고 수염이 없는 둥근 얼굴에는 언제나 미소를 짓고 있었다. 게다가 잿빛의 날카로운 눈이 커다란 금테 안경 속에서 반짝이고 있었다. 보아한즉 디킨스의 소설에 나오는 피크익 씨의 인자함을 연상시키는 게 있다고 하고 싶지만, 쉴 새 없이 미소를 떠올리고 있어 왠지 모르게 방심할 수 없는 느낌이 드는 것과, 차분한 맛이 없으면서도 찌르듯이 날카로운 눈빛이 마음에 들지 않았다. 들어오자마자 도톰하고 조그만 손을 내밀며 다가와서 아까는 부재중이라 유감이었다고 낮은 목소리로 말했는데, 그 목소리도 얼굴 표정 못지않게 잔잔했다.

홈즈는 상대방이 내민 손을 무시하고, 차갑고 굳어진 표정으로 지그시 얼굴을 쏘아봤다. 그래도 밀버톤은 미소를 거두지 않았고 악수는 틀렸다고 생각했는지 어깨를 움츠렸으며, 외투를 벗어 조심스럽게 접어 의자 등에 걸치고 나서 조용히 의자에 앉았다. 그리고는 내 쪽으로 눈길을 보내며 말했다.

"이분이 계셔도 상관없습니까?"

"왓슨 박사는 저의 친구이고 또한 협력자입니다."

"알았습니다. 당신의 의뢰자를 위해 물어보았을 뿐입니다. 아무튼 일이 아주 미묘하기 때문에……."

"그 점이라면 왓슨 박사도 이미 알고 있소."

"그럼, 곧 용건에 들어갑시다. 당신은 에바 양의 대리라고 말씀하셨는데, 그녀는 제가 내놓은 조건을 승인하셨습니까?"

"어떤 조건인데요?"

"7천 파운드입니다."

"만일 응하지 않을 경우에는?"

"그것을 이 자리에서 자세히 논의하기엔 곤란한 점이 있습니다만,

요컨대 이 달 14일까지 그 돈을 받지 못하면 18일의 결혼은 반드시 깨지고 말 겁니다."

밀버톤은 가증스러운 미소를 더욱 크게 지었다. 홈즈는 잠시 생각하고 있더니 이렇게 말했다.

"저는 댁의 생각이 좀 낙관적이라는 느낌이 드는데, 이러면 어떨까요? 물론 저는 편지의 내용도 이미 잘 알고 있고, 에바 양은 반드시 저의 조언에 따를 것입니다. 저는 모든 사정을 미래의 남편에게 고백하여 그의 관용을 빌도록 권고하고 싶습니다."

"당신은 백작의 인물됨을 모르기 때문에 그런 말씀을 하시는 겁니다."

밀버톤은 히쭉 웃었다.

홈즈의 얼굴에 당혹해하는 빛이 떠올랐으므로, 나는 그가 백작의 인물됨을 모르기는커녕 너무나도 잘 알고 있구나 하고 생각했다.

"어떤 곤란한 일이 씌어 있다는 거지요?"

"쾌활한 것입니다. 아주 명랑하죠. 그녀는 편지 쓰는 일에 몹시 능숙한 것 같아요. 그러나 도버 코트 백작은 결코 그렇게 느끼지 않을 겁니다. 그렇다고는 하지만, 아무튼 당신의 의견에는 반대니까 문제는 이것으로 그치지요. 이것은 토론이 아니고 순수한 하나의 거래입니다. 이 편지를 백작의 손에 넘겨주는 게 당신의 의뢰자에게 있어 가장 좋은 방책이라고 생각하신다면, 큰 돈을 치르면서까지 되찾는 건 바보스러운 짓으로 보이겠지요."

밀버톤은 일어나 아스트라한 외투를 집어들었다.

홈즈는 격노와 굴욕으로 새파래졌다.

"기다리십시오. 너무 성미가 급하시군. 이 같은 델리킷한 문제를 다루자면, 스캔들을 막기 위해 서로가 온갖 노력을 기울여야만 합니다."

밀버톤은 다시 자리로 돌아와 말했다.

"그렇게 말씀하실 줄 처음부터 믿고 있었지요."

"그렇다고는 하나 에바 양은 결코 부자가 아닙니다. 겨우 2천 파운드가 고작입니다. 말씀하신 것과 같은 액수라면 도저히 힘이 미치지 않소. 그러니까 요구액을 좀 내려 주셨으면 합니다. 지금 말한 액수가 최고 가능한 것이니까 그것으로 편지를 돌려 주십사 하는 겁니다."

밀버톤은 더욱 더 미소를 짓고 눈을 반짝이며 말했다.

"에바 양의 재력은 대체로 말씀하신 대로라고 알고 있습니다만, 이번의 결혼은 친척 친지들이 그녀의 행복을 위해 약간의 힘을 쓰기에 좋은 기회가 아닐까요? 결혼 축하로 무엇을 선물하면 기뻐할까 하고 아마 지금쯤은 조바심을 내고 있는 사람도 많을 겁니다. 그러한 사람들에게, 이 작은 편지 뭉치가 그녀에게 있어서는 온 런던의 촛대와 버터 접시를 선물받은 것보다도 기쁜 것이라고 가르쳐 드리고 싶군요."

"그럴 수는 없습니다."

"허허, 그거 난처하군요." 밀버톤은 두툼하니 불룩해진 지갑을 꺼내어 "숙녀들께서는 에바 양을 위해 힘을 써서는 안 된다고, 잘못된 조언을 받고 있다고밖에 생각되지 않는군요. 이것을 보십시오." 라고 문장이 박힌 봉투를 사용한 편지를 꺼내들고 말했다. "이것은 어떤…… 아니, 내일 아침까지는 이름을 밝히는 것을 보류하겠습니다만, 하룻밤 지나면 이 편지는 그녀의 남편 손에 건네어집니다. 그 까닭이란 것도, 그 부인이 가진 수많은 다이아몬드 중의 하나를 모조품으로 바꾸면 쉽사리 마련할 수 있을 하찮은 푼돈을 아낀 결과지요. 참으로 딱하기만 한 노릇입니다. 그건 그렇고, 마일스 양과 토킹 대령의 약혼이 갑자기 파혼이 된 것은 알고 계실 테죠? 결혼식 이틀 전에, 모닝포스트 지에 파혼 기사가 석 줄쯤 실렸을 뿐입니다. 그것은 어째서 였을까요? 거의 믿어지지 않는 이야기지만, 겨우 천 2백 파운드라는 돈이 있으면 그런 지경까지는 되지 않았을 겁니다. 정말이지 딱한 노릇이 아닙니까. 그런데 말입니다. 당신과 같은 분별 있는 분이 의뢰자의 앞날과 명예가 위기에 빠지고 있는 지금에 이르러 이러쿵저러쿵 조건을 말씀하시다니 저로선 납득이 가지 않는군요, 홈즈 씨."

"저는 거짓말을 하고 있는 게 아닙니다. 그런 돈은 융통이 되지 않습니다. 이 여성의 인생을 짓밟아 보았자 한 푼도 얻지 못할테니, 오히려 저의 제안을 받아들여 실리를 취하는 편이 이익이 되지 않을까요?"

"그 점이 잘못된 생각이죠, 홈즈 씨. 폭로는 간접으로 저에게 큰 이익을 가져다줍니다. 지금 비슷한 사건을 여덟이나 열개쯤 손대고 있습니다만, 만일 이번의 에바 양이 저 때문에 어떠한 꼴을 당했는가 하는 일이 이 사람들에게 알려지면, 저로서는 그 사람들을 설복시키기 쉽게 되니까 말입니다. 제 말 뜻, 아시겠지요?"

홈즈는 의자에서 벌떡 일어나며 말했다.

"뒤로 돌아가 주게, 왓슨. 이 사나이를 방에서 나가지 못하도록 하는 거야. 좋아, 됐어. 자아, 밀버튼 씨, 그 수첩의 내용을 보여 주실까요."

밀버튼은 쥐와 같이 날쌔게 방의 한구석으로 피하여 벽을 등지고 섰다. 그리고 윗옷의 것을 젖히고 안주머니에 숨긴 대형 권총의 개머리를 내보이면서 말했다.

"홈즈 씨, 당신의 솜씨니만큼 합의를 보는데도 무언가 새로운 술수를 쓰시는 줄로만 기대하고 있었습니다. 그러나 그건 누구나 쓰는 낡은 수법입니다. 그런 수단에 넘어가지 않아요. 게다가 저는 빈틈없이 무장하고 있을 뿐 아니라, 법률이 언제라도 저의 편에 서서 도와준다는 자신감을 갖고 이 무기를 사용할 마음의 대비도 되어 있지요. 뿐더러 제가 편지를 수첩에 끼워 넣어 가지고 있다고 생각하신다면 큰 잘못입니다. 저는 그런 바보 짓은 않거든요. 그리고 오늘 밤은 이제부터 한두 사람 만날 사람이 있기 때문에, 이걸로 실례하겠습니다. 햄스테드까지는 꽤나 머니까요."

그는 앞으로 나오더니 외투를 집어들고 권총을 한 손에 든 채 문 쪽으로 걸어갔다.

그것을 보고 나는 의자에 손을 대었지만, 홈즈가 머리를 가로저었으므로 그 손을 살며시 떼었다. 그 동안에 밀버톤이란 녀석은 미소를 머금고서 머리를 숙이고는 눈을 번뜩이며 나가 버리고 말았다. 잠시 있으려니까 마차 문을 닫는 소리가 탕 들리고 바퀴소리가 멀어져 갔다.

홈즈는 바지 주머니에 두 손을 깊이 찔러 넣고 난로 옆에 앉더니 턱을 가슴에 파묻고서 꼼짝도 하지 않은 채 새빨간 숯불을 뚫어지게 보고 있었다. 묵묵히 움직이지 않기를 30분, 가까스로 무언가 결심이 선 모양으로 힘있게 일어서서 침실로 들어갔는데, 이윽고 나온 것을 보니 텁석나룻을 기른 젊고 멋쟁이인 노동자로 변장하고 있었다. 그는 램프로 도기 파이프에 불을 붙이더니 말했다.

"왓슨, 잠깐 나갔다 오겠네."

그리고 계단을 내려가 밤의 어둠 속으로 모습을 감추었다. 그가 드디어 찰스 어거스터스 밀버톤에 대해서 도전의 첫발을 내디뎠다는 것은 이걸로 알았지만, 이 싸움이 그렇듯 기묘한 진전을 보이리라고는 꿈에도 생각지 못했다.

그러고서 며칠 동안 홈즈는 늘 이 모습으로 드나들었고, 행선지는 햄스테드가 틀림없으며 상당한 성과를 올리고 있음은 의심할 나위가 없었지만, 과연 어떠한 일을 하고 있는지 나로서는 전혀 알 수 없었다. 하지만 마침내 강한 바람이 불어 대고 줄곧 창문을 덜거덕거리는 대폭풍이 일던 밤에 홈즈는 밖에서 돌아오더니, 변장을 벗고 불 옆에 앉으며 그의 독특한 잔잔한 태도로 배를 움켜잡고 웃었다.

"자네는 내가 결혼하고 싶어한다고는 결코 생각하지 않을 테지, 왓슨?"

"생각하지 않고말고……."

"그런 나에게 약혼자가 생겼다고 하면 깜짝 놀랄 테지?"

"뭐라고? 그것은 축하……."

"상대는 밀버톤네의 하녀라네."

"아니, 그건 또……."

"정보가 필요했던 거야."

"그렇긴 하나 약혼이라니 너무 깊이 들어간 거 아닌가."

"부득이한 조치였다네. 먼저 경기가 좋은 연관공(鉛管工)이 되었지. 이름은 에스콧이라고 한다네. 밤마다 그녀를 산책하러 데리고 나가서 말일세, 굉장히 수다를 떨었어. 허허, 주절주절 쉴 새 없이 입을 놀리면서 말야! 그러나 덕분에 알고 싶었던 건 모두 알았네. 밀버톤의 집 안을 마치 손바닥 들여다보듯 환히 알게 되었어."

"하지만 그 처녀가 가엾지 않은가."

"할 수 없었어." 홈즈는 목을 움츠리고 말했다. "이렇듯 좋은 패가 나와 있을 때에는 온 힘을 다하여 그 패를 가져오지 않으면 안 되네. 조금이라도 틈을 보이기가 무섭게 반격해 오는 만만치 않은 상대와 싸우고 있다고 생각하니, 후회는 없네. 아무튼 오늘 밤은 참 좋은 밤이야."

"이런 날씨가 마음에 드나?"

"나의 계획에 안성맞춤이지, 왓슨. 오늘 밤 나는 밀버톤의 집으로 도둑질하러 들어갈 작정일세."

범인은 둘이다 221

강한 결의 아래 천천히 잘라 말하는 홈즈의 선언에 나는 숨이 막힐 것만 같았고 온 몸이 섬뜩했다. 밤의 번갯불로 굽어보는 산과 들이 은밀한 곳까지 순간적으로 떠올라오듯, 이 같은 행동의 결과 찾아오리라고 생각되는 것——탐색, 체포, 그리하여 오늘까지의 영예로운 반평생을 돌이킬 수 없는 실패와 굴욕 속에 장사지내고, 가증스러운 밀버튼 앞에 가엾은 모습을 드러내는 홈즈——그러한 것이 눈앞에 아른거리는 느낌이었다.

"부탁이니 홈즈, 제발 잘 생각해 주기 바라네."

"마음 놓게나. 이것은 온갖 일을 생각하고 나서 하는 결정일세. 나는 결코 경솔하게 행동하지 않네. 달리 방법이 있기만 하다면 이런 거칠고 위험한 수단은 택하지 않네. 그것보다도 먼저 문제를 잘 생각해 보세. 이 수단이 법적으로 위반이라 할지라도 도의적으로는 옳다는 걸 자네도 인정해 주리라고 생각하네. 밀버튼의 집에 침입하는 건 그 수첩을 강제로 빼앗기 위해서야. 그러기 위해서 자네도 의자를 쳐들어 나에게 힘을 빌려 주려고 하지 않았는가."

"그렇지." 그러한 말을 듣고서 나는 얼마쯤 말문이 막혔으나 "불법적인 수단에 사용될 물건이라면 도의적으로는 옳다고 할 수 있지"라고 말했다.

"그것이라네. 도의적으로 옳다면, 남는 것은 개인적 위험이라는 문제뿐일세. 그러나 적어도 신사는 절망의 구렁텅이에 빠진 귀부인으로부터 구원을 요청받는다면, 자기의 위험 같은 건 돌보지 않아 마땅하지 않을까?"

"그 때문에 이번에는 자네의 입장이 위태로워지네."

"내가 말하는 위험에는 그것도 포함돼 있는 걸세. 달리 편지를 되찾을 방법은 없어. 에바 양은 돈을 갖고 있지 않을뿐더러 모든 것을 고백하고 의지할 만한 사람도 없네. 유예 기간은 내일로써 끝이 나므로 오늘 밤 안으로 편지를 손 안에 넣지 못한다면, 그 악당 놈이 말한 대로 이행하여 그녀를 파멸시키고 말게 되네. 그러므로 나로서는 부탁받은 보람도 없이 그녀를 저버리고 말 것인가, 아니면 최후의 조커를 사용하느냐 하는 것이 되지. 사실 이것은 왓슨, 밀버톤과 나와의 결투나 다름없네. 자네도 보고 있었다시피 처음에는 녀석에게 한 대 얻어맞았지만, 나는 자존심과 명예를 걸고라도 반드시 거꾸러뜨릴 때까지 싸우겠네."

"아무래도 마음이 내키지는 않지만, 할 수밖에 없겠지. 언제 출발하나?"

"자네는 오지 않아도 좋아."

"그렇다면 자네도 보내지 않겠어. 나는 단언코 말하지만, 오늘 밤의 모험에 나를 데려가지 않는다면 곧장 경찰에 마차를 들이대고 자네의 일을 고발하겠네. 결코 협박이 아니야."

"자네는 가더라도 할 일이 없는걸."

"어떻게 그것을 알지? 무슨 일이 생길지 모르지 않는가. 어찌 되었든 결심은 서 있어. 자존심은 자네의 전매특허가 아니야. 명성에 있어서도 마찬가지일세."

홈즈는 난처한 얼굴을 했으나, 생각을 고쳤는지 밝은 얼굴이 되어 나의 어깨를 탁 치며 말했다.

"알았네. 그럼, 그렇게 하기로 하세. 몇 년이나 한방에서 살아 왔으니까 같은 감방에서 썩는 것도 하나의 흥취가 되겠지. 자네니까 말이지만, 나는 이제까지 내 자신이 아주 유력한 범죄자가 될 수도 있다고 생각했었네. 이번에 난생 처음으로 그것을 실천할 기회가 생긴 셈이지. 이것을 보게나" 하고 그는 서랍에서 깔끔하게 만들어진 작은 가죽 케이스를 꺼내어 열더니, 번쩍번쩍 빛나는 많은 연장들을 펼쳐 보였다. "이것은 최고급품이고 최신식인 도둑질 연장이라네. 니켈 도금의 망치, 끝에 다이아몬드를 단 유리 자르는 기구, 만능 곁쇠, 그 밖에 문화의 발전에 보조를 맞춘 근대적인 연장들이 갖춰져 있네. 여기에 특별히 고안된 등불도 있지. 온갖 것이 준비되어 있어. 자네는 고무창이 달린 구두를 가지고 있나?"

"테니스화가 고무창일세."

"그거면 됐어. 복면은 있나?"

"검은 비단으로 쉽게 만들 수 있어. 자네 것도 함께 말일세."

"자네는 천성적으로 그러한 방면에 소질이 있는 것 같군. 마침 잘 되었네. 그럼 마스크를 만들어 주게. 출발하기 전에 무언가 찬 음식이라도 먹기로 하세. 지금 9시 반인데, 11시가 되면 처치 거리까지 마차를 타고 가기로 하지. 거기서부터 애플도어 타워즈까지는 걸어서 15분쯤이니, 12시 전에는 일에 착수할 수 있게 되네. 밀버톤은 세상모르게 자는 사나이로 으레 밤 10시 반에는 잠자리에 든다네. 잘 되면, 2시에는 에바 양의 편지를 주머니에 넣고 여기에 돌아올 수 있을 걸세."

홈즈도 나도 예복차림으로 갈아입고 출발했다. 이것은 연극을 보고 돌아오는 것처럼 보이기 위해서였다. 옥스퍼드 거리에서 2륜마차를 잡아 햄스테드의 어떤 번지를 말하고 올라탔다. 목적한 장소에 닿자 마차에서 내렸는데, 날씨가 춥고 살을 에는 듯한 바람이 불었으므로 외투 깃을 세우고 히드를 따라 걸어갔다.

"꽤 신중하게 할 필요가 있네. 편지 나부랭이는 그놈 서재의 금고에 간직되어 있지만, 그 서재라는 곳이 놈이 자고 있는 방의 바로 앞에 있으니까 말야. 하지만 그 반면, 밀버톤은 아무런 불편없이 자유롭게 사는 작은 몸집의 실팍한 사나이에게 곧잘 있기 쉬운 수면과다증이 있네. 아가더——라는 게 나의 약혼자 이름인데—— 그녀의 말에 의하면, 이것은 아무리 깨워도 일어나지 않는 주인에게 고용인들이 바친 명칭이라네.

 밀버톤은 비서를 하나 고용하고 있는데 그는 의무에 아주 충실하여 낮에는 종일토록 서재에서 한 발작도 나오지 않는다고 하네. 그러므로 이렇게 밤을 택한 걸세. 그리고 놈은 개를 한 마리 기르고 있어, 이것이 뜰에서 서성거리고 있네. 요 이틀 밤 계속하여 나는 밤늦게 아가더를 만나러 갔는데, 그 때문에 아가더는 내가 자유롭게 드나들 수 있도록 개를 매어 주었네. 이 집이 바로 그의 집일세, 이 독립적인 큰 집이. 문을 들어서면 오른쪽에 있는 월계수 덤불 속으로 들어가세. 거기서 마스크를 하는 게 좋겠지. 보게나, 어느 창문이고 불빛은 보이지 않잖나? 만사 안성맞춤이야."

검은 비단 복면으로 얼굴을 가리자, 꺼려야 할 밤도둑 모습으로 바뀐 우리들은 어둡고 조용하기만 한 건물 쪽으로 다가갔다. 건물의 한쪽에는 타일을 붙인 베란다 같은 것이 있고 그 안쪽에 몇 개의 창문과 두 개의 문이 보였다.

"저것이 밀버톤의 침실이야." 홈즈가 속삭였다. "이 문의 안이 바로 서재이므로 여기로 들어가는 게 가장 좋지만, 쇠를 채운데다가 볼트까지 끼어 놓고 있어서 열려고 하면 상당한 소리를 내게 되네. 이쪽으로 오게. 여기에 온실이 있고 객실로 이어져 있다네."

온실 입구에도 쇠가 채워져 있었으나, 홈즈는 유리를 둥글게 잘라내고 손을 집어넣어 간단히 열었다. 그리하여 안으로 들어가자 서둘러 문을 닫는데, 이로써 우리는 법률적으로 훌륭히 죄인이 된 셈이었다. 후끈하는 따뜻한 공기 속에 이국적인 식물의 물씬한 향기가 뒤섞여 숨이 막힐 것만 같았다. 어둠 속에서 홈즈는 나를 잡고 거침없이 나아갔다. 나는 나무의 작은 가지에 얼굴이 스쳤지만, 홈즈는 어둠 속에서도 물체가 보이는 특수한 능력을 여러 해에 걸친 쉴 새 없는 노력으로 습득해 실천하고 있었다.

한 손으로 나의 손을 잡은 채 그는 문을 열고 안으로 들어갔다. 꽤 큰 방인듯 했다. 누군가가 조금 전까지 시가를 피운 듯 향기가 떠돌고 있었다. 반쯤 손으로 더듬어 가며 가구 사이를 빠져나가 그는 제2의 문을 열었다. 그곳으로 들어가자 홈즈는 비로소 나의 손을 놓아주고는 문을 조용히 닫았다. 손을 뻗쳐 보았더니 벽에 의류가 몇 가지 걸려 있는 것 같았으며, 이곳이 복도라는 걸 알았다.

복도를 조금 걸어가자, 홈즈는 오른쪽의 문을 아주 살며시 열었다. 그 순간 무언가 우리들을 향하여 뛰쳐나왔으므로 나는 움찔했지만, 고양이라는 걸 알고는 그만 웃음을 터뜨릴 뻔했다. 그 방에는 난로가 아직도 불타고 있고 역시 담배 연기가 끼어 있었다. 홈즈는 살금살금 들어가더니 내가 들어오기를 기다렸다가 살며시 문을 닫았다. 여기는 밀버톤의 서재였다. 맞은편 벽에 휘장이 드리워져 있는 게 침실의 입구이리라.

난로는 아직도 잘 타고 있어서 그 때문에 방 안은 어슴푸레하니 밝았다. 입구 가까이에 전등 스위치가 반짝이고 있었는데, 전등을 켜도 위험은 없다 할지라도 그럴 필요는 없었다. 벽난로 옆에 무거운 휘장이 늘어뜨려져 있는 곳은 밖에서 보이던 창으로 되어 있는 모양으로, 반대쪽에는 베란다로 나가는 문이 있었다. 서재의 중앙에는 책상이 자리잡고 그 앞에 번들거리는 붉은 가죽 회전의자가 놓여 있었다. 그 정면에는 커다란 책꽂이가 놓여 있고 그 위에 아테네의 대리석 흉상이 장식되어 있었다. 이 책꽂이 옆에 키가 큰 녹색 금고가 있고 잘 닦인 놋쇠 손잡이가 난로 불빛을 받아 번뜩이고 있었다.

홈즈는 발소리를 죽이고 금고에 다가가 지그시 들여다보다가 이번에는 침실의 입구인 문 앞에 가더니 고개를 갸웃하며 귀를 기울였다. 침실에서는 아무 소리도 들려오지 않았다. 그 동안에 나는 물러갈 때 출구로써 베란다 문을 확보해 두는 편이 현명하다고 생각하여, 문을 살펴보았다. 그런데 놀랍게도 쇠도 채워져 있지 않고 볼트도 끼워져 있지 않았다. 나는 살며시 홈즈의 팔에 손을 걸치고 그것을 알렸다. 그러자 그는 마스크를 한 얼굴을 그리로 향하고 멈칫 놀라는 것 같았다. 그도 뜻밖이었던 게 분명하다.

"이상하군. 곡절을 모르겠어." 홈즈는 나의 귀에 입을 대고 속삭였다. "그러나 지금은 한시도 낭비할 수 없지."

"내가 할 일이 있나?"

"저 문에 서 있다가 누군가 오는 것 같거든 볼트를 끼우도록 하게. 우리들은 지금 들어온 곳으로 달아나세. 또 저쪽 문에서 누군가 들어 온다면, 일이 끝났으면 베란다로 달아나고 아직 진행중이면 창문의 휘장 뒤에 숨기로 하세. 알겠나?"

나는 고개를 끄덕이고 문 옆에 섰다. 처음에 있었던 공포감은 사라지고 법의 반역자가 아닌 수호자였을 때 맛보았던 것보다도 훨씬 큰 환희로 으슬으슬 떨리는 기분이었다. 우리들 사명의 숭고함, 자기를 희생시키는 기사도 정신에 대한 자각, 상대편 성격의 저열함 등이 있으므로 그날 밤 모험의 스포츠적인 감회가 한결 높기만 했다. 좋지 않은 짓을 하고 있다는 관념 같은 것은 조금도 없었고, 그 위험 속에 있으면서 가슴이 설렐 만큼 흥겨워했던 것이다. 나는 감탄의 눈초리로 세밀한 수술을 하는 외과의사와도 같은 침착함과 과학적 정확성으로 연장 케이스를 열고 공구를 택하고 있는 홈즈를 지켜보았다.

그가 '금고열기'를 자기만의 도락으로 삼았다는 건 전부터 잘 알고 있었기 때문에, 쇠로 된 녹색의 괴물이 지금 그 밥통 속에 많은 귀부인들의 비밀을 삼키고 있는 괴물과 대결하는 기쁨에는 깊은 이해가 갔다. 그는 먼저 예복의 소매를 걷어붙이고——그 전에 외투는 의자 위에 놓았다——송곳 두 자루와 망치와 몇 개의 곁쇠를 연장 케이스에서 꺼내어 옆에 늘어놓았다. 나는 중앙의 문간에 서서 만일을 대비하여 양쪽 문을 방심하지 않고 지켜보았다. 그렇다고는 하나 만일의 일이 벌어졌을 경우 어떠한 조치를 취할 것이냐고 하면, 대답할 말이 궁했다. 홈즈는 30분쯤이나 이것저것 연장을 바꾸어 가며 끙끙 힘을 주어 숙련된 기술자에게서 볼 수 있는 교묘한 손놀림으로 열심히 작업하고 있었는데, 마침내 찰깍하고 소리가 나며 녹색의 큰 금고 문이 열렸다. 들여다보니 안에는 많은 서류가 일일이 끈에 묶이고 봉지에 넣어져 겉에 제목이 씌어진 채 보관돼 있었다.

홈즈는 그 가운데 하나를 손에 집어 들었으나 반짝반짝하는 불빛으로는 겉봉의 글씨를 읽을 수 없었으므로 등을 꺼냈다. 옆방에서 밀버톤이 자고 있으므로 전등 스위치를 켤 수는 없었기 때문이었다. 그때, 그는 멈칫 손을 멈추고 잠시 귀를 기울이고 있더니 얼른 금고 문을 닫았다. 그리고 외투를 손에 걸치고서 연장들을 주머니에 쑤셔넣은 다음 나에게 신호를 하고 창문의 휘장 뒤로 뛰어들었다.

휘장 뒤로 뛰어들고 나서야 비로소 나는 귀가 밝은 홈즈가 무엇에 놀랐는지를 알았다. 어딘가 집 안에서 소리가 나고 있는 것이다. 먼 저쪽에서 쾅 하고 문을 닫는 소리가 났다. 뒤이어 울려서 똑똑치 않은 말소리가 들려오고 그대로 무거운 발소리가 다가왔다. 발소리는 복도를 지나 우리들이 숨어 있는 서재의 입구까지 와서 멎었다. 이윽고 그 문이 열리고 스위치를 올리는 소리가 찰깍 들렸으며 방 안 가득 전등불이 켜졌다. 문을 닫는 소리가 나고 강한 시가 냄새가 코를 찔렀다. 이어서 우리가 숨어 있는 휘장에서부터 몇 야드 떨어진 곳을 좌우로 걸어다니는 발소리가 들리더니, 이윽고 의자가 삐걱거리는 소리가 나며 발소리는 뚝 그쳐 버렸다.

그리고 열쇠를 돌리는 소리가 찰깍 났으며 부스럭거리는 종이 소리가 들렸다. 그때까지 엿볼 용기가 없었던 나는, 휘장 이음새를 벌리고 살며시 내다보았다. 홈즈의 몸이 나의 등허리 쪽으로 다가 왔으므로, 같은 틈으로 그도 엿보고 있음을 알았다. 눈앞 거의 손이 닿을 만한 곳에서 밀버톤의 실팍한 둥근 등허리가 보였다. 우리는 명백히 그날 밤 그의 행동을 잘못 계산하고 있었던 것이다. 그는 아직 자고 있지 않았던 것이다. 우리는 그 창문을 보지 않았지만, 다른 쪽 끝에 있는 끽연실이나 아니면 당구실에 있었던 게 틀림없다.

희끗희끗한 커다란 머리통의 벗겨 올라간 머리통의 벗겨 올라간 이마가 바로 눈앞에서 불빛을 받고 번뜩였다. 붉은 가죽 의자에 교만하게 몸을 뒤로 젖히고 두 다리를 쭉 뻗고서, 새까맣고 길다란 시가를 삐딱하니 입에 물고 있었다. 입고 있는 건 불그스름한 자줏빛 군복 타입의 끽연복으로서 깃에 비로드가 꿰매져 있었다. 손에 무슨 증서인 듯싶은 길다란 것을 들고서 천천히 훑어보며 시가의 연기로 고리를 만들어 내뿜고 있다. 그 차분하고 안락해 보이는 태도로 보아 빨리 자러 갈 것 같지는 않았다.

홈즈는 나의 손을 더듬어, 어떻게든 될 테니까 걱정 말라는 듯 힘있게 쥐었다. 그러나 내가 있는 곳에서는 금고의 문이 완전히 닫혀 있지 않다는 것, 언제 어느 때 밀버톤이 그것을 깨달을지도 모른다는 것을 잘 알 수 있는데, 홈즈는 과연 그것을 알고 있는 것인지 걱정이 되기만 하였다. 그래서 나는 밀버톤의 눈초리를 살펴 금고의 이상 상태를 눈치 챈 것이 틀림없다고 여겨지면 바로 뛰어나가서 머리부터 외투를 뒤집어씌워 꼼짝 못하게 끌어안고 나머지는 홈즈에게 맡기자고 은밀히 결심하고 있었다. 그러나 밀버톤은 계속 얼굴을 들지 않았다. 어쩐지 손에 든 증서 나부랭이에 흥미가 끌리는 모양으로, 한 장 한 장 들추며 열심히 읽고 있었다. 이 상태로는 서류를 완전히 살펴보고 시가를 다 피우기까지는 자러 가지 않을 거라고 나는 생각했다. 그러나 그 어느 쪽도 끝나기 전에 생각지도 못한 사태가 일어나 우리들의 생각을 바꾸게 만들고 말았다.

밀버톤은 자주 시계를 꺼내어 보았고 한 번은 일어서려고까지 하며 무언가 조바심을 내고 있는 눈치였다. 그러나 시간이 시간이니만큼 설마 누구를 기다리고 있을 줄이야. 베란다에서 희미한 소리가 나기까지 우리들은 꿈에도 생각지 못했던 것이다. 그 소리를 듣더니 밀버톤은 서류를 든 손을 내리고 단정히 고쳐 앉았다. 또 소리가 나고 살며시 노크하는 소리가 들렸다. 밀버톤은 일어나 베란다로 통하는 문을 열었다.

"아니, 30분 가까이나 늦었소." 퉁명스럽게 인사를 했다.

이것으로 베란다 문에 쇠가 채워져 있지 않았던 것과, 밀버톤이 늦게까지 일어나 있었던 이유를 알게 되었다. 부인복의 옷자락 스치는 소리가 조용히 들려왔다. 그에 앞서 밀버톤의 얼굴이 이쪽을 향했으므로 나는 일단 휘장의 틈을 없앴다. 그리고 다시 용기를 내어 틈을 만들어 보았다. 그는 본디의 의자로 돌아가 입가에 건방지게 시가를 꼬나물고 있었다. 그 정면에 밝은 전등 불빛을 온 몸에 받으며 날씬하니 키가 큰 부인이 서 있었다. 머리털은 거무스름했고 베일로 얼굴을 가렸으며 망토 깃에 턱을 파묻고 있었다. 숨을 할딱이며 나긋나긋한 온 몸을 와들와들 가볍게 떨고 있었다.

"덕분에 저는 잠을 설치고 말았습니다. 그만큼의 보상은 해주셔야만 합니다. 다른 시각에 와 주실 수는 없었단 말입니까?"

부인은 잠자코 머리를 저었다.

"음, 그렇다면 하는 수 없소. 백작 부인의 처사가 지독하면 지독한 대로, 지금이야말로 앙갚음을 할 수가 있는 겁니다. 아니, 무엇을 그렇게 떨고 있지요? 염려 없어요. 마음을 단단히 가지세요. 용건으로 들어갑니다" 하고 밀버톤은 책상 서랍에서 편지 한 통을 꺼내어 "당신은 다르벨르 백작의 명예에 관한 편지를 다섯 통 가지고 계시다면서요? 그리하여 그것을 팔고 싶다고 하고 저는 사고 싶다고 해서 여기까지는 이야기가 분명합니다. 그런데 문제는 그 값입니다. 물론 저로서는 일단 보고 난 뒤가 아니면…… 아, 아니, 이것은! 당신이었습니까?"

그는 놀라서 소리쳤다.

부인이 베일을 걷어 올리고 망토 깃을 내려 얼굴을 드러냈던 것이다. 밀버톤에게 정면으로 대하고 있는 여자는 윤곽이 뚜렷하고 단정하며 검붉은 얼굴의 부인이었다. 오똑한 코, 새까만 눈썹 아래로 두 개의 눈이 날카롭게 번뜩이고 입술을 꼭 다문 입가에는 폭풍을 간직한 미소마저 떠올리고 있다.

"네, 저예요. 당신 때문에 신세를 망친 여자이지요."

밀버톤은 웃었다. 그러나 불안과 공포 때문에 경련이 이는 듯한 웃음소리밖에 나오지 않았다.

"끈질긴 분이시군요. 저라고 좋아서 하고 있는 일은 아니랍니다. 그러나 남자는 누구나 직업을 갖고 있으니까요. 그건 그렇고, 어떻게 해야 마음에 드신다는 겁니까? 저로서는 당신의 재력 범위 안에서 값을 매겼던 겁니다. 그렇건만 당신은 지불하기 싫다고 하셨지요."

"그래서 당신은 남편에게 편지를 넘겨 주었습니다. 그리하여 남편은——비할 데 없이 드높은——당신은 그 분의 신발의 끈조차 맬 자격도 없습니다. 그런 남편인데…… 실망한 나머지 이 세상을 떠났어요. 그 마지막 밤에 제가 저 문으로 들어와서 당신에게 애원하며 자비를 베풀어 달라고 한 것을 설마 잊지는 않으셨을 테지요. 그때 당신은 모든 걸 일소에 붙이고 말았습니다. 같은 웃음을 지금도 웃고 싶으실 테지만, 입술이 꿈틀꿈틀할 뿐인 것은 꽤나 마음이 겁나서이겠지요. 그래요, 당신은 제가 설마 두 번 다시 여기에 올 줄은 몰랐을 거예요. 하지만 그날 밤의 경험이 어떻게 하면 당신과 단둘이서 만날 수 있는지를 가르쳐 주었습니다. 이봐요, 찰스 밀버톤 씨, 뭐라고 말씀 좀 해보시는 게 어때요?"

"당신 같은 사람에게 협박당하다니 될 법이나 하겠소!" 밀버톤은 일어나며 "사람을 부르기만 하면 아무 일도 아닙니다. 하인이 달려오면 당신을 붙잡도록 하면 되는 거요. 그러나 스스로 불러들인 일이라고는 하나 당신의 화도 모르는 바는 아니오. 아무 말도 하지 않을 테니까 어서 썩 돌아가 주십시오."

부인은 한 손을 가슴에 깊이 넣은 채 입 언저리에 으스스 무서운 느낌이 드는 미소를 띠고 서 있었다.

"두 번 다시 당신 따위에게 어느 누구도 신세를 망치도록 하지 않겠어요. 가슴을 괴롭히고 고뇌케 만들지 못하게 하겠어요. 이 세상에 해독을 끼치는 자를 제가 없애 주는 거예요. 각오를 해요, 개 같으니! 이래도냐! 이래도냐! 이래도냐!"

그녀는 가슴 속에서 꺼낸 작은 권총을 밀버톤의 가슴에서부터 2피트 떨어진 곳에서 연거푸 쏘아 댔다. 밀버톤은 순간적으로 뒷걸음질쳤지만, 그대로 책상에 엎어져 심하게 콜록거리며 괴로워했다. 서류가 마구 흩어졌다. 그리하여 비치적거리며 일단 일어섰지만 다시 한 방 얻어맞고 와락 바닥에 쓰러졌으며 "음, 네가 나를!" 하고 한 마디 했을 뿐, 움직이지 못하게 되었다.

그녀는 그 광경을 꼼짝 않고 굽어보고 있더니 발을 들어 벌렁 젖혀진 얼굴을 구두로 짓이겼다. 그리고는 다시 거동을 살폈지만, 밀버톤은 움직이지도 않고 신음 소리도 내지 않았다. 그때 버석버석 소리가 나며 밤바람이 따뜻한 방 안으로 쏴아 하고 흘러드는 것을 나는 느꼈다. 복수자가 가 버린 것이다.

말렸다 하더라도 밀버톤의 운명은 막을 수 없었을 테지만, 저항할 힘도 없고 달아나지도 못하는 밀버톤의 몸에 한 방 또 한 방 권총의 총알이 쏟아지는 것을 보고서 나는 그만 뛰어나가려고 했으나 냉정한 홈즈의 손에 손목이 꽉 잡혔다. 그 강하게 제지하는 압력 속에, 나는 그의 마음을 곧 이해했다. 이것은 우리들이 알 일이 아닌 것이다. 한낱 악당에게 정의의 제재가 내려진 것뿐이다. 우리들에게는 우리들대로의 임무가 있다. 최상의 목적을 잃어서는 안 된다.

홈즈는 여자가 가 버리자마자 재빨리 뛰어나가 복도의 입구로 발소리를 죽이며 급히 가서 문에 쇠를 채웠다. 거의 동시에 어딘가 집 안에서 사람 소리가 들리고 누군가가 이리로 달려왔다. 총소리에 잠이 깬 것이다. 홈즈는 조금도 당황하지 않고 금고에 다가가서 두 팔에 서류를 한 아름 안고 와 난로 속에 던져 넣었다. 한 번 두 번, 금고 속이 텅 비도록 그것을 계속했다.

누군가가 복도의 문손잡이를 달그락거리며 연거푸 심하게 두들기기 시작했다. 홈즈는 재빨리 주위를 둘러보고 밀버튼에게 있어 죽음의 앞잡이가 된 서류가 피로 얼룩져서 책상 위에 남아 있는 것을 보자, 서류가 불타고 있는 난로 속에 그것도 던져 넣었다. 그러고 나서 홈즈는 베란다의 문 안쪽에 끼워져 있었던 열쇠를 뽑아 나를 밀어 내듯이 하며 밖으로 나가더니, 문을 닫고 밖에서 열쇠를 잠갔다.

"왓슨, 이쪽으로 오게. 이쪽 담은 쉽게 넘어갈 수 있네."

경보가 어떻게 이렇듯 빨리 전달되었는지, 정말 뜻밖의 일이었다. 뒤돌아보았더니 큰 집 안은 어느 창문이고 밝게 불이 켜져 있었다. 정문은 열어젖혀지고 사람 그림자가 문 쪽으로 달려가는 모습이 보이고 뜰 안은 사람들로 꽉 찼다. 우리가 베란다에서 뛰어나오는 것을 발견한 것이리라. 뒤쫓아 오는 녀석이 하나 있었다. 그러나 홈즈는 지리를 환히 알고 있는 듯, 작은 나무 사이를 누비며 뛰었다. 나도 뒤떨어지지 않으려고 한사코 그 뒤를 따랐다. 추적자의 선두는 숨을 헐떡이며 육박해 왔다.

6피트나 되는 담이 앞길을 가로막고 있었다. 홈즈는 달려들어 훌쩍 뛰어넘었다. 나도 이어서 그것을 따라 했지만, 아래에서 한 손이 발목을 붙잡았다. 나는 이내 차버리고 꼭대기에 유리 조각을 심어 놓은 그 담을 뛰어넘었다. 엎어지다시피 떨어진 곳은 풀밭이었으나 홈즈가 곧 부축해 일으켜 주었다. 그리하여 우리는 햄스테드 히드의 넓은 벌판을 뛰어갔다. 2마일쯤 정신없이 달렸을까, 홈즈는 겨우 걸음을 멈추고 가만히 귀를 기울였다. 아무도 쫓아오는 기척이 없었다. 용케 뿌리친 모양이다. 이젠 염려없다.

이 대활약을 한 이튿날, 검소한 거실에서 식후의 파이프 담배를 즐기고 있는 곳에 경시청의 레스트레이드가 매우 찌푸린 얼굴로 찾아왔다.
"홈즈 씨, 그리고 왓슨 씨, 안녕하십니까. 몹시 바쁘십니까?"
"이야기를 들을 수 있는 시간은 됩니다."
"어젯밤 햄스테드에서 큰 사건이 있었어요, 별로 바쁘시지 않다면 협력을 부탁드리고자 찾아온 겁니다."
"음, 햄스테드에서라고? 어떤 사건입니까?"
"살인입니다. 그것도 아주 극적이고 색다른 사건이지요. 당신이라면 틀림없이 매우 흥미를 가질 것이라 생각합니다. 죄송하지만 애플도어까지 가 주셔서 의견을 들려 주셨으면 합니다. 이것은 여느 살인 사건이 아닙니다. 이 밀버톤이란 사나이는 제가 전부터 눈독을 들이고 있었는데, 여기서만 하는 말이지만 아주 나쁜 놈이지요. 여러 가지 서류를 가지고 그것을 미끼삼아 공갈을 하고 있었던 모양인데, 범인들은 그 서류를 모두 태우고 말았습니다. 그리고 값나가는 것은 무엇 하나 없어지지 않은 것으로 보아, 범인들은 상당한 지위에 있는 인물로서 비밀의 폭로를 막는 것만이 목적이 아니었나 생각됩니다."

"범인들이라 하면, 한 사람이 아니었겠군요?"

"범인은 두 사람이었습니다. 조금만 일렀다면 현장에서 잡을 뻔했 었지요. 하지만 발자국이나 인상은 알고 있습니다. 90퍼센트 그 선에서 체포되리라고 생각합니다. 한 사람은 꽤나 날랜 녀석이었지만 또 한 사람은 정원사가 붙잡았었는데 격투를 벌이다가 놓치고 말았답니다. 이 놈은 중간 키에다 실팍한 체격으로 네모진 턱에 목덜미가 굵고 수염이 났으며 마스크를 하고 있었습니다."

"그것만으로는 막연하지 않습니까? 그렇군, 왓슨 같은 녀석이라 할 수 있겠군요."

"정말 그렇군요." 경감은 몹시 재미있어하며 "참으로, 왓슨 씨 그대로입니다"라고 말했다.

"모처럼이지만 레스트레이드 씨, 이 일은 도와 드릴 수가 없습니다. 왜냐하면 이 밀버톤이란 사나이를 저는 잘 알고 있기 때문입니다. 그자는 런던에서도 손꼽히는 위험 인물 중의 하나였고, 이 세상에는 법률로써도 어쩔 도리가 없는 범죄라는 게 있습니다. 이렇게 말하는 것은, 개인의 복수라는 것도 어느 정도 인정하지 않으면 안 된다고 생각하기 때문입니다. 아니, 뭐라 말씀하시더라도 저의 마음은 정해졌습니다. 저는 피해자를 동정하기 전에 가해자에게 공감을 갖습니다. 그러므로 이 사건에는 관여하고 싶지 않은 것입니다."

우리들이 목격한 비극에 대해 홈즈는 한 마디도 입에 올리지 않았지만, 그날 아침 그는 이상스레 생각에 잠겨 있기만 했다. 그리하여 공허한 눈초리와 얼이 빠진 듯한 움직임으로, 무언가를 생각해 내려고 애쓰고 있다는 걸 알 수 있었다. 아니나 다를까 점심 식사 도중 그는 갑자기 일어나며 외쳤다. "아 그렇다! 왓슨, 알았네. 모자를 쓰고 따라오게!" 그리고 밖으로 뛰어나가더니 전속력으로 베이커 거리를 뛰어 빠져나가, 옥스퍼드 거리의 리젠트 거리 근처까지 뛰어가 왼쪽의 어느 쇼윈도 앞에 멈춰섰다.

  진열장 안에는 그 무렵의 명사며 미인의 사진이 가득 장식되어 있었다. 그 가운데 하나에 홈즈의 눈길이 멎었으므로 살펴보았더니 왕궁 입궐용 예복 차림에 아름답고 으리으리한 부인이 다이아몬드를 아로새긴 머리장식으로 위엄을 나타내고 있는 것이 눈에 들어왔다. 날씬하면서도 오똑한 코, 특징이 있는 짙은 눈썹, 꼭 다문 입, 그 아래에 자리잡고 있는 작지만 힘찬 턱의 선이 낯이 익었다. 사진 아래의 설명으로, 이 부인이 유서깊은 귀족이자 대정치가인 한 사람의 부인임을 알고, 나는 그만 숨을 삼켰다. 그리고 조용히 옆으로 고개를 돌렸을 때 홈즈의 시선과 마주쳤다. 홈즈는 입에 손을 대고 아무것도 말하지 말라는 뜻을 나타냈다. 그리하여 우리는 그대로 조용히 창문에서 떨어져 나왔다.

여섯 개의 나폴레옹

 경시청에 다니는 레스트레이드가 저녁에 우리들의 하숙집에 오는 것은 그다지 드문 일은 아니었다. 그 때문에 치안국에서 무슨 일에 손을 대고 있는 지 정보를 제공해오고 있었으므로 홈즈는 그를 환영하였다. 레스트레이드가 사건 정보를 전해주면 홈즈는 주의깊게 경청했으며 때로는 적극적 개입은 하지 않더라도 그의 넓은 지식과 경험으로부터 나오는 힌트와 방향을 제시해주고는 했다.
 그날 밤은 레스트레이드가 신문 기사며 날씨에 대해 이야기를 하였다. 그러더니 별안간 잠잠해지면서 담배만 뻑뻑 빨았다. 홈즈는 그에게 눈길을 던졌다.
 "무슨 이상한 사건이 있는 게로군!"
 "아닙니다, 홈즈 선생. 별로 큰 사건은 아닙니다."
 "이야기나 해보시오."
 레스트레이드는 웃었다.
 "내가 마음속으로 이 문제 때문에 번민하고 있는 건 사실입니다. 그러나 아주 우스운 사건이기 때문에, 선생에게 수고해 주십사고

할 수가 없습니다. 하지만 우스꽝스러운 이야기이기는 하지만 이상하기는 확실히 이상하거든요. 선생께서 이상한 사건에 흥미를 가지시는 것을 잘 아니까 말씀드리겠습니다만, 내 생각에는 이 사건은 왓슨 선생께 더 어울릴 것 같습니다."
"무슨 병입니까?"
나는 말하였다.
"미친 증세예요. 말하자면 이상한 정신병이지요. 지금 세상에 나폴레옹을 미워해서 눈에 띄는 대로 나폴레옹의 초상을 깨뜨려 버리는 사람이 있다고는 도저히 생각되지 않습니다."
"내가 관계할 일은 아니로군요!"
홈즈는 의자 속에 깊이 파묻혔다.
"그렇습니다. 그러나 어떤 사람이 자신의 소유가 아닌 초상을 깨뜨리기 위하여 밤도둑질을 했다면 그것은 의사에게보다 경찰에 보내야 하지 않을까요?"
홈즈는 다시 일어났다.
"밤도둑질이라니? 재미있는데, 자세한 이야기를 들읍시다그려."
레스트레이드는 그의 수첩을 꺼내어 기억을 더듬으며 이야기하였다.
"맨 처음으로 이 사건이 보고된 것은 나흘 전입니다. 케닝턴 거리에서 초상과 그림을 파는 모스 헛슨네 가게에서 생긴 일입니다. 점원이 잠시 가게를 비운 동안 뭔가 깨지는 소리가 나서 뛰어와 보니까 탁자 위에 다른 미술품과 함께 서 있던 나폴레옹의 석고 흉상이 가루가 되도록 산산조각나 깨져 있더랍니다. 급히 거리로 뛰어나가 보니, 지나가던 사람이 가게에서 급히 뛰어나오던 사람을 보았다고는 했지만 아무도 없었고, 또 누구를 범인이라고 잡을 수도 없었답니다. 흔히 있는 불량소년의 짓으로 생각되었기 때문에 순경에게 그대로 신고하였습니다. 석고 흉상이라야 값이 몇 실링밖에 안 나가므로, 특별히 조사하기에는 너무나 아이들 장난 같았습니다. 그러나 두 번째로 생긴 일은 심상치 않았고, 또 점점 괴상해져 갔습니다. 그것은 어젯밤에 일어난 일입니다.

같은 케닝턴 거리에서였는데, 모스 헛슨 가게에서 몇 백 미터 떨어지지 않은 곳에 유명한 의사 파니코트 박사가 살고 있었습니다. 그는 템즈 강 남쪽에서는 가장 이름난 의사였습니다. 케닝턴 거리에는 박사의 주택과 큰 병원이 있으며, 2마일쯤 떨어진 곳인 프릭스톤 거리에도 분원이 있습니다. 파니코트 박사는 열렬한 나폴레옹 숭배자로, 그의 집은 나폴레옹의 책이며 그림이며 유물로 가득 차 있었습니다. 얼마 전에 박사는 모스 헛슨네 집에서 프랑스의 유명한 조각가 뜨빈느가 만든 나폴레옹의 흉상을 복제한 것을 두 개 샀었습니다. 한 개는 케닝턴에 있는 집 홀에 놓아두고, 또 하나는 프릭스톤 분원의 난로 탁자 위에 놓아 두었습니다. 오늘 아침 박사가 침실에서 나와 보니까 밤 사이에 도둑이 들었는데, 홀에 있는 석고 흉상 말고는 아무것도 다른 건 집어 가지 않았습니다. 그 흉상을 집어내다가 뜰에 있는 담에 부딪쳐 깨뜨렸던 모양으로, 담 아래에서 부서진 조각이 발견되었습니다."

홈즈는 손을 비볐다. 그러고 나서 말했다.

"참으로 이상한걸!"

"선생님께서 만족하실 줄 알았습니다. 그러나 이야기는 아직 끝나지 않았습니다. 박사가 정오가 되어 분원으로 가 보니까, 밤 사이에 창문이 열리고, 거기 있던 흉상이 산산조각 나서 온 방 안에 흩어져 있었답니다. 그 자리에서 산산이 깨진 것이지요. 두 번 다 미친 사람이 한 짓인지, 단서가 될 만한 것은 하나도 없었습니다. 어떻습니까? 홈즈 선생, 잘 들으셨습니까?"

"기괴하기는커녕 참으로 알 수 없는 사건이로군. 파니코트 박사의 집에서 깨진 두 개의 석고 흉상이 모두 모스 헛슨네 가게에서 깨진 것과 똑같은 것인가요?"

"그것들은 모두 같은 형으로 떠서 만든 흉상입니다."

"그렇다면 그 흉상을 깨뜨린 사람이 나폴레옹에 대한 증오심으로 그런 짓을 했다는 의견은 잘 맞지 않소. 런던 안에는 나폴레옹의 흉상이 몇 백 개나 있을 텐데, 한 사람의 우상 파괴자가 흉상을 세 개나 우연히 깨뜨렸다는 것은 너무나 우연의 일치가 아닐까요?"

"나도 그렇게 생각합니다. 그러나 그 부근에서 흉상을 파는 집은 그 집밖에 없습니다. 그리고 그 집에는 나폴레옹의 흉상이 세 개밖에 없었답니다. 물론 넓은 런던에는 흉상이 몇 천 개도 있을 테지만, 그 동네에는 단지 이 세 개밖에 없었습니다. 그러므로 그 동네 사는 미친 사람이 우선 이 세 개부터 손댔을 것입니다. 왓슨 선생, 어떻게 생각하십니까?"

"미친 사람의 짓에는 한이 없습니다. 프랑스 학자가 말한 고정관념이라는 것이 있습니다. 대단히 성질이 단순하고, 또 다른 일에는 보통 사람과 조금도 다를 것이 없습니다. 나폴레옹을 깊이 연구한 사람이라든지, 혹은 전쟁 때문에 그의 조상이 나폴레옹한테 위해를 받은 사람들이 이 같은 고정관념에 사로잡혀 있는 일은 있을 법한 일이며, 그리고 그런 고정관념에 사로잡혀 있는 사람이라면 어떠한 광적인 난행이라도 할 수 있을 것입니다."

"그건 그렇지 않네, 왓슨. 아무리 고정관념에 사로잡혀 있다 하더라도 그런 흉상이 있는 곳을 알 턱이 없지 않은가?"

홈즈는 이렇게 말하면서 머리를 흔들었다.

"그럼, 어떻게 설명하면 좋겠는가."

"나는 설명하려고 들지는 않겠네. 그 사람의 미친 짓이 어떠한 일정한 방식을 가졌다는 것을 눈치챘을 뿐일세. 가령 예를 들면 파니코트 박사 집에서는 사람들이 깨어 일어날는지도 모르니까 뜰로 내다가 깨뜨렸지만, 그 병원 분원에서는 그런 걱정이 없으니까 그 자리에서 깨뜨려 버렸단 말이야. 사건이 하잘것없는 것으로 보이지만, 내가 다룬 큰 사건들 중에서도 처음 시작은 아주 보잘 것 없었던 것이 많았으니까 이 사건을 그렇게 보잘것없는 것으로만 봐서는 안 되겠네. 그러므로 레스트레이드, 나는 이 세 개의 흉상 파괴 사건을 웃어넘길 수 없소. 이 사건에 새로운 전개가 있거든 나한테 그때마다 알려 주시오."

나의 친구가 바라던 사건의 전개는 우리가 생각했던 것보다 빨리, 또 비극적인 형식을 가지고 나타났다. 이튿날 아침 내가 침실에서 옷을 입고 있으려니까 홈즈가 손에 전보를 들고 방으로 들어왔다. 그는 전보를 소리 내어 읽었다.

켄징턴, 피트 거리 131번지로 빨리 오시오. 레스트레이드.

"왜 그럴까?" 나는 물었다.
"알 수 없네. 무슨 일이 있었겠지. 그러나 혹시 그 흉상 사건의 연속일지도 모르네. 만일 그렇다면 그 흉상 파괴 상습자가 이번에는 딴 곳으로 자리를 옮겼구먼! 어쨌든 가볼까. 커피는 테이블 위에 두었네. 마차도 문 앞에 대령시켰고."

반 시간 뒤에 우리는 피트 거리에 도착했다. 그곳은 런던의 변화한 거리로부터 조금 들어간 곳이었다. 131번지는 그 근처에 늘어서 있는 별 특징 없는 작은 집이었다. 마차가 닿으니까, 구경꾼들이 집 앞 난간에 죽 늘어서 있었다. 홈즈는 놀랐다.

"아마도 살인 미수 사건쯤은 되는가 보군. 그렇지 않으면 바쁜 메신저 보이까지 구경할 리가 만무하지 않은가. 저 사람들의 구부린 등이라든지 목을 길게 빼고 있는 걸 보면 아무래도 폭행이 있었던 거야. 웬일일까. 층층대 아래는 말라 있는데, 위층 한 단만 물로 씻었으니. 저기 레스트레이드가 창 앞에 서 있군. 자, 얼른 가서 물어 보세."

레스트레이드는 우리들을 아주 엄숙한 얼굴로 맞아 거실로 안내했다. 그 방에는 늙수그레한 사람이 흥분하여 플란넬 잠옷을 입은 채로 방을 왔다갔다하고 있었다. 레스트레이드는 그 사람이 이 집 주인으로, 중앙 통신사 사원인 호레스 하커 씨라고 우리들에게 소개했다. 레스트레이드가 말했다.

"역시 나폴레옹 흉상 사건입니다. 어제 저녁 뵀을 때 흥미를 가지시는 것 같아서, 오늘 이렇게 사건이 중대한 국면을 보였으므로 오시라고 한 것입니다."

"어떻게 되었소?"

"살인 사건입니다. 하커 선생, 이분들에게 사건을 죄다 이야기하시지요." 잠옷을 입은 남자는 아주 슬픈 얼굴로 우리들을 바라보았다.

"참 이상한 일입니다. 나는 평생 남의 뉴스를 보도해 왔었는데, 이번에는 제가 당한 사건을 제가 보도해야 할 형편이니 정신이 얼떨떨해서 글자 한 자도 못 쓰겠습니다. 내가 만일 신문 기자로 왔더라면 내가 나를 회견하고 저녁 신문에 2단으로 냈을 겁니다. 그런데 사건을 차례차례로 오시는 분들한테 말씀드리다 보니 귀중한 재료가 그만 아무것도 아닌 게 되어 버리는군요. 그러나 홈즈 선생, 나도 선생의 성함은 알고 있으니까, 사건을 잘 풀어 주시겠다는 조건으로 다시 한 번 이야기를 되풀이하겠습니다."

홈즈는 앉아서 들었다.

"문제는 내가 한 넉 달 전에 산 나폴레옹 흉상에 있나 봅니다. 하이드 거리의 정거장에서 두 번째 집에 있는 하딩 형제 상점에서 그 흉상을 싸게 샀습니다. 나는 원고 쓰는 일을 대부분 밤에 하므로, 어느 때는 이른 아침까지 쓸 때가 있습니다. 오늘도 그랬습니다. 맨 위층 뒤에 있는 서재에서 일을 하고 있는데, 새벽 3시쯤 되었을까, 아래층에서 무슨 소리가 났습니다. 가만히 들으려니까 다시는 소리가 안 나길래 밖에서 나나보다 생각했습니다. 그런데 별안간 5분쯤 뒤에 무시무시한 소리가 들리더란 말입니다. 처음 듣는 무서운 소리였어요. 지금도 귀에 쟁쟁합니다. 1, 2분 동안은 무서워서 떨고만 있었죠. 그러나 정신을 차려 부젓가락을 들고 아래로 내려갔죠.

이 방에 들어오니까, 창이 활짝 열려 있고 난로 위 선반에 놓인 흉상이 없어졌어요. 도둑질하러 온 사람이 왜 아무짝에도 쓸모없는 흉상을 가져갔는지 도무지 알 수 없습니다. 보시면 아시겠지만 이 열어젖힌 창으로 뛰어나간다면, 발을 넓게 내디뎌야 현관 댓돌에까지 단번에 뛸 수 있습니다. 도둑도 그렇게 했을 것입니다. 나는 방문을 나가 현관 앞으로 뛰어나가려는 순간 거기 자빠져 있는 죽은 사람한테 걸려 넘어질 뻔했습니다. 다시 들어와서 성냥을 들고 나가니까 어떤 남자가 목에 상처를 입고 그 일대를 피바다로 만든 채 누워 있었습니다. 벌떡 자빠져 무릎을 구부리고 입을 벌린 채였습니다. 꿈에 볼까 무섭습니다. 나는 곧 호각을 불고 그만 기절하여 넘어졌습니다. 깨어나 보니 내가 넘어진 옆에 경찰관이 서 있었습니다."

"그 죽은 사람은 누굽니까?"

홈즈는 물었다. 레스트레이드는 대답하였다.

"그 사람이 누군지 도무지 알 수 없습니다. 시체는 수용소로 넘겼습니다만 지금까지 조금도 손을 대지 않았습니다. 키가 크고 얼굴이 햇볕에 그을렸으며, 기운이 세게 생겼는데 나이는 서른 가량입니다. 옷은 좋지는 않지만 그렇다고 노동자 차림도 아닙니다. 피바다 속에는 자루 달린 칼이 떨어져 있었습니다. 죽인 사람이 버리고 갔는지, 죽은 사람의 칼인지 알 수 없지요. 의복에는 이름이 없고 주머니 속에는 사과 한 개, 실, 값싼 런던 지도, 그리고 사진이 한 장 들어 있었습니다. 이게 그 사진입니다."

작은 카메라로 찍은 듯한 스냅사진이었다. 민첩해 보이는 날카로운 생김새를 한 사내가 찍혀 있었는데 눈썹이 짙고, 얼굴이 기묘하게 쑥 튀어나와 있어서 원숭이 같은 모습이었다.

"그래, 흉상은 어떻게 되었습니까?"

홈즈는 사진을 자세히 보고 난 뒤에 물었다. 레스트레이드가 대답하였다.

"선생이 오시기 조금 전에 흉상 이야기를 들었습니다. 캠든 하우스 거리의 어느 빈 집 뜰에서 발견되었답니다. 산산이 부서졌더라나요. 지금 보러 갈 텐데, 같이 가시렵니까?"

"같이 갑시다. 그러나 그전에 이곳을 좀 돌아보아야 하지 않겠소?"

그러면서 홈즈는 창과 양탄자를 검사하였다.

"그 친구는 다리가 퍽 길거나 날쌘 사람일 거야. 창 밖에 조그만 뜰이 있는데, 그 뜰을 넘어서 곧장 창살에 손을 대어 창을 열었다는 건 여간한 솜씨가 아닌걸. 나갈 때에는 비교적 쉬웠겠지. 하커 선생, 우리들하고 같이 흉상이 어떻게 되었는지 보러 가지 않으시렵니까?"

기분이 좋지 못한 신문 기자는 책상에 걸터앉아 있었다.

"나는 이것을 빨리 써서 기사를 만들어야겠습니다. 벌써 석간 맨

첫판에는 자세히 났을 것이지만. 아, 나는 늘 이 모양인가 봅니다. 여러분들은 던캐스터에서 관람석의 스탠드가 떨어진 사건을 기억하십니까? 나는 그때 스탠드에 있던 오직 한 사람의 신문 기자였습니다. 그런데 우리 신문만 그 기사가 나지 않았었습니다. 나는 너무 놀라서 기사를 쓰지 못했던 것입니다. 이번에도 내 집에서 일어난 살인 사건인데 뒤떨어지지 않았습니까?"

우리가 그 집을 떠날 때 하커 씨의 펜은 종이 위를 날고 있었다.

흉상의 부스러기가 발견된 곳은 거기서 2, 3백 미터밖에 떨어져 있지 않았다. 거기서 처음으로 우리는 어느 사나이의 마음속에 미친 것 같은 미움을 일으킨 나폴레옹 대제의 얼굴을 보았던 것이다. 그것은 풀밭 위에 산산이 부서져서 흩어져 있었다. 홈즈는 몇 조각을 집어 들고 자세히 조사해 보았다. 그의 뜻 깊은 얼굴과 이상한 태도로 미루어 나는 홈즈가 틀림없이 무슨 단서를 얻은 것으로 알았다.

"어떻습니까?"

레스트레이드는 물었다. 홈즈는 어깨를 으쓱거렸다.

그리고 대답하는 것이었다.

"길은 아직 멀었소이다. 다만 몇 가지 활동할 만한 암시적인 사실을 얻었을 뿐이오. 이 대단치 않은 흉상을 수중에 넣는 것이 범인에게 있어서는 사람의 목숨보다 더 중대한 일이었을 거요. 그것이 첫째 점이오. 그리고 그 흉상을 깨뜨리는 것만이 그의 목적이라면, 집 안에서나 집 밖에서 곧장 깨뜨리지 않은 것이 이상하단 말이오."

"웬 사람을 만나서 놀란 김에 그렇게 한 것일지도 모르죠. 자기 자신도 무슨 짓을 하는지 몰랐을 테니까요."

"그건 그럴지도 모르겠군요. 그리고 뜰에서 이 흉상을 깨뜨린 이 집의 위치를 주의할 필요가 있을 것 같은데……."

레스트레이드는 주위를 돌아보면서 말했다.
"이 집은 빈 집이니까, 뜰에서 깨뜨려도 아무 일이 없겠거니 하고 한 것일 테죠."
"그러나 이곳까지 오기 전에 빈 집이 또 하나 있었소. 그 집에서 깨뜨리지 않고, 그것을 가지고 한 걸음 더 걸으면 걸을수록 누구를 만날 위험이 있는데도 불구하고 왜 이 집까지 가지고 왔을까요?"
"그건 모르겠습니다."
레스트레이드는 솔직히 대답하였다.
홈즈는 머리 위에 있는 가로등을 가리켰다.
"이곳이면 그가 깨뜨리는 것을 환히 볼 수 있지 않습니까? 저기서는 그것이 보이지 않거든요. 그래서 잘 보이는 이리로 온 것이지요."
"정말! 그렇군요."
치안국 탐정은 이렇게 감탄하면서 말을 이었다.
"옳아, 그 말씀을 듣고 보니 이제 생각납니다. 파니코트 박사 집에서도 흉상을 바로 붉은 램프 아래에서 깨뜨렸단 말이에요. 그런데 홈즈 선생, 이 사실을 어떻게 보아야 하겠습니까?"
"잘 기억해 둘 것, 또 잘 기록해 둘 것뿐이오. 얼마 있지 않아서 이 사실에 관련된 사실에 다시 부닥칠 거요. 레스트레이드, 어떤 방침으로 진행할 겁니까?"
"내 생각으로는 죽은 사람의 신분을 밝히는 게 가장 먼저 해야 할 실제적인 방법인 것 같습니다. 그건 뭐 별로 어려운 점은 없을 것입니다. 그 사람이 누구이고 그 사람의 친구들이 누구란 것을 알면, 죽은 사람이 어젯밤 피트 거리에서 무엇을 했고 누구를 만났으며, 하커 씨 집 현관 앞에서 누가 그를 죽였나를 알게 될 것입니다. 어떻습니까. 그렇게 생각하지 않으십니까?"

"물론 그렇게 생각하오. 그러나 내가 취하려는 방법은 그것과 다른데……."
"그럼, 어떻게 하실 작정입니까?"
"내 방법 때문에 당신의 방침이 동요되어서는 안 되오. 당신은 당신 방침대로 하고, 나는 내 방침대로 합시다. 그래서 나중에 비교해 가지고 서로 고치고 보충해 갑시다."
"좋습니다."
레스트레이드는 대답하였다.
"지금 당신은 피트 거리로 가서 하커 씨를 만나시오. 그리고 내가 방침을 결정했는데, 어젯밤에 들어온 범인은 나폴레옹에 대해서 망상을 품은 위험한 살인광이라고 하더라고 전하시오. 그것이 그분의 기사에 도움이 될 것이오."
레스트레이드는 눈을 휘둥그렇게 떴다.
"정말로 그것을 믿으시지는 않을 텐데요?"
홈즈는 웃었다.
"그렇지 않을지도 모르지요. 그러나 그렇게 쓰면, 쓰는 하커 씨도 재미있어하고 또 중앙 통신의 독자들도 좋아할 거요. 자, 왓슨, 오늘은 할 일이 퍽 많네. 일이 꽤 힘들겠는걸. 그리고 레스트레이드, 오늘 저녁 6시에 베이커 거리로 우리를 만나러 오면 고맙겠소. 그때까지 죽은 사람의 주머니에서 나온 사진은 내가 가지고 있겠소. 만일 내 추측이 틀리지 않는다면 오늘 저녁에 조금 먼 곳으로 가게 될지도 모르는데, 그때 같이 가서 우리들을 도와주었으면 좋겠소. 그럼, 그때까지 안녕히 계시오."
홈즈와 나는 하이드 거리로 가서 하딩 형제 상점 앞에 멈춰 섰다. 그 가게가 흉상을 판 집이었다. 점원이 하딩 씨는 낮이 되어야 나온다며, 자기는 요즘 갓 들어온 사람이기 때문에 아무것도 모른다고 말했다. 홈즈의 얼굴은 실망과 고통을 나타냈다. 그는 말했다.

"하긴 뭐, 꼭 마음먹은 대로 되는 법이 어디 있나? 하딩 씨가 그때가 되어야 나온다면 낮에 돌아오는 길에 또 올 수밖에. 자네도 짐작했겠지만, 나는 이 흉상이 나온 원본을 알려고 하네. 그곳에 이 흉상들이 지닌 기구한 운명을 설명하는 무슨 내용이 있을는지 모르지. 자, 이제 케닝턴 거리에 있는 모스 헛슨네 집으로 가세. 그 사람이 혹시 무슨 좋은 단서를 줄지도 모르니까."

1시간이나 마차를 탄 뒤에 우리는 그림 가게로 왔다. 헛슨은 작고 뚱뚱한 사람인데, 얼굴이 붉고 조급해 보였다.

"네, 그렇습니다. 바로 저의 가게에서 당했습니다. 이렇게 도둑놈들이 들어와서 남의 물건을 깨뜨려서야 어디 세금을 바칠 필요가 있겠습니까. 파니코트 박사한테 흉상 두 개를 판 것도 납니다. 참, 나쁜 놈들이에요. 허무주의자들이 한 짓일 겁니다. 나는 그렇게 봅니다. 무정부주의자가 아니라면 어떤 놈이 남의 흉상을 깨뜨리러 다니겠습니까. 적색 공화당원입니다. 나는 그들을 그렇게 부릅니다. 어디서 흉상을 사 왔느냐고요? 그건 알아서 무엇하시렵니까? 꼭 필요하시다면 말씀드리지요. 스테브니 구 처치 거리에 있는 캘다 상회에서 사 왔습니다. 그 상회는 그런 걸 파는 집으로 유명합니다. 벌써 20년이나 해 왔는걸요. 몇 개나 사 왔느냐고요? 두 개 하고 한 개면 셋이 아닙니까. 두 개는 파니코트 박사한테 팔고, 또 한 개는 대낮에 우리 집 앞에서 깨뜨려졌지요. 이 사진을 알겠느냐고요? 모르겠는데요. 아니, 알겠습니다. 벱포가 아닙니까. 벱포는 이탈리아 사람으로 가게에서 일도 잘 봤습니다. 조각도 할 줄 알고, 사진틀도 만들 줄 알며, 그런 잔일들을 잘했습니다. 지난 주일에 여기서 나갔어요. 그 뒤로는 통 본 적이 없군요. 어디 있다가 왔는지 또, 어디로 갔는지도 모릅니다. 우리 가게에서 일할 때에는 별로 잘못한 일이 없었습니다. 흉상이 깨지기 이틀 전에 그만두었습니다."

가게를 나와서 홈즈는 말했다.

"모스 헛슨에게서는 그만큼 알았으면 만족일세. 케닝턴에서도 똑같이 벱포라는 친구가 있는 것을 알게 되었으니까 10마일이나 멀리 온 것이 헛일은 아니었네. 자, 이제 초상이 나온 본고장인 캘다 상회로 가세. 거기 가면 반드시 무슨 좋은 자료가 나올 것이네."

유행의 런던, 호텔의 런던, 극장의 런던, 문학의 런던, 상업의 런던, 그리고 마지막으로 해군의 런던을 지나서 우리는 유럽의 찌꺼기들이 모여 있는, 냄새나고 지저분한 집들이 천 호나 나란히 서 있는 템즈 강 언덕에 다다랐다. 예전에는 부자 실업가들이 살던 넓고 큰 거리에서 우리가 찾는 집을 발견했다. 집 바깥의 넓은 터전에는 기념비를 만드는 일이 한창이고, 안에서는 50명이나 되는 직공들이 큰 방에서 조각을 하거나 모형을 뜨고 있었다. 키가 크고 얼굴이 불그스름한 독일 사람이 우리를 맞아 정중히 인사하고는 홈즈의 질문에 대해 명쾌하게 대답했다. 장부를 들춰 보고 나서, 뜨빈느의 대리석으로 만든 나폴레옹 흉상으로부터 수백 개의 석고 복제가 만들어졌는데, 모스 헛슨의 가게로 간 것은 여섯 개 한 짝 중의 세 개이고 나머지 세 개는 켄징턴의 하딩 형제 상점으로 간 것이 판명되었다. 이 여섯 개는 다른 것과 조금도 다른 점이 없는데, 어째서 그 중의 여섯 개만을 깨뜨리려는지 전혀 알 수 없다고 독일 사람은 홈즈의 질문에 웃으며 대답했다. 도맷값은 6실링이지만 한 개씩 팔 때에는 12실링이라는 것, 만드는 일은 대개 이탈리아 사람이 하며 다 만든 것을 복도에 있는 테이블 위에 놓아 말려 가지고 창고에 넣는다는 것, 이것이 지배인이 우리에게 말한 이야기의 전부였다.

그러나 홈즈가 사진을 꺼내 보이자 놀라운 일이 일어났다. 지배인은 얼굴에 노기를 띠고, 독일 사람 특유의 눈을 휘둥그레 뜨고 말하는 것이었다.

"아, 이 악한 말입니까. 잘 압니다. 우리 집에는 지금까지 아무 일도 없지만, 꼭 한 번 저놈 때문에 문제가 일어난 적이 있습니다. 벌써 한 1년 전 일인데, 저놈이 길에서 저희들 같은 이탈리아 사람을 찔러 가지고, 경찰관한테 쫓겨 어디로 들어왔습니다. 그래 공장 안에서 잡혔답니다. 이름은 벱포라는데 성은 뭔지 모릅니다. 저런 놈을 고용한 벌입니다. 그러나 일은 잘합니다. 아주 능숙하게 잘하는 일류 직공입니다."

"요즘 어떻게 되었습니까?"

"칼에 찔린 사람이 죽지를 않아서 1년 징역을 살았지요. 벌써 감옥에서 나왔을 텐데, 여기는 한 번도 안 오는군요. 여기 그 녀석 사촌이 있으니까, 그 사람한테 물으면 잘 알 겁니다."

"아닙니다. 사촌에게는 아무 말씀도 마십시오. 정말 아무 말씀도 마십시오. 이 사건은 매우 중대한데, 지금 말씀을 들으니까 더욱 중대합니다. 지금 장부를 조사하실 때 잠깐 보았더니, 그 흉상을 파신 날이 작년 6월 3일이군요. 벱포가 붙잡힌 날짜를 모르십니까?"

"품삯을 지불한 날짜를 보면 알 것입니다."

지배인은 책장을 뒤적여 보고는 대답했다.

"벱포가 마지막으로 품삯을 받은 날은 5월 22일입니다."

"고맙습니다. 일을 방해해서 미안합니다."

홈즈는 이렇게 말하고, 끝으로 아무에게도 우리가 왔다 간 것을 말하지 말라고 당부하고는 공장을 나와 다시 서쪽으로 향했다.

우리가 어떤 음식점에 들어가서 급히 점심을 먹은 것은 점심때가 훨씬 지나서였다. 문간에 '켄징턴에서 대사건 발생——미치광이의 살인'이라는 신문의 주요 기사 제목이 나붙었다. 내용을 보니, 하커 씨가 자기의 사건을 신문 기사로 쓴 것이었다. 아주 센세이셔널하게 이야기를 늘어놓았다. 홈즈는 신문을 펴들고 점심을 먹으면서 읽더니 한두 차례 껄껄 웃기까지 했다.

"잘 되었네. 왓슨. 읽을 테니 들어 보게. '이 사건에 대해서 의견의 차이가 없는 것은 대단히 좋은 일이다. 즉 경시청의 일급 민완 탐정인 레스트레이드 씨와 이름 높은 사립 탐정 셜록 홈즈 씨는, 모두 이 기괴한 사건이 계획적 범죄가 아니라 미친 사람의 행동에서 나온 것이라는 결론에 도달하였다. 정신 이상자 말고는 이런 짓을 하지 않을 것이기 때문이다' 여보게, 신문이란 것은 이용할 줄만 알면 참으로 귀중한 정보수단일세. 점심을 끝냈거든 켄징턴으로 가서 하딩 형제 상회에서 뭐라고 하는지 들어 보세."

하딩 상회의 큰 영업을 하는 주인은 또랑또랑하고 키가 작은 사나이인데, 두뇌도 명석하고 말도 잘하였다.

"네, 그 사건은 저녁 신문을 보고 알았습니다. 하커 씨는 우리 단골손님이십니다. 몇 달 전에 흉상을 사 가셨습니다. 그것은 캘다 상회에서 사 온 것인데, 세 개 가져다가 모두 다 팔았습니다. 누구에게 팔았느냐고요? 잠깐 기다리십시오, 조사해 보겠습니다. 네, 여기 다 있습니다. 한 개를 하커 씨에게 판 것은 이미 아시는 바이고, 다음은 치스윅의 레버넘 벨의 레버 농장에 있는 조시 브라운 씨에게 팔았습니다. 사진에 있는 사람은 본 일이 없습니다. 이런 흉악하게 생긴 사내는 좀처럼 잊혀지지 않을 것같군요. 우리 집에 이탈리아 사람이 있었느냐고요? 네, 쓰레기꾼이나 잡일꾼으로 몇 사람 쓰고 있습니다. 그들이 보려고 들면 이런 장부도 볼 수 있을 것입니다. 그 사람들이 보지 못하게 비밀을 지킬 필요가 없지 않습니까. 허허, 도무지 알 수 없는 일이군요. 또 무슨 물으실 말씀이 있거든 물어 보십시오."

하딩 씨가 이야기하는 동안 홈즈는 몇 가지를 기록하였다. 조사해 가는 일이 꽤 순조로워지는지 그는 만족한 빛을 띠었다. 그러나 그는 빨리 집으로 돌아가지 않으면 시간을 낼 수 없을 것이라는 말 외에는 아무 말도 하지 않았다. 베이커 거리에 돌아오니, 벌써 레스트레이드가 와 앉아 있었다. 그는 기다리다 못해 조바심이 나서 방 안을 왔다갔다 하고 있었다. 아주 중대한 일이 있는 듯한 얼굴을 한 폼이 무슨 수확이 있는 것 같았다.

"아, 홈즈 선생. 무슨 좋은 일이 있습니까?"

"아주 눈코 뜰 새 없었소. 그리고 헛걸음은 아니었지요. 소매상에도 갔었고, 제조 공장에도 갔었소. 흉상 하나하나가 모두 어디 있는지를 알았지요."

"흉상 말씀입니까? 좋습니다. 선생은 선생 독특한 방법이 있을 터이고, 그건 나로서는 아무 말도 할 권리가 없습니다. 그러나 내 생각에는 내가 선생보다 좀더 낫게 일했다고 생각합니다. 죽은 사람의 신분을 확실히 알았습니다."

"정말이오?"

"뿐만 아니라, 범죄의 동기까지도 알았습니다."

"잘 했소."

"우리 경시청에 새프론 힐이라는 이탈리아 인 거리를 전문으로 다니는 탐정이 있습니다. 죽은 사람은 목에 천주교 신도의 목걸이를 걸고 있었고, 살빛이 검어서 남쪽 나라에서 온 사람이라고 생각했습니다. 그래서 그 탐정에게 보였더니 대번에 알더군요. 그 사람의 이름은 피에트로 베누차라고 하며 나폴리에서 온 사람으로, 런던에서도 유명한 악당이랍니다. 정치적 비밀 결사인 마피아 당원인데, 명령에 불복하면 죽이는 단체랍니다. 이렇게 말씀드리면 사건이 어떻게 일어났는지 짐작하시겠죠. 죽인 사람도 이탈리아 인으로 마피아 단원일 겁니다. 그 사람이 무슨 까닭이 있어 조직의 명령을 배반한 거겠지요. 피에트로가 그를 쫓아다닌 겁니다. 그 사람의 주머니 속에 있던 사진은 쫓겨다니는 사람의 사진일 것입니다. 다른 사람을 죽이면 안되니까 사진을 넣고 다녔던 거겠죠. 그래서 피에트로가 뒤를 밟아 다니다가 하커 씨 집에 들어간 것을 보고 밖에서 기다리고 있다가 찌르려고 한 것이 도리어 반대로 피에트로 자신이 살해당한 겁니다. 홈즈 선생은 이 의견을 어떻게 생각하십니까?"
홈즈는 손뼉을 치면서 찬성하였다.
"훌륭하오. 아주 훌륭하외다. 그러나 왜 흉상을 깨뜨렸는지, 그것은 조금도 설명하지 않으셨구려."
"흉상 말씀입니까? 홈즈 선생께서는 자꾸 흉상 말씀만 하시는데, 그까짓 것은 문제가 안 됩니다. 작은 절도죄로 기껏해야 6개월 징역밖에 안됩니다. 우리가 정말 찾는 것은 그 살인범입니다. 그리고 지금 우리들은 그 범인에 대한 모든 단서를 가지고 있습니다."
"그러면 다음으로 취할 방침은?"
"아주 간단합니다. 그 탐정하고 같이 이탈리아 사람이 많이 사는 동네로 가서 사진과 같은 사나이를 붙들어 가지고 살인죄로 체포하면 그만 아닙니까. 우리들하고 같이 가지 않으시렵니까?"
"갈 생각이 없는데. 그 보다도 더 간단한 방법으로 사건을 끝낼 수 있을 것이오. 아직 확실하게 말할 수는 없지만 그것은 말이오, 우리들 손으로는 어떻게 할 수 없는 힘으로 이번 사건이 움직이고 있으니까 그런 것인데 어쨌든 오늘 저녁에 우리들을 따라오면 범인을 잡을 수 있으리라고 나는 생각하오."
"이탈리아 사람 동네로 갑니까?"
"아니오. 치스윅으로 가면 아마 잡을 수 있을 것 같소. 오늘 밤에 치스윅으로 같이 가주면, 내일은 당신을 따라 이탈리아 사람 동네로 간다고 약속하겠소. 하루쯤 늦는다고 해도 별일 없을 거요. 밤 11시쯤 떠나 내일 새벽에 돌아올 예정이니까, 지금 두어 시간 자두어 몸을 쉬는 것이 좋을 것 같군. 레스트레이드 당신도 여기서 저녁을 먹고, 떠날 때까지 소파에서 자 두시구려. 그리고 왓슨, 벨을 눌러 주게. 빨리 전해야 할 편지가 있어서 메신저를 곧 불러야 하겠네."

홈즈는 그날 밤, 헛간 속에 쌓아 둔 헌 신문들을 오랫동안 뒤지고 있었다. 돌아와서는 그 신문을 찾아본 결과에 대해서 한 마디도 하지 않았지만, 눈에 승리의 빛이 보였다. 나로서는 그와 함께 이 괴상한 사건을 처음부터 쫓아다닌 일로 미루어 짐작하건대——그러나 최후의 결정은 아직 알 수 없었지만——이 괴상한 범인이 나머지 두 개의 흉상도 깨뜨리러 올 것이라고 믿고 있는 것 같았다. 그 중 한 개는 치스윅에 있었다. 의심할 것도 없이 우리가 저녁에 가는 곳, 그 현장에서 범인을 잡으려는 것이었다. 나는 홈즈가 신문에다가 잘못 단서를 얻은 것 같은 기사를 내 가지고 범인이 마음 놓고 범행을 계속하게 할 생각을 하게 한 그의 꾀를 찬탄하지 않을 수 없었다. 그래서 나는 홈즈가 출발할 때에 권총을 가지고 가자는 말에 놀라지 않았다. 그는 속에 납을 넣은 사냥 때 쓰는 회초리를 가지고 갔다.

11시쯤 마차가 바깥에 와 있었다. 우리는 그것을 타고 해머스미드 다리 건너편까지 가서 내리고는 마차꾼한테 기다리고 있으라고 말했다. 얼마 안 가서 한 집씩 떨어져서 있는 기분 좋은 집들이 있는 데로 왔다. 어느 한 집에 레버눔 장(莊)이라는 문패가 가로등 불빛에 보였다. 집 안 사람은 모두 잠이 들었는지 집 안은 캄캄하고, 다만 들어가는 문턱 위에서 불빛이 비쳐 나왔다. 이 불빛이 뜰에 있는 길을 어느 한쪽만 어렴풋하게 비추고 있었다. 길이 난 담 안쪽이 컴컴

하므로 우리는 거기 가서 웅크리고 앉았다. 홈즈는 말했다.

"많이 기다려야 될 것 같은걸. 비가 오지 않는 것이 고맙군. 시간을 보내려고 담배를 피워서는 안 되네. 어쨌든 우리가 애쓴 보람이 나타날 테니, 기다려 보세."

그러나 우리들의 기다림은 홈즈가 염려하던 것 같이 그렇게 오래 걸리지 않고, 별안간 괴상한 모양으로 끝났다. 발자국 소리도 없이 돌연 뜰의 문이 열리더니 검은 그림자가 빠르게 흡사 원숭이같이 길을 따라 올라갔다. 그리고 한 번 문턱에서 비쳐 나오는 불빛 속을 지날 때에 모습이 나타나더니, 곧 집 안 어두운 곳으로 사라져 버렸다. 그리고 꽤 긴 시간 동안 우리는 숨을 죽이고 기다리고 있었다. 조용히 무언가 스치는 소리가 들렸다. 창을 여는 것이었다. 그 소리가 끝나더니 다시 잠잠해졌다. 집 안으로 들어가는 것 같았다. 그러더니 별안간 방 안에서 불이 켜졌다. 그러나 그 방에 찾던 물건이 없었던지 다른 방에서 불빛이 번쩍 보였다. 그리고는 또 다른 방으로 갔다.

"저 열어 놓은 창문 아래로 갑시다. 그래서 나오는 놈을 붙듭시다."

레스트레이드는 이렇게 속삭였다.

그러나 우리들이 옮겨가기 전에 도둑이 나왔다. 바깥의 불빛이 비치는 속으로 왔을 때에 우리는 그가 팔에 무슨 흰 물건을 낀 것을 보았다. 그는 조심조심 사방을 둘러보았다. 길거리에 사람들이 없는 것을 보고 안심하는 빛이었다. 우리들에게로 등을 돌리고 짐을 내려놓았다. 그러더니 다음 순간 깨지는 소리가 났다.

그는 자기가 하는 일에 너무 열중했기 때문에 우리가 풀밭 위를 걸어가는 것을 몰랐다. 호랑이같이 홈즈가 뒤에서 그에게 달려들었다. 이어서 레스트레이드와 내가 두 팔을 붙들고 재빨리 수갑을 채웠다. 일으켜 보니까 흉악하고 거무튀튀한 얼굴의 사나이는 성난 얼굴을 해

가지고 우리들을 노려보았다. 그는 틀림없이 사진에서 본 사나이였다.

그러나 홈즈가 주의를 기울이고 있는 것은 잡은 범인이 아니었다. 그는 들어가는 문턱 층층대에 허리를 구부리고 범인이 집에서 꺼내온 것을 열심히 조사했다. 그것은 오늘 아침에 본 것과 똑같은 나폴레옹의 흉상이었다. 그리고 산산이 부서져 있었다. 홈즈는 그 한 조각 한 조각을 들어서 불빛에 비춰 보았다. 그러나 그것은 다를 것이 없는 여느 석고 부스러기였다. 그 부스러기를 다 조사했을 때 방 안에서 불이 켜지고 문이 열리더니 이 집주인이 통통하게 살찐 몸에 저고리와 바지를 입고 나왔다.

"조시 브라운 씨입니까?"

홈즈가 말했다.

"네, 그렇습니다. 선생은 말씀할 것도 없이 셜록 홈즈 씨지요? 선생이 보내 주신 편지는 받아 보았습니다. 특별 메신저로 보내 주셨더군요. 그리고 말씀하신 대로 했습니다. 우리는 문을 죄다 안으로 고리를 걸고, 사건의 전개를 기다렸습니다. 어쨌든 악한을 붙드셨으니 잘되었습니다. 들어오셔서 좀 쉬었다 가시지요."

그러나 레스트레이드는 범인을 안전한 유치장에 데리고 갈 생각이 급해서 얼마 뒤 마차를 불러 가지고 우리들 넷은 런던 시내로 향했다. 범인은 우리들에게 한 마디도 입을 열지 않고, 흩어져 내린 머리카락 사이로 우리들을 노려보더니 내 손이 가까이 가자 주린 승냥이같이 그것을 물어뜯으려고 하였다. 우리는 경시청으로 가서 꽤 오랫동안 기다리고 있었다. 거기서 몸을 수색한 결과 몇 푼 안되는 돈과 자루에 피가 묻은 자루달린 긴 칼이 나왔다.

헤어질 때 레스트레이드는 우리들에게 말했다.

"이제 좋습니다. 전문 탐정가 양반들은 다 잘 아니까, 내일이면 이름을 알 수 있을 겁니다. 마피아 단원이라는 내 추측이 잘 맞지 않았습니까? 그러나 홈즈 선생, 보기 좋게 범인을 잡아 주셔서 감사합니다. 어떻게 그렇게 잡으셨는지 나는 도무지 모르겠습니다."

"오늘은 너무 늦었으니 그 설명은 다음으로 미루지요. 그리고 한두 가지 아직도 끝나지 않은 일이 있소. 이 사건은 끝까지 쫓아가 보아야 할 만한 가치가 있는 사건이오. 내일 오후 6시에 한 번 더 내 집으로 오면, 아직까지 당신이 잘 모르는 사건의 실마리를 가르쳐 드리지요. 이 사건은 범죄사상 일찍이 없었던 여러 가지 새로운 특색을 갖고 있소. 그리고 왓슨, 만일 자네가 내 사건의 기록을 적어 둘 작정이라면 이 나폴레옹의 흉상 이야기가 가장 생기있고 빛나는 이야기가 될 것이라는 걸 나는 자네에게 말해 두고 싶네."

이튿날 저녁 무렵 만났을 때 레스트레이드는 범인에 대해서 많은 지식을 알고 있었다. 이름은 뱁포인 것 같지만 성은 무엇인지 몰랐다. 그는 이탈리아 인 동네에서 유명한 사나이였다. 그는 훌륭한 조각사로서 한때는 올바른 생활을 했으나, 우연히 못된 길로 들어서 두 번이나 감옥살이를 하였다. 한 번은 작은 도둑질로, 또 한 번은 전에 말한 것 같이 자기 나라 사람을 찌른 죄로였다. 그는 거의 완벽하게 영어로 말했다. 흉상을 깨뜨린 이유는 알 수 없었다. 그는 그 문제에 대해서 어떠한 질문에도 대답하기를 거부했다. 그러나 경찰은 깨어진 흉상들이 그의 손으로 만들어진 것이라는 걸 알았다. 왜냐하면 그는 캘다 상회에서 그런 일에 종사하고 있었기 때문이었다. 대부분 이미 알고 있는 것들이었지만, 이 모든 이야기를 홈즈는 열심히 듣고 있었다. 그러나 홈즈를 잘 알고 있는 나는 그가 다른 생각을 하고 있는 것을 알았다. 홈즈의 얼굴 밑에는 불안과 기대가 뒤섞여 있는 것을 나는 알아차렸다.

마침내 그는 자리에서 일어났다. 그의 눈이 기대감으로 빛났다. 벨이 울린 것이었다. 곧이어 층층대를 올라오는 소리가 들리고, 붉은 얼굴의 늙은 사나이가 방으로 들어왔다. 그는 오른손에 예전에 유행하던 가방을 들고 들어와서 그 가방을 테이블 위에 놓았다.

"셜록 홈즈 선생 계십니까?"

홈즈는 인사하며 웃었다.

"레딩에서 오신 샌트포드 씨이시죠?"

"네, 그렇습니다. 늦어서 죄송합니다. 기차가 늦어서 그랬습니다. 내가 가지고 있는 흉상에 대해서 말씀하셨지요?"

"네, 그렇습니다."

"주신 편지를 여기 가지고 왔습니다. '저는 뜨빈느의 나폴레옹 흉상을 하나 갖고 싶은데, 귀하가 가지고 계신 것을 10파운드에 사고 싶습니다'라고 말씀하셨는데, 맞습니까?"

"그렇습니다."

"나는 이 편지를 받고서 퍽 놀랐습니다. 내가 그 흉상을 가진 것을 어떻게 아셨습니까?"

"물론 놀라셨을 것입니다. 그러나 설명은 간단합니다. 하딩 형제 상점의 하딩 씨가 자기 가게에 있는 흉상의 마지막 것을 댁에게 팔았다고 그랬습니다. 댁의 주소는 거기서 알았습니다."

"아, 그렇습니까? 알았습니다. 그 양반이 값을 말했습니까?"

"아닙니다. 아무 말도 없었습니다."

"나는 돈은 별로 없지만, 남을 속이고 싶지 않습니다. 이 흉상은 15실링을 주고 샀습니다. 그래서 10파운드를 받기 전에 말씀드리는 것입니다."

"말씀하시는 뜻은 퍽 훌륭하게 받아들이겠습니다. 그러나 한 번 값을 말한 이상, 그 값에 파시기 바랍니다."

"그렇습니까, 대단히 고맙습니다. 가져오라고 하셔서, 가져왔습니다. 이겁니다."

그는 가방을 열고, 테이블 위에다가 온전한 흉상을 꺼내 놓았다. 우리가 몇 개나 깨어진 것을 본 바로 그 흉상이었다.

홈즈는 주머니에서 종이를 꺼내고, 또 10파운드 지폐를 테이블 위에 놓았다.

"미안하지만, 이 증인들이 있는 앞에서 이 종이에 서명을 해주십시오. 그저 이 흉상에 대해서 가졌던 권리를 모두 나한테 넘긴다는 말만 써 주십시오. 나는 퍽 까다로운 사람입니다. 그래서 이 뒤에 어떤 일이 생길지 모르기 때문입니다. 고맙습니다, 샌트포드 씨, 여기 돈이 있습니다. 안녕히 가십시오."

손님이 돌아간 뒤에 홈즈의 행동은 참으로 기괴하였다. 그는 서랍에서 흰 헝겊을 꺼내 테이블 위에다 펼쳐놓았다. 그리고 그 흰 헝겊 가운데에 새로 산 흉상을 놓았다. 그런 다음에 채찍을 들어 그 나폴레옹을 머리 꼭대기에서 내리갈겼다. 흉상은 산산조각이 나고, 홈즈는 열심히 흩어진 조각을 살펴보았다. 다음 순간, 그는 승리의 환호성을 지르더니 석고 한 조각을 집어 들었다. 과자에 박힌 건포도같이 둥글고 검은 것이 박힌 한 조각의 석고였다.

"자, 신사 여러분들, 지금부터 제가 보르지아 집안의 유명한 흑진주를 소개하겠습니다."

홈즈는 이렇게 외쳤다.

레스트레이드와 나는 잠시 동안 잠잠히 앉아 있었다. 그러다가 순간적으로 이상한 충동을 느끼고, 연극 속의 굉장한 장면을 만난 듯이 둘이서 손뼉을 쳤다. 홈즈는 창백한 뺨에 홍조를 띠며 관객들의 환호를 받은 극작가같이 우리들에게 절을 하였다. 그가 추리하는 기계가 아닌, 사람에게 칭찬받고 존경을 받는 사람다운 면을 보이는 것은 바로 이런 때일 것이다. 일반 민중이 떠들어대고 칭찬하는 것을 경멸하는 눈으로 보는 이상스럽게 자존심이 강하고 괴팍스러운 성질을 가진 그이건만, 친구의 칭찬과 놀라움에는 깊이 감동된 것 같았다. 그는 말을 이었다.

"그렇습니다, 여러분. 이 진주는 지금 세계에 남아 있는 것 중에서 가장 좋은 진주입니다. 나의 귀납적인 추측의 쇠갈퀴로서 이 진주가 데카 호텔에 있는 콜론나 공작의 침실에서 분실되어 스테브니에 있는 캘다 상회에서 만든 여섯 개의 흉상 가운데 맨 마지막 것 속에 들어 있는 것을 발견했습니다. 레스트레이드, 당신은 이 귀중한 진주가 없어진 센세이셔널한 사건을 기억하실 겁니다. 그때 런던 경찰은 찾지도 못하면서 공연히 애만 썼습니다. 나는 그때 그 사건에 대해서 해결할 서광을 발견하지 못했었습니다. 공작부인의 하녀이던 이탈리아 여자가 의심이 갔지만, 또 그 여자의 오라비가 런던에 살고 있다는 것도 알아냈지만 끝내 그들의 왕래 관계를 발견하지 못했습니다. 그 하녀의 이름은 류크아치이 베누치였습니다. 바로 이틀 전에 피살된 피에트로란 사나이가 그의 오라비인 것은 이제 와서 의심할 여지가 없습니다. 나는 묵은 신문 뭉치 속에서 날짜를 조사해 보았습니다. 그리하여 진주가 없어진 것이 벱포가 상해죄로 잡히기 이틀 전이라는 것을 발견하였습니다. 그것은 이 흉상들이 제작되어 가던 때입니다. 그때 공장 안에서 무슨 사건이 발생했습니다. 이만큼 설명하면 사실의 순서가 차례차례로 밝혀질 것입니다. 다만 나는 이야기를 거꾸로, 결과부터 시작해 말했을 뿐입니다. 다시 말하면 벱포가 진주를 가졌던 것입니다. 이 벱포란 자가 그 진주를 피에트로부터 도둑질해 냈는지, 또는 처음부터 두 사람이 서로 공모하고 한 일인지, 또 그렇지 않으면 벱포가 피에트로와 그 누이동생 사이에 진주를 전하고 받고 하는 심부름을 했는지 그것은 자세히 알 수 없으나, 어쨌든 그 결과에 있어서는 별로 큰 차이가 없습니다.

가장 중요한 점은 벱포란 자가 진주를 가졌다는 것입니다. 그리고 그 진주를 몸속에 지니고 다닐 때에 경찰관이 그의 뒤를 밟아 따라다녔다는 것입니다. 그는 도저히 피할 수 없다는 것을 알았습니다. 피하지 못한다면 힘들게 손에 넣은 값나가는 진주를, 잡혀서 몸을 수색당할 때에 빼앗기게 될 것입니다. 때마침 여섯 개의 나폴레옹 석고 모형이 복도에 쭉 늘어놓여 있었습니다. 말리기 위해서였습니다. 그 여섯 개 중의 한 개는 아직 마르지 않고 물렁물렁했습니다. 오랫동안 석고 모형 뜨는 일을 해서 이 일에 능숙한 벱포는 순식간에 젖어 있는 석고에다가 작은 구멍을 뚫었습니다. 그 구멍에다가 진주를 넣고 두어 번 잘 손질하여 감쪽같이 그대로 만들어 놓았습니다. 그것은 정말로 두말할 나위 없이 숨기기에는 가장 좋은 곳이었습니다. 누구도 이것만은 발견할 수 없었습니다.

그러나 벱포는 잡혀서 같은 이탈리아 사람을 칼로 찌른 죄로 1년 징역에 처해졌습니다. 그동안 이 여섯 개의 석고 흉상은 시장으로 나가 팔려서 런던 시내 안팎으로 흩어져 버렸습니다. 여섯 개 흉상 가운데 어느 것 속에 진주가 들어 있는지는 그냥 겉으로만 보아 가지고는 알 수 없습니다. 깨뜨려 봐야만 알 수 있었습니다. 흔들어 보기만 해서도 알 수 없습니다. 왜냐하면 진주를 숨겨 박을 때에는 석고가 젖어 있었으므로 석고가 마름에 따라 그곳이 붙어 버려 흔들어 보아도 알 수 없었던 것입니다. 그리고 실제로 이와 같이 딱 들러붙어 있었습니다.

그러나 벱포는 조금도 희망을 버리지 않았습니다. 희망을 잃기는커녕 상당히 교묘한 수단으로, 그리고 참을성 있게 흉상이 팔려 간 곳을 찾기 시작했습니다. 캘다 상회에 다니는 자기 사촌을 통해서 그 석고 흉상을 사 간 가게를 조사하였습니다. 그 가게들을 알아내고는 자신이 직접 모스 헛슨 상점의 점원으로 들어갔습니다. 그 가게에서 흉상을 사 간 세 사람의 주소를 알아낼 수 있었습니다. 그러나 불행히도 그 세 개 속에는 진주가 없었습니다. 그 다음으로 하딩 형제 상회에서 일하고 있는 이탈리아 사람을 통해서 그 다음의 세 개가 팔려 간 곳을 조사하여 알았습니다. 그리하여 처음으로 들어온 곳이 하커 씨 집이었습니다. 그런데 이 하커 씨 집으로 그 전의 한패이던 피에트로가 뒤를 밟아 따라왔습니다. 그것은 진주가 없어진 것이 벱포 때문이라고 생각해, 그것을 빼앗으러 따라온 것입니다. 그러나 두 사람이 싸움한 끝에 벱포는 피에트로를 찔러 죽이고 도망한 것입니다."

"그러면 한패였던 사람이 왜 그 사람의 사진을 가지고 다녔을까?"
나는 질문했다.

"뒤를 쫓아다닐 때, 혹시 다른 사람한테 물어볼 필요가 있을 것같아 준비로 가지고 다닌 걸세. 그것은 뭐 뻔한 이치가 아닌가. 그런데 이 살인 사건을 일으킨 뒤에 나머지 석고 흉상을 찾는 일은 천천히 늦추기는커녕, 반대로 더 서두를 것이라고 나는 생각했습니다. 경찰에서 진주에 대한 비밀을 눈치 채면 안 되니까 그것을 눈치 채기 전에 어서어서 일을 진행시킬 것이라고 나는 판단했던거죠. 나는 물론 그때까지는 하커 씨 집에서 집어 간 흉상에 진주가 없다고 단언할 수 없었습니다. 그리고 그 사람이 찾는 것이 진주라는 것도 그때까지는 확실히 몰랐습니다. 다만 그 사람이 무언가를 찾고 있다는 것만은 확실히 알았습니다. 왜냐하면 그 사람이 굳이 불빛에 비춰 볼 수 있는 집 뜰을 찾아가서 깨뜨린 것으로 알 수 있었습니다. 하커 씨 집에 있는 흉상은 세 개 중의 한 개니까, 그 속에 진주가 있을 확률은 오늘도 말했거니와 3분의 1입니다. 만일 하커 씨 집에 있는 흉상에서 진주를 찾지 못한다면, 남은 두 개의 흉상에 반드시 있을 것입니다. 그러면 벱포는 반드시 런던 시내 가까운 데 있는 것부터 찾으려고 할 것입니다. 그래서 집안 사람한테 또다시 참극이 나지 않도록 주의시킨 뒤에 우리들은 몰려가 훌륭히 체포한 것입니다. 나는 물론 그때에는 헌 신문을 들추어 보아서 벱포가 열심히 찾는 것이 보르지아 집안의 진주인 것을 알았습니다. 죽은 사나이의 이름이 피에트로 베누치였다는 것이 이 사건과 작년의 진주 분실 사건을 관련시켜 생각하게 한 것입니다. 그러면 이제 남은 것은 레딩 시에 사는 샌트포드 씨의 흉상입니다. 진주가 그 속에 있는 것은 확실했습니다. 나는 지금 두 분의 눈앞에서 그 흉상을 샀습니다. 그리하여 보시는 바와 같이 진주를 얻은 것입니다."
우리들은 잠시 동안 아무 말도 못하였다.
"그렇게 된 일이었군!"
얼마 있다가 레스트레이드가 입을 열었다.
"나는 지금까지 선생께서 다뤄오신 사건을 많이 보아 왔습니다. 그러나 이번같이 교묘한 것은 보지 못했습니다. 경시청에서는 결코 선생님을 질투하지 않습니다. 질투는커녕 선생님을 큰 자랑으로 알고 있습니다. 내일 경시청에 오신다면 늙은 탐정으로부터 젊은 순경에 이르기까지 모두 선생님께 몰려와서 악수를 청할 것입니다."
"고맙소, 고맙소."
홈즈는 이렇게 말했다. 그리고 돌아서는 홈즈의 얼굴에서 나는 일찍이 보지 못한 따뜻한 인간다운 감정이 움직이고 있는 것을 발견했다. 그러나 잠시 뒤 그는 다시 냉정하고 실제적인 사색가로 돌아갔다.
"왓슨, 이 진주를 금고에 넣어 두게. 그리고 컹크 싱글턴 위조 사건에 관한 서류를 가져오게. 그럼, 안녕히 가시오, 레스트레이드. 또 무슨 문제가 있거든 주저하지 말고 가져오시오. 나는 즐겁게 해결할 수 있는 힌트를 드리겠소."

홈즈는 이렇게 말했다.

세 학생

굳이 언급할 필요는 없지만, 여러 사정으로 1895년 셜록 홈즈와 나는 영국의 어느 큰 대학촌에서 몇 주를 보내게 되었다. 이제부터 얘기하려는 사소하지만 교훈적인 사건은 바로 그때 일어난 일이었다. 사건이 발생한 대학이나 범인의 신원을 독자들이 알아챌 수 있을 만큼 자세히 설명한다면 지각 없고 예의에 어긋난 처사가 될 것이다. 그토록 괴롭기만 한 추문은 마땅히 묻혀져야 한다. 하지만 사건 자체는 내 친구의 독특한 자질을 설명하는 데 큰 도움이 될 터이므로 신중하게 여러분에게 이야기하려 한다.

그 즈음 우리는 도서관 부근 가구 딸린 셋집에서 지냈다. 셜록 홈즈는 도서관에 드나들며 영국 초기의 특허장에 대한 연구에 힘썼는데, 이 조사는 앞으로 따로 이야기해도 될 만큼 놀라운 결과를 가져왔다. 그런 어느 날 저녁 한 친구가 찾아왔는데, 다름 아닌 세인트 루크 대학의 학감이자 강사인 힐턴 소움즈 씨였다. 키가 크고 빼빼 마른 소움즈 씨는 격하기 쉬운 과민한 기질을 지니고 있었다. 나는 평소에도 그의 태도가 불안정하다는 걸 알고 있었지만 이날은 걷잡을 수 없이 흥분해 있어서 뭔가 심상치 않은 일이 벌어졌다는 것을 느낄 수 있었다.

"홈즈 선생, 귀중한 시간을 서너 시간쯤 내주실 수 있으리라 믿습니다. 우리 세인트 루크 대학에 아주 불미스러운 일이 생겼는데, 천만다행으로 선생이 와 계시니 망정이지 그렇지 않았다면 어찌해야 좋을지 몰랐을 겁니다."

"지금은 몹시 바빠서 틈을 낼 수가 없는데, 경찰에 도움을 청하시는 게 어떻겠습니까?"

내 친구는 대꾸했다.

"저런, 무슨 말씀을! 경찰은 절대 안 됩니다. 한 번 경찰이 관여하게 되면 일이 걷잡을 수 없게 되니까요. 이번 일은 우리 대학의 명예가 걸려 있는 사안이라서 쓸데없는 소문이 퍼지지 않도록 하는 게 무엇보다 중요합니다. 그런데 선생은 실력이 뛰어난 만큼 입도 무겁기로 소문난 분이니 세상에서 나를 도와줄 수 있는 이는 당신뿐입니다. 홈즈 선생, 제발 좀 도와주시오."

내 친구는 익숙한 베이커 거리를 떠나 환경이 달라져서 남에게 너그러움을 보일 마음의 여유가 없었다. 더욱이 스크랩북이라든지 화학약품 등 마음 푸근한 난장판도 없는 터라 그는 심기가 불편했다. 홈즈는 마지못해 응하는 듯 어깨를 들썩했고 손님은 흥분한 나머지 손짓 발짓을 해 가며 빠른 말투로 이야기를 쏟아냈다.

"홈즈 선생, 우선 내일이 포테스큐 장학생 선발시험 첫날이라는 사실부터 말씀드려야겠군요. 나도 출제위원 가운데 한 사람입니다. 내가 맡은 과목은 그리스 어인데 1교시 시험입니다. 나는 응시생들이 접해 보지 않은 긴 그리스 어 문장을 번역하는 문제를 냈습니다. 시험지는 이미 인쇄가 끝났는데, 만약 응시생이 문제를 미리 안다면 아주 유리하겠지요. 시험지가 유출되지 않도록 매우 주의한 것도 바로 그 때문입니다.

그런데 오늘 오후 3시쯤 인쇄소에서 이 시험지의 교정쇄를 보내왔습니다. 시험문제는 그리스의 역사가 투키디데스의 《전쟁사》 가운데서 일부를 발췌한 내용입니다. 시험문제가 조금이라도 틀리면 안 되기 때문에 나는 교정쇄를 주의 깊게 읽어 보았지요. 4시 반이 됐을 때도 검토는 아직 끝나지 않았습니다. 하지만 친구 집에서 차를 마시기로 했기 때문에 교정쇄를 책상 위에 올려놓고 방을 나갔습니다. 그리고 한 시간 넘게 방을 비웠지요.

홈즈 선생, 아시다시피 우리 대학의 문은 이중문입니다. 녹색 천을 씌운 안쪽문과 두꺼운 참나무로 만든 바깥문으로 되어 있지요. 이 바깥문을 열려고 하는데 열쇠가 문에 꽂혀 있는 걸 보고 깜짝 놀랐습니다. 나는 내가 열쇠를 꽂아놓고 나갔나 보다 생각했지만 주머니를 뒤져보니 열쇠는 그대로 있었습니다. 내가 알기로 똑같은 열쇠를 갖고 있는 사람은 배니스터뿐입니다. 그는 10년 동안 내 시중을 들어준 하인인데 법 없이도 살 만큼 정직하답니다. 과연 열쇠는 배니스터의 것이었습니다. 나한테 차를 갖다주러 왔다가 나갈 때 부주의하게 열쇠를 꽂아두고 간 겁니다. 내가 방을 나간 바로 뒤에 찾아온 것이 분명했지요. 깜빡 열쇠를 꽂아놓고 간 것은 다른 때 같았으면 아무 일도 아니겠지만, 하필 이런 날이었기 때문에 통탄할 결과를 가져온 겁니다.

책상 위를 보자마자 나는 누군가 시험지에 손을 댔다는 사실을 알았습니다. 교정지는 모두 세 장이었습니다. 나는 그 세 장을 가지런히 해두고 나갔지요. 그런데 나갔다 와보니 한 장은 바닥에, 다른 한 장은 창문 옆 작은 책상에, 나머지 한 장은 책상 위에 그대로 남아 있었습니다."

홈즈가 처음으로 반응을 보이며 말했다.

"첫 번째 장은 바닥에, 두 번째 장은 창가에, 그리고 세 번째 장은 놓아둔 그대로 있었다는 거지요?"
"바로 그렇습니다! 정말 놀랍군요, 어떻게 아셨습니까?"
"얘기가 재미있군요. 계속하시지요."
"순간 나는 배니스터가 내 시험지를 검사하는 용서받을 수 없는 월권 행위를 저지른 거라고 생각했습니다. 하지만 그는 필사적으로 혐의를 부인했고, 이윽고 사실이라는 걸 알았습니다.

그렇다면 누군가 문 앞을 지나가다가 방문에 열쇠가 꽂혀 있는 걸 보고, 내가 외출했다는 사실을 알고 시험지를 보기 위해 방에 들어온 게 분명했습니다. 많은 액수의 장학금이 걸려 있는 시험이기에 파렴치한 학생이라면 경쟁에서 이기기 위해 모험을 할 수도 있는 상황입니다.

배니스터는 그 때문에 꽤 큰 충격을 받았습니다. 누가 시험지에 손댔다는 걸 알고 까무러치다시피 했으니까요. 정신을 잃고 의자에 앉아 있는 그에게 브랜디를 좀 갖다준 다음, 나는 방 안을 철저하게 조사했습니다. 침입자가 남겨놓은 흔적은 구겨진 시험지 말고도 더 있었습니다. 창가 작은 책상 위에 연필을 깎은 부스러기가 흩어져 있었고 부러진 연필심도 남아 있었습니다. 그 흉악한 녀석은 서둘러 시험지를 베끼다가 연필심이 부러지자 다시 연필을 깎았던 겁니다."
"잘됐군요!"
점점 사건에 빠져들면서 활기를 되찾은 홈즈가 말했다.
"정말 다행스러운 일입니다."
"그뿐이 아닙니다. 나는 품질 좋은 붉은 가죽을 씌운 필기용 책상을 하나 들여놓았습니다. 맹세코 그것은 흠집 하나 없이 매끈했지요. 그건 배니스터도 보증할 수 있습니다. 그런데 그 책상 가죽이

7.5센티미터쯤 길게 잘려 나갔습니다. 단순히 긁힌 게 아니라 깨끗이 잘려 있었지요. 뿐만 아니라 책상 위에는 진흙처럼 보이는 거무스름한 작은 반죽 한 덩어리가 떨어져 있었는데, 그 속에는 톱밥처럼 보이는 알갱이가 섞여 있었습니다. 나는 시험지에 손댄 자가 이런 흔적을 남겨놓았다고 확신합니다. 발자국을 비롯해 범인의 정체에 대해 알려줄 만한 다른 흔적은 없었습니다. 나는 어찌할 바를 모르고 있다가 다행스럽게도 선생이 이 근처에 와 계신 것이 생각나서 곧장 달려온 겁니다. 홈즈 선생, 날 좀 도와주시오. 아시겠지만 참으로 난처한 입장입니다. 범인을 잡아내지 못하면 다른 시험지가 준비될 때까지 시험을 연기해야 하고, 시험을 미루자면 당연히 설명을 해야 하는데, 그렇게 되면 우리 대학뿐 아니라 학교 전체의 명예에 먹칠을 한 터무니없는 스캔들로 어려움을 겪게 될 겁니다. 무엇보다도 나는 큰 소리를 내지 않고 지혜롭게 문제를 해결하고 싶습니다."

"기꺼이 사건을 조사하고 능력껏 도와드리기로 하겠습니다."

홈즈는 자리에서 일어나 외투를 걸치며 말했다.

"아주 흥미가 없는 사건 같지는 않군요. 시험지가 도착한 뒤 누가 방에 찾아온 사람이 있습니까?"

"예. 같은 층에 있는 다우라트 라스라는 젊은 인도 학생이 시험에 대해 뭘 묻기 위해 찾아왔습니다."

"그때 방에 들어왔나요?"

"예."

"그리고 시험지는 책상 위에 있었고요?"

"두루마리 상태로 있었다고 기억합니다."

"그게 교정쇄라는 걸 알아볼 수 있었을까요?"

"그건 모르겠습니다."

"방에 다른 사람은 없었습니까?"

"예."

"교정쇄가 도착했다는 걸 아는 사람이 있습니까?"

"인쇄업자밖에는."

"그 배니스터라는 하인은 알고 있었습니까?"

"아니, 그렇지 않습니다. 아무도 몰랐습니다."

"배니스터는 지금 어디 있습니까?"

"그는 지금 병이 났습니다. 가엾은 친구지요. 정신을 잃고 의자에 앉아 있는 걸 그냥 놔두고 왔습니다. 한시바삐 선생을 만나봐야 했으니까요."

"문은 열어놓고 오셨습니까?"

"먼저 시험지를 서랍에 넣고 잠갔습니다."

"소움즈 씨, 그럼 이렇게 된 거로군요. 만약 인도 학생이 그 두루마리가 교정쇄라는 걸 알아보지 못했다면, 시험지에 손댈 사람은 그런 것이 있는지도 모르고 왔다가 우연히 시험지를 보게 된 사람이라는 얘기가 됩니다."

"그런 것 같습니다."

홈즈는 이상야릇한 미소를 지었다.

"흠, 한번 가 봅시다. 왓슨, 자네 사건은 아닐세. 몸으로 뛰기보다는 머리를 써야 하는 일이니까. 좋아, 가고 싶으면 같이 가야지. 자, 소움즈 씨, 앞장서십시오!"

의뢰인의 거실에는 야트막한 격자창이 좌우로 길게, 나 있었는데 창 밖은 유서 깊은 대학의 이끼로 뒤덮인 가운데뜰이었다. 고딕식 아치형 문을 지나자 닳아빠진 돌층계가 나왔다. 학감의 방은 1층에 있었다. 위로는 한 층에 한 명씩 세 학생이 살았다. 현장에 도착하니 벌써 황혼 무렵이었다. 홈즈는 창문 앞에서 걸음을 멈추고 꼼꼼히 살펴보았다. 그러더니 까치발을 하고 창가로 다가가 목을 길게 빼고 방 안을 들여다보았다.
"범인은 문으로 들어간 것이 분명합니다. 창유리 한 장의 공간으로는 절대 들어갈 수 없을 테니까요."
학식이 풍부한 안내자가 말했다.
"그렇군요!"
홈즈는 교수를 흘끗 쳐다보며 묘한 미소를 흘렸다.
"여기서는 더 이상 알아볼 게 없으니 안으로 들어가는 게 좋겠습니다."
학감은 바깥문을 따고 우리를 방으로 안내했다. 홈즈가 카펫을 조사하는 동안 방 주인과 나는 입구에 서 있었다.
"카펫 위에는 아무 흔적도 없는 것 같군요. 이렇게 건조한 날씨에 무슨 흔적이 남아 있기를 바라는 게 무리지요. 하인은 기운을 차린 모양입니다그려. 아까 의자에 앉아 있는 걸 그냥 놔두고 왔다고 하지 않으셨습니까? 어느 의자지요?"
"저쪽 창가 의자입니다."
"알겠습니다. 그 근처에 작은 책상이 있군요. 이제 두 분은 들어오셔도 좋습니다. 카펫 조사는 다 끝났으니까요. 먼저 작은 책상을 살펴보기로 할까요? 물론, 무슨 일이 있었는지는 뻔합니다. 범인은 방에 들어와서, 가운데 있는 책상에서 시험지를 한 장씩 집어 창가 작은 책상으로 가져갔습니다. 거기서는 소움즈 씨가 뜰을 가로질러 오는 게 보이기 때문에 때맞춰 도망칠 수 있거든요."
"사실은 내가 오는 걸 보지 못했을 겁니다. 나는 옆문으로 들어왔으니까요."
소움즈가 말했다.
"아, 잘하셨군요! 어쨌든 범인은 그렇게 생각했습니다. 시험지를 보기로 할까요? 손가락 자국은 없군요! 흠, 이걸 제일 먼저 가져다 베꼈습니다. 약자를 총동원해서 베낀다면 시간이 얼마나 걸릴까요? 적어도 15분은 걸릴 겁니다. 다 베낀 다음 시험지를 바닥에 밀쳐버리고 다음 장을 집어들었습니다. 한창 베껴쓰고 있는데 소옴즈 씨가 돌아왔기 때문에 아주 서둘러 달아났군요. 부리나케 말입니다. 시험지를 원래 있던 자리에 갖다놓아 자신이 다녀간 흔적을 지워야 했는데 그럴 틈이 없었습니다. 혹 바깥 문을 열 때 서둘러 계단을 올라가는 발자국 소리 같은 건 듣지 못했습니까?"
"아니, 못 들었습니다."
"흠, 연필심이 부러질 정도로 정신없이 갈겨썼군요. 때문에 소옴즈 씨께서 아까 말씀하셨듯이 연필을 다시 깎아야 했고요. 왓슨, 여기 꽤 흥미로운 게 있구먼. 그건 보통 연필이 아니었네. 굵기는 보통 이상이고 연필심은 무르고 연필 색깔은 옅은 청색, 제조회사가 은박으로 찍혀 있네. 길이는 4센티미터 정도밖에 남지 않은 몽당연필일세. 소옴즈 씨, 그런 연필을 찾아내면 범인이 누군지 알 수 있을 겁니다. 한 가지 덧붙이자면 범인은 날이 무디고 큼직한 칼을 갖고 있습니다."
소옴즈는 정보가 홍수처럼 쏟아지자 좀 어리벙벙한 듯했다.
"다른 말씀들은 다 이해가 됩니다. 하지만 그게 몽당연필이라는 것은……."
홈즈는 연필 깎은 부스러기를 하나 집어들었는데, 사이를 두고 'NN'이라는 글자가 박혀 있었다.
"이게 뭔지 아시겠습니까?"
"글쎄요, 난 아직도 잘……?"
"왓슨, 나는 언제나 자네에게 심한 말을 해왔네. 그런데 자네만 그런 건 아니군. 이 'NN'이라는 게 뭘까? 이건 단어 하나의 끝에 붙은 철자라네. 자네도 제일 큰 연필회사가 '조한 파버(Johann Faber)'라는 건 알 걸세. 그런데 '조한' 다음에 남는 연필 길이는 어느 정도일까? 그건 보나마나한 일 아닌가?"

그는 작은 책상을 전깃불 아래로 끌어다놓았다.

"범인이 얇은 종이를 사용했기를 내심 바라고 있었습니다. 이 번쩍거리는 책상 표면에 글씨가 찍혀 있을지도 모르니까요. 허허, 아무것도 없군요. 여기서는 더 이상 알아볼 게 없습니다. 이제 가운데 있는 책상으로 가 봅시다.

이 작은 덩어리가, 아까 소움즈 씨가 검은 반죽 같다고 했던 덩어리군요. 생긴 건 대충 삼각뿔 모양인데 가운데가 패어 있습니다. 아까 말씀하셨던 대로 톱밥이 섞여 있군요. 허, 참으로 흥미롭군요. 가죽이 잘라졌는데, 찢어진 게 분명합니다. 처음에는 가느다랗게 긁힌 자국으로 시작해서 마지막에는 너덜거리는 구멍으로 끝났군요. 소움즈 씨, 이 사건에 관심을 갖게 해주신 데 대해 진심으로 감사드립니다. 그런데 저 문은 어디로 통하지요?"

"내 침실로요."

"일이 생긴 뒤 저곳에 들어가 보셨습니까?"

"아니오, 선생한테 곧장 달려갔습니다."

"한번 둘러보고 싶군요. 허, 대단히 매력적이고 고풍스러운 방입니다! 미안하지만 두 분은 내가 바닥을 살펴보는 동안 잠깐 기다려 주시기 바랍니다. 아니오, 아무것도 없습니다. 이 커튼은 뭐지요? 뒤에 옷을 걸어놓으셨다고요? 누군가 이 방에 들어와서 숨는다면 숨을 곳은 여기뿐입니다. 침대는 너무 낮고 옷장도 키가 너무 작으니까요. 아무도 없나?"

홈즈가 긴장한 태도로 조심스레 커튼을 여는 걸 보고, 나는 그가 비상 사태에 대비하고 있다는 걸 알았다. 하지만 커튼을 열자 나타난 것은 나란히 걸려 있는 옷 서너 벌뿐. 홈즈는 돌아서다가 문득 허리를 굽혔다.

"이것 봐라! 이게 뭐지?"

그것은 책상 위에 있던 것과 똑같은, 작은 삼각뿔 모양의 검은 진흙 같은 덩어리였다. 홈즈는 밝은 전깃불 아래서 그것을 손바닥에 올려놓았다.

"소움즈 씨, 손님이 거실뿐 아니라 침실에도 흔적을 남겨놓은 것 같습니다."

"여기에 무슨 볼일이 있기에?"

"그건 뻔합니다. 소움즈 씨가 그의 예상과 달리 옆문으로 들어왔기 때문에 당신이 방문을 열 때까지 그는 아무것도 모르고 있었던 겁니다. 그는 어떻게 했을까요? 자신의 정체를 드러낼 만한 것을 모조리 움켜쥐고 몸을 숨기기 위해 침실로 달려갔습니다."

"이럴 수가! 홈즈 선생, 그러면 내가 이 방에서 배니스터와 이야기하는 동안 마음만 먹었다면 그를 잡을 수도 있었다는 겁니까?"

"그렇습니다."

"홈즈 선생, 이렇게도 생각해 볼 수 있을 것 같군요. 혹 침실 창문을 보셨습니까?"

"격자창에 납 창틀로 되어 있는 여닫이 세 짝 창문입니다. 크기는 사람이 드나들 수 있을 만하지요."

"맞습니다. 그리고 침실 창문은 가운데뜰 구석을 향하고 있어서 부분적으로 가려집니다. 범인은 그 창문으로 들어와 침실을 지나가면서 흔적을 남기고, 마지막으로 열려 있는 방문으로 도망친 게 아닐까요?"

홈즈는 성급하게 고개를 흔들었다.

"우린 현실에 맞게 생각해야 합니다. 이쪽 계단을 이용하는 세 학생 모두가 소옴즈 씨의 방문 앞을 지난다고 하셨지요?."
"그렇습니다."
"그런데 그 학생들이 모두 내일 시험을 봅니까?"
"예."
"셋 중 좀더 의심 가는 학생은 없습니까?"
소옴즈는 머뭇거렸다.
"그건 아주 조심스러운 문제입니다. 근거도 없이 남을 의심할 수야 없지요."
"어디 의심스러운 점이 뭔지 들어봅시다. 증거를 찾는 일은 내가 맡겠습니다."
"그럼, 위층에 사는 세 학생의 특징에 대해 간단하게 말씀드리도록 하지요. 2층 방을 쓰는 길크리스트는 공부뿐만 아니라 운동도 잘하는 학생입니다. 지금 우리 대학 럭비 팀과 크리킷 팀에서 활약하고 있으며 장애물 경주와 멀리뛰기 대표선수로 뽑히기도 했지요. 아주 늠름하고 남자다운 학생입니다.

 아버지는 돌아가셨는데, 경마로 패가망신한 그 유명한 자베즈 길크리스트 경이지요. 우리 길크리스트 학생은 주머니 사정은 어렵지만 학업에 열중하는 근면한 학생입니다. 전도유망한 청년이지요.

 3층에는 인도 출신의 다우라트 라스의 방이 있습니다. 인도인들이 대부분 그렇지만 라스도 과묵하고 신비스러운 친굽니다. 학업성적은 뛰어나지만 그리스 어는 매우 약한 과목이지요. 그래도 착실하고 꼼꼼한 학생입니다.

 맨 위층에는 마일스 맥클러런의 방이 있습니다. 맥클러런은 공부하겠다고 마음만 먹으면 최고의 성적을 내는 녀석입니다. 학교 전체를 통틀어 머리가 매우 좋은 축에 들지요. 하지만 변덕스럽고 무절제하고 방종합니다. 1학년 때는 카드 스캔들 때문에 하마터면 퇴

학당할 뻔했지요. 이번 학기 내내 빈둥빈둥 놀기만 했는데 시험을 앞두고 분명히 두려움에 떨고 있을 겁니다."

"그러면 의심스러운 학생이 누굽니까?"

"뭐 의심스럽다고까지 말하기는 어렵습니다. 하지만 셋 가운데서는 맥클러런이란 녀석이 가능성이 높을 것 같습니다."

"그렇군요. 그럼, 소움즈 씨, 이제 하인 배니스터를 만나보고 싶습니다."

배니스터는 하얀 얼굴을 깨끗이 면도한 작은 사내였다. 희끗거리는 머리가 오십대쯤 되어보였다. 그는 조용한 생활에 파문을 일으킨 이 일로 아직 괴로워하고 있었다. 통통한 얼굴은 불안으로 실룩거렸고 두 손은 한시도 가만히 있지 못하고 부들부들 떨었다. 소움즈가 말했다.

"배니스터, 우리는 이 불미스러운 사건을 조사하고 있네."

"예, 교수님."

홈즈가 말했다.

"내가 듣기로는, 자네가 문에 열쇠를 꽂아두었다던데?"

"그렇습니다."

"하필이면 시험지가 도착한 날에 그런 실수를 범했다는 게 좀 이상하지 않은가?"

"정말 운이 없었지요. 하지만 그런 실수는 평소에도 종종 있었습니다."

"방에는 언제 들어왔나?"

"4시 반쯤이었습니다. 그때가 소움즈 교수님께서 차를 드시는 시간이라서요."

"방에는 얼마나 있었지?"

"들어와 보니 안 계셔서 곧장 물러나왔습니다."

"책상 위에 놓여 있던 시험지를 봤나?"

"아닙니다, 선생님. 절대로 그런 일은 없었습니다."

"어떻게 해서 열쇠를 문에 꽂아놓고 가버렸나?"

"손에 찻쟁반을 받쳐들고 있으니까요. 곧 열쇠를 가지러 오겠다고 생각했지요. 그러다 깜빡한 겁니다."

"바깥 문은 용수철 자물쇠로 되어 있나?"

"아닙니다."

"그럼 그동안 계속 열려 있었다는 건가?"

"그렇습니다."

"방에 있던 사람이 나갈 수도 있었나?"

"그렇습니다."

"소움즈 씨가 돌아와서 자네를 불렀을 때 굉장히 놀랐다고?"

"그렇습니다, 선생님. 제가 이곳에 온 지는 꽤 됐지만 이런 일은 처음이었습니다. 저는 기절하다시피 했습니다."

"나도 들어서 알고 있네. 처음 현기증이 났을 때 자넨 어디 있었나?"

"제가 어디 있었냐굽쇼? 글쎄요, 이쪽 출입문 가까이에 있었습니다."

"거 참 이상한 일이군. 한데 자네는 저쪽 방구석에 있는 의자에 가서 앉았으니 말이야. 다른 의자들은 놔두고 하필 저기 가서 앉은 이유가 뭔가?"

"모르겠습니다, 선생님. 어디에 앉느냐는 별로 신경쓰지 않았으니까요."

"홈즈 선생, 배니스터가 이번 일에 대해서 그리 많은 걸 알고 있다고는 생각하지 않습니다. 게다가 지금 얼굴빛도 나쁘지 않습니까? 아주 핼쑥해 보이는군요."

세 학생 277

"주인이 나간 뒤에도 자네는 여기 있었지?"

"한 1분쯤이요. 그 뒤 방문을 잠그고 제 방으로 돌아갔습니다."

"자네는 누가 제일 의심스러운가?"

"맙소사! 저는 그런 말씀은 못 드립니다, 선생님. 저는 이 대학교에 계신 신사 분 가운데 그런 행동을 할 분은 안 계실 거라고 믿습니다. 그렇고말고요. 저는 그렇게 생각합니다."

"아무렴 그럴 테지, 고맙네. 아, 한 가지만 더. 자네가 시중 드는 세 신사들 중 이 사건에 대해 따로 귀띔해 준 사람이 있는가?"

"그렇지 않습니다, 선생님. 아무한테도 말하지 않았습니다."

"아무도 만난 적이 없나?"

"예, 선생님."

"알겠네. 자, 소움즈 씨, 괜찮으시다면 안뜰로 나가 잠시 거닐기로 하지요."

주위는 점점 어두워지는데 위쪽 세 창문에서 노란 불빛이 흘러나오고 있었다.

"세 마리의 새들 모두가 둥지 속에 들어가 있군요."

홈즈는 창문을 올려다보며 말했다.

"이것 봐라! 저게 뭐지? 한 사람은 좀 불안해 보이는군."

인도 학생의 방이었는데, 검은 그림자가 불쑥 커튼 위로 나타났다. 학생은 빠른 걸음으로 방 안을 오락가락하고 있었다. 홈즈가 말했다.

"학생들의 방을 잠깐씩 들여다봤으면 좋겠습니다. 괜찮을까요?"

"그건 전혀 어려운 일이 아닙니다."

소움즈는 대답했다.

"이쪽 건물은 우리 대학에서 제일 오래된 것이라서, 방문객들이 구경하러 오는 일이 드물지 않습니다. 갑시다. 내가 직접 안내하겠습니다."

"내 이름은 말하지 마십시오!"

길크리스트의 방문을 두드릴 때 홈즈가 서둘러 말했다. 황갈색머리에 키가 훌쩍 크고 늘씬한 젊은이가 문을 열고 나와 우리가 찾아온 목적을 알고 맞아주었다. 방의 내부는 정말 진기한 중세 영국식 건축 양식으로 되어 있었다. 홈즈는 흠뻑 매료된 듯 그중 일부를 자기 공책에 스케치하겠다고 하다가 연필을 부러뜨리는 바람에 방 주인에게 다른 연필을 빌려야 했다. 다음에는 칼을 빌려 자신의 연필을 깎았다. 공교롭게도 인도 학생의 방에서도 똑같은 사고가 일어났다. 키가 작고 말수가 적은 매부리코의 젊은이는, 우리 쪽을 자꾸 곁눈질하다가 홈즈의 건축물 연구가 끝나자 드러내놓고 좋아했다. 홈즈가 둘 중 어느 곳에서 찾고 있는 단서를 찾았는지 그것은 알 수 없었다. 그러나 우린 맨 위층의 방에는 발도 들여놓지 못했다. 문을 두드렸지만 방문은 열리지 않고 상스러운 욕지거리만 쏟았을 뿐이다.

"당신이 누구든 상관 안 해. 지옥에나 가라고!"

방 주인이 성난 목소리로 목청껏 소리 질렀다.

"내일이 시험이야! 아무한테도 방해받고 싶지 않아."

"매우 무례하군요."

계단을 내려가는 동안 우리의 안내자는 화가 나서 얼굴을 붉히며 말했다.

"물론 문을 두드린 게 나라는 건 몰랐겠지만, 그래도 그런 행동을 하다니 괘씸하기 짝이 없습니다. 상황이 이렇다 보니 의심스럽군요."

홈즈는 재미있는 반응을 보였다.

"혹시 그 친구의 키가 얼마인지 알고 계십니까?"

"정확하게는 모릅니다. 맥클러런은 인도 학생보다는 크지만 길크리스트보다는 작습니다. 165센티미터쯤 될것 같은데요."

"그게 아주 중요합니다. 그럼, 소움즈 씨, 안녕히 계십시오."
안내인은 놀라고 당황해서 버럭 소리를 질렀다.
"오, 홈즈 선생, 이렇게 나를 버리고 떠나는 건 아니겠지요? 상황이 지금 어떤지 잘 모르시나 본데, 내일이 시험입니다. 나는 오늘 밤 안으로 결정을 해야 합니다. 시험 문제가 유출된 상태에서 시험을 칠 수는 없습니다. 사태를 정확히 보셔야 합니다."
"가만히 계십시오. 내일 아침 일찍 와서 그 문제에 대해 얘기하도록 하겠습니다. 내일 아침에 나는 어떤 행동을 지시할 수도 있습니다. 하지만 그 사이에는 절대로 아무 일도 하지 마십시오."
"알겠습니다, 홈즈 선생."
"마음 놓으셔도 됩니다. 반드시 어려움을 헤쳐나갈 수 있는 길이 있을 겁니다. 진흙덩이와 연필 깎은 부스러기는 내가 가지고 가도록 하겠습니다. 그럼, 안녕히."
어두운 안뜰로 나왔을 때 우리는 다시 창문을 올려다보았다. 인도 학생은 아직도 방 안에서 오락가락하고 있었다. 다른 학생들은 보이지 않았다.
"왓슨, 자네 생각은 어떤가?"
큰길로 나가는 동안 홈즈가 물었다.
"카드 세 장으로 하는 간단한 게임일세. 그렇지 않은가? 저기 세 학생이 있네. 범인은 그중 하나임에 틀림없어. 자네가 한번 찍어보게. 누가 범인일 것 같은가?"
"맨 위층 입이 험한 친구. 품행이 나쁘기로 말하면 일등이지. 하지만 저 인도 학생도 수상쩍네. 왜 저렇듯 방 안에서 오락가락하는 거지?"
"그건 조금도 이상한 일이 아닐세. 뭔가 암기할 때 저런 행동을 하는 사람들도 많지."

"또 우릴 이상한 눈으로 쳐다봤어."
"당장 시험을 앞두고 공부하느라 1분 1초가 아까운 때에 낯선 사람들이 무리 지어 찾아온다면 자네라도 그렇게 행동할 걸세. 아니, 난 그건 조금도 이상한 일이 아니라고 봐. 연필도 칼도 모두 흠잡을 데가 없었어. 하지만 그 친구는 정말 이해가 안 가는군."
"누구 말인가?"
"있잖아, 배니스터라는 하인. 대체 의도가 뭘까?"
"왜? 법 없이도 살 사람처럼 보이던데."
"나도 그렇게 보았네. 그러니까 더 이해가 안 가는 걸세. 왜 법 없이도 살 사람이……. 허허, 저기 큰 문방구가 있군. 저기부터 조사를 시작하도록 하세."

마을에는 모두 네 개의 문방구가 있었는데, 홈즈는 일일이 돌아다니면서 연필 깎은 부스러기를 내놓고 이것과 똑같은 연필을 주면 값을 후하게 쳐주겠다고 했다. 상인들은 한결같이 그런 연필을 주문해 주겠다고 하면서, 그것은 특대형 연필이고 재고품은 없다고 했다. 내 친구는 이러한 대답을 들을 때마다 전혀 실망하는 기색 없이 우스꽝스러운 얼굴로 어쩔 수 없다는 듯 어깨를 들썩거렸다.

"왓슨, 성과가 전혀 없네. 결정적인 단서가 아무 소용없이 돼버렸네. 하지만 그게 없어도 충분히 사건을 해결할 수 있다고 믿네. 이런! 벌써 9시가 다 됐군. 하숙집 주인 아주머니가 7시 반에 완두콩 요리를 내온다고 했는데. 왓슨, 자네는 그 줄담배에다 식사 시간까지 제멋대로이니 곧 나가달라는 통고를 받을걸세. 그러면 나도 같이 쫓겨나게 되겠군. 하지만 그렇게 되기 전에 그 어쩔 줄 몰라하는 학감과 부주의한 하인, 그리고 앞길이 창창한 세 학생의 문제가 해결될 걸세."

그날 홈즈는 더 이상 그 일에 대해 언급하지 않았고, 늦은 저녁 식사를 마친 뒤 오랫동안 골똘히 생각에 잠겼다. 다음날 아침 8시, 자리에서 일어나 막 옷을 입고 있는데 홈즈가 내 방에 들어왔다.

"왓슨, 세인트 루크 대학에 갈 시간이 됐네. 아침 식사를 거르고 가도 되겠나?"

"아무렴."

"우리한테 뭔가 확실한 얘기를 듣기 전까지 소움즈는 꽤 불안에 떨 거야."

"확실하게 얘기해 줄 만한 게 있나?"

"그런 것 같아."

"결론을 내린 건가?"

"그렇다네. 여보게, 나는 수수께끼를 풀었네."

"새로운 증거를 손에 넣지는 못했잖은가?"

"허어! 내가 아침 6시에 일찌감치 일어난 것은 헛수고가 아니었네. 나는 두 시간 동안 힘들여 조사하고 증거물을 들고 적어도 8킬로미터는 걸었네. 이걸 좀 보게!"

홈즈는 내민다. 손바닥에는 작은 삼각뿔 모양의 거무스름한 진흙덩이 세 개가 놓여 있었다.

"아니, 홈즈, 어제는 두 개뿐이었잖아."

"하나는 오늘 아침에 주웠네. 증거물 제3호가 증거물 제1, 2호와 출처가 같다는 것은 당연한 일 아닌가? 어떤가, 왓슨? 어서 가서 우리들의 친구 소움즈의 근심을 덜어주세나."

우리가 방으로 찾아갔을 때 불운한 학감은 불쌍하리 만큼 노심초사하고 있었다. 몇 시간 뒤면 시험이 시작되는데, 아직도 사실을 공개할 것인지, 아니면 범인이 많은 액수의 장학금을 향한 경쟁에 뛰어드는 것을 허락해 줄 것인지, 결정하지 못한 것이다. 그는 매우 심한 불안 때문에 안절부절못하고 있다가 홈즈를 보고 두 팔을 벌리며 반갑게 달려왔다.

"고맙게도 와 주셨군요! 선생이 문제 해결을 포기하신 줄 알고 걱정했습니다. 이제 어떻게 할까요? 그냥 시험을 실시할까요?"

"예, 무슨 일이 있어도 시험은 예정대로 치르십시오."

"하지만 그 나쁜 녀석은?"

"그 친구는 시험을 포기할 겁니다."

"그 녀석이 누군지 알아내셨습니까?"

"그렇습니다. 하지만 사건을 공개하지 않는다 해도, 우리 자신이 판관이 되어 작은 민간 법정을 열어야 합니다. 괜찮으시다면, 소움즈 씨는 거기! 왓슨, 자네는 여기! 나는 가운데 안락의자를 갖다 놓고 앉겠습니다. 이만하면 충분히 죄책감에 빠져 있는 사람에게 두려움을 안겨줄 겁니다. 이제 종을 울려주십시오!"

배니스터는 방에 들어서자마자 우리가 재판이라도 하는 것처럼 늘어서 있는 걸 보고 놀랍고 두려웠는지 뒷걸음질을 쳤다.

"미안하지만 그 문을 좀 닫아주게."

홈즈가 말했다.

"자, 배니스터, 어제 일에 대해서 사실을 말해 주겠나?"

사내는 머리카락 끝까지 하얗게 질렸다.

"저는 다 말씀드렸습니다, 선생님."

"더 할 말은 없나?"

"없습니다, 선생님."

"좋아, 그럼 내 생각을 들려줘야겠군. 자네는 어제, 방에 들어온 사람의 정체를 나타내는 어떤 물건을 감추기 위해 저 의자에 앉았네. 그렇지 않은가?"

배니스터의 얼굴은 죽은 사람처럼 창백했다.

"아닙니다, 선생님, 절대로 그렇지 않습니다."

"그냥 내 생각을 말한 것 뿐일세."
홈즈는 부드럽게 말했다.
"솔직히 그걸 증명할 방법은 없다네. 하지만 그럴 가능성은 꽤 높거든. 왜냐하면 소움즈 씨가 나가자마자 자네는 저 침실에 숨어 있던 사람을 내보내 주었으니까."
배니스터는 혀로 바싹 마른 입술을 축였다.
"저 방에는 아무도 없었습니다, 선생님."
"아, 배니스터, 이거 정말 유감이로군. 조금 전까지는 자네가 사실을 말했는지 몰라도 방금 한 말은 거짓말이라는 걸 나는 잘 알고 있네."
베니스터의 얼굴에 완연한 반항의 빛이 떠올랐다.
"저 방에는 아무도 없었습니다, 선생님."
"배니스터, 이거 자꾸 왜 이러나!"
"정말입니다, 선생님 저 방엔 아무도 없었습니다."
"그렇다면, 자네가 할 수 있는 말은 더 이상 없겠군. 잠깐 여기 있어 주겠나? 거기 침실 문 옆에 서 있게. 자, 소움즈 씨, 수고스럽겠지만 길크리스트 군의 방으로 올라가셔서 이리로 좀 와달라고 전해 주십시오."
잠시 뒤 학감은 학생을 데리고 들어왔다. 길크리스트는 키가 크고 몸이 유연한 미남자였는데, 행동이 민첩하고 탄력있는 걸음걸이에 얼굴은 솔직하고 호감 가게 생겼다. 그는 괴로움이 깃든 푸른 눈으로 차례로 우릴 바라보았는데, 마지막으로 방구석에 뚝 떨어져 서 있는 배니스터의 얼빠진 듯한 얼굴에 시선이 머물렀다.
"방문을 닫아주게."
홈즈는 말했다.
"자, 길크리스트 군, 여기에는 우리뿐이고 여기서 오가는 얘기는 한마디도 밖으로 새나가지 않을걸세. 그러니 서로 아주 솔직해졌으면 하네. 길크리스트 군, 자네처럼 훌륭한 학생이 어제는 왜 그런 짓을 저지르게 되었는지 알고 싶네."

운수가 좋지 못한 청년은 비틀거리며 뒷걸음질쳤다. 공포심과 비난으로 범벅이 된 시선이 배니스터에게 날아가 꽂혔다.

"절대 아닙니다, 길크리스트 도련님, 저는 한마디도 안 했습니다. 한마디도요!"

하인이 외쳤다.

"옳은 말이야. 하지만 이제 한마디했군."

홈즈가 말했다.

"자, 배니스터가 입을 열었으니 이제 숨겨봤자 소용없다는 걸 알겠지. 솔직하게 고백하는 것만이 살 길이야."

순간, 길크리스트는 손을 들어 표정이 일그러지는 것을 막으려고 했다. 다음 순간, 책상 옆에 털썩 무릎을 꿇더니 두 손에 얼굴을 묻고 거세게 흐느끼기 시작했다.

"진정하게."

홈즈가 부드럽게 말했다.

"사람이라면 누구나 실수하게 마련이지. 적어도 자네를 구제불능의 범죄자로 몰아붙일 사람은 없을걸세. 처음부터 어떻게 된 일인지 소움즈 씨에게 설명하는 건 자네보다 내가 하는 게 더 쉽겠군. 내 말에 틀린 부분이 있거든 지적해 주게. 그렇게 할까? 저런, 굳이 대답하려고 애쓰지 않아도 되네. 혹 내가 사실과 맞지 않는 얘기를 하지는 않는지 잘 들어보게.

소움즈 씨, 나는 시험지가 도착했다는 사실을 아무도, 심지어 배니스터조차 몰랐을 거라는 얘기를 들었을 때, 앞뒤 사정이 구체적으로 이해되기 시작했습니다. 물론 나는 처음부터 인쇄업자는 용의 선상에 올려놓지 않았습니다. 시험지는 그의 사무실에서도 얼마든지 볼 수 있었으니까요. 인도 학생도 전혀 의심하지 않았습니다. 교정지가 둘둘 말려 있는 상태에서는 그게 무엇인지 알 도리가 없으니까요. 게다가 누가 방에 들어왔는데, 하필이면 바로 그때 시험지가 책상 위에 놓여 있었다는 식의 우연의 일치는 아무래도 있을 법하지 않았습니다. 그것도 제쳐놓았습니다. 방에 들어온 사람은 시험지가 거기 있다는 걸 알고 있었습니다. 어떻게 알았을까요?

나는 밖에서 이 방의 창문을 꼼꼼히 살펴보았습니다. 소움즈 씨는 대낮에 맞은편 건물에서 지켜보는 눈이 있는데, 누군가 창문을 통해 침입한 게 아니냐는 얘기를 해서 내게 즐거움을 주셨지요. 그것은 터무니없는 가설이었습니다. 나는 창문 앞을 지날 때 방 안을 들여다보고, 책상에 시험지가 놓여 있는 걸 알 수 있으려면 키가 얼마나 커야 하나 따져보았습니다. 키가 180센티미터인 나는 발꿈치를 들고 겨우 볼 수 있었습니다. 그러니 나보다 키가 작은 사람한테 그런 기회는 없는 셈이지요. 그러므로 당연히, 세 학생 가운데 유난히 키가 큰 사람이 있다면 그가 가장 유력한 용의자라 생각하게된 겁니다.

나는 방에 들어와서 작은 책상부터 살펴보고 쓸 만한 증거를 모았습니다. 큰 책상에서는 아무것도 알아내지 못했지만 그때 소움즈 씨가 길크리스트라는 학생이 멀리뛰기 선수라는 얘기를 하셨지요. 그 순간, 사건의 전체 모양새가 분명하고도 확실하게 떠오르더군요. 이제 그것을 뒷받침하는 증거만 있으면 됐는데, 그것은 곧 확보되었습니다.

일은 이렇게 된 겁니다. 길크리스트 군은 어제 오후 운동장에서 멀리뛰기 연습을 했습니다. 그리고 점프화를 들고 돌아왔는데, 아시다시피 점프화 바닥에는 뾰족한 스파이크가 박혀 있지요. 학생은 이 방 창문 앞을 지나다가 키가 큰 덕분에 책상 위에 놓여 있던 교정지를 보고 그게 무엇인지 짐작할 수 있었습니다.

마침 소움즈 씨의 하인이 부주의하게 꽂아두고 간 열쇠를 보았습니다. 그런 일만 없었다면 불미스러운 일은 생기지 않았을 겁니다. 길크리스트 군은 방에 들어와서 그게 정말 교정지인지 확인해 보고 싶은 충동을 느꼈습니다. 만약의 경우에는, 그냥 뭘 물어보러 들른 척하면 되기 때문에 그다지 위험한 일이 아니었지요.

그런데 그게 정말 교정지라는 것을 알았을 때 이 청년은 그만 유혹에 넘어가고 말았습니다. 길크리스트 군은 신발을 작은 책상 위에 올려놓았지요. 여보게, 그런데 창가의 의자에 올려놓은 건 뭐였나?"

"장갑이오."

청년이 말했다.

홈즈는 만족한 듯 배니스터를 바라보았다.

"학생은 장갑을 의자 위에 올려놓고 교정쇄를 한 장씩 가져다가 베꼈습니다. 소움즈 학감은 정문으로 들어올 테니 창가에 있으면 보일 거라고 생각했던 거지요. 하지만 알다시피, 소움즈 씨는 옆문으로 들어왔습니다. 갑자기 방문 여는 소리가 들렸지요. 도망치는 것은 불가능했습니다. 이 학생은 장갑은 깜빡했지만 신발을 집어들고 침실로 내뺐습니다.

저 책상 위의 상처는 처음에 가볍게 긁힌 자국으로 시작됐다가 침실 문이 있는 방향으로 점점 깊게 패인 것이 보입니다. 그것만 봐도 신발이 그 방향으로 당겨졌고, 범인이 그리로 피신했다는 것을 알 수 있습니다.

그런데 스파이크 주위에 뭉쳐 있던 흙이 책상 위로 떨어졌고, 침실에서 다시 한 덩어리가 떨어져 나왔습니다. 나는 오늘 아침 운동

장으로 산책을 나갔다가 도약용 모래사장에 찰기가 있는 검은 흙이 깔려 있는 걸 보고 견본으로 조금 떼어왔습니다. 멀리뛰기를 할 때 미끄러지지 않도록 뿌려놓은 미세한 참나무 껍질인지 톱밥인지도 같이 섞어서 말입니다. 길크리스트 군, 내 말이 어떤가?"
학생은 몸을 일으켰다.
"예, 모두 사실입니다."
"저런! 더 할 말은 없고?"
소움즈가 외쳤다.
"예, 원래는 드릴 말씀이 있었는데 너무 부끄러워서 아무 생각도 안 납니다. 소움즈 교수님, 여기 편지를 가져왔습니다. 밤새 잠 못 이루다가 오늘 새벽에 쓴 편지입니다. 제 잘못이 탄로 났다는 걸 알기 전에 쓴 것이지요. 여기 있습니다. 보시면 알겠지만, 저는 거기에 '시험을 치르지 않기로 했습니다. 로디지아(아프리카 남부의 내륙 국가로 지금의 잠비아 공화국. 과거 영국의 식민지였다) 경찰에서 위임장을 받아 곧 남아프리카로 떠날 생각입니다'라고 썼습니다."
"자네가 부정한 방법으로 이득을 챙기지 않으려고 했다는 얘기를 들으니 정말 기쁘군."
소움즈가 말했다.
"하지만 갑자기 진로를 바꾼 이유는 뭔가?"
길크리스트는 배니스터를 가리켰다.
"저에게 옳은 길을 가르쳐 준 사람이 저기 있습니다."
"배니스터, 이리 오게."
홈즈는 말했다.
"자네도 내 말을 들었으니, 이 청년을 밖으로 내보내 줄 수 있었던 사람은 그때 방에 있던 자네뿐이라는 사실을 아니라고는 하지 못할

걸세. 자네는 그 다음에 문을 잠그고 나갔을 거야. 길크리스트 군이 창문으로 도망쳤다는 얘기는 조금도 사리에 맞지 않지. 자네가 이 사건의 마지막 수수께끼를 풀어주지 않겠나? 대체 그런 행동을 한 이유가 뭔가?"

"알고 보면 간단합니다. 하지만 선생님께서 아무리 지혜로우시다 해도 그걸 아실 수는 없었습니다. 저는 한때 이 젊은 신사의 아버님 되시는, 자베즈 길크리스트 경의 집사였습니다. 주인님이 몰락한 뒤 저는 이 대학에 하인으로 왔지만, 그분이 세상을 뜨셨다고해서 첫주인을 잊을 수는 없었습니다. 저는 옛 일을 생각해서 최선을 다해 아드님을 보살펴드렸지요.

예, 제가 어제 소움즈 교수님의 다급한 호출을 받고 이 방에 왔을 때 제일 먼저 눈에 들어온 것은 저 의자에 놓여 있는 길크리스트 도련님의 장갑이었습니다. 저는 그 장갑이 누구 것인지 잘 알고 있었으므로 그 뜻을 바로 이해했습니다. 그 장갑이 소움즈 교수님의 눈에 띈다면 일은 끝난 거나 마찬가지였겠지요. 저는 저 의자에 털썩 주저앉아서 무슨 일이 있어도 움직이지 않을 생각으로 소움즈 교수님이 방을 나가실 때까지 꼼짝도 하지 않았습니다. 옛날에 무릎 위에 앉혀놓고 애지중지했던 가엾은 어린 주인님을 꺼내드렸더니 제게 사실을 다 털어놓더군요. 선생님, 제가 어찌 도련님을 구해 드리지 않을 수 있겠습니까? 저는 그런 행동으로 이익을 취해서는 안 된다고 도련님에게 말씀드렸는데 아마 길크리스트 경께서도 살아계셨다면 같은 말씀을 하셨을 겁니다. 선생님, 제가 잘못했습니까?"

"그렇지 않네."

홈즈는 진정에서 우러나온 말을 건네며 자리에서 일어섰다.

"소움즈 씨, 이제 문제는 해결된 것 같고, 집에선 아침식사가 기다리고 있습니다. 왓슨, 가세나! 그리고 길크리스트 군, 로디지아에서는 모든 일이 다 잘 풀릴 걸세. 자네는 한번 전락을 경험했으니 앞으로 얼마나 높이 올라갈지 한번 두고보기로 하세."

금테 코안경

1894년 1년 동안에 우리들이 일한 것을 적어 둔 두툼한 세 권의 노트를 볼 때 나는 그 많은 재료 속에서 어느 사례를 골라내야 가장 재미있고 또 내 친구의 그 탁월한 재능을 보여 줄 수 있을는지 참으로 쉽지 않다는 것을 고백할 수밖에 없다. 페이지를 넘겨 감에 따라 징그러운 '붉은 거머리 사건'이라든가, '은행가 크로스비의 참살 사건' 같은 것을 볼 수 있다. 그리고 또 '애들튼의 비극'이라든가, 옛날 영국 무덤의 기괴한 이야기도 눈에 띈다. 유명한 '스미스 몰티머의 상속 사건'도 이때의 일이었고, 플르바르의 자객 추격과 체포사건——이 사건은 프랑스 대통령으로부터 자필의 감사장과 프랑스 대훈장을 받게 하였었다. 이 모든 것이 이야깃거리로 훌륭하다. 그러나 내 생각에는 욕슬리 관(館)의 사건처럼 흥미있고 기괴한 점을 두루 갖춘 것은 없다고 생각한다. 이 사건은 젊은 윌라우비 스미스의 슬픈 죽음이 있을 뿐 아니라 범죄의 원인에 대해서 기묘한 범행동기가 연속된 발견 경로를 가지고 있기 때문이다.

11월이 다갈 무렵 비가 몹시 쏟아지던 어느 날 밤이었다. 저녁 내

내 나와 홈즈는 잠자코 앉아 있었다. 그는 양피지에 쓴 글씨의 지워진 흔적을 풀어 읽으려고 강력한 현미경을 들여다보고 있었고, 나는 외과에 관한 최근의 논문을 읽고 있었다. 바깥에선 바람이 베이커 거리를 뒤흔들고, 빗방울이 창을 무섭게 들이치고 있었다. 우리는 지금 10리 사방에 인공의 극치를 다한 도시의 중심에 있는데, 그러면서도 자연의 무서운 힘을 느끼고 자연의 위대한 힘 앞에는 온 런던 시가 들판에 흩어져 있는 한낱 두더지 구멍에 지나지 않는다는 것을 느끼는 것은 진실로 기괴한 일이었다. 나는 창 앞으로 가서 황량한 바깥을 내다보았다. 때때로 램프 빛이 진흙 길과 번쩍이는 포도를 비추었다. 마차 한 대가 옥스퍼드 거리 끝에서 흙물을 튀기면서 달려왔. 홈즈는 현미경을 내던지고 양피지를 말면서 말을 꺼냈다.

"우리들, 오늘 밤에 나가지 않기를 잘했네. 나는 일 한 가지를 톡톡히 해냈네. 눈이 피로해지는 일이야. 내가 읽을 수 있는 한도 안에서 본다면 15세기 끝 무렵부터 시작된 교회 문서만큼 재미있지는 못하군. 아니, 저, 저, 저게 웬일일까."

떠들썩한 비바람 속에서 말발굽 소리와, 땅바닥에 닿을 적마다 일어나는 긴 차바퀴 소리가 들려왔다. 내가 본 그 마차가 우리 집 문앞에 멈추었다.

"무슨 일일까?"

한 사람이 마차에서 내리는 것을 보고 나는 소리쳤다.

"무슨 일이라니? 우리에게 볼일이 있는 거지. 우리는 외투도 있고 목도리도 있고 덧구두도 있어서, 나쁜 날씨와 싸울 수 있는 모든 물건을 가지고 있지 않은가. 그런데 그만 마차가 가 버리지 않았나! 이제 됐군. 만일 우리들을 데리고 갈 필요가 있으면 마차를 보낼 리가 없거든. 나가서 문을 열게. 선량한 사람들은 모두 벌써 잠들었을 걸세!"

넓은 방의 램프 불빛이 이 깊은 밤의 방문객 위에 비쳐졌을 때 나는 금방 그를 알아보았다. 그는 유망한 젊은 형사 스탠리 홉킨즈였다. 그 사람의 경력에 홈즈는 몇 번이나 실제적인 도움을 준 적이 있었다.

"계십니까?"

그는 걱정스레 물었다. 홈즈는 위에서 소리쳤다.

"올라오게. 이런 밤중에는 별일이 없었으면 좋겠는데……."

형사는 계단을 올라왔다. 램프 불빛에 레인코트가 번쩍거렸다. 나는 그를 도와서 외투를 벗기고 홈즈는 난로 속의 불을 긁어서 잘 타오르게 하였다.

"자, 홉킨즈, 이리 바짝 와서 발을 쬐게. 여기 담배도 있고, 또 왓슨이 이제 더운 물에 레몬을 타 줄 걸세. 이런 때에는 그게 좋거든. 이런 때에 나온 걸 보니 무슨 중대한 일이 있나 보군."

"정말 그렇습니다, 홈즈 선생. 오늘 낮에는 아주 혼났습니다. 신문에 욕슬리 사건이 난 것을 보셨습니까?"

"오늘은 15세기 뒤의 일은 아무것도 본 것이 없네."

"작은 기사인데, 모두 잘못 났어요. 안 보시길 잘 했습니다. 나는 퍽 분주했습니다. 차탐으로부터 7마일 가량 되고, 철로에서 3마일 가량 떨어진 켄트에서 일어난 일입니다. 3시 5분에 전보를 받고, 5시에 욕슬리 구가에 가서 조사를 끝내고, 막차로 체링 크로스 정거장에 닿아 마차를 잡아타고는 이리로 곧장 오는 길입니다."

"그러면 자네가 맡은 사건이 썩 분명하지 않단 말인가?"

"어느 것이 머리인지, 어느 것이 꼬리인지 알 수가 없습니다. 내가 보기에 사건이 아주 복잡해서 도무지 알 수 없는데, 그러나 얼른 보기에는 간단한 것 같아서 잘못하지 않을 것 같거든요. 첫째 동기가 무엇인지 알 수가 없어요. 내가 고심한 것이 그 점인데, 동기에 대해서 도무지 알 수 없어요. 분명히 사람이 죽었는데, 그러나 아무리 보아도 그를 죽일 이유가 없거든요."
홈즈는 담배를 피우며 의자에 걸터앉았다. 그리고 말했다.
"거기 대해서 더 이야기해 보게."
"사건 내용은 상당히 잘 조사했습니다. 내가 지금 알고자 하는 것은 그 사실이 무엇을 가리키느냐 하는 것입니다. 내가 아는 사실은 이렇습니다. 몇 해 전에 코람이라는 이름을 가진 늙은 교수가 이 시골 집, 즉 욕슬리 구가를 샀습니다. 그 노인은 불구자로 하루의 반나절은 침대에 누워 있고, 나머지 반나절은 지팡이를 짚고 뜰을 거닐든지 바퀴 달린 의자를 타고 하인에게 끌게해 뜰을 산책했습니다. 그는 동네에서 찾아오는 사람들하고 좋게 지냈으며, 그 근처에서도 학자로서 유명했답니다. 식구라고는 늙은 안잠자기 마이커 부인과 계집아이 수잔 탈튼 밖에는 없습니다. 이 두 사람은 교수가 이곳으로 이사한 이후부터 있었는데, 모두 성품이 좋다고 합니다. 교수는 무슨 어려운 책을 쓰는데 1년 전에 비서가 필요해서 이 사람들을 두었답니다. 처음에 온 두 사람은 다 오래 있지 못하여 실패로 돌아갔고, 세 번째로 윌라우비 스미스라는, 대학을 갓 졸업한 아주 젊은 청년이 왔는데, 주인과 뜻이 맞았던가 봅니다. 청년이 하는 일이란 오전 동안은 교수가 구술하는 것을 받아쓰고, 오후에는 내일 일에 필요한 참고서나 글귀를 찾는 것이었습니다. 이 스미스라는 청년은 머핑검 학교의 학생으로서도, 또한 케임브리지 대학의 학생으로서도 조금도 결점이 없는 청년입니다. 나도 그 청년의 성적표를 보았지만 처음부터 그는 얌전하고 말이 없고 공부 잘 하는 청년으로, 조금도 나무랄 곳이 없었답니다. 그런데 이 청년이 오늘 아침 교수의 서재에서 타살이라고밖에 볼 수 없는 모습으로 최후를 마친 것입니다."

바람은 더욱 소리치며 창을 흔들었다. 홈즈와 나는 불 앞으로 바싹 다가앉고, 젊은 형사는 천천히 이 괴상한 이야기를 계속했다.

"영국을 죄다 돌아다닌다 하더라도 세상 교제를 떠나서 자기네만의 생활을 하는 이 같은 가정은 볼 수 없을 것입니다. 한 주일 동안 내내 집 안 사람 중 한 사람도 외출하지 않는 일도 있었습니다. 교수는 연구에만 몰두하여, 연구만을 위해서 사는 사람입니다. 젊은 스미스는 동네 사람과는 아무 왕래도 없이 교수와 똑같이 행동하고 있었습니다. 두 여자도 나가는 일이 없습니다. 바퀴 달린 의자를 끄는 모티머라는 하인은 전쟁에 나갔다 온 일이 있는 사나이로 좋은 사람입니다. 이 사람은 그 집에 살지 않고 조금 떨어져 있는 뜰 모퉁이 초가집에 살고 있습니다. 이들이 욕슬리 구가에 살고 있는 모든 사람들입니다. 이 집 앞대문은 런던에서 차탐으로 가는 큰길에서 한 90미터쯤 떨어져 있습니다. 문에는 빗장이 걸려 있으나 들어가려고만 마음먹으면 누구든지 쉽게 들어갈 수 있습니다.

그러면 일하는 아이 수잔 탈튼에 대해 말씀드리겠습니다. 이 아이는 이 사건에 대해서 적극적으로 이야기를 해주고 있는 오직 한 사람입니다. 아침 11시와 12시 사이였다고 합니다. 그때 수잔은 이층 침실에서 커튼을 치고 있었답니다. 날씨가 좋지 않은 날 교수는 정오 전에는 일어나지 않으므로, 그때 교수는 자리에 누워 있었다는군요. 안잠자기는 딴 일로 뒤뜰에서 일하고 있었고, 스미스는 여느 때 거처하는 방으로 쓰고 있는 침실에 있었습니다. 그런데 그때 수잔은 스미스가 방에서 나와, 바로 아래에 있는 서재로 내려가는 발소리를 들었답니다. 얼굴은 보지 못했지만 빠르고 다부진 발소리가 그임에 틀림없었을 거라고 합니다. 서재문이 닫혀지는 소리는 듣지 못했는데, 1, 2분 뒤에 아랫방에서 무서운 큰소리가 들리더랍니다. 거칠고 괴상하며 부자연스러운 목쉰 소리였기 때문에 남자 소리인지 여자 소리인지 분간할 수 없었답니다. 동시에 집을 흔드는 것 같은 넘어지는 소리가 들리고, 그 뒤로는 아무 소리도 들리지 않았다더군요. 수잔은 잠시 동안 오금이 안 떨어져 가만 있었으나 다시 용기를 내어 아래층으로 내려갔답니다. 닫혀 있는 서재 문을 열고 들어가니까, 스미스가 바닥에 쓰러져 있었습니다. 처음에는 상처를 몰랐으나, 잡아 일으키려다가 목 뒤에서 피가 흐르는 것을 보았습니다. 상처는 작으나 깊이 들어가서 경동맥이 상해 있었습니다. 상처를 낸 흉기는 죽은 사람 옆 양탄자 위에 내던져져 있었습니다. 그것은 고풍스러운 책상 위에서 흔히 볼 수 있는, 상아 자루에 단단한 날을 가진 작은 창칼이었습니다. 그것은 교수의 책상 위에 놓여 있던 물건이었습니다.

처음에 수잔은 이 청년이 죽은 줄로만 알았습니다. 그러나 이마에다 물을 조금 부으니 그는 잠깐 눈을 떴습니다. '선생님, 그 여자였습니다.' 이렇게 그는 중얼거렸습니다. 수잔은 그 말이 정말 틀림없었다고 맹세합니다. 그리고 좀더 무슨 말을 하려고 하며 오른손을 허공으로 쳐들었으나 그만 숨이 끊어져 버렸답니다.

그러는 동안에 안잠자기도 달려왔으나 청년이 죽을 때의 그 소리는 듣지 못했다고 합니다. 청년의 시체를 수잔에게 맡겨 두고, 안잠자기는 교수의 방으로 갔습니다. 교수는 몹시 흥분해서 침대 위에 앉아 있었습니다. 그도 무슨 일이 일어난 것을 안 모양이었습니다. 안잠자기 말이, 그때 교수는 잠옷을 입고 있었답니다. 남자 하인이 부축을 하지 않으면 옷을 입을 수 없는데, 그 남자 하인은 12시에 오게 되어 있었다고 합니다. 교수는 멀리서 지르는 소리를 들었으나 그 이상은 몰랐다고 말했습니다. 그는 '선생님, 그 여자였습니다' 하던 청년의 말에 대해서는 설명하지 않고, 정신없는 헛소리일 거라고만 말했습니다. 그는 청년에게는 아무런 적이 없으므로 이 범죄를 어떻게 설명해야 좋을지 모르겠다고 생각하고 있는 듯합니다. 그가 맨 먼저 취한 행동은 남자 하인을 파출소로 보낸 일이었습니다. 내가 갈 때까지 아무것도 움직이지 않게 하고, 또 아무도 집으로 통하는 길을 다니지 말라고 엄중히 명령했습니다. 홈즈 선생, 선생의 이론을 실제로 보여 주실 수 있는 절호의 기회입니다. 아무것도 부족할 것이 없습니다."
"다만 홈즈가 없는 것이 부족할 뿐이로군!"
나의 친구는 쓴웃음을 지으며 이렇게 말을 꺼냈다.
"그럼, 다음 이야기를 들을까, 그래. 자네는 어떠한 조처를 하였나?"
"그 전에 먼저 이 그림을 보십시오. 교수의 서재가 있는 곳이라든지, 그 밖의 사건에 관계된 모든 점을 알 수 있습니다. 내가 취한 조사를 이해하시는 데도 도움이 될 것입니다."

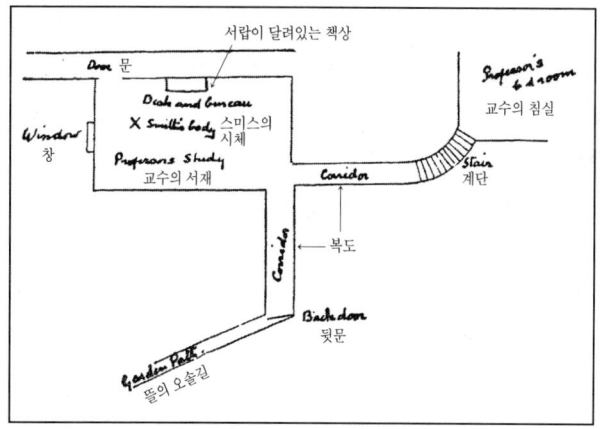

형사는 위에 있는 그림과 같은 약도를 꺼내어 홈즈의 무릎 위에 펴놓았다. 나는 일어나서 홈즈 뒤로 가서 어깨 너머로 그 약도를 보았

다.
"이 그림은 필요하다고 생각되는 것을 대강 그린 것입니다. 다른 것은 직접 가셔서 보십시오. 그런데 첫째로 범인이 집으로 들어갔다면 어떻게 들어갔을까요? 물론 뒤뜰로 숨어들어 뒷문으로 들어왔을 것입니다. 왜 그런고 하니 그리로 오면 곧장 서재로 올 수 있기 때문입니다. 딴 길로 온다면 여러 가지로 힘이 듭니다. 도망갈 때에도 물론 이 길이었을 것입니다. 왜냐하면 서재에서 도망가는 길은 뒷길을 빼놓고도 둘이 있지만, 한 길은 수잔이 내려오고 있어 막혔고, 또 한 길은 교수의 침실과 바로 통해 있기 때문입니다. 그래서 나는 뒤뜰 길을 주의해 살펴봤습니다. 그 길은 비 때문에 몹시 젖어 있었으므로 누구의 발자국이든지 있었을 것입니다. 조사해 본 결과, 내가 주의 깊고 능란한 범인을 상대하고 있다는 것을 알았습니다. 그 길에는 발자국이 하나도 없었습니다. 그러나 길 양옆 풀밭 위로 걸어간 사람이 있는데, 그것은 확실히 발자국을 남기지 않으려고 한 것이 분명합니다. 뚜렷한 발자국은 없었지만 풀밭이 짓밟힌 것을 보면 확실히 누가 걸어간 듯합니다. 아침에는 남자 하인도 오지 않으므로 아무도 걸어온 사람이 없고, 밤중 내내 비가 왔으니까 범인 이외의 딴사람은 절대로 아닐 것입니다."

"잠깐, 그런데 그 길은 어디로 통하나?"

홈즈는 물었다.

"큰길로 통합니다."

"길이가 얼마나 되지?"

"90미터 가량입니다."

"대문에서 그 길까지 들어오는 길에는 발자국이 없었나?"

"그런데 중간 길은 그곳에서부터 포장도로로 되어 있었습니다."

"큰길은 어떤가?"

"큰길은 발자국이 섞여서 뒤범벅이 되어 있습니다."

"쯧쯧. 그러면 할 수 없군. 풀밭에 있는 발자국은 들어온 건가, 나간 건가?"

"잘 알 수가 없습니다. 발자국 윤곽이 없더군요."

"발자국이 큰지 작은지도 모르겠던가?"

"예, 알아볼 수 없었습니다."

홈즈는 참을 수 없다는 듯 탄식했다. 그리고 이렇게 말했다.

"그 뒤부터 계속 비가 오고 바람이 불지 않았나. 그러니 이제는 나의 이 양피지를 읽는 것보다 더 알기 어려울 걸세. 할 수 없지. 그래, 홉킨즈, 무엇 하나 확실한 것이 없다는 걸 확실히 안 뒤에 자네는 어떻게 하였나?"

"아닙니다. 나는 몇 가지 확실하게 안 것이 있습니다. 첫째로 어떤 사람이 조심성 있게 그 집 안으로 들어간 것을 알았습니다. 나는 다음으로 복도를 조사했습니다. 복도에는 야자나무 껍질을 깔았으므로 발자국이 하나도 나지 않았습니다. 그리고 나서 서재에 들어갔습니다. 서재에는 그다지 세간이 없으며, 커다란 반닫이가 붙은 큰 책상이 오직 눈에 띄는 가구입니다. 반닫이는 두 쪽에 서랍이 있는데, 서랍은 다 열렸지만 가운데 것만 채워져 있었습니다. 그러나 서랍은 늘 열려 있으며 별로 대단한 물건이 들어 있지 않다고 합니다. 가운데 서랍에는 중요한 문서가 들어 있는 것 같았지만 그것에도 손을 댄 흔적이 없고, 교수도 잃어 버린 것은 없다고 확언하였습니다. 정말로 아무런 도난품이 없었습니다.

다음으로 청년의 몸을 보았습니다. 시체는 반닫이 앞에 있었습니다. 이 그림에 있는 것 같이 반닫이 왼편에 있었습니다. 찔린 곳은 오른쪽 목인데, 뒤에서 왼편 앞으로 찔렸습니다. 그것은 확실히 자살일 수가 없습니다."

"칼을 쥐고 넘어진 것이 아니라면 말이지."
홈즈는 말을 꺼냈다.
"그렇습니다. 그런 생각도 했었습니다. 그러나 칼이 몇 자나 떨어진 곳에 있었으므로 그렇다고 볼 수 없습니다. 더구나 죽을 때 한 말이 있지 않습니까. 그리고 여기 결정적인 증거물이 있습니다. 이것은 죽은 사람이 오른쪽 손에 잔뜩 쥐고 있었던 것입니다."
홉킨즈는 주머니 속에서 작은 종이 뭉치를 꺼냈다. 그것을 펼치더니 코 끝에 거는 금테 안경을 꺼냈다. 검은 비단 끈이 두 개 끊어진 채 달랑달랑 매달려 있었다. 홉킨즈는 말했다.
"죽은 청년은 시력이 퍽 좋습니다. 이것은 분명히 범인의 얼굴에서 나, 또는 몸에서 빼앗은 것일 겁니다."
홈즈는 그 안경을 손에 들고서 깊은 흥미를 가지고 열심히 그것을 조사했다. 코에도 걸어 보고, 그것을 쓰고 책도 읽어 보고, 창 앞으로 가서 바깥도 내다보고, 램프 앞으로 가서 자세히 그것을 살펴보고는 껄껄 웃으면서 의자에 걸터앉았다. 그리고는 종이에 두어 줄 써서 홉킨즈에게 내던졌다. 그리고 말했다.
"이게 자네를 위해서 할 수 있는 최선의 일일세. 쓸모 있을는지 모르니 잘 읽어 보게."
놀란 젊은 형사는 큰소리로 그것을 읽었다. 다음과 같은 내용의 글이었다.

사람을 찾음——귀부인과 같은 복장을 한 말솜씨 좋은 부인. 코가 몹시 높고, 두 눈이 코에 바싹 붙었음. 이마에 주름이 졌고, 찡그려 보는 습관이 있음. 등이 굽었으며, 요즘 몇 개월 동안 적어도 안경점에 두 번이나 간 적이 있음. 이 안경의 도수가 몹시 높고, 안경점은 몇 개 안 되므로 찾는데 그리 큰 힘이 들지 않을 것임.

홉킨즈가 놀라는 것을 보고 홈즈는 웃었다. 그 웃음은 내 얼굴에도 반사했을 것이다.

홈즈가 말했다.

"이까짓 추측은 아주 간단하지. 안경같이 추측하기 좋은 재료를 주는 것은 없단 말야. 더구나 특수한 안경은 더욱 더 쉽거든. 이것이 부인네 것이라는 건, 죽은 사람의 말과 그것이 조심스럽게 사용된 것을 보면 알지. 그 여자가 옷을 잘 입고 교양이 있다는 것은, 테가 순금이며 이런 안경을 쓴 여자는 결코 상스럽지 않을 것이니까 말일세. 콧등에 거는 곳이 퍽 넓은데, 그것은 부인의 코 밑이 퍽 넓다는 것을 보여주는 거야. 이런 코는 보통 작고 거칠지만 그러나 예외는 많이 있으니까, 이 점에 대해서 독단하는 것은 그만두세. 내 얼굴은 퍽 좁지만 이 안경의 중심거리는 양편이 퍽 좁단 말야. 그러므로 이 부인의 두 눈은 코와 꽤 가까울 거야. 왓슨, 보면 알겠지만 이 안경은 근시 안경이고, 꽤 도수가 높네. 이렇게 시력을 위하여 힘을 쓰는 사람은, 육체적으로 나타나는 법일세. 이마와 눈두덩과 어깨에 나타나 있네."

"그렇고 말고, 나는 자네의 말을 다 알아듣겠네. 그러나 다만 한 가지, 어떻게 안경점에 두 번 간 것을 아나?"

나는 이렇게 물었다.

"자네도 보듯이, 코에 닿는 데가 부드럽도록 코르크를 발랐네. 두 쪽에 다 했는데 한쪽은 빛깔이 변했고 얼마쯤 닳았지만, 한쪽은 아주 새것일세. 분명히 한쪽이 떨어져서 새로 붙인 걸 거야. 그러나 오래된 것도 두어 달밖에 안 된 것일세. 그런데 두 개가 똑같으니까, 이 점으로 보아 나는 이 여자가 같은 가게에 두 번 갔다는 것일세."

"흠, 참으로 경탄할 만합니다."

홉킨즈는 황홀경에 빠져 칭찬했다.

"수중에 증거를 죄다 가지고 있으면서 그냥 모르고 있었다니! 참, 하기는 런던의 안경점을 죄다 돌아다닐 생각이기는 했지만!"

"그럼, 그래야지. 그런데 내게 더 할 이야기는 없나?"

"없습니다. 이제 내가 안 것만큼은 다 아셨을 겁니다. 더 많이 아실는지도 모르지만. 그리고 큰길에서나 정거장에 누구 낯선 사람이 없었는지 알아봤지만, 아무도 없었답니다. 그러나 내게 가장 타격을 준 것은 범죄의 목적을 전혀 알 수 없다는 겁니다. 그 동기는 아무도 모릅니다."

"그 점은 나도 어떻게 도와 줄 수가 없군그래. 그런데 자네 말은 내일쯤 함께 가 보자는 건가?"

"너무 폐가 안 된다면 그렇게 해주셨으면 합니다. 아침 6시에 체링 크로스에서 차탐으로 가는 차가 있습니다. 그것을 타면 8시에서 9시 사이에 욕슬리 구가에 닿을 것입니다."

"그럼, 그렇게 하지. 자네의 사건은 퍽 흥미 있네. 도와줌세. 아, 벌써 1시로군. 두어 시간 눈을 붙이세. 자네는 불 앞 소파에서라도 좀 자겠나. 떠나기 전에 알코올 램프로 커피를 끓여 주지."

이튿날은 바람이 잤으나, 우리가 출발할 때에는 퍽 추운 아침이었다. 찬 겨울 해가 템즈 강의 습지대 위와 강의 길고 쓸쓸한 하류로부터 떠오르는 것을 보았다. 이것을 보자 우리가 처음 활동을 시작했을 즈음 이곳에서 안다만 섬 사람들을 쫓아다니던 일이 떠올랐다. 싫증나는 긴긴 여행 뒤에 우리는 차탐에서 2마일 정도 떨어진 한 작은 정거장에 닿았다. 마을 여관에서 마차에 말을 매는 동안 얼른 아침 식사를 하고, 욕슬리 구가에 도착했을 때 곧 일에 착수할 수 있게 되었다. 문 앞에서 우리들은 순경을 만났다.

"무슨 새로운 일이 생겼나?"

"없습니다. 아무것도 없어요."

"낯선 사람이 왔다는 소식도 없던가?"

"없습니다. 어제 정거장에서는 아무도 수상한 사람이 타지도 않고 내리지도 않았답니다."

"여관도 조사해 보았나?"

"네, 그러나 수상한 사람은 하나도 없었습니다."

"그렇지, 차탐까지는 걸어가도 괜찮았을 테니까. 눈에 띄게 기차를 탄다든지, 여관에 묵지는 않았겠지."

"홈즈 선생, 이것이 말씀드린 정원 길입니다. 어젠 여기에 아무 발자국도 없었습니다."

"풀 위에 발자국이 있다는 것은 어느 쪽인가?"

"이쪽입니다. 길과 화단 사이에 있는 좁은 풀 위입니다. 지금은 아무것도 없습니다만, 어제는 분명히 있었습니다."

홈즈는 풀 위로 몸을 구부리면서 말했다.

"옳아, 옳아. 누가 풀 위로 지나갔어. 그 여자는 조심스럽게 풀 위를 지나갔어. 그 여자는 조심해서 풀 위를 골라서 걸었군. 조금 잘못 걸으면 한쪽은 땅이 패이니까 발자국이 날 테고, 또 한쪽은 연한 화단이니까 더욱 선명한 발자국이 날 테니까 말야."

"그렇습니다. 그 여자는 분명히 냉정하고 침착한 여자입니다."

홈즈의 얼굴이 진지해 보였다.

"돌아갈 때에도 이 길로 갔단 말인가?"

"그럼요. 딴 길이 없으니까요."

"이 풀 위를 걸어갔단 말이지?"

"그렇습니다, 홈즈 선생."

"흠, 참 굉장한 재주로군. 아주 굉장해. 그래, 길은 다 보았으니 다른 곳을 보세. 이 정원 문은 늘 열려 있나? 그렇다면 손님은 아주 손쉽게 들어올 수 있었겠군. 처음에는 사람을 죽일 생각이 없었던 것 같아. 그럴 생각이었더라면 무슨 무기를 가지고 올 것이 아닌가? 책상 위에 있는 칼을 쓰진 않았을 거란 말야. 그 여자는 복도로 걸어왔을 테지. 야자나무 껍질을 깔았으니까, 발자국이 남지 않을 게 아닌가? 그리고 서재로 들어왔을걸. 거기서 얼마나 있었느냐 하는 것은 알 길이 없지만."

"몇 분 동안밖에 안 될 겁니다. 말씀드리는 것을 잊었습니다만, 안잠자기가 15분 정도 전에 그 방을 청소했다고 합니다."

"그러면 한계가 결정되었네. 그 여자가 방에 들어가서 어떻게 하였는가 하면, 책상 앞으로 갔겠지. 무엇 때문에 갔느냐 하는 건 서랍 속의 것과는 아무 관계가 없을 거야. 집어 갈 염려가 있는 것이면 열쇠로 잠가 두지 않았을 리가 없거든. 그 속의 것이 아니라 가운데 반닫이 속의 것이 문제였어. 하하, 저 반닫이 곁에 긁힌 자국이 있네그려. 왓슨, 성냥을 주게. 홉킨즈, 왜 저 이야기를 하지 않았나?"

홈즈가 조사한 것은 열쇠 구멍 오른쪽에 있는 놋쇠 장식인데, 그곳에서 12센티미터 가량 반닫이 곁이 긁혀 있었다.

"홈즈 선생, 이것을 보긴 보았습니다만, 열쇠 구멍 옆에는 흔히 긁힌 흔적이 있지 않습니까?"

"아닐세, 이것은 아주 새 것이야. 놋쇠 장식 위가 얼마나 빛나고 있는지 보게그려. 오래된 흠이라면 빛깔이 바탕 빛과 똑같은 것이거든. 현미경을 대고 보게나. 안잠자기를 불러 주게."

슬픈 얼굴을 한 늙은 부인이 방으로 들어왔다.

"어제 아침에 반닫이의 먼지를 털었소?"

"네, 털었습니다."

"그때 이 긁힌 자국을 보았소?"

"아니오, 못 보았습니다."
"그랬을 것이오. 이 반닫이의 열쇠는 누가 가지고 있소?"
"선생님이 시계 끈에 매어 가지고 계십니다."
"간단한 열쇠요?"
"아닙니다. 복잡하게 생겼습니다."
"좋습니다. 그만 가시오. 자, 이제 다시 이야기를 진행시키지. 그 부인이 방으로 들어와서 반닫이 앞으로 가서 반닫이를 열었든지, 혹은 열려고 했을 걸세. 그러고 있는데 청년 스미스가 방에 들어왔단 말이야. 급히 열쇠를 빼려고 하다가 놋쇠 장식이 긁혔겠지. 청년이 그 여자를 붙들자, 마침 가장 가까운 데에 있는 것을 잡는다는 게 바로 칼이었단 말야. 그래서 그것을 가지고 붙든 팔을 놓으라고 청년을 쳤을 걸세. 그런데 그게 치명상이 되었지. 청년이 넘어지자, 그 여자는 도망갔어. 목적한 것을 가졌는지 못 가졌는지는 모르지만 말야. 수잔, 이리와 보시오. 그 소리를 듣고 뛰어내려올 시간 동안에 누가 문으로 뛰어나갈 수 있었겠소?"
"아뇨. 그럴 틈이 못 돼요. 층층대를 다 내려오기 전에, 위에서 복도가 훤히 보입니다. 그리고 문이 열렸으면 그 소리를 들었을 텐데, 전혀 나질 않았어요."
"그러면 나간 길이 결정됐네. 그 여자는 온 길로 도로 갔을 수밖에 없어. 여보게, 홉킨즈. 이 점이 중대한 점일세. 퍽 중요한 점이야. 교수 방으로 가는 복도에도 야자나무 껍질을 깔았군그래."
"네, 그것이 무슨 관계가 있습니까?"
"사건에 관계가 있는 것을 모르겠단 말인가? 그럼, 좋아. 내가 잘못일지도 모르지. 그러나 어쩐지 암시적이란 말야. 나를 따라와서 교수를 소개해 주게."
우리는 복도를 내려갔다. 그 복도의 너비는 뜰로 통하는 복도의 너비와 같았다. 복도를 다 가면 층계로 조금 올라간 곳에 문이 있었다. 홉킨즈가 문을 노크하고 우리들은 교수의 침실로 들어갔다.

그것은 무수한 책이 진열되어 있는 큰 방이었다. 책은 시렁에서 넘쳐흘러 방 모퉁이에 쌓여 있기도 하고, 바닥에 그냥 쌓여 있기도 하였다. 침대는 그 중간에 놓여 있고, 베개에 의지하여 주인이 앉아 있었다. 그런 이상한 인물은 처음 보았다. 뒤돌아 보는 그 얼굴은 말라 비틀어진 독수리를 연상시켰고, 쏘는 듯한 검은 눈은 길고 짙은 눈썹 아래에서 푹 패여 있었다. 머리와 눈썹이 하얗게 세었는데, 입 언저리만은 수염이 노란 빛을 띠고 있었다. 흰 머리카락이 뻗친 속에서 담뱃불이 빛나고 있었다. 방 안 공기는 담배 연기로 탁했다. 홈즈한테 내미는 손을 보니, 누런 니코틴으로 더러워져 있었다.

"홈즈 씨는 담배를 피우십니까?"

교수는 조금 이상한 악센트를 붙이면서 교양 있는 말솜씨로 입을 열었다.

"담배 하나 피워 보시지요. 그리고 당신도 태우십시오. 이것은 알렉산드리아의 이오니드 상회에서 특별히 주문해 온 것이니까 한 대 피워 보십시오. 한 번에 천 개씩 가져오는데, 2주일이면 다 피웁니다그려. 몸에는 나쁘지만, 늙은 사람한테 무슨 즐거움이 있겠습니까. 담배와 연구가 내게 남은 전부입니다."

홈즈는 담뱃불을 켜고, 방 안을 흘끔흘끔 날카롭게 돌아보았다. 노인이 다시 입을 열었다.

"담배와 연구뿐이랬지만, 이제는 담배뿐입니다. 아, 이 무슨 비극입니까. 누가 이 무서운 비극을 상상이나 했겠습니까. 훌륭한 청년이었습니다. 두어 달 동안 일하더니 아주 훌륭한 조수가 되었습니다. 홈즈 씨, 이 사건을 어떻게 생각하십니까?"

"아직은 잘 모르겠습니다."

"모든 것이 암흑입니다. 이 암흑에 한 가닥 광명을 주셨으면 대단히 감사하겠습니다. 책이나 읽으며 지내는 병신에게 이런 타격은 참으로 정신만 멍하게 할 뿐입니다. 이 일이 있은 뒤로 나는 생각하는 힘조차 없어졌습니다. 그러나 선생은 활동가이시고, 이런 일에 익숙하시지요. 이런 일은 선생의 생활에 있어서 흔히 있는 일이 아닙니까? 어떠한 급한 경우에도 조금도 냉정을 잃지 않으실 것입니다. 선생이 오셔서 우리들은 퍽 다행입니다."

늙은 교수가 이야기하는 동안, 홈즈는 방 한구석을 왔다갔다하고 있었다. 나는 홈즈가 굉장히 빠르게 담배를 피우는 것을 보았다. 새로 피워 보는 알렉산드리아 담배가 이 집 주인과 같이 퍽 마음에 든 모양이었다. 노인은 이야기를 계속했다.

"정말로 큰 타격입니다. 저쪽 테이블 위에 쌓인 서류 뭉텅이는 나의 큰 저술입니다. 시리아와 이집트의 사원에서 발견된 문서를 분석한 것인데, 천계교(天啓敎)에 대한 근본을 깊이 파고들어간 저술입니다. 이제 조수가 없어졌으니, 허약한 이 몸으로 저술을 다 끝낼 수 있을는지 걱정입니다. 그런데 홈즈 씨, 나보다도 더 담배를 빨리 피우십니다그려!"

홈즈는 웃었다. 그리고 상자에서 또 한 개를 꺼내어 네 개째의 담배에, 타다 남은 담배로 불을 붙였다.

"나는 담배 감상가입니다. 쓸데없는 긴 질문으로 선생님을 괴롭게 해 드리지는 않겠습니다. 선생님께서는 범행 당시에 누워 계셔서 아무것도 모르신다니까요. 다만 이것 한 가지만 대답해 주십시오. 청년이 죽을 때 '선생님, 그 여자였습니다'라고 한 말을 어떻게 생각하십니까?"

교수는 머리를 흔들었다.

"수잔이라는 아이는 시골에서 온 애입니다. 그런 아이의 말은 종잡을 수 없다는 걸 아실 겁니다. 내 생각엔, 죽은 사람이 헛소리를 중얼대는 것을 그 아이가 그런 의미없는 말로 조작해서 들은 것 같습니다."

"알았습니다. 이 사건에 대해서 잘 모르시는 모양이시군요."

"아마 무슨 잘못일 것입니다. 우리들끼리 이야기지만, 자살일 겁니다. 그 청년은 무슨 비밀이 있었겠지요. 우리들이 영원히 알 수 없는 가슴 속의 비밀이 있었을 겁니다. 그것이 타살이라는 것보다 훨씬 더 가능성이 있습니다."

"그러면 안경은?"

"아, 나는 한 학구(學究)에 불과합니다. 꿈꾸는 사람입니다. 나는 인생의 모든 실제 문제를 해석할 능력이 없습니다. 그러나 사랑의 갈등이 괴상한 형상을 가지고 나타난다는 것쯤은 알고 있습니다. 담배 하나 더 피우십시오. 이 담배를 좋아하시는 것을 보니 유쾌합니다. 부채나 장갑이나 안경 같은 것을 사람이 죽을 때에 몸에 지닌다거나, 유물로 가지고 있지 말란 법도 없지 않습니까. 이 양반은 풀밭 위에 있는 발자국을 말씀하시는데, 그런 것은 잘못 보기 쉽습니다. 칼만 해도, 그가 넘어질 때 멀리 던져진 것인지도 알 수 없는 것이 아닙니까. 내가 말하는 것이 어린애 같은 소리일는지 모르지만, 그러나 내 생각으로는 스미스 군이 자기 손으로 죽은 것 같습니다."

홈즈는 이런 의견에 감동된 것 같이 보였다. 그는 그냥 얼마 동안 왔다갔다하면서 생각에 잠겨 담배만 자꾸 피웠다. 그리고 마지막인 것처럼 말했다.

"코람 선생! 서재의 반닫이 속에는 무엇이 들어 있습니까?"

"도둑이 집어갈 만한 것은 하나도 없습니다. 집안 문서, 아내에게서 온 편지, 그리고 대학 졸업증서 같은 것입니다. 여기 열쇠가 있습니다. 보십시오."

홈즈는 열쇠를 받아들고 잠깐 보더니 다시 돌려주었다.

"아닙니다. 본대야 소용없을 겁니다. 나는 지금 정원으로 내려가서 모든 사건을 다시 잘 생각해 보겠습니다. 선생님께서 말씀하신 자살 문제도 생각해 보겠습니다. 오랫동안 있어서 죄송합니다. 점심을 드실 때까지는 들어오지 않겠습니다. 2시에 다시 들어와서 그동안에 생긴 일이 있으면 보고하겠습니다."

홈즈는 이상하게 흥미 없이 말하고, 말없이 얼마 동안 정원 길을 왔다갔다 하였다.

"자네, 무슨 단서를 잡았나?"

참다못해 나는 물었다.

"그것은 내가 피운 담배에 달렸을 걸세. 내가 잘못 생각했는지도 모르지만 좌우간 담배가 증명할 걸세."

"여보게, 홈즈. 뭐라구?"

나는 소리를 질렀다.

"글쎄, 차차 알게 된대도 그러나. 잘못된 거라고 해도 조금도 해는 없을 거야. 물론 여차 하면 안경점을 뒤질 수도 있지만, 좀 손쉬운 길을 취하려는 걸세. 아, 여기 안잠자기 양반이 있군! 한 5분 동안 이야기해 볼까. 혹시 무슨 말이 나올는지 모르니까."

나는 앞에서 홈즈가 필요하면 손쉽게 여자들에게 이야기를 붙여서 그들과 친밀해질 수 있다는 것을 말했는지 모르겠다. 5분 반도 못 되어서 그는 안잠자기의 호의를 사서 몇 해 전부터 서로 아는 사이처럼 되어 이야기하였다.

"네, 말씀하신 것과 똑같습니다, 홈즈 선생님. 담배를 굉장히 피우십니다. 온종일 피우시고 밤에도 피우십니다. 어느 날 아침에 들어가 보니까, 뭐랄까요? 꼭 런던의 안개 속 같지 않겠어요! 죽은 스미스 씨도 담배를 피우지만 선생님만큼은 못 피웁니다. 건강 말씀입니까, 담배가 건강에 좋은지 나쁜지는 모르겠습니다."
"아, 그래도 식욕은 떨어뜨릴 것 아닙니까?"
"그것도 잘 모르겠습니다."
"선생님께서는 식사를 그다지 잘 하지 못하시겠지요?"
"아니오, 그것은 고르지 않습니다."
"오늘은 아침도 잡숫지 않고, 담배를 그렇게 많이 피우셨으니까, 점심은 통 못 잡수시겠지요."
"아닙니다, 그렇지 않아요. 오늘은 놀랄 만큼 아침을 많이 잡수셨습니다. 전에 없이 많이 잡숫고, 또 점심에는 커틀릿(얇게 저민 고기)을 많이 가져오라고 말씀하셨어요. 몹시 놀랐습니다. 나는 어저께 그 방에 가서 스미스 씨가 죽어 있는 것을 보고 나서는 밥맛이 떨어져 보기도 싫은데요. 그러나 사람은 저마다 다르니까, 선생님은 그 일 때문에 조금도 식욕을 잃지 않으신 게죠."

우리는 뜰을 거닐면서 아침을 보냈다. 홉킨즈는 마을로 가서 어제 아침 차탐 큰길에서 혹시 아이들이라도 이상한 부인을 보지 못했나 하는 것을 뜬소문으로나마 들으려고 하였다. 홈즈는 언제나 넘쳐나던 그 정력이 다 빠져 버린 것 같았다. 나는 홈즈가 사건을 이렇게 정성들이지 않고 다루는 것을 본 일이 없었다. 홉킨즈가 돌아와서 아이들이 홈즈가 말한 것과 똑같은 여자——안경을 쓰고 있는 여자를 보았다는 이야기를 할 때도 별로 흥미 없어하였다. 우리들이 점심 먹을 때에 시중들어 준 수잔이, 어제 아침 청년이 산책을 나갔다가 비극이 생기기 30분 전에 돌아왔다는 이야기에는 큰 흥미를 느끼는 것 같았다. 나는 그 이야기가 이 사건에 무슨 관계가 있는지 알 수 없었으나, 홈즈는 그것을 자기의 머릿속에 그린 어느 그림 속에 집어넣는 것 같았다. 그는 별안간 자리에서 일어나서 시계를 보았다.

"여러분, 2시입니다. 올라가서 교수와 이야기를 좀 해봅시다!"
늙은 교수는 점심을 막 끝내고 있었다. 앞에 놓인 빈 큰 접시는 안잠자기가 말한 그의 굉장한 식욕을 보여줬다. 우리가 들어갔을 때 그는 흰 머리와 번쩍이는 눈을 우리에게로 돌렸는데 참으로 흉측한 얼굴이었다. 늘 물고 있는 담배는 역시 입에 있었다. 옷을 입고 난로 옆 안락의자에 앉아 있었다.
"홈즈 씨, 사건이 아직 해결되지 않았습니까?"
교수는 테이블 위에 있는 큰 담배함을 홈즈 앞으로 내밀었다. 홈즈는 손을 내밀어 받으려고 하다가, 어떻게 된 셈인지 담배함을 떨어뜨려 엎질렀다. 1, 2분 동안 우리는 허리를 굽히고, 멀리 굴러간 담배를 주웠다. 다시 허리를 폈을 때에 나는 홈즈의 눈이 빛나고 뺨이 붉어진 것을 보았다. 이런 전투기(戰鬪旗)가 날리는 것은 절박한 때에만 하는 일이었다.
"네, 해결했습니다."
홈즈는 대답했다. 스탠리 홉킨즈와 나는 놀라서 그를 바라보았다. 늙은 교수의 얼굴에는 비웃는 빛이 떠올랐다.
"정말이요, 뜰에서 말인가요?"
"아닙니다, 여기서입니다."
"여기서요, 언제?"
"지금."
"홈즈 씨, 농담 마시오, 그렇게 농담을 하시기에는 이 사건이 너무 중대하다고 나는 말씀드리지 않을 수 없습니다."
"나는 이 사건의 한 부분 한 부분을 깊이 생각하고 또 생각했습니다. 그리하여 그것이 확실하다고 말할 수 있습니다. 이 사건에 있어서 선생이 어떠한 동기를 가지셨는지 또 어떤 일을 하셨는지는 알 수 없습니다만, 그것은 몇 분 뒤에 선생님 자신의 입으로 듣게 될 것입니다. 그러나 어쨌든 내가 지난 일을 말씀해 드리지요. 그러면 내가 알지 못하는 부분이 어느 것인지 선생께서 아실 겁니다.

어느 부인이 어제 선생의 서재에 들어왔습니다. 그 부인은 선생님의 반닫이 속에 있는 서류를 가지러 온 것입니다. 그 여자는 열쇠를 가지고 있었습니다. 나는 선생님이 가지신 열쇠를 보았으나 그것에는 놋쇠 장식에 긁혀 밀 적에 생긴 조그만 자국이 없었습니다. 그러므로 선생은 이 사건에 관계가 없으며, 따라서 내가 모은 자료로 미루어 본다면 부인은 선생님 몰래 도둑질하러 온 것입니다."

교수는 입에서 연기를 뿜었다.

"그 말씀은 재미있고 그럴 듯합니다. 더 하실 말씀이 없습니까? 그만큼 부인의 행동을 뒤밟으셨다면, 그 다음에 어떻게 되었는지도 아시겠구먼."

"차차 말씀드리겠습니다. 그런데 그만 선생님 비서한테 잡힌 겁니다. 그래서 도망가려고 찌른 것입니다. 나는 이 사건을 하나의 불행한 돌발 사건으로 생각합니다. 그것은 왜냐하면, 그 부인은 이런 슬픈 사건을 일으킬 생각이 없었을 것이라고 믿기 때문입니다. 만일 처음부터 살해할 생각을 가졌다면 맨손으로 올 리가 만무합니다. 그리고 자기가 저지른 일에 놀라서 비극이 일어난 곳으로부터 황급히 도망을 쳤습니다. 그 여자는 불행히도 싸우다가 안경을 뺏겼습니다. 지독한 근시안이기 때문에 그 여자는 안경 없이는 아무 것도 할 수 없는 처지입니다. 들어올 때의 그 길이거니 하고 복도로 뛰어나왔지만, 두 길이 다 야자나무 껍질을 깔았는지라 얼른 알 수가 없었습니다. 길이 잘못된 것을 깨달았을 때에는 벌써 늦었습니다. 오던 길을 도로 갈 수는 없었습니다. 수잔이 내려오고 있었기 때문입니다. 어쩔 줄 몰랐을 것입니다. 그냥 서 있을 수도 없고, 그냥 가는 길로 가야만 되었을 것입니다. 그래서 그냥 갔습니다. 층층대를 올라가 문을 연 것이 바로 선생님의 침실이었습니다. 즉 이 방이었습니다."

교수는 입을 벌리고 뚫어지게 홈즈를 보았다. 놀라움과 불안이 그의 얼굴에 떠올랐다. 그러나 억지로 그것을 누르고 어깨를 들썩이면서 일부러 지어낸 웃음을 띠었다.

"모든 점이 훌륭하십니다. 홈즈 선생. 그러나 지금 말씀에는 한 가지 험이 있습니다. 그때 나는 이 방에 있었습니다. 나는 이 방에서 떠난 일이 없습니다."

"그것도 알고 있습니다."

"그러면 내가 침대 위에 누워서, 여자가 들어오는 것을 몰랐단 말이오?"

"나는 그런 말을 하지 않았습니다. 선생은 그것을 아셨습니다. 그 여자와 이야기도 하셨습니다. 선생은 그 여자가 누구인지도 아셨습니다. 선생은 그 여자를 도와서 피신하게 해주었습니다."

교수는 또다시 높은 소리로 웃었다. 그때에는 일어서 있었는데, 눈이 불타고 있었다. 그리고 크게 소리쳤다.

"당신은 미쳤소. 정신 없는 소리 마시오. 내가 그 여자를 도와서 도망치게 했다니, 그럼 그 여자가 어디 있단 말이오?"

"저기 있습니다."

홈즈는 이렇게 말하면서 방 모퉁이에 있는 높은 책 궤짝을 가리켰다.

나는 늙은 교수가 팔을 드는 것을 보았다. 찡그린 얼굴에는 무서운 경련이 일어났다. 그는 의자에 털썩 주저앉았다.

그러자 홈즈가 가리킨 책 궤짝이 열리면서 그 안에서 한 여자가 나왔다.

"당신 말이 옳습니다. 나는 여기 있습니다."

그 여자는 서투른 외국어로 말했다.

그 여자는 궤짝 안에서 묻은 먼지를 뽀얗게 쓰고 거미줄까지 달고 있었다. 얼굴에도 때가 묻어 있었는데, 때가 없었다 해도 결코 아름다운 얼굴은 아니었다. 그 여자는 홈즈가 추측한 모든 특징을 가지고 있었으며, 거기에 더하여 길고 고집쟁이 같은 턱을 가지고 있었다. 본디 눈이 나쁘기도 하지만, 어두운 곳에서 별안간 밝은 곳으로 나온 탓으로 어리둥절하여 이곳이 어디이고, 우리가 누구인지를 확실히 알기 위해 눈을 끔벅거리면서 주위를 둘러보았다. 그러나 이 같은 모든 결점에도 불구하고, 그녀의 태도에는 어딘지 고상한 점이 있었다. 버티는 것 같은 턱과 쳐드는 것 같은 머리는 어디인지 존경과 칭송을 강요하는 것 같은 고상한 기품이 있었다.

홉킨스는 그 여자의 팔에 손을 얹어 죄인으로 대우하려고 하였으나, 여자는 그 손을 조용히 밀치면서 일종의 위엄으로 그를 굴복시켰다. 늙은 교수는 뒤틀린 얼굴을 하고는 의자에 비스듬히 누워서 걱정스러운 눈길로 여자를 바라보았다. 여자는 계속 말을 이었다.

"네, 나는 당신에게 잡힌 사람입니다. 내가 있던 곳에서 모든 것을 잘 들었습니다. 그리고 당신네들이 정말 사실대로 알고 있다는 것도 알았습니다. 나는 모두 그대로 인정합니다. 청년을 죽인 사람은 납니다. 아까 어느 분이 우연히 발생한 일이라고 하셨는데, 그 양반 말씀이 옳습니다. 내가 쥔 것이 칼인지조차 몰랐습니다. 나는 그때 실망 끝에 책상 위에 있는 것을 그저 아무것이나 집어서 나를 놓게 하려고 그를 때렸습니다. 내가 지금 말한 것은 사실입니다."

"부인, 나도 사실이라고 믿습니다. 그러나 당신이 하신 일이 결코 옳은 일은 아닙니다."

홈즈의 말이었다.

그 여인은 얼굴빛이 변했다. 얼굴이 더러운 까닭에 더 흉해 보였다. 다시 침대 모퉁이에 걸터앉아서 이야기를 계속하였다.

"나는 이곳에 오래 있을 수 없습니다. 그러나 사실대로 모두 당신들한테 고백하겠습니다. 나는 이분의 아내입니다. 이분은 영국 사람이 아닙니다. 러시아 사람입니다. 이름만은 말하지 않겠습니다."

처음으로 노인이 떠들어댔다.

"안나, 제발, 제발 말하지 마오!"

그 여자는 노인에게 경멸하는 눈빛을 보냈다.

"셀기우스, 당신은 왜 이 같은 부끄러운 생활에 애착을 느끼고 있으세요. 많은 사람에게 해를 줄 뿐 아무에게도 좋은 일이 못됩니다. 당신 자신에게도 이익이 없습니다. 하느님이 결정하신 때가 오기 전에 약한 실을 끊는 것은 물론 나의 잘못입니다. 그러나 나는 이 더러운 집 문턱을 넘을 때부터 이미 결심했습니다. 그러나 얼른 할 이야기를 다 해야지요, 늦으면 안 되니까……

여러분, 나는 이분의 아내라고 말했습니다. 결혼할 때 이분은 50살이었고 나는 어리석은 20살 난 여자아이였습니다. 러시아의 어느 도시 대학에서였습니다. 나는 그곳 이름은 대지 않겠습니다."

"안나, 무슨 소리요!"

노인은 또 중얼거렸다.

"우리들은 개혁가──혁명가──허무주의자였습니다. 남편과 나와 또 많은 동지가 있었습니다. 어느 날 시끄러운 일이 생겨서 경찰관이 살해되었습니다. 그래서 많은 동지들이 잡혔으나 증거가 없었습니다. 그때에 자기 목숨을 구하고, 많은 상금을 타기 위하여 저분은 아내를 비롯하여 많은 동지를 팔았습니다. 그랬습니다. 저이의 자백 때문에 우리들은 모두 잡혔습니다. 몇 사람은 교수대로 가고, 또 몇 사람은 시베리아로 유형살이 갔습니다. 나는 시베리아로 유형을 갔었으나 종신은 아니었습니다. 저이는 부정한 돈을 가지고 영국으로 건너와서 숨어 살았습니다. 물론 동지들이 거처를 알기만 하면 1주일 이내에 처벌을 받을 것을 알면서……."

늙은 교수는 떨리는 손을 내밀어서 겨우 담배를 한 개 집었다.

"안나, 나는 그대의 손 안에 달렸소. 그대는 나한테 늘 친절히 대해주지 않았나!"

"그러나 나는 아직 이분의 가장 나쁜 죄악을 이야기하지 않았습니다. 우리 동지들 중에는 나의 마음의 벗이 있었습니다. 그는 고상하고 이기적이 아니며 사랑할 만한 청년이었습니다. 나의 남편과는 정반대였습니다. 그는 폭력을 미워했습니다. 그 사건이 죄가 된다고 한다면 우리들 모두가 죄인일지라도, 그 청년만은 무죄입니다. 그는 나에게 그런 길을 걷지 말라고 늘 말리는 편지를 주었습니다. 그 편지가 있었더라면 그는 구제되었을 것입니다. 그리고 내 일기만이라도 있었더라면 좋았을 것입니다. 나는 그 일기에다가 날마다 그에 대한 나의 감정과 우리들이 토론하던 것을 적었습니다. 나의 남편이 그것을 보고 편지와 일기를 모조리 치웠습니다. 남편은 그것을 감추어 버리고, 그 젊은이의 생명을 없애려고 애썼습니다. 없애지는 못했지만, 그 청년은 시베리아로 유형을 가서 지금도 소금 광산에서 일하고 있습니다. 그것을 생각해 보십시오. 이 나쁜 사람, 못된 사람! 그 사람은 지금 노예같이 살며, 노예처럼 일하고 있습니다. 당신은 그 사람의 이름조차 부를 자격이 없습니다. 당신 목숨은 내 손아귀에 있습니다. 그러나 나는 당신을 놓아 주는 것입니다."

"당신은 참으로 늘 고상한 부인이었소, 안나!"

노인은 담배 연기를 뿜으면서 말했다. 그 여자는 일어섰으나 다시 고통 어린 작은 소리를 내면서 주저앉았다.

"어서 말을 끝내겠습니다. 만기가 되어 나오자 일기와 편지를 찾으려고 결심했습니다. 그것을 러시아 정부에 보내기만 하면 나의 벗은 석방됩니다. 나는 남편이 영국으로 간 것을 알았습니다. 몇 달을 찾은 결과 있는 곳을 알아냈습니다. 나는 아직도 남편이 그 일기를 갖고 있다는 것도 알았습니다. 그것은 내가 시베리아에 있을 때 한 번 그에게서 편지를 받았는데, 일기장 속의 문구를 인용해 가지고 나를 나무랐기 때문입니다. 그러나 그의 성질은 고약하므로, 그 편지를 손쉽게 줄 것 같지 않았습니다. 그래서 내 자신이 가져올 결심을 했습니다. 이 목적으로 사설탐정 회사에 가서 사람을 하나 샀습니다. 그 사람이 내 남편의 비서가 된 것입니다. 그 사람이 당신의 두 번째 비서였습니다. 얼마 안 있다가 그만둔 사람입니다. 그 사람이 서류가 반닫이 속에 있는 것을 알아냈고, 똑같은 열쇠를 만들어다 주었습니다. 그러나 이상의 일은 하기 싫다고 했습니다. 그리고 이 집의 도면을 그려 주면서, 오전 중에는 비서가 이 방에서 일하고 있으므로 서재는 늘 비어 있다고 했습니다. 그래서 나는 용기를 내어, 자신이 직접 그것을 가지러 온 것입니다. 그리하여 성공하였습니다. 그러나 이 얼마나 값비싼 희생입니까! 내가 막 서류를 집어 들고서 반닫이를 도로 닫으려 할 때에 청년이 나를 잡았습니다. 나는 그 청년을 아침에 길에서 만났습니다. 길에서 그를 만나서, 그가 이 집 비서인 줄 모르고 코람 교수 댁이 어디냐고 물었습니다."

"옳지, 그래서 비서가 돌아와 교수한테 어떤 부인을 만났다는 이야기를 했고, 그래서 죽기 직전에 범인이 그녀라고, 조금 전에 이야기했던 바로 그 여자라고 말하려 했겠지요."

홈즈가 말했다. 그러자 여자는 명령하는 것 같은 말투로 다음과 같이 말하면서, 무슨 고통스러운 일이 있는 것 같이 얼굴을 찌푸렸다.

"내 말을 끝내게 잠깐 좀 참으세요. 그가 넘어지자 나는 방을 뛰어 나와서 잘못하여 그만 내 남편 방으로 들어갔습니다. 그는 나를 경찰에 넘기겠다고 말했습니다. 그래서 나는 만일 당신이 그런다면 당신의 목숨은 내 손에 달렸다고 말했습니다. 만일 나를 법정에 넘긴다면, 나는 남편을 동지들한테 넘기려고 했습니다. 그것은 내가 살고 싶기 때문이 아니었습니다. 다만 내 목적을 이루고 싶었던 것뿐입니다. 그는 내가 말한 대로 꼭 실행하는 성미인 것을 잘 알고 있습니다. 그의 운명은 내 손에 있는 것입니다. 다른 이유가 아니라 바로 그 이유 때문에 그는 나를 숨긴 것입니다. 그는 나를 저 어두운 곳에 숨겨 두었습니다. 그는 이 방에서 식사를 하므로, 그 음식의 일부분을 나에게 주면 되었습니다. 순경이 이 집을 떠나기만 하면 밤에 몰래 빠져나와서 다시는 오지 않을 약속이었습니다. 그런데 당신이 우리 계획을 아신 것입니다."

안나는 자신의 옷가슴 속에서 조그마한 보퉁이를 꺼냈다.

"이것이 나의 마지막 부탁입니다. 이것이 그 불쌍한 청년을 구할 수 있는 서류입니다. 나는 당신의 명예와 정의에 대한 사랑을 믿고서 이것을 당신에게 맡깁니다. 가지고 가십시오. 그리고 러시아 대사에게 전해 주십시오. 나는 이제 내 할 일을 다 했습니다. 그러면 ……."

"어서 못하게 말리십시오."

홈즈는 소리치며, 달려가서 안나의 손에서 작은 약병을 빼앗았다.

"틀렸습니다."

안나는 이렇게 말하면서 침대에 쓰러져 버렸다.

"틀렸습니다. 나는 저 궤짝에서 나오기 전에 약을 먹었습니다. 머리가 흔들리는군요. 나는 죽습니다. 그 서류 뭉텅이를 잊지 마세요."

런던으로 돌아오는 차 안에서 홈즈는 다음과 같이 말했다.

"간단한 사건이었지만 배울 점도 많았네. 사건은 처음부터 안경에 달려 있었거든. 죽은 청년이 그 안경을 빼앗지 않았던들, 해결에 이르렀을는지 의문이네. 안경 도수가 높은 것으로 보아, 그 주인이 안경을 뺏기면 꼼짝할 수 없으리라는 것을 나는 분명히 알았네. 자네가 풀밭 위의 발자국이 조금도 어지럽지 않았다는 것을 역설했을 때에 나는 자네에게 그것을 주목할 만한 재주라고 말했네. 그러나 나는 마음속으로 그 부인이 다른 안경을 또 하나 갖고 있지 않는 한, 도저히 불가능한 일이라고 단정했네. 그래서 나는 그 여자가 아직도 집 안에 있으리라는 가정을 극히 중대시하였네. 복도가 둘 다 똑같은 것을 보니 그 여자가 길을 잘못 보기 쉬웠을 것이며, 그렇게 되면 교수의 방으로 들어갔을 것이 분명했네. 그래서 나는 이러한 가정과 관계가 있는 점을 추궁하여, 숨을 데가 없을까 하고 방을 세밀히 검사하였네. 양탄자는 방 전체에 깔려 있고 못질이 잘 되어 있으므로, 바닥에 다른 문이 있을 것 같지는 않았네. 책 뒤에 숨을 곳이 있을는지도 몰랐네. 오래된 도서실에는 간혹 그런 일이 있지. 그런데 방 사면 벽에 책을 쌓아 올렸는데, 다만 한 책 궤짝 앞에만 아무것도 안 쌓였더란 말야. 그러면 이것이 그 문일는지도 몰랐네. 그것을 확실히 알 방법이 없었지만, 그러나 양탄자가 칙칙한 빛깔이므로 아주 검사하기 쉬웠네. 그래서 나는 그 좋은 담배를 많이 피워 가지고 담뱃재를 그 수상한 궤짝 앞에다가 마구 뿌려 놓았네. 그것은 간단한 일이지만 퍽 효과적이었네. 그리고 우리는 방에서 나와서, 자네도 들었다시피 코람 교수의 음식량이 늘었다는 이야기를 들었네. 다른 사람에게 먹으라고 주었다면 그럴 것이 아닌가. 그리고는 또다시 방으로 들어가서 담배함을 엎질러 가지고 자세히 바닥 모양을 검사하였네. 그래서 담뱃재 위에 나 있는 발자국을 보고, 범인이 우리가 없는 동안에 숨은 곳에서 나왔던 것을 알게 되었네. 자, 홉킨즈, 체링 크로스에 닿았군. 사건이 훌륭히 해결된 것을 축하하네. 자네는 물론 경시청으로 갈 테지. 왓슨, 우리는 같이 러시아 대사관으로 마차를 달리세."

사라진 스리쿼터백

베이커 거리에서 우리는 이상한 전보를 받는 일에 꽤 익숙해졌는데도 7, 8년 전 어느 음산한 2월 아침에 배달된 전보는 유난히 기억에 생생하다. 셜록 홈즈는 그것을 보고 15분간이나 곤란한 표정을 짓고 있었다. 그에게 배달된 전보의 내용은 아래와 같았다.

내가 방문할 때까지 기다려주기 바람. 무서운 재난 발생. 내일 출전할 라이트윙 스리쿼터백 사라짐.

오버턴

"스트랜드 소인이 찍혀 있고 10시 36분에 부쳤군."
홈즈는 전보를 되풀이해 읽으며 말했다.
"오버턴 씨는 아주 흥분해서 이걸 보낸 게 틀림없어. 그래서 말이 두서없는 거야. 흠, 내가 〈타임스〉를 다 읽을 쯤이면 도착하겠군. 그가 오면 무슨 사건인지 다 알게 되겠지. 이렇게 따분한 때에는 아무리 하찮은 문제라도 대환영일세."

사실 우리는 무척 지루한 나날을 보내고 있었고, 나는 내심 이런 한가로운 시간이 두려웠다. 그동안 겪은 바에 따르면 내 친구의 두뇌는 비정상일 정도로 활동적이어서, 두뇌 활동의 재료가 떨어지면 위험해진다는 것을 알게 되었기 때문이다. 나는 한때 그의 활동에 장애가 될 만큼 심각했던 코카인 의존 취미를 오랜 세월에 걸쳐 조금씩 바꿔놓았다. 이제 그는 정상적인 환경에서라면 더 이상 이 인공적인 자극제를 필요로 하지 않았지만, 나는 그 악마가 완전히 죽지 않고 단지 잠들어 있을 뿐이라는 것을 잘 알고 있었다. 그런데 그 악마의 잠은 아주 가벼운 것이어서 홈즈의 금욕적인 얼굴이 찡그려지면서 깊고 바닥을 알 수 없는 눈에 근심이 어리는 무료한 시간이 오면 어렴풋이 뒤척이곤 했다. 그래서 나는 이 오버턴이라는 사람이 누군지는 몰라도 무조건 그에게 감사했다. 그는 내 친구의 격정으로 가득 찬 삶에서 그 어떤 폭풍우보다 더한 위험을 내포하고 있는 위태로운 정적을 깨뜨린 의문의 메시지를 가지고 나타났기 때문이다.

 우리가 예상했던 대로 전보를 받고 나서 조금 뒤에 그것을 보낸 장본인이 도착했다. 케임브리지 대학교 트리니티 칼리지의 시릴 오버턴이라는 명함이 먼저 들어오고, 단단한 뼈와 근육으로 이루어진 1백 킬로그램이 넘는 우람한 어깨가 양쪽 문설주에 닿을락말락하면서 덩치 큰 청년이 들어섰다. 젊은이는 걱정으로 파리해진 예쁘장하게 생긴 얼굴로 우리를 차례로 바라보았다.

 "셜록 홈즈 선생님!"

 내 친구가 목례를 했다.

 "홈즈 선생님, 저는 런던 경시청에 다녀오는 길입니다. 스탠리 홉킨스 경위님을 만났지요. 그분이 선생님한테 가보라고 조언해 주시더군요. 사건의 성격상 경찰보다는 사립탐정이 맞을 것 같다고 하셨습니다."

"여기 앉아서 무슨 일인지 말해 주시오."

"홈즈 선생님. 끔찍한, 너무 끔찍한 일입니다! 제 머리가 하얗게 세지 않은 게 이상할 정돕니다. 물론 가프리 스톤턴을 아시겠지요? 그 친구는 우리 팀의 대들보입니다. 저는 팀에서 선수 둘을 뺐으면 뺐지 스리쿼터 라인에서 가프리를 빼지는 않을 겁니다. 패스든 태클이든 드리블이든 그 친구보다 나은 선수는 없습니다. 게다가 가프리는 머리가 좋고 통솔력도 뛰어납니다. 저는 이제 어떻게 해야 합니까? 홈즈 선생님, 제가 알고 싶은 게 바로 그겁니다. 무어하우스라는 후보 선수가 있긴 하지만, 그 선수는 하프백으로 훈련받았기 때문에 항상 스크럼 쪽으로 움직이려고만 하지요. 무어하우스가 플레이스킥을 잘하기는 합니다. 하지만 판단력이 떨어지는 데다가 도대체 달릴 줄을 모릅니다. 옥스퍼드 팀의 모튼이나 존슨처럼 잘 달리는 선수들과 붙으면 질 게 뻔하지요. 스티븐슨은 잘 뛰는 편이지만, 25야드선에서 드롭킥을 할 줄 모릅니다. 그런데 펀트나 드롭킥을 못하는 스리쿼터백은 아무 짝에도 소용이 없거든요. 홈즈 선생님, 만약 선생님이 가프리 스톤턴을 찾아주시지 못하면 우리는 파멸입니다."

오버턴이 중요한 얘기가 나올 때마다 억센 손으로 자신의 무릎을 치며 진지하고 격렬한 태도로 번거롭고 긴 이야기를 쏟아내는 동안, 내 친구는 놀라움과 즐거움이 교차하는 얼굴로 유심히 귀를 기울였다. 방문객이 입을 다물자 홈즈는 손을 뻗어 'S'라는 표제가 붙은 비망록을 꺼냈다. 그는 다양한 정보가 정리된 창고를 뒤졌으나 아무것도 건져내지 못했다.

"여길 찾아보니 문서 위조계의 떠오르는 별, 아서 H. 스톤턴이 있군요. 또 내 손에 걸려 교수형을 당한 헨리 스톤턴도 있지요. 하지만 가프리 스톤턴이라는 이름은 처음 들어봅니다."

이번에는 손님이 놀랄 차례였다.
"아니, 홈즈 선생님. 저는 선생님이 다 알고 계신다고 생각했는데요. 가프리 스톤턴에 대해 들어본 적이 없다면 시릴 오버턴도 모르신다는 겁니까?"
홈즈는 빙글거리며 고개를 가로저었다.
"이럴 수가!"
운동 선수가 소리쳤다.
"저는 잉글랜드 대 웨일스 전의 후보 선수였고 그동안 케임브리지 팀의 주장을 맡아왔습니다. 하지만 그건 아무것도 아닙니다! 저는 영국에 가프리 스톤턴을 모르는 사람이 있는 줄은 꿈에도 몰랐습니다. 케임브리지, 블랙히스, 다섯 개 국제 대회를 석권한 최고의 스리쿼터백을 모르신다구요? 맙소사! 홈즈 선생님, 그동안 도대체 어디서 사셨습니까?"
홈즈는 덩치가 큰 청년이 순진하게 놀라워하자 웃음을 터뜨렸다.
"오버턴 씨, 당신은 나와 전혀 다른 세계에 살고 있소. 당신이 있는 곳이 훨씬 더 기분 좋고 건강한 세계입니다. 나의 촉수는 사회의 여러 방면으로 뻗어 있지만, 다행스럽게도 영국에서 가장 훌륭하고 건전한 아마추어 스포츠의 세계에는 들어가 본 적이 없습니다. 하지만 오늘 아침 당신이 갑자기 찾아온 걸 보면 그 신선한 공기와 공정한 승부의 세계에도 내가 할 일이 있는 모양이오. 그러니까 이제는 좀 앉아서 정확히 무슨 일이 일어났는지, 그리고 내가 어떻게 도와주었으면 좋겠는지를 자세히, 그리고 목소리를 낮춰서 말해 주기 바라오."
오버턴의 어려 보이는 얼굴에 두뇌보다는 근육을 쓰는 일이 더 익숙한 사람다운 곤혹스러운 표정이 떠올랐지만, 그는 조금씩 이상한 이야기를 늘어놓기 시작했다. 청년의 말에는 반복과 모호한 표현이 많았는데, 나는 그런 것들은 생략하겠다.

"홈즈 선생님, 사실은 이렇습니다. 먼저 말씀드린 것처럼 저는 케임브리지 대학교 럭비 팀의 주장이고 가프리 스톤턴은 팀에서 가장 실력이 뛰어난 선수입니다. 내일 우리는 옥스퍼드와 결전을 치르게 되지요. 그래서 어제 우린 모두 모여 벤틀리의 한 호텔에서 합숙에 들어갔습니다. 저는 밤 10시에 선수들의 방을 돌면서 모두 잠자리에 들었는지 확인했지요. 강팀이 되려면 맹훈련을 하고 충분히 자야 한다는 게 제 신조니까요. 그런데 가프리가 잠들지 않고 있길래 이야기를 한두 마디 나눴습니다. 녀석은 얼굴이 창백한 게 무슨 걱정이라도 있는 것 같았지요. 저는 무슨 일이 있느냐고 물어보았습니다. 괜찮다고 하더군요. 단지 머리가 좀 아플 뿐이라고 했습니다. 저는 가프리에게 잘 자라고 인사하고 방을 나왔습니다. 그런데 30분 뒤에 짐꾼이 찾아와서 턱수염을 기른 우락부락한 사내가 가프리에게 보내는 편지를 들고 찾아왔다고 일러주었습니다. 짐꾼은 가프리가 아직 잠자리에 들지 않아서 편지를 전해 주었다고 하더군요. 가프리는 그걸 읽고 도끼에라도 맞은 사람처럼 털썩 주저앉았답니다. 짐꾼이 몹시 걱정스러워하며 나를 데려오려고 하는 것을 가프리가 말렸다고 합니다. 그리고 물을 한 모금 마시고 기운을 차린 다음 아래층으로 내려갔습니다. 그리고 홀에서 기다리던 남자와 이야기를 몇 마디 나누더니 같이 나갔답니다. 짐꾼이 두 사람을 본 것은 그게 마지막이었는데, 그들은 스트랜드 쪽을 향해 뛰다시피해서 갔답니다. 오늘 아침에 보니 녀석의 방은 텅 비어 있고 침대에는 사람이 잔 흔적이 없었습니다. 소지품도 전날 밤에 본 그대로였습니다. 녀석은 낯선 사람이 가져온 편지를 받고 곧장 호텔을 나갔고, 그 다음에는 아무 소식이 없는 겁니다. 저는 녀석이 다시 돌아오지 않을 것 같습니다. 가프리는 매우 성실한 운동 선수라서 그럴 만한 이유 없이 마음대로 훈련을 그만하고 주장에게 물을 먹일 녀석이 아닙니다. 맞아요, 그 녀석은 아주 가버린 겁니다. 우리는 다시는 녀석을 볼 수 없을 겁니다."

셜록 홈즈는 온 정신을 집중해서 이 야릇한 이야기에 귀 기울였다. 홈즈가 물었다.

"당신은 그래서 어떻게 했소?"

"저는 혹시 무슨 소식이라도 들을 수 있지 않을까 하고 케임브리지로 전보를 쳤습니다. 답장이 왔는데, 녀석은 거기 오지 않았다고 합니다."

"그가 케임브리지로 돌아갈 수는 있었을까요?"

"예, 늦은 시간에 기차가 있었으니까요. 11시 15분 기차요."

"하지만 당신이 확인한 바로는 스톤턴 군은 그 기차를 타지 않았지요?"

"예, 아무도 녀석을 본 사람이 없습니다."

"당신은 그 다음에 어떻게 했습니까?"

"마운트제임스 경에게 전보를 쳤습니다."

"마운트제임스 경한테는 왜지요?"

"가프리한테는 부모님이 안 계십니다. 제일 가까운 친척이 마운트제임스 경이지요. 아마 삼촌일 겁니다."

"그렇소? 새로운 사실을 알게 됐군요. 마운트제임스 경이라면 영국에서 몇 손가락 안에 드는 재산가요."

"저도 가프리한테 그런 얘기를 들었습니다."

"그런데 그분과 가까운 친척이라고요?"

"예, 가프리가 상속자입니다. 그 노인네는 나이가 80살이 가까운 데다가 통풍이 굉장히 심합니다. 사람들 얘기로는 당구를 칠 때 초크 가루가 필요 없을 정도라고 하더군요. 평생 동안 가프리에게 단

돈 1실링도 줘본 적이 없는 지독한 구두쇠지요. 하지만 모든 재산이 다 가프리한테 갈 겁니다."

(만성 결절성 통풍이 되면 손발을 비롯한 몸의 여러 부위에 다양한 크기의 결절이 생기는데, 이 결절이 터지면 치약 비슷한 물질이 나온다. 코난 도일은 이 '치약'을 초크 대신 큐에 발라도 될 정도라는 뜻으로 한 말인 듯하다. 치료법이 개발됨에 따라 현대에는 보기 드문 증상임)

"마운트제임스 경한테서 소식이 있었소?"

"아니오."

"당신은 그 친구가 왜 마운트제임스 경한테 갔을 거라고 생각합니까?"

"글쎄요, 어젯밤에 가프리는 뭔가 걱정되는 일이 있었습니다. 그런데 그게 돈 때문이었다면 주체 못할 정도로 돈이 많은 삼촌을 찾아갔을 수도 있다는 거지요. 물론 저는 여태까지 삼촌한테 무슨 혜택을 받아본 적은 한번도 없다고 들었지만 말입니다. 가프리는 그 노인네를 싫어했습니다. 정말 어쩔 수 없는 상황이 아니라면 거기 가지 않았을 겁니다."

"흠, 그건 금방 확인할 수 있어요. 만약 그 친구가 삼촌인 마운트제임스 경을 찾아갔다면, 그렇게 늦은 시간에 우락부락한 남자가 방문한 일이라든가 그 친구가 편지를 읽고 몹시 침착을 잃은 일을 어떻게 설명하겠소?"

시릴 오버턴은 두 손으로 머리를 싸쥐었다.

"도대체 뭐가 뭔지 알 수가 없군요."

"알겠소, 마침 나는 한가합니다. 그러니까 기꺼이 이 사건을 조사해 보겠소. 나는 당신한테 그 친구 없이 시합에 출전할 준비를 하도록 심각하게 권하는 바입니다. 당신이 말했듯이 그가 그렇게 떠난 데는 어떤 절박한 이유가 있었을 거요. 그런데 마찬가지로 절박한 이유가 있어서 그 친구를 도로 데려와야 한다는 것이로군요. 이제 같이 호텔로 가서 그 짐꾼한테 새로운 정보를 알아낼 수 있는지 보기로 할까요?"

지위가 낮은 증인들을 안심시키는 능력이 있는 셜록 홈즈는 가프리 스톤턴의 빈 방에서 짐꾼이 가지고 있는 정보를 짧은 시간 동안에 모조리 뽑아냈다. 전날 밤에 찾아온 방문객은 신사도 노동자도 아니었다. 짐꾼의 말에 따르면 그저 '중간쯤으로 보이는 남자'였는데, 나이는 50살, 반백이 된 턱수염을 길렀고 핏기없는 얼굴에 옷차림은 검소했다. 그 사내도 몹시 당황하고 있는 것 같았다. 그는 편지를 내밀 때 손을 부들부들 떨었다. 가프리 스톤턴은 편지를 주머니에 쑤셔넣었다. 스톤턴은 홀에서 그 사내를 만났을 때 악수를 나누지 않았다. 두 사람은 주고받았던 몇 마디 말 가운데 알아들을 수 있는 말은 겨우 '시간'이라는 단어 하나뿐이었다. 그리고 두 사람은 앞서 말했던 것처럼 급하게 뛰어나갔다. 그때 홀에 걸려 있는 시계는 막 10시 반을 가리키고 있었다.

"가만 있자…… 자네가 주간 담당이로군, 그렇지?"

"그렇습니다, 선생님. 저는 밤 11시면 근무가 끝납니다."

"야간 담당은 특별한 건 못 봤을 거야. 그렇지?"

"그렇습니다, 선생님. 밤늦게 극장 패거리가 몰려온 것 말고는 아무도 없었답니다."

"자네는 어제 낮에 하루 종일 근무했나?"

"예, 선생님."

"스톤턴 씨한테 우편물을 갖다준 적 있나?"

"예, 선생님. 전보가 한 통 왔습니다."

"허! 거 참 흥미롭군. 그게 몇 시였지?"

"6시쯤 이었습니다."
"스톤턴 씨는 그 전보가 왔을 때 어디 있었나?"
"이 방에 계셨습니다."
"전보를 뜯을 때 자네도 옆에 있었나?"
"예, 선생님. 답장이 있을지 몰라서 기다렸습니다."
"흠, 답장을 쓰던가?"
"예, 선생님. 답장을 쓰시더군요."
"자네가 그걸 받았나?"
"아닙니다, 스톤턴 씨가 직접 들고 나가셨지요."
"하지만 자네가 보는 앞에서 답장을 썼겠지?"
"예, 선생님. 저는 문 옆에 서 있었고 그분은 이쪽으로 등을 돌리고 저쪽 탁자 앞에서 답장을 쓰셨습니다. 다 쓰고 난 다음에 '됐네, 짐꾼. 내가 직접 부치도록 하지'라고 말씀하시더군요."
"무엇으로 쓰던가?"
"펜으로 쓰셨습니다, 선생님."
"전보 용지는 테이블 위에 있는 것을 썼겠지?"
"예, 선생님. 맨 윗장에다 쓰셨습니다."

홈즈는 몸을 일으켰다. 그리고 전보 용지를 들고 창가로 다가가 맨 윗장을 주의 깊게 살펴보았다.

"애석하게도 스톤턴 군은 연필로 쓰지 않았네."

그는 실망했다는 듯 어깨를 으쓱하고 전보 용지를 탁자 위에 집어 던졌다.

"왓슨, 자네도 많이 봤겠지만 연필 자국은 잘 박혀나오거든. 사실은 그것 때문에 행복한 부부들이 셀 수 없이 갈라섰다네. 하지만 여기에는 아무 흔적도 남아 있지 않아. 그래도 천만다행인 것이 그 친구는 촉이 굵은 깃펜으로 썼네. 틀림없이 이 압지에 무슨 흔적이 남아 있을걸세. 허어, 그렇군. 바로 이거야!"
홈즈는 압지 한 장을 떼내 다음과 같은 상형문자를 보여주었다.

시릴 오버턴은 몹시 흥분했다.
"그걸 거울에 비춰보세요!"
그는 소리를 질렀다.
"그럴 필요는 없습니다. 종이가 얇아서 뒤집어보면 글씨가 나타나지요. 자, 이걸 보세요."
홈즈가 압지를 뒤집자 우리는 글씨를 읽었다.

"그러니까 이건 가프리 스톤턴이 사라지기 몇 시간 전에 보낸 전보의 마지막 부분일세. 우리가 놓친 부분이 적어도 여섯 단어는 되는군. 하지만 여기 남아 있는 '제발 우리 곁에 있어주십시오!'라는 말은 그 청년이 엄청난 위험에 처했다는 것과 그를 지켜줄 사람이 있다는 것을 증명하고 있네, 여기서 '우리'라는 단어에 주목하게! 관련된 사람이 더 있다는 걸 뜻하지. 핏기없는 얼굴에 턱수염을 기르고 몹시 불안정해 보였다는 그 사나이가 아니면 누구겠나? 그렇다면 가프리 스톤턴과 그 턱수염의 사나이는 무슨 관계일까? 그리고 절박한 위기를 맞은 두 사람이 도움을 요청하고 있는 제삼자는 누구일까? 우리의 조사는 이미 이 정도로까지 좁혀졌네."
"그 전보를 누구한테 보냈는지 알아내기만 하면 되겠군."
나는 의견을 내놓았다.
"옳은 말이야, 왓슨. 좋은 방법이긴 하지만 그건 나도 벌써 속으로 생각해 봤네. 하지만 만약에 자네가 우체국에 들어가서 다른 사람이 보낸 전문의 부본을 보여달라고 요청하면, 그쪽에서는 썩 내켜하지 않을걸세. 이런 문제에 대해서는 관료적 형식주의가 심하거든. 하지만 나는 약간의 요령과 세심함을 발휘하면 무난히 목적을 이룰 거라고 믿네. 그건 그렇고 오버턴 씨, 나는 당신의 입회하에 테이블 위에 있는 서류를 조사해 보고 싶네."
탁자 위에는 여러 통의 편지와 계산서, 수첩이 있었는데 홈즈는 날렵하고 예민한 손가락으로 이것들을 하나하나 뒤집어보며 날카로운 눈길로 재빨리 훑어보았다.
"여기엔 아무것도 없군."
그는 마침내 말했다.
"그런데 나는 스톤턴 씨가 건강한 청년인 줄 알았는데, 그 친구 어디 아픈 데는 없겠지요?"
"종처럼 튼튼합니다."
"병을 앓은 적은 없었나요?"
"한번도 없었습니다. 시합도중에 정강이를 차여서 쓰러진 적이 있고 무릎을 삔 적도 있지만, 그건 별것 아니었습니다."
"그는 당신 생각처럼 그렇게 건강하지는 않았던 것 같습니다. 아무도 모르게 병을 앓고 있었는지도 모르겠소. 당신이 동의해 준다면 여기 있는 서류 한두 가지를 가지고 가겠소. 앞으로 조사하는 과정에서 도움이 될지도 모르니까 말입니다."

"잠깐 기다리시오!"

불만스러운 외침이 들려와서 고개를 돌려보니 괴상하게 생긴 키 작은 노인이 몸을 부들부들 떨며 문 앞에 서 있었다. 노인은 색이 바랜 검정 옷에 챙이 넓은 중절모, 느슨한 하얀 넥타이 차림이었는데, 마치 시골뜨기 목사나 장의사에서 나온 조문객 같은 인상을 주었다. 외모는 보잘것없고 우스꽝스럽기까지 했지만 카랑카랑한 목소리에 격하고 성급한 태도가 주의를 끌었다.

"도대체 당신이 누군데 남의 서류에 손을 대는 거요?"

노인이 물었다.

"저는 사립 탐정인데 행방불명된 가프리 스톤턴 군을 찾기 위해 애쓰고 있습니다."

"아, 탐정이시라고? 당신한테 일을 의뢰한 게 누구요, 응?"

"스톤턴 씨의 친구 되는 이 신사 분이 런던 경시청을 통해 제게 사건을 의뢰했습니다."

"자네는 누군가?"

"저는 시릴 오버턴입니다."

"그럼 전보를 친 게 바로 자네로구먼. 나는 마운트제임스 경일세. 나는 베이스워터 합승마차를 타고 최대한 빨리 달려왔네. 그래, 자네가 탐정한테 일을 의뢰했다고?"

"그렇습니다."

"그럼 비용은 자네가 지불할 텐가?"

"가프리를 찾게 되면 틀림없이 그 친구가 돈을 낼 거라고 생각합니다."

"하지만 그 애를 못찾으면 어쩔 텐가, 응? 한번 대답해 보게!"

"그럴 경우엔 아마 그 친구의 가족이⋯⋯."

"어림 반 푼어치도 없는 소리 하지 말게!"

작은 노인이 버럭 소리 질렀다.
"나한테서는 1페니도 기대하지 말게! 단돈 1페니도 말이야! 탐정 양반, 당신도 잘 알아두시오! 가프리의 가족은 나뿐인데, 분명히 말해 두지만 나는 전혀 책임지지 않을 거요. 그 녀석이 무슨 유산이라도 상속받게 된다면 그것은 내가 돈을 낭비하지 않은 덕분이오. 그런데 지금부터 미리 재산을 물려주고 싶은 생각은 눈곱만큼도 없거든. 그리고 당신이 멋대로 이용하려는 그 서류에 대해서는 말이오. 거기에 혹시 뭔가 귀중한 것이 있을지도 모르니까, 당신은 그걸 가지고 무엇을 했는지에 대해 반드시 보고하도록 하시오."
"알겠습니다."
셜록 홈즈는 말했다.
"그런데 경께서는 조카 분의 실종에 관해 혹시 속으로 짐작가는 데가 없으십니까?"
"아니오, 없소이다. 가프리는 제 한몸 충분히 돌볼 만큼 컸소. 녀석이 길을 잃을 정도로 바보라면, 나는 녀석을 찾는 일에 대한 책임을 지지 않을 거요."
"경의 입장은 충분히 이해가 갑니다."
홈즈의 두 눈이 장난스럽게 반짝거렸다.
"그런데 경께서는 제 생각을 전혀 이해하지 못하시는군요. 가프리 스톤턴은 가난한 학생으로 보입니다. 만약에 누가 그런 학생을 납치했다면 그 학생의 얼마 안 되는 재산 때문일 리는 없습니다. 그러나 경은 재산이 많기로 외국에까지 소문난 분입니다. 강도들이 경의 집 구조, 생활 습관, 재산에 대한 정보를 알아내기 위해 조카 분을 데려갔을 가능성이 매우 큽니다."
불쾌한 손님의 얼굴이 목에 두른 넥타이처럼 하얀색으로 변했다.
"맙소사, 선생. 어떻게 그런 생각을 다 하시오! 나는 그런 흉악한 짓거리에 대해서는 생각해 본 적이 없소이다! 세상에 그렇게 몰인정한 악당들이 다 있다니! 하지만 가프리는 좋은 아이요, 아주 성실한 놈이지. 무슨 일이 있어도 그 애는 이 늙은 삼촌에 대한 얘기는 한마디도 입 밖에 내지 않을 거요. 당장 오늘 안으로 금괴를 은행으로 옮겨놓아야겠구려. 탐정 양반! 그동안 수고를 아끼지 마시오! 부탁이니, 그 애를 무사히 구출할 때까지 의심스러운 곳을 샅샅이 찾아봐 주시오. 돈에 대해서는, 에, 5파운드나 10파운드까지는 언제든 내드리겠소."

구두쇠 귀족은 마음이 달라진 뒤에도 도움이 되는 정보를 내놓지 못했는데 사실 조카의 사생활에 대해서는 아는 게 전혀 없었던 것이다. 유일한 단서는 반 토막난 전보뿐이었으므로, 홈즈는 이것을 베껴서 간직하고 사슬의 두 번째 고리를 찾기 위해 출발했다. 우린 마운트제임스 경을 떼어냈고, 오버턴은 발등에 떨어진 불에 대해 팀의 다른 선수들과 의논하기 위해 떠났다.

호텔에서 그리 멀지 않은 곳에 전신국이 있었다. 우리는 그 앞에서 걸음을 멈추었다.

"왓슨, 시도해 볼 만한 가치는 있네. 물론 전문 부본의 열람 요청을 하려면 영장을 제시해야 하지만 아직 그렇게 할 단계는 아니거든. 하지만 여기는 아주 바쁜 곳이니 직원들이 사람 얼굴을 다 기억하지는 못할걸세. 한번 해보자고."

홈즈는 창살 너머에 앉아 있는 젊은 여성에게 한껏 부드러운 목소리로 말을 붙였다.

"이렇게 폐를 끼치게 되어 미안합니다만, 제가 어제 전보를 보낼 때 약간 실수를 했습니다. 아직 답장을 못 받았는데 아무래도 깜박하고 끝에 이름을 적지 않은 게 아닌가 하는 생각이 드는군요. 정말인지 확인해 주실 수 있습니까?"

젊은 여성은 부본 묶음을 뒤적거렸다.
"그게 몇 시였지요?"
그녀가 물었다.
"6시 좀 넘어서였습니다."
"받는 분 성함은요?"
홈즈는 내 쪽을 흘끗 곁눈질하며 입술에 손가락을 가져다댔다.
"마지막 말이 '곁에 있어 주십시오'였습니다."
그는 은밀하게 속삭였다.
"답장이 안 와서 저는 정말 안절부절못하고 있습니다."
젊은 여성은 한 장을 골라냈다.
"여기 있어요. 성함을 쓰지 않으셨군요."
그녀는 그것을 카운터 위에 펼쳐놓았다.
"역시 그것 때문이었습니다그려. 맙소사, 정말 바보 같은 짓을 했군요! 안녕히 계십시오, 아가씨. 덕분에 마음을 놓게 되었으니 정말 감사드립니다."
다시 거리로 나왔을 때 홈즈는 혼자 킬킬거리며 두 손을 마주 비볐다.
"어떤가?"
나는 물었다.
"여보게, 일이 술술 풀리는구먼. 나는 그 전문을 슬쩍 들여다보는 방법을 일곱 가지나 생각해 놓았지만, 이렇게 단번에 성공할 줄은 몰랐다네."
"그런데 어떤 소득을 얻었나?"
"어디부터 조사에 착수해야 할지 알아냈지."
그는 큰 소리로 마차를 불러세웠다.
"킹스크로스 역으로."

"그럼 기차를 타고 갈 건가?"
"아무렴, 자네하고 같이 케임브리지로 달려가야 할 것 같네. 정황으로 보아 그쪽이 가능성이 많아 보이거든."
덜컹거리는 기차에 몸을 싣고 가는 동안 나는 물었다.
"여보게, 자네는 그 친구의 실종 원인에 대해 짐작 가는 게 없나? 우린 숱한 사건에 손을 댔지만 이렇게 동기가 불분명한 사건은 처음인 듯싶으이. 자네는 정말 누가 돈 많은 삼촌에 대한 정보를 빼내려고 그 친구를 납치했다고 생각하진 않겠지?"
"여보게, 왓슨. 솔직히 말해 그건 별로 가능성 있는 얘기는 아닐세. 하지만 그 역겹기 짝이 없는 영감의 태도를 바꾸는데는 그만일 것 같았지."
"그건 정말 그랬어. 그러면 자네 생각은 뭔가?"
"몇 가지를 생각해 볼 수 있지. 자네는 이번 사건이 중요한 경기를 앞둔 시기에 일어났고, 그리고 하필이면 팀의 승리에 견인차 역할을 할 선수가 관련됐다는 게 상당히 뜻깊다는 걸 인정해야 하네. 물론 그것은 우연의 일치일 수도 있겠지만 참으로 흥미로운 일이 아닌가. 아마추어 스포츠에는 원래 내기 도박 같은 게 없지만 장외에서는 수많은 사람들이 승부를 걸고 내기에 참여하는 게 현실이거든. 그러니 경마를 하는 무뢰배들이 경주마에게 상처를 입히듯이 누군가 선수에게 부상을 입히려 했다고 볼 수도 있는 거지. 이게 한 가지 가능성일세. 또다른 가능성은 그 청년이 실제로 막대한 재산의 상속자라는 사실과 관련된 건데, 지금은 아무리 가진 것이 없다고 해도 몸값을 노리고 상속자를 납치하려는 음모가 꾸며졌을 가능성을 완전히 제쳐놓을 수는 없네."
"하지만 그런 얘기로는 전보에 대해서 설명할 수 없네."
"왓슨, 자네는 정곡을 찔렀네. 우리가 조사해야 할 오직 하나의 물

중은 바로 그 전보일세. 그러니 다른 것에 주의를 분산시켜서는 안되네. 지금 케임브리지를 향해 달려가는 것도 이런 전보를 보낸 까닭을 밝혀내기 위한 것이지. 현재 우리의 조사 방향은 불분명하지만 저녁때까지는 문제가 완전히 풀리거나, 아니면 조사가 상당히 진전될 거라고 장담할 수 있네."

유서 깊은 대학 도시에 도착하자 날이 벌써 어둑어둑했다. 홈즈는 마차를 잡아타고 레슬리 암스트롱 박사의 집으로 가자고 지시했다. 잠시 후, 우리는 변화가에 있는 커다란 저택 앞에서 마차를 내렸다. 우리는 집 안에서 한참을 기다린 끝에야 진료실에 들어갈 수 있었다. 의사는 책상 앞에 앉아 있었다.

레슬리 암스트롱이라는 이름을 전혀 몰랐다는 것은 내가 얼마나 오랫동안 의사라는 직업에서 멀어져 있었는지 나타내준다. 나는 이제 그가 케임브리지 대학교 의과 대학의 원로일 뿐 아니라 과학의 여러 분야의 학자로서 유럽 전역에 명성을 떨치고 있다는 사실을 잘 알고 있다. 하지만 그의 화려한 이력에 대해 모른다 해도 커다랗고 각진 얼굴과 숱 많은 눈썹 아래 자리 잡은 사색적인 눈, 그리고 화강암으로 빚은 듯한 강인한 턱을 한번 보기만 해도 깊은 인상을 받게 된다. 심오한 성격의 소유자, 활발한 정신에 엄격하고 금욕적이며 과묵한, 한마디로 만만치 않은 인물……. 나는 레슬리 암스트롱 박사를 이렇게 보았다. 그는 내 친구의 명함을 들고 근엄한 얼굴에 별로 반갑지 않다는 표정을 띠고 우리를 쳐다보았다.

"셜록 홈즈 씨, 당신 이름을 들어본 적이 있소. 그리고 당신 직업이 어떤 것인지도 잘 아오. 당신 직업은 내가 절대 찬성할 수 없는 직업 가운데 하나지."

"그렇다면 박사님께서는 이 나라에서 일어나는 모든 범죄 행위에 동조하게 되는 것입니다."

내 친구는 나직하게 말했다.

"당신이 범죄의 억제를 지향하는 노력을 하는 한 당신은 사회의 모든 분별 있는 구성원에게서 지지를 받을 거요. 물론 나는 경찰의 힘만으로도 충분하다고 생각하지만 말이오. 탐정이라는 직업이 사회적으로 지탄 받는 것은 개인의 비밀을 캐고 다니거나, 아니면 덮어놓는 게 나은 가족간의 문제를 들춰내고, 게다가 당신보다 바쁜 사람들의 시간을 낭비하기 때문이오. 예를 들면, 지금도 나는 당신의 말 상대를 해주기보다는 논문을 집필하고 있어야 하오."

"박사님, 물론 그러시겠지요. 하지만 이 대화가 그 논문보다 더 중요할지도 모릅니다. 또 말이 나왔으니 하는 말인데, 우리는 박사님께서 비난조로 늘어놓으신 것과는 정반대의 일을 하고 있습니다. 우리는 개인의 사생활을 노출시키지 않으려고 애쓰지만 일단 사건이 경찰의 손에 넘어가면 그런 사태는 불가피해집니다. 간단히 말하면, 박사님은 저를 이 나라의 정규군에 앞장서서 가는 게릴라군으로 보셔도 좋습니다. 저는 가프리 스톤턴 씨에 대해 알고 싶은 게 있어서 왔습니다."

"뭘 말이오?"

"박사님은 스톤턴 씨를 잘 알고 계십니다, 그렇지요?"

"그 청년은 나와 가까운 사이요."

"스톤턴 씨가 행방불명됐다는 사실을 아십니까?"

"저런!"

박사의 억센 얼굴은 무표정하기 짝이 없었다.

"스톤턴 씨는 어젯밤에 호텔에서 나간 뒤로는 전혀 소식이 없었지요."

"틀림없이 돌아갈 거요."

"내일 대학 대항 럭비 시합이 열립니다."

"나는 그런 아이들 장난에는 전혀 관심이 없소. 물론 그 청년을 알고 또 아끼기 때문에 그의 안위에 대해선 몹시 염려하고 있지만 말이오. 럭비 경기는 내 사전에 없소이다."
"그럼 저는 박사님께서 스톤턴 씨의 실종 사건에 대한 조사에 관심을 가져주시기 바랍니다. 박사님은 그가 어디 있는지 아십니까?"
"전혀 모르오."
"어제 이후에 그를 보신 적이 있습니까?"
"못 봤소."
"스톤턴 씨는 건강한 청년입니까?"
"물론이오."
"그가 병을 앓은 적은 없습니까?"
"그런 적 없소."
홈즈는 서류 한 장을 꺼내 박사의 눈앞에 들이댔다.
"그럼 지난달에 가프리 스톤턴 씨가 케임브리지의 레슬리 암스트롱 박사에게 지불한 이 13기니짜리 진료비 영수증에 대해 설명해주십시오. 이건 스톤턴 씨의 책상에서 찾아낸 것입니다."
박사의 얼굴이 화가 나서 시뻘겋게 달아올랐다.
"홈즈 씨, 내가 당신한테 설명해야 할 이유가 어디 있단 말이오?"
홈즈는 영수증을 도로 수첩에 끼워넣었다.
"공개적인 해명을 원하신다면 조만간 자리를 마련하겠습니다. 이미 말씀드린 것처럼, 다른 사람들 같으면 신문에 공개하겠지만 저는 그냥 덮어둘 수 있습니다. 그러니까 알고 계신 걸 다 털어놓는 게 현명할 겁니다."
"나는 아는 게 없소이다."
"런던에 있는 스톤턴 씨한테서 연락을 받으셨지요?"
"그런 적 없소."

"왜 자꾸 이러십니까! 또 전보 얘기를 해야겠군!"
홈즈는 지친 듯 한숨을 푹 내쉬었다.
"어제 저녁 6시 15분, 런던의 가프리 스톤턴은 박사님에게 급한 전보를 보냈는데, 그것은 사건과 관련된 것이 분명합니다. 그런데 박사님은 전보를 받은 적이 없다고 발뺌하시는군요. 그것은 정말 무책임한 말씀입니다. 정 그러시면 이곳 경찰서에 찾아가서 신고하겠습니다."
레슬리 암스트롱 박사는 벌떡 일어났다. 그의 검은 얼굴은 분노로 붉은빛이 되었다.
"미안하지만 내 집에서 나가주시오. 당신한테 사건을 의뢰한 마운트제임스 경한테 가서, 나는 경이나 경의 대리인과는 상대하고 싶지 않다고 말하시오. 됐소이다. 더 이상 아무 말 듣기 싫소!"
박사는 맹렬한 기세로 초인종줄을 잡아당겼다.
"존, 이 신사 분들을 모시고 나가게!"
잘난 척하는 집사가 우릴 사정없이 문 밖으로 내쫓았고 우리는 거리로 밀려났다. 홈즈는 웃음을 터뜨렸다.
"레슬리 암스트롱 박사는 성미나 기질이 보통이 아니군. 나는 저만한 인물을 본 적이 없네. 박사가 그런 쪽으로 재능을 발휘한다면 저 유명한 몰리아티가 남긴 빈자리를 메워주기에 부족함이 없을 거야. 여보게, 이제 우리는 이 불친절한 마을에서 아는 사람 하나없이 오도 가도 못하는 딱한 신세가 됐네. 마침 암스트롱의 집앞에 우리한테 꼭 맞는 여관이 하나 있군. 자네는 저기 들어가서 앞줄의 방을 잡아놓고 오늘 밤에 필요한 물건을 사놓게. 나는 그동안 몇 가지 조사를 하고 오겠네."
하지만 그 몇 가지 조사가 예상보다 훨씬 길어지는 바람에, 그는 9시가 다 돼서야 여관에 돌아왔다. 창백한 얼굴에 잔뜩 먼지를 뒤집어 쓴 그는 풀이 죽은 채 허기와 피로로 지쳐 있었다. 식탁에는 차갑게 식은 저녁식사가 준비되어 있었다. 그는 허기진 배를 채우고 파이프에 불을 붙인 다음에야 일이 잘 안 풀릴 때 항상 그렇듯 반쯤은 장난스러우면서도 냉정하기 그지없는 태도로 돌아갈 수 있었다. 마차 바퀴 소리가 들려오자 그는 벌떡 일어나 창 밖을 내다보았다. 가스등 불빛 아래, 회색 말 두 필이 끄는 사륜 상자 마차가 의사의 저택 앞에 서 있는 게 보였다.

"세 시간 만에 돌아오는군."

홈즈는 말했다.

"저녁 6시 반에 출발해서 지금 도착했으니 말이야. 그 정도면 반경 16킬로미터에서 20킬로미터 거리인데, 박사는 매일 한두 번씩 저렇게 나갔다 온다네."

"의사들이 다 그렇지 뭐."

"하지만 암스트롱은 일반의가 아니잖은가. 저 사람은 대학에서 강의하는 전문의일세. 저술 작업에서 시간을 뺏는 일반 진료는 하지 않지. 귀찮기 짝이 없을 텐데 왜 저렇게 멀리 왕진을 다니는 것일까? 그리고 누구한테 가는 거지?"

"아마 마부는……."

"왓슨, 나는 제일 먼저 마부한테 접근했네. 내가 그렇게 안 했을 것 같은가? 하지만 마부가 원래부터 그렇게 막돼먹은 인간이어서 그랬는지, 아니면 주인이 시켜서 그랬는지는 알 수 없지만 나한테 개를 풀어놓는 만행을 저질렀네. 물론 개도 사람도 내 지팡이를 좋아하지 않았지만 그것으로 끝이었지. 그 다음에는 아주 살벌한 분위기가 돼서 더 이상 조사를 계속하는 것이 불가능했으니까 말이야. 나한테 정보를 준 사람은 우리 여관 마당에 나와 있던 친절한 주민뿐이었네. 그가 박사의 생활 습관이며 매일 왕진을 다닌다는 애기 따위를 들려주더군. 그런데 바로 그때, 그 사람 말을 증명이라도 하려는 것처럼 마차가 문 앞에 나타났다네."
"한번 따라가 보지 그랬나?"
"왓슨, 훌륭하이! 자네 오늘 밤에는 정말 기지가 번뜩이는군. 나도 그 생각을 했네. 자네도 봤겠지만 이 여관 옆에 자전거가게가 있거든. 나는 그 집으로 뛰어들어가서 자전거를 한 대 빌렸네. 그리고 마차가 시야에서 사라지기 전에 뒤를 쫓기 시작했지. 나는 금방 마차를 따라잡았고, 조심스럽게 백 미터 정도의 간격을 두고 시내를 완전히 벗어날 때까지 마차 불빛을 쫓아갔네. 그런데 한참 시골길을 달리는데 분통 터지는 일이 생겼네. 마차가 멈추더니 의사가 내려서 빠른 걸음으로 이쪽으로 다가오더군. 그리고 역시 자전거에서 내려 서 있는 나한테 다가와 비웃는 듯한 말투로, 자기 마차가 좁은 길을 막고 있어서 내 자전거가 못 나가는 게 아니냐고, 먼저 지나가는 게 어떻겠느냐고 했네. 그 얄미운 말솜씨는 정말 혀를 내두를 지경이었지. 나는 곧 자전거에 올라타고 마차를 지나 앞으로 몇 킬로미터를 더 달려갔네. 그리고 적당한 장소를 골라 자전거를 세우고 마차가 지나가기를 기다렸지. 하지만 마차는 오지 않았네. 그렇다면 아까 올 때 봐둔 몇 개의 갈림길 중 하나로 꺾어진 게 틀림없었어. 나는 자전거를 타고 되돌아갔지만 마차는 아무 데도 없더군. 그런데 그놈의 마차가 이제야 돌아온 걸세. 물론 처음에는 박사의 왕진과 가프리 스톤턴의 실종을 연관지을 만한 특별한 이유였네. 그저 암스트롱 박사에 관한 모든 것이 흥미롭다는 막연한 이유로 조사하려고 한 것 뿐이지. 그런데 박사가 그렇게 왕진을 다니면서 혹시라도 뒤를 밟는 사람이 없는지 빈틈없이 경계한다는 사실을 알고 보니 이 일이 더욱 예사롭지 않아 보이는군. 나는 사실을 알아내기 전까지는 절대로 물러서지 않을걸세."

"우리는 내일도 미행할 수 있네."

"우리? 일은 자네가 생각하는 것처럼 그렇게 간단하지 않네. 자네는 이곳 케임브리지서 주의 지리를 잘 모르네. 안 그런가? 이곳에서는 몸을 숨기는 것이 그렇게 쉬운 일은 아닐세. 오늘 밤에 자전거를 타고 지나간 곳도 전부 자네 손바닥처럼 밋밋하고 깨끗하더군. 게다가 오늘 밤에 멋지게 증명해 준 것처럼 상대는 바보가 아닐세. 나는 오버턴에게 런던에서 뭔가 새로운 일이 있으면 여기 주소로 알려달라고 전보를 쳤는데, 그동안 우리가 할 수 있는 일은 암스트롱 박사를 지켜보는 것뿐이네. 전신국의 그 친절한 아가씨가 보여준 급전 부본에는 바로 암스트롱 박사라는 이름이 씌어져 있었거든. 박사는 틀림없이 그 청년이 어디 있는지 알고 있을 거야. 그렇다면 우리도 어떻게 해서든 그걸 알아내야 해. 그렇지 못하면 그것은 우리의 실책일 수밖에 없네. 지금 결정적인 패를 쥐고 있는 건 분명히 박사이지만, 왓슨 자네도 알다시피 게임을 흐지부지 끝내는것은 내 성미에 맞지 않거든."

하지만 다음날도 우리는 문제 해결에 한 걸음도 더 다가서지 못했다. 아침식사를 마친 뒤 편지 한 통이 전달됐는데, 홈즈는 빙그레 웃으며 그것을 내게 건네주었다.

홈즈 씨,

분명히 말해 두는데 내 뒤를 따라다니는 건 시간 낭비요. 어젯밤에 당신도 봤겠지만 내 마차 뒤에는 창문이 나 있소. 당신이 자전거로 32킬로미터를 돌아서 출발 지점으로 되돌아가고 싶다면 내 뒤를 따라와도 좋소. 뿐만 아니라 내 뒤를 염탐하고 다니는 일은 가프리 스톤턴 군에게 하등 도움이 되지 않는다는 사실을 알아두시오. 당신이 그 청년을 위해 해줄 수 있는 일은 지체 없이 런던으로 돌아가서 의뢰인에게 조카를 찾는 데 실패했다고 보고하는 거요. 케임브리지에 있어봤자 시간만 낭비하게 될 테니까 말이오.

레슬리 암스트롱

"참으로 솔직하고 정직한 상대로군."
홈즈가 말했다.
"박사가 자꾸만 궁금증을 부채질하네그려. 나는 기필코 사실을 밝혀내고 말겠어."
"마차가 또 문 앞에 서 있군."
내가 말했다.
"박사가 올라타는걸. 그러면서 이쪽 창문을 흘끗 올려다보았어. 오늘은 내가 자전거를 타고 운을 시험해 볼까?"
"여보게, 그건 안 되네! 물론 자네의 타고난 통찰력은 높이 평가하지만 자네가 저 대단한 의사 선생의 상대가 될 것 같지는 않아. 나 혼자 탐문 수사를 하는 편이 목적 달성에 더 도움이 될지도 모르겠네. 아무래도 자네는 혼자 있어야 할 것 같으이. 조용한 시골 마을에 호기심 많은 이방인이 둘이나 나타나면 말들이 많을 테니까 말이야. 이 유서 깊은 도시에는 기분 전환이 될 만한 볼거리가 좀 있을걸세. 어두워지기 전에 돌아와서 좀더 희망찬 보고를 할 수 있었으면 좋겠군."

하지만 내 친구는 한 번 더 실패를 겪을 운명이었다. 그는 한밤중에 빈손으로 기진맥진해서 돌아왔다.
"왓슨, 오늘 하루도 허탕일세. 나는 박사가 간 방향으로 가서 하루 종일 케임브리지 쪽 마을을 뒤지고 다녔네. 그리고 선술집 주인을 비롯해서 지역의 소식통을 만나 의견을 교환했지. 꽤 넓은 지역을 훑었다네. 체스터턴, 히스턴, 워터비치, 오킹턴을 차례로 조사했지만 결과는 실망스러웠어. 하지만 말 두 필이 끄는 상자 마차가 매일같이 나타났다면 그렇게 한적한 고장에서는 틀림없이 사람들 눈에 띄었을 텐데. 박사가 다시 점수를 올린걸세. 나한테 전보 온 것 없나?"
"있어, 내가 뜯어봤지. 여기 있네."

 트리니티 칼리지의 제레미 딕슨에게 폼피를 달라고 하세요.

"무슨 말인지 통 모르겠구먼."
"아, 나는 무슨 말인지 알겠어. 내가 뭘 물어봤더니 오버턴이라는 친구가 이런 답장을 보내준 걸세. 제레미 딕슨에게 연락해야겠어. 다음번에는 행운이 틀림없이 우리 편일 거야. 그건 그렇고, 경기 소식은 어떤가?"
"응, 이 지역 석간 신문 마지막 판에 자세한 기사가 실렸네. 옥스퍼드 대학이 1골 2트라이 차이로 케임브리지를 이겼어. 기사 마지막에 이런 얘기가 있네."

 케임브리지 팀의 패배는 전적으로 국제적인 선수 가프리 스톤턴이 경기에 불참한 탓인데, 경기의 매 고비마다 스톤턴 선수의 빈자리가 크게 느껴졌다. 스리쿼터 라인이 손발이 맞지 않고 공격과 수비가 약화되어 팀 전체는 열심히 싸웠음에도 전력은 크게 떨어졌다.

"오버턴 씨의 불길한 예감이 그대로 적중했군."
홈즈가 말했다.
"개인적으로 나는 암스트롱 박사와 같은 생각이네. 럭비는 내 사전에 없으니까 말이야. 왓슨, 오늘 밤은 일찍 잠자리에 들게나. 내일은 바쁜 하루가 될 것 같은 예감이 드니까."
다음날 아침, 잠자리에서 빠져나온 나는 홈즈를 보고 기겁을 했다. 그는 자그마한 피하 주사기를 들고 난롯가에 앉아 있었다. 나는 주사기를 그의 성격의 유일한 약점과 관련지어 생각하게 되었는데, 그의 손에서 주사기가 반짝거리는 걸 보자 최악의 상황이 떠올랐던 것이다. 홈즈는 나의 놀란 표정을 보고 껄껄 웃으며 주사기를 테이블 위에 올려놓았다.
"쯧쯧, 여보게. 그렇게 불안해할 필요 없네. 이번에 이것은 악의 도구가 아니라 오히려 수수께끼를 푸는 열쇠라는 게 입증될걸세. 나는 이 주사기에 모든 희망을 걸고 있지. 방금 정찰을 나갔다 왔는데 모든 게 다 순조롭다네. 왓슨, 아침을 든든히 먹어두게. 오늘은 암스트롱 박사를 뒤쫓을 예정이니까 말이야. 일단 그가 남겨놓은 냄새를 포착하면 나는 쉬지도 먹지도 않고 그의 소굴까지 들어갈 작정이네."
"그렇다면 박사는 일찌감치 출발할 테니까 음식을 싸가는 게 좋지 않을까? 박사의 마차가 밖에서 기다리고 있네."
내가 말했다.
"염려 말게. 먼저 가라고 하지 뭐. 마차를 타고 내가 쫓아갈 수 없는 곳까지 갈 수 있다면 정말 대단한 사람이지. 식사를 끝내고 아래층으로 내려가면, 자네한테 탐정을 하나 소개해 주겠네. 오늘 우리는 할 일이 하나 있는데 그 분야에서는 명성을 떨치고 있는 전문가라네."
아래층으로 내려갔을 때 홈즈는 앞장서서 마구간으로 갔다. 그리고 마구간 문을 열고 비글과 폭스하운드의 중간쯤 되는, 땅딸막하고 귀는 축 처지고 흰색과 갈색이 섞인 얼룩 개 한 마리를 꺼냈다. 홈즈가

말했다

"이 녀석이 바로 폼피라네. 폼피는 이 지역 사냥개 중에서 최고의 후각을 갖고 있지. 체격만 봐도 알 수 있듯이 그다지 빨리 뛰는 편은 못 되지만 냄새 하나는 기막히게 잘 맡거든. 자, 폼피. 네가 그렇게 빠르지 않다 해도 런던에서 온 두 중년 신사에게는 너무 빠를지도 모른단다. 그래서 미안하지만 네 목걸이에 이 가죽 줄을 채워야겠다. 애야, 이리 온. 네 실력을 한번 보여다오."

그는 개를 끌고 의사의 집 앞으로 갔다. 개는 잠깐 킁킁거리고 냄새를 맡으며 돌아다니더니 흥분한 듯 높은 소리로 낑낑거리며 줄이 팽팽하게 당겨지도록 거리를 내달았다. 반시간 뒤, 우리는 시내를 완전히 벗어나 시골 길에서 종종걸음을 치고 있었다.

"홈즈, 자네 어떻게 한 건가?"

"구식이지만 가끔은 아주 유용하게 쓰이는 방법을 동원했지. 오늘 아침에 박사의 집 마당으로 슬쩍 들어가서 주사기에 가득 채워간 아니시드(아니스라는 한해살이 풀의 열매로 감초 맛과 비슷하고 향료나 약재로 쓰인다)를 마차 뒷바퀴에 쐈다네. 폼피는 아니시드 냄새를 따라서 존 오 그로츠(영국 스코틀랜드의 최북단 지역)까지 갈걸세. 그리고 우리 친구 암스트롱은 케임브리지를 완전히 벗어나기 전까지는 폼피를 떨쳐버리지 못할걸. 허, 교활한 인간 같으니라고! 지난밤에 나를 어떻게 따돌렸는지 알겠군."

개는 갑자기 큰길에서 벗어나 풀이 자라는 샛길로 접어들었다. 8백 미터쯤 가자 길은 다시 넓은 도로로 이어졌고, 도로는 오른쪽으로 갑자기 꺾이며 우리가 방금 떠나온 도시를 향했다. 그리고 이 도로는 도시의 남쪽을 크게 우회해서, 반대 방향에서 우리가 출발한 지점으로 향했다.

"이렇게 뺑뺑이를 돈 게 순전히 우리 때문이었다는 건가?"

홈즈는 말했다.

"이 마을 저 마을 돌아다니며 조사해도 아무 소득이 없었던 게 당연한 일이었군. 박사가 그런 행동을 한 것은 분명히 그럴 만한 까닭이 있기 때문이었네. 그렇게 교묘한 속임수를 쓴 이유가 뭔지 정말 궁금하군. 이 오른쪽에 있는 게 트럼핑턴 마을일 거야. 그리고, 어이쿠! 저기 상자 마차가 모퉁이를 돌아오고 있네. 왓슨, 빨리, 잘못하면 들키겠어!"

홈즈는 버티는 폼피를 질질 끌고 밭으로 뛰어들었다. 우리가 울타리 그늘 아래 간신히 몸을 숨겼을 때 마차가 덜컹거리며 앞을 지났는데, 그때 안에 탄 암스트롱 박사의 모습이 언뜻 보였다. 구부정한 어깨에 두 손으로 얼굴을 감싸고 있는 모습이 깊은 슬픔에 잠긴 듯했다. 친구의 표정이 무거워지는 걸 보니 그도 박사의 그런 모습을 본 것이 분명했다.

"이번 사건의 결말이 좋지 않을 것 같은 예감이 드는군. 곧 알게 되겠지. 이리 온, 폼피! 아, 저기 집이 있다!"

목적지에 다 온 것임에 틀림없었다. 폼피는 상자 마차의 바퀴 자국이 아직 남아 있는 정문 앞에서 정신없이 낑낑거리며 이리 뛰고 저리 뛰었다. 좁은 오솔길 한 줄기가 들판의 외딴집 앞으로 이어져 있었다. 홈즈가 개를 울타리에 묶어놓고 나서 우리는 서둘러 집을 향해 다가갔다. 친구는 거칠게 짠 작은 문을 두드리고 또 두드렸지만 아무 대답이 없었다. 그러나 빈집은 아닌 것이 분명했는데, 집 안에서 말로 표현할 수 없을 만큼 슬픈, 고통과 절망이 스며 있는 낮은 웅얼거림이 흘러나오고 있었기 때문이다. 홈즈는 가만히 서서 어쩔 줄 모르고 있다가 흘끗 뒤를 돌아보았다. 우리가 방금 지나온 길을 상자 마차 한 대가 달려오고 있었는데, 아무리 봐도 회색 말 두 필이 끄는 마차가 분명했다.

"맙소사, 박사가 돌아오고 있어!"

홈즈는 소리쳤다.

"할 수 없군. 우린 박사가 오기 전에 집 안에 무슨 일이 있는지 알아봐야 하네."

홈즈는 문을 열었고 우리는 집 안으로 들어섰다. 웅얼거리는 소리는 점점 커져 고통스러운 긴 흐느낌으로 변했다. 그 소리는 2층에서 들려왔다. 홈즈는 쏜살같이 계단을 올라갔고 나도 그 뒤를 따랐다. 문 하나가 반쯤 열려 있었는데, 그 문을 밀치고 들어간 우리는 눈앞에 펼쳐진 광경을 보고 소스라치게 놀라 우뚝 섰다.

젊고 아름다운 여성이 싸늘한 시신이 되어 침대에 누워 있었다. 얼굴은 창백하지만 평온했고, 긴 금발 머리는 침대 위에 흐트러진 채 광채를 잃어버린 푸른 눈이 멍하니 허공을 응시하고 있었다. 침대 발치에는 한 청년이 반쯤 무릎을 꿇은 자세로 침대보에 얼굴을 묻고 온몸을 떨며 흐느끼고 있었다. 한없는 비탄에 사로잡힌 청년은 홈즈가 어깨에 손을 올려놓을 때까지 얼굴을 들지 않았다.

"당신이 가프리 스톤턴 씨인가요?"

"예, 그렇습니다. 하지만 늦으셨군요. 이 사람은 죽었습니다."

망연자실한 청년은 우리가 연락을 받고 달려온 의사들일 거라고만 생각했다. 홈즈가 몇 마디 위로의 말을 건네며 당신이 갑자기 자취를 감추는 바람에 동료들이 얼마나 놀랐는지 설명하려고 하는 참에 계단에서 발자국 소리가 들리더니 암스트롱이 의혹에 찬 험악한 얼굴로 들어섰다.

"신사 여러분, 드디어 목적을 이루셨군요. 그건 그렇고 나도 참 절묘한 순간에 올라온 셈이군그래. 죽은 사람 앞에서 큰 소리는 내고 싶지 않지만 내가 조금만 더 젊었더라도 당신 같은 사람들을 곱게 내버려 두지는 않았을걸!"

"실례합니다만 암스트롱 박사님. 우리 사이에 약간의 오해가 있는 것 같습니다."

내 친구는 점잖게 말했다.

"우리와 같이 아래층으로 내려가 주시면 서로 이 불행한 사태에 대해 이해할 수 있을 겁니다."

잠시 후 우리는 험악한 얼굴의 의사와 아래층 거실에서 마주보고 있었다. 박사가 말했다.

"어디, 할 말이 있으면 해보시지?"

"먼저 박사님께서는 제가 마운트 제임스 경에게 고용된 사람도 아니고 그 귀족의 편을 들 생각은 눈곱만큼도 없다는 것을 이해해 주시기 바랍니다. 사람이 실종되면 그 안위를 확인하는 것이 제 의무인데 방금 확인이 끝났습니다. 또한 무슨 범죄가 저질러진 것이 아니라면 개인의 스캔들은 대중 앞에 공개하기 보다는 덮어두려고 작은 힘이나마 다하려고 하니까요. 제가 보기에 이번 일에는 어떤 불법행위도 없는 듯한데, 그것이 사실이라면 박사님은 사건이 신문에 공개되지 않도록 협력하겠다는 저의 약속을 전적으로 믿으셔도 좋습니다."

암스트롱 박사는 한 걸음 앞으로 나서서 홈즈의 손을 으스러지게 잡았다.

"당신은 정말 좋은 사람이오, 내가 당신을 잘못 판단했소. 나는 가엾은 스톤턴을 이런 상태로 혼자 놔두고 가는 게 마음에 걸려 마차를 돌려서 돌아왔는데, 이렇게 당신을 만나 오해를 풀게 되었으니 하늘에 감사할 따름이오. 자초지종을 설명하자면 아주 간단하오. 1년 전에 가프리 스톤턴은 런던의 하숙집에 잠시 머문 적이 있는데, 하숙집 주인의 딸을 열렬히 사랑하게 되어 마침내 결혼에 이르렀소. 가프리의 아내가 된 여성은 얼굴만 아름다운 것이 아니라 마음

씨가 고왔고 지성적이기까지 했소. 어떤 남자도 그런 아내에 대해서는 부끄러워할 필요가 없을 거요. 하지만 가프리는 저 괴팍한 늙은 귀족의 상속자였고, 만일 그렇게 결혼한 사실이 알려지면 상속은 완전히 물 건너갈 것이 분명했소.

나는 가프리와 잘 아는 사이였는데 여러 모로 실력이 뛰어난 녀석을 각별히 아꼈소이다. 나는 일이 꼬이지 않도록 힘껏 녀석을 도왔소. 우리는 아무에게도 사실이 알려지지 않도록 최선을 다했는데, 그런 이야기가 한번 새나가면 소문이 나는 것은 시간 문제였기 때문이오. 이 외딴집과 당사자의 신중함 덕분에 가프리는 지금까지 탈 없이 잘 지내왔소. 비밀을 아는 사람은 나하고 지금 트럼핑턴으로 도움을 청하러 간 충직한 하인뿐이오.

하지만 마침내 끔찍한 불행이 찾아왔다오. 가프리의 아내가 무서운 악성 폐결핵에 걸린 거지. 불쌍한 녀석은 슬픔에 반쯤 넋이 나갔지만 이번 시합을 치르기 위해 런던에 갈 수밖에 없었소. 경기에 불참하려면 설명을 해야 했고, 그러자면 자신의 비밀을 고백하지 않을 수 없었으니까 말이오.

나는 녀석에게 용기를 북돋워주려고 전보를 보냈고, 녀석은 내게 최선을 다 해달라고 간청하는 내용의 답장을 보내왔소. 무슨 수를 썼는지 모르겠지만 선생이 봤다는 전보가 바로 그거요. 나는 가프리에게 상태가 얼마나 다급한지는 말하지 않았는데, 그 친구가 여기 있어봤자 할 수 있는 일이 없다는 걸 잘 알고 있었기 때문이오.

하지만 여자의 아버지에게는 사실대로 말해 주었소. 그러자 그 사람이 경솔하게 가프리에게 연락을 취한 거요. 가프리는 연락을 받자마자 반미치광이가 돼서 곧장 여기로 달려왔고, 그 다음부터 오늘 아침에 죽음이 아내의 고통을 가져갈 때까지 저 자세로 침대 발치에 무릎을 꿇고 있소. 홈즈 선생, 이것이 전부요. 나는 선생과 친구 되는 분의 양식과 분별을 믿소."
홈즈는 박사의 손을 굳게 잡았다.
"가세, 왓슨."
우리는 슬픔의 집에서 창백한 겨울 햇살 속으로 걸음을 옮겼다.

애비 그레인지 장원

 누군가 계속 어깨를 흔들어서 잠을 깨어 보니 홈즈였다. 1897년 겨울, 서리가 내린 매섭게 추운 이른 아침의 일이었다. 손에 든 촛불에 비춰진 홈즈의 얼굴 표정이 몹시 긴장되어 있음을 보고서, 무언가 사고가 일어났구나 싶었다.
 "왓슨, 일어나게, 일어나! 재미있는 일이 생겼어. 아무 말 말고 옷을 입고 따라오게나."
 10분 뒤, 채링 크로스 역을 향해 우리 두 사람은 조용하기만 한 길거리에 영업용 마차를 달리게 하고 있었다. 먼동이 터 오는 겨울 아침 빛도 어슴푸레한데 우유빛 안개 속에 새벽 출근하는 노동자의 모습이 이따금 보였다. 홈즈는 두터운 천 외투에 몸을 감싸고 묵묵히 어깨를 움츠리고 있었다. 공기는 살을 에는 듯이 차가웠고 아침밥도 먹지 않았기에 나 역시도 그렇게 웅크리고 있었다. 정거장에 도착해 뜨거운 차를 마시고 켄트 주행의 열차에 오르고 나서야 겨우 몸이 따뜻해져 홈즈는 이야기를 할 기분이 되고, 나 또한 묵묵히 귀를 기울이게 되었다. 홈즈는 주머니에서 편지를 한 통 꺼내어 그것을 읽어 주었다.

켄트 주 마더햄 애비 그레인지 장원에서 새벽 3시 반.
 셜록 홈즈님. 심상치않은 사건이 발생했으므로 꼭 와서 도와 주시기 바라며, 이 사건은 반드시 마음에 드실 거라고 생각합니다. 부인은 석방시켰지만 현장은 그대로 보존해 두겠습니다. 하지만, 유드테스 경까지 이대로 오래 내버려 둘 수는 없는 까닭에 한시라도 빨리 와 주시기를 부탁드립니다. 총총.
스탠리 홉킨즈

"홉킨즈에게 응원을 부탁받는 것은 이로써 일곱 번째이지만, 어느 경우라도 나에게 부탁하는 데는 부탁할 만한 이유가 있었지. 아마 그 사건들은 모두 자네의 컬렉션에 넣어져 있다고 생각되네. 대체로 나는 자네의 이야기 쓰는 방식이 마음에 들지 않지만 그것을 조금 커버하고 있는 것은 자네에게 일종의 선택안(選擇眼)이 있기 때문이라네. 자네의 가장 나쁜 버릇은 사물을 보는 데 있어 과학적 단련으로 생각지 않고 이야기책식인 입장에서 쓰는 일인데, 덕분에 유익하고 고전적이라고도 할 수 있는 실지 교시(實地敎示)가 될 만한 곳을 완전히 망쳐 놓고 있지. 센세이셔널한 지엽적인 문제에만 얽매여 정작 요긴한 점을 흐릿하게 만드는데, 그렇다면 독자를 흥분시키는 데 지나지 않을 뿐 도저히 교훈은 되지 않네."
"그렇다면 왜 자신이 직접 쓰지 않나?"
나는 시무룩해서 쏘아붙였다.
"쓰겠어. 반드시 쓰겠네. 지금은 알다시피 바쁘지만, 늘그막이 되면 탐정학 전반에 걸쳐 한 권으로 간추리는 일에 남은 생애를 바치겠네. 그런데 오늘의 문제 말인데, 역시 살인 사건인 것 같아."

"그럼, 이 유드테스 경이라는 사람이 살해되었다는 것인가?"
"말하자면 그럴 걸세. 홉킨즈는 꽤 흥분해서 편지를 쓴 것 같은데, 그 사나이는 본디 웬만한 일에는 꿈쩍도 않는 사람이야. 그러므로 이것은 폭력적인 문제로, 우리들에게 보이기 위해 시체를 그대로 놓아두고 있으리라고 생각되네. 단순한 자살 같은 거라면 내게 도움을 청하든가 하지 않을 걸세. 부인을 석방시켰다고 하는 것은, 흉행중 방에 갇혀 있기라도 했다는 걸 거야. 상대는 어쩐지 신분이 있는 가문인 것 같군. 이 빳빳한 편지지를 보게나. F B라는 글씨도 안이라든가, 훌륭한 가문을 연상시키는 이 문장에, 애비 그레인지 장원이라는 주소로도 아름다운 풍경이 상상되지 않나? 홉킨즈도 명성에 부끄럽지 않은 활동을 할 것이고, 오늘 아침은 재미있게 되겠는데. 살해된 것은 어젯밤 12시 전이야."
"그런 걸 어떻게 알지?"
"기차 시간표를 조사하고 시간을 계산해보면 알게 되지. 먼저 신고를 받아 이 지역 경찰이 출동해서, 런던 경시청에 보고를 하고, 홉킨즈가 파견되어서 나에게 응원을 청해 온 순서일 것이며, 그것만으로 충분히 하룻밤은 걸리니까 말이야. 아, 여기는 치즐허스트 역이로군. 이제 곧 모든 일이 밝혀질 걸세."

비좁은 시골길을 2마일쯤 마차에 흔들리며 가자, 커다란 장원의 문에 이르렀다. 그것은 열어 준 문지기의 해쓱한 얼굴에도 무언가 큰 재난이 있었던 눈치가 엿보였다. 넓고 어마어마한 뜰 안에 해묵은 느릅나무 가로수가 양쪽에 늘어선 길이 나 있고, 그것을 따라가려니까 정면에 팔라디오 풍(이탈리아의 건축가 팔라디오의 건축 양식)의 돌기둥이 있는, 옆으로 바라진 넓은 집이 있었다. 중앙부는 굉장히 오래된 모양으로 담쟁이덩굴에 덮여 있었으나, 커다란 창문 언저리를 보면 근대풍으로 손질한 것도 같았는데 하나의 동은 확실히 훨씬 나중에 덧붙여 지은 것이었다. 몸집도 젊디젊은 스탠리 홉킨즈 경감은 탄력 있는 얼굴에 열의를 띠고 현관문에서 우리를 맞이했다.

"홈즈 선생, 잘 오셨습니다. 그리고 왓슨 선생님도. 그러나 모처럼 오셨지만 두 번째 편지를 드릴 시간 여유만 있었다면 일부러 오실 것까지도 없었지요. 왜냐하면 부인의 의식이 회복되어 모든 사정을 이야기해 주었는데, 이것은 너무나 명백하여 어디에도 문제가 없다는 걸 알았기 때문입니다. 홈즈 씨는 루이스햄의 강도단 일당의 일을 기억하고 계십니까?"

"저 랜돌 3인조 말인가?"

"그렇지요. 아버지와 두 아들인. 이것은 그자들이 한 짓이에요. 의심할 나위가 없습니다. 2주일 전에 시드넘에서 한탕 해서 그때 인상착의가 목격되었지만 이렇듯 가까운 곳에서 그것도 사이를 두지 않고 털어먹다니 좀 지나치게 대담합니다만, 어쨌든 틀림없이 그놈들의 짓입니다. 더구나 이번 사건은 붙잡히면 사형감이지요."

"그러면 유드테스 경은 살해되었겠군?"

"그렇습니다. 자기 집 난로 쇠막대기로 두개골을 맞았습니다."

"하녀에게 물어 보았더니, 이름은 유드테스 브랙쿤스톨 경이라고 하던데……."

"그렇습니다. 켄트 주에서 손꼽히는 부호이지요. 부인은 지금 거실에 있습니다만 가공할 만한 경험을 한 셈입니다. 제가 처음에 만났을 때에는 반쯤 죽은 듯 질려 있었습니다. 자세한 것은 직접 물어 보시는 편이 좋을 겁니다. 그 뒤에 제가 식당으로 안내해 드리겠습니다."

브랙쿤스톨 부인은 결코 평범한 여성이 아니었다. 그렇게 우아하고 여자다우며 얼굴이 아름다운 사람을 나는 거의 본 적이 없다. 흰 살결에 금발인데다가 눈은 파랗고 지난밤의 무서운 경험으로 얼굴을 찌푸르고 해쓱해져 있기는 하지만, 그것마저 없었다면——아아, 완전한 미모라고 해야만 하리라. 그녀의 피해는 정신적인 것만이 아니었다. 한쪽 눈 위가 애처롭게 검붉게 부어올라 있어, 키가 크고 검소한 하녀가 물에 탄 초로 부지런히 식혀 주고 있었다. 부인은 힘없이 소파에 누워 있었는데, 우리들이 방에 들어가자 흘긋 재빠른 눈길을 던지며 아름다운 얼굴에 빈틈없는 표정을 떠올리고 있는 것으로 보아 어젯밤의 무서운 경험에 의해서도 기력은 조금도 약해져 있지 않았다는 게 엿보였다. 청색과 은빛의 헐거운 가운으로 몸을 감싸고 있으며 검은 스팽글(번쩍이는 금속 조각)을 단 야회복은 소파 위에 걸쳐져 있었다.

"홉킨즈 씨, 알고 있는 일은 모두 말씀드렸어요." 부인은 귀찮은 모양이었다. "당신께서 저를 대신하여 말씀해 주시지 않겠어요? 그래요? 굳이 부탁하신다면 제가 말씀드리겠지만, 이쪽 분들은 식당을 벌써 보셨나요?"

"그것보다도 부인의 이야기를 먼저 듣는 편이 좋다고 생각되어서요."

"빨리 치워 주셨으면 좋겠어요. 아직 식당에 쓰러진 채로 있는 걸 생각하면 무서워서요……." 부인은 몸서리를 치고 두 손으로 얼굴을 가렸는데, 그때 헐거운 가운의 소매가 밑으로 떨어지며 그녀의 팔목이 드러났다. 그러자 홈즈는 깜짝 놀라며 말했다. "아니, 다른 곳에도 부상을 입으셨군요. 어떻게 된 것입니까?"

선명한 붉은 얼룩점이 두 군데, 희고 통통한 팔에 보였다. 그녀는 급히 그것을 감추고 말했다.

"아무것도 아니에요. 이것은 어젯밤의 무서운 일과는 관계없어요. 그것보다도 부디 앉아 주세요. 자세히 말씀드리겠어요.

저는 유드테스 브랙쿤스톨 경의 아내입니다. 결혼한 지 1년 남짓

됩니다. 이 결혼이 저희들에게 있어 행복한 것이 아니었던 건 숨겨 보았자 소용없겠지요. 이웃 분들이 모두 그렇게 말씀하실 것이므로 저 혼자 부인하더라도 말이죠.

　죄는 저에게 있을지도 모릅니다. 저는 남 오스트레일리아의, 전통 같은 걸 그다지 중요하게 여기지 않는 자유로운 공기 속에서 자랐습니다. 예의 범절이 꽤 까다롭고 딱딱한 영국의 생활은 성미에 맞지 않습니다. 하지만 주된 이유는 다른 데에 있습니다. 그것은 남편의 술버릇입니다. 남편의 곤드레만드레 취하는 상습적인 술버릇은 모르는 사람이 없습니다. 이런 남자하고는 1시간을 함께 있는 것도 불편합니다. 재빠르고 기력이 왕성한 여성으로서, 낮이나 밤이나 그러한 사나이에게 속박되어 있는 일이 어떠한 것인지 알아주실 수 있을까요? 이런 결혼에까지 구속력을 인정하는 것은 모독, 나쁜 일, 아니 죄악이에요. 이 같은 나쁜 법률이 허용되고 있는 나라는 벌을 받아야 합니다. 하느님이 이 같은 사악한 일을 언제까지나 용서해 주시지는 않을 거예요."

그녀는 얼굴을 붉게 물들이고 윗몸을 일으켰다. 애처로운 이마의 상처 아래에서 두 눈이 불길처럼 타고 있다. 그 검소한 하녀가 부드럽게 찍어 누르듯이 부인의 머리에 쿠션을 베어 주었다. 부인의 격노는 흐느낌으로 바뀌었다. 그리하여 잠시 사이를 두고 나서 말했다.

"어젯밤의 일을 말씀드리지요. 이 집에서는 고용인들이 모두 신관 쪽에서 잠자게 되어 있습니다. 본관은 저희들이 쓰는 방뿐으로 이 뒤가 부엌이고, 2층이 저희들의 침실로 되어 있습니다. 저의 시중을 들어주는 하녀 타리자만은 저희들의 위쪽인 3층에서 잡니다만, 그밖에는 한 사람도 없습니다. 그렇기 때문에 약간의 소리가 나더라도 신관 쪽까지는 들리지 않습니다. 도둑은 이런 것을 잘 알고 있었을 게 틀림없습니다.

남편은 10시 반쯤에 잠자리에 들었습니다. 고용인들은 모두 신관 쪽으로 물러가고 타리자만이 잠들지 않고 있었습니다. 제가 무언가 부탁할지도 모르기 때문에 3층 방에서 자지 않고 있었던 거지요. 저는 이 방에서 11시가 지나도록 열심히 책을 읽고 있었습니다만, 그만 자려고 생각하고서 집 안을 둘러보았습니다. 아까도 말씀드린 것처럼 남편은 그다지 미덥지가 못했으므로 문단속 등은 제가 늘 둘러보는 습관이 있었던 거예요.

부엌, 식기실, 총기실, 당구실, 객실, 식당의 순서로 둘러보았는데, 여기는 두꺼운 커튼이 쳐져 있건만 창문 곁에 다가갔더니 얼굴에 홱 바람이 불어닥쳤으므로 창문이 열려 있구나 싶었습니다. 커튼을 홱 옆으로 젖혀 보았더니, 어깨가 바라지고 힘이 센 듯한 꽤 나이 든 사나이와 딱 얼굴을 마주치고 말았습니다. 창문이라고는 하나뿐으로 뜰의 잔디밭으로 바로 나갈 수 있는 프랑스 식 창문이어서, 방금 거기로부터 바람이 들어온 참이었던 모양이에요. 저는 침실용 촛대를 손에 들고 있었는데, 잘 보았더니 그 사나이의 뒤에 또 식당으로 들어오려는 두 사나이가 있지 않겠어요.

저는 그만 뒷걸음질을 쳤는데, 사나이는 그것보다 빨리 저에게 덤벼들어 처음에는 손목을 잡혔을 뿐이었습니다만 곧 목을 죄어 왔습니다. 소리를 지르려고 했으나 눈 위를 주먹으로 호되게 얻어맞고는 그 자리에 쓰러지고 말았습니다. 정신이 들고 보니까 벨의 선을 완전히 잡아뜯어, 저는 식당의 윗자리인 떡갈나무 의자에 붙들어 매어져 있었습니다. 꼼짝 못하게 단단히 묶인데다가 손수건으로 입이 틀어 막혀 있으므로 소리도 낼 수 없었습니다. 거기에 남편이 들어왔습니다.

남편은 아마도 이상한 소리에 잠이 깨어 대충 준비만 하고서 내려왔을 거예요. 와이셔츠 아래는 바지를 입고 손에는 애용하는 검은 가시나무 몽둥이를 들고 있었습니다. 느닷없이 한 사람의 도둑을 향해 덤벼들었습니다만 또 한 사람——처음의 나이 먹은 사나이가 난로의 부젓가락인 쇠막대기를 집어들어 지나치는 것을 맹렬하게 내리쳤습니다. 남편은 소리도 내지 못하고서 쓰러져 움직이지 못하게 되고 말았습니다. 저는 그것을 보고서 또 정신을 잃었지만 이번에는 아주 잠깐이었다고 생각됩니다. 다시 또 깨어나 보니까 도둑들은 찬장에서 은그릇 등을 모으고 따로 포도주를 한 병 따서 테이블 위에 놓아두고 있었습니다. 그리고 세 명 모두 글라스를 손에 들고 있었습니다.

앞서도 말씀드렸지만 세 사람의 도둑 가운데 하나는 나이도 훨씬 위고 턱수염이 있었으나 나머지 두 사람은 아직 어린 소년이었습니다. 나이 먹은 이가 젊은 두 사람의 아버지였는지도 모릅니다. 세 사람은 무언지 쑤군쑤군 이야기를 하더니 저의 결박이 단단한 것을 확인하고 나서, 뒷문을 닫고 프랑스 식 창문으로 달아나고 말았습니다.

15분쯤이나 여러 가지 방법으로 애를 쓴 끝에 입만은 자유롭게 되었으므로, 소리를 질렀더니 하녀가 달려왔습니다. 그리고 신관 쪽에서도 고용인들이 모여들어왔으므로 곧 경찰에 알렸습니다. 런던 경시청에는 이곳 경찰로부터 연락이 있었던가 보지요. 제가 알고 있는 일은 이게 전부입니다. 이런 무서운 이야기를 두 번 다시 되풀이하는 것만은 용서해 주셨으면 해요."

"홈즈 씨, 무언가 질문하실 일은?" 홉킨즈가 물었다.

"부인께서 휴식하는 것을 방해하거나 특히 괴롭히는 듯한 일은 삼가고 싶다고 생각합니다. 단 한 가지, 식당을 보여 달라고 하기 전에 당신에게서 이야기를 좀 들었으면 고맙겠습니다" 하고 홈즈는 하녀를 쳐다보았다.

"저는 안으로 들어오기 전에 그 사람들을 보았습니다. 침대 옆 창문 가까이에 걸터앉아 있었기 때문에 문 근처에 세 명의 남자가 있는 것이 달빛으로 보였습니다만, 그때는 그다지 신경쓰지 않았습니다. 마님의 목소리가 들린 것은 그로부터 1시간 남짓 지나고 나서입니다. 급히 뛰어내려가 보았더니 마님은 가엾게도 의자에 결박되어 있고, 그리고 나리는 그 언저리를 피투성이로 만들고서 쓰러져 계셨습니다. 묶여 있는데다가 나리님의 피를 뒤집어써서 입고 계신 옷이 피투성이가 되었으니, 아무리 꿋꿋한 여자라도 침착하게 있을 수는 없으련만, 마님은 과연 아데레이드 시의 메리 플레이저 아가씨로서 애비 그레인지 장원의 브랙쿤스톨 부인이옵니다. 마님은 씩씩하고 참으로 훌륭하셨습니다. 자, 그렇다면 마님의 이야기는 이것으로 충분하겠지요. 쉬지 않으면 안됩니다. 타리자가 방으로 모시겠어요."

마치 어머니처럼 다정하게 부인을 돌보면서 강마른 하녀는 그 어깨에 손을 돌리고 조용히 나갔다.

"저 하녀는 부인이 어렸을 적부터 딸려 있었다고 합니다." 홉킨즈가 설명했다. "갓난 아기 적부터라더군요. 18개월 전에 부인이 오스트레일리아에서 영국에 올 때에도 따라왔답니다. 이름은 타리자 라이트라고 하는데, 요즘 보기 드문 하녀이지요. 자, 어서 이리로 오십시오. 식당으로 안내해 드리겠습니다."

표정이 풍부한 홈즈의 얼굴은 심히 흥미를 잃은 듯싶었다. 수수께끼라는 문제에 관한 한 이 사건은 완전히 흥미가 없는 게 되었다. 범인 체포 문제는 아직 남아 있지만, 홈즈가 일부러 손을 대기에는 너무나도 평범한 악인들이 아닐지? 심원한 학식이 있는 전문 의사가 초빙되어 가 보았더니 환자는 홍역이었다고 할 경우 의사는 기묘한 얼굴이 될 터인데, 그러한 심정을 나는 홈즈의 눈 속에서 읽었던 것이다. 그런데 애비 그레인지 장원의 식당 내부 광경은 그의 관심을 끌고 사라져 가려던 흥미를 불러일으키는 데 충분한 불가사의를 갖추고 있었다.

　식당은 천장이 높은 큰 방이었다. 떡갈나무의 징두리 벽판(벽의 아래쪽에 붙이는 널빤지)에 조각을 한 떡갈나무의 천장 널, 주위의 벽에는 뿔이 아름다운 사슴의 머리며 고대의 무기가 걸려 있고, 입구의 정면에 문제의 큰 프랑스식 창문이 있었다. 오른쪽에는 그것에 비하여 작은 창문이 세 개 나란히 있어 겨울의 약한 햇볕이 드리워지고 있다. 왼쪽에는 크고 깊은 벽난로가 있고 묵직한 떡갈나무의 맨틀피스가 대어져 있었다. 이 벽난로 곁에 팔걸이와 아래로 가로막대가 있는 떡갈나무로 만든 큰 의자가 있었다. 그 의자의 드러나 있는 나무 부분에, 일부는 얽히고 일부는 바닥 위에 늘어지고 일부는 두 끝이 의자 아래의 가로막대에 붙들어 매어진 빨간 끈이 어젯밤의 그 소동을 말해 주고 있었다. 부인을 풀어 주었을 때 이런 모양이 되었을 것이지만, 매듭은 그대로 남아 있었다. 하기야 이러한 자질구레한 일은 나중에서야 깨달은 것이고, 들어간 순간 우리들의 관심은 벽난로 앞에 깐 호랑이 가죽 위에 기다랗게 쭉 뻗어 있는 전율할 만한 시체 위로 집중되어 있다.

　40살쯤의 키가 큰 잘생긴 사나이의 시체였다. 천장을 보고서 벌렁 쓰러져 있는데, 짧게 손질한 수염 사이로 흰 잇몸이 보였다. 두 주먹을 움켜잡고 머리 위로 올렸으며 옆에는 검은 가시나무 몽둥이가 뒹굴고 있었다. 독수리를 연상케 하는 검붉고 아름다운 얼굴을 원망스러운 듯 일그러뜨리고 있는 게 말할 수 없이 무서웠다. 잠을 자고 있다가 무슨 소리를 듣고 깨었던 모양으로, 수가 놓인 사치스러운 잠옷 윗도리를 입고 있었는데 바지 끝으로 맨발이 보였다. 머리 부분이 무참하게도 으깨어져 있었다. 그 타격이 얼마나 맹렬한 것이었는가는 온 방 안에 역력히 남아 있는 흔적이 말해 주고 있었다. 옆에 엿가락처럼 휘어진 굵은 부젓가락이 떨어져 있었다. 홈즈는 그 흉기와 그것으로 맞은 머리를 살펴보고 나서 말했다.

"랜돌 영감은 어지간히 힘이 센 사나이인걸."

"그렇습니다. 저한테도 기록이 있습니다만 광포한 녀석입니다." 하고 홉킨즈가 말했다.

"그러한 사나이라면 체포에 곤란은 없겠구먼."

"없고말고요. 전부터 경계중이었으나 미국으로 달아난 듯한 의심이 있어 조금 벽에 부닥치고 말았습니다만, 그러나 이곳에 있다는 걸 안 이상 이제는 놓치지 않습니다. 각 항구에는 벌써 수배가 되어 있는데다가 밤에는 현상금에 대해서도 발표가 나겠지요. 그렇긴 하나 부인에게 인상착의가 목격되고, 그것에 의해 우리들에게 곧 발각될 것을 잘 알고 있으련만 어째서 이런 짓을 했을까요?"

"하긴 그렇군. 부인마저 살해해 버렸을 텐데 말일세."

"부인이 의식을 회복하고 있는 줄 눈치 채지 못했을지도 모르잖나" 하고 내가 나의 생각을 말했다.

"그랬을까. 죽은 것처럼 되어 있는 걸 새삼 죽일 것까지는 없는 셈이지. 그렇긴 한데 이 살해된 사나이는 어떻게 보이나, 홉킨즈? 무언가 이상한 이야기를 들은 적이 있지 않나······."

"여느 때에는 좋은 사나이지만 마셨다 하면 손을 댈 수가 없습니다. 그것도 한껏 마시는 일은 거의 없으므로, 설취해서 날뛰는 거지요. 그럴 때 이 사나이는 마치 악마가 되기라도 한 것처럼 어떠한 일이라도 해치웠다고 합니다. 이야기에 의하면, 부자이고 신분도 있건만 바야흐로 경찰 신세를 질 뻔했던 일도 한두 번 있었다고 합니다. 한번은 개에게 석유를 듬뿍 뿌리고 불을 질렀다고도 합니다. 그것이 부인의 개였으므로 문제가 더욱 어려워졌던 것을, 큰 소동 끝에 가까스로 이럭저럭 비밀히 수습했다나요. 그리고 하녀인 타리자에게 술병을 던진 일이 있어, 이것은 수습하는데도 꽤나 힘이 들었던 모양입니다. 요컨대 여기서만의 이야기지만, 이 사나이가 없는 편이 이 집에 있어 얼마나 좋은지 모르죠. 아니, 무엇을 조사하고 있는 겁니까?"

홈즈는 무릎을 꿇고 부인이 묶여 있었던 빨간 끈의 매듭을 주의깊게 살피고 있었다. 이 끈은 벨 끈을 도둑이 잡아뜯어 사용한 것인데, 매듭을 보고 나자 홈즈는 끈이 끊어진 실이 풀린 부분을 열심히 조사했다(전기 벨이 아니고 끈을 당겨 벨을 울리는 식이다).

"이것을 잡아뜯었다면 부엌에서 벨이 크게 울렸을 텐데."

"아무에게도 들리지 않습니다. 부엌은 이 뒤쪽으로 되어 있기 때문입니다."

"그쪽에 아무도 없다는 것을 도둑은 어떻게 알고 있었지? 벨 끈을 잡아뜯다니, 어째서 이 같은 무모한 짓을 했을까?"

"그 점입니다, 홈즈 씨. 저는 그것을 몇 번이나 생각해 보았습니다. 범인은 집 내부 사정을 잘 알고 있는 녀석이 틀림없습니다. 이 집의 일상적인 습관이라고나 할까, 비교적 빨리 고용인들이 잠자는 일이며, 그러므로 부엌에서 벨이 울리더라도 아무도 모른다는 등의 일을 말입니다. 그러한 일상의 일을 완전히 파악하고 있는 것을 보면, 고용인 가운데 내통하고 있는 녀석이 있는 게 분명합니다. 그런데 고용인은 8명이나 있지만 모두 성질이 좋은 이들뿐입니다."

"다른 조건이 똑같다면, 주인들로부터 머리를 술병으로 얻어맞은 여자가 가장 의심받아 마땅할 테지만, 그렇다면 헌신적으로 섬기고 있었던 부인에게 배신이라는 것도 문제가 되지. 그러나 뭐, 이런 것은 작은 일일세. 랜돌을 잡기만 한다면 공범의 문제는 뚜렷해지겠지. 부인이 말한 것은, 만일 확인이 필요하다면 여기에 남아 있는 재료로부터 얼마든지 알아볼 수 있다고 할 수가 있지."

홈즈는 프랑스 식 창문으로 가서 성큼 밀어 열었다. "여기에는 아무런 흔적도 없군. 땅바닥이 딱딱하게 굳어져 있으니 이렇다면 흔적이 남을 까닭이 없지. 맨틀피스 위의 이 양초는 켜져 있었겠지?"

"그것과 부인이 가지고 온 촛불을 이용하여 도둑은 달아났던 겁니다."

"훔쳐 간 것은?"

"그게 말입니다, 별로 대단치가 않아요. 찬장에서 은그릇을 대여섯 개 훔쳤을 뿐입니다. 부인의 이야기로는, 본디는 집 안을 샅샅이 뒤져 가며 물색하려 했을 것이지만 유드테스 경을 살해했기 때문에 황급히 달아났을 거라고 말하고 있습니다."

"그야 당황했겠지. 그런데 포도주를 마시고 갔다는 건 어째서일까?"

"한잔 하고 마음을 가라앉히려 한 것이겠지요."

"그렇군. 찬장 위에 있는 이 세 개의 글라스에는 아무것도 손을 대지 않았을 테지?"

"네, 병 쪽도 그대로입니다."

"잠깐 살펴보세. 아니, 이건 뭐지?"

세 개의 글라스는 한 군데로 모아져 있고 어느 것이나 술로 더럽혀져 있었으나, 그 술잔들 가운데 포도주의 침전물이 들어 있는 게 하나 있었다. 옆에 있는 병은 3분의 2쯤 술이 남아 있고 찌꺼기가 묻은 긴 코르크 마개도 뒹굴고 있었다. 술병은 겉모양이며 먼지를 뒤집어쓰고 있는 것으로 보아 밤에 몰래 숨어든 도둑 주제로서는 마실 만한 것이 아니었다.

홈즈의 태도가 달라졌다. 지금까지 시들해 보이던 태도는 어디로 갔는지, 움푹하고 날카로운 눈초리가 생생하게 다시 밝아져 왔던 것이다. 그는 그 코르크를 집어들고 지그시 세밀하게 살피고 나서 말했다.

"이것을 어떻게 뽑았을까?"

홉킨즈는 잠자코 반쯤 열려진 서랍을 가리켰다. 안에 테이블보와 함께 커다란 코르크 따개가 보였다.

"이 코르크 따개를 사용했다고 부인이 말했나?"

"아니오, 코르크를 뽑았을 때에는 부인이 아직 기절하고 있었으므로……"

"그랬었군. 실제로도, 이 코르크 따개를 사용한 것은 아닐세. 이것은 주머니칼 속의 병마개 따개인, 아마도 나이프와 짝 지워져 있는 1인치 반쯤의 짧은 것으로 뽑았네. 잘 보게, 세 번이나 장소를 바꾸어 비틀어 박고 있지 않나. 나사 부분이 짧기 때문이지. 이 큰 코르크 따개라면 나사가 뒤까지 꿰뚫릴 것이므로 단번에 뽑힐 것일세. 범인을 잡거든 조사해 보게나. 틀림없이 여러 가지 기구가 달린 나이프를 가지고 있을 테니."

"놀랍군요."

"그렇긴 하나 알 수 없는 건 이 글라스일세. 부인은 틀림없이, 세 사람이 포도주를 마시고 있는 걸 보았다고 했지?"

"네, 보았다고 분명히 말하고 있습니다."

"그렇다면 그럴테지. 아무 할 말은 없네. 그런데 말일세, 이 세 개의 글라스는 아주 주의해야만 하네. 뭐라고! 아무것도 이상한 데가 없다고? 곤란하군. 뭐, 좋겠지. 나처럼 특수한 지식이나 기능을 가지면 아무렇지도 않게 설명할 수 있을 일을 그만 너무 어렵게 생각하나 보구먼. 이 글라스 문제만 하더라도 그저 우연에 지나지 않을지도 모르네. 그럼, 홉킨즈, 나는 그만 실례하겠네. 있어야 그다지 도움이 될 것 같지도 않고 게다가 자네는 자네대로 벌써 해결

방법을 갖고 있는 것 같으니까. 랜돌을 붙잡거나 만일 사건이 진전되는 일이라도 있다면, 좀 가르쳐 주게. 어찌 되었든 이 사건이 훌륭히 해결되는 것도 머지않으리라 믿고 있네. 자, 왓슨, 돌아가세. 그러는 편이 시간을 유리하게 사용할 수 있다는 느낌이 드네."

돌아오는 기차 안에서 홈즈는 보고 온 일에 대해 무언가 줄곧 골머리를 썩이는 눈치였다. 다시금 기합을 주듯이 망상을 뿌리치고는 문제가 해결되었다는 심정으로 이야기를 시작하지만, 곧이어 의문이 꼬리를 물고·떠오르는 모양으로 눈썹을 찌푸리고 눈을 공허하게 뜨고서, 생각은 어느덧 애비 그레인지 장원의 식당에, 어젯밤 참극이 벌어진 현장으로 날아가는 눈치였다. 그러다가 기차가 어떤 교외의 작은 역에서 칙칙폭폭 움직이기 시작했을 때, 무엇을 생각했는지 느닷없이 그는 플랫폼에 뛰어내려서 나까지 끌어내리고 말았다.

"미안하네, 미안해." 홈즈는 커브 저편으로 사라져 가는 기차의 뒤꽁무니를 전송하면서 "변덕스러운 한때의 생각일지도 모를 일에 자네까지 길동무로 끌어들여 참으로 미안하네만, 다만 나는 왠지 이대로 버려 두는 일은 아무래도 할 수가 없어서 말일세. 온갖 본능이 시끄럽게 반대를 부르짖고 있는 걸세. 이것은 잘못되어 있어. 어딘가에 잘못이 있어. 절대로 잘못이 있네. 그러나 부인의 이야기는 탓할 만한 곳이 없는데다가 하녀의 증언까지 있고 자질구레한 점도 부합되어 있네. 내가 왜 그런 이론을 제기하는 것일까? 요컨대 저 세 개의 글라스 때문이네. 내가 그 같은 설명으로 만족하지 않았더라면, 모든 것을 자신감 있게 주의력을 갖고서 충분히 조사했더라면, 미리 준비되어 있었던 엉터리 이야기에 속는 일 없이 처음부터 선입감에 사로잡히지 않고서 사건을 연구했더라면, 다른 행동을 취해야 할 명확한 사실을 무언가 발견하지 못했을 리가 없다고 생각되는 거야. 아무튼

이 벤치에 좀 앉게나. 머지않아 치즐허스트 행의 열차가 올 것이니, 그때까지 나에게 증거를 말할 수 있게 해주게. 그러자면 첫째로, 하녀가 부인의 말을 덮어놓고 사실이라고 인정하고 들어가는 선입감을 모조리 버려야만 할 것일세. 부인의 매력있는 인품에 우리들이 단단히 좌우되어서는 안되네.

부인의 이야기 중에는 냉정히 들으면 확실히 의심스러운 점이 있었네. 예의 3인조 도둑은 2주일쯤 전, 시드넘 지방을 상당히 소란스럽게 만들었지. 그런 수법이나 인상 같은 건 어느 정도 신문에도 실렸기 때문에 가공의 도둑을 써서 한바탕 연극을 꾸미려고 할 경우, 누구라도 곧 그것을 생각해 낼 걸세. 사실 말이지, 도둑이란 한바탕 털고 나면 원칙적으로 당분간은 위험한 일에 손대지 않고 살면서 그 벌이로 안락을 누리는 게 보통이야. 그리고 또 아직 초저녁이라고 할 수도 있는 11시가 지나서 도둑이 숨어든다는 것도 보통 흔한 일이 아니고, 소리를 지르지 못하게끔 약한 여자를 후려갈긴다는 것도 보통 흔한 일이 아니네. 그런 짓을 하면 오히려 떠들썩해진다고 생각해야만 하니까 말야. 게다가 또 그 쪽은 세 사람이나 있는데 겨우 한 명의 사나이를 느닷없이 죽여 버린다는 것도 상식으로선 생각되지 않네. 그리고 또 가까운 곳에 얼마든지 값나가는 물건이 있는데 그까짓 물건으로 만족하여 물러갔다는 것도 이상하며, 마지막으로 그자들이 술을 반쯤 남기고 갔다는 것은 납득이 가지 않아. 이러한 이상스러운 점을 자네는 어떻게 생각하나?" 라고 말했다.

"그렇게 겹쳐 놓고 보니 확실히 마음에 걸리지만, 하나하나를 꺼내 보면 아무것도 아닌 것 같아. 다만 내가 가장 이상하다고 생각하는 것은 부인이 의자에 결박되었다는 점이야."

"나는 그렇게 생각하지 않네. 왜냐하면 그들로서는 부인을 죽여 버리지 않는 이상, 달아난 다음 즉시 경찰에 신고되든가 하지 않기 위해서는 그럴 수밖에 없었을 테니까. 그것은 어쨌든, 내가 말한 것으로 부인의 이야기에는 긍정할 수 없는 점이 있음을 알았을 테지? 그 중 최대의 것이 바로 그 글라스야."
"글라스가 어쨌다는 건가?"
"그 글라스를 머리에 떠올릴 수 있겠나?"
"똑똑히 생각해 낼 수 있지."
"세 명의 도둑이 그 글라스로 포도주를 마셨다는 이야기 말일세, 이상하다고 생각되지 않나?"
"어째서이지? 모두 포도주로 더럽혀져 있지 않았던가?"
"그건 그래. 그러나 잔에 찌꺼기가 가라앉아 있던 것은 하나 뿐이라네. 그 점을 헛되이 보아 넘겨서는 안돼. 이 점으로 무언가 생각나는 게 없나?"
"마지막으로 따른 글라스에 찌꺼기가 들어갔을 테지."
"그런 일이 있을 법이나 한가. 병속에는 포도주 찌꺼기가 가득하니까. 처음 두 잔에는 깨끗한 포도주만 나오고 마지막에만 포도주 찌꺼기가 나온다는 것은 좀 생각하기 어렵지. 이것에는 두 가지의 경우가 생각되지. 오직 두 가지뿐으로, 달리 설명할 도리가 없네. 그 한 가지는 두 개의 글라스에 따르고 나서 병을 몹시 흔들었기 때문에 세 번째 글라스에 침전물이 흘러나왔던 거지. 그러나 그러한 일은 좀처럼 있을 것 같지 않네. 그래, 이것은 확실히 나의 생각이 옳은 거야."
"옳다니, 무엇이 옳다는 건가?"
"실제로 사용한 것은 둘뿐으로서, 이 두 개의 글라스에 나온 침전물을 세 번째 글라스에 버려 세 사람이 있었던 것처럼 꾸며 보였다는 추정일세. 그렇게 생각하면 침전물이 하나의 글라스에만 있었던 것도 납득이 가지 않는가? 그것이 틀림없다고 나는 확신하네. 작은 현상이지만, 나의 이 해석이 과녁을 맞히고 있는 것이라고 한다면 이제까지 평범한 사건인 줄로만 생각하고 있던 일이 갑작스레 아주 중대한 것으로 보여지는 것은——즉 브랙쿤스톨 부인이나 하녀가 우리에게 일부러 거짓 증언을 한 것이 되고, 무언가 강력한 이유가 있어 진범인을 감싸고 있으므로 그 말을 하나도 믿을 수 없다는 것이 되며, 우리들로서는 그들의 도움을 빌리지 않고서 독자적인 입장에서 사건을 규명하지 않으면 안 된다는 것이 되기 때문이지. 이것이 우리들 앞에 놓여진 사명인 거라네. 오, 왓슨. 치즐허스트행 기차가 왔네."

애비 그레인지 장원 사람들은 우리들이 되돌아온 것을 보고 놀랐으나, 홈즈는 홉킨즈 경감이 본부에 보고 차 가고 없었으므로 식당을 점령하여 안에서 쇠를 채우고 거의 2시간이나 힘이 드는 면밀한 조사에 몰두했다. 그 결과인 단단한 기초 위에서야 비로소 저 빛나는 추리의 전당이 조립되었던 것이다.

나는 한구석 자리에 앉아 교수의 실지지도를 열심히 지켜보는 학생처럼 그의 비범한 수사 연구 솜씨를 눈으로 쫓고 있었다. 홈즈는 창문, 커튼, 양탄자, 의자, 끈 하나하나를 세밀히 살피고 깊은 생각을 정리하고 있었다. 유드테스 준남작의 시체는 이미 치워져 있었지만 그밖의 것은 오늘 아침 본 대로의 모습이었다.

놀랍게도 이번에는 홈즈가 큰 맨틀피스 위에 올라갔다. 머리의 훨씬 위쪽에, 빨간 끈의 끊어진 조각이 2, 3인치 그 앞쪽의 철사에 붙어 있었다. 그는 잠시 그 끈을 올려다보고 있더니 벽에 내밀어져 있는 나무의 까치발에 한쪽 무릎을 걸쳤다. 좀더 가까이서 보고 싶었기 때문이리라. 이렇게 하면 겨우 2, 3인치로 끊긴 끈 조각에 한 손이 닿을 것 같았다. 그러나 특별히 그의 관심을 끄는 것은 끈이 아니고 까치발 그 자체에 있는 모양이었다. 이윽고 그는 기쁜 듯한 목소리를 내며 아래로 뛰어내렸다.

"이제 염려없네. 진상을 알아냈어. 우리들이 경험한 것 가운데서도 두드러진 것의 하나일세. 그렇긴 하지만 나는 얼마나 느리고 둔한 인간이었나, 하마터면 일대의 대실책을 저지를 뻔하였네. 그러나 이로써 나머지 아주 조금, 결여되어 있는 사슬의 고리를 찾아내면 완전히 해결되는 셈이지."

"범인도 알았단 말이지?"

"그게 말일세, 단 한 사람이라네. 그러나 만만치 않은 녀석이야. 사자처럼 힘이 세고——아무튼 부젓가락인 쇠막대기가 휠 정도이니까 말야. 키는 6피트 3인치, 다람쥐처럼 몸이 날래고 게다가 손재주가 있네. 그리고 이렇듯 교묘한 이야기를 꾸며 낼 정도니까 두뇌도 보통이 아닐 걸세. 이와 같은 셈이니 왓슨, 이것은 엉뚱한 인물의 잔재주에 부닥친 셈이라네. 단 한 가지 벨의 끈에 단서를 남겨 주었기 망정이지, 그렇지 않았다면 보기좋게 속아 넘어갈 판이었어."

"벨 끈의 단서란?"

"그것은 말이네, 벨의 끈을 아래에서 잡아당기면 어디서부터 끊어진다고 생각하나? 철사와의 이음새부터 끊어지는 게 당연하지 않은가. 그것이 저렇듯 붙들어 맨 곳부터 3인치나 아래에서 끊어져 있는 것은 무슨 까닭일까?"

"거기가 닳고 약해져 있었을 테지."

"맞았네. 이처럼 끝이 풀리고 약해져 있다네. 그러나 이것은 간사한 꾀를 가진 범인이 나이프로 긁어 이런 식으로 만든 거야. 이것의 상대쪽인 저 위쪽 끈은 흠집이 나 있지 않네. 여기서는 잘 보이지 않지만 맨틀피스에 올라가 보면 조금도 약해져 있지 않은 것을

애비 그레인지 장원 371

뚝 끊어 버렸다는 것을 잘 알 수 있을 걸세. 그러면 어떠한 일이 벌어졌느냐 하면, 범인은 끈이 필요했네. 하지만 아래에서 잡아끊는다면 벨이 울리기 때문에 곤란하지. 그럼, 어떻게 했느냐? 먼저 맨틀피스에 올라갔지만 아직도 손이 닿지 않으므로 저 까치발에 한쪽 무릎을 걸쳤네——먼지 위에 그 흔적이 남아 있어——그리고 나이프를 꺼내어 끈을 잘라냈지. 나에게는 3인치쯤 모자라. 거기까지는 손이 닿지 않네. 그러므로 범인은 나보다는 적어도 3인치는 큰 사나이라고 생각해. 저 떡갈나무 의자의 엉덩이가 닿는 부분을 보게나. 무슨 흔적일까?"

"피일세."

"틀림없이 피야. 이것만으로도 부인의 이야기가 엉터리라는 것을 알 수 있네. 유드테스 경이 살해되었을 때 부인이 저 의자에 앉아 있었다고 한다면, 저런 데 피가 묻을 까닭이 없지. 이것은 말일세, 남편이 살해된 뒤 부인이 의자에 앉혀졌다는 것을 보여주는 것이야. 부인의 검은 드레스를 잘 조사해 보면 반드시 엉덩이에 피가 묻어 있을 거라고 생각되네. 어쨌든 워털루는 아직도 멀었네. 지금은 말렝고(이탈리의 작은 마을 이름. 1800년 나폴레옹은 여기서 오스트리아 군을 무찔렀다. 그리하여 1815년 워털루의 싸움에서 나폴레옹은 영국군에게 패하여 몰락한다)인 셈이지. 먼저 패하고 그런 다음 승리를 거두는 것일세. 이제부터 하녀 타리자와 이야기를 나누고 싶군. 그러자면 얼마 동안 어지간히 마음을 다잡고 있지 않으면 알고 싶은 일을 끌어낼 수가 없을 걸세."

이 꿋꿋한 오스트레일리아 태생의 늙은 하녀는 재미있는 인물이었다. 말수가 적고 의심이 많으며 애교가 없는 이 여자는 홈즈가 유쾌한 태도로 대하고 뭐든지 상대방의 하는 말을 "그래요, 그래요"라고 받아들여 주어도 마음을 풀고서 이야기하기까지에는 많은 시간의 노력이 필요했다. 그녀는 살해된 주인에의 증오를 숨기려고도 않고 이야기했다.

"네, 술병을 던지셨던 것은 정말입니다. 제 앞에서 마님의 욕을 하시기에, 마님의 오빠분이라도 이곳에 계신다면 설마 그런 것은 말씀하시지 못할 거라고 말씀드렸다가 느닷없이 얻어맞았습니다. 아름다운 마님을 혼자 버려둔다면, 한 다스라도 던지셨을지도 몰라요. 마님을 학대하시는 것은 오래 전부터의 일이었지만 마님으로서는 자존심이 있기 때문에 꾹 참고 계셨던 거예요. 대개의 일은 저에게조차 말씀하지 않으셨습니다. 오늘 아침에 보신 팔의 상처만 해도, 마님은 말씀하시지 않았지만 저는 잘 알고 있습니다. 그것은 모자의 핀으로 찔리셨던 겁니다.

저 오만한 악마는——하느님, 돌아가신 사람에 대해서 이렇듯 나쁘게 말하는 것을 용서해 주옵소서——그는 확실히 이 세상의 악마였습니다. 그러나 처음에는 아주아주 착하시기만 했지요. 겨우 18개월 전의 일이건만, 저희들은 18년이나 전의 일인 듯한 느낌이 듭니다. 그 무렵은 마님도 런던으로 갓 오셨을 뿐으로, 영국은 처음이며 그때까지는 어디에도 가신 일이 없습니다. 나리는 재산과 런던에서 배운 능란한 솜씨로 마님을 금방 자기 것으로 만드셨던 거예요. 그것이 마님의 실수였다 하더라도 그 보상은 훌륭히 하셨습니다. 나리를 처음 뵙게 된 날 말씀입니까? 그것은 이곳에 오고 나서 얼마 안 되어서인데, 도착한 것이 6월이었으므로 7월이 되지요. 그리하여 지난해 1월에 결혼하셨던 거예요. 네, 마님께서는 거실에 내려와 계십니다. 만나실 수는 있지만, 그러나 제발 너무 끈질기게 묻지는 말아 주세요. 몸도 마음도 녹초가 되다시피 지쳐 계시니까요……."

브랙쿤스톨 부인은 여전히 소파에 반쯤 누워 있었으나, 아침보다는 상당히 원기 있어 보였다. 하녀는 우리들과 함께 들어가자 다시금 부인 이마의 타박상에 찜질을 하기 시작했다.

"다시금 저를 심문하러 돌아오신 것은 아니겠지요?"

"아니오." 홈즈는 되도록 조용히 "의미없이 부인을 괴롭히는 그런 짓은 하지 않으며, 그뿐만 아니라 저는 부인을 안심시켜 드리고 싶다고 생각하는 사람입니다. 이런 말씀을 드리는 건, 당신이 꽤나 고생하고 계신다고 생각하기 때문입니다. 부인이 저를 한편으로 충분히 신뢰해 주신다면, 반드시 그 신뢰가 배신당하지 않을 거라는 것을 발견하시겠지요." 라고 말했다.

"저에게 어떻게 하라는 말씀이신가요?"

"사실을 말씀해 달라는 겁니다."

"어머나, 홈즈 씨!"

"아니, 그것은 아무런 도움도 되지 않습니다. 저에 대한 평판쯤은 들으셨으리라고 생각합니다만, 그 조그마한 명성을 걸고서 말하겠습니다. 당신의 이야기는 순전한 허구입니다."

부인도 하녀도 새파랗게 되어 겁먹은 듯한 눈초리로 홈즈를 바라보았다.

"정말 굉장히 무례한 사람이로군요. 마님을 거짓말쟁이라고 말씀하시는 건가요?" 하고 하녀가 먼저 항의를 해 왔다.

홈즈는 조용히 일어서서 말했다.

"아무것도 말씀하실 일이 없습니까?"

"모두 이야기해 드렸어요."

"다시 한 번 생각해 주십시오. 솔직히 이야기하시는 편이 좋지 않을까요?"

부인은 아름다운 얼굴에 아주 조금 망설이는 빛을 보였지만, 무언가 강하게 생각하는 바가 있어서인지 마스크를 쓴 것처럼 표정을 굳했다.

"유감이군요." 홈즈는 모자를 집어들고 자못 유감스럽다는 듯이 목을 움츠릴 뿐 아무말도 않고서 부인의 거실에서 나와, 곧 저택을 빠져 나왔다. 넓은 뜰에는 연못이 하나 있었는데, 홈즈는 그리로 걸어갔다. 얼음이 꽝꽝 얼어 있었지만, 단 한 마리 있는 백조를 위해 한 군데만 그 얼음이 깨뜨려져 있었다. 홈즈는 잠시 그것을 바라보고 나서 걸음을 옮겨 정문 쪽으로 갔다. 정문에는 문지기 오두막이 있었다. 홈즈는 거기서 스탠리 홉킨즈에게 편지를 써 문지기에게 맡겼다.

"이것이 히트가 될지 아니면 겨냥을 빗나갈지 그것은 모르지만, 이렇게 되돌아온 일을 정당화하기 위해서는 홉킨즈에게 무언가 남겨 놓아야만 하네. 지금 현재로서는 모두 털어놓고 싶은 생각이 없더라도 말일세. 우리들의 다음 행동 무대는 아데레이드~사우샘프턴 항로의 배 회사가 될 터인데, 그것은 아마 펠 메일 거리의 한 모퉁이에 있었다고 생각되네. 남 오스트레일리아와 영국을 연결하는 배 회사는 또 하나 작은 것이 있지만, 먼저 큰 것부터 손대기로 하세."

배 회사에서 홈즈의 명함을 지배인에게 들여보냈더니, 정중히 대접 받고 필요한 일을 곧 알 수가 있었다. 1895년 6월에 오스트레일리아로부터 들어온 회사 배는 한 척밖에 없었다. '지브롤터의 바위'라는 이름인 회사 배 가운데 최대의 우수선이다. 선객 명부를 조사해 보았더니, 아데레이드의 플레이저 양이 하녀를 데리고 이것에 탄 일이 밝혀졌다. 이 배는 지금 오스트레일리아를 향해 항해 중인데, 현재는 아마 수에즈 운하의 남쪽 언저리를 향해 중이며 승선한 고급 선원은 한 사람만 예외가 있을뿐 1895년과 똑같다. 즉 1등 운전사 재크 크로커 씨가 선장으로 승진, 이틀 뒤 사우샘프턴을 출항하는 신조선(新造船) '바스 록'호에 타기로 되어 있었다. 이 사람의 집은 시드넘이지만, 조금 뒤면 오늘 아침 명령을 받기 위해 여기에 오기로 되어 있다.

"아니, 만날 것까지는 없습니다. 다만 경력이나 인물됨에 대해 알고 싶습니다."

경력은 훌륭했다. 이 회사의 선원 가운데 한 사람도 그와 비교할만한 사람이 없을 정도였다. 인물됨은, 직무상의 일은 신뢰할 수 있지만 배 밖에서는 거칠고 저돌적인 사나이로 성급하고 격하기 쉽지만 정직하고 성실하며 친절하다고 했다.

이상이 아데레이드~사우샘프턴 항로의 배 회사에서 들을 수 있었던 이야기인데, 거기에서 나오자 홈즈는 경시청으로 영업용 마차를 달렸다. 그러나 마차가 도착했는데도 그는 내리려고 하지 않고 눈썹을 찌푸리고서 곰곰이 생각에 잠겨 있더니 그대로 채링 크로스 전신국으로 마차를 돌리게 하여 어딘가에 전보를 한 통 치고 나서는 베이커 거리로 돌아왔다.

"아냐, 그럴 수는 없다네. 왓슨." 방으로 들어가자마자 홈즈는 말했다. "체포장이 떨어지고 나면 이미 구할 길이 없으니까 말일세. 지금까지 한두 차례 내가 진짜 범인을 지목하는 바람에 범죄보다 더 큰 피해를 냈다고 생각되는 일이 있다네. 그래서 이번에는 신중하게, 내 양심을 위해서 영국 법률을 좀 희생시킬 생각일세. 그러니까 섣불리 행동하기 전에 조금더 알아볼 필요가 있지."

저녁 때 스탠리 홉킨즈가 찾아왔다.

"홈즈 씨는 확실히 마법사입니다. 어쨌든 당신의 능력은 도저히 사람의 것이라고 믿어지지 않아요. 도둑맞은 은그릇이 그 연못에 가라앉아 있다니, 대체 어떻게 아셨습니까?"

"알고 있었던 건 아닐세."
"하지만 조사해 보라고 말씀하시지 않으셨습니까?"
"그럼, 있었나?"
"건져 냈어요."
"도움이 된 게 무엇보다 다행이로군."
"도움이 되었다고 말씀하시지만, 덕분에 사건은 더욱 더 곤란해졌습니다. 모처럼 훔친 은그릇을 가까운 연못에 던져 넣다니, 아무래도 이상한 도둑이 아닙니까?"
"그야 확실히 이상한 짓이긴 하지. 나는 다만 탐나지도 않는데 은그릇을 훔쳤다, 이를테면 속임수의 수단으로써 훔친 것이기 때문에 한시라도 빨리 버릴 거라고 생각했을 뿐일세."
"왜 그런 이상한 일을 생각해 내셨습니까?"
"그러한 일도 있을 수 있다고 생각했던 거지. 프랑스 식 창문으로 달아났는데 눈앞에 연못이 있고 게다가 얼음 한 군데에 구멍이 나 있는 걸 보았던 걸세. 이보다 더 좋은 숨길 장소는 없지 않겠나."
"숨기는 장소란 말입니까? 그거 참 재미있군요. 음, 하긴, 알겠어요! 아직 초저녁이고 사람 왕래도 있으므로 은그릇 같은 걸 가지고 다닌다면 남의 눈에 띄므로 먼저 연못에 숨겨 두었다가 잠잠해진 뒤에 가져갈 작정이었겠지요. 과연, 이것은 홈즈 씨의 만착설(瞞着說)보다도 훨씬 납득되는 점이 있습니다."
"거의 틀림없을 걸세. 참으로 감탄할 만한 탁견이네그려. 그것에 비하면 나의 생각 같은 건 황당무계한 것이었어. 그러나 그 황당무계한 생각 덕분에 은그릇이 발견된 것을 잊지 말아 주게나."
"그렇습니다. 그것은 모두 당신 덕분입니다. 그리고 저는 완전히 헛다리를 짚었었지요."
"헛다리를 짚다니?"

"그것이 말입니다. 랜돌 일당이 오늘 아침 뉴욕에서 체포되었답니다."

"아니, 그렇다면 어젯밤 켄트 주에서 사람을 죽였다는 당신의 설은 완전히 성립되지 않는 것이 되겠구먼."

"결정적이지요. 논의할 여지가 없습니다. 그러나 말입니다, 3인조 갱은 뭐, 랜돌만으로 국한된 것도 아니니 우리들이 아직 모르는 새로운 3인조가 있을지도 모릅니다."

"그건 그렇지. 확실히 있을 수 있는 일일세. 아니, 벌써 돌아가려고?"

"실례합니다. 이 사건을 철저하게 규명하기까지는 쉬고 있을 수 없으니까요. 가르쳐 주실 것은 없습니까?"

"글쎄, 한 가지 힌트를 주었을 텐데."

"네, 무엇입니까?"

"만착설일세."

"하지만 홈즈 씨, 그것은……"

"그렇네. 물론 문제는 있지만 마음에 접어 두도록 당부하겠네. 어쩌면 거기서부터 무언가를 잡아 낼 수가 있을지도 모르지. 어떤가, 저녁 식사를 하고 가는 것이? 그런가. 그럼, 잘 가게. 수사의 진행을 알려 주기 바라네."

저녁 식사가 끝나고 테이블이 치워졌다 싶자 홈즈는 또 이 사건의 이야기를 시작했다. 파이프에 불을 붙이고 슬리퍼를 걸친 발을 활활 타오르는 불 쪽으로 뻗고 있더니, 문득 시계를 보고는 말했다.

"왓슨, 사건이 진전될 것 같네."

"언제?"

"지금 이 몇 분 이내로 말일세. 스탠리 홉킨즈에 대한 아까의 내 태도는 좋지 않았다고 자네는 생각했을 테지?"

"자네의 판단에 맡기겠어."

"교묘하게 발뺌을 하는군. 그 문제는 이런 식으로 생각해 주지 않으면 안되네. 내가 알고 있는 일은 비공식이지만, 홉킨즈가 알고 있는 일은 공식적이 되네. 나에게는 개인적인 판단의 자유가 있지만 그는 그럴 수 없어. 그는 온갖 것을 공개하지 않으면 오직(汚職)의 비난을 면할 수 없게 되지. 불확실한 사건으로 그를 괴로운 입장에 몰아넣고 싶지 않기 때문에 내 자신이 확신을 품기까지는 여러 가지 일을 가르쳐 주는 걸 삼가는 걸세."

"그 확신은 어느 때가 되어야 얻어질 수 있나?"

"그 시기가 이미 왔네. 바야흐로 이 색다른 연극의 마지막 한 장면을 볼 수가 있을 걸세."

그때 계단에서 발소리가 들리더니 남성의 표본이라고도 할 만한 훌륭한 인물이 들어왔다. 이렇듯 훌륭한 사나이를 이 방에 맞이하는 것은 처음이었으리라. 아주 키가 큰 젊은이로서 금빛 수염에 파란 눈과 열대 지방의 태양에 그을려 몸빛이 검고 탄력있는 경쾌한 걸음걸이로 미루어 보아 그 큰 몸은 강할 뿐만 아니라 민첩하기도 한 모양이다. 그는 들어오자 먼저 문을 닫았는데 두 손을 움켜잡으며 가슴을 펴는 것이 격렬한 감정을 억누르는 눈치였다.

"크로커 선장, 부디 앉아 주십시오. 저의 전보를 받아 보셨겠지요?"

손님은 팔걸이의자에 앉아 이상하다는 눈초리로 우리들을 번갈아 쳐다보았다.

"전보를 받았기 때문에 지정하신 시각에 찾아온 게 아닙니까. 회사 쪽에도 오셨다고 들었습니다. 당신의 손으로부터 달아나지는 못하리라 각오는 했습니다. 그렇긴 하나 저를 어떻게 하실 작정입니까? 체포입니까? 어느 쪽입니까? 고양이에게 잡힌 쥐도 아니니

만큼 잠자코 그런 곳에 앉아서 장난감으로 삼으시면 곤란합니다."
"시가를 드리도록 하게나, 왓슨. 크로커 씨, 아무튼 그것이라도 피우시면서 마음을 가라앉혀 주십시오. 당신이 여느 범죄자라고 생각했다면, 저도 이렇듯 무릎을 맞대어 가며 담배 같은 걸 피울 생각은 없습니다. 그 점을 잘 생각해 주십시오, 무슨 일이든 솔직히 말씀해 주셔야 합니다. 그렇게 하면 좋은 생각이 떠오르지 않으란 법도 없으니까요. 저를 속이려 하신다면 용서하지 않겠습니다."
"저에게 어떻게 하란 말씀입니까?"
"어젯밤 애비 그레인지 장원에서 생긴 일의 진상을 말씀해 달라는 겁니다. 알겠습니까. 얘기를 덧붙이지도 빼지도 않고 사실대로만 말씀해 주십시오. 저는 이미 대강 알고 있기 때문에 만약 당신이 쓸데없이 이야기를 지어낸다면 당장 창밖으로 호각을 불어 경찰을 부르겠습니다. 그렇게 하면 문제는 영원히 저의 손을 떠나는 셈입니다."
선장은 잠시 생각하고 있더니 햇볕에 그은 커다란 손으로 무릎을 짚고 말했다.
"해보겠습니다. 당신도 약속은 지키는 사람, 즉 신사라고 생각하기 때문에 모두 이야기하겠소. 다만 처음에 한 가지만 말씀해 둡니다만, 저는 조금도 후회하고 있지 않으며, 또 어느 누구도 두려워하지 않습니다. 똑같은 일을 다시 한 번이라도 할 것이며 또 한 것을 자랑으로 여기는 바입니다. 야수에게 저주가 있으라! 그자가 고양이처럼 생명을 아홉이나 가지고 있다 하더라도, 모두 제가 빼앗고 말겠습니다. 다만 문제인 것은 그녀 메리입니다. 메리 플레이저——지금의 저주스러운 이름 따위로 어찌 부를 수가 있겠습니까! 그녀에게 누를 끼칠 것을 생각하면, 그녀의 사랑스러운 얼굴에 미소를 떠올리기 위해서라면 기꺼이 생명을 바칠 작정인 저로서 이렇듯 유감인 일은 없습니다. 그러니 제가 팔짱을 끼고 보고만 있을 수 있었겠습니까? 모든 걸 숨김없이 말씀드리겠어요. 그런 다음, 이것이 팔짱을 끼고서 보고만 있을 수 있는 일인지 아닌지는 사나이 대 사나이로 이야기해서 들어 봅시다.

　이야기는 잠깐 뒤로 돌아갑니다. 당신은 모든 걸 알고 계신 모양이니까요. 제가 그녀를 알게 되었던 것은, 제가 1등 항해사 노릇을 하고 있었던 '지브롤터의 바위'에 그녀가 선객으로서 타게 되었을 때부터라는 것도 아마 알고 계시겠지요. 처음으로 만난 날부터 그녀는 제게 있어 이 세상에서 오직 하나인 여성이었습니다. 항해 중 날로 사모의 정은 깊어지고, 당직인 날 밤 어둠 속에서 무릎을 꿇고 그녀의 귀여운 발이 밟은 곳임을 아는 까닭에 갑판의 한 지점에 그 몇 번이나 입맞춤을 했던가요? 그녀는 한 번도 약속해 준 일이 없습니다. 저에 대한 그녀의 태도는 어디까지나 공정했습니다. 저로서도 조금도 불만은 없었습니다. 그립다고 생각하는 것은 저뿐이고 그녀는 어디까지나 저를 친구로서 대해 주었을 뿐입니다. 그러므로 작별에 있어서도 그녀의 심정은 전혀 자유로웠습니다만, 저는 결코 그렇지가 않았습니다.

　다음 항해에서 돌아왔을 때, 그녀가 결혼한 것을 알았습니다. 좋아하는 사람이 있으면 결혼해서 나쁠 건 없습니다. 신분과 재산――그녀만큼 그것이 어울리는 여자는 없습니다. 그녀는 아름답고 우아하게 이 세상에 태어났던 것입니다. 저는 이 결혼을 결코 한탄하는 것이 아닙니다. 저는 그 정도로 자기 본위는 아니거든요. 오히려 그녀가 가난한 선원 따위에게 몸을 맡기는 일 없이 행운을 만났다는 것을 기뻐했던 겁니다. 저로서는 그만큼 메리 플레이저를 사랑하고 있었던 겁니다.

　그건 그렇고, 그로부터 두 번 다시 그녀하고 만날 수 있으리라고는 생각지도 않고 있었습니다. 그리고 요 전번의 항해에서 돌아오자 저는 승진했습니다. 그러나 새로운 배가 아직 진수되어 있지 않았으므로 두 달이나 시드넘의 집에서 대기하게 되었습니다. 어느 날 저는 시골길에서 타리자 라이트를 만났습니다. 옛날부터 있던 그녀의 하녀입니다. 타리자는 그녀의 일, 남편의 이야기, 그 밖의 일을 숨김없이 저에게 이야기해 주었습니다. 이야기를 듣고 저는 미칠 것만 같았습니다. 그녀의 구두를 핥을 자격도 없는 술주정뱅이 개가 하필이면 그녀에게 손을 대다니!

그 뒤 또 타리자와 만났습니다. 그리고 메리와도 두 번쯤 만났습니다만, 그 뒤로는 그녀가 만나려 하지 않았습니다. 그러는 사이 저는 출항이 2주일 안으로 다가왔다는 통고를 받았으므로, 그전에 그녀를 다시 한 번만 만나 보기로 결심했습니다. 타리자는 처음부터 끝까지 저의 편이었습니다. 메리를 사랑하는 그녀는 저에게 지지 않을만큼 이 악한을 미워하고 있었던 거예요. 그 타리자로부터 애비 그레인지 장원의 이야기는 듣고 있었습니다. 메리는 아래층의 작은 자기 방에서 비교적 늦게까지 책을 읽는다고 했습니다.

어젯밤 저는 거기에 숨어들어가, 밖에서 창문을 똑똑 두들겼습니다. 처음에 그녀는 열어 주지 않았습니다만, 지금은 마음속으로 저를 사랑하게끔 되어 있었기 때문에 서리가 내린 추위 속에 버려두지 않으리라는 걸 알고 있었습니다. 그녀는 정면의 큰 창문 쪽으로 돌아오라고 작은 목소리로 가르쳐 주었습니다. 가 보았더니 그 창문이 열려 있고 저는 식당으로 들어갈 수 있었습니다. 여기서 또 그녀의 입으로 여러 가지 일을 듣게 되어, 저의 피는 부글부글 끓어올랐습니다. 그리하여 사랑하는 여성을 학대하는 야수를 마음 속 깊이 저주했습니다.

그런데 제가 창문 가까이 그녀와 나란히 서 있는 곳에——거기에 아무런 마음의 거리낌도 없음은 하느님이 알고 계시지만──그가 마치 미치광이처럼 뛰어 들어와서 세상에서 가장 무서운 말로 그녀를 추잡하게 욕하며 가져온 몽둥이로 그녀의 얼굴을 때렸습니다. 저는 재빨리 부젓가락을 집어 들었습니다. 양쪽이 무기를 갖고서 하는 공평한 승부 겨루기입니다. 보십시오, 이 팔의 상처는 먼저 제가 일격을 받았다는 증거입니다. 이번에는 내 차례입니다. 그리하여 마치 썩은 호박처럼 해치워 버렸습니다.

제가 뉘우치기라도 했다고 생각하십니까? 천만의 말씀! 실로 그자가 죽느냐 제가 살해되느냐였던 거예요. 그 같은 미치광이에게 어찌 그녀를 맡겨 둘 수가 있겠습니까? 이리하여 저는 그를 죽였습니다. 제가 잘못된 것일까요? 입장을 바꾸어, 두 분이 그 장소에 있었다면 어떻게 하셨겠습니까?

그녀는 그자에게 맞았을 때 비명을 질렀습니다. 그래서 타리자가 내려왔던 거예요. 찬장의 위쪽에 포도주가 한 병 있었으므로 저는 그것을 뽑아 메리의 입을 벌리고 조금 부어 넣어 주었습니다. 그녀는 너무 심한 충격으로 죽은 사람처럼 꼼짝도 하지 않았기 때문입니다. 그리고 나도 한 잔 마셨습니다. 타리자는 얼음처럼 냉정했습니다. 그 뒤의 줄거리는, 저도 생각은 했습니다만 모두 그녀가 만든 것입니다. 먼저 모든 걸 도둑의 짓처럼 꾸며 보이지 않으면 안 되었습니다. 만들어 낸 이야기를 타리자가 되풀이하여 그녀에게 가르쳐 주고 있는 사이, 저는 기어 올라가 벨의 끈을 잘라 냈습니다. 그리하여 그녀를 의자에 묶었습니다. 그리고서 끈의 끝을 자연스럽게 끊긴 것처럼 꾸며 보이기 위해 헝클어 놓았습니다. 아니면 도둑이 어째서 기어 올라가 끊었을까, 의심을 품게 되리라고 생각했기 때문입니다.

그리고 은식기류를 들어내어 도둑의 짓인 것처럼 꾸몄고, 15분

지나거든 떠들어 대라고 이르고서 그곳을 나왔습니다. 뜰로 나가자 먼저 은그릇을 연못에 던지고, 일생에 한 번인 희한한 일을 이룩한 생각으로 마음도 거뜬하게 시드님을 향해 돌아갔습니다. 이로써 모든 걸 정직하게 숨김없이 말씀드린 셈입니다. 이 목을 걸고서 거짓은 없습니다."

홈즈는 잠시 묵묵히 담배만 피우고 있었으나, 천천히 일어서더니 손님 앞으로 걸어가 그 손을 움켜잡았다.

"제가 생각하고 있던 것과 똑같습니다. 그 이야기 중에 제가 생각 못한 일은 거의 없었습니다. 모두 사실이라고 믿습니다. 저 까치발을 이용하여 높은 곳에 있는 끈을 자를 수 있는 것은 곡예사나 선원만이 할 수 있는 일입니다. 또 의자에 붙들어 맨 끈의 매듭은 선원들이 곧잘 쓰는 독특한 것입니다. 그렇건만 그 부인이 선원과 접촉을 가질 수 있었던 것은 단 한 번뿐, 즉 이곳으로 오는 항해 중입니다. 더구나 그녀는 이 선원을 감싸고 있을 뿐 아니라 사랑마저 하고 있는 듯싶었으므로, 신분에 그다지 차이가 없는 인물이라는 것도 알 수 있었습니다. 거기까지 정확한 선을 찾아냈으므로, 당신을 찾아내는 것은 어렵지 않았으리라는 걸 아시겠지요?"

"만의 하나라도 경찰에 이 속임수가 발각되리라고는 생각지 않았습니다."

"경찰은 꿰뚫어보지도 못했소. 제 생각으로는, 앞으로도 마찬가지일 거라고 봅니다. 그런데 말입니다. 크로커 씨, 당신이 누구에게나 있는 극단적인 분격을 느낀 나머지 한 짓이라는 점은 저도 인정하지만 이것은 예사롭지 않은 문제입니다. 당신의 행위에 정당방위가 성립될지 어떨지, 저로서는 뭐라고 말할 수 없습니다. 그것은 이 나라의 배심원들이 결정할 일입니다. 그러나 저는 당신을 동정하기 때문에, 지금부터 24시간 안에 모습을 감춘다면 어느 누구도 이 이상 추궁하지 않으리라는 것을 약속해 드리겠습니다."
"그런 뒤에 공표되는 겁니까?"
"그렇습니다. 공표는 되겠지요."
선장은 성을 내며 얼굴을 붉게 물들였다.
"저란 남자를 어떻게 보시고 그런 제안을 하십니까! 저도 조금쯤은 법률을 알고 있습니다만, 그렇다면 메리가 공범의 책임을 지게 됩니다. 그녀 혼자 불운을 짊어지게 하고서, 혼자 살며시 달아나는 그런 사나이로 저를 생각하십니까? 천만의 말씀! 저는 충분한 처벌을 받겠으니 어떻게 해서든지 메리만은 법정에 서지 않아도 될 방법이 없습니까, 홈즈 씨?"
홈즈는 여기서 다시 선장의 손을 움켜잡으며 말했다.
"조금 시험해 보았을 뿐입니다. 어디까지나 당신이 옳았다는 것을 알았습니다. 이것은 저로서도 매우 큰 책임입니다만, 홉킨즈에게는 엄연히 힌트를 주었으니까 그것을 이용하지 못했다 하더라도 제가 알 바 아닙니다. 알겠습니까. 그렇다면 여기서 당연히 밟아야 할 법률적 수속을 취하기로 합시다. 당신은 피고, 왓슨은 배심원입니다. 배심원으로서 이만큼 안성맞춤인 인물은 또 없을 겁니다. 저는 판사입니다. 그럼, 배심원 여러분, 여러분은 증언을 청취하셨습니다. 피고는 유죄입니까, 무죄입니까?"
"재판장, 무죄입니다." 내가 말했다.
"백성의 소리는 신의 소리이니라. 크로커 선장을 방면합니다. 다른 희생자가 나타나지 않는 한 당신은 다시 붙잡히는 일이 없을 것입니다. 1년 지나거든 그 부인한테로 돌아가십시오. 그녀와 당신의 미래로, 오늘 밤 우리들이 내린 판정이 옳았다는 것이 입증되기를 빌겠습니다."

두 번째 얼룩

'애비 그레인지 장원의 모험'을 마지막으로 나는 이제까지 발표해 온 벗 셜록 홈즈의 공명담(功名譚)을 끝맺음할 작정이었다. 이 결심은 재료가 떨어졌기 때문은 아니었다. 지금 나에게는 오늘날까지 조금도 언급은 하지 않은 몇 백 개나 되는 사건의 노트가 있다. 그럼 이 비범한 인물의 예사롭지 않은 인품이며 특이한 수사법에 대한 독자의 흥미가 줄어들었기 때문이냐고 하면, 그것도 아니다. 사실 그 이유는 경험을 연달아 발표하는 일을 홈즈가 싫어하기 시작했기 때문이다. 현역에 있을 때는 뭐니뭐니해도 성공담의 발표가 그런대로 실용 가치가 있었지만, 이렇듯 런던을 떠나 서섹스 주의 고원에 정착하여 연구와 꿀벌 키우기에 몰두하고 나서부터는 더 이상 이름이 나는 게 귀찮아졌다면서 이 문제에 관한 한 자기의 뜻을 존중해 달라고 단호히 요구하는 것이었다.

그것에 대해서 나는 '두 번째 얼룩의 모험'만은 때가 오면 발표한다고 약속을 했었으며, 오늘날까지 계속 발표해 온 수많은 모험담의 마무리로써 의뢰받은 사건 중에서 가장 규모가 크고 국제적인 사건을 장식하는 것은 그야말로 마땅한 일이라고 설득하여, 간신히 발표에 충분히 신중을 기한다는 조건 아래 그의 동의를 얻었던 것이다. 그러므로 이야기 속에 자질구레한 점에서 얼마쯤 모호한 곳이 있더라도, 거기에는 엄연한 이유가 있다는 것을 양해해 주리라고 생각한다.

  어떤 해라고 할 수 있을뿐으로 1800 몇 십 년대의 일이라고조차 할 수도 없지만, 그해 가을 어느 화요일 아침 베이커 거리에 있는 우리의 보잘것없는 방에 유럽에서도 유명한 두 사람이 찾아왔다. 한 사람은 코가 오똑하고 눈빛이 날카로운 위압적이고도 엄숙한 인상으로 두 번이나 대영제국의 총리대신을 지낸 이름 높은 벨린저 경이었다. 또 한 사람은 검붉은 얼굴의 윤곽이 균형잡히고 품위가 있는, 아직 중년이 못된 심신이 다함께 아름답도록 태어난 뛰어난 신진 정치가로, 유럽 성(省) 대신인 톨리로니 호프 백작이었다. 두 사람은 신문이 흩어져 있는 소파에 나란히 앉았는데, 지칠 대로 지치고 근심스러운 듯한 그 얼굴 표정으로 보아 매우 중대한 용건으로 찾아온 것임을 알 수 있었다. 총리는 혈관이 돋아 보이는 마른 손으로 우산의 상아 손잡이를 단단히 움켜잡고, 고행자와 같은 수척한 얼굴로 홈즈와 나를 음침하게 번갈아 보았다. 유럽 성 대신은 수염을 쓰다듬어 보기도 하고 시계의 사슬에 단 도장을 만지작거리기도 하며 안절부절못하고 있었다.

"분실을 깨달은 것은 오늘 아침 8시였는데 곧 총리에게 보고했습니다. 이렇듯 함께 의논을 하러 온 것도 총리의 뜻입니다."
"경찰에는 알리셨습니까?"
"아니, 알리지 않았소."
총리가 대신하여, 그 유명한 성급한 태도로 단호히 말했다.
"알릴 생각은 없습니다. 경찰에 알리는 것은, 결국 세상에 공표하는 거나 같습니다. 이것은 특히 세상에 알리고 싶지 않은 문제이니까요."

"어째서지요?"

"문제의 문서는 극히 중요한 것으로, 이것이 널리 알려지면 유럽은 대분쟁에 빠져들 염려가 있소. 아니, 반드시 빠져든다고 생각하기 때문입니다. 전쟁과 평화가 이 문제에 걸려 있다고 해도 지나친 말은 아니오. 극비로 이 문서를 되찾지 못할 바에는, 이 문서를 훔친 무리의 목적이 그 내용을 일반에게 공표하는 데 있다 하더라도 차라리 되찾지 않는 게 좋다고까지 생각하고 있습니다."

"알았습니다. 그럼 톨리로니 호프 씨, 그 문서를 분실한 당시의 상황을 정확히 이야기해 주십시오."

"그것은 아주 간단합니다. 편지는——문서라고 말하는 것은 외국 군주로부터 온 편지로 6일 전에 받은 것입니다. 극히 중대한 것이기 때문에 금고에 넣어 둘 생각도 하지 않고 날마다 화이트 홀 테라스의 집에 가지고 돌아가서 서류함에 넣어 쇠를 채우고 침실에 놓아두었습니다. 어젯밤에도 분명히 있었어요. 실제로 만찬 전에 옷을 갈아입으면서 서류함을 열고 편지가 분명히 있음을 확인했으므로, 절대 틀림이 없습니다. 그런데 오늘 아침 보니까 그것이 사라진 거예요. 서류함은 밤에 화장대 옆에 놓아두었습니다.

대체로 저는 잠귀가 밝은 편이고 아내도 그렇기 때문에, 밤중에 아무도 침실에 들어온 자가 없다는 것은 우리 둘 다 단언할 수 있습니다. 그렇건만 편지가 없어진 것입니다."

"댁의 만찬은 몇 시부터입니까?"

"7시 반입니다."

"그리고 주무실 때까지 얼마쯤 시간이 있었습니까?"

"아내가 연극을 보러 갔으므로 저는 자지 않고 기다리고 있었습니다. 두 사람이 침실에 들어간 것은 11시 반이었습니다."

"그럼, 서류함은 4시간 동안 방치되어 있었던 셈이겠군요?"
"침실에는 아무도 들어가지 않습니다. 매일 아침 하녀가 청소하러 들어가는 것과, 그밖에 집사와 아내의 몸종이 수시로 드나들 뿐입니다. 그러나 이 세 사람은 하나같이 오래 근무하고 있는데다가, 서류함에 관청의 보통 서류 이상의 중요한 것이 들어 있다는 일 따위는 아무도 알 까닭이 없습니다."
"그 편지가 거기 있는 걸 알고 있었던 건 누구누구입니까?"
"집안 사람은 한 사람도 몰랐습니다."
"하지만 부인은 알고 계셨을 테지요?"
"아니오, 오늘 아침 분실된 것을 발견하기까지는 아내에게도 이야기하지 않았습니다."

총리는 만족한 듯이 고개를 끄덕이며 "공무에 있어서의 대신의 강한 책임감에는 일찍부터 탄복하고 있는 바입니다. 이와 같이 중대한 비밀의 중요성은 좀더 긴밀한 가정적인 유대에 앞서는 거라고 믿고 있습니다"라고 말했다.

유럽 대신은 머리를 숙여 보였다. "과분한 말씀, 죄송합니다. 오늘 아침에 이르기까지 아내에게는 조금도 누설하지 않았습니다."
"부인은 추측으로 아셨던 것이 아닐까요?"
"아내뿐 아니라 그런 건 추측하고 싶어도 할 수 있는 게 아닙니다, 홈즈 씨."
"전에도 서류가 분실된 적이 있습니까?"
"아니오."
"널리 국내에 있어, 이 편지의 존재를 알고 있었던 것은 누구누구입니까?"
"각료들에게는 어제 보고가 있었습니다만, 내각회의의 내용은 언제나 비밀로 되어 있으며, 어제는 특히 총리로부터 엄중한 경고가 있었습니다. 아, 그런데 그러고 나서 몇 시간도 못 되어 제 자신이 분실하다니!" 유럽 대신은 단정한 얼굴을 심한 절망으로 일그러뜨리고 양손으로 머리털을 쥐어뜯었다. 짧은 순간이었지만 격정적이고 감수성이 강한 그의 본래 성격이 드러나는가 싶더니 이내 귀족적인 잔잔한 얼굴로 조용하게 말했다.

"정규 각료 외에 국원이 두 사람, 아니 세 사람 정도 알고 있습니다만, 그밖에는 국내에 이것을 아는 자가 한 사람도 없습니다."

"그럼, 외국에는 있다는 말씀입니까?"

"편지를 쓴 사람 말고는 그것을 본 자가 있으리라고 생각되지 않습니다. 그 나라의 대신이라 할지라도…… 정규 수속을 밟아 씌어진 것이 아니기 때문에…… "

홈즈는 잠시 생각하고 있었다. "그럼, 이제 이 문서의 분실이 왜 그렇듯 엄청난 결과를 가져오는지, 문서에 대해서 좀더 자세히 들어 볼까요?"

두 사람의 정치가는 흘긋 얼굴을 마주보았다. 총리가 굵게 눈살을 찌푸리고 말했다.

"연한 청색의 길고 얇은 봉투인데, 빨간 봉랍(封蠟)이 된 곳에 라이온이 웅크리고 있는 도장이 찍혀 있습니다. 수신자의 이름은 굵은 글씨로 크게……."

"말씀 중이지만, 그러한 자질구레한 점도 물론 관계가 있고 오히려 필요하다고 할 수 있습니다만, 제가 묻고 있는 것은 좀더 근본적인 것입니다. 편지의 내용은 어떠한 것입니까?"

"그것은 가장 중대한 국가의 기밀입니다. 유감이지만 내용에 대해서는 말씀드릴 수가 없고 또 말씀드릴 필요도 없다고 생각합니다. 당신은 뛰어난 능력을 가졌다고 들었습니다만, 지금 말한 봉투를 내용물과 함께 찾아 주시면 국가에 커다란 공헌을 하는 것이 되며 또 우리들로서도 할 수 있는 한의 사례는 할 작정입니다."
홈즈는 싱긋 웃으며 일어났다.
"두 분 다 매우 분주하신 분들입니다만, 저 역시 작으나마 의뢰해 온 손님들로 바쁜 몸입니다. 유감스럽지만 이 문제는 맡을 수가 없습니다. 따라서 이 이상 말씀을 듣는 것은 시간 낭비에 지나지 않는다고 생각되므로……."
그러자 총리는 벌떡 일어나더니 그 때문에 각료들이 움츠러든다고 일컬어지는 움푹 들어간 눈을 무섭게 굴리며 "그런 대꾸는……" 하고 말하려 했으나, 곧 노여움을 억누르고 자리에 앉았다. 잠시 동안 둘 다 말이 없었지만, 이윽고 노정치가는 체념한 듯이 어깨를 움츠리고 말했다. "그 조건을 받아들일 수밖에 없겠구료. 물론 당신이 말한 대로입니다. 숨김없이 사정을 말하지 않고서 맡아 달라는 것은, 부탁하는 쪽이 잘못된 것이겠죠."
"저도 총리의 말씀에 동의합니다." 호프 대신이 옆에서 말했다.
"그럼, 당신과 왓슨 박사의 덕의를 믿고서 이야기하겠습니다만, 이것이 외부에 새면 국가에 있어 큰일이 되니만큼 특히 당신들의 애국심에 호소하고 싶습니다."
"부디 믿어 주십시오."
"이 편지라는 것은 어떤 외국 군주가 최근 우리 식민지의 발전에 자극되어 보내온 것으로서, 그 군주가 단독으로 서둘러 발신했던 것입니다. 은밀히 알아본 바에 의하면 그 나라의 대신도 모르는 모양인데, 동시에 극히 온당성이 결여된 내용으로 도발적인 문구마저 서너 군데 발견되므로 공표되면 우리 국민의 감정을 심히 악화시킬 것이 명백합니다. 국내의 여론이 격앙되어, 1주일 안으로 이 나라는 대전에 끌려 들어갈 것이 틀림없다고 해도 과장이 아닙니다."
홈즈는 종이 쪽지에 어떤 인물의 이름을 쓰더니 총리에게 건네주었다.

"맞습니다. 이 사람입니다. 이 사람의 편지가, 10억의 재화와 맞먹고 10만의 인명과도 바꿀 수 있는 이 편지가 참으로 알 수 없게 분실되고 만 것입니다."

"발신인에게는 통고하셨습니까?"

"암호 전보를 발신해 두었습니다."

"상대측에서는 공표되는 걸 원하겠지요?"

"그렇지는 않습니다. 그 군주 쪽에서도 격정에 휘둘려 경솔한 짓을 했다고, 지금에 와선 후회하고 계시다는 믿을 만한 유력한 이유가 있습니다. 편지가 공표된다면 타격을 받는 것은 우리들보다도 그 군주와 그 국가편이 클 테니까요."

"그렇다면 편지의 공표에 의해 이익을 받는 것은 누구일까요? 무엇 때문에 그것을 훔치든가 혹은 발표하고 싶어할까요?"

"그것을 이해하는 데는 국제적 고등 정책부터 설명하지 않으면 안 됩니다만, 유럽의 현황을 생각해 보면 동기를 깨닫는 데 어렵지 않을 것입니다. 지금 유럽 전체는 하나의 무장 진영입니다. 그것이 두 개의 동맹으로 나뉘어져 군사적으로는 균형을 유지하고 있지요. 우리 대영제국은 그 어느 쪽에도 치우치지 않고 중립을 지키고 있지만, 일단 어느 쪽인가의 동맹과 전쟁을 시작하게 되면 또 하나의 동맹은 전쟁에 참가하든 않든 우위에 서게 됩니다. 알아들으시겠소?"

"잘 압니다. 그럼, 이 군주의 적들로서는 편지를 손에 넣어 공표하여, 그 군주의 나라와 우리나라의 불화를 꾀하면 유리하다는 셈이겠군요?"

"바로 그겁니다."

"이 편지를 손에 넣으면 적은 어디로 보내리라고 생각하십니까?"

"유럽 안 어느 나라의 대신이라도 환영할 테지요. 아마 지금 현재도 교통기관이 허락하는 한의 속력으로 그리로 운반되고 있겠지요."

톨리로니 호프 씨는 힘없이 머리를 떨어뜨리고 크게 신음했다. 총리는 부드럽게 그의 어깨에 손을 얹고 위로했다.

"이것은 재난이오, 당신이 나쁜 게 아니오. 당신으로서는 온갖 예방책을 강구했을 것이므로 누구도 당신을 책망할 수는 없습니다. 그런데 홈즈 씨, 이것으로 모두 털어놓은 셈인데, 어떠한 조치를 취해야 한다고 생각합니까?"

홈즈는 비통한 얼굴을 천천히 옆으로 흔들며 말했다.

"이 문서를 되찾지 못하면 전쟁이 나리라고 생각하십니까?"

"그럴 가능성이 아주 크다고 생각합니다."

"그럼, 전쟁에 대비하셔야만 되겠군요."

"그것은 너무 지나친 말씀입니다."

"그러나 사실을 잘 생각해 주십시오. 편지를 도둑맞은 것은 밤 11시 반 이후라고는 생각되지 않습니다. 그 시각부터 아침 분실을 깨닫기까지는 대신 부부께서 침실에 계셨다는 말씀이니까요. 그러고 보면 훔친 것은 어젯밤 7시 반부터 11시 반까지, 아마 7시 반에 가까운 시각이라고 생각됩니다. 훔친 인물로서는 거기에 편지가 있음을 알고서 침입했던 것이므로, 한시라도 빨리 손에 넣고 싶었으리라고 생각되기 때문입니다. 그렇다면, 과연 그 시각에 훔친 것이라고 한다면 편지는 지금 어디에 있을까요? 훔친 것이 누구이든 간에 가만히 품 안에 간직하고 있을 까닭이 없습니다. 그것을 필요로 하는 인물에게 급속히 전달되었다고 생각합니다. 그렇다면 되찾는 것은 물론이거니와 그 행방을 알아내는 일조차 가망이 없지 않을까요? 우리의 힘으로는 어쩔 수가 없는 것입니다."

총리는 일어서며 "말씀은 하나하나 당연합니다. 문제는 확실히 우리들로서는 힘에 겨운 모양입니다"라고 말했다.

"논의를 위한 가정으로써 하녀나 집사가 훔쳤다고 하면……."

"두 사람 모두 옛날부터 일해온 사람들입니다."

"말씀하신 대로 당신의 침실은 3층에 있어서 외부로부터는 들어갈 수 없고, 내부로부터 올라가면 반드시 사람의 눈에 띈다고 할 때, 훔친 것은 반드시 내부에 있던 자라는 것이 됩니다. 그럼 그것을 훔쳐 내어 누구의 손에 건네주었을까? 국제적 스파이 또는 비밀 탐정의 한 사람에게 넘겨 준 거라고 생각됩니다만, 저로서는 그 녀석들의 이름을 대체로 알고 있습니다. 그 중에 우두머리라고 지목되는 자가 지금 런던에 세 사람 있는데, 우선 그 세 사람의 현상(現狀)을 조사하는 일부터 손을 대어보고 싶습니다. 그 중에 행방을 모르는 자가——특히 어젯밤 이후 모습을 감춘 자가 있다면 편지의 행방에 관해 대충 짐작할 수가 있지 않을까 생각합니다."

"왜 모습을 감추지 않으면 안 되지요?" 유럽 대신이 되물었다.

"그보다는 런던 주재 대사관으로 가져갈 것이 아닙니까?"

"하지만 저는 그렇게 생각하지 않습니다. 스파이라는 녀석들은 저마다 독립하여 암약하고 있는데, 대사관과는 서로 반목하고 있는 일조차 곧잘 있으니까요."

총리는 고개를 끄덕였다. "홈즈 씨가 말하는 대로입니다. 이렇듯 귀중한 전리품을 손에 넣었다면, 아마 자기 손으로 본부에 가져가고 싶겠지요. 홈즈 씨의 수사 방침에는 저도 동감입니다. 그런데 호프 대신, 이 재난에 얽매어 서로가 다른 임무를 소홀히 해서는 안됩니다. 홈즈 씨에게는 무언가 새로운 진전이라도 있으면 그때마다 통보하겠으니, 당신 쪽에서도 수사 결과를 연락해 주십시오."

두 정치가는 인사하고 엄숙한 얼굴로 돌아갔다.

이 저명한 손님이 가 버리자 홈즈는 묵묵히 파이프에 불을 붙이고 자리에 앉아 한동안 깊은 생각에 잠겼다. 그 동안에 나는 아침 신문을 펼쳐들고 지난밤 런던에서 일어난 까닭 없이 사람들을 떠들썩하게 만드는 범죄 기사에 몰두하고 있었다. 그러자 홈즈는 기묘한 소리를 지르며 일어나더니 파이프를 맨틀피스에 놓으면서 말했다.

"음, 그렇지, 이것보다 더 좋은 방법은 없어. 상황은 극히 나쁘지만, 아직 절망하기는 이르네. 지금부터라도 훔친 것이 누구인 줄 알기만 하면, 아직 그놈의 수중에 있을 가능성이 없지도 않으니까. 요컨대 그들은 돈이 목적이야. 영국 정부가 뒷받침해주고 있으니, 살 사람을 찾고 있는 것이라면 내가 사들이겠어. 좋아, 그 때문에 소득세가 느는 일이 있더라도 말일세. 훔친 녀석은 상대 쪽에 팔아 넘기기 전에 이쪽이 얼마만한 값을 매기는가, 눈치를 보고 있으리라 생각되네. 그와 같은 대담하기 이를 데 없는 짓을 할 수 있는 것은 그 세 사람밖에 없어. 오버스타인과 라로튀엘, 에즈알드 루커스. 나는 이 세 사람에게 접촉해 볼 작정일세."

"에즈알드 루커스란 고들핀 거리에 있는 녀석 말인가?"

나는 신문을 보면서 말했다.

"그렇다네."

"만나러 가도 헛일일걸."

"왜?"

"어젯밤 자택에서 살해되었네."

지금까지의 수사 과정에서 늘 나는 깜짝 놀라기만 하여 왔기 때문에 오늘이야말로 그가 완전히 놀라는 것을 보고 참으로 통쾌한 기분이 들었다. 그는 눈을 동그랗게 뜨고 있었으나 그제야 깨닫고 나의 손에서 신문을 잡아챘다. 그가 기세 있게 일어났을 때에 내가 열심히 읽고 있었던 것은 다음과 같은 기사였다.

웨스트민스터의 살인

웨스트민스터 성당과 템즈 강 사이의 지점에 있으며 거의 의사당의 높은 탑 그늘 속에 있는 18세기 이래의 고풍스러운 집들이 늘어선 쓸쓸한 고들핀 거리 16번지의 집에서 어젯밤 괴상야릇한 살인이 발생했다. 작지만 최고급인 이 집에는 에즈알드 루커스 씨라는 우리나라 굴지의 아마추어 테너 가수로서 이름이 높고 인품도 매력이 있기 때문에 사교계에 발이 넓은 신사가 몇 년 전부터 살고 있었다. 그는 독신으로 34살인데, 늙은 가정부 프린글 부인과 집사인 미톤 씨와 셋이서 살고 있었다. 프린글 부인은 매일 밤 일찍 맨 위층으로 물러가 취침하는 것이 습관이며, 집사는 해머스미스의 친구 집에 가서 어젯밤에는 집에 없었다. 즉 10시 이후에는 루커스 씨 혼자서 자지 않고 있었던 것이 되는데, 그동안 어떠한 일이 행해졌는지 자세한 것은 아직 밝혀지지 않았다. 11시 45분 바렛 순경이 고들핀 거리를 순찰 중 16번지의 현관이 반쯤 열려 있는 것을 보고 노크를 했지만 응답이 없었다. 그러나 정면 방에 불빛이 보였으므로 홀로 들어가서 그 방을 노크해 보았지만 역시 응답이 없었다. 그래서 문을 열고 안에 들어가 보았더니 방 안은 난폭하게 어지럽혀져 있고 가구는 한쪽 벽에 밀어붙여져 있었으며, 중앙에 의자가 하나 뒤집혀져 있었다. 그리고 그 곁에 의자의 다리를 움켜잡은 채 이 집 주인이 쓰러져 있었다. 심장 부위를 찔렸기 때문에 즉사했다고 생각되는데, 흉기는 벽에 장식되어 있던 동양의 전리품 가운데 하나인 인도의 만도(彎刀)이다. 집 안의 귀중품이 분실되어 있지 않은 걸로 보아 절도가 목적이라고는 생각되지 않지만, 에즈알드 루커스 씨가 사교계에서 인기있는 저명 인사였던 만큼 이 수수께끼 같은 죽음을 당한 데 대해 그를 아는 사람들에게 넓고 깊게 호기심과 애처로운 동정을 일으키게 할 것이다.

"흠, 왓슨. 이 사건을 어떻게 생각하나?" 홈즈는 잠시 후 물었다.
"놀랄 만한 암합(暗合)이야."
"뜻밖의 일치라는 건가? 이 연극의 등장 인물이라고 지목되는 인물로서 꼽은 세 사람 중의 한 사람이, 연극이 진행중이라고 생각되는 시각에 살해된 걸세. 그것을 우연한 암합이라고 하는 것은 좀 이상하지 않을까. 아마도 문제는 되지 않겠지. 이것은 말일세, 왓슨. 이 두 개의 사건은 서로 관련이 있네. 반드시 있어야만 하는 걸세. 그 관련을 찾아내는 것이 우리들의 소임이네."
"그렇긴 하더라도 지금쯤은 경찰이 제대로 조사를 하고 있을 거야."
"천만의 말씀! 하기야 고들핀 거리의 사건은 제대로 조사를 끝내고 있겠지. 하지만 화이트 홀 테라스의 사건은 아무것도 모르는 거야. 앞으로도 영원히 말이야. 둘 다 알고 있는 건 우리 둘뿐이지. 게다가 나로서는 루커스에게 의혹을 품을 만한 명백한 이유가 하나 있네. 웨스트민스터의 고들핀 거리로부터 유럽 대신의 관저가 있는 화이트 홀 테라스까지는 걸어서 몇 분 거리밖에 안되네. 세 사람들 중 나머지 두 사람의 집은 웨스트 엔드의 끝에 있거든. 그러므로 루커스는 다른 두 사람보다도 유럽 대신의 가족과 관계를 맺거나 또는 통보를 받는 데 있어서 손쉬운 입장에 있었다고 해야겠지. 이것은 작은 일이지만, 두 개의 사건이 짧은 시간에 잇달아 일어났으니만큼 그냥 보아넘겨서는 안된다고 생각하네. 아니, 또 누가 왔을까?"
하숙집 아주머니 허드슨 부인이 쟁반에 여성의 명함을 담아 가지고 들어왔다. 홈즈는 명함을 흘긋 보고서 눈을 크게 뜨더니 나에게 건네주며 말했다.
"힐더 톨리로니 호프 부인에게 부디 들어오시라고 전해 주시오."

그날 아침은 어찌 된 일인지 당대의 이름 높은 두 사람의 대정치가를 맞이하는 영광을 누렸을 뿐만 아니라, 이번에는 우리의 초라한 방이 런던에서도 손꼽히는 아름다운 명사 부인의 방문을 받은 영예를 안게 되었다. 벨민스터 공작의 막내따님의 아름다움은 일찍부터 들어왔지만, 아무리 설명을 듣고 또 사진을 보더라도 뭐라 말할 수 없을 만큼 매력 있는 실물의 아름다움은 도저히 따를 수 없다는 것을 나는 알았다. 더구나 이 가을의 어느 날 아침 우리들이 본 그녀의 아름다움은, 이 부인이 지닌 아름다움을 충분히 발휘한 것은 아니었다. 아름다운 볼도 어떤 종류의 감정으로 창백해지고, 눈에 광채가 있긴 했지만 그것은 열을 띤 빛이었다. 민감한 입가도 자제심으로 굳게 다물어져 있었다. 망설이듯 문간에서 머뭇거리는 부인의 첫인상은, 아름다움이 아니라 공포였다.

"남편이 이곳에 찾아왔었지요, 홈즈 씨?"

"네, 다녀가셨습니다."

"그럼, 제가 이곳에 찾아온 일을 남편에게는 말씀하시지 않도록 부탁드리겠어요."

홈즈는 냉랭하게 머리를 숙이고 손짓으로 의자를 권했다.

"그것은 매우 어려운 부탁입니다만, 부디 여기에 앉으셔서 무슨 일인지 이야기를 들려 주십시오. 단 미리 말씀해 둡니다만, 저로서는 무조건 약속하기는 어렵습니다."

그녀는 방에 들어오자 훨씬 안으로 들어와서 창문을 등지고 자리에 앉았다. 키가 크고 우아하며 극히 여자다운 태도에 위엄이 있었다.

"홈즈 씨." 그녀는 흰 장갑을 낀 손을 쥐었다 폈다 하면서 말을 시작했다. "제가 솔직하게 말씀드리면, 당신도 그렇게 해주실 거라고 생각하기 때문에 무슨 일이든 털어놓고 말씀드립니다. 저와 남편 사이에는 단 한 가지 일을 제외한다면, 조금도 숨기는 일이 없습니다.

그 한 가지란 정치 관계의 일입니다. 정치에 관해서 만큼은 남편은 입이 무겁습니다. 무엇 하나 저에게는 가르쳐 주지 않습니다.

그런데 어젯밤 저의 집에서 굉장히 난처한 일이 생겼다는 것을 저는 알고 있습니다. 어떤 서류가 분실된 일이지요. 하지만 그것이 정치 관계의 문제이므로 남편은 저에게 아무것도 가르쳐 주지를 않습니다. 그러나 저로서는 모든 것을 알 필요가 있습니다. 그것이 무엇보다도 중요합니다. 정치가 말고서 진상을 알고 있는 사람은 당신뿐입니다. 부디 무슨 일이 있었고 앞으로 어찌될 건지 사실대로 말씀해 주십시오. 하나도 숨김없이 말입니다. 홈즈 씨, 의뢰인을 위해서 일부러 침묵을 지키시지 않으셔도 됩니다. 제가 모든 사실을 아는 것이 오히려 남편에게도 도움이 될 테니까요. 남편도 분명 이해할 겁니다. 도둑맞은 서류는 도대체 어떤 물건인가요?"

"부인, 부탁하신 것은 저로서는 정말 불가능한 일입니다."

부인은 신음 소리를 내고 양손으로 얼굴을 가렸다.

"부인, 이 점을 잘 생각해 주시지 않으면 안됩니다. 주인께서 당신에게조차 알리는 것이 적당치 않다고 생각하신 것을 직업상 부득이하여 가르쳐 주셨는데, 그것을 제 입으로 말씀드릴 수 있으리라고 생각하시는 겁니까? 저를 졸라대는 것은 잘못입니다. 주인께 물어 보시는 게 좋겠지요."

"남편에게는 이미 물어 보았습니다. 이곳에는 마지막 한 가닥 희망을 가지고 찾아왔지요. 하지만 분명히 말씀해 주실 수 없는 거라면, 하다못해 안심하기 위해 단 한 가지만이라도 가르쳐 주셨으면 해요."

"어떤 것입니까?"

"이 문제 때문에 남편은 앞으로 정치가로서 괴로움을 받게 될까요?"

"글쎄요, 이것이 무사히 수습되지 않으면 반드시 재미없는 일이 될 것 같군요."

"아아!" 한 가닥의 희망조차 끊어지고 만 듯이 부인은 깊이 숨을 들이마셨다. "또 한 가지만 묻겠어요. 이번 재난을 알게 되었을 때 남편이 보인 표정으로 보더라도 알 수 있듯이, 이 서류가 분실되면 세상에는 큰 소동이 일어날 테지요?"

"그렇게 보이셨다면 저는 굳이 부정하지 않겠습니다."

"그 소동은 어떠한 성질의 것일까요?"

"다시금 부인께서는 저에게 대답할 수 없는 문제를 물으시는군요."

"그럼, 이만 가 보겠습니다. 좀더 마음 편하게 말씀해 주시지 않는다고 하여 결코 탓하지는 않겠어요. 그 대신 제가 남편의 뜻을 어겨 가면서까지 걱정을 나누고 싶어하는 것을 당신 쪽에서도 나쁘게 생각하지 마시기를, 거듭 부탁드립니다만, 제가 찾아온 일을 부디 비밀로 해주세요."

부인은 문가에서 돌아봤으므로 아름답고 고뇌 어린 얼굴, 겁먹은 눈초리, 꼭 다문 입매를 나는 다시 한 번 볼 수가 있었다. 그리하여 그녀가 나가고 빈틈없이 문이 닫힘과 동시에 옷자락 스치는 소리가 들리지 않게 되자 홈즈는 히죽 웃으며 말했다.

"왓슨, 여성은 자네 담당일세. 저 부인의 목적이 뭐라고 생각하나? 뭐가 필요하여 찾아왔을까?"

"말하는 것이 분명하지 않나? 걱정하는 것도 극히 당연하지."

"흠, 그 태도를 다시 생각해 보게. 그 태도, 흥분을 억누르고 쉴 새 없이 안절부절못하고 있던 일, 끈질긴 질문 따위를 말일세. 더구나 그녀는 웬만한 일로는 감정을 표면에 드러내지 않는 계층의 여자라네."

"확실히 속마음은 몹시 동요하고 있었어."

"아내로서 모든 것을 아는 일이 남편을 위하는 것이 된다고 말했을 때의 기묘하게도 열띤 그 말의 표현 방식, 그것은 대체 무엇을 의미하는 것일까? 게다가 빠뜨려서는 안 될 것은 뒤로부터 광선을 받는 자리를 교묘히 택한 점이야. 표정을 읽히고 싶지 않았던 거지."

"음, 그런 위치의 의자를 택하여 앉았었지."

"그렇다고는 하나 여자들의 동기란 참으로 이해하기 어렵구먼. 이 비슷한 경우로, 너무 사리가 분명해서 오히려 의심했던 '마게이트 여자' 사건을 기억하나? 콧잔등에 분을 바르지 않았던 것이 결국은 사건해결의 열쇠가 되었지. 어쨌거나 모래 위에 집을 지을 수는 없는 법이니까. 여자들은 별뜻없는 행동에도 굉장히 큰 의미가 숨겨 있거나, 거꾸로 굉장히 이상한 행동을 했지만 알고 보면 단순하기 짝이 없는 이유일 수도 있지. 머리핀 하나 때문이든지 머리 지지는 인두가 원인이었든지 하면서 말일세. 그럼 왓슨, 나 좀 나갔다 오겠네."

"아니, 나가려나?"

"아침 나절 고들핀 거리에 가서 경시청의 친구들을 잠깐 만나고 오겠네. 편지 문제의 해결이 에즈알드 루커스와 관련되어 있는 것은 틀림없어. 그것이 어떻게 관련되어 있는지는 모르지만 말일세. 사실에 앞서 이론만 조립하려고 하는 것은 큰 잘못이지. 미안하지만 집을 지켜 주게, 또 누군가 오면 안 될 테니까 말야. 되도록이면 점심 때까지는 돌아올 작정일세."

그날과 다음날과 그 다음날을 홈즈는 시무룩하니 친하지 않은 이와 말하게 될 때와도 같은 불쾌한 기분으로 지냈다. 조바심을 내며 나갔다가는 황급히 돌아오고 연신 담배를 피우는가 싶으면 바이올린을 켜고 깊은 사색에 잠겼나 싶으면 엉뚱한 시각에 샌드위치를 허겁지겁 먹어댔다. 어쩌다가 내 쪽에서 말을 걸어도 그는 제대로 대답조차 하지 않았다. 물론 조사하고 있는 일이 잘 진행되지 않기 때문이라는 건 알고 있었지만, 그는 입 밖에 내어 아무것도 말하지 않았다. 이를테면 살해된 루커스의 집사 미톤이 체포되었지만 곧 석방된 일 같은 것도 나는 신문으로 알았을 정도였다.

검시 배심단은 '모살'이라는 뻔한 평결을 내렸을 뿐, 범인에 대해서는 아무것도 몰랐다. 첫째로, 동기부터가 도무지 알 수 없었다. 방 안에는 값비싼 물건이 가득 있건만 하나도 없어지지 않았던 것이다. 또 살해된 루커스의 서류 역시 뒤진 흔적이 없었다. 그 같은 서류를 꼼꼼히 조사해 보았더니 루커스는 국제 정략 문제의 열성스러운 연구가이며 한정이 없는 수다쟁이에다 비범한 어학자이며, 게다가 피로를 모르는 편집광이었다는 것을 알았다. 또 몇몇 나라의 지도적 정치가들과 친밀했던 일도 알았지만, 서랍 가득한 서류에서 이렇다하게 문제가 될 만한 것은 발견되지 않았다.

여자관계 또한 모두 표면적인 일뿐으로 깊은 것은 없었던 모양이다. 그냥 알고 지내는 정도는 많았지만 친하다고 할 수 있는 사람은 적었으며, 더욱이 그가 사랑하고 있는 여자 따위는 없었던 것이다. 일상생활은 규칙적이었고 품행도 나쁘지 않았다. 그런 루커스가 살해되었으니만큼 까닭을 모르는 채 아마 미궁에 빠지는 것은 아닐까.

집사 존 미톤의 체포는, 무능한 경찰의 희생물로 변명처럼 행해진 것이었다. 이 고발은 절대로 성립되지 않는다. 그날 밤 그는 해머스미스의 친구를 방문했으므로 알리바이가 완전하다. 바렛 순경이 루커스가 살해되어 있는 것을 발견한 것은 11시 45분쯤으로, 미톤이 그 시각보다 먼저 웨스트민스터의 집에 돌아올 수 있는 시각에 해머스미스의 친구 집을 나선 것은 사실이지만, 그가 오는 도중에 길의 일부를 걸었으므로 돌아오는 게 늦었다고 설명하는 것도, 그날이 날씨가 좋은 아름다운 밤이었다는 걸 생각하면 무조건 거짓말이라고만 단정할 수는 없었다. 실제로 그가 집에 돌아온 것은 12시였다. 그리하여 뜻하지 않은 변고가 생긴 걸 보고서 소스라치게 놀라는 것처럼 보였다고 한다.

또 평소부터 주인과는 사이가 좋았던 모양인데, 조사해 보았더니 미톤의 소지품 속에서 주인의 물건이 몇 개인가——특히 작은 케이스에 든 면도칼 같은 것——나왔지만, 그는 주인으로부터 받은 거라고 했으며, 가정부도 그것을 확인했다. 루커스에게 고용된 지 3년이 되었는데, 한 번도 대륙에는 따라간 일이 없다고 하는 것은 좀 주목할 만한 일이리라. 어쩌다가 루커스는 석 달씩이나 내내 파리에 체류하는 일이 있었지만 미톤은 언제나 고들핀 거리의 집에 남아 지키고 있었던 것이다.

가정부에 관해서는, 그날 밤 아무런 소리도 듣지 못했기 때문에 만일 손님이 있었다면, 주인이 몸소 현관을 열어 맞아들였을 것이라고 말할 뿐이었다.

——이와 같은 셈이라, 내가 아침마다 신문으로 알 수 있는 범위 안에서는 3일 동안 수수께끼는 여전히 수수께끼인 채였다. 홈즈는 무언가 알고 있었으면서도 나에게는 감추고 있었는데, 그도 조금 비추었던 것처럼 레스트레이드 경감이 그에게는 수사의 비밀을 털어놓고 있었던 것이다. 그러므로 사건의 진전에는 밀접한 관계를 갖고 있었을 게 틀림없는 것이다. 나흘째가 되자, 파리에서 온 긴 전보가 데일리 텔레그라프에 나타났는데, 그것에 의해 문제는 완전히 해결된 것처럼 생각되었다.

월요일 밤에 런던 웨스트민스터의 고들핀 거리에서 참살된 에즈알드 루커스 씨의 사건 비밀을 풀어 줄 발견이 파리 경찰에 의해 이루어졌다. 그가 자기 방 안에서 찔리어 죽고 혐의는 일단 그 집사에게 돌아갔지만 알리바이가 있었으므로 석방이 된 일은, 독자의 기억에도 새롭기만 하리라. 그런데 이번에는 오스테를리츠 거리의 작은 별장풍의 집에 사는 앙리 풀르뉘라는 한 부인이 발광을 하였다고, 그 집의 고용인으로부터 당국에 신고가 있었다. 진찰한 결과 이 부인은 위험한 불치의 미치광이라는 것이 판명되었는데, 경찰 조사에 의하면 그녀는 이번 화요일에 런던 여행에서 돌아왔으며 살해된 루커스 씨와 관계가 있다는 것이 발견되었다. 즉 사진의 비교에 의해서 그녀의 남편 앙리 풀르뉘 씨와 에즈알드 루커스 씨는 동일 인물이며, 그는 무슨 까닭인지 런던과 파리에서 이중생활을 하고 있었다는 게 판명되었던 것이다. 또한 풀르뉘 부인은 남방의 혈통을 이어받아 성질이 매우 흥분하기 쉽고, 일찍이 질투한 나머지 발작적으로 반미치광이가 된 일도 있다고 한다. 따라서 런던을 떠들썩하게 만든 사건도 그녀가 발작적으로 범한 것이 아닐까 하고 억측되고 있는데, 월요일 밤의 행적에 관해서는 아직 명백하지 않지만, 화요일 아침 그녀인 듯싶은 여성이 채링 크로스 역에서 복장도 어지럽고 거동도 난폭하여 사람의 눈길을 끌었다는 사실이 있어, 그녀의 발광 후의 흉행이거나 혹은 흉행이 원인으로 발광한 것이 아닐까 하는 견해도 있다. 현재 그녀는 조리 있는 말을 할 수 없는 상태에 있으며 회복은 대체로 절망적이라고 의사는 말하고 있다. 그리고 또한 월요일 밤 한 부인이 고들핀 거리의 집을 몇 시간 망보고 있었다는 증언도 있어 이것이 풀르뉘 부인이었는지도 모른다고들 한다……

"이것을 어떻게 생각하나, 홈즈?"
그가 아침 식사를 들고 있는 동안 나는 이 기사를 읽어 주고 나서 의견을 청했다. 그러자 그는 테이블에서 일어나 방 안을 걸어다니면서 말했다.

"그것은…… 자네로서는 꽤나 참을성 있게 기다렸을 테지만, 요 3일 동안 내가 아무것도 말하지 않았던 것은 할 말이 없었기 때문이라네. 지금도 파리로부터 이런 전보가 왔지만 별로 도움은 되지 않네."

"그러나 그 사나이가 살해된 문제만은 이것으로 해결된 셈이지."

"그 사나이의 죽음 같은 건, 이 문서의 행방을 뒤쫓아 유럽을 파멸로부터 구한다고 하는 대사업에 비하면 참으로 조그만 사건에 지나지 않네. 이 3일 동안에 일어난 유일한 대사건이라고 하면, 아무것도 일어나지 않았다는 걸세. 나에게 거의 1시간마다 정부로부터 보고가 오고 있지만, 현재까지로선 유럽의 어디에서도 분쟁이 생길 듯한 기척이 없네. 그래서 만일 이 편지가 분실된 거라면——아냐, 분실 따위 될 리가 없는 것인데——분실한 것이 아니라고 한다면, 어디에 있는 것일까? 그 문제가 나의 머릿속에서 해머처럼 울려 퍼지고 있네. 편지가 분실된 밤에 루커스가 살해됐다는 것은 순전한 우연에 지나지 않는 것일까? 그는 과연 편지를 손에 넣었던 것일까? 그렇다면 가택 수사 결과 나오지 않았던 것은 어찌된 까닭일까? 미친 아내가 가져가 버린 것일까? 그렇다면 파리의 그녀 집에 있는 것일까? 프랑스 경찰의 의심을 받지 않고 그녀의 집을 수사하려면 어떻게 하면 좋을까? 이렇게 되면 범죄자보다 오히려 법률 쪽이 우리들에게는 더 무서운 것이 되네. 온갖 인간이 우리들을 적으로 대하고 있지만, 성공하면 이익되는 바가 크지. 만일 이 문제가 잘 수습된다면, 일생일대라고나 할 다시 없는 영광을 가져다 줄 것이 틀림없네. 아니, 전선에서 가장 반가운 전보가 왔군!"

그는 배달된 짧은 편지에 눈길을 달리면서 말했다.

"오, 레스트레이드가 무언가 재미있는 발견을 한 모양이야. 자, 모자를 쓰게나. 웨스트민스터로 가 보세."

이번의 흉행 현장을 보는 것은 나로서는 처음이었다. 높이에 비하여 전면의 폭이 좁으며 그을음에 그을린 집은 지어진 세기에 어울리게끔 바깥 모양이 딱딱하게 보였다. 레스트레이드 경감의 불독 같은 얼굴이 정면의 창문으로 우리들을 내다보고 있었는데, 큰 몸집의 순경이 현관문을 열어 주었으므로 들어갔더니 따뜻하게 맞이해 주었다. 안내된 곳은 루커스가 살해된 방으로, 양탄자 위에 불규칙한 모양의 기분 나쁜 얼룩이 있을 뿐 그밖에는 그것을 연상시킬만한 게 남아 있지 않았다. 중앙에 깔린 이 깔개는 방에 비해 작은 정사각형의 털이 거친 양탄자로서, 둘레에는 잘 닦인 사각형의 블록을 짝지운 고풍스러운 아름다운 바닥이 폭넓게 드러나 있었다. 벽난로의 위쪽에는 아주 훌륭한 전리품인 무기가 장식되어 있는데, 그 중의 하나가 흉기로서 사용된 것이었다. 창문 앞에는 사치스러운 데스크가 놓여 있고 장식되어 있는 그림, 깔개, 벽걸이, 그 밖의 온갖 것이 화사하리만큼 호화스럽기 이를 데 없었다.

"파리에서 온 전보를 보셨습니까?" 레스트레이드가 물었다.

홈즈는 말없이 고개를 끄덕였다.

"이번에는 프랑스 경찰에게 앞지름을 당한 것 같습니다. 확실히 그 선생들의 말이 옳아요. 여자가 찾아와 이 집을 노크했다. 비밀스럽게 생활하던 남자는 깜짝 놀랐겠지만 그녀를 안으로 들어오게 했다. 무작정 밖에다 세워둘 수는 없었을 테니까. 여자는 찾는데 고생을 했다는 둥 하며 남자에게 비난을 퍼붓는 거지요. 한 번 시작하면, 불만은 꼬리를 이어 쏟아져 나옵니다. 그런 끝에 손에 잡힌 단도를 쥐고 푹 찔러 버린 거예요. 물론 단번에 해치운 건 아니죠. 이렇듯 의자가 완전히 건너쪽으로 밀어 젖혀져 있고 사나이는 뿌리치려고 한 듯 의자를 움켜잡고 있었잖아요. 이로써 눈앞에 그려지 듯 분명해졌지요."

"그래, 그 일로 나를 부른 겁니까?" 홈즈가 눈을 치떴다.

"아니오, 그것은 또 다른 일이지요. 사소한 것입니다만, 당신이 흥미를 가지실 것 같아서요…… 기묘한 일이 있답니다. 겨우 요것이냐 하실지도 모르지만요. 그러니까 문제의 본 줄거리와는 관계가 없는 일, 보아한즉 대체로 관계가 있을 수 없는 일입니다만……"

"대체 무엇입니까?"

"이런 종류의 범죄 뒤에는 현장을 그대로 보존하려고 꽤나 주의합니다만, 이번의 경우만 해도 밤낮으로 보초를 세워 감시키고 있을 정도로 무엇 하나 움직이지 않았습니다. 그리하여 오늘 아침에는 시체의 매장으로 끝났고 이 방에 관한 한 수사도 끝났기 때문에 방을 좀 치우려고 생각했던 겁니다. 그런데 이 양탄자 말입니다. 보시다시피 그저 놓여져 있을 뿐 납작못으로 바닥에 고정되어 있지 않습니다. 그런데 무심코 이것을 들춰보았더니……"

"들춰 보았더니?" 홈즈는 마른 침을 삼켰다.

"이것만은 당신이 100년 생각해도 알아 내지 못할 거예요. 이 깔개에 핏자국이 묻어 있지 않겠어요? 꽤나 많은 출혈이 있었던 것으로 생각되시겠지요?"

"물론 출혈이 많았겠지요."

"그런데 깔개의 얼룩에 해당되는 부분인 바닥에는 핏자국이 없단 말입니다."

"핏자국이 없다고? 그럴 리가……"

"네, 그렇게 말씀하시겠지요. 그런데 실제로 없습니다."

레스트레이드는 유명한 탐정을 곤경에 빠뜨린 것이 기쁜 모양으로 히죽 웃었다.

"하하하, 그럼 그걸 설명하지요, 홈즈 선생. 바닥에 제2의 핏자국이 있기는 하나 깔개와 일치되지 않습니다. 직접 보시지요."

그는 깔개의 다른 귀퉁이를 들추어 보였다. 과연 네모진 흰 나무를 짝지운 고풍스러운 바닥 위에 새빨간 피의 흔적이 크게 남아 있었다.

"어때요, 홈즈 선생. 이것을 어떻게 생각하십니까?"

"그런 건 간단하지요. 피의 흔적이 일치되는 것으로 보아 깔개 쪽은 나중에 돌려놓았을 뿐입니다. 네모꼴이고 더구나 바닥에 고정시키지 않았으므로 쉽사리 할 수 있는 일이죠."

"깔개를 돌려놓았기 때문이라는 것쯤은 홈즈 씨의 수고를 빌릴 것도 없이 알고 있어요. 깔개를 이쪽으로 돌려놓으면 핏자국의 모양까지 제대로 일치되니까요. 제가 알고 싶은 것은 누가 무엇 때문에 깔개를 움직였느냐 하는 점입니다."

홈즈가 찌푸린 얼굴이 된 것을 보고서, 나는 그가 마음속의 흥분으로 오싹오싹 떨고 있음을 알았다.

"레, 레스트레이드, 복도에 있는 저 순경은 내내 지키고 있었습니까?"

"네, 쭉 감시하고 있었습니다."

"그럼, 좋은 방법을 가르쳐 드리지요. 저 순경을 자세히 조사해 보도록 하시오. 아니, 우리들이 보고 있는 곳이 아닌 편이 좋소. 우리들은 여기서 기다리고 있을 테니. 안쪽의 방으로 데리고 가서 조사해 보십시오. 혼자인 편이 자백시키기 쉬울 테니까요. 어째서 다른 사람을 이 방에 들여보내어 혼자 있게 내버려 두었느냐고 힐문하는 겁니다. 혹시 이러지 않았느냐는 식의 점잖은 심문이면 안 되오. 무조건 그렇다고 작정하고 힐문하는 겁니다. 누가 들어갔는지 알고 있다고, 공갈을 치는 겁니다. 이렇게 된 바에는 솔직히 자백하는 게 관대한 처분을 받는 오직 하나의 길이라고 을러대는 거예요. 알겠지요? 내가 시킨 대로 해야만 합니다."

"음, 정말로 누군가를 들여보냈다면 반드시 자백을 받고야 말겠습니다!" 하고 레스트레이드는 설치며 홀로 뛰어나갔는데, 잠시 있으려니까 안쪽의 방에서 우레 같은 소리가 들려왔다.

"왓슨, 지금일세!" 홈즈는 미치광이 비슷한 소리를 지르더니, 무관심한 태도로 밑바닥에 숨겨 두었던 악마에 사로잡힌 듯한 정력을 둑이 터진 듯한 기세로 폭발시켰다. 먼저 깔개를 젖히더니, 곧 엎드려 바닥에 꼭꼭 끼어 맞추어져 있는 네모진 모자이크 조각을 닥치는 대로 살펴 갔다. 그러자 손톱을 걸치고 당기니 옆으로 드티는 것이 하나 있고, 돌쩌귀가 달려 휙 뚜껑이 열리며 그 아래에 검은 구멍이 나타났다. 홈즈는 서둘러 한 손을 집어넣었지만 혀를 차면서 그 손을 꺼냈다. 그 속은 텅 비어 있었던 것이다.

"빨리, 빨리, 왓슨. 제대로 해 놓아야만 하네!" 뚜껑을 전과 같이 하고 가까스로 깔개를 깔았을 때, 홀에서 레스트레이드의 목소리가 들렸다. 그리하여 그가 들어왔을 때에 홈즈는 기운 없이 맨틀피스에 기대어서서 체념한 참을성으로 선하품을 참고 있었다.

"이거, 기다리게 했습니다. 정말 일이 귀찮게 돌아가는군요. 역시 자백했습니다. 맥퍼슨, 이리로 들어와! 그리고 이분들에게 자네의 용서할 수 없는 행동을 말씀드려!"

거구의 순경은 얼굴이 빨개져 풀이 죽은 태도로 들어왔다.

"전혀 딴 생각이 있어서가 아닙니다…… 어젯밤 젊은 여자가 뛰어들어왔는데, 집을 잘못 알고 왔던 것이지요. 그만 서로 이야기를 하게 되어…… 아무튼 혼자서 하루 종일 여기에 있으면 심심하고 쓸쓸하기도 하여……."

"음, 그래서 어떻게 했나?"

"이야기를 나누었는데, 살인이 있었다는 방을 구경하고 싶다는 거였어요. 신문에서 읽었지만 아직 실제로 본 일이 없다고 하면서…
… 말투도 고상하고 점잖게 차린 여자, 기웃거리는 정도라면 별 지장이 없으리라고 생각했는데, 글쎄 깔개의 핏자국을 보더니 까무러치며 마치 죽은 것처럼 되었으므로 안으로 뛰어가서 물을 가져왔는데, 그래도 깨어나지를 않잖아요. 할 수 없이 저 길 모퉁이를 도는 곳에 있는 '아이비 플랜트'까지 가서 브랜디를 조금 얻어 가지고 돌아왔습니다. 그런데 돌아와 보니 모습이 보이지 않았어요. 아마 그 동안에 정신이 깨어나 부끄러워 저를 볼 낯이 없다고 생각하고서 살며시 달아났으리라고 생각됩니다."

"이 깔개가 움직여져 있는데 어찌 된 까닭인가?"

"돌아와 보았더니 조금 꾸깃꾸깃 되어 있었던 건 사실이지만, 여자가 그 위에 쓰러져 있었고 바닥은 미끄럽도록 잘 닦여 있으므로 무리도 아니라 생각하고서 조금 고쳐 놓았습니다."

"이로써 나를 속일 수 없다는 걸 알았을 테지." 레스트레이드는 위엄을 보이며 말했다. "조금쯤 임무를 게을리 하여도 알지 못하리라고 얕잡아보았을 테지만, 이 깔개를 보아 첫눈에 누군지 이 방에 들여보냈다는 걸 나는 알 수 있었던 거야. 아무튼 아무것도 분실된 것이 없기에 망정이지, 그렇지 않았다면 너의 근무 태만은 그냥 넘어가지 않았을 거야. 홈즈 선생, 하찮은 일로 오시라고 하여 죄송합니다. 다만 양쪽의 핏자국이 맞지 않는 것을 당신이 재미있어 하실 거라고 생각해서였지요."

"아니, 정말이지 매우 재미있었습니다. 맥퍼슨, 그 여자는 한 번 왔을 뿐인가?"

"네, 한 번뿐입니다."

"어디의 누구지?"

"이름은 모릅니다. 타이피스트 모집 광고를 보고 응모할 생각으로 찾아왔는데, 집 번지를 잘못 알았다나요. 젊고 아주 쾌활하며 예의 바른 부인이었습니다."

"키가 크고 아름다운 사람이던가?"

"네, 아주 키가 큰 분이었습니다. 용모는 아름다운 편인데, 사람에 따라서는 굉장히 아름다운 사람이라고도 하겠지요. '어머나, 순경 아저씨, 잠깐만 구경시켜 주세요' 라고 말했는데, 뭐라고 할까요? 그 교묘한 말에 그만 넘어가, 저도 모르게 문간에서 잠시 들여다보게 하는 것이라면 지장이 없으리라고 생각하고서……."

"어떤 복장이었지?"

"순수한 차림으로…… 발끝까지 닿는 긴 망토를 두르고 있었습니다."

"몇 시쯤인가?"

"저녁 해질 무렵으로서, 브랜디를 얻어 가지고 돌아올 때 이집저집에서 불을 켜고 있었습니다."

"알았네, 왓슨. 가세, 다른 곳에서 중요한 일이 기다리고 있는 것 같으니."

우리는 그 집을 나서고, 레스트레이드는 그 방에 남았다. 앞서의 잘못을 뉘우치며 움츠러든 순경이 현관문을 열어 배웅해 주었다. 그 때 홈즈는 돌층계 위에서 뒤돌아보며 손바닥 속의 것을 순경에게 보였다. 순경은 지그시 응시하더니 "아니, 그것은……" 하고 어안이 벙벙하여 외쳤다.

홈즈는 곧 입에 손가락을 대어 소리 내지 않도록 제지하고, 한 손을 주머니에 찔러넣었다. 그리고 큰길로 나오자 큰 소리를 내어 웃기 시작했다.

"잘 되었네. 자아, 가세. 마지막 장면의 막이 오를 참일세. 전쟁은 일어나지 않고, 톨리로니 호프 백작의 찬란한 앞날에도 상처가 나지 않고, 무분별한 군주가 그 경솔한 까닭에 호된 꼴을 당하는 일도 없고, 총리가 유럽의 대책에 골머리를 썩을 필요도 없게 되는, 우리들이 조금만 재치를 부려서 처리하면, 꽤나 불쾌한 사건이 되기도 쉬운 문제를 아무에게도 손해를 끼치지 않고 만사 원만하게 수습할 수 있다고 한다면 자네도 안심할 테지."

"해결되었다는 말인가?"

나는 이 뛰어난 인물의 솜씨에 혀를 내두르며 감탄했다.

"웬걸, 웬걸. 두서너 가지 점은 아직도 도무지 모르겠어. 하지만 알아 낸 점이 훨씬 많으니까, 남은 것을 모른다면 이쪽이 바보인 걸세. 곧장 화이트 홀 테라스에 가서 단숨에 해결해 주겠네."

유럽 대신의 관저에 이르자 셜록 홈즈는 힐더 부인에게 면회를 청했다. 우리들은 곧 부인의 거실로 안내되었다.

"홈즈 씨, 어쩌면 당신은 이렇듯 비겁한 짓을 하시지요!" 부인은 우리를 보자마자 얼굴이 새빨개지며 항의했다. "쓸데없는 참견을 한다고 생각하여 남편이 싫어하기 때문에, 제가 찾아간 일을 비밀로 해 달라고 부탁했었습니다. 그렇건만 이렇게 찾아오시다니 곤란해요. 제가 수사를 부탁드린 것이 탄로나고 말아요."

"유감스럽지만 달리 방법이 없었습니다. 저는 이 극히 중요한 문서의 회수를 부탁받고 있습니다. 덧붙여 말씀드린다면, 그것을 저의 손에 넘겨주시지 않으면 안됩니다."

부인은 순간 핏기가 싹 가시더니 자리에서 일어섰다. 지그시 한곳을 응시하며 비틀거렸다. 기절하겠구나 싶었지만 필사적인 노력으로 마음을 억누르더니, 한없는 놀라움과 노여움을 보이며 말했다.

"무, 무례하시군요!"

"안됩니다, 부인, 그것은 헛일입니다. 어서 편지를 내놓으십시오."

"집사를 시켜 현관까지 배웅시키겠어요."

부인은 초인종 있는 데로 걸어갔다.

"울리는 것을 중지하십시오. 아니면 모처럼 스캔들로 만들지 않고자 한 저의 진지한 노력도 물거품이 됩니다. 편지를 내놓으십시오. 그걸로 모든 일이 해결됩니다. 제가 말하는 대로 하시면 원만하게 수습해 드리지만, 아니면 모든 걸 폭로할 수밖에 없습니다."

그녀는 당당한 위엄을 보이며 도전적으로 서 있었다. 그리고 홈즈의 마음속을 읽어 내기라도 하듯 얼굴에서부터 눈길을 떼지 않았다. 손은 초인종 위에 대고 있었지만 감히 울리려고는 하지 않았다.

"저를 협박하려고 하시는군요. 이런 곳에 오셔서 여자를 협박하는 것은 남자답지 못해요. 무언가 알고 계신 듯한데, 어떠한 것이지요?"

"아무튼 앉아 주십시오. 그런 곳에서 쓰러지기라도 하신다면 다칩니다. 앉지 않으시면 아무것도 말씀드리지 않겠습니다. 고맙습니다."

"5분만 여유를 드리겠어요."

"1분으로 충분합니다. 당신이 에즈알드 루커스를 방문하신 일을 저는 알고 있습니다. 그리고 어젯밤에도 교묘한 방법으로 그 방을 찾아가신 일, 깔개 아래의 비밀 장소에서 편지를 가지고 오신 일 따위도 잘 알고 있습니다."

부인은 사색이 되어 홈즈를 응시하며 무언가 말하려고 두 번이나 침을 삼켰으나 가까스로 "당신은 미치광이입니다! 정신이 돌았어요!"라고 히스테리컬한 목소리를 냈다.

홈즈는 주머니에서 작은 골판지 조각 하나를 꺼냈다. 여자의 초상을 얼굴만 오려 낸 것이었다.

"이것이 쓸모가 있으리라 생각해 가지고 다녔습니다만, 순경에게 보였더니 이 사람이라고 금방 알아보더군요."

부인은 놀라서 숨을 죽이고 머리를 힘없이 의자 등받이에 떨구었다.

"어떻습니까, 부인. 편지를 가지고 계시지요? 아직도 수습할 길은 있습니다. 당신을 괴롭힐 생각은 조금도 없습니다. 편지를 남편 되시는 분의 손에 넘겨 드리면 그것으로 저의 임무는 끝나는 겁니다. 나쁘게는 말하지 않겠으니 순순히 내놓으십시오. 그것이 당신에게 있어 유일한 기회인 것입니다."

부인의 용기는 감탄할 만한 것이었다. 이 지경에 이르렀는데도 그녀는 쉽사리 항복하지 않았다.

"다시 한 번 말씀드리지만 당신은 무언가 오해를 하고 있는 거예요."

홈즈는 조용히 일어났다.

"딱한 노릇이군요. 저로서는 당신을 위해 온 힘을 다 기울였다고 생각합니다만, 그것도 지금은 헛일임을 알았습니다."

그는 이렇게 말하며 벨을 울렸다. 그러자 집사가 나타났다.

"톨리로니 호프 씨는 집에 계십니까?"

"1시 15분 전에 돌아오십니다."

"이제 15분이면 되겠군요." 홈즈는 시계를 보며 말했다. "그럼, 기다리겠습니다."

집사가 나가고 문을 겨우 닫았다싶자, 힐더 부인은 홈즈의 발 아래 무릎을 꿇고 두 손을 크게 벌리며, 눈에 가득 눈물을 글썽거리면서 아름다운 얼굴을 위로 쳐들었다.

"홈즈 씨, 용서해 주세요! 부디 용서해 주세요! 부탁이에요, 남편에게는 말씀하지 마세요! 저는 진심으로 남편을 사랑하고 있습니다. 남편의 생활에 조그마한 어두운 그림자조차도 드리우고 싶지 않습니다. 이것을 안다면 남편의 착한 마음은 얼마나 아플까요!"

부인은 미친 듯이 애원했다.

홈즈는 부인을 부축해 일으키며 "이 마지막 장면에서나마 잠을 깨어 주신 것은 매우 기쁜 일입니다. 자, 시간이 촉박합니다. 편지는 어디 있습니까?" 라고 말했다.

부인은 책상으로 달려가 자물쇠를 열고 파란 직사각형의 봉투를 꺼냈다.

"이것이에요. 이런 것이 눈에 띄지 않았으면 좋았을 것을!"

"그런데 어떻게 돌려준담? 빨리 무슨 방법을 생각해야만 할 텐데! 서류함은 어디에 있지요?"

"아직도 남편의 침실에 놓아두고 있습니다."

"다시없이 다행한 일입니다. 빨리 그것을 이리로 가져오십시오."

이윽고 부인은 빨간 색깔의 얄팍한 상자를 가지고 돌아왔다.

"전번에는 어떻게 여셨지요? 곁쇠를 갖고 계시지요? 아니, 물론 갖고 계실 겁니다. 열도록 하십시오."

가슴 안에서 힐더 부인은 작은 열쇠를 꺼냈다. 서류함의 뚜껑이 열렸다. 안에는 여러 가지 문서가 들어 있었다. 홈즈는 파란 봉투를 그 아래에 밀어 넣고 뚜껑을 닫고는 쇠를 채우게 하고서 도로 남편의 침실로 가져가게 했다.

"이제는 언제 돌아오시더라도 걱정 없습니다. 아직도 앞으로 10분쯤 남았군요. 부인의 일은 덮어 드릴 테니 그 대신 이 10분 동안에, 이번의 엉뚱한 사건에 대한 진상을 들려주십시오."

"모든 것을 다 말씀드리겠어요, 홈즈 씨. 저는 남편에게 한시라도 슬픔을 준다면 차라리 이 오른손을 잘라 버리는 편이 좋다고까지 생각하고 있습니다. 온 런던을 찾더라도 저만큼 남편을 사랑하고 있는 여자는 없을 거예요. 하지만 남편이 저의 행동을, 만일 어쩔 수 없이 한 행동을 알게 된다면 결코 용서해 주지 않을 거예요. 아주 체면을 중하게 여기는 사람이기 때문에 잊지도 않거니와 잘못된 행동을 용서해 주지도 않을 겁니다. 홈즈 씨, 제발 도와주세요. 저의 행동도 남편의 행복도…… 저희들은 위기에 놓여 있습니다."
"빨리 말씀해 주세요. 시간이 점점 다가오고 있습니다."
"저의 편지 때문이었습니다. 제가 결혼 전에 쓴 경솔한 편지── 달콤한 소녀의 철부지 마음으로 쓴 어리석은 편지입니다. 나쁜 일은 아무것도 씌어져 있지 않다고 생각하지만, 남편의 눈에는 나쁜 일로 보이겠지요. 만일 그것을 읽게 된다면, 신뢰는 영원히 잃고 맙니다. 몇 년이나 지난 편지이기 때문에 완전히 잊혀진 일로 생각하고 있었는데 저 루커스가 하는 사나이로부터, '편지'를 손에 넣었으니까 남편에게 보일 작정이라는 편지가 오지 않았겠어요. 저는 놀라서 자비를 탄원했습니다. 루커스는 다시 남편의 서류함에 있는 어떠어떠한 서류를 보내 주면 대신 '편지'를 돌려주겠다고 말해 왔습니다. 관청 쪽에 들어가 있는 첩자로부터 들은 것이므로 그러한 서류가 반드시 있을 것이고, 그것을 넘겨주어도 저나 남편에게 결코 해를 끼치지 않겠다는 보증을 하겠다는 것이었지요. 그때의 제 입장이 되어 생각해 보세요. 어떻게 하면 좋겠어요?"
"주인 어른께 고스란히 고백하는 겁니다."
"그것은 할 수 없어요. 저로서는 도저히! 이쪽을 돌아보면 몸의 파멸, 또 이쪽엔…… 그러나 남편의 서류에 손을 대는 게 아무리 무섭다 하더라도 정치 관계의 일은 그 결과까지는 저로서는 모릅니다. 하지만 사랑과 신뢰의 문제라면 그 결과를 잘 알고 있습니다. 저는 사랑과 신뢰를 유지할 수 있는 길을 택했습니다. 우선 남편 열쇠의 본을 떠서 루커스에게 보냈더니, 그것에 의해 곁쇠를 만들어서 보내왔습니다. 그것으로 서류함을 열어 서류를 꺼내어 고들핀 거리로 가져갔습니다."

"그랬더니 어떤 일이 있었습니까?"
"약속대로 현관을 노크하자 루커스가 나왔습니다. 그 뒤를 따라 방으로 들어갔습니다만, 그런 사나이하고 단둘이 있는 건 염려스러웠기 때문에 홀의 문을 조금 열어 놓았습니다. 그때 바깥 어딘가에 한 여자가 서 있었던 것을 기억하고 있습니다. 거래는 금방 끝났습니다. 저의 편지는 책상에 놓여 있었기 때문에, 서류를 그의 손에 건네주자 저쪽도 편지를 내주었습니다. 이때 현관이 열리는 소리가 들리고 복도에 발소리가 들렸습니다. 그것을 듣자 루커스는 깔개의 한 부분을 들추어 서류를 재빨리 그 아래의 구멍 속에 감추고 나서 깔개를 전과 같이 도로 깔았습니다.

그러고 나서부터의 일은 무서운 악몽과도 같은 느낌이 들어요. 미치광이 같은 검붉은 여자의 얼굴과 히스테릭한 프랑스 어로 '기다리고 있던 보람이 있었어! 마침내 찾아냈다! 여자하고 살림하고 있는 것을 발견했어!'라고 외친 것을 기억하고 있습니다. 서로 멱살을 잡게 되어 루커스는 의자를 휘둘렀고 여자의 손에는 단검이 번쩍이고 있었습니다. 저는 정신없이 그 무서운 곳을 도망쳐 그대로 집으로 돌아왔습니다. 편지도 되찾았겠다, 제가 저지른 일이 어떤 결과를 가져올지 몰랐기 때문에 그날 밤 저는 정말로 행복했습니다. 그런데 이튿날 아침의 신문을 보고 비로소 무서운 다툼의 결과를 알았던 거예요.

제가 한 일이 하나의 재난을 모면하기 위해 새로운 재난을 걸머진 데 지나지 않았다는 것을, 이튿날 아침에 이르러서야 비로소 알았습니다. 서류의 분실을 안 남편의 고민하는 모습이 저의 가슴을 아프게 했던 거예요. 저는 그 자리에서 금방이라도 남편의 발 아래 꿇어 엎드려 제가 한 일을 털어 놓고만 싶었습니다. 하지만 그렇다면 과거의 행실을 고백하는 것이 됩니다. 그래서 그날 아침 제가 어떤 성질의 죄를 얼마나 크게 저질렀는지 똑똑히 알고 싶어서 당신을 찾아갔습니다. 그리하여 그것을 안 순간부터, 저는 그것을 되찾는 일만 필사적으로 생각하게 되었습니다. 그 서류는 저 무서운 여자가 들어오기 전에 루커스가 감추었기 때문에, 여전히 거기에 있을 것이 틀림없었습니다. 그 여자가 들어온 덕분에 감춘 장소는 알게 된 거죠. 하지만 어떻게 해야 그 방에 들어갈 수 있을지가 고민이었습니다.

이틀 동안 그 집을 망보고 있었습니다만, 현관은 한 번도 열리지 않았습니다. 그래서 어젯밤에는 대담하게 마지막 수단을 썼습니다. 자세한 것은 이미 아시고 계시므로 말씀드리지 않겠습니다. 가져온 서류는 남편에게 죄를 고백하지 않고서는 돌려 줄 방법이 없으므로 태워 버릴 작정이었습니다. 어머, 계단에 발소리가 들려요!"

그때 유럽 대신이 뛰어 들어왔다.

"홈즈 씨, 기쁜 소식입니까? 무언가 알아 내셨습니까?"

"아주 가망이 없는 것은 아닙니다."

"오, 하느님, 고맙습니다!" 호프 대신은 갑자기 기쁜 얼굴이 되어 말했다. "오늘은 총리하고 점심 식사를 함께 들기로 되어 있습니다. 총리에게도 이야기를 들려주시기 바랍니다. 그분은 무쇠 같은 신경을 가지고 계시지만, 이번만은 밤에도 거의 잠을 못 이루시는 모양입니다. 제이콥스, 총리 각하를 이리로 안내하도록 해. 그리고 힐더, 이것은 정치상의 이야기이니 식당 쪽에서 기다리구려. 곧 가겠소."

총리의 태도는 조용하기는 했지만 요사스러울 만큼 날카로운 눈빛이며 뼈마디가 앙상하게 드러난 손끝이 떨리고 있는 걸로 보아, 마음속으로는 젊은 각료 못지않게 걱정하고 있다는 것을 나는 알아차렸다.

"무언가 보고할 게 있으시다는 말인 듯싶은데?"

"지금까지로선 소극적인 것뿐입니다만…… 있을 만한 방면을 면밀히 조사해 본 결과, 우려하실 만한 위험은 일어나지 않을 거라는 것만은 명백해졌습니다."

"그런데 그것만으로는 충분치가 않소. 우리들로서는 화산(火山) 위에서 안심하고 있을 수는 없으니까요. 무언가 확실한 것이 없으면 곤란합니다."

"확실한 것도 얻을 수 있습니다. 그렇기 때문에 이렇듯 찾아뵌 것입니다만, 생각하면 생각할수록 편지는 이 댁에서 밖으로 나가지 않았다는 확신만 더해갈 뿐입니다."

"설마하니!"

"나갔다면, 지금쯤은 당연히 공표되었을 것입니다."

"밖에 들고 나가지도 않았다면, 대체 무엇 때문에 훔쳤겠소?"

"아무도 훔친 것이 아니라고 생각합니다."

"훔치지 않은 것이 왜 서류함에서 사라져 보이지 않지요?"

"서류함에서 사라진 것이라고도 믿어지지 않습니다."

"홈즈 씨, 지금은 농담을 하고 있을 때가 아닙니다. 서류함에서 없어졌다고 분명히 말씀드렸지 않았습니까."

"화요일 아침 이후에 서류함을 조사해 보셨습니까?"

"조사는 하지 않았지만, 그럴 필요는 없소."

"잘못 보셨을 수도 있습니다."

"절대로 없다는 것을 단언합니다."

"말씀만으로는 납득이 가지 않습니다. 종래에도 그와 같은 예가 있었습니다. 서류함 속에는 아마도 다른 서류도 함께 들어 있을 것이므로, 그 속에 뒤섞이는 일도 있겠지요."

"맨 위에 넣어 두었었소."

"누군지 서류함을 뒤흔들기라도 한다면 위아래의 것이 뒤섞이는 일도 있겠지요."

"안의 것을 죄다 꺼내어 조사했단 말이오."

"그런 것은 간단히 알 수 있네, 호프, 그 서류함을 가져오게."

총리가 옆에서 입을 열었다.

대신은 벨을 울리고 집사에게 명령했다.

"제이콥스, 서류함을 이리로 가져오게. 바보스러운 시간 낭비에 지나지 않겠지만 홈즈 씨가 끝내 만족 않는다면 열어 보여 드리지요. 고맙네, 거기에 두고 가면 돼. 열쇠는 시계의 사슬에 달아 언제나 지니고 있습니다. 이렇듯 서류는 여러 가지 들어 있습니다. 머로 경의 편지, 찰스 하디 경의 보고서, 이것은 벨그라드의 각서, 독러 (獨露) 곡물세 통첩, 마드리드로부터의 서한, 그리고 플라워즈 경의 서한. 아니, 이것은 뭐지! 오오, 벨리저 경, 총리 각하, 이것은!"

총리는 유럽 대신의 손에서 파란 봉투를 잡아챘다.

"아아, 이것이다! 알맹이도 고스란히 있군. 호프, 축하하네."

"고맙습니다! 고맙습니다! 이제 살았습니다. 그러나 뜻밖의 일, 수수께끼입니다! 홈즈 씨, 당신은 마법사입니다. 마술사입니다! 이 서류함에 있다는 걸 어떻게 아셨습니까!"

"다른 장소에는 없다는 걸 알았기 때문입니다."

"내 눈을 의심하고 싶을 정도입니다"라고 하며 대신은 문간으로 뛰어갔다. "마님은 어디에 있지? 빨리 이것을 알려 안심시켜 주어야지, 힐더! 힐더!" 부인을 부르는 목소리가 계단 쪽에서 들려 왔다.

총리는 눈을 깜박거리면서 홈즈를 보고 말했다.

"홈즈 씨, 이것은 눈에 보이지 않는 곳에 무언가 있었던 게 틀림없소. 어떻게 그 편지가 이 서류함으로 되돌아왔지요?"

홈즈는 싱긋 웃으며 이상한 듯이 날카롭게 응시하는 총리의 시선을 피하며 "저희들에게도 외교상의 비밀이 있어서요"라고 말하고는 모자를 집어 들고 문가로 걸어갔다.

홈즈는 죽었는가 살았는가

 아더 코난 도일은 자신이 미스터리소설 작가라고 불리는 것을 달갑게 여기지 않고 스스로를 역사소설가라고 불렀다. 그 때문만은 아니었겠지만 홈즈 시리즈가 어마어마한 성공을 거두고 경제적으로 여유가 생겼건만 그는 1893년 12월호인 스트랜드 잡지에 실린 〈마지막 사건〉을 마지막으로 홈즈를 죽게(?) 만들었다.
 그 이유는 몇 가지가 있지만, 아무튼 도일은 홈즈 이야기의 집필을 그만둘 작정이었던 것이다. 그러나 독자의 열렬한 요망은 엄청난 것이었으며, 도일도 할 수 없이 그로부터 8년째인 1901년에 이르러 장편 《바스커빌의 개》를 썼으며, 이어서 1903년에는 홈즈를 부활(?)시켰다(바스커빌 사건은 1886년의 일로 되어 있다). 엄격히 말하면 이것은 부활이 아니고, 홈즈는 〈마지막 사건〉의 무대인 라이헨바하의 폭포에서 아슬아슬하게 위기를 모면하여 동양 등지에서 떠돌이 생활을 하다가 런던에 돌아온 것이었다.
 그러나 이 설정은 작가로서도 꽤나 억지스러운 데가 있어 홈즈가 되살아나는 〈빈 집의 모험〉은 마땅히 무리가 뒤따랐지만, 여기서 도일은 또다시 작가로서의 재능을 유감없이 발휘하였고 이 점이 오히려 셜로키언의 열렬한 지지와 갈채를 받게 되었다. 셜로키언, 즉 셜록 홈즈의 열렬한 팬들은 작품 속에서 홈즈가 사라진 이 기간을 '엄청난 공백기간'이라 부르며 그 사이 홈즈에게 일어난 모든 일들을 알고 싶어했다. 심지어 어떤 팬들은 홈즈가 예전에는 코카인을 복용했지만 이 공백기간 동안 불교나 수행 등의 영향으로 성격이 바뀌었을 거라는 추측까지 했을 정도였다.

사실 홈즈는 1891년 4월 5일 〈빈 집의 모험〉으로 부활하게 되는 가까운 3년 동안 '이탈리아의 피렌체, 티벳의 라자, 페르시아의 메카, 프랑스의 몽뻬리에' 등지를 여행했다고 〈빈 집의 모험〉에서도 밝히고 있다. 게다가 이 작품집의 흥미로운 점은, 도일이 사랑의 감정으로 괴로워하던 기간에 이 《셜록 홈즈의 귀환》이 집필된 사실이다.

1897년 무렵 38살의 도일은 어느 파티에서 메어리즈 지인 레키라는 미녀를 만나 단숨에 사랑에 빠지고 말았다. 그러나 그즈음 도일의 아내 루이즈는 1853년 말경부터 심한 폐결핵을 앓고 있었기 때문에, 빅토리아 왕조 시대의 성에 대한 엄격한 도덕성의 요구는 도일을 갈등하게 했고 이들 사랑을 극비에 부치게 했다. 결국 1906년 7월 아내 루이즈가 세상을 뜨고 1907년 9월에 도일과 진은 재혼하게 되는데 《셜록 홈즈의 귀환》에는 이 무렵 도일의 복잡한 심리들이 여러 단편들을 통해 여실히 드러나 있다. 그러므로 그런 배경을 알고 작품을 읽는다면 독서의 즐거움도 배가 될 것이다.

이 단편집에서 유명한 것은 앞서 말한 이유에 의한 〈빈 집의 모험〉을 제외하고, 〈여섯 개의 나폴레옹〉〈금테 코안경〉 등이리라. 이 두 작품은 옛날부터 번안되거나 대학의 교재용으로 많이 사용되고 있다. 〈금테 코안경〉은 홈즈 이야기 가운데 으뜸으로, 손꼽히는 걸작이라는 아낌없는 찬사를 받는다.

홈즈 이야기에는 작자 도일의 착각에 의한 잘못이 이따금 발견되는데, 심리적인 것은 제쳐놓더라도 물리적인 잘못이 이 단편집의 〈프라이어리 학교〉에서도 찾을 수 있다.

이 작품 가운데 홈즈가 자전거 바퀴 자국이 겹친 모양을 보고서 그 진행 방향을 안다는 대목이 나온다. 자전거 바퀴의 접지 면에는 제조자명 등이 부각되어 있는 게 있다. 그래서 바퀴 자국에 의해 그 겹친 상태와는 관계없이 진행 방향을 아는 경우가 있다. 그런 경우 또한 그 자전거가 발견되고 또 나중에 바퀴를 반대로 바꿔 다는 따위의 기교를 부리고 있지 않았을 때만 가능하다. 그러나 이 경우 분명하게 씌어 있듯, 바퀴의 줄무늬가 좌우대칭의 기하학 무늬인 한, 바퀴 자국의 겹친 상태로는 진행 방향을 알아 낼 수 없는 것이다. 이것은 명백히 도일의 착각이며 변명의 여지가 없다.

어느 나라나 마찬가지이지만 미스터리소설 작가에게는 독자로부터 많은 투서가 들어온다. 이 작품이 잡지에 발표되자 독자들은 이 잘못을 지적해 왔다. 그러나 도일은 같은 잡지의 지면에 몇 페이지를 소비해 가며 구차한 변명을 늘어놓고는 이럭저럭 두들겨 맞추어서 자기 주장을 굽히지 않았다. 그러므로 단행본이 되고 지금은 고전이 되기까지도 했지만, 이 잘못은 정정되지 않은 것이다.

도일 같은 작가도 까딱 잘못하면 이렇게 착각을 하니, 독자 쪽은 더욱 심하다. 가장 유명한 것이 홈즈를 실재 인물이라고 믿고 홈즈 이야기를 실화로 착각하는 일이다. 그렇기 때문에 탐정 의뢰를 위해 베이커 거리를 찾아가든가 도일에게 소개를 부탁하는 사람이 줄을 이었다고 한다. 또 베이커 거리 221번지 B호의 홈즈 방을 일부러 찾아가는 사람도 있다. 그러나 이 주소의 집은 실제로 존재하지 않는다.

또한 지은이는 왓슨의 입을 빌려 "그 해에는 A사건 B사건 C사건 등이 있었지만 어느 것이나 다 발표하기에는 지장이 있으므로 여기서는 D사건만 다루기로 한다"라는 식으로 곧잘 말하고 있지만, A사건 B사건 C사건은 끝내 발표되지 않았다. 이와 같은 '씌어지지 않은 사건'이 대충 70개쯤 있는데, 그 중의 〈두 번째 얼룩〉에서는 왓슨이 이것을 두 번이나 언급하고 있다. 도일이 《셜록 홈즈의 귀환》 12번째 (본 책에서는 9번째) 단편 〈애비 그레인지 장원〉을 잡지에 발표하고 펜을 놓았을 때, 좀더 읽고 싶은 독자로부터 약속을 이행하라는 독촉을 받고 두 달 뒤 마지못해 〈두 번째 얼룩〉을 썼던 것이다.

이 책은 도일의 세 번째 단편집인 《The Return of Sherlock Holmes》를 옮긴 것이다.